아름다운 기억
-겨울. 봄. 여름. 가을-

연작장편소설

아름다운 기억
-겨울. 봄. 여름. 가을-

한림화

엮은이 한림화
펴낸이 박경훈
펴낸곳 도서출판 각

초판 1쇄 발행 2014년 8월 30일
초판 2쇄 인쇄 2014년 9월 25일
초판 2쇄 발행 2014년 9월 30일

도서출판 각
주소 (690-809) 제주특별자치도 제주시 삼도2동 108-16 2층
전화 064 · 725 · 4410
팩스 064 · 759 · 4410
등록번호 제80호
등록일 1999년 2월 3일

ISBN 978-89-6208-114-5 03810

값 20,000원

※ 이 책은 2014년도 (재)제주4·3평화재단의 지원에 의하여 발간되었습니다.

작가의 말

그래도 시간은 흐르고 역사는 기록 된다

저 물안개 내려앉다 허공에 스러지고만 자리에 상징으로 남은 4월 초사흘
피바다에 뜬 제주 섬은 어디로 떠내려가고 있었을까?
오름 양지 뜸 그 자락에도 천 년 묵은 왕벚나무 꽃송이들 그 잔상에 놀라
한껏 벙글어 놓고 꽃잎 다시 오므린다.
봄, 여름, 가을, 겨울. 계절은 질서를 잠시 집었나.
역사가 순간 섬을 아쓱 비켜섰다.

이제쯤 촉촉한 물기로 땅속 깊이 스미었을 지난겨울 서릿발은
아직도 얼음 꽃 유리창에 새기듯 성애 서린 대지가
왜 저리도 수정처럼 맑은 채 비수 같은 퍼런 날을 하늘로 세운다.
상강조차 순백인 듯 투명한 빛만으로 섬 땅 가득 '과작' 하니 미늘 거슬러 섰다.
"제주 섬은 4월이 저기 왕잰만(온다고만) 해도 뼈 속 깊이 시려 운다."
누군가 혼잣말 한다.

【목차】

제1장 겨울 이야기
  1. 바다 길을 잃은 | 11
  2. 노란 평지나물 꽃 파도에 묻혀 바람몰이 하는 | 46
  3. 나비로 환생한 이웃에 대한 | 100

제2장 봄 이야기
  1. 무궁화 한 그루의 | 163
  2. 바구니 한 개로 사는 이웃들의 | 202
  3. 양귀비에 홀린 고모의 | 260
  4. 토끼 두 마리와 동화책 한 권의 | 334
  5. 양철 도시락의 | 381

제3장 여름 이야기
  1. 이 순경과 | 445
  2. 멸치피시와 | 499
  3. 오징어 코와 | 542
  4. 고등어 대가리와 | 585
  5. 백중절에 | 654
     매 맞는 호박덩굴과 | 654
     불도장 맞는 마소와 | 675
     물 맞는 사람들과 | 684

제4장 가을 이야기
  1. 우리 개 짱돌이 | 697
  2. 꼴찌를 위한 나팔수 | 734
  3. 마치 저 들판에 피었던 찔레꽃처럼 | 775
  4. 가을바다 무지개에 걸린 풀잎 | 801

제1장 겨울 이야기

1. 바다 길을 잃은
2. 노란 평지나물 꽃 파도에 묻혀 바람몰이 하는
3. 나비로 환생한 이웃에 대한

1. 바다 길을 잃은

약속

그 때 난 비로소 어른들은 뭐든지 제멋대로 생각해버리는 고약한 버릇이 있으며 또 기다리는 방법을 전혀 모르고 있음을 알아차렸다. 그리고 어른들한테 절망했다.

절망의 나날은 길지 않았다. 절망으로 앞이 캄캄했던 날은 단 하루 만에 끝장이 났기 때문이다. 어른이 되려면 좀 더 나이를 먹어야 된다는 열두 살짜리 어린 처녀 큰언니와 새해 첫날이면 어김없이 시작될 여섯 살 내 나이가 나를 오래도록 절망하게 놔두지 않았다. 절망의 그날이 다행스럽게도 내 나이 다섯 살을 막음하는 섣달그믐 세밑이었으니까.

보름 전, 한겨울 거친 바다가 마치 참기름을 먹은 듯이나 잔잔한 날 새벽에 아버지는 옥도미 잡이를 떠났다.

그 전날 밤에 고기잡이 채빌 차리는 아버지 주변을 오락가락 맴돌면서 나는 한 바탕 시위를 벌였다. 검정타이어 고무신이 터져서 엄지발가락이 비죽이 나온 게 내가 봐도 그렇게 처량해 볼 수가 없었다. 물론 아버지한테 시위하는 마당이었으니 바느질 솜씨가 빼어난 어머니가 잘 꿰매준 외씨버선을 신었을 리 만무했다. 저녁나절 한참을 맨발로 시위를 하고나니 발이 저리도록 시렸다. 낚시며 미끼며 온통 정신을 팔고 있는 아버지가 아무래도 검정타이어 고무신을 뚫고 나온 내 엄지발가락에 도통 마음 쓰는 것 같지 않아서 시위를 그만 포기할까 하고 입을 실룩이며 울려고 하는 참인데, 아버지가 말했었지.

"알았으니 그만 방에 들어가거라 이번 설빔으로 꽃고무신 사주마."

대번에 내 입은 함박꽃처럼 벌어지다 못해 귀밑까지 찢어졌다.

"저, 저 입 벌어지는 거 봐라, 그렇게도 좋으냐 우리 니마?"

아버지는 벌어진 입을 다물 줄 모르고 그저 좋다고 고갤 주억거리는 나를 한참동안이나 보다말고 한 마디 덧붙여 물었다.

"근디 니마야. 이번 설 쇠면 몇 살이더라?"

내 나이를 아버지가 모를 리 없었다. 그저 던져본 질문이었다. 나는 아버지 의도를 모르는 척 시침 딱 떼고 손가락 여섯 개를 펴 보였다. 부챗살처럼 퍼진 다섯 손가락 옆에 다른 쪽 검지를 또 하나, 육손이와 다를 바 없이 붙여 만든 여섯 개의 손가락!

아버지가 고개를 끄덕였다.

내 여섯 살은 어머니가 해마다 설빔으로 지어주는 무명천에 검은 물들인 치마와 노란 치자 물을 먹인 저고리와 짝을 맞춘 한복 한 벌과 아버지가 약속한 화려한 꽃고무신으로부터 시작되리란 보장을 받아놓고 맘 설레고 있었는데 글쎄, 섣달그믐 날 마지막 물때인 밀물까지도 아버지는 돌아오지 않았다.

제주어부

아버지는 타고난 뱃사람이었다.

우람한 체구에 구리 빛으로 탄 얼굴 전부가 검푸른 수염 자국으로 뒤덮인 데다 키가 하늘에 닿는 거인이었다.

겨울바다가 시작되는 시월 말 쯤, 절기로 치면 상강을 넘기고 나서는 아무리 내로라하는 꾼들도 저 먼 바다, 그러니까 제주 뱃사람들 말로 하자면 난바다 '걸팟'(암반지대)으로 고기잡이 가는 걸 대부분은 꺼렸다.

그 무렵이면 적도에서 치올라 오면서 대만을 살짝 거치는 대마난류인 쿠로시오해류의 물살은 힘을 잃고 대신에 알류산 열도에서부터 내리 흐르는 동해한류가 제 세상 만난 듯 동해의 끝에서 급류로 변하면서 거칠어지고 물 흐름은 가속이 붙어 빨라진다고 했다.

사계절 바다가 다 그렇지만 더욱이 겨울바다에서 물길을 잘못 잡으면 바다 길을 잃기 십상이라고 했다.

아버지는 바로 그 맛에 겨울바다 고기잡이를 더 즐긴다고 너털웃음을 웃곤 했으니 그 배포만 보더라도 타고난 '뱃놈' 이고말고. 바다고기 맛이, 물살이 차면 찰수록 차지고 쫄깃하니 기차게 좋다는 사실을 아느냐고 뽐내면서 겨울 난바다로 고기잡이 갈 건수 만들기를 예사로 해댄 '뱃놈' 이니 그 누가 말릴 수 있었겠는가?

바다의 끝, 펄 바다의 어느 한 지점에서만 잡힌다는 옥도미는 그 맛이 생선 중에 일품으로 치는데, 한겨울에 낚은 것이 최상품으로 손꼽았다.

옥도미가 사는 수심 일백 오십 미터 이상 되는 저 먼 이어도 해역의 펄 바다와 암반 경계를 가고 오려면 순전히 배질하는 데만 꼬박 이틀이 걸리고 거기다가 한 이틀은 낚시를 할 테니 아버지는 다섯 밤 정도 지새고 돌아왔어야 했다. 내가 숫자를 열 까지 셀 수 있게 된 이후로는 아버지 귀가시기를 비교적 정확하게 계산해내곤 했다.

하지만 아버지의 옥도미 잡이로 이어도바다를 오가는 데 걸리는 시간 셈법은 그 때 다섯 살인가 여섯 살 때의 나만의 셈법이었으니 오해 없기 바란다.

아버지와 함께 옥도미 잡이를 다니는 도사공 승천이 할아버지와 석이 아버지는 모두 마을에서 이름난 뱃사람들이었다.

아버지네가 배를 띄운 다음날부터 한여름 태풍 철이 무색할 만치 하늬바람이 미친 듯이 겨울바다를 휩쓸면서 물결을 산만큼씩 하늘만큼씩 일궈댔다. 파도의 울부짖음은 무시무시하게 진종일 섬을 들었다 놨다 패대기쳤다가 저만치 걷어챘다가 하는 게 마치 바다의 신 용왕이 공기 돌 하나 가지고 놀이하듯 그렇게 을러댔다.

밀물이 밀려들자 우리 배가 올지도 모른다면서 어머니와 승천이 할머니와 석이네 어머니가 포구로 내달렸다. 거기, 다른 배들은 모두 제자리에 들어앉아 포구의 잔물결에 한가로이 궁그르며 방파제 건너에서 미쳐 날뛰는 겨울바다를 비웃기라도 하듯 조용히 흔들리고 있었다.

우리 배 닻을 매는 닻걸이 만이 텅 비어 이가 빠진 것 같았다.

어머니네는 포구어귀로 올라 먼데 바다로 한참이나 바라기를 했다. 엄청나게 밀려드는 파도가 발광하는 포말이 요란하게 하늘 향해 부서지고 있을 뿐, 배 그림자는 어디에도 없었다.

아버지의 난파

우리 배가 미처 돌아오지 못했다는 소문은 삽시에 온 마을에 퍼졌다. 마을사람들이 아침참을 거르고 포구에 나와 갯바위를 뒤덮었다.

첫날은 사람들이 배짱 유하게 장담을 해대면서 여유를 부렸다. 아따, 걱정 치우고 진득이 기다려보면 알겠지만 조만간 돌아 오고말고. 그 사람들, 한바다에서 배 부리는 데는 천하제일로 소문난 사람들 아닌가.

현이장 할아버지가 때맞추어 한마디 던진 말마디를 신호삼아 사람들은 갯바위를 떠나 마을 안으로 흩어졌다. 어머니도 부른 젖이 저고리 앞섶을 적시자 아기한테 젖먹이는 걸 잊었다고 자리를 털고 일어섰다.

나는 집에 가도 딱히 할 일도 없어 사람들이 다 가버린 포구에 혼자 남아 아버지를 기다렸다. 바람살이 차고 매웠다. 온종일 포구 너머 바다가 한눈에 보이는 양지뜸을 찾아 자리를 옮겨 앉으며 기다림에 몸살 났다.

저만치 썰물이 밀려가고 태양이 내 머리 꼭대기 가마와 일직선을 이루면서 하늘에 떠 있는 동안은 겨울햇살도 병아리 털처럼 포근했다.

썰물 때는 포구 바닥이 마르기 때문에 배가 들어오지 못한다.

나는 썰물 내내 졸다말다 하면서 내 꽃고무신을 꿈꾸었다. 기왕이면 분홍바탕에 노란 꽃 빨간 꽃이 그려진 것으로 사줬으면...어머닌 어떤 설빔을 지어줄까? 서울아이들이 입는다는 때때옷이나 한 번 입어봤으면.......... 하다말고 나는 내 꿈을 나무랐다.

"꿈도 크다 애. 검은 광목치마에 싯누런 미군담요로 만든 저고리만 아니라면 어느 것이라도 좋다. 꽃고무신을 신을 텐데 어떤 옷인들 안 어울릴까!"

나는 한껏 상상을 하며 내 꽃고무신이 내 발에 신겨질 그 순간을 그렸다.

……… 바다에서 돌아온 아버지는 꽃고무신 사러 성안에 갈 채비로 맨 먼저 말끔하게 면도를 할 것이다. 얼굴을 시커멓게 덮은 구레나룻을 면도하려면 펄펄 끓는 물에 담근 수건이 있어야 한다. 먼저 수염뿌리를 더운 수건으로 싸서 녹진녹진하게 발을 죽인 다음 가죽혁대에다 면도를 칙착칙착 갈아 날을 세우고 비누거품을 바르겠지……….

아버지 비누거품 통은 손잡이가 달린 야전용 스테인리스 물컵이었다. 큰언니는 어디서 구해다 놓는지 모르지만 흰 비누 부스러기 몇 조각을 늘 그 비누거품 통에 준비해두곤 했다. 아버지는 면도할 때마다 비누거품을 솔로 일구면서 큰언니를 칭찬했다.

"큰 년이 또 비누쪼가릴 구해놨구나. 착하기가 참말이지 심청이 못잖구나."

큰언니 수니

아버지가 칭찬해주면 큰언니는 매번 빙그레 웃었다.

큰언니가 웃으면 환한 해님보다 더 눈부시고 활짝 핀 해바라기보다 더 예뻤다. 정말이다. 내 말이 허풍이다 싶으면 내가 어렸을 적 살았던 바닷가 마을에 들러 확인해 봐도 좋다. 그 마을은 바다와 하늘이 한데 만나는 1번지에 있다.

큰언니는 우리 마을 초등학교 여학생 중에서 제일 덩치가 크고 예뻤다. 그리고 노래를 가장 잘 부르는 학생으로 누구나 인정을 했는데, 해마다 가을에 학예회가 열리면 맨 먼저 독창을 하는 것으로부터 막을 열곤 했다.

우리 집과 텃밭을 사이에 두고 이웃해 사는 건이 아버지는 아버지와 영원한 맞수였다. 두 사람은 매사에 서로 겨루어 번번이 누가 지고 이김이 없이 비기는 게 예사였다. 단 한 가지, 아버지가 건이 아버지한테 일방적으로 꿀리는 게 있었는데, 건이 아버지는 아들이 셋인데 아버지는 딸만 넷이라는 사실이 그 원인이었다. 건이 아버지는 걸핏하면, 우리 큰아들 건이 그 놈 말야, 하고 말을 돌렸고 아버지는 그 대화의 요지가 무엇이었든 간에 여지없이 야코가 팩 죽기 십상이었다.

운동회 날이나 학예회 날은 두 아버지 입장이 정 반대로 뒤집혔다. 아들자랑으로 아버지 기를 꺾어놓던 건이 아버지도 그 애들이 별 재주 없이 그저 말썽이나 부리는 골칫덩어리이고 보니 내 아들 잘났다고 폼 잴 일이 도무지 없었다. 비루먹은 수캐처럼 꼬리를 사리고 아버지 눈에 띄지 않으려고 뒤로만 돌았다.

큰언니는 학교생활 중에 독창을 하건 달리기를 하건 단연 돋보였음으로 잠시 아버지는 아들 없는 시름에서 벗어나는 듯이 보였다.

신동

아버지는 구레나룻을 면도하고 나서 어머니 '동동구리므'를 찍어 수염 자국에 바르고 거울 쪽에다 이 뺨 저 뺨을 비추어 보는 걸로 외출 준비 끝.

'동동구리므'가 뭐냐할까봐 설명을 하고 넘어가야겠다. 크림통을 목에 건 광대 차림의 남자가 큰 북을 등에 지고 둥둥 치면서, "동동구리므, 동동구리므가 왔어요. 이 걸 바르면 곰보도 춘향이보다 더 예뻐지고 서방님조차 몰라보게 달라질 겁니다요..." 어쩌고 하면서 크림을 파는데, 주걱으로 사고파하는 만큼씩 덜어서 팔아주는 소위 리필제품이다. 값은 돈이 아니라도 되었다. 마른 미역이며 겉보리며 주는 대로 받았다. 그 '동동구리므'는 분 한 첩과 함께 어머니의 소중한 화장품의 전부였다.

언제나 외출하려고 면도를 하면 끝에다가, 어 그 남자 미남일세, 하며 탁 박수를 치는 버릇이 있었다. 그걸 신호삼아 어머니가 몽당연필에 침을 발라가며 뭔가를 적는 것도 끝난다. 어머니는 창문을 바르다만 창호지 조각과 신문지 가장자리를 오려서 반짇고리 한쪽에 꼭 접어 놔뒀다가 메모용지로 쓰곤 했다.

그 때 우리 집에는 잊어버릴 만하면 한 번씩 우체부(집배인 혹은 우편배달부는 나중에 생겨난 명칭이고 그 때는 이렇게 불렀다.)가 신문을 배달했다. 구문(舊聞)이 되어서도 한참 만에 배달되는 신문은 주로 어머니와 내가 읽었다.

다섯 살 박이가 무슨 신문을 읽어, 그것도 한자투성이 신문을... 당신 혹시 신동 아니었어? 하고픈 이가 있을까봐 미리 밝혀둬야겠다. 어머니가 소리 내어 읽으면 나는 귀로 그걸 들어 읽었단 말이다 말하자면. 뜻이야 알거나 말거나 어쨌든 나와 어머니가 함께 신문 아닌 구문을 읽은 것만은 분명하다. 그 신문은 서울에서 고종사촌이 보내주는 거라고 했는데 그는 신문 기자였다.

어머니는 아버지가 성안으로 나들이 갈 때마다 연필에 침을 바르면서 필요한 물품을 메모하여 아버지한테 주었다. 아버지는 그 메모란 걸 못마땅하게 여겼다. 그 짓은 여편네가 배운 티 내느라고 요망을 떠는 거라고 눈살을 찌푸렸고 어머니는 그렇게 적어주지 않으면 언제나 잊어버리기 일쑤이니 어쩔 수 없잖느냐고 공방했다. 누구 말이 맞는지는 모르겠지만 아버지가 메모지를 가져간 날은 한 가지도 잊지 않고 사오는 편이었고 그렇지 않는 날은 빼먹고 못 사 오는 게 더 많았다.

악동

나는 아버지에 대한 추억에 젖어 혼자서 눈물지었다. 그러나 결코 희망을 잃지 않았다. 저녁 밀물이 밀리면 저 파도를 타고 넘어 아버지는 돌아올 것이다.

내일쯤 성안에 설빔 장만하러 가실 테지 아마.

오슬오슬 한기가 옷깃을 파고들어 나는 잠을 깼다.

큰언니 목소리가 저만치서 메아리 지며 파도소리에 묻히고 있었다. 니마야아- 콰르르콰쾅 촬알써억- 니마야 --

어느새 바다는 거센 물 구비를 거느리고 울렁울렁 갯가를 향하여 밀려들고 있었다. 한낮에 말랐던 포구가 밀물에 잠기면서 봉봉 차올랐다.

"큰언니 나 여어--"

나는 언니부름에 답하느라 소리쳤다. 목청이 얼어붙어 소리가 목구멍 밖으로 나가지 않는걸 조금 후에 알았다. 몸도 움직일 수가 없었다. 큰언니는 포구 주위를 오르락내리락 뛰어다니며 나를 찾았다.

니마야 어딨니, 니마아야---

나는 대답하려고 있는 힘을 다해, 젖 먹던 기운까지 다 쥐어짜며 용을 썼다. 아직도 말소리는 목젖 께에서 풀리지 않고, 나를 찾아 허둥대는 큰언니를 빤히 보면서도 대답할 수 없음이 그지 없이 납납하고 괴로웠다.

우리 집 허드렛일을 도맡아 하는 용진이 각시가 벙어리였다.

자주 그런 건 아니었지만 함께 신문을 읽곤 하던 어머니가 너무 바빠 나 혼자 글자를 하나 둘 세거나 아기 요람을 흔드느라고 팔이 빠질 듯이 아픈데 마침 용진이 각시를 발견하면 나는 이 때다 싶어 그녀의 옷자락을 잡고 늘어졌다. 그저 손짓발짓을 되는대로 마구 해댄 다음 눈을 마주보고 ?, 하는 거다. 그 짓을 몇 번이고 거듭하고 또 한다. 마침내 용진이 각시가 무슨 말을 내가 하는지 도무지 모르겠다는 얼굴로 고함을 꽥 지른다. 그러면 어머니가 어딘가에서 뛰어 나오고 무슨 일이냐고 묻는다. 용진이 각시는 내가 뭔 말인가를 하는데 못 알아듣겠다고 하소연을 하고, 그 때쯤엔 난 슬그머니 꽁무니를 사려 도망친다. 아기 요람 곁에 앉아 신문을 방바닥에 펼쳐놓고 그 중에서 가장 맘에 드는 글자와 가장 맘에 안 드는 글자를 찾으며 시치미를 뗀다. 내가 언제 용진이 각시를 놀렸나 싶게 천연덕스럽게 점잖을 빼는 거다. 어머니는 조용하게 야단을 친다.

"니마야, 너 다시 용진이 각시 놀릴래? 불쌍한 사람 놀리는 게 얼마나 큰 죄 짓는 건지 모르지 너. 더 말하지 않을 테니 알아서 해. 어머니 눈에는 말 못하는 용진이 각시보다 너무 말 잘하는 네가 더 불쌍하게 보인다."

그렇게 야단을 치는 어머니 얼굴에는 서글픈 그림자가 잔뜩 드리웠지만 난 못 본 척 외면하고 기회가 닿으면 혀를 낼름 내밀기도 했다.

나는 큰언니와는 달리 몹시도 허약했다. 틈만 나면 몸과 맘을 활발하게 움직이긴 했다. 매우 부지런한 악동이었다.

내가 세 살 때였을 것이다. 개미 한 마리를 하루 종일 따라 다닌 적도 있다. 네 살이 되어 처음 신문을 읽게 됐을 때에는 글자가 하도 많은 게 신기해서 손가락 끝으로 글자 하나하나를 짚어나가다가 신문의 온 글자가 개미처럼 움직이는 통에 눈앞이 가물거리면서 어지러워 벌렁 쓰러진 적도 있다.

내 딴에는 진지하게 뭘 하는 데도 큰언니나 어머니는 내가 심하게 장난친다고 나무랐다. 조용히 생각에 잠겨 있으면 어머니는 큰언니한테 말했다.

"니마 뭐하는지 좀 봐라 또 무슨 장난치느라고 이렇게 조용하지?"

이런 게 사람과 사람이 함께 살아야하는 데서 비롯되는 갈등이다. 제길, 독립해서 사는 그날까지는 어쩔 수 없는 거지 뭐. 내가 하는 일 모두를 장난 짓거리로 매도하고 마는 어머니도 용진이 각시를 상대로 하지 않는 한 그냥 웃어넘겼다. 그렇게 단속을 했는데도 내가 용진이 각시를 놀리는 일이 일어나면 어머니는 한숨을 내쉬며 혼잣말을 중얼거렸다.

"언제면 철들어서 남의 처질 헤아릴 줄 알게 되지?"

어머니 혼잣말을 들으면 괜스레 코마루가 시큰해지고 맘이 아렸다.

나는 드디어 하고픈 말을 속 시원하게 소리로 표현하지 못하는 용진이 각시처지를 이해하게 된 것이다. 다짐했다.

"정말, 다신 용진이 각시한테 벙어리 흉내 내며 놀리지 않을 거야."

자매애

울음이 북받쳤다. 순간이었지만 내가 우는 소리가 내 귀에 쟁 하니 들려왔다. 얼었던 목청이 기적처럼 녹은 것이다 용진이 각시를 생각하는 눈 깜짝할 사이에.

"큰언니, 큰언니야아 나 여어."

내가 부르는 소릴 금방 알아듣고 주변을 두리번거리던 큰언니가 나를 발견하고는 갯바위를 나르듯이 타고 달려왔다.

"야, 막 찾아서. 왜 이렇게 옴폭한 데 들어가 앉아시니 게, 어서 집에 가자 어버지가 살았는지 죽었는지 걱정돼 죽겠는데 너는, 너까지 말썽 피우면 어떻할 거니?"

어느새 먼 바다 끝에서 땅거미가 기어 나오고 있었다. 내 몸은 쉽사리 풀리지 않아 큰언니가 내 겨드랑이 밑으로 손을 디밀어 안아 세웠다.

몸을 애써 추스르면서 슬그머니 부아가 끓었다.

"누구는 뭐, 말썽 피운 게 아니고 아버지 기다린 거다."

은근슬쩍 끓어오른 부아가 내 눈물샘을 자극하고 허파를 뒤집었다. 나는 발버둥치며 목 놓아 울었다. 자기는 큰 년, 큰 년, 하면서 어른들이 추켜 주니까 매일 기분 좋게 살지만 난 아니야. 내가 뭐라면 다 말썽 부린다지. 아냐 뭐. 큰언니도 한 번 다섯째 딸이 돼 봐. 정말은 다섯째도 제대로 못되잖아 난. 큰언니하고 나 사이에 언니들 다 죽었다며? 난 다 알아. 나도 그 언니들처럼 죽을까봐 맘대로 욕도 못하는 거, 언제나 날 밉둥이라고 따돌리지, 내가 뭘 밉살맞은 짓 했게?

큰언니는 울고불고 난리를 피우는 나를 꼭 껴안았다.

"아니여 게, 아무도 너 밉보지 않는다 이. 모두들 널 얼마나 예뻐하는 지 무사(왜) 몰람나(모르고 있니). 넌 똑똑하고 귀엽고 또..."

나는 큰언니 말 중간에 끼어들어 또 뭐? 하고 따져들었다.

"거 봐 착하고, 요렇겐 말 못하지 이."

"막 그 말 하젠(하려고) 허맨(한다). 넌 착해. 인정스럽고. 슬이랑 잘 놀아주고 아기도 잘 보고. 정말 착해."

큰언니는 요술쟁이. 난 기어이 해해 웃고 말았다.

풍습

그 날 이후 눈을 뜨기가 무섭게 귀를 나팔처럼 열고 안방에서 나는 인기척에 온통 신경을 곤두세웠다. 밤사이 내가 잠든 새에 아버지가 돌아왔을지도 몰라.

아버지는 새벽녘이면 어김없이 잔기침으로 하루를 시작했다. 아버지 새벽 기침 소리는 우리에겐 기상나팔 구실을 했다. 기침 소리가 멎음과 동시에 마루로 나오는 발자국 소리가 들리고 다음에 담배 냄새가 우리 방으로 스며들지.

"어디 보자 오늘 날씨가 배질할 만한가."

아버지는 일 년 열두 달 삼백육십오 일 내내 똑같은 말을 했다. 비가 오고 있어도 눈이 내리고 있어도 심지어 태풍이 몰아치고 있어도 첫마디는 똑 같았다. 어디 보자 오늘 날씨가 배질할 만한가.

아버지가 하는 첫마디 말과 약속해둔 듯이나 큰언니가 살그머니 찬방으로 통하는 문을 열고 부엌으로 나가곤 했다.

큰언니는 그 길로 물허벅*을 지고 우물로 내달렸는데 아버지 눈에 안 띄게 행동했다. 왜냐하면 빈 허벅을 진 여자는 고기잡이 떠날 어부한테는 재수 옴 붙게 한다고들 하였으니 말이다.

나는 그 따위 속설쯤은 무시해버리고 살았지만 큰언니는 아이 때나 어른이 돼서나 그러질 못했다. 당치 무시해버릴 수 없다고 했다.

"출발이 좋아야지 얘, 그런데 빈 허벅이나 보고선 재수있길 바랄 수가 없는 거거든."

우물은 우리 집에서 엎드리면 코 닿을 가까운 거리에 있었다.

우리 마을이 삼백여 가호가 넘는 큰 마을인데도 우물은 그거 단 하나밖에 없었다.

사람들은 진종일 우물에 들락거렸고 우리 집에서는 안방 깊숙한 데 앉아서도 물 퍼 올리는 두레박 소리와 여자들이 왁자지껄 소란스레 떠드는 소릴 들을 수 있을 만치 지척이어서 모두들 부러워했다. 다른 사람들이 한 번 물을 긷는 동안 우리는 늑장을 부려도 두어 번에서 서너 번씩 길어올 수 있었으니까.

큰언니는 누구보다도 맨 먼저 매일 그날의 첫 우물물을 길어오곤 했다. 큰언니 말로는 한 해를 두고 두어 번쯤은 다른 사람에게 선수를 뺏긴다고는 했지만 그까짓 것, 아버지 재수를 판가름할 정도가 아니니 무시해도 되었다.

술 저장고

우리 집은 마당이 다른 집들처럼 둥그렇지도 않고 그리 넓지도 않았다.

아버지가 집터를 살 그 때 아버지는 빈털터리였다고 하였다. 제법 부자였던 외할아버지가 외동딸을 그런 빈털터리한테 시집 보낸 건 아버지가 너무 튼실한 몸에다 미남이었던 덕분이라고 외할머니가 중언했다.

아버지는 겉보리 서 말도 없는 주제에 처가살이 마다하고 새색시를 데리고 남의 집 문간방을 얻어들더란다. 그 꼬락서닐 보다 못한 외할아버지가 아버지 비위 상하지 않게 아주 조그만 집터를 장만해 준 것이 바로 우리 집이란다.

농사를 많이 하는 집은 마당이 좁으면 안 된다.

아버지는 천성이 뱃사람이니 타작마당을 갖출 만치 농사 부치고 살진 않겠기에 아버지 자존심에 딱 알맞은 집터였단다. 좁은 마당 한쪽 모퉁이에 바깥채를 지을 요량으로 에둘러놓은 집 굽도리 안이 우리 집 채마밭이었다. 손바닥 만 한 채마밭에는 철따라 제 철 맞은 푸성귀가 그리도 무성했다.

아버지가 여름 어느 이른 아침에 거기서 풋고추 한 움큼을 따고 나오다가 나와 마주치자 수수께끼를 냈다.

"젊어서는 초록주머니에 은돈 열 닷 냥 늙어서는 붉은 주머니에 금돈 열 닷 냥을 간수하는 열매가 뭐냐 니마야?"

나는 냉큼 대답하였다.

"고추 마씀."

시시하게. 그 정도 수수께끼 모르는 사람이 세상 어디에 있다고 그런 걸 문제랍시고 아버지는 나와 겨루려 하였을까 모르겠다.

큰언니 나나 내 바로 한 살 아래 동생 슬이나 또 아기요람에서 겨우 탈출을 시도하는 그미나, ― 아기 이름은 금(錦)이지만 누가 그렇게 차례를 갖추어 불러주지 않았다. 내 원래 이름이 림(林)이지만 니마라고 하는 것처럼 그냥 그미라고 누구나 불렀다. 때로는 그미가 그마가 된다는 정도만 내 이름과 달랐다. 난 이랬다저랬다 변하는 그미 이름에다 변덕쟁이라고 별명을 붙였다. 내 이름은 이래 뵈도 어떤 상황 아래서도 절대 요지부동으로 니마 한 가지로 통하니까 — 모두 똑똑한 계집애 축에 낀다는 걸 아버지는 전혀 모르는 것 같았다. 아니면 우릴 싹 무시했거나.

다시 그 손바닥보다도 작은 채마밭. 그곳은 우리에게 채소를 철따라 공급할 뿐만 아니라 아버지만을 위한 비밀장소이기도 했다. 아버지의 비밀이 무엇인지 우리 가족은 물론이고 알 만한 사람은 다 아는 터였다. 마을 어른들은 아버지 비밀이 필요하면 언제라도 푸성귀를 얻으러 왔노란 말로 암호를 댔다. 그 비밀 암호란 것이 이랬다; 눈이 하얗게 내린 겨울이라고 하자. 제주 섬엔 한겨울에도 푸성귀가 싱싱하니까, 비밀을 얻으러 온 사람이, 어이 저기 평지나물 한 줌만 주게나 국거리하게.

아버지는 금방 비밀을 나눠줄 채빌 차리고, 어떤 때는 표주박 정도로는 비밀을 나눠 가지는 것이 양에 안차서 바가지나 놋 양푼이라야 하는 경우가 종종 있었다. 내가 채빌 차렸다는 말을 하는 건 비로 누가 왔느냐에 따라 아버지가 찬방에서 그릇을 알 맞추어 골라 들고 나오는걸 이른다. 그렇게 채빌 차린 후 아버지는 채마밭으로 손님을 대동하고 들어갔다.

비밀의 역사

아버지 비밀은 별게 아니었다. 여름에는 걸쭉한 좁쌀막걸리, 그러니까 제주 섬사람들이 '오메기술', 혹은 '오메기 탁배기'라고 부르는 걸 시시때때로 빚었으며 겨울에는 절간고구마로 소주를 닦아 술독 몇 개를 그곳에 땅 파 묻어 숨긴 게 전부였다.

아버지 비밀은 해방과 더불어 시작됐다고 했다. 일제강점기 후반 내내 강제징용을 피해 청진 군수공장으로 또 어디로 숨어 지내다가 일천구백사십오 년 팔일오에 일왕(日王)이 떨리는 목소리로 항복했다는 소문을 듣고는 한 걸음에 천리 길을 달려 고향집에 돌아왔는데 바로 그 때가 비밀의 시발점이 됐다고 한다.

우리나라 사람들, 음식 솜씨 못잖게 술 빚는 솜씨도 전통적으로 좋았다나. 지방마다 이름난 술이 삼백오십 가지를 넘는다니 이를 증명하고도 남는다.

소문난 술 중에는 이런 것들이 있단다. 진도에는 홍주요, 낙안읍성엔 사삼주. 전주에는 이강주, 한산에는 소곡주, 부산 금정엔 산성막걸리. 경주에는 교동법주요, 안동 소주는 한 잔만 마셔도 취하고, 외암리에는 연엽주가 익어 십 리 밖에서도 술 익는 향이 진동하고 면천에 두견주, 서울에 삼해주, 저 이북 땅엔 문배주, 평양에는 감홍로주, 전라도라 죽력주라나……그리고 제주에는 오메기술이란 농주가 있고, 고운 술로는 소주가 있으니, 얼씨구 그뿐인가 떡술을 빚어 간단하게 넓은 잎에 싸서 가지고 다니면서 마시기도 했다. 덧붙이자면 이 떡술은 어디 산이나 바다, 혹은 벌판으로 들로 나갈 때 토란잎이나 콩잎 따위에 마실 분량을 미리 짐작하여 싸가지고 가서 술 생각이 나면 그릇에 물을 떠 떡술을 넣고 휘휘 저어 풀면 십 몇 도짜리 꽤 거나하게 취할만한 술로 변한다. 그러니까 먹을거리가 지천으로 개발된 지금도 인스탄트 술은 만들지 못하고 있는데 그 옛날 태고 적에 제주 사람들은 이미 그걸 완성했단 말이 된다.

시대적인 상황이 술 빚는 사람살이를 막아 손을 졸라 묶어 버리니, 세계 술 시장에 내놔도 일품이다 싶은 떡술 빚는 솜씨는 세월 속에 묻혀버리고 전수가 자연히 끊어지고 말았다. 아, 정말 아깝다.

아버지는 언제나 이 대목에서 원통한 심기를 다스리지 못해 하늘을 우러러 주먹을 부르쥐곤 했다. 우리나라를 강제로 삼킨 일본이 식민지 정부를 운영하면서 수탈의 한 가지 수단으로 온갖 세금을 징수했고 물론 주조세, 술 빚는 데 따른 세를 놓칠 리 없었다. 이때에 술 공장이 생겨났는데 이름 하여 양조장이다.

개인이 술 빚는 건 철저하게 금했다고 한다. 세금을 거둬야 하니까. 농주 정도는 괜찮았을 거라고? 천만에. 들켰다하면 치도곤 당하고 감옥가기 따 논 당상이었다고 한다. 그렇다고 양조장에서 맘대로, 우리가 누대에 걸쳐 빚고 마셔온 그대로 온갖 술을 다 제조하여 팔게 했느냐하면 그것도 아니었다. 술의 가지 수를 소주 탁주 약주 세 가지로 제한하였다. 삼백오십 가지도 넘는 술 종류를 단 세 가지로 압축시켜 버렸으니 편법은 안 빚는 척 빚어 숨기는 길밖에 딴 도리가 있을 리 만무했다.

술을 빚다 들켜 당하는 고초에 술 마시는 맛 혹은 멋을 비길까.

외할머니는 술을 빚어 바로 대문격인 '올레'에 술독을 묻어 놨다. 관리들이 마을에 심어놓은 밀정의 제보를 받고 홰치며 들이닥쳐 봐야 술 냄새는 풀풀 나는데도 단 한 번도 밀주를 찾아내지 못했다고 이제도 전설처럼 입에서 입으로 전해진다. 밀주 단속 나온 관리가 밟고 선 땅 밑에서 술은 숙성을 하는데 꿈에도 그걸 모르는 그들은 뭐 곡간이다 부엌이다 안방 이불자락까지 샅샅이 들춰대 봤자 눈에 띌 리 없었던 것이다. 기는 놈 위에 걷는 놈, 걷는 놈 위에 뛰는 놈 있게 마련이고 뛰는 놈 위엔 또 나는 놈, 나는 놈 위에 바앙- 우주선 타고 뜨는 놈 있단 소리는 아주 흔해 빠진 비유일망정 이런 경우에 딱 어울린다.

나는 등잔 밑이 어둡다는 속담을 일백 퍼센트 믿을 수밖에 없는 환경에서 어린 시절을 살았다면, 그건 순전히 우리 집 어른들의 공공연한 비밀 탓이다.

일본제국이 두 손 든 마당에 아버지는 왜 계속 채마밭에 비밀을 묻었느냐고 반문할지 모르겠다. 해방 후에는 양곡이 부족하다는 게 술 빚는 걸 막은 첫째 이유였다. 밥해 먹을 살도 모자란데 술 빚어 마시고 갈지(之)자 걸음을 해? 안될

말. 이유는 그랬다 쳐도 속셈은 역시 징세에 있지 않았을까?

일본의 손아귀에서 놓여나 새 나라를 건설하면서 위정자들은 어이없는 실수를 저지른 것이다. 그렇게도 갈망했던 우리나라 대한민국의 제도는 거의가 다 일본의 식민지 정책에서부터 비롯된 것들을 고스란히 이어 받아 수립된 때문이었다.

내가 여섯 살을 고대하던 그 때도 아버지는 여전히 몰래 술을 빚어 거기 숨길 수밖에 없었던 내력은 우리 민족의 빼어난 술 빚는 솜씨를 얽어맨 제도 탓이었다고 해도 무리한 주장은 아니라고 확신한다.

내가 이런 사실을 방자하게 주장하는 밑바탕에는 확고한 증인들의 양심선언이 떠받히고 있는 데서 힘을 얻었다. 단지 아버지의 말만을 근거한 것이 아님을 확실히 밝혀둔다. 세월이 흐를수록 당시를 살았던 모든 이의 마음에 아주 작은 일까지도 선명한 색깔을 머금고 팔팔한 모습으로 담겨 있다가 기회만 닿으면 유산처럼 대물림하여 전해지는 여론들, 그리고 가슴에 아로새긴 역사들.

이야기가 잠시 옆으로 새버렸네.

아버지는 아슬아슬한 관리들의 추격을 따돌리면서 채마밭의 비밀을 언제까지나 사수하는 가운데 느긋하니 즐기기도 했다.

흥정

나는 가끔씩 아버지 비밀을 들여다보는 것만으로는 부족하여 그 사실을 알고 있음을 넌지시 암시하곤 했다. 내가 있어도 그만 없어도 그만인 위치에서 인정받으려는 술수이기도 했다. 그렇잖으면 늘 병치레나 하고 소리 나지 않게 말썽이나 피우는 다섯 번째 딸, 살아남은 서열로 치면 둘째 아이에 불과한 나를 잊어버릴 것만 같아서.

아버지와 흥정을 벌이는 건 재미도 있었다. 아버지의 비밀은 눈으로는 봐도 되지만 입 밖으로는 드러내면 안 되는 것, 그랬다가는 아버지가 치도곤이 당하고 감옥에 갈지도 모르는 것, 아버지, 내가 그걸 다 알고 있는데 이래도 날 그저 딸부자 집 둘째 정도로 무시할 거예요? 라는 전제 아래 흥정을 벌였다고나 할까. 뭐엔가 몹시 심사가 뒤틀려 배알이 꼬일 때, 그 때 아버지가 채마 밭에 들어가 있으면 내 두 눈에 쌍심지가 돋아나면서 확 불이 붙곤 했다.

"아버지, 거기서 뭐 햄수과(하세요)?"

거기 몰래 묻어둔 술독에서 또 술 퍼마시고 계시죠? 흥, 난 다 알아요 다 알고 있다구요. 라는 뜻으로 한 말이다.

아버지는 단 한 번도 내 심리전에 걸려든 적이 없다. 그만큼 나보다 몇 배 세상을 오래 살았고 뱃사람으로 뼈가 굵어 베짱이 이만저만 두둑하지 않았다.

나는 사람 사이의 줄다리기에는 심리전을 해야만 승산이 있다는 쪽으로 아예 생각이 미치지 못하는 어린이에 불과했다. 그 점은 내 약점이었고 동시에 실수의 근원이기도 했다.

아버지는 번번이, 아니 매번에 능글맞게도 내 도전을 쓰윽 눙치는 작전을 구사했다.

"고추 따고 있었다 자, 봐라."

이 세상에서 제일 큰 손, 아버지 손아귀에는 짙푸르게 매운 독이 바싹 오른 고추가 한 줌 가득 들어있고 그 고추 한줌이 확 내 눈앞으로 다가드는 것으로 나는 판정패 당했음을 인정해야만 했다. 그럴 때의 비참해지는 심정은 당해보지 않는 이는 그 쓴맛을 모를 것이다.

아버지는 정말 술을 좋아했다. 내가 보기에는 우리들보다 술을 더 좋아했던 것 같다. 전혀 신문 따위 읽지 않는 아버지였지만 신문이 우체부 손에 들려 도착하면 어머니한테 꼭 물어보기를 잊지 않는 게 한 가지 있었다. 어쩌다 한 번 씩 신문에 실리는 술 광고였다.

"거 뭐 없어?"

신문을 읽고 있는 어머니에게 이렇게 물었다면 그건 바로 술 광고가 실렸냐고 묻는 거였다. 당시 신문에 실린 술 광고는 이랬다.

『치운가(추운가)? 더워진다!』
『술이라고 하기는 너무나 고상하고 취했다고 하기는 너무나 유쾌하다. 차라리 말해둘까 그저 적옥(赤玉:요건 술 이름이다)이라고』
『조(朝)의 일배(一杯) 피로를 낫고 석(夕)의 일배(一杯) 활력을 증(增)함』

어머니가, 예 여기 한 구절 뽑았내요 라고 하면 반짇고리에서 가위를 내다가 당장 오려서 고이 간직했다. 그까짓 신문광고란에 실린 술 광고를 그토록 애지중지하는걸 보면 정말 기분이 묘해서 더 아버지 비밀을 물고 늘어지고 싶어졌다.

무궁화를 보전하는 방법

평소에 아버지는 구레나룻을 그대로 내버려 둬 얼굴의 절반을 가리고 있는 게 일상의 모습이었다. 나와 한 판 겨루어 이기고는 흐뭇하게 미소 짓는 함지박만한 입가의 수염에는 토란잎에 맺힌 이슬처럼 영롱한 술 방울이 방울방울 매달려 술 냄새를 향수처럼 흩뿌리곤 했는데, 그게 더욱 내 기를 죽여 버렸다.

아침마다 마당을 돌아 통시에 가서 소피를 보며 아버지는 하늘을 살폈다. 참,

아버지 소피를 볼 적마다 거기 한 그루 서 있는 아름드리 무궁화나무와 정겹게 속삭이는 버릇도 있었다. 그 무궁화나무는 외할아버지가 집터를 잡아준 후 내 부모 두 분이 곧바로 다섯 칸 집을 지으면서 동시에 어머니가 심었다고 한다.

그 때는 일제 강점 말기여서 순사들이 여러 번 그 나무를 가지고 시비를 걸어 보려다가 그만 둔 이야기도 내 어릴적 그 때는 전설처럼 우리 동네에 전해지고 있었다.

하아, 똥 싸는 데 심어진 무궁화노, 똥냄새만 맡으니 조센진한테노 영향력이 노 없다.

히히- 여름날 꽃이 흐드러지게 피면 무궁화나무 한 그루는 마치 어둔 바다를 밝히는 등대와 같았다던가, 그러면 제 때를 놓치지 않고 순사들이 들이닥쳐 황국신민이 된 마당에 왜 무궁화를 심어 반항하느냐고 시비를 붙다말고 옆에 바싹 붙어있는 돼지가 꿀꿀 거리는 통시에서 나는 구린 냄새로 코를 틀어쥐고는 씨부렁거렸다던가 어쨌다던가.

통시 가에 선 무궁하 정도라면 아무리 매서운 순사라도 맘 턱 놓고말고.

어머니는 그렇게 머릴 써서 오뉴월 서릿발 같은 일제관헌 '쫄자' 들을 무궁화 한 그루로 골탕을 먹였다고 하였다. 나라를 잃고 자유를 잃었다고 해도 사람의 의식은 질경이처럼 살아있었음을 말없이 웅변하는 무궁화 한 그루였다.

우리 집 역사와 더불어 살아온 그 무궁화 내력으로 보면 어머니가 더 아낄 것 같은데 정작 알뜰살뜰하게 구는 사람은 다름 아닌 아버지였다. 소피를 보는 동안 한 손으로 둥치를 짚고 서서 어찌나 정감어린 말을 거는지, 언젠가 보니까 그 모습이 마치 아버지가 먼 바다에 고기잡이 나갔다가 들어온 날이면 가족들 눈을 따돌리고 어머니 등 뒤로 가 감싸 안으며 속삭일 때와 조금도 다를 바 없었다. 그렇다고 그 무궁화나무가 아버지한테 유독 곰살궂게 군다거나 다른 티를 내는 것도 아니었다. 누구에게나 한 아름에 안겼고 나처럼 똥 눌 때도 힘이 부쳐서 두 손으로 나무둥치를 부여잡고 안간힘을 써야만 하는 아이한테도 늘 다정했다.

큰언니가 신 새벽 첫 물 한 허벅을 길어오는 동안 아버지는 바쁘게 날마다 그맘때면 치르는 과정을 어김없이 치러나갔다. 소피를 보면서 무궁화나무와 속삭이고 통시에서 꿱꿱 거리는 돼지한테는 눈 한 번 주지 않고 채마밭으로 간다. 바로 그 때, 담장너머로 승천이 할아버지가 아버지에게 인사말을 건넨다.

"어이, 밤새 안녕했는가?"

긴 담배통을 한손으로 받쳐 들고 집어귀로 들어오다가 물 허벅을 막 부엌 밖의 '팡돌'에다 부리는 큰언니와 맞닥뜨린다.

"아이구, 수니 착하기가, 오늘도 여문 물 허벅을 봤으니 바다에 가면 우리 밴만선은 따 논 당상이겠구나."

날마다 승천이 할아버지도 아버지처럼 새벽을 도와 물 긷는 큰언니한테 칭찬을 아끼지 않았다.

아버지와 승천이 할아버지는 비밀로 아침 해장을 하고나서 곧바로 바다로 나갈 의논을 하곤 했다.

후회

어머니의 혼잣말처럼 그미에게 나직나직이 한숨을 섞어 아버지가 살았나죽었나 아, 너무 막막하다고 한탄하는 소리가 들렸다.

하루에 하루가 더해 갈수록 마을사람들은 우리 배가 풍랑을 만나 파선 당했고 아버지네는 물고기 밥이 됐을 거라고 조심스럽게들 수근 거렸다.

나는 새벽이면 이불 속에서 숨죽여 울었다. 밤사이 아버지가 돌아오지 않았다는 걸 귀 기울여 확인하면서 많은 지난날들을 반성했다. 만일 아버지가 돌아온다면 다시는 아버지 비밀을 가지고 비겁하게 굴지 않을 텐데……설빔으로 약속한 꽃고무신, 안 사줘도 투정하지 않을 거다. 아니 아니다. 그건 생각해 봐얀다. 아버지가 언제나 보면 우리들 신발이 다 헤어져 발가락이 몇 개씩 나와야만 검정타이어 고무신, 그것도 짝짝이 일쑤로 사다주는데, 그것만은 꼭 받을 거다. 다만 이번 설빔이 아니라도 좋다.

나는 혼자서 수많이 다짐을 거듭했다. 아버지만 돌아온다면 무엇을 못하며 무엇을 포기하지 못할까……

새벽부터 불난 호떡집보다 더 부산한 우리 집 하루가 내 몫으로 배당한 일감은 언제나 이른 아침에 아기요람을 흔드는 것이었다.

아버지는 고기잡이 연장을 꼭 안방 아랫목에서 챙기는 버릇이 있었다. 내가 아기요람을 흔드는 것에 일일이 간섭해댈 때는 다 내팽개치고 집을 나가버리고 싶었다. 뭐 방 네 구석을 다 돌아다니며 흔들고 있다느니, 자장가를 잘 부르지 않아서 아기가 선잠을 잔다느니, 이루 헤아릴 수 없을 정도로 잔소리를 하곤 했으니까.

나는 아기요람 흔드는 노동의 고통을 아버지 잔소리에서 실감했고 그럴수록 요령은 반비례로 늘어 기회를 엿보다가 탈출하는 방법도 일찍 터득해놓은 터였다. 일단 아기가 깨어나 칭얼대면 그다음 아기를 보는 몫은 자동적으로 어머니한테로 넘어가게 되어있음에 착안하여 아버지 잔소리를 조금 참고 견디면서 긴 해방을 은밀히 마련한다. 이를테면 적당한 때를 봐서 일부러 아기를 깨우는 것 등등.

아기가 깨어 바둥거리면 아버지는 어김없이 또 간섭을 하게 마련, 니마야, 자장갈 부르면서 더 세게 흔들어야지. 바로 내가 노리던 기회였다.

  자랑 자랑 윙이 자랑
  별진 밭도 너를 주마
  저 바다도 너를 주마
  저 산도 너를 주마
  저 땅도 너를 주마
  자랑 자랑 윙이 자랑
  저 하늘에 해도 주마
  저 하늘에 달도 주마
  저 하늘에 별도 주마...

  외할머니가 부르는 자장가를 어깨너머로 배워 나는 가사를 자유자제로 바꿔가며 목청껏 불러댔다. 어느새 요람을 보면 곤히 잠들었던 아기가 깨어나 눈을 말똥거리고 있었다. 내가 불러대는 자장가의 의미를 알겠다는 듯이 조막손을 맞잡고 웅아 웅아 답하면서.
  정말로 난 자장가를 우렁차게 잘 불렀다. 내 자장가 부르는 솜씨는 전적으로 외할머니한테 전수받은 것이다. 이웃사람들은 어린 것이 여든 난 늙은이처럼 잘도 불러댄다고 혀를 내둘렀다. 하지만 아버지가 돌아오지 않은 그날들 동안 나는 일부러 목청 돋워 자장가를 부를 필요가 없었다. 그렇게 주니내던 일도 아버지가 간섭하지 않으니 왜 그리도 꽁무니 빼기가 싫은지 몰랐다.
  동창이 훤하도록 이불 속에서 꼼지락거려도 누구 한사람 그만 일어나서 아기 요람 흔들어주라고 재촉하지 않았다. 모두들 입을 다물고 묵묵하게 하루를 보내곤 했다. 이제 아버지가 물고기 밥이 됐다는 걸 기정사실로 받아들이지 않으면 아니 될 시간이 됐다.

행복한 이웃

건이 아버지는 다시는 돌아오지 못할 아버지를 동정하는 척, 사실은 비꼬았다.
"원숭이도 나무에서 떨어지는 법인 디, 제가 아무리 내로라 으스대는 뱃놈이라도 먼 바다서 풍랑 만나면 어쩔 것인가 수장되는 수밖엔 없는 것이여."
섣달그믐 날이었다.
마을사람들은 일찌감치 명절준비를 끝내고 저녁 밀물에 맞추어 포구로 나왔다. 아버지네가 죽은 게 분명하니 이제 더는 기다리지 말고 설을 쇠고 나서 바로 개닦이를 해야 한다고들 귀엣말을 주고받곤 했다. 건이 아버지는 늘 하던 말버릇 그대로 소리를 죽이지 못하고 대놓고 떠들어대었다.
내 다섯 살의 마지막 날 저녁바다는 겨울 석양에 노을이 부서지면서 그리도 아름답게 채색되어 웅장하고도 찬란하게 섬을 에워쌌다.
나는 바닷물이 울렁울렁 밀려오는 물 구비에 한참이나 눈을 주다말고 나불대는 건이 아버지한테로 달려들었다.
"우리아버지 안 죽었어, 우리아버지만 돌아와 봐, 콱 죽여 버릴 거야 나쁜 이웃!"
재빨리 큰언니가 발버둥치는 나를 건이 아버지한테서 떼어내어 달랑 들다시피 하고선 집으로 왔다. 아기는 요람에서 고이 잠들었고 슬이가 요람 옆에서 꾸벅꾸벅 졸고 있었다.
슬이는 늘 천하태평이었다. 아버지가 물고기 밥이 되고 말았을 거라고들 근심 걱정 속에서 날을 지새우는 데도 그 아이만은 매 끼니마다 밥 한 그릇씩을 마파람에 게 눈 감추듯 먹어치웠고 여전히 포동포동하게 살이 쪘으며 우리 모두 소리를 죽여 가며 눈물지을 때도 아기와 까꿍, 장난을 치는가하면 우리 집 파수꾼인 똥개 장똘이와 뒹굴며 놀았다.

나는 큰언니 품에 안겨 엉엉 울었다. 언제나 싱글벙글 웃고 사는 슬이가 정말 부러웠다. 한참 울고 나니 그렇게나 속이 시원할 수가 없었다.

"큰언니, 아버지 안 죽었지. 아버지가 어떤 뱃놈인데 그만한 바람에 죽어? 그렇지 언니야. 나한테 이번 설에 꽃고무신 사준다고 약속했는데 그 약속 안 지키고 아버지가 죽었을 리 없다 그치 그치이?"

큰언니가 등을 토닥토닥 두드려주며, 그러엄, 하고 맞장구를 쳤다.

"니마야 너 꽃고무신 신고 싶어서 아버지 안 죽었다고 생각하는 건 아니지? 걱정 마 어딘가에 꼭 살아 계실거야. 어젯밤 꿈도 꿨는걸. 절대 죽은 사람이 아니더라 애."

나는 꽃고무신 때문에만 아버지가 죽지 않았다고 고집 부린 게 아니었다. 아버지는 땅에서보다 바다에서 훨씬 기가 살아난다고 덕이 아버지한테 말 하는걸 들은 적이 있다.

덕이 아버지는 내 또래 딸을 둔 대학생이었다. 우리 마을에서 유일하게 서울에서 대학을 다니는 사람이기도 했다. 덕이 어머니는 물질 잘하기로 소문난 잠수(제주해녀)였다. 물질해서 번 돈으로 서방을 서울대학까지 보내는 대단한 여자라고 어머니가 말하곤 했는데, 덕이 아버지는 방학 때 집에 오면 한문(漢文) 투성이 책을 들고 아버지한테 와서 이것저것 묻기도 하고 가까운 바다로 당일치기 고기잡이를 갈 때면 한 번씩 따라 가기도 했다.

아버지는 아주 어렸을 때 부모를 잃고 서당을 하는 부모의 친구 집에 맡겨져서 그 집에서 아궁이에 군불을 지피는 일이며 땔감을 져 나르는 상일을 하면서 밥을 얻어먹었다고 했다. 그 때 덤으로 귀동냥해 배운 글공부 덕분에 한글은 썩 좋지 못해서 겨우 이름과 주소나 썼지만 한문은 막히는 데가 없었다.

덕이 아버지가 찾아오면 아버지는 신이 나서 말에 힘이 붙고 생기가 돌았다. 샌님 같은 덕이 아버지를 상대로 먼 바다 이야기며 자신이 바다에 갔다하면 물 만난 고기들 저리가라 할 정도로 팔팔 살아서 뛰어다닌다는 모험담을 시간 가는 줄 모르고 풀어놨다.

내가 그저 질펀하게 물만이 고여 있는 데가 바다라고 생각하지 않게 된 이면에는 아버지가 노상 말하는 바다이야기에서 온갖 지식을 축적한 덕분이었다. 아버지 바다는 신기함과 모험과 용기와 꿈으로 가득 찬 신비의 나라였다. 그곳에 간 아버지가 죽었을 리 만무하잖는가.

어머니가 우릴 뒤따라 들어왔다. 오자마자 그미 입에 잠시 젖을 물렸다가 큰언니와 찬방에서 차례음식을 다 준비하고 나서 우리들을 부엌으로 한사람씩 데려다가 목욕을 시겼다.

'뉴스'라고 말하고 '새소식'을 기다린다

맨 먼저 한 해 동안 묵은 때를 씻은 나는 베개를 두어 개 겹쳐 올려놓고 키를 키운 다음 등잔심지를 돋우었다. 그동안 아버지 걱정에 싸여 펼쳐보지 못한 신문들을 읽으려고 말이다.

그때는 그 사실을 몰랐다. 신문에 아버지처럼 바다 길을 잃은 사람에 대해서도 기사가 난다는 걸. 만약에 그걸 알았다면 나는 성안에 하나 있다는 신문사로 찾아갔을 지도 모른다. 우리 아버지가 바다 길을 잃었는데 좀 찾아달라고.

많은 사람들이 신문을 봤다고 가정하자. 바다에 떠 있는 배들 뿐 아니라 모든 고기잡이배가 아버지네를 찾아 바다로 나갔을 지도 모른다. 수색 작업이 온 바다에서 벌어졌을 수도 있다. 그래서 아버지네는 일찌감치 구조됐을 수도 있는데...

아버지가 바다에서 실종된 그 때는 등잔의 심지를 돋우고 그저 신문의 글자를 세다가 어쩌다 낯익은 글자가 눈에 띄면 반가와 검지로 다시 한 번 눌러 보는 게 고작이었다. 어느새 신문지는 내가 나도 모르는 사이에 흘린 눈물로 점점이 젖어들었다.

"아버지 나 꽃고무신 안 사줘도 좋아 빨리 와 아버지."

분명히 신문을 읽고 있었는데 깨어보니 그 뒷날 아침녘이었고 새해 정월 초하루가 환히 열려 있었다. 아버지가 있었다면 섣달그믐 날 잠자면 눈썹이 하얗게 샌다고 우릴 겁주어 공연스레 밤잠을 설쳤을 텐데... 저기 바다 건너 오끼나와에 사는 사람들은 쥐명절 날이라고 쥐구멍마다 음식을 넣어준다지.

아버지는 참으로 이야기 주머니가 큰 사람이었다. 날이면 날마다 그 날에 딱 들어맞는 이야기를 이야기 주머니에서 풀어 우리들 앞에 내놓곤 했다. 옛말 잘 하기로는 그래도 외할머니를 따르진 못했지만 아버지 이야기 주머니는 비는 날이 없었다.

그 때 섬에는 까치가 없었다

섣달그믐 날을 서울 아이들은 까치설날이라고 한다고 알려준 사람도 다름 아닌 아버지다. 그래서 나는 학교에 다니기 훨씬 이전에, 까치까치 설날은 어저께구요 어쩌고 하는 노래를 흥얼거리고 다녔다. 그러나 '까치' 와 '까마귀' 와의 차이점은 무엇인지, 까치와 까마귀가 다른 새인지 같은 새인지를 전연 감 잡을 수 없었다.

　내 어릴 적 여섯 살인가 다섯 살 그 때는 제주 섬에 까치가 살지 않았다. 그러니까 제주 섬에서 까치까치 설날은 어저께구요 우리 우리 설날은 오늘이래요 라는 노랫말 그대로 노래하는 건 온당치 않아 보였다. 까치가 어떻게 생겨먹은 놈의 새인지 알지도 못하는데, 막상 그놈의 모습을 보려고 해도 아예 없는데, 무슨 놈의 까치 설 날? 뭐 서울에 남대문이 있는 거 꼭 봐야 있다는 거 아느냐고, 안 봐도 남대문 있는 거 다 아는 것처럼 까치를 보지 못했어도 섣달그믐 날은 까치 설 날이다 이 섬 무지렁이야, 할 서울 촌것들 참 많겠지만 난 어린 시절 섬에서 살 동안만은 내게는 섣달그믐 날이 까치 설 날이란 게 통 실감나지 않았다. 이 사실은 아버지도 안타까워했다. 내가 조금만 더 나이가 들었거나 건강했다면 냉큼 어디 까치가 사는 육지로 데려가 보여줬으면 좋으련만.

　까치는 '가마귀'와 '갈가마귀'를 구분해서 말하는 것보다는 쉬웠지만 까마귀와 까치의 유사성을 구분할 수 있도록 말해주기엔 아버지로서는 역부족이었다. 그놈의 사진기가 빨리 대중에 보급되었더라면 그런 헷갈리는 일 따위 해프닝은 일찍이 없었을 것을, 그 때는 사진기는 고사하고 TV도 없었고 라디오도 귀하던 시절이니 한 컷에 찰깍, 까치를 찍다 보여줄 여건이 안 된 세상이었.

　아버지가 집에 없으니 아무리 섣달그믐 날이 된들 까치와 까마귀를 놓고 다툴 수가 있나 가마귀가 맞다 까마귀도 맞다 하며 어린애처럼 티격태격 할 수가 있나, 아 새해가 되어도 조금도 기쁘지 않았다. 도리어 자꾸만 슬퍼졌다. 옥도미 고기잡이 나갔다가 실종되지 않았더라면 아버지는 틀림없이 침을 튀기며 배가 하얀 까마귀가 까치라고 열나게 설명할 것이고 나는 내 머리 속에다 가마귀와 다른 까치를 상상해 낼 수 없어 답답하기가 절벽과 마주선 기분이다가, 끝내는 눈만 말똥거렸겠지. 아니지, 상상해내지 못 한 게 아니고 상상해내서 아버지한테 보여주는 새마다 까치가 아니었던 그 사실이 오히려 사람을 어리벙벙하게 했지.

　내가 까치를 상상해 보일 때마다 아버지는, 그거 까마귀와 기러기를 반반씩 섞은 거 아냐, 아니 또 그건 기러기와 바다갈매길 섞은 거고, 그건 제비하고 동박새, 그건 이놈아 직박구리와 휘파람새에다 제비 앞가슴을 섞은 거잖아.

　끝에 가서는 아버지가 두 손을 들고 말았겠지. 네 머리 속에 요술방망일 쥔 아기도깨비가 들앉았다 이놈아. 네가 생각해내는 그게 어디 새냐 괴조지.

　괴조?

　내 귀가 쫑긋 솟는다. 그게 뭔데요 라는 말을 마치기도 전에 아버지는 모르겠다 네 엄마한테 가서 물어보라면서 나를 부엌으로 쫓아냈을 것이다. 아버지는 무엇이든 한계에 부딪히면 그저 어머니한테 몽땅 밀어붙이고 마는 버릇이 있었다.

그 해 설빔

　어머니는 그 해 설빔을 무척 곱게 지어줬다. 겨울에 입을 옷은 따뜻해야지. 머리맡엔 초록 유똥 치마에 노란 양단 저고리며 어마나 이게 뭐야, 꽃고무신! 아버지가 왔어? 난 사방을 둘러봤다. 우당탕 방문을 열고 마루 건너 안방으로 뛰어 들어갔다.

　안방엔 벌써 차례상이 차려져 있고 옥도미에 미역을 건지로 놔 끓인 갱과 하얀 쌀로 지은 메를 어머니와 큰언니가 상에 올리고 있었다.

　"잘 잤니? 물 데워 놨으니 어서 세수하고 옷 갈아입고 이리 오너라. 이번 명절엔 아버지 안 계시니 니네 딸들이 조상님께 절해라."

세수를 하면서 나는 꽃고무신에 정신을 팔았고 덕분에 절망은 어느새 어디론가 가버려 자취를 감췄다.

그 날은 낮 동안 아버지를 조금만, 아주 조금 눈물 한 방울만큼만 생각했다. 꽃고무신을 동네 아이들한테 자랑하러 다니느라 아버지 생각할 시간을 넉넉하게 낼 수 없었기 때문이다.

아버지를 못 본지 보름쯤 되었다고 생각하지만 그보다 더 됐을지도 모르는 일이었다.

아버지가 없는 설을 쇠고 며칠이 지난 어느 날, 우리 집에 자전거를 탄 우편배달부가 다녀갔다. 그는 언제나처럼 신문지 뭉치와 편지를 주고 갔다.

어머니는 전보가 왔다고 했다. 펼쳐 보다말고 어머닌...

그건 꿈같은 일이었다, 내가 보기엔.

아버지가 죽었을지도 모른다고 온 마을이 수근 거려도, 우리들 큰언니와 내가 가끔씩 울어도 어머니는 그저 조용하기만 했있는데, 전보를 읽고 복 놓아 울기 시작했던 것이다.

그미를 등에 업은 채 나랑 슬이한테 실뜨기 하는 요령을 일러주던 큰언니가 아기를 내려놓고 어머니한테로 달려갔다. 그리고 어머니를 따라 울음을 터뜨렸다.

어디에도 있는 아버지

나는 짐작했다. 아버지 죽은 시신이 어느 바닷가 갯바위에 올려 졌다는 소식이 왔을 거라고. 그런 생각을 하고나니 어머니나 큰언니처럼 울음이 나오기는 커녕 덜컥 무서움증이 일었다. 다시는 아버지를 보지 못 할지도 모른다는 사실이 순식간에 나를 공포의 도가니로 몰아넣었다.

아버지 비밀이 묻혀있는 채마밭으로 달려가 숨바꼭질할 때처럼 담굽에 숨었다. 거기서는 아버지 냄새가 났다. 아버지 비밀 속에는 아버지 냄새가 들어 있었던 모양이다. 한참 동안 오도카니 앉았으려니 그토록 비밀을 애지중지했던 아버지 모습 하나하나가 선명하게 한 컷 한 컷씩 마음속에 들어왔다 술항아리 속으로 슬며시 사라져 버리곤 했다.

술항아리 뚜껑을 열었다. 아버지냄새가 확- 얼굴로 덮쳐왔다.

술 바가지에 술을 떠서 들여다보면 거기에 면도하는 아버지, 무궁화나무와 속삭이는 아버지, 맛있는 순대를 만들어 우리한테 어서 먹으라고 함지박처럼 웃는 아버지, 아기 잘 보라고 잔소리하는 아버지, 문창호지를 찢어내어 담배를 말아 피다가 어머니한테 걱정 듣기 예사인 아버지, 아버지, 아버지, 온갖 모습의 아버지가 다 어른거렸다.

술항아리에는 아버지가 아직도 살아있어 나는 어느새 표주박으로 아버지를 떠올렸다. 그리고는 술 그늘로 숨어버리는 아버지를 찾아 뜨고 또 떴다. 아버지 죽지 않았지 그지이? 뽀얀 탁배기에 어린 아버지가 그러엄, 하고 미소로 대답했다.

함박눈송이에 숨어버린 전설

한참 후에 고개를 들어 하늘을 보니 짙은 구름 사이로 서너 갈래 햇살이 갈라지고 뒤이어 함박눈송이가 나풀나풀 내려왔다. 바람 많은 제주 섬엔 함박눈이 아주 귀하게 내린다. 한 겨울이 다 지나도 함박눈 한 송이 안 내리고 넘기는 해도 있다. 눈이 온다면 살을 애일 듯 날카로운 바람살을 타고 모질게 쏟아 붓는 싸락눈이 대중이다.

그 날 내린 함박눈송이 마다에는 아버지가 웃고 있었다. 채마밭에서 마을 어른들과 비밀을 나눠 마시며 은밀한 눈짓을 하고 있었다. 배 타러 새벽길을 떠나기 전에 우리에게 듬직한 인사를 하고 있었다.......아버지 아버지 아버지이- 어, 아버지가 막 날아다니네.

나는 눈송이마다에 각인된 아버지를 잡으려고 채마밭을 맴돌았다. 큰언니가 달려 나왔다. 나를 붙잡으려 팔을 벌렸다. 눈송이는 나를 빙빙 돌게도 하고 위아래로 오르락내리락 흔들어 놓기도 했다. 어느새 아버지 모습은 온데간데없고 그저 나는 너무 어지러워 제자리에 멈춰 설 수가 없었다.

"아버지가 있지, 니마야 아버지가, 목포에서 연락선 타멍(타면서) 전보 보냈젠. 우리 아버지가 살아 돌아 왐젠(오고 있대)."

큰언니 말이 들렸다말았다 했다. 꿈결인 듯싶기도 했다. 더는 버티지 못하고 막 함박눈이 하얗게 쌓이기 시작한 채마밭에 꼬꾸라졌다. 그래도 큰언니 말에 대답을 했다.

"큰언니야 아버진 연락선 타고 오는 게 아니구우, 저 눈송이 타고 와아—"

그리고 진종일 꿈을 꿨다.

아버지의 귀향

마을사람들이 집에 몰려들고 통시에서 돼지를 끌어내어 갯가 샘으로 간 한참 후 아스라이 멱따는 소리가 귓가에 날아들고, 술도가에서 술춘을 몇 개씩 실어다 마당에 내리고, 그렇지, 우리 집 동산에다 천막을 치느라 젊은 패들이 떠들썩하니 부산을 떨었다. 무슨 잔치 치르려나 어머니가 돈이며 쌀이며 막 고방에서 퍼내면서 이것도 많이씩 저것도 많이씩 하라고 손짓하고 있었다.

정신을 차려보니 난 어느새 안방에 와 있었다. 채마밭에 있었는데 어어? 날아 왔나봐. 난 지금도 꿈꾸고 있나보다.

"아이구, 니마가 무사(왜)? 꼭 술 취한 거 같다 이."

누가 마루를 오가다가 방안에 널부러진 나를 보고 호들갑을 떨었다. 모두들 나를 보러 안방에다 얼굴을 디밀었다. 나를 보고나서는 뭐가 그리 우스운지 손으로 입을 가리면서 하나같이 킥킥 거렸다.

나는 기분이 나빠져서 그만 꿈을 깨고 싶었다. 그러나 꿈에 사로잡혀 옴쭉달싹할 수 없었다.

죽었던 사람들이 살아온다. 두이레 보름 동안만 우리 축하잔치 벌리자. 누군지 모르지만 이따금씩 장고를 뜨덩뜨덩 두드리면서 '서웃젯소리' 가락에다 발림을 붙였다. 아마 장고말을 재우는 모양이었다.

우리 집은 음식냄새로 진동했다. 사람들이 다들 싱글벙글 웃음을 감추지 못했다. 죽었다고, 개닭이 굿을 해야 한다고 공론할 땐 언제고 이젠 또 축하잔치 벌리자고 한다. 어른들 심보는 알다가도 모르겠다 싶었다.

난 꿈을 깨려고 발버둥 치며 궁시렁 거렸다.

"요것아 이제 그만 술주정해라."

누가 내 머리에다 알밤을 먹였다. 알밤 맞은 자리가 알싸하게 아프면서 나는 꿈결인지 술결인지 몽롱한 상태에서 깨어났다.

"느 아방이 죽었다가 환생해서 온다는데 이년아 어린 것이 그래 부릴 말썽이 없어서 술에 취해 해롱거리냐? 썩 일어나서 찬물에 세수하고 정신 차려 이것아."

동네 욕은 혼자서 다 도맡아 해대는 욕쟁이 아주머니가 연신 내 머리에 알밤을 주어가며 몰아세웠다. 마루에서 음식을 만드는 사람들한테 눈짓을 줄 때마다 그들은 욕쟁이 아주머니 말에 대거리를 쳐댔다.

뵈기 싫어 괜히 잘난 척 해. 내가 입속에서 가만히 중얼거렸는데도 그 말을 알아듣고 된통 큼지막한 알밤을 먹이고는 욕쟁이 아주머니는 방을 나갔다.

그러면 그렇지 내 여섯 살이 어떤 여섯 살인데 시작이 나빠? 내 꿈대로 아버진 살아온다. 이히히 좋다 여섯 살 만세!

2. 노란 평지나물 꽃파도에 묻혀 바람몰이 하는

수선화가 늙을 즈음

아침 밥상에 식솔이 막 둘러앉아 아직 아무도 숟가락을 들기 전이었다. 어머니가 병아리 깔 둥우릴 준비하겠다고 갑자기 선언했다. 어느 누구도 함부로 둥우리에서 달걀을 꺼냈다가는 혼쭐이 날 각오를 단단히 해야 할 거라고 엄포 놓기를 잊지 않았다. 한동안은 달걀꼴 구경할 생각은 아예 하지도 말라는 엄중한 경고의 말이기도 했다.

병아리를 까기엔 이른 계절이었다. 아무래도 겨울 꽃 수선화가 늙어 퇴색하고 대신에 양지바른 들녘의 평지나물에 꽃대가 쑤욱 올라와야 제철이지. 그럴 즈음이면 햇볕이 겨울의 경계선을 완전히 벗어나 봄으로 들어설 테고 겨우내 움추렸던 하늘과 땅 사이 아늑한 공간을 서서히 덥히면서 지표면으로 다가와 제법 따사롭게 내리쬘 터이고. 그 때쯤 되면 병아리 둥우릴 앉히기에 딱 알맞은 봄날이 섬에 살러 잰 걸음 질 칠 텐데.

"뭐가 그리 급하다고 아직 바람살도 매운데 벌써 병아릴 까?"

아버지가 볼멘소릴 했다. 아마도 아버지의 의의제기가 없었더라면 그 누구 다른 가족이, 혹시 나였을 지도 모르지만, 꼭 누군가가 한마디 했을 그런 사안이었다.

퉁놋주발 속의 달걀찜

아침 밥상에는 언제나 반숙 정도 익힌 달걀찜이 올랐지 않는가. 단 병아리 둥우릴 앉힐 때만 말고는.

아무집이나 다 우리처럼 매일 달걀 반찬을 먹지 않았다. 그건 우리 집 특별 메뉴였고 고정 반찬이었다. 그런데 때 이른 봄에, 아니 봄이 아직 채 오지도 않았는데 별안간, 병아리를 일찍이 깔 참이니 여러분들 참아 주세요. 라는 어머니의 말 한마디로 가족 모두가 그 귀한 반찬을 포기하는 게 쉬운 일이 아니지 않는가.

가족 모두의 달걀반찬에 대한 애착도 어머니의 때 이른 희망을 삼재우지 못하고 결국은 병아리 둥우리 앉힐 일이 착착 진행되어 갔다.

그날부터 어머니는 달걀을 가지고 몹시도 인색하게 굴었다.

아! 달걀 반숙.

뚜껑 달린 퉁놋주발 안쪽에다 참기름을 두르고 계란 다섯 개 정도를 깨뜨려 소금을 뿌린 다음 잘 때린다. 그 위에다 실파를 송송 썰어 고명으로 얹어 뚜껑을 닫고 밥을 마지막 뜸들일 때 솥에 넣는다.

상차림이 마무리될 즈음엔 밥도 충분히 뜸이 들고 퉁놋주발에도 그동안 밥물이 적당히 흘러들어 그게 촉매제가 되어 사발 가운데가 보고랗게 부풀어 오르면서 가장자리는 되직하게, 가운데는 반숙으로 달걀찜이 익는다.

아버지는 언제나 주발 째 상에 오른 달걀찜을 가운데서만 두어 숟가락 떠먹었다. 반숙만을 떠먹고 우리밥상으로 넘겨주면 큰언니는 한 숟갈씩 우리 몫을 나눠줬다.

몹시 입매가 짧아 입에 맞는 음식이 별로 없는 내게도 그 달걀찜만은 예외였다. 그걸 알고 있는 아버지는 달걀반숙주발을 큰언니한테 주면서 꼭꼭 매번에 일렀다, 니마한테는 한 숟가락 더 주라. 큰언니는 밥상에 둘러앉은 사람 수대로 조절해가면서 나눠주다가 마지막에 조금 남겨 주발 째 내게 건네주곤 했다.

달걀찜 퉁놋주발을 맨 끝에 차지하는 건 아침 밥상머리에서 나만이 누리는 특권이었던 것이다. 그런데 병아리 둥우릴 앉힌다니, 어머니 미워, 소리가 안 나오게 생겼어야지. 나는 다음날 아침 밥상이 차려지거나 말거나 거들떠보지도 않았다.

다른 집 밥상엔 뭐 개미된장 한보시기가 반찬의 전부라나 뭐라나. 그에 비기면 우리 집은 갖은 젓갈 있지, 김치도 두어 가지는 있고, 가끔씩 생선구이에다 옥도미국도 있겠다, 이만하면 그 옛날 임금님 수랏상이 부럽지 않을 법한데 반찬투정이라니 당치 않다고 어머니가 당장 나를 나무라고 들었다.

방에 들앉은 내게 똑똑히 들릴 만치 큰소리로 큰언니에게 이르기를, 니마한테 아무도 밥 먹으라고 달래지 마라 지가 밥 안 먹고 얼마나 버티나 어디 두고 보자며 자 어서들 숟가락을 들라고 재촉해댔다. 내가 밥을 반기는 아이가 아니란 사실을 어머니는 그만 깜빡 잊었던 모양이었다.

첫날 아침끼니는 배가 고프지 않은 덕분에 누가 밥 먹으라고 달래건 말건 방에 죽치고 앉아 심통을 부렸다. 어머니를 내가 이긴 셈이었다. 더구나 아침 밥상머리를 저만치 두고 입술을 다섯 자나 내밀고 버텼으니 다른 식구들 입맛이 달았을까 몰라. 나중에야 내 버릇이 생각난 듯 어머니는 니마 주특기는 버티는 거라며 고개를 내둘렀다. 어머니가 중얼거리는 말을 듣고 나는 속으로 만세! 내가 승리했다. 쾌재를 불렀다.

어머니는 나뿐 아니라 다른 아이들이 아무리 밉게 굴어도 욕 같은 건 절대 하지 않았다. 다른 어머니들은 입에 거품을 물고, 저놈의 새끼 보라 저 주둥이 내민 거 저거 팍 박아 불라 어쩌고 욕지거릴 해대기 예사였고 그에다 부지깽이며 다듬이방망이며 때론 홍두께 까지 울러 매고 혼쭐낸다고 동네방네 몰고 잘도 줄달음을 치곤했다.

닭 '또꼬망'

만일 어머니가 다른 어머니들처럼 우리한테 그랬더라면 나는 심통 맞은 짓은 엄두도 내지 못했을 것이다. 왜냐하면 나는 몸이 허약하다 못해 산들바람 결에도 흔들릴 정도로 부실했음으로 어디 도망이나 변변히 칠 수 있었겠는가. 그러니 일찌감치 포기하고 고분고분할 밖에 다른 도리가 없었을 것이다. 그 때는 그저 기회만 닿으면 심통을 부리면서 속으론, 야호, 어머니는 아이들 혼쭐내는 거 몰라서 좋다. 야, 신난다. 환호하기 일쑤였다. 그렇지만 내 고집이 당장은 어머닐 꺾어 승리하는 것 같았지만 웬일인지 승리감은 길게 가지 못했다.

큰언니는 입을 무룩하게 내밀고 버티기 작전을 벌이는 나를 주저 없이 놀려댔다.

"니마 입술은 독또꼬망 닮았드래요."

'독또꼬망' 은 닭의 똥구멍이다. 말만 들어도 지독히 맵고 구린내가 풀풀 나는. 그러나 똥구멍을 '또꼬망' 이라는 제주지역어로 바꿔 쓰면 구린내가 전혀 나지 않는다. 안 그런가?

"흠, 큰언니는 덜떨어진 감꼭지."

놀려대는 큰언니 말을 받아 나는 보란 듯이 더, 있는 대로 다 입술을 내밀었다. 아무리 놀려 봤자, '독또꼬망'은 '니마 입술이다'를 성립시켜 봤자, 놀리는 큰언니도 놀림 당하는 나도, 그 말을 듣는 다른 누구도, 내가 내민 입술에서 결코 닭똥 냄새를 맡지는 않으리라는 사실, 이미 닭의 똥구멍을 '또꼬망'이라 하는 순간에 그 말 자체가 좋지 않은 냄새를 다 제거하는 청정제 구실을 했다는 사실 정도를 뚜루루 꿰어 알고 있는 터에 나한테 조금도 불리할 게 없는 상황이었다. 그러니까 '독또꼬망'은 비로소 달걀을 쏘옥 뽑아내는, 누구나가 달걀반찬을 소망하는 이라면 그지없이 귀한, 그런 기관으로만 존재하게 되어버린다.

가정경제로 보는 아이 키우기

말은 논리를 내포한다. 그토록 뻔한 사실을 아차 잊어버린 큰언니가 바보란 건 그야말로 당연 사실이고도 남는다. 나의 그런 계산되고 당찬 행동 이면에는 큰언니야말로 누구에게도 막되게 굴지 못하는 사람으로 태어났음을 내가 간파했던 데 있다. 동생들을 얼마나 끔찍이 귀애하고 다독이는지 어머니가 없어도 괜찮을 정도였다. 사람들은 그런 큰언니를 두고 맏이 값을 톡톡히 한다고 했다.

내가 태어나자마자 내 동생 슬이가 어머니 뱃속을 차지하고 들앉았다.

해마다 애를 한 명씩 낳는 어머니한테도 임신한다는 건 힘든 일이었던 모양이다. 젖도 잘 안 나오고 자꾸만 헛구역질 하고 그에다 잘 먹지 못하는 어머니를 대신해서 큰언니는 암죽을 먹이면서 나를 키웠다고 했다.

그 옛날, 내가 태어날 무렵에 우리나라는 6·25한국전쟁으로 사회가 피폐해질 대로 피폐한 나머지 엎친 데 덮친 격이고 엎어져 코 깨진 참에 일어나다 이마

받힌 꼴이지, 제주 섬은 일천구백사십육 년부터 시작된 '제주4·3사건'인 '무자년 난리'가 아직도 끝나지 않아 좌우익이 극한 대립을 하던 어수선한 나날들이었다.

요즘 아기 키우기야 그 때에 비기면 누워서 떡먹기다. 기저귀도 한 번 쓰고 버리는 종이 기저귀가 지천으로 쌓였고, 그것도 똥, 오줌 용이 따라 있는가 하면 계집애와 사내아이 용이 따로 있고 나이에 따라 또 따로 있고 또… 있고 있어 넘쳐나지만 (넘쳐봤자 종착역은 지구를 죽이는 짓거리, 쓰레기 생산이 고작이다) 그 시절에는 헝겊기저귀라 이름붙인 소창 기저귀를 사타구니에 제대로 차서 오줌 똥 눈 아기들은 그 중 '가정경제 사정이 나은 집'에 태어났다는 증거이기도 했다. 우리 집은 '가정경제 사정이 나은 집' 축에는 들지 못했어도 '사람 씨를 귀하게 여기는 집' 축에는 들었다.

나는 큰언니가 어떻게나 알뜰하게 소창기저귀를 때맞추어 갈아주고 씻어주고 했던지 사타구니 한 번 짓무르지 않고 기저귀 차는 걸 무사히 졸업했다. 그뿐인가 큰언니의 훈련시키는 솜씨가 하도 훌륭한 덕분에 첫돌 전에 응아 쉬야를 가리기도 했다. 이제 와 생각해도 큰언니한테 나는 매사에 감격할 덕만 입은 것 같다.

몽니

어머니가 병아리 까던 이야길 하다말고 별 쓰잘데 없는 걸 다 풀어놔버렸네.

닭둥우리마다 알 낳는 시간에 정확히 나타나 달걀을 거머쥐고 통제하기 시작한 어머니가 전에 없이 무시무시하게 보였다.

달걀찜 퉁놋주발이 없는 아침밥을 먹을 만치 먹은 아버지가 툴툴 거리며 숟가락을 던지고 일어서자마자 나는 괜스레 밥상에 둘러앉은 온가족에다 용진이 각시, 용진이 아들, 또 있었지, 생선을 실은 달구지를 끌고 갈 석이 아버지를 한데 싸잡아 눈에 독기를 있는 대로 올리고 노려보다가 힘들면 주둥일 내밀면서 밥상은 거들떠보지도 않았다.

얼마나 오기를 부리면서 단식투쟁을 벌였던지 큰언니가 아무도 몰래 채마밭 한 쪽 구석에 있는 씨고구마를 묻어놓은 구덩이에서 날고구마 한 개를 꺼내어 깎아줘도 마당에다 패대기쳐 버렸다. 다른 때였다면 큰언니 고마워 하고 코맹맹이 소리를 하면서 달려들어 받아 먹어도 모자랐을 텐데…나는 날고구마를 유독 좋아했다.

큰언니는 내가 팽개친 고구마를 주워 흙을 씻어낸 다음 침을 삼키면서 우를 곁에서 지켜보고 선 용진이 아들한테 주고는 중얼거렸다.

"어머니 생각은 쪼꼼도 안하고 지 생각만 하는 계집애, 다시 뭐 먹으라고 주나 봐라."

그 후로 끼니때가 되어도 누구 한 사람 내게 밥 먹으라는 이가 없었다. 온종일 맹물만 마시고도 그런대로 버틸 만 했는데 저녁 잠자리에 들 무렵 해서는 조금 밥 같은걸 먹고 싶었다.

아버지는 아침 밥상머리에서 일어서기가 바쁘게 생선 한 달구지를 싣고는 석이 아버지한테 말고삐 잡히더니 휑하니 성안으로 길 떠나고 말았다.

아버지라도 집에 있었다면 달걀 못 먹어서 부은 사람끼리 동지의식을 느껴서라도 내게 뭘 먹게 해 줄 텐데 당장 집안에 그럴 사람은 아무도 없었다.

자리에 들어서 내내 먹는 것만 상상하다가 부아가 끌어올라 발을 막고 누운 큰언니도 한 발에 걷어차고 슬이에게도 종주먹을 먹였다. 약속이나 한 것처럼 큰언니는 모른 척, 슬이는 어느 결에 잠에 골아 떨어져 내 시위가 먹혀들지 않았다.

배가 고픈 푼수대로라면 영 잠이 올성싶지 않더니만 깨어보니 아침이었다. 나는 밤새 큰언니와 슬이를 잠 못 자게 굴지 못한 그것이 그리도 속상했다.

아침 밥상 차리는걸 보면서는 비참한 생각이 다 들었다. 먹겠다고 자진해서 밥상머리로 가려니 꿀리는 것 같고 안 먹으려니 살살 배는 고파오고, 배가 고픈 것뿐이라면 더 참을 만도 하겠는데 먹는 즐거움에 이 세상살이를 다섯 해나 하다 보니 어느새 길들여져서 뭔가를 입에 넣고 혀에서 그 맛을 느끼며 이빨을 부딪쳐 씹은 다음 목구멍으로 넘기는 과정이 하고파 몸살이 난 게 실은 더 절실한 문제였다.

술이 부르는 타령

밥상이 다 차려졌는데도 아무도 나를 밥상머리로 불러들이지 않았다. 나는 참다못해 채마밭으로 달려가 소리 내어 울기 시작했다. 왜 채마밭에 가서 울었느냐고? 거긴 농주를 빚어 담가둔 술독이 묻혀 있었고 그걸 누구나 다 아버지의 비밀이라고 했다. 그러니까 아버지 비밀에 하소연하러 거기 가서 운 것이다. 한참 울고 나서도 직성이 풀리지 않아 아버지의 비밀을 퍼 마시기로 했다. 아버지가 바다 길을 잃었을 때 한 번 해 봐서 두 번째는 수월했다.

승천이 할아버지는 늘 그랬다 이른 아침 식사 전에 우리 집에 와 아버지 비밀로 해장술 한 바가지를 들이키고 나서 아버지와 이야길 나누다가 끼니때가 닥쳐 우리 식구들이 밥상머리로 청하면, 어, 해장술 한 사발이 한 끼 밥보다 배 불어 난 됐네 됐어.

술 한 바가지가 한 끼 밥을 만회하고도 남는다는 도사공 할아버지 말이 문득 떠올랐고 그 말은 잠시 밥 먹는 즐거움을 잊게 했다.

여러 번 경험한건 아니지만 술이란 건 목구멍을 타고 내리면서부터는 묘하게도 오장육부를 화끈하게 달구는 재주가 있음을 알아차렸다. 그 점은 밥이란 게 전혀 흉내 내지 못하는 거다. 밥 먹으라고 안하면 뭐 먹을게 없을까봐? 생각나는 대로 뭐라고 혼자서 중얼거리면서 배 불게 술을 퍼마셨다. 꽤 기분이 좋았다. 순전히 기분이 스스로 알아서 좋아진 게 내가 생각해도 신통했다.

나는 포구로 내려가는 동네어귀로 나갔다. 기분 좋은 김에 노래도 목청껏 부르고 나중에는 흥에 겨워 춤도 추었다.

닐리리야 닐리리야아, 니나노 난실로 나는 돌아간다. 닐리 닐리 닐리리야.

한참 기분 좋게 돌아가던 참이었다. 갯샘에 푸성귀를 씻으러 나오던 아주머니들이 아예 바구니를 내려놓고 하하 웃어댔다.

"저 니마 봐라 또 술 취했네."

우리 아버지가 비밀을 가졌고 그 비밀이란 게 술 담가 채마밭에 파묻어 놓은 거라는 거, 우리 마을 사람들은 다 알고 있었다. 그러니까 내가 술에 취한걸 봐도, 저애 술이 어디서 나서 저렇게 취하도록 마셨지? 라고 말하지는 않는 게 당연했다.

어, 날 보니 나처럼 기분이 좋은 모양이시네요. 으흠 딸국, 그럼요, 난 최고로 기분이 좋아요 딸꾹, 딸따꾹.

나는 나비가 됐다가 구름이 됐다가 바닷물이 됐다가 어느 날 문득 날아와 봄이다봄, 하고 지지배배 거릴 제비가 됐다가, 변신을 거듭하며 기분이 최고치에서 눅을 줄 몰랐다. 똑 떨어지게 기억할 수는 없고 바른대로 말한다면 어렴프시 생각나는 건데, 아주머니들이 나를 한참이나 부추겨 춤추고 노래하게 했다.

'아리랑'에서 '노들강변'으로 넘어갔다가 '닐리리야'는 시시하니 '닐리리맘보'를 부르라는 요구가 있어 곡목을 바꿔야 했고 다음으로 '굳세어라 금순아'

로 레파토리가 옮아갔던가, 현인씨 흉내를 내느라고 턱과 목젖을 떨다가 힘이 부쳐 캑캑 마른기침을 토하기도 했다.

'굳세어라 금순아'를 부르다가 막 기침을 하고 있는데 큰언니가 달려왔다.

저 꼬맹이 덕분에 배꼽이 다 빠졌네.

아주머니들은 눈물을 다 찔끔거리면서 갯샘으로 내려갔고 나는 언니 손에 이끌려 갈지(之)자 걸음으로 갯바위를 겨우 더듬어 내려가 차고 맑은 물에 세수를 했다.

언어학의 정서

내게 세수를 시켜주는 큰언니한테 사람들이 물었다. 니마가 왜 또 술을 마셨느냐고.

"어머니가 어제부터 병아리 둥우릴 앉히려고 달걀반찬을 못해 먹게 핸 마씀."

모두늘 버얼써 병아릴 까? 하고 뜨악했다가, 으음 알겠다는 듯이 더 이상 묻지 않았다.

수니어머니도 아들 하나 쑥 뽑아놔야 그놈에 바람이 잡힐 텐데.

어머니가 아들 낳는 거 하고 병아리 까는 거 하고 또 그놈의 바람이 불고 불지 않고 하고는 무슨 상관이 있는 걸까. 술기운에 기분은 계속해서 괜찮았지만 수수께끼 같은 아주머니들 말을 풀지 못해 어째 찝찔했다. 어른들 하는 말은 사실 너무 얽히고 설킨 데다 가끔 난해해서 잘 이해가 되지 않았다. 맘 같아서는 나쁜 말을 골라 '씨부랄'이라거나 '씨팔' 중 어느 한 가지에 내 심기를 풀어버리고 싶었지만 언젠가 얼어 들은 대로 그 말을 써먹었다가 아버지한테 호되게 야단 맞았던 생각이 났다.

이 세상에서 가장 쌍스런 말이 두 꼭지 있는데, 하나는 '니기미'이고 다른 하나가 '씨팔'이라고도 하고 또 '씨부랄'이라고도 하는 거라면서, 부모도 없고 배운 데도 없이 막 되먹은 갈보나 잡년이 되고 싶으면 그런 쌍말을 써도 좋다는 거였다. 이 세상에서 가장 쌍스런 인간만이 그 두 말 꼭지를 연결하여, '니기미 씨팔'이라고 씨부렁댄다고 했다.

나는 가장 쌍스런 인간은 아예 되고 싶지 않고 물론 갈보. 잡년 따위도 되기 싫었다. 내가 왜? 나는 니마라는 이름이 있고 나는 나로 충분했다 다른 사람이 구태여 되고 싶지 않았다. 다른 어떤 이름이 붙은 인간으로 불러지는 따위 변신은 내 비위에 맞지 않았다. 나는 이 세상에 오직 홀로 존재하는 니마이다. 난 니마라고 부르는 나를 자랑스럽게 생각하고 있었다.

어떤 때는 그 말을 꼭 써야만 직성이 풀릴 것 같은 상황을 드문드문 맞닥뜨리는데도 나는 애써 자제하는 편이었다.

말 많은 동네 아주머니들이 갯샘에서 푸성귀를 씻는 동안 나를 두고 여러 말 한 건 아니지만 분위기로 봐서 내가 술주정에 해당되는 니나노 판을 한마당 벌인 것에 대해 몹시도 재미있어 하는 눈치여서 술기운인데도 갑자기 '피창' 했다.

아버지는 그저 어부 무지렁이에 지나지 않아 뵈는데도 해적 같은 외모와는 달리 말을 썩 골라했다. 그 주장한 바에 따르면, 창피하다고 노골적으로 말한다는 그 사실 자체가 또 창피하다고, 창피한 경우가 닥쳐 그 말로 상황을 표현해야만 할 경우엔 '피창하다'로 바꾸었고 우리도 덩달아 그렇게 따라 말하곤 했다.

이런 고상한 말버릇이 모두 배운 티내는 각시와 살자니 어쩔 수 없이 그렇게 하는 노릇이라고 아버지는 우리한테 설명한 적이 있다.

어머니가 학교 공부를 한 '신여성'이라는 것. 하여 아버지의 사는 품새로는 '신여성'을 감당하기가 어렵다는 걸 넌지시 빗대어 한 말이다.

어머니는 말수가 적었고 여간해서는 속을 겉으로 드러내는 적이 없으니까, 니기미니 씨팔이니 하는 말을 쓸 기회도 자연히 없었다. 또 창피당하거나 창피할 그 어떤 짓도 하지 않았음으로, 창피하다를 '피창하다'로 말을 바꾸어 할 필요도 없었다. 그런데도 아버지는 툭하면 배운 어머니를 걸고 넘어졌다. 아버지가 꼭 그렇게 하지 않으면 안 될 대목이 있어서 그랬던 건 아닌 것 같았다. 심지어 어머니를 걸고넘어질 때, 배운 티내는…어쩌고 했지만 어머니의 어떤 점이 배운 티내는 건지를 짚어내지도 못했다. 다만 아버지는 서당 집에 머슴을 살면서 귀동냥한 게 학력의 전부에 해당한다면 어머니는 서당에서 천자문에다 명심보감을 읽었을 뿐 아니라 보통학교, 다시 말해서 일제강점기 시절에 지금의 초등학교인 '국민학교' 과정을 정식으로 마친, 공식적인 학력을 가지고 있다는 차이가 있을 뿐.

아버지는 배운 티를 내지 않는 사람이고 어머니는 배운 티를 내는 사람으로 구분 지을 수는 없는데도 어머니에 대한 말버릇은 그런 사실을 두고 상당히 씹이뱉는 편이었다고나 할까.

나는 큰언니 등에 업혀 집에 와 실컷 낮잠을 자고나서 깨어남과 동시에 단식을 끝장냈다. 밥 대신 술을 마시고 끼를 부린 게 정말로 아버지 말 그대로 정말 '피창하다' 못해 괴로웠다.

호기심과 신비로움

어머니는 우리 집 암탉 다섯 마리가 낳는 달걀 말고도 이웃집을 돌아다니며 더 거둬들였다. 병아리 둥우리를 한꺼번에 다섯 통을 앉힌다는 거였다.

일없이 단식투쟁을 벌인 게 조금은 미안해서 나는 낮잠에서 깨어나는 대로 새

까만 고구마범벅을 입이 미어지게 먹고는 달걀 구하러 마실 가는 어머니 뒤를 따라 나섰다. 슬그머니 어머니 손에서 손바닥 만 한 앙증맞은 가는대바구니를 빼앗아 들었다.

가는대바구니는 옛날 옛적에 제주 섬 여자들 핸드백이었다. 크기가 다양했고 나들이 성질에 따라 어떤 때는 큰 것을 어떤 때는 작은 것을 옆구리에 끼고 다녔다. 그러니까 오일장을 보러갈 때라도 뭘 많이 살 사람은 큰 거, 그저 장구경이나 가는 사람은 작은 걸 가져갔다.

어머니는 내가 언제 단식투쟁을 했나싶게 그저 무덤덤하게 대했다.

"어머니 참 이상해 예. 어떵 달걀에서 병아리가 나옴니까? 달걀 속은 동그란 노른자하고 우뭇가사리 삶은 거 같은 끈적한 흰 물만 들어 있인 디 마씀."

나도 달걀을 혼자 독점하는 어머니와 맞서 싸운 적이 전혀 없는 듯이나 버릇대로 종종종 뒤따르며 궁금증을 풀어놨다.

"그런 걸 생명의 신비라고 하는 거야."

신비가 뭔데?

어머니 눈빛이, 너 니마 또 말꼬리 잡고 늘어지기 시작하는구나 하고 타박할 것만 같아 차마 올려다볼 용기가 나지 않았다.

나는 호기심이 많았다. 나뿐이 아니라 이 세상의 모든 어린이, 모든 짐승의 어린 것은 호기심 덩어리이다. 그러나 대부분의 아이나 어린 것들이 어른들 귀찮아하는 걸 재빨리 눈치 채고 눈치껏 호기심 따위는 없는 것처럼 굴 뿐이다. 때문에 나 같은 호기심을 있는 대로 다 내보이는 아이를 어른들은 알게 모르게 구박하기 일쑤다. 나도 약삭빠르게 굴려면 얼마든지 그렇게 하는 게 어렵지 않다는 걸 본능적으로 알고 있었다. 그러면 결국 손해는 내가 본다. 알고 싶은 사실을 애써 감추다보면 언제 이세상의 모든 걸 배우고 익히겠는가. 나는 귀찮은 존재,

천덕꾸러기로 취급당할망정 악착같이 말꼬릴 잡고 늘어졌다. 때에 따라서는 미안해 할 줄도 알았다.

그 날 어머니는 내게 신비라는 단어가 갖는 말뜻을 알아듣게 설명하는데 긴 시간이 걸리지 않았다.

"달걀에서 병아리가 나오는 그런 걸 두고 하는 말이지."

솔직히 고백하건데 전혀 알아들을 수가 없었다. 어머니가 너무 단호하고도 간결하게 대답했음으로 잡고 늘어질 말꼬리조차 없었다. 나는 모르면 모르는 대로 그냥 덮고 지나갈 운명과 마주친 것이다.

그럼 어멍, 왜 꼬꼬닭이 달걀을 품어줘야 병아리가 나옵니까? 그냥 둥우리에 달걀만 놔둬도 병아리가 안 되는거라 마씀?

나는 과학적인 두뇌는 잘 발달하지 않는 아이였던 것 같다. 당연하다. 나는 에디슨이 아니니까. 에디슨도 사실은 왜 암탉이 달걀을 품고 있어야 하는지 그 원리는 몰랐을 것이다. 암탉이 달걀을 품고 앉아있으면 일정기간이 지나고 병아리가 달걀 껍질을 깨고 나오는 걸 보고 그냥 암탉을 흉내 낸 것일 뿐, 맞나 그 애 머리나 내 머리나 거기서 거긴지도 모른다.

에디슨이 어미닭을 흉내 내어 병아릴 까려고 달걀을 품은 것도 그 당시는 몰랐으니 이건 괜스레 끄집어낸 트집에 불과하다. 에디슨한테 어릴 때는 물론 어른 된 지금도 개인감정은 전혀 없다. '국민학교'에 들어가서 에디슨이 달걀을 품는 단원을 처음 대했을 때, 한 때 나도 달걀에서 병아리가 나오는 게 무척 궁금했고 그 때 까지도 상당부분은 의문이 해소되지 못하고 남았음을 알아채고 씨익 웃어 넘겼다.

하도 오해가 많은 세상이니 깨끗이 짚고 넘어가는 게 백 번 났다지만 아무리 밝은 태양아래서도 음지는 있게 마련, 세상을 속 시원히 다 알 수도 없는 노릇이다.

삶의 첫 번째 스승

어머니는 우리들에게 좋은 스승이었다. 좋은 스승은 예로부터 가르침이 깊은 법.

"으응 그건 말야.........."

암탉은 봄 가을 두 차례 알을 품는다. 여름이나 겨울에는 아무리 억지로 병아리를 까게 해도 둥우리에 들어가 알을 품으려고 하지 않는다. 모든 만물에게는 다 때가 있다. 때를 거역하면 우주의 질서가 무너진다. 뿐만 아니라 아주 조그만 삶에도 질서는 어김없이 적용 된다 등등, 알아들을 것도 같고 모를 것도 같은 선문답식의 어머니 대답이 이어졌다.

병아리 둥우리는 평소 그 암탉이 달걀 낳던 둥우리를 써야하는데, 한 번에 대개 달걀을 15개에서 20개 까지 앉힌다. 암탉이 달걀을 품으면 신기하게도 가슴과 배의 체온이 보통 때보다 높이 올라간다. 그래서 암탉 체온으로 달걀을 지속적으로 덮어 주면 달걀 속에서는 노른자와 흰자가 협력하여 서서히 병아리로 변신을 해 나간다. 만일 암탉이 중간에 알 품기를 포기하면 달걀은 당장 골아버려 병아리도 안 되고 먹지도 못하게 된다. 알 품기 중간에 둥우리를 벗어나는 암탉은 어미 되기를 스스로 포기한 막돼 먹은 짐승이다. 암탉이 알을 품기 시작한 날로부터 스무하루쯤 지나면 대개 병아리가 부화한다. 그동안에 암탉은 모이 먹으러 가끔씩 둥우리를 내려갈 뿐, 지극한 정성을 기울여 달걀에 일정한 온도를 유지하게 한다.

병아리를 까보면 그해의 농사며 집안의 평안함을 가늠할 수도 있다한다. 달걀 스무 개를 앉혀 병아리 열다섯 마리 정도 나오면 무난하게 농사가 될 조짐이고 집안도 별 탈 없이 지날 것이고, 워낙 그 해의 신수가 운수대통할 운에 들었으면 밑알 한 두 개 남기고 전부 병아리로 변신하기도 한다.

병아리는 밑알이 깐다

밑알은 둥우리에 앉혀져 어미닭이 품은 알 가운데 굳이 달걀인 그대로 있기를 한사코 버텨내는 고집통이 알을 이르는 말이다.

아무리 병아리를 잘 까도 밑알은 꼭 남는다. 밑알은 삶아서 아기들한테 보약으로 먹인다.(주: 밑알을 내가 먹어본 바에 의하면 흰자는 흔적도 없이 사라지고 노른자와 실핏줄과 더러 닭 터럭이 엉겨 붙은 노른빛이 도는 회색으로 모양새는 둥그렇지만 달걀도 아니고 병아리도 아닌 묘한 게, 맛이 되게 없다.)

"어멍, 그거 밑알 맛이 정말 없어 예."

"그러니까 보약이지. 약은 어때, 대개 맛이 없지? '원기소' 만 빼고."

어머니 설명은 늘 명쾌했다. 보통 달걀을 두고 아무리 영양가가 풍부해도 보약이라고는 하지 않는다. 그저 몸에 좋은 음식이라고 한다.

나의 어린 나날들에는 달걀이 그지없이 귀한 음식이었다.

밥 말고 영양보충제

'원기소'는 씹어 먹는 영양제였다. 편식하는데다 골골하는 내게 어머니는 여기저기 수소문해서 원기소 한 병을 구해 먹였다. 온갖 약을 밥 먹듯 하는 나는 모든 약이 그렇듯이 그 약도 쓰고 들큼한 맛이겠거니 지레 짐작하고 먹으려 들지 않았다 처음엔. 어머니는 큰언니며 슬이며 다 동원해서 한 알씩 먹어보게 하고는 어떤 맛이냐고 물었다.

"꼭 볶은 콩가루 맛이우다."

고소한 콩가루 맛이라는 큰언니 말에 당장 인절미 고물로 묻혀먹던 그 맛이 입 안 가득 스며왔다. 아 고소해.

나는 하루에 네 알씩만 먹으라는 원기소를 고소한 콩가루 맛에 끌려 일백 알이나 되는 한 병을 며칠 만에 다 먹어치우고 말았다.

그거 먹었다고 내 몸이 더 나아진 기미가 전혀 없어 뵈는데도 어머니는, 니마가 '원기소'를 먹더니 입맛이 당기나보다고 영양제의 효능을 가늠하기도 했다. 근거가 뭔지는 모르지만.

내가 보기에 어머니는 모르는 게 없었다.

"닭은 원래 멧닭이라고 해서 꿩처럼 들에 산에 제멋대로 살았지. 그걸 사람들이 잡아다가 집에서 기르기 시작한지가 아마 대략 사천 년쯤 됐다고 하지."

사천 년이 얼마나 긴 나날들인지 나는 도무지 짐작하지 못했다. 고작해야 숫자를 백 까지 셀 수 있었으니 내겐 백년보다 더 긴 세월은 없었을 뿐더러 감이 전혀 잡히지 않았다. 사천 년이란 세월을 들여 길들였다는 닭의 역사보다 내 호기심을 자극한건 꿩처럼 닭이 원래 야생이었다는 것에 있었다. 보리 베러 갔던 큰언니가 꿩알을 주워 와 삶아준걸 먹었던 생각이 떠올랐다.

"그럼 닭처럼 꿩도 집에서 기를 수 있겠네? 꿩을 집에서 기르면 꿩알을 실컷 먹겠다. 아버지한테 산채로 꿩 한 마리 잡아다 달라고 해보카 예 어머니?

"그러럼, 어디 네가 직접 그놈의 꿩 길들일 수 있는지 길러봐라."

어머니와 나는 이런저런 이야기를 나누면서 대여섯 집을 돌다보니 달걀로 가는대바구니가 소복하게 차올랐다.

어머니의 시름

어머니는 달걀 네 개에 중닭 한 마리를 약속하고서 달걀을 구했다. 달걀 네 개를 어머니가 받고 병아리를 까서 한 달 가량 키운 다음 달걀임자에게 한 마리를 되돌려 주는 조건이었다. 달걀 임자들은 그 조건에 입이 헤 벌어져 달걀을 두 말 않고 어머니 바구니에 넣어줬다. 그런데 한 두 사람만 제외하고 달걀 임자들은 스스로 어머니에게 조건을 제시하였다.

"다섯에 하나 줘."

어머니가 제시한 네 개에다 하나를 더 얹어주길 잊지 않았다.

"수니 어머니 '빙애기'(병아리) 까는 솜씨야 다 알아주는 거고."

달걀을 하나씩 더 내놓으면서 그들은 한마디를 덧붙여 어머니 입가에 미소가 번지게 했다. 하긴 그랬다. 어머니가 병아리 둥우리를 마련하는 중이라는 소문을 듣고 일부러 달걀을 들고 찾아오는 이웃들도 더러 있을 만큼 온 동네가 병아리를 까는 어머니 수덕을 인정했다. 전에부터 병아리 둥우리를 앉힐 철이 되면 이웃들은 달걀을 가지고 찾아와, 병아리 농사 반작(半作)하자면서 자청하곤 했다.

"올핸 좀 일찍 시작햄쩌 이."

그들은 너나없이 병아리 둥우리 앉히는 시기가 좀 이르다고 했다. 달걀을 주면서 서둘러 병아릴 까려고 동분서주하는 어머니를 이웃들은 조심스럽게 살피길 잊지 않았다.

"보아하니 또 수니 어머니 시름 질 일 생긴 모양이구나."

허물없이 지내는 이웃들이 대놓고 묻기도 했다. 어머니는 대답 대신에 그 집을 나서곤 했다.

어머니 시름 질 일이 뭔데? 하고 물으려다 나는 말을 꼴깍 삼켜버렸다. 아무래도 그 말은 묻지 않은 편이 훨씬 낫다는 걸 어머니 태도에서 읽을 수 있었다.

볼모 잡힌 '버렝이 사탕'

저녁 무렵에 성안에 아버지랑 함께 생선을 싣고 갔던 석이 아버지가 달구지를 끌고 돌아왔다. 아버지는 왜 같이 오지 않았느냐고 어머니는 묻지 않았다.

지난겨울 섣달그믐 께에 옥도미잡이를 나갔다가 풍랑에 휩쓸려 '샹깡'(홍콩) 구경을 본의 아니게 하고 온 아버지는 고기 팔러 성안에 가면 며칠씩 잠적하는 버릇이 생겼다. 어머니가 어쩌다 좀 기별이라도 하고 다니라면, 내가 이러는 꼴 보기 싫으면 대 이을 아들 하나 썩 낳든가 그럴 능력이 없으면 사나이 다니는 길 간섭하지 말라고 전줄러 버렸다.

나는 막연히 짐작했다. 아버지는 어디서 아들을 만들고 있거나 아들을 만들어 줄 누군가를 찾고 있을 거라고.

아버지가 물건을 사서 달구지에 실어줬다면서 황설탕 싼 봉지와 우리 아이들이 유일한 낙, 사탕 한 봉지, 그 사탕은 애벌레처럼 생겨서 우리는 성안으로 가는 아버지한테 부탁하곤 했다, 아버지 꼭 '버렝이' 사탕 사다 줍서 예 라고. 그리고 옷감과 어머니 머리빗 한 개...따위가 가득 든 보따리를 내려놓고 석이 아버지는 돌아갔다.

"내일 날씨 좋으면 우리끼리 배 띄울 거니 그리 압서."

아버지가 있거나 없거나 날씨가 좋으면 석이 아버지와 승천이 할아버지가 우리 배를 타고 바다로 나갔다. 그들은 아버지 배 사공들이었지만 실질적으로 배를 움직이는 이들이었다.

대를 잇는 법칙

함께 배를 타는 동아리를 아버지네는 '배동서'라고 했다. 석이 아버지나 승천이 할아버지나 바다 길을 잃었던 건 마찬가진데 어째서 아버지만이 유독 그렇게도 아들에 애착하는지 알다가도 모를 일이었다. 사람은 살다가 때가 되면 다 죽는 건데 그놈의 아들, 아들만이 대를 잇는다는 생각은 어딘지 모르게 우격다짐으로만 보였다. 그럼 딸은? 딸이란 존재는 아버지 피를 받지 않아도 생겨나는 별난 생물인가봐?

사람들은 어머니가 병아리 둥우리를 일찍 준비하는걸 보면서 우리들이 나타나기 만하면 아버지 이야기를 귀엣말로 속닥거렸다. 어머니한테 내가 한마디 물어볼 도리밖에 없도록 이웃들은 굴었다.

"무사(왜) 아들만 사람 대를 잇는 거꽈?"

어머니는 글쎄다, 하고 잠시 뜸을 들였다.

"사람들이 언제부턴가 그렇게 생각해 왔거든. 남사들은 여자들만큼 할 일이 없으니까 그딴 생각만 했는지는 모르겠구나마는 아들에서 아들로만 핏줄이 바로 이어진다고 딱 정해버렸지."

"어멍도 경(그렇게) 생각해 마씀?"

"글쎄, 너의 외할아버지나 할머닌 그렇게 생각 안하신거 같다만."

"나 궁금한 건 예, 어머니 생각."

"글쎄, 사람은 대를 잇고 말고 할 것도 없단 생각을 어머닌 하지. 사람은 말이다 제각각 다 독립된 인격이거든."

나는 고개를 갸우뚱 하면서 어머니 말뜻을 이해하지 못해 안달이 났고 그런 나를 보고 어머니는 내가 조금 더 크면 사람의 일을 잘 이해하게 될 거라고 위로 비슷한 말을 덧붙여 해주었다.

핏줄 때문에

그럴까? 옛날부터 핏줄이 그렇게 이어졌는데 아버지는 그러면 이어 내려온 핏줄을 둘둘 새끼줄처럼 감아 옷 속에 감추고 다닐까? 나는 아버지 핏줄을 본적이 전혀 없었다. 으음, 아버지는 그 핏줄을 고추달린 아이한테만 넘겨주려고 이제껏 감추고 다니는구나. 아, 정말 내 속이 확 뒤집어졌다. 이거 미치겠네.
"어멍, 걱정맙서. 그 핏줄 내가 이으쿠다."
나는 눈을 동그랗게 치뜨고 어머니를 쏘아봤다. 그 핏줄을 딸에게든 누구에게든 독립된 인간에게 이으면 그뿐이라고 어머니가 정 그렇게 생각한다면 왜 아버지가 아들을 얻으러 다니게 그냥 두는가 말이다. 어머니가 답답해 보이고 바보처럼 보였다.
큰언니도 있고 나도 있고 슬이도 있고 그미도 있고, 그런데 하필 서서 오줌 싸는 녀석만이 핏줄을 이어받는 건 도대체 무슨 경우야? (주: 이럴 때 입 밖에 내지는 않았지만 씨팔, 하고 욕지거릴 서슴없이 해대곤 했다)
어머니가 나를 물끄러미 내려다보다가 갑자기 소리 내어 웃었다. 나는 소리 내어 웃는 어머니를 그 때 처음으로 본 것 같았다.
"아버지 오거든 꼭 그대로 말해봐라 뭐라 시나."
못할 것 없지 당연히 해야 하고말고.
그 때까지는 내가 핏줄이 이어지는 문제를 전혀 모르고 있었다.
아버지가 늘 아들 타령을 하면서 아들부자인 건이 아버지한테 눌려 지내는 건 그런 이유 때문이 아니라 남들처럼 아들딸이 골고루 있잖고 딸 쪽으로만 몰려서 형평성을 고려한 나머지 아들도 있었으면 하고 단순히 바라는 줄만 알았던 터였다.

어머니 한숨의 깊이

어머니는 아버지가 잠적한 열흘 어간에 병아리 둥우리를 다섯 개나 앉혔다.

한동안은 아무리 총명한 어머니라도 딴 데 정신 쓸 여유가 없게 된 것이다. 둥우리 다섯을 번갈아 가며 알을 품고 있는 암탉에게 모이 주랴 물 주랴 또 하루에 한두 번은 종일 쭈그려 앉았으니 운동시키랴 되게 바쁠 건 뻔했다. 그 뿐이 아니다. 암탉이 운동을 좀 하는 동안에도 방 아랫목에 덮어뒀던 미군 담요를 얼른 걷어다가 둥우리를 싸줘야 한다.

눈 코 뜰 새 없이 바쁘다 보면 땅이 꺼져라 내쉬는 한숨도 조금은 덜 쉴 거고 또 핏줄을 물려줄 아들을 찾는지 뭘 하는지 함흥차사가 된 아버지 걱정도 짬짬이 쉬어가며 하게 될 것이었다.

"니마 아버지가 어디서 아들 하나 줍기만 한다면야 수니어머니가 도리어 한숨 놓을걸. 팔자에 없는 아들 집밖에서 찾으면 그게 어디 손에 척 들어오나 원."

승천이 할머니는 낮이면 우리 집으로 건너와 정신없이 바쁜 어머니를 대신해서 한숨을 연방 내쉬곤 했다.

어머니가 병아리 둥우리를 앉히는 사이 며칠 동안은 승천이 할머니와 큰언니가 집안일과 배 살림을 단속 했다.

아버지의 대어 '저립'

　승천이 할아버지와 석이 아버지 말고도 날마다 그날그날 마을 사람 누군가가 자청하여 함께 배를 타곤 했다. 하루치 배를 탄 사람들은 그 날 잡은 고기를 십등분한 하나, 그러니까 십분의 일을 배 몫으로 떼어 주는데 그걸 '배찍'이라고도 하고 '선개'라고도 했다.
　아직 바다는 거칠었다. 저기 적도 쪽에서부터 벌써 따스한 물줄기가 치올라오기 시작했다는데도 말이다. 오키나와 열도까지 거슬러 올라오던 따스한 물줄기인 쿠로시오 해류는 타이완을 지나칠 무렵부터 대마 난류란 이름을 얻게 된다. 쿠로시오 해류는 일본열도의 바깥쪽으로 흐르다가 태평양으로 막 바로 나가버린다. 대마 난류는 제주섬을 감싸 흐르는 줄기와 곧장 쓰시마, 그러니까 대마도 쪽으로 내달리는 물줄기로 나눠지고, 제주섬을 흐르는 물줄기는 서해 쪽으로 빠지면서 다시 서해(황해) 난류로 이름이 바뀐다. 서해(황해) 난류는 압록강이 끝나는 바다에서 비쭉이 내밀기 시작해서 긴 곶을 이루어 바다로 돌출한 땅임자가 중국인 '라오뚱' 반도의 찬바람과 압록강의 얼음 녹은 물로 차가운 물줄기를 형성하여 곧장 제주섬을 향해 되흘러 내리는데 이 물줄기는 북한해류라는 이름이 붙는다.
　제주섬을 기점으로 하는 동아지중해(동중국해)는 여러 갈래의 한류와 난류가 마주치는 물길로 연결된다. 그래서 제주바다에는 물줄기를 타고 오르락내리락 하는 고기떼가 많게 마련이다.
　한겨울에서부터 이른 봄 사이, 제주섬의 동쪽 끝머리에 조그맣게 나앉은 소섬 앞바다에서 마라도 앞바다 사이를 오가며 살다가 물길이 따스해진다 싶으면 어디론가 사라지는 귀한 물고기가 있다. 제주사람들은 그 물고기를 '저립'이라고 부르지만 유독 섬의 남서쪽에 치우쳐 자리 잡은 모슬포 근방에서는 '가다리' 라고도 한다. 그렇다고 '가다랭이' 는 아니다. '저립' 의 몸길이가 2미터 정도 되는 큰 것에서 1미터 안팎의 작은 것들도 더러 있다.

아버지는 설을 쇠고 나서 첫 출어를 '저립' 잡이로부터 시작하곤 했다. 매일 한 마리씩 잡을 때도 있지만 대개 며칠에 한 마리 꼴로 잡는 게 예사였다.

'저립' 을 잡아오면 선원 몫을 나눴다. '저립' 처럼 큰 고기잡이를 나갈 때는 그 날 하루만 선원이 되는 '당일바리' 어부들은 거의 배를 타지 않았다. 아니 태워주지 않았다. 그럼으로 '배짝' 을 따로 떼지도 않게 된다.

아버지는 자신의 몫을 소금가마니에 덩어리째 묻었다. '저립' 이 잘 잡힐 때는 아버지 키보다도 더 큰 걸 통째로 창자만 끄집어내고 소금을 하얗게 깐 가마니로 돌돌 말아 응달에 보관해 두곤 했다. 그러나 그렇게 간을 질러 갈무리하는 건 한참 '저립' 을 잡은 후 막판에 하였다.

마을사람들이 딱 한 철 그것도 며칠 동안만 잡히는 '저립' 처럼 귀한 물고기 꼴을 거의 보지 못하는 걸 아버지는 잘 알고 있었다. 그래서 첫 번째로 잡은 건 무조건 토막을 쳐서 집집마다 한차례 돌렸다. 큰언니와 나와 또 누군가 일손을 도와 부지런히 '저립' 토막을 이웃에 돌린 날 저녁에는 온 동네가 생선 굽는 구수한 냄새로 뒤덮이곤 했다.

우리집은 시시때때로 뭣이든지 산더미 같이 들어와 쌓이고 썰물 때 바닷물이 빠지듯 또 순식간에 싹 사라져 버렸다. 아무리 귀한 '저립' 이라도 그러니까 집 어디에 오래오래 비축해 둔걸 본적이 없다. 고작해야 조상들 제사상에 올릴 제수용으로 조상의 위수만큼 손바닥만 한 크기로 자른 걸 말려둔 게 전부였다.

소금가마니에 저린 게 여러 마리 있을 적도 어쩌다 있었다. 그러나 누가 와서 내일 사돈집에 사주단자를 가져가느니 어쩌니 하고 한 마리 떠 매어 가고 또 누구는 고관대작한테 인사할거라면서 지게로 져 나르고 하다보면 삽시에 사라져 버리곤 했다.

　나는 애당초 '저립' 고기는 입에도 대지 않았고 남들이 다 좋다고 코를 있는 대로 벌름거리는 굽는 냄새도 싫어했으니 그까짓 거 없어져도 그만, 있어도 그만, 별로 관심이 없었다.

　하루는 통조림공장 사장이란 사람이 찾아와서, "하, 이거노 '우시사바라' 아니노까? '오끼사바라' 라고도 하고 네, 내가 앞으로 잡아오는 거 다 독점하겠스므니다. 우리 계약이노 합시다" 고 이상한 어조로 감격하여 떠들었다. 아버지는 고개를 도리질했다.

　"이건 우시사바라도 오끼사바라도 아니올시다. '저립, 확실한 저립이우다. 한 사람한테만 모개로 팔아버리면 꼭 써얄 사람들은 어떵허고 마씀? 당치않수다."

　통조림공장 사장 표정이 떨떠름한 게 꼭 먹고 싶은 거 양껏 먹지 못한 우리집 똥개 장똘이가 자꾸만 힐끔힐끔 손을 곁눈질 할 때와 닮아서 나는 참지 못하고 웃어버렸다. 때문에 그가 가고 나서 아버지한테 호된 야단을 맞았다.

　"버릇없이, 어른들 말 가운데 껴들엉 너 웃어? 누게가 그런 망나니짓 가르쳐시냐?'

　옆에서 지켜보던 어머니가 중얼거렸다.

　"아니, 일본사람이 우리 말 하듯 말하니까 되게 우습대요. 그 사람은 저립이 일본말로 우시사바라 라는 건 아는 모양인데 서울말로는 뭐라는 지도 알고 있을까 모르겠네요."

　정말! 어머니 생각을 나한테 미리 말해줬으면 한 번 신나게 그 어른 골탕 먹였을 텐데......... "간즈메공장 사장님이노 한 가지 묻겠쓰므니다. 간즈메노 서울말로 뭐라는지 알으무니까?'

'저립'*은 재방어의 제주어이다. 사전에 보면 이 고기를 이렇게 설명해 놓고 있다.

> * 재방어; 동갈삼치과에 속하는 바닷물고기[Scomberomorus sinensis]
> 몸길이 2미터 가량으로 삼치와 비슷하나 몸의 반문(斑紋)이 없으며 혀 밑에 이가 있음. 삼치보다 훨씬 앞바다에 사는데 제주도 연해 및 일본 중부이남, 남지나해, 대만해 등에 분포함. 등에 기름이 많아 삼치보다 맛이 좋음.

나는 이 설명 뒤에다 삼치보다 맛좋게 조리해 먹는 요령을 덧붙이고 싶다. 회로 먹어도 둘이 먹다가 하나가 죽어도 모를 정도이며 소금가마니에 묻어 얼간을 해뒀다가 그 때 먹을 양만 꺼내어 구워먹거나 말려서 요리해도 생선 중에 그 맛이 옥돔과 막상막하일 것이라고.

아버지는 '저립' 잡이 철이 절정에 이르렀는데도 전에 같은 바다를 향한 불같은 열정을 보이지 않았다. 승천이 할아버지외 석이 아버지는 여전히 '저립'을 낚으면 아버지 몫을 떼어 우리 집에 가져왔다. 그걸 큰언니는 아버지가 했던 것처럼 소금가마니에 묻었다.

생각의 끝

그미가 요람을 벗어나 풀풀 방바닥을 기어 다니기 시작했다.

병아리 까는 데만 정신을 쏟아 어머니는 신문 읽는 것도 잊어버린 것 같았다. 나는 혼자서 신문을 보다가 그미를 끌어 앉고 함께 읽기도 했다.

그미는 신문지만 펴면 기어와 엎드려 혀로 핥았다. 오줌을 싸서 몽땅 적셔 놓을 때는 내가 인정사정 보지 않고 냅다 엉덩이를 갈기기도 했지만 아직은 눈으로 읽기보다 혓바닥으로 핥고 오줌으로 적시면서 몸으로 볼 줄 밖에는 모르는 아기였다.

그 무렵 나는 온종일 매우 바빴다. 혼자서 혹은 그미를 돌보면서 신문을 읽고 부엌문설주에다 날마다 금을 한 개씩 그어 놨다. 거기 스물한 개의 줄이 그어지는 날 나는 어머니를 병아리 둥우리에서 해방시켜 나와 예전처럼 신문을 읽게 할 것을 다짐하며 금 긋는 일에 막중한 의미를 두었다. 하루에 단 한차례 손가락 마디 하나 길이로 금 긋는 일이 나를 무척 바쁜 사람으로 만들었다.

나를 바쁘게 하는 일이 또 하나 있었다. 그미를 감시하는 임무였다. 잠자는 시간 말고는 한시도 가만있지 못하는 그 녀석을 감시하자니 죽을 맛이었다. 지겹고 지긋지긋했다. 그미를 방안에 두고 방문을 꽉 닫아 놓는 건 한계가 있는 것이, 나도 방에 함께 갇혀 있어야 하는 방법이므로 내 자신이 그건 답답해서 미칠 지경이었다. 방문을 조금만 열어놔도 그미는 그 틈을 비집고 어느새 빠져나가 마루며 다른 방이며 부엌까지도 잘도 기어 다니면서 닥치는 대로 어질러 놨다.

큰언니는 겨울방학이 끝나 새 학기를 맞아서 학교에 다니고 있어서 낮에는 집에 없었다. 용진이 각시나 승천이 할머니가 틈틈이 집에 오긴 했지만 그미를 봐주지는 않았다.

그미를 돌보는 일에 몸살이 났지만 신문이 새로 오는 날 한나절 동안은 그런대로 아기 보는 일을 잘 했다. 다음으로 할 일은 바로 이것, 신문을 대충 훑어 보고나서는 창호지를 바른 미닫이 창살에 구멍을 내어 포대기 한 쪽 끝을 거기 묶고 나머지 한 쪽 끝은 그미 허리에 매어놓은 다음 줄행랑을 쳐버리곤 했다.

막상 뺑소니는 쳤지만 바람살이 매워서 갈 곳도 볼 것도 마땅찮았다.

"어머닌 정말, 그놈의 병아릴 왜 깔까. 바느질이나 하면 어때서."

겨울 내내 안방 아랫목에서 바느질을 하던 어머니가 그리웠다. 아침밥을 지을 때 불땀 좋은 솔 삭정이를 지펴 불잉걸을 모아 청동화로에 가득 담고 재를 에둘러 인두로 꼭꼭 재워놓는다. 그미를 넌 기다란 대나무 바구니 요람인 '애기구덕'을 한 쪽 발로 까닥까닥 흔들면서도 어머니는 바느질을 잘도 하였다. 하루 만에 아버지 두루마기도 짓고 또 하루가 지나면 어머니 저고리가 만들어지고... 날이 하루씩 지날 때마다 우리 가족 중의 누군가의 옷이 만들어져 횃대에 걸리곤 했다.

　횃대를 가리는 횃대포에는 원앙 한 쌍이 다정하게 갈대밭에서 속삭이는 십자수가 놓여 있었다. 원앙이 오리인줄 알았는데 금슬 좋기로 소문난 원앙과 오리는 다르다고 어머니가 일러줬다. 횃대포 속의 연못에서 원앙 한 쌍이 속삭이고 있다고 일러준 사람도 어머니이다.

　그미를 미닫이 문 창살에 묶어놓고 도망쳐 나와 배회하면서 머리 속을 맴도는 생각은 오로지 그 때가 좋았다는 것, 오손도손 모여앉아 보냈던 겨울의 나날들이 그리도 그리웠다.

　어머니는 그미를 재우면서 바느질하고 슬이는 혼자서 이리 뒹굴 저리 뒹굴 방바닥을 굴러다니다가 제풀에 겨워 잠이 들고 큰언니와 나는 실뜨기도 하고 어머니가 반짇고리에서 찾아 나눠준 천 조각으로 바느질도 배우곤 했다. 또 아버지가 낚시 줄을 정리하다가 잘라내 버리는 실 꾸러미를 시간가는 줄 모르고 풀어 죽- 이어 감아 뜨게 실도 만들었다. 그 실을 가지고 어머니는 장갑 뜨는 걸 가르쳐준다고 약속 했었지. 그 약속은 아버지가 바다에서 실종되는 바람에 흐지부지 되고 말았지만.

제1장 거울 이야기

삼대돛배와 '갈돛' 폭

아버지가 무사히 집에 오고 나서 오히려 집안은 눈에 띄게 어수선해졌다.

옥도미 잡이를 떠날 때 아버지와 승천이 할아버지 그리고 석이 아버지는 하나같이 속에다 솜바지저고리를 입고 그 위에 갈옷을 덧입었다. 갈옷은 여간해서는 바닷물에 찌들지 않아 배에서 일할 때 입기로는 제일 편한 옷이라고 했다.

아버지는 해마다 한 여름으로 들어서는 유월절을 며칠 앞두고 옷뿐만 아니라 그물이며 낚시 줄에도 고욤을 짠 감즙으로 물들였다. 또 누구네 집에 돼지를 잡는다면 아버지는 질그릇함지를 들고 달려가 피를 받아오기도 했다.

돼지피를 잘 삭여서 그물이나 낚시 줄에 물들이면 썩지도 않고 소(배의 밑창에 달라붙어 나무를 갉아 먹는 바다좀)가 슬지도 않아 오래 쓸 수 있고 물들이지 않는 것보다 몇 배는 더 질기다고 하였다.

아버지 배는 돛대가 세 개나 되는 '삼대돛선' 이었다. 돛에도 감즙을 물들여 빨갛게 빛깔이 돋아나도록 바래었다.

이미자라는 가수가 코 먹은 소리로, 황포돛대야아--하고 간드러지게 부르던 유행가 가사가 있는데 사실 제주 바다에서는 황포돛을 사용한 역사가 없다고 한다. 감즙을 물들인 무명이나 광목으로 돛을 만들어 쓰는 게 대중이었고 여름 한 철만 조업하는 '테우' (떼배)는 초석이라고 하는 자리를 돛폭 대신 임시로 쓰기도 했다.

갈옷이나 '갈돛폭' 은 처음엔 선명한 빨간색으로 도드라진다. 그 색깔을 요즘의 색 가름으로 따진다면 벽돌색이랄까. 색깔은 날마다 스러져 황토색이다가 종국에는 흙색으로 잦아든다.

아버지네는 겨울바다로 옥도미 잡이를 갔다가 온 데 간 데 없이 사라져 버렸던 적이 있었다. 풍랑에 휩쓸려 죽었을 거라고 사람들이 노골적으로 대놓고 말하던 어느 날 아버지네는 멀쩡하게 돌아왔다. 그게 내가 다섯 살 때 섣달그믐 무렵의 일이다.

부르기에 따라서 샹깡과 홍콩이 나뉜다

아버지가 실종됐다가 집에 돌아온걸 보니 갈옷은 온 데 간 데 없고 양복에다 코트까지 걸치고 반짝거리는 검정 구두를 신고 있었다. 양복으로 차려입은 아버지는 도시멋쟁이가 되어 있었고 뱃사람 티를 굳이 찾는다면 구릿빛으로 탄 얼굴뿐이었다.

아버지네는 한바다에서 풍랑을 만나 표류하다가 홍콩과 일본 시모노세끼[下關]를 오가는 무역선에 구조되어 홍콩으로 실려 갔다고 했다.

홍콩은 그 땅에 세 들어 사는 영국 사람들이 붙인 이름이고 본디 토박이들인 중국 사람들은 '샹깡'이라고 하더란다.

승천이 할아버지도 젊었을 때 세상을 누비고 다닌 경력이 대단하던 터라 낯선 땅에 발을 디뎠지만 조금도 기죽지 않았다고 했다. 다만 석이 아버지만은 제주 섬을 벗어나 보지 못한 우물안개구리와 다를 바 없는 위인이어서 시종 벌벌 떨었다고 했다.

영국이란 나라가 제주 섬처럼 작은 돈짝만한 두 개의 섬으로 됐다지 아마. 그래서 영국 남자들은 모두 마도로스거나 해적이 될 수밖에 없는 운명을 타고 났다는데, 아버지도 순전히 뱃놈팔자를 타고난 사람이다. 말은 서로 모르지만 뱃놈끼리니 손짓발짓만으로도 그곳 사람들과 잘 통하더란다.

아버지네는 '샹깡' 관리들이 선물까지 마련해주며 융숭하게 대접한 덕분에 며칠 잘 쉬다가 일본 시모노세끼로 가는 상선이 있어서 그 배를 얻어 타고 거기로 갔다가 다시 부산으로 오는 배를 기다려 탔다고 했다. 그런 여정을 지나오려니 제주에 도착하기까지 '샹깡'을 출발해서 무려 보름 이상이 걸렸다고 했다.

우리는 아버지가 목포에서 여객선을 탄다고 전보를 보낸 줄로 알았다. 나중에 집에 와서 하는 말이 부산으로 왔다고 했다.

프린세스 스타일 코트

아버지가 가져온 선물 꾸러미에는 그중 큰언니 것이 가장 많았다. 어머니 몫으로는 순모 카디건 한 벌, 큰언니에게는 영국공주 들이 입는 겨울 코트를 본 따 만들었다는 빨간 프린세스라인 코트가 있었는데, 모양이 정말 고왔다. 칼라와 소매 끝에는 까만 우단이 덧대어졌고 까만 단추가 두 줄로 좌르륵 달렸는가 하면 허리께가 잘록하게 들어가고 아래쪽이 플레어스커트처럼 나팔꽃 모양으로 팍 퍼지는 거였다. 그 코트에 구색을 갖추어 빨간 구두도 한 켤레 더 있고 아참, 까만 공단으로 만들어진 토시도 한 벌 있었지. 코트를 입을 때 토시도 끼는 거라고 아버지가 일러줬다.

큰언니는 남일해라는 가수가, 똑또옥 구두소리 어딜 가시나, 한 번쯤 뒤돌아볼만도 한데, 빨간 구두 아가씨 혼자서 가네 ―하고 노래하기 훨씬 이전에 빨간 구두를 신은 시골 아가씨였다.

내 선물은 시시했다. 슬이와 내 몫으로도 옷을 마련하긴 했는데 그날 그때까지 듣도 보도 못한 스웨터란 것이었다. 정작 나를 기막히게 한 건 그놈의 스웨터란 옷보다도 아버지가 나를 그렇게도 모른다는 사실이었다.

나는 맥이 다 빠졌다. 왜냐하면 내 몸에 꼭 맞을 거라고 너스레를 떤 아버지 말과는 달리 내 몫의 스웨터는 슬이한테 딱 맞고 슬이 몫이라는 건 너무 커 큰언니한테 넉넉하게 맞았다.

결과만 놓고 본다면 아버지는 '샹깡'에서 내 몫의 선물만 챙기지 않은 게 되어버렸다.

나는 심술이 날대로 났다. 아버지 눈엔 콩깍지가 씌웠나, 자기 딸들 옷 치수도 제대로 모르는 치, 그 때 설에 나한테 꽃고무신 사주겠단 약속도 까맣게 잊었고 씨, 뭐야 큰언니 '빼딱구두'만 사오고 정말로 나쁜 아버지 우리 아버지.

얼마나 내가 그 때 일을 서운하게 생각했던지 초등학교(국민학교)를 졸업하고 도시의 중학교에 입학하여 부모 곁을 떠나 살게 될 때 까지도 아버지한테 마음이 안 풀려 꽁 한 체 있었다.

아버지가 하다못해 꽃고무신 신은 내발을 보고서, 내 딸년, 아버지가 사주려고 했는데, 누가 사줬? 이라든지 뭐 어떤 표현으로라도 나하고 굳게 약속한 걸 한 번만 상기했어도 나는 그렇게 오랜 동안 아버지한테 서운한 마음을 품지 않았을 것이다.

그 이후 나 혼자만의 마음에 그린 아버지의 여러 모습 가운데는 약속도 헌신짝처럼 내팽개치는 되게 웃기는 해적 같은 인간괴물도 한 명 들어 있었다.

인간의 종류

'샹깡'인가 홍콩인가를 바람타고 다녀오고 나서 아버지는 건이 아버지 야코를 팍, 죽일 건수가 비장의 무기로 등장했다. 그건 아버지가 외국거리에서 마주친 노란머리 갈색머리에 새빨간 입술연지를 바른 선녀같이 고운 여자들 이야기였다.

촌구석에서 골목대장처럼 우격다짐이나 부리는 건이 아버지가 무슨 수로 노란머리 여자를 만나볼 것인가. 그저 그 대목에서는 아버지한테 일방적으로 기죽어 지낼 수밖에. 아버지처럼 고깃배를 타고 바람 부는 대로 정처 없이 떠돌 배짱이 없는 한 건이 아버지는 아들 건수 말고는 우리 아버지를 기죽여 놓을 아무것도 없는 처량한 신세가 되고 말았다.

나는 노란머리 여자가 엉덩이를 씰룩쌜룩 흔들며 걷다말고 아버지한테 손을 흔들더란 말을 들을 때마다 틀림없이 아버지는 지금 허풍을 치는구나 싶었다. 꿈엔들 그런 종자의 인간이 이 지구상에 존재할 성 싶지 않기 때문이다. 그리고 그런 이상한 색깔의 머리칼을 가진 여자들이 조금도 예쁠 것 같지 않았다 아무리 생각을 곱씹어 해봐도. 그런데 아버지는 그 여자들이 기막히게도 예쁘더란다. 헬로우, 마도로스! 하고 말을 걸 때 아, 그 예쁜이들 사람 죽여주지. 지레 눈을 지그시 감으면서 오금을 떠는 아버지. 글쎄?

아버지는 못 볼 것을 보고 온 것임에 틀림없다 싶었다. 걸핏하면 쪽 빼어 입고 성안 나들이로 날을 죽였다. 그 이유를 아들 만들러 다니는 거라고 못 박아 놓고서.

'저립'은 아버지가 배를 타지 않아도 날마다 잘도 잡혔다. 승천이 할아버지가 내 키보다도 더 큰 그놈을 하루에 한 마리씩은 우리 집에 가져올 정도로 한창 잘 잡혔다.

승천이 할아버지는 '저립'을 둘러매고 와서는 채마밭에서 아버지 비밀을 혼자 마시며 껄껄 웃어제끼곤 했다. 거참 그 사람, 이번엔 단단히 벼르는 모양이로군.

"뭘 말이꽈 할아버지?"

내가 의미 모를 너털웃음을 혼자 웃고 혼자 중얼거리는 늙은 도사공의 말꼬리를 붙잡았다.

"아무것도 아니여 니마야, 그냥 할으방이 한 마디 해 본 헛소리여."

할아버지는 구레나룻을 쓰윽 훔치면서, 수니 어머니 과히 상심 말게. 하며 가 버렸다.

천재와 바보의 차이

그러던 어느 날 낯선 사람이 아버지 편지를 가지고 왔다. 돈은 다 떨어지고 병이 나서 꼼짝 못하고 있으니 '저립'을 있는 대로 다 싣고 편지를 가지고 간 인편에 성안으로 보내라는 전갈이라고 했다.

성안으로 생선을 팔러 갈 때마다 달구지 고삐를 잡는 몫은 석이 아버지 것이었다. 아버지가 인편에 편지를 보낸 그 때는 마침 '저립' 낚시가 대목을 이루던 때라 석이 아버지는 아버지에게 갈 형편이 아니었다. '저립'은 단지 한철만 잡을 수 있는 귀한 생선이니 때를 놓치면 다음 해 제철에니 바라볼 뿐이니까 그 기회를 놓칠 수 없었기 때문이다.

아버지 편지를 받고도 사나흘은 어떻게 해볼 도리가 없다고 어머니는 발을 동동 구르고 이틀 정도 기다리다 못한 성안 사람은 가버렸다.

어머니는 '저립' 낚시가 한 물 가기만을 기다릴 수밖에 없었다. 채마밭에 묻어 놓은 비밀을 아버지는 그 누구하고도 흔쾌하게 나눠 마셨다. 아무라도 와서 채마밭을 가리키면 기꺼이 그 사람 양껏 나누던 터였다. 아니다, 절대 비밀을 비밀에 부치던 대상이 있긴 했다. 세무서 서기하고 순경이 그들이었다. 그들은 아버지 채마밭의 비밀을 알고는 있었지만 실물 그대로 본 적은 단 한 번도 없었다.

잠통 아저씨가 아버지 비밀이 굴뚝같이 생각이 나 아버지가 집을 비운지 오래 되었다는 걸 뻔히 알면서도 날마다 채마밭에 들락거렸다.

잠통 아저씨는 아버지보다 서너 살 위라는데도 한사코 아버지한테 손위 사람 대우를 하곤 했다.

마을에서는 잠통을 권외로 내돌렸다. 그는 일제강점기 시절에 농업보통 학교를 다니다가 일본선생한테 머리통을 되게 얻어맞은 후에 살짝 바보가 되었다고 했다. 어떤 사람은 일본군대로 끌려가지 않으려고 일부러 바보행세를 하기 시작한 것이 해방이 되어서도 몸에 밴 그대로 바보처럼 사는 거라고도 했다. 나중 이론을 들이대는 사람들은 그 근거로 잠통의 해박한 지식을 들먹이곤 했다. 한문 실력을 놓고 겨루면 아마 우리 마을 고 훈장 할아버지 형제를 제외하고는 아버지와 잠통이 막상막하라고들 했다.

아버지와 잠통 두 사람은 번번이 장기판을 사이에 두고 온종일 꼬느기 일쑤였고 보통 사람은 알아듣지 못하는, 쓰 잘 데 없이 유식한 한문체로 문답을 하곤 했지만 우열을 가리기 어렵다고 사람들은 입을 모았다.

하루는 아버지가 며칠 새 그가 안 보인다며 비밀을 한 호리병 길어 담아 허리춤에 차고는 나를 데리고 초막살이 잠통네 집을 간 적이 있다. 집 가까이 가니 잠통이 시(詩)읽는 소리가 낭랑하게 밖으로 들렸다. 나야 뭐 숫제 알아듣지 못하니 들을 귀가 없었고 아버지는 먼 올레에 선체 다 듣고 나서 타악, 손뼉을 치며 감탄해 마지않았다.

"아 좋다! 남녀노소가 한 길을 걸으니 다 똑같은 삶을 산다, 거 좋다! 역시 잠통 글은 일품이라. 아, 저거 시경(詩經) 어디 있는 대목인디?"

나는 아버지 감탄하는 말 그대로를 얼른 내 머리 속에 입력시켰다가 길에서 잠통과 맞닥뜨리자마자 아버지 흉내를 내어 손뼉을 치며, 아 좋다! 했다가 혼쭐만 났다. 그 일을 기화로 남한테 감격하려면 대놓고 하지 말아야함을 배웠다고 할까, 좋은 말이나 칭찬도 앞에 대고 늘어놓으면 그게 본의 아니게도 비아냥거린다고 상대가 여길 여지가 다분하다는 것도 알았다.

잠통은 잠자는 데 명수였다. 하는 일이 고작 잠자는 거 아니면 마을을 싸돌아다니면서 큰일 치르는 집이 있으면 들어가 며칠이고 먹고 마시는 걸 본업으로 삼고 살았다. 그저 얻어먹는 정도였다면 본디 제주 사람들 사는 본새가 내 것이며 네 것이 따로 없이 살아버릇하니 말거리도 안 되지만, 잠통은 자신만 얻어먹고 마시는 게 아니라 거점을 일단 확보하면 한달음에 집으로 달려가 온 식솔을 거느리고 왔다.

잠통이 큰일 하는 집에 식구까지 데리고 들어가 그저 게걸스럽게 먹어치우기만 했다는 건 절대 아니다. 그는 돼지 멱따는 명수였고 가마솥 앉히는 일이며 차일 치는 일이며 가리지 않고 일손을 도와 선머슴 열의 몫을 혼자서 거뜬히 해냈다. 그렇게 솔선하여 일을 처리하다가도 도가에 가서 술추니를 져 나르라거나 어디 가서 뭘 빌려오라고 하면 싹 안면을 바꾸어 허허, 나 그건 못해 허허, 하고 끝내 버티어 하지 않고 배겼다. 그건 정말 불가사의한 잠통의 일면이었다. 왜 큰일 치르는 집에 일단 들어갔다 하면 일 끝나는 그 날 까지 그 집 문밖으로 잠시도 벗어나려하지 않는지.

누군가 성안에 함께 가 줄 사람을 애타게 찾고 있던 아침 이른 참에 허허, 허허, 하며 비밀을 얻어 마시러 온 잠통한테 바가지를 들려주면서 어머니가 당부했다.

"갈 때 나 좀 보고 가세요."

그는 욕심이라곤 털끝만큼도 없었다. 바가지 째 쥐어 술독을 맡겨도 한바가지 이상은 더 퍼마시지 않았다. 잠통은 술고래였는데도 말이다. 아버지는 그런 그의 행동을 두고 절도 있어서 그런다고 했다. 하긴 아버지는 물론이고 그 누구도 아버지 비밀을 평소에는 취하도록 마시는 사람이 한 사람도 없었다. 그 비밀은 오직 해장술로만 마시는 거였기에, 해장술부터 취하는 놈은 진정한 술꾼이 아니라고 아버지는 누누히 역설했다.

수니 어멍과 니마 아방

"수니어머니 나 다 마셨수다."
잠통은 짐을 부려놓듯 마루턱에다 털썩 걸터앉으며 또 허허, 허허 웃었다.
"이 집은 요상한 집여, 왜냐하면 설라문에 이집 아방을 부를 땐 니마아버지, 어멍은 또 수니어머니, 요런단 말씀야. 거 왜 그런고? 맨날 나도 그리 부르지만서도 거참 되게 재밌고 요상하다니깐. 허허, 허허."
그의 말을 듣고 보니 정말 그랬다. 마을 사람들은 물론이고 어머니와 아버지, 외할머니와 고모 할 것 없이 우리를 아는 사람은 다, 아버지를 부를 때는 내 이름을 따고 어머니를 부를 때는 큰언니 이름을 붙여 불렀다. 다른 집들은 어느 한 아이 이름만을 붙여 부르는데.
"우리 달구지 고삐잡고 성안 한 번 다녀오면 어떨까 싶어서요."
잠통에게 성안 가는 길동무가 되어달라고 청하는 어머니 말투는 매우 조심스러웠다.
잠통은 바람 먹고 구름 똥 싸는 나그네처럼 풋득풋득 객지로도 곧잘 나돌아 다니지만 누구 부탁을 받아들이는 예가 거의 없었다.
"허허, 허허, 가구말구. 니마 아방 성안 어디서 아들 맨들암댄 마씸?"
잠통이 선선이 대답하면서 동시에 어머니 눈앞에다 새끼손가락을 까닥거려 보였다. 어머니는 외면하고 잠통에게 지시했다. 대뜸, "나하고 같이 가는 겁니다 그럼. 우선 달구지에 말 매우고 저립을 실읍시다."

용진이 각시한테 어머니가 다녀올 동안 집안일을 맡아 해달라면서 반찬거리며 쌀독이며 보여 주고 나서 나보고는 승천이 할머니를 모셔오라고 했다.

승천이 할머니는 드넓은 마당에 지푸라기를 가지런히 펴다말고 내손을 잡고 일어섰다.

어머니는 어느새 나들이옷으로 갈아입고 승천이 할머니한테 '저립'을 저릴 소금 가마니가 쌓인 고방을 맡기고 그미를 들쳐 업고는 길 떠날 채비를 서둘렀다.

"어머니 나도."

나도 따라가고 싶었다. 나는 아프다는 아버지 걱정을 해서라기보다 성안이라는 별천지를 구경해보자는 심사였다.

"니마야. 너 너무 엉뚱한 소리하고 있는 거 네 자신이 잘 알지? 넌 어머니가 가서 아버지 모셔올 동안 병아리 둥우리에 앉은 암탉들 모이 주고 물주고 운동시키는 일 해야다. 큰언닌 학교가야지, 그럼 그 일 할 사람 너밖에 누가 또 있니 알아서 해라 섣부른 소리 하지 말고 올 병아리 농사는 이제 니마 너한테 달렸다. 그럼 어머니 다녀오마."

어머니는 나직하지만 말마디마다 힘을 주어 내 눈을 당신의 눈빛으로 쏠듯이 꿰뚫어 보면서 일렀다. 나는 그 서슬에 기가 질렸다. 언제나 어머니는 조용히 말하면서도 거역하지 못하게 억눌러버리는 힘이 있었다. 어머니의 위엄에 눌려 어머니가 지시한 대로 어김없이 둥우리에 앉은 암탉들의 수발을 들 수밖에 없었다.

예전처럼 어디로 뺑소니쳐서 해결될 일이 아니었다. 며칠 후에 둥우리마다에서 병아리가 고물고물 기어 나올 것이다. 만일 임무를 소홀히 했다가 때가 되어도 삐약삐약 병아리가 달걀을 깨고 나오지 않는 날에는 모든 책임이 내게 돌아

올 것이다.

어머니는 잠통한테 고삐를 들려 집을 나서면서 넉넉잡아 이틀 후면 돌아오겠노라고 했다.

그날 밤은 잠이 오지 않았다. 몇 번이고 깨어나서는 등잔을 들고 병아리 둥우리를 살피러 가곤 했다. 제대로 눈을 붙여보지 못한 체 날은 새버렸다. 이튿날은 둥우리를 지키고 앉아서 간밤에 못잔 잠을 벌충하느라고 꾸벅꾸벅 졸았다.

아버지 채마밭의 평지나물 꽃

날씨가 하루 사이에 확 변해 봄볕이 따사로웠다. 채마밭 평지나물이 꽃대를 순식간에 쑤욱 세우고 망울을 부풀리느라고 안간힘을 쓰는 품이, '통시'에 가면서 힐끗 곁눈 뜨고 보니 금방이라도 터져 왁자지껄 꽃이 피어날 것만 같았다. 짐작대로 한낮이 기울 무렵에는 두어 송이 꽃망울이 열렸다.

학교를 마치고 집에 온 큰언니를 다짜고짜 채마밭으로 끌고 갔다.

"큰언니, 자 봐. 봄이지."

큰언니가 빙그레 웃으면서 고개를 끄덕였다.

"난 또 뭐랜(뭐라고), 학교 운동장가에 붙은 밭에도 이, 배추 장다리도 꽃 폈져."

큰언니 말에 나는 배신감을 느꼈다. 벌써 봄이 온 걸 봤으면서도 나한테는 한마디도 안하다니, 나는 닭들 수발드느라고 그렇게 바쁜 대도 평지나물 꽃피운 걸 보자마자 자기한테 곧바로 보여줬는데 씨, 나쁜 큰언니. 나는 팽 돌아서며 칼바람이 일만치나 토라져 콧방귀를 홍, 하고 뀌었다.

"말도 안 된다."

나는 타고나기를 오래도록 화만 내는 채질이 못된다. 마음 같아서는 한 일 년쯤 화난 채 살면서 본때를 보여주고 싶은데 돌아서면 금방 화가 수그러들고 만다.

그 때, 내 어린 시절에도 그랬다. 봄이 왔다는 사실을 앞에 두고 마음이 한껏 들떠 있었으니 화가 어디 비집고 들어앉을 자리도 없던 차에 봄눈 녹듯 스스로 스러져 사위었다.

저녁노을을 등진 그 때에

그렇게 일찍 돌아오리라곤 짐작하지 못했는데, 어머니는 단 하루 집을 비우고는 땅거미가 내려앉는 초저녁 어스름을 벗해 '저립'을 싣고 간 달구지에다 아버지를 태우고서 돌아왔다.

우리는 달려가 어머니에게 매달렸다. 나는 암탉들이 무사하며 그동안 그것들을 보살피느라 무진 애를 썼노라고 조잘댔다.

"니마야, 아버지 먼저 자리에 눕혀 드리자."

어머니 얼굴에는 피로가 가득했다. 반가운 김에 달려드느라고 미처 알아채지 못했는데…

그미는 어머니 등에 업힌 채 곤히 잠들어 있었다.

우리집은 갑자기 북새통을 이뤄 어수선한 가운데 사람들이 정신 못 차리게 급히 움직였다.

아버지는 죽은 사람처럼 늘어져 있었다. 자는지 아파서 그러는지 도무지 짐작할 수 없을 정도로 그저 두 눈을 지그시 감은 채 전신엔 힘이 한 점 남지 않아보였다.

잠통이 아버지를 업고 방안으로 들여 줬다.

잠통은 키가 아버지 절반에나 찰까, 키 작은 사람이 키 큰 사람을 업은 꼴은 무척 힘들어 보이고 또 우스꽝스러웠다. 아버지 두 다리는 질질 끌리고 두 팔은 잠통의 무릎 정강이까지 흘러내리고 말이 아니었다.

안방에 아버지를 뉘고 나오는 잠통 얼굴에서 땀방울이 비 오듯 떨어졌다.

"아주버님 수고 했어요. 거기 잠시만 앉아계세요."

어머니는 그미를 허리에서 내릴 새도 없이 쌀을 퍼 내오고 소금에 절여둔 '저립'을 내오느라 정신이 없었다.

잠통은 허허 허허, 웃으며 목에 둘렀던 수건으로 땀을 훔쳤다.

"성님은 나 말곤 아무도 못 업고말고. 체격이 오죽 좋아야지 소소한 힘 가지곤 당치도 않허주 게."

성안에 가서 병 든 아버지를 데려온 일이 그리도 뿌듯한지 스스로 자신을 대견해 하는 눈치였다. 큰언니가 퍼내온 아버지 비밀을 벌컥벌컥 단 숨에 들이켰다. 비밀이 목을 타고 내려갈 때마다 '아담의 금단뼈'가 올라갔다 내려 왔다 바쁘게 움직였다. 커어- 커억, 요란하게 트림을 한 잠통은 어머니가 챙겨놓은 보자기를 어깨에 척 둘러매고 허허, 허허, 그 특유의 웃음을 앞세워 어둠속으로 사라졌다.

그 뒷날부터 아버지 채마밭에서 아침 일찍 제일 먼저 해장하는 사람은 다름 아닌 잠통으로 바뀌었다. 그는 꼭두새벽부터, 첫닭이 울고 한 숨 돌릴 새도 없이 막 바로 아버지 병문안을 매일 거르지 않고 왔다.

"성님 좀 어떵허꽈? 허허, 허허."

외할머니의 지팡이와 괴나리봇짐

아버지는 성안에서 달구지에 실려 오고 난 이후로 여간해서는 눈을 바로 뜨고 사람을 쳐다보지 않았다. 아니, '통시'에 갈 때는 눈을 제대로 떴을 것이다. 그 외에는 아예 지레 지그시 감고 버텼다.

그리고 보니 버릇도 많이 달라진 듯 했다. '통시'에 가서 소피를 볼 때는 무궁화나무에 한손을 기대고 정다이 속삭이던 것 마저 싹 거둬버리고, 비밀을 마시러 채마밭에 내려가지도 않았다. 뭘 별로 먹지도 않고 그저 온종일 벽을 향해 모로 누워 조용했다. 아침마다 기상나팔처럼 똑같은 말을 되풀이 하던 거며 잔기침도 물론 하지 않았다.

외할머니가 왔다. 건너 마을 중산간 마을인 반촌(班村)에 사는 외할머니는 내가 세상에 나와 보니 이미 머리가 하얗게 센 호호파파 할머니였다.

할머니는 누가 전하지 않아도 우리집에 무슨 일이 생기면 용케 알고 달려왔다. 머리가 하얗게 바래 버린 품새대로라면 꽤 허리기 굽을 법 한데도 고쟁이 위에 걸친 치마폭을 휙 휘둘러 허리춤에 지르고는 지팡이를 짚고 허위허위 달려오는 것이었다.

할머니가 걸을 때 보면 지팡이는 순전히 폼으로 들고 있음을 대번에 알만 할 정도로 서너 발짝을 걷다말고 문득 생각난 듯이 한 번 내짚곤 했다.

"할머니, 꼬부랑 할머니도 아니면서 무사(왜) 지팡인 짚엄수꽈?"

나는 그런 할머니 지팡이 사용법이 궁금할 때마다 똑 같은 질문을 해대었다. 할머니 대답은 매번에 달랐다. 어떤 때는 그걸 짚고 다니다가 버릇없는 녀석들 만나면 혼줄도 내주고...했다가 또 너희 집 오는 길에 꿩이라도 보이면 때려다가 니마 너 보약으로 달여 주려고 짚고 다닌다고도 하고 어떤 때는 호신용이라고 말한 적도 있다.

　어머니는 할머니가 늙었다는 표시로 지팡이를 짚고 다니는 거라고 했다. 그 지팡이마저 없으면 여든을 넘긴 노인인데도 막 환갑이나 지냈을 정도로 밖에는 늙어 보이지 않기 때문이란다.

　할머니가 우리집으로 나들이 할 때는 지팡이를 짚고 등짝에 괴나리봇짐을 꼭 지고 왔다. 그 봇짐 속에는 사시사철 마른잎담배 몇 다발과 철따라 익은 보리장이며 '산딸'이며 으름이며 달래며 머루며 정금이며…산열매가 들어 있어 우리는 할머니보다 괴나리봇짐을 더 반겨 맞았다.

　어머니가 성안에 가서 아버지를 싣고 온 뒷날 신 새벽에, 할머니는 먼 올레에서부터 잠통과 앞서거니 뒤서거니 들어섰다.

　나는 잠이 덜 깬 눈을 비비면서 뛰쳐나가 얼른 할머니 괴나리봇짐을 낚아챘다. 마루에다 확 풀어놓은 봇짐 속에서 당유자 서너 개, 병귤이 여남은 개, 한약재 부자가 서너 톨… 그 외에도 많았는데 웬 한약냄새 풍기는 것들뿐이었다.

　재빨리 병귤 몇 개를 움켜쥐고 꽁무니를 내빼려는데 전에 같지 않게 할머니가 장죽으로 손등을 내리쳤다.

　"아니 된다 그거, 느 아버지 약으로 달일 거여."

　내 손에서 병귤 한 톨 남기지 않고 싹 거두어 찬방으로 들이밀고 말았다. 참, 할머니 담뱃대 얘길 빠뜨렸네. 까만 오죽에다 용을 아로새긴 은(銀)통대를 끼운 내 키보다도 더 기다란 담뱃대를 할머니는 고개 뒷춤에 지르고 다녔다. 실은 그렇게 할머니 뒷 고개에 담뱃대가 꽂아 있는 때는 드물고 늘 입에 물고 있다고 해야 옳을 정도로 지독한 골초였다. 할머니는 스스로를 '담배초간'이라고 말하곤 했는데, 골초를 제주사람들이 늘 쓰는 말로 하자면 '초간'이라고 했다.

　"어머니, 어떻게 금새 알고 오셨수?"

할머니 담배재털이를 챙기고 어머니가 인사를 겸하여 묻자 할머니 말이, 발 없는 말이 순간에 천리 간다고 하잖냐, 하고 담담하게 대답하고 나서, 니마 아방 속 좀 풀게 달여 먹여라, 하며 괴나리봇짐을 열어 보였다. 그리고는 어머니 손을 빌릴 것 없이 약탕관을 장독대에서 내어왔다. 다음으로 괴나리봇짐에 싸 짊어지고 온 것들을 정성스레 썰고 다듬고 씻어 마당에다 삼발이를 걸고 관솔불을 지피고는 약탕관을 앉혔다.

말[言語]과 바람[風]

　나는 발 없는 말이 순간에 천리를 간다는 할머니 말을 나름으로 꿰맞춰 봤다. 아, 말은 바람인가 보다. 우리가 늘 입 밖으로 쏟아놓는 말을 한 번도 눈으로 본 적이 없으니 어떻게 생겨 먹었는지 굳이 따지자면 바람과 같은 꼴일 것만 같았다. 바람도 눈에는 안 띄지만 세상 어디든지 순식간에 왔다 갔다 하다가 사라진다. 말도 꼭 그렇구나. 그런데 빌이 있는 사람이나 심승늘은 어딜 가려면 가는 거리만치 시간이 걸리는데 발도 없으면서 무슨 재주로 바람[風]과 말[言語]은 눈썹 한 번 닫았다 여는 순간에 천리를 갈까? 바람과 말의 정체를 똑 부러지게 알 길이 없어 얼마나 속이 답답했는지 모른다.

　할머니와 어머니, 그러니까 그 어머니와 딸은 둘만 있게 되면 소곤소곤 나직이 비밀 이야길 나눴다.

　큰언니는 어른들 말하는 걸 엿듣는 건 나쁜 짓이라고 못 듣게 했지만 나는 악착같이 귀를 나발처럼 열고 그 어머니와 딸의 대화를 엿듣느라 애를 무진 썼다.

　나의 전담 일이었던 아기요람 흔드는 일이 할머니 손으로 넘어간 덕에 할머니 무릎을 베고 슬이와 나란히 누워 한 소큼 씩 낮잠을 자기도 했다.

그런 중간에 두 사람의 비밀이야기를 엿듣게 되었던 것이다.

세상 사람이 다 아는 비밀

두 사람의 비밀이야기는 며칠 동안 계속됐고 내가 들은 이야기를 요약하면 이렇다.

아버지는 생선을 싣고 초저녁 무렵 성안에 도착했다. 마침 생선도가가 무슨 일인지는 몰라도 문을 일찍 닫아버린 통에 그날로 싣고 간 물건을 넘길 수가 없게 됐다고 한다. 그래서 장터여인숙에 들었는데, 여인숙 주인이 새파랗게 젊은 여성이었던 것이다. 여인숙 주인이 어찌나 아버지한테 후하게 대접을 했던지 미소를 덤으로 얹고 아양을 고물로 묻히고도 모자라 코 먹은 소리까지 했단다. 아버지는 그만 홀딱 첫눈에 반해 그 여인숙 주인한테 폭 빠지고 말았다. 그렇잖아도 '샹깡'에서 맞닥뜨렸던 노란머리 여자가 그리운 판에 꿩 대신 닭도 좋다. 에라 모르겠다. 여인숙 주인의 치마폭에 휘감겨 우리들은 물론이고 그만 세상을 꼼빡 잊어버렸다고 했다.

"네 눈에도 그렇게 니마 애비가 빠질만 해냐?"

할머니가 담뱃대를 열심히 빨다말고 어머니 말 중간에 끼어들었다.

"그럼요 어머니, 그리 예쁜 편은 아닌 데요 몸매 가녀리기가 마치 버들잎 하늘거리는 거 저리 가랍디다."

하룻밤을 새는 동안 아버지와 여인숙 주인 사이에는 벽장동티가 나고 그래서 둘은 만리장성을 쌓을 듯이나 정이 들었다던가 뭐 그랬다고 한다.

급기야는 생선을 도가에 넘기는 일까지 여인숙 주인한테 내맡기고 아버지는 그 집 안방으로 슬쩍 들어가 앉았다.

꼭 그럴 줄 알았다고 한다

달구지를 석이아버지한테 돌려보내고 나서 아버지는 여인숙 주인이 자신의 아들을 낳아줄 것인지, 넌지시 흥정을 했다.

"그럼요, 이래 뵈도 내 자궁은 고추씨만 앉히는 기름진 텃밭이유."

여인숙 주인의 확신에 찬 말마디가 아버지의 온몸과 정신을 다 낭창낭창 감아버렸다고 했다. 아버지가 대거리를 쳤다.

"낳 봤수, 아들 말요?"

"그럼 그럼요. 이년의 팔자가 기박하여 일부종사 못하고 자식 빼앗기고 이리 베개장사나 하는 신세지만요, 열일곱에 시집가 그 뒷 해에 사내아일 쌍둥이루 다 첫 생산을 했었다구요. 못 믿겠으면 내 호적 들춰봐요."

여인숙 주인은 되게 세게 나왔고 아버지는 본디 남을 의심하거나 되짚어 넘겨다보는 속 좁은 위인이 아니었기에 그녀의 말만 믿고 오케이, 생선 한 달구지 판 돈을 몽땅 쥐어 줬다.

여인숙 주인의 눈이 해 등잔만큼 커진다 싶더니 천안 삼거리에 늘어진 버들가지처럼 능청능청 아버지 품으로 안겨들었다고 한다. 여인숙을 해서는 한몫에 그만한 현금을 쥐어 본다는 게 꿈에서나 있을까, 이게 웬 횡재냐!

"여보시오 선장 양반. 아들을 오늘 곧바로 생산하란 요구는 아니겠지요옹-"

코가 한껏 먹은 여인숙 주인의 말에 아버지는,

"허허허, 내 아무리 아들이 급하기로서니 그런 무리한 요구야 차마 하겠나, 난 칠삭 동이도 팔삭 동이도 원치 않소. 열 달을 꽉 채우고 굳은 박같이 여문 아들 바라니 임자도 너무 서두르지 맙시다."

계약은 완성되었다. 그리고 사나흘 후, 잘 나간다 싶었는데 이건 무슨 생짠가

말이다. 여인숙 주인이,

"여보시오 돈 더 주셔야겠어어, 맡긴 노자 그거 다 탕감됐다우" 하며 손을 벌리고 덤벼들었단다.

순진한 아버지. 그만 뒤로 벌렁 나자빠졌다.

"임자 손에 쥐어준 돈이 거금 얼만데 그게 다 됐다니? 그 돈 우리 마누라한테 줬으면 일 년 살림 살고도 남을 액수여."

"그렇게 계산이 서투르니 그 여편네 만날 계집애만 싸질러 놓는 거라구요. 내 명세 좀 들어보소. 모탕세 빼고 밥값 술값 흐흠 내 몸값 몽땅 계산하면 그깟 몇 푼 된다구우, 판판 모자라아-. 왜 이러실까 다 알만한 양반이 정말 왜 이러셔어-?"

옛날 옛적 대대로 나그네 발길마다 매긴 모탕세

아버지는 모탕세란 명목은 처음 들어본다며 여인숙 주인에 맞서 길길이 뛰자, 이 촌놈, '순불보재기' (배냇어부; 어부를 업신여겨 부르는 이름)쌍놈아, 라고 욕부터 내지르면서 어디서 언제 불러 모아 어디에다 숨겨뒀는지 손가락을 까딱하자 쌈꾼 서너 놈이 튀어나왔다.

"모탕세가 뭔 줄 모른다고? 예로부터 주막이며 여관이며 장터에서 남의 물건 맡아 보관해주고 받는 셋돈을 정 몰라? 그럼 이제부터 좀 알아보셔."

여인숙 주인이 입으로 일일이 종주먹을 먹여대는 사이 쌈꾼들이 사방팔방에서 덤벼들어 아버지 뼈까지 추려낼 기세로 북어 패듯 두들겼다.

완력으로 치자면 평소에는 아버지도 그리 쉽게 남한테 뒤지지 않았다. 하지만 이걸 어째, 아무리 아버지가 천하제일 해적이라 해도 그렇지, 쌩쌩한 쌈꾼 서너 놈이 동시에 덤비는 데는 당해낼 재간이 따로 없었다. 되게 얻어터지고 만신창이가 될밖에.

한바탕 난장을 벌인 뒤 초주검이 되어 피칠갑을 한 아버지를 홀랑 벗겨서 거적뙈기로 둘둘 말아 마구간으로 꽁무닐 차 내쫓아 버렸단다.

아버지는 거적자리 속에서 여러 날을 매 맞은 독으로 까무라쳤다.

편지

겨우 정신을 차리고 몸을 추슬러 여인숙 주인과 협상을 벌렸다.

지금 성산포 '개맡' (포구)에 닻 코 거는 우리 배는 생선 중의 옥황상제 격인 재방어낚시가 한창이다.

이 대목까지만 듣고도 여인숙 주인은 입을 짝 다셨다.

"서방니-임 그게 사실야?"

"서방님 소린 놔 불고"

아버지는 능청낭청 감길 채빌 차리는 여인숙 주인에게 검잔을 떨며 적당한 거리를 유지했다.

"그러-엄 나한테 낳아달라는 아들으-은 어떡허구우?"

그녀는 기회만 닿으면 잽싸게 감겨들 태세였다.

"그것도 놔 불고. 내 임자한테 진정 진 빚이 얼마여? 부르는 대로 다 갚아 줄 테니 파발 인부 한 놈 구해줘. 집에 돈보내라 전갈 보내게."

해서 '저릅' 을 싣고 오라는 편지가 어머니한테 전해졌던 것이다.

어머니가 편지에 적힌 여인숙을 찾아가 보니 하 기가 막히더란다. 생각했던 것보다도 훨씬 아버지 꼬락서니는 말이 아니었다. 혹시나 해서 옷 한 벌을 꾸려 갔으니 망정이지 고쟁이마저 벗기고 벌거벗은 몸은 성한 틈 한군데 없이 매 자국인데다 거적뙈기를 둘러쓰고 마구간에 앉은 품이라니! 어머니는 그만 그 꼴 보기 사나워서 확 되돌아서 나와 버리고 싶더란다.

일 값

아버지는 어머니를 보자마자 울음을 터뜨렸다. 어머니는 아버지를 힐끗 곁눈질로 다시 한 번 본 다음에 잠퉁한테 단단히 일렀다.

"아주버님 내가 준 박달나무 몽둥이 그거 손아귀에 힘 꽉 주고 잡고 있어얍니다. 말고삐두요. 누구든 달구지 곁에 얼씬거리거든 몽둥이로 불문곡직 후려 패시구랴. 뒷감당은 내가 할 테니 알겠죠?"

잠퉁은 비록 키가 작아 땅달막 해도 소문난 장사였다. 우리 마을 어귀에 마을이 생긴 이래로 놓인 '듦돌'을 잠퉁은 힘 안들이고 거뜬히 머리위로 치켜든 위인이었다. 물론 아버지와 건이 아버지도 그 돌을 든 장사들이었다.

어머니는 잠퉁의 그 힘에 의지하고 아버지 문제를 적극적으로 해결해 보려고 했던 것이다.

여인숙 주인은 치마말을 젖무덤 한참 밑으로 동여매고 휙, 휘둘러친 맵시로 비스듬히 서서 어머니를 아예 하대하고 나섰다.

"예가 여인숙인건 한 푼 거짓이 없겠지요?"

어머니는 먼저 다짐을 받고 나서, 나그네가 여인숙에 들면 세면할 물 값은 노자에 포함되는 게 인지상정이지, 혼잣말을 힘주어 한 다음에 물장수를 불러 문간토막에 건 가마솥에다 물을 가득 채우게 하고 나무꾼을 불러 장작을 샀다. 장작더미를 아궁이가 미어지게 쌓고 불을 지펴 삽시에 물을 데웠다.

여인숙 주인이 뭐라고 말을 하려면 어머니는 가로막고 잠퉁이 지키는 달구지를 가리켰다.

"돈 걱정이랑 마시우. 내가 그만한 여력 없이 이 여인숙에 들었을까."
어머니는 만만찮게 여인숙 주인의 기를 애당초 팍팍 꺾고 들어갔다.

유언비어 속에서 노는 두 여인

여인숙 주인은 처음에는 하찮은 시골아낙네라고 얕잡아 보았다.
서너 번 시비도 걸어 보고 수를 쓰는데도 그게 먹히지 않음을 눈치 채고는 비장의 무기인 쌈꾼을 대기 시켰다.
그러나 날이 환한 대낮인데다 장터사람들이 모두 다 재미있는 구경났다고 몰려와 마당을 가득 메웠으니 한 여성을 상대하여 함부로 쌈질할 분위기도 아니었다.
또 모여든 사람들 사이에 유어비어가 삽시에 쫙 퍼져나가면서 여인숙 주인을 기죽게도 했다.
저 여인숙 여편네 보게 이. 손님 깍대기 벗겨먹으려다 이번엔 톡톡히 치도곤 당하게 생겼대. 문간토막으로 내쫓은 저 '보재기' 처가가 이 제주 섬에서 예로부터 떵떵거리는 세도가 집안이라네.
저 달구지 봐. 우린 평생 가도 구경 한 번 못해볼 '저립'을 저리 가득 싣고 온 것만 봐도 대충 저 집이 어떤지 알만 하이.
말고삐를 단단히 움켜잡고 한 손엔 박달나무 몽둥이로 무장한 잠통이 사람들이 그런 유언비어를 확인할 때마다 허허, 허허 웃어줬다.
잠통의 웃음은 참으로 묘한 대답 구실을 했다.
사람들이 해석 하고픈 대로 해석이 가능하게 하는 힘을 그 웃음은 가지고 있었다.

유언비어는 말이 나오는 족족 사람들 사이를 돌아다니면서 참말로 변신을 했다.

현찰박치기에 기죽은 채무(債務)관계

대중이 보거나말거나 어머니는 거적떼기를 거둬 치워버리고 아버지를 목욕시켜 옷을 정갈하게 갈아입힌 후 의원을 청했다.

장터사람들은 어찌된 게 어머니가 청하는 대로 척척 심부름을 해줬다.

맷독은 쉽게 풀어지는 병이 아니라고 의원은 고갤 내저으면서, 그래도 워낙 건강 체질이니 뼛속으로는 병이 들지 않은 것 같다고 안심시키기를 잊지 않았다.

재방어가 여인숙에 와있단 소문이 자자하여, 성안에 있는 생선도가마다 들쑤시고 다니면서 불러 모으지 않아도 거간들이 몰려왔다.

어머니는 재방어를 팔기 전에 먼저 여인숙 주인과 채무관계를 따졌다.

어머니 표현대로라면 뚫어진 입이라고 여인숙 주인은 잘도 빚을 만들더라고 했다. 제 딴에는 최고 상한치라고 여겨 부풀린 액수가 사실은 재방어 한두 마리 값에 불과했단다.

어머니는 재방어를 여인숙 마당에서 경쟁 입찰에 붙였다.

거간들은 어머니 손에서 울며 겨자 먹기로 놀아날 도리 밖에 없는 것이, 재방어를 한 달구지씩 싣고 와 경매에 부치는 일이 흔치 않은데다 기회를 놓치면 언제 또 이런 날이 있으리란 기약이 없고 보니 막무가내 붙잡을 수밖에.

그에다 있으면 있는 대로 현금박치기로 불타나게 팔려 나가는 게 재방어고 보니 한마리라도 더 당겨놓기가 급급했다.

너도나도 모두 더 확보하려고 눈에 불을 켜고 덤비는 통에 값이 천정부지로 솟구치는 건 당연했다.

어머니는 그미를 앞으로 돌려 안고 차곡차곡 일을 처리해 나갔고 그 동안에 아버지는 잠통 손을 잡고 앉은 자리에서 어머니가 하는 걸 그저 물끄러미 보기만 했다.

빚 청산

재방어는 순식간에 다 팔려 나갔다.

어머니는 재방어를 판돈으로 먼저 의원이며 물장수며 나무장수며 심부름을 한 아이들이며 섭섭하지 않게 일 값을 계산해 주고 나서 여인숙 주인을 불러 또 한 두둑이 돈을 쥐어주었다.

"임자나 나나 아랫도리에 치마 두른 여자 몸, 서로 형편을 보살핍시다. 임자도 오죽 세상을 잘 살고 팠으면 저 어려서은 남정네 속옷까지 벗셨겠소. 여기 몇 푼 더 없었으니 그건 저 토방이나마 빌려주고 맹물이라도 저 사람한테 먹여줘 죽지 않게 해준 마음 값이요."

거기 모여들었던 사람들 입에서 히야, 거 맘보 곱네요. 감탄사가 절로 터져 나왔다.

어머니는 모두 마무리 하고나서 갑시다, 한 마딜 아버지한테 던지고 미리 이불 펴 자리 마련한 달구지를 가리켰다. 아버지는 비루먹은 망아지마냥 고개를 꺾고 달구지에 올라 이불 속으로 기어들었다. 문간을 나서다말고 어머니가 다시 여인숙 주인을 불렀다.

"참 잊을 뻔 했소. 혹시 저사람 몸씨를 받았거든 아들이든 딸이든 괘넘치 말고 생산하는 그 날로 우리 집에 사람을 보내시오. 내 바로 오리다."

어머니 긴 말을 다 듣고 난 할머니가 한숨을 길게도 내쉬었다.

"니마 애비, 이번에 단단히 혼났구나. 옛 어른 이르길, 사람이 우연히 일 성취했다고 지레짐작할 양이면, 장님이 문(門)바로 들어간 격이라고 했지. 니마 애비는 장님도 아니면서 어쩨 길에 피어 뭇사람 발에 밟히는 민들레나 다름없는 여인숙 아낙네 몸에서 아들 볼 생각을 했을꼬."

할머니 근심어린 말에 어머니는 소리 없이 웃었다.

"저 사람 아들 타령하는 걸 어머닌 곧이들어요? 그게 다 바람 피는 구실이지 뭐유."

첫 남풍이 불어올 즈음 겨울은 길을 떠난다

할머니는 글쎄다 하면서 고개를 가로 저었다. 바다 길을 잃어보니 이거 언제 죽어질지 모르는 목숨, 어서 대 이을 씨를 받아놓자고 아버지가 조급하게 마음먹은 때문이라고 덧붙였다.

나는 게슴츠레하게 실눈을 뜨고 어른들 말을 듣다말고 벌떡 일어나 앉았다.

"할머니 아버지 핏줄 내가 물려 받을거우다. 어멍 맞지 예?"

어머니가 또 빙그레 웃었다.

"니마는 핏줄이 무슨 새끼를 꼬아서 사려놓은 건줄 알아요."

"어구 내 새끼 야무진 놈"

하면서 할머니는 나를 품에 안았다.

"네 외할아버진 니 에미한테 대물렸지 그자 에미야? 니 애비도 외할아버질 본 받앙 딸네미라고 대 못 물릴 봐 없구만. 어찌 경 햄신고 이? 배짱 편하게 생각하면 오죽 좋겠구나만서두."

봄은 하루가 다르게 무르익었고 병아리 둥우리도 앉힌 차례대로 날마다 내려 마당 가득 막 부화한 병아리로 차고 넘쳤다.

하루는 바닷가에 큰언니를 따라가 진종일 게를 잡다 와보니, 와, 채마밭이 온통 평지나물 꽃으로 노랗게 물들었다. 그날은 일요일이었다. 어머니가 썰물 때에 맞추어 큰언니한테 일렀다.

"맷독을 삭이는 덴 참게죽이 제일이지. 수니야, 가서 참게 한 주전자 잡아 오련 아버지 죽 쒀 드리게. 아버지 빨리 나아야 또 봄바람에 실려 세상 나들이 하지 이?"

그래서 우리는 바닷가에서 참게만을 골라잡았다. 평지나물이 따뜻한 봄바람에 일제히 망울을 연 것도 모르고 봄바람이 밀어닥치기 전에 아버지 병구완 하려고 우리 두 자매는 기를 쓰고 게를 잡았다.

집에 돌아와 보니 아버지 맷독을 삭여줄 참게는 꼭지 빠진 주전자 속에서 바글거리고 있는데 아버지는 훨훨 자리를 털고 일어나 채마밭 평지나물 노란 꽃 파도에 묻혀 빙긋이 웃고 있었다.

오랜만에 비밀을 마셨는지 아버지 구레나룻에는 이슬보다도 영롱한 술 방울이 방울방울 달려 있었다.

3. 나비로 환생하는 이웃에 대한

나비와 아이들

아이들은 봄이 무르익으면 나비가 되어 온 섬을 팔랑거리며 날아다녔다. 나비가 된 아이들은 밥을 먹지 않아도 배가 불렀다. 나비는 밥을 먹지 않는다. 나비는 이슬과 꽃꿀을 먹고 산다. 그리고 이 세상에서 가장 소중한 추억을 낳는다.

나비야 나비야
이리 날아 오너라
노랑나비 흰나비
춤을 추며 오너라

춥고 스산한 겨울을 어렵사리 살아 넘기고 햇볕이 부드러워 지기 시작하면 양지쯤에서 부터 장다리며 평지나물들이 꽃을 피운다.

한겨울 내내 번데기 속에서 희망스럽게 나날을 보낸 애벌레들은 나비로 탈바꿈하여 하나 둘 세상 속으로 날아든다.

장다리가 피어나고 나비가 날기 시작하는 그 날부터 하루가 멀다 하고 햇살은 훈훈해진다. 드디어 들에도 산에도 찔레가 구름처럼 무더기지어 피어난다. 때가 되었다. 나비와 아이들은 온몸에 뻗힌 정기를 더는 어쩌지 못하고 하늘과 땅 사이를 가득 차고도 넘치게 날아다녔다. 언뜻 보면 어느 게 나비고 어느 게 아이들인지 구별이 쉽지 않을 만치 하나가 되어 세상의 아름다움과 일치했다.

봄부터 가을까지 춤을 추다가 겨울이 오는 발걸음에 맞추어 슬쩍 날개를 접는 나비 그리고 아이들. 겨우내 움츠렸던 그만큼 성장하고 진보하기를 봄이 다시 오는 그 날까지 멈추지 않으면서…….유년의 추억의 장은 되살리면 되살릴수록 온통 보드라운 느낌으로 충만해진다.

나의 유년의 뜰에는 나비와 꽃과 푸르름과 그리고 그 푸르른 보리밭을 바라보며 침을 꼴깍 꼴깍 넘기는 보릿고개와 머잖아 보리밥이나마 한껏 배불리 먹게 되리란 기대가 보장하는 포만함이 먼민 훗닐일지언정 여름걷이를 준비하는 기다림 사이에 무르익었다.

보리이삭이 비죽비죽 솟아올라 물오르는 것과 비례하여 나비 날갯짓과 아이들 몸짓이 활기 넘치고 그 기운은 온 섬에 투영되어 눈이 부셨다. 아이와 나비는 세상살이 하는 동안 배고픔과 아름다움이 함께 공존할 수 있음을 증명하는 존재이기도 했다.

덕분에 섬살이는 빈곤 속에서도 아이들이 내뿜는 활기로움과 나비가 보여주는 아름다움 가운데에 자리 잡은 덕으로 그나마 헌거로웠다. 섬사람들은 섬에서 살다가 죽으면 나비 몸을 빌려 다시 태어나기를 염원했고 그런 초자연적이고도 윤회적인 삶은 드물지 않게 현실로 나타나기도 했다.

꼬리명주나비와 호랑나비

　내 세상살이가 시작되고 다섯 번째던가 여섯 번째던가, 여름이 문턱에 와 닿은 늦은 봄날, 덕이 아버지가 죽더니 꼬리명주나비로 환생한 걸 나는 봤다.
　꼬리명주나비와 호랑나비는 그림자나 흑백그림으로만 봐서는 구별이 거의 불가능할 정도로 닮은꼴 나비들이다. 둘 다 뒷날개 끝에 길고도 날씬하며 우아한 꼬리가 있다. 말로 설명하자면, 꼬리명주나비는 조선조 시절의 완숙한 왕비가 대례복으로 치장한 모습 같다고 할까, 자태가 결코 튀지 않으면서 날개는 명주처럼 보드라우면서도 윤기 도는 화려함이 극치를 이룬다고나 할까, 가장 고상하고 고귀한 색깔 몇 가지만을 골라 물들였을 날개 자락은 얼마나 고운지 그 기품을 따를 다른 나비가 없다싶다.
　여름 날 보리딸기 꽃에 앉아 헌거롭게 긴긴 시간을 사르며 아름다움을 한껏 뽐내고 있는 그 나비를 한 번 상상만이라도 해보라. 기품과 운치가 누구나의 넋을 쏙 빼고도 남을 터. 괜한 장담이 아니다.
　호랑나비는 꼬리명주나비보다도 매무새가 훨씬 찬란하다. 쫙 펼친 날개에 도드라진 선명한 호랑무늬라니! 짙은 군청색 바탕에다 노란 가루분을 들쓰고 호랑무늬 이랑을 따라 쪽색과 진보라 색으로 선을 긋고 주욱- 끌고 가다가 뒷날개 끝한 귀퉁이에 이르러 마치 연지를 똑, 똑, 볼 양쪽에 찍은 새색시처럼 연분홍 점을 두 점 박았다.
　꼬리명주나비가 신비로 가득하다면 호랑나비는 환상으로 채워진 날개 있는 것의 극치이다. 그에 반해 호랑나비는 꼬리명주나비에 비해 기품은 덜하되 마치 군무를 추는 화랑을 연상시키는 호방함이 나비 중의 임금 격으로 쳐 줄만 하다.
　예로부터 섬사람들은 호랑나비한테 '심방나비' 란 별명을 붙여 부르곤 했다.

제주 섬에서 무당을 일컫는 말이 '심방'이다.

예전, 우리 배달겨레가 오직 흰옷만을 즐겨 입어 백의민족(白衣民族)이란 별명을 듣던 시절이 있었다. 그 때에도 섬사람들만은 흰옷을 만만하게 입고 살 형편이 되지 못해 무명옷에 고욤 물 들인 '갈옷'을 지어 입고 살아갔다.

한라산이 살아 꿈틀대던 열정의 날들에 토해 낸 화산재 그 원래 색깔인 투명한 검붉은 색을 아는가? 검붉은 화산재의 색깔은 세월을 나는 동안 비바람에 씻기고 바래어 잿빛으로 삭아 녹는다. 그게 바로 섬만이 고이 간직한 섬의 흙색이다.

고욤 즙을 물들인 무명 옷 색은 영락없이 섬의 흙을 염료로 썼다 싶을 정도로 같은 때깔로 돋아난다.

섬사람들이 갈옷을 입고 밭일을 하면 흙색과 옷 색이 구별되지 않아 사람 움직이는 게 마치 흙이 걸어 다니는 것처럼 보인다고들 한다. 갈옷 입은 누군가가 밭이랑을 타고 일을 한다고 하자, 두말 할 것도 없이, 한줌 화산재가 팔다리를 갖추고 내활개치는 거나 다름없어 볼 눈을 어지럽히니 말이다. 하긴 섬사람들에게 자연이 허락한 옷 색깔은 화산흑토 새 밖에는 없었다고 하는 게 맞는 표현일 게다.

예외는 어디에나 어떤 상황에나 존재하는 법. 심방의 옷차림은 전혀 섬사람 같지 않았다. 굿을 할 때면 연옥색 한복을 입고 그 위에 남색 쾌자를 걸치고 또 붉은 도포를 덧입는다.

섬사람들이 자연의 그 많은 색깔 가운데서 오직 하나, 흙색을 택한 데 반해 심방만은 모든 색깔 중의 기본색인 청.황.흑.백.적.다섯 가지, 영롱하게 도드라진 색들을 아무 스스럼없이 다 섭렵했다.

섬에는 그 누구도 굿하는 심방만큼 화려 찬란한 옷을 입는 이가 없었다. 그래서 현란한 색깔을 모두 모아 날개를 칠한 호랑나비를 심방의 옷차림에 빗대어

'심방나비'라고 부르게 됐다고들 어르신들은 어린이들에게 말해주곤 했다.

환생, 인간 최후의 갈구

덕이 아버지가 인간인 육체를 벗고 나비로 환생했다면, 틀림없는 꼬리명주나비일거라고 마을 사람들은 믿어 의심치 않는 배경에는 꼬리명주나비와 호랑나비의 매무시가 풍기는 느낌이 너무나 달랐기 때문이다.

언제나 조용하고 기품 있던 덕이 아버지로서는 그토록 찬란하고 활달한 심방 같은 호랑나비 몸은 절대 빌어들지 않았을 거란 게 마을사람들의 중론이었다. 그가 꼬리명주나비 말고 다른 나비 몸을 빌려 환생했을 리 만무하다는 생각은 절대적인 것이었다.

덕이 아버지가 죽자 마을 사람들은 좋은 곳으로 가라고 염원했다. 장지에 그를 묻고 와서는 그의 저승길을 닦는 귀향풀이를 했는데 이는 '지노귀굿' 혹은 '새남굿'과 같은 것이다.

이 굿을 제주 섬사람들은 '귀향 질 친다'고 한다. 사람이 죽어 돌아가는 거기가 본래 인간의 고향이라는 데 거기까지는 정말로 멀고도 험한 길이라고 했다. 왜 사람은 그토록 가 닿기 힘든 곳에 영원한 고향을 정했는지 모를 일이다.

귀향풀이 굿의 맨 마지막 순서는 죽은 사람이 무엇으로 환생했는지를 알아보는 '영 가루 앉히는' 것이다. 방 한가운데에 채로 쳐 곱게 뉜 메밀가루 분을 둥근 쟁반에 앉히고 병풍을 둘러 미풍도 스미지 못하게 방문을 봉했다가 하룻밤을 지새우고 나서 살피는 거다.

오직 덕이 아버지의 영혼이 찾아와서 거기에 자취를 남기기를 바라며 하룻밤을 새운 뒷날 이른 아침, 병풍을 걷은 다음에 영 가루 위에 덮었던 채를 조심스럽게 들어냈다.

 사람들은 영 가루 앉힌 쟁반을 내려다보고는 하나같이 아! 하고 신음을 토했다. 가루 분 위에는 나비 그림인 듯 아닌 듯 보일락 말락 선과 선이 이어졌다 끊어지기를 반복한 자국이 있었다.

 어떤 이, 특히 우리 아버지와 같이 덕이 아버지의 인품을 높이 사는 마을사람 눈에는 그 영 가루 위에 그려진 선이 분명 나비가 날고 있는 모습이었다. 그 나비에게는 길고 우아한 꼬리도 있었다. 저 우아한 자태라니!

 다음 순간 고개를 갸우뚱거리는 이가 수많이 있었다. 어? 나비 맞아? 차마 나비가 아니라는 주장을 분위기로 봐서 하기 어려웠다. 그래서 그 선들을 이으면 분명 나비라는 주장에 동조하고 기정사실로 하고라도, 가루 분 위에 아로새겨진 나비 그림만으로는 우리아버지처럼 꼬리명주나비라고 단언하기는 매우 어려웠다. 결국은 호랑나비인지 꼬리명주나비인지 쉽사리 분간하기 어렵다면서 의견이 분분했다.

 살아생전의 덕이 아버지 인품을 참작한다면 꼬리명주나비 쪽이 확실하다는 주장을 강하게 내세우는 이는 단연코 아버지였다.

 그가 육신을 지니고 살았던 나날들 동안 내보였던 성품이 죽은 다음 환생하는 데 필요한 몸을 무엇으로 택했는지를 점쳐 보는 지름길이라도 되는 것처럼 아버지는 확신에 차서, 저 몸체는 호랑나비가 아니라 꼬리명주나비다! 라고 목소리를 높였고 사람들은 하나둘씩 슬며시 아버지 주장에 동조해 갔다.

 다시 말하지만 그림자나 흑백그림 혹은 아스라한 선만을 봐서는 호랑나비와 꼬리명주나비를 명확하게 구별하기란 참으로 어렵다. 비록 나비에 관해서는 도가 트였다는 나비박사라 할지라도. 일찍이 '조선나비'에 관한한 세상이 다 알아주던 '석주명' 선생이 살아 돌아온다고 해도 메밀가루를 앉힌 쟁반 위의 나비그림만을 보고 꼬리명주나비인지 호랑나비인지 확연하게 식별해내지 못했을 것이다.

마을사람들이, 이 나비는 꼬리명주나비가 틀림없습니다. 라고 장담하는 아버지 말을 거역하지 못하고 끝내 그럴 것이다 고 단정하는 이유는 아주 단순했다. 덕이 아버지가 죽기 직전까지 마음을 터놓고 이야기를 나눈 사람이 마을 안에서는 오직 아버지 밖에 없었던 때문이다.

시경(詩經)과 '목포의 눈물' 사이에는

봄이 섬에 상륙하여 한껏 무르익고 나서 제 흥에 겨운 나머지 온 산과 들과 하늘과 바다에 향취를 흩뿌리고 다녔다. 그러던 어느 날 도적처럼 여름이 봄 틈새를 살짝 비집고 들어와 한낮에는 지표를 달구곤 했다. 그러나 번번이 여름은 봄에게 기세가 밀려 저만치 물러나 앉아 다시 비집고 들어갈 틈을 엿보고 있었다. 아직은 때가 아니었기 때문이다.

아버지가 생선 팔러 성안에 갔다가 아들을 낳아준다는 여인숙 주인한테 홀려서 되게 혼이 난 뒤끝으로 자리에 몸 져 누워 일어나지 못하고 빈둥대던 그 즈음이기도 했는데, 덕이 아버지는 아주 병이 깊게 든 몸으로 느닷없이 고향으로 돌아왔다.

마을 사람들은 그가 병든 몸으로 갑자기 돌아왔다는 소식을 듣고 한 결 같이 놀랐다. 양력 정월 꼬투리 쯤 해서 서울로 떠난 지가 며칠이나 됐다고 그동안에 그리도 깊이 병이 들었을까 믿을 수 없어 했다.

그는 애아버지였지만 서울에 유학하는 우리 마을의 유일한 대학생이었다. 고향에 내려와 있는 동안은 아버지와 시경 글귀를 꼬느곤 했던 그가 아니던가. 그 때도 얼굴이 백지장처럼 새하얘서 사람들은 폐병 걸린 게 아니냐고 더러 수군거렸었다. 그러나 대학 공부하는 '하이칼라'라면 다 그렇다고 하잖았는가. 나도 덕이 아버지가 병들어 죽어간다는 걸 믿지 못하기는 다른 이들과 다를 바 없었다.

방학 동안에 아버지와 덕이 아버지와 잠통 세 사나이는 시경(詩經) 한 구절을 놓고 이렇다느니 저렇다느니 어지간히 말들을 많이 하며 시간을 죽였다. 시경에 수록된 시 삼백십일 편을 마치 자기들이 지은 듯이나 감흥에 겨워 신선처럼 구는걸 보면 시경의 시(詩)자도 모르는 나였지만 웃음이 절로 났다. 어머니도 시경을 놓고 가타부타 말이 많은 아버지네를 보고 소리 내어 웃은 적이 한 두 번이 아니었다. 아버지가 눈을 부라리면서, "저저 여편네가 글눈 뜬 값을 하네. 그래 왜 웃는 거요? 우리가 꼬는 글귀에 뭐 잘못이 있는가?" 하고 삿대질해도 어머니 웃음은 그치지 않았다.

세 사나이는 시에 사로잡혀 도도하게 흥을 돋우다가 불땀 좋은 삭정이를 불쏘시개로 덧 지펴 불꽃을 일구듯이 아버지 비밀을 퍼마시곤 이번에는 이태백을 흉내 내기에 여념이 없곤 했다.

"어멍. 아버지네가 이번엔 이태백이 됐수다."

나는 무슨 비밀이라도 되는 것처럼 은밀하게 어머니 귀에 대고 속삭였다.

세 사나이가 우리 집 안방에 들어앉아 머리를 맞대고 시경을 논하기에 열중할 초창기에 어머니는 혼잣말하듯 우리들이 듣는 데서 중얼거렸다.

"공자가 됐다가 이태백이 됐다가 제멋대로 잘도 노네 그 양반들."

나는 그렇게 말하는 어머니가 몹시도 의아했다. 우리는 보통, 누구 닮았다거나 누구 같다고 말하지, 누가가 됐다거나 누구로 변했다고는 하지 않는다. 어떤 행동을 해 보이는 것만으로 이 사람이 저 사람으로 바뀔 리 만무하니 말이다. 아무리 머리를 쓰고 쥐어짜도 나 혼자서는 어머니 말이 도무지 납득이 되지 않았던 것이다.

"저 책엔 한문으로 시가 가득 쓰여 있어. 니마 너 시가 뭔지는 아니?"

시라면 좀 알고 있었다. 언젠가 어머니가 시란 어린이들이 노래 부르는 동요의 노랫말과 같다고 말해준 적이 있다. 또 이난영이란 목포 출신 여자가 노랠 참 잘 부르는 가수라는데, 어머니는 그 여자며 다른 사람들이 부른 노래들을 모아놓은 유행가 노래책 한 권을 갖고 있었다.

장독대 옆에 하늘을 가리고 늘어선 파초가 그늘을 드리워 부엌 뒷문께는 언제나 아늑하고도 시원했다.

어머니는 거기 문지방 너머 촘촘히 박아놓은 댓돌을 깔고 앉아 노래책장을 넘기다말고 한 구절을 나지막이 부르는 거였다.

"사고옹에에 뱃노오래------(그 다음부터는 콧소리로 흥흥,흐흥흐흥...처리하다가)-- 삼하학도오 파도오 기잎피 스머어 드느은데, 아 참으로 시적인 표현을 절묘하게도 했구나. 기가 막히네! 파도가 솟구치면 섬은 물 구비로 스머들고 말지, 한 순간 찰나와도 같은 짧은 동안 일어나는 고운 그림을 볼 눈을 가진 사람이야말로 시인이지 암 그렇고말고."

노랫말에 감탄해마지 않은 어머니를 호기심쟁이 내가 그냥 놔둘 리 없었다.

"시적으로 표현 잘 한 게 어떤 건데?"

평소에 별로 감정 표현을 하지 않은 무덤덤하기 이를 데 없는 어머니가 그토록 감탄하고 남는다면 그거야말로 예사롭지 않은 그 무엇이 그 책안에 있다는 걸 뜻했다. 대단한 것일 게다, 나는 지레짐작했다. 그걸 알아내야 했다. 그걸 그냥 덮고 지나간다면 나는 호기심쟁이가 아니고말고.

"노랫말을 빼어나게 잘 썼단 말이지 뭐니. '목포의 눈물'은 곡도 좋지만 노랫말은 정말 그만이더라. 어머니는 말이다. 이보다 더 돋보이는 시를 본적이 없구나."

어머니가 감격하고 있음은 이미 아는 사실이고 내가 알고픈 건 그렇도록 만드는 것의 정체가 뭐냐는 거였다.

"빼어나게 잘 쓴 시가 뭐꽈?"

나는 어머니 무릎께로 바삭 다가앉았다.

공자와 이태백의 차이

"우리 니마 묻는 병이 또 도졌구나, 시가 뭔고 부터 말해줄까? 아참 저번에 한 번 말해 준 거 같은데. 또 말할까? 자기가 뭘 느꼈으면 그걸 간단하고도 좋은 말을 골라서 똑, 떨어지게 한 폭 그림과도 같이, 마음에 착 와 닿도록 표현해 놓은 게 말하자면 시란 거지. 잘 쓴 시는 있잖니, 언제고 어디서고 누구나 감명을 받는단다. '목포의 눈물' 가사는 잘 쓴 시중에서 가장 잘 썼단 말이지 그런 걸 단 한 마디로 잘라 말할 때 빼어나게 잘 쓴 시라고 하는 게야."

그 말을 해준 사실을 어머니는 까맣게 잊어버린 모양이었다. 벌써 뇌세포가 많이 죽어버렸을까? 건망증이 있나보았다.

"그 때, 저 장독대 그늘에 앉앙 '목포의 눈물' 노래 부르멍 말해준 거 잊어버렸수꽈?"

어머니는 드디어 생각이 난 모양이었다. 내가 물어보는 게 수도 없이 많아서 뭘 물었고 뭘 대답해줬는지 헷갈린다고 했다.

한참 생각을 모은 후에야 어머니는 드디어 아버지네가 공자로 변신할 때와 이태백이로 변한 상태는 어떻게 다른 지 구별하는 방법을 일러줬다. 만일 아버지네가 단순하게 시경의 시 한편을 가지고 이렇다느니 저렇다느니 입씨름을 할 때는 공자가 된 거고, 왜냐하면 공자선생은 글을 읽고 예를 갖추는 데 정신을 쏟느라고 시간이 없었던지는 모르되 술 먹었다는 일화를 어머니는 듣지 못했단다.

 공자선생은 중국 춘추시대 때 사람으로 대 철학자. 제사지내는 법도 같은 게 다 그 어른이 만든 유교사상에서 유래된 거란다. 그런데 아버지네가 시에 취하고도 부족해서 채마밭에 몰려가 아버지 비밀을 나눠마시고서야 비로소 만족한 듯, 고추 한 개를 놓고 시덥잖은 말을 해대거나 그저 하늘에 흐르는 구름 한 조각에다 시비를 건다든지 저들끼리 말꼬리건 말머리건 걸고 넘어 지면 그 때는 틀림없이 이태백이 된 거라고 생각하면 된다고 했다. "이태백으로 변신한 때는 말하는 데에도 변화가 일어나는데, 혀 꼬부라진 소리를 한단다."

 이태백은 술에 취해 개울에 비친 달그림자를 보고는 그게 하늘에 걸린 달인 줄 알고 달 따러 개울에 뛰어들었대나 어쨌대나 해댄 허당 위인이었다고, 하지만 그는 사람이 이 지구상에 출현한 이후 수많이 나타난 시인 가운데서도 가장 위대한 시인이라고 했다. 그는 중국 당(唐) 때 사람으로 촉나라 사천에서 태어났다고 했다. 이름은 이백.

 어머니는 정확하게 설명해줬던 것이다. 아버지와 잠통과 덕이 아버지가 공자가 됐을 때는 술 냄새가 입에서 풀풀 나다못해 온몸이 술에 절었어도 허튼 짓을 하지 않았다. 그러나 책을 덮고 붓을 붓걸이에 걸고 일어서 채마밭에 들어서는 날에는 아무리 점잖이 굴어도 그들은 이미 이태백으로 변신하지 않고는 못 배겼다. 그들이 이태백이 됐을 때가 제일 볼 만 했다. 그럴 때면 나는 뒷짐을 진체 조금 떨어져서 구경했다. 정말 구경 재미가 수월찮이 쏠쏠한 것이, 재미있고 또 좋았다.

 슬이한테 이태백으로 변신한 아버지가 되게 재미있다고 구경하자면 개는, 먹지도 못하는 구경은 싫어, 하고 돌아앉아 버렸다. 슬이처럼 게으르고 잠꾸러기이고 먹보이며 언제나 살이 먹은 만큼 통통하게 오르는 돼지 같은 애가 내 동생이란 게 역겹도록 싫어질 때가 바로 그런 때였다. 어쩌면 세상만사를 입에 처넣는 먹을거리하고만 견줄까?

  우리 집 식구들은 슬이에 대한 내 불만이 터무니없다고 무시하고 면박을 주기도 했다. 슬이는 태어난 본디부터 천하태평으로 생겨먹었다는 거다.

  그런 쪽으로만 생각하는 식구들도 내 취미에는 맞지 않았다. 슬이는 제 나이답게 무던하게 구는 천하태평 어린이고 나는 껍데기만 아이였지 속은 여든 난 늙은이 저리가라 할 정도라는 평을 서슴지 않고 해대는 가족들. 어떤 때는 지겨워서 다른 집 딸이 되고도 싶었지만 그런 생각을 해보는 경우는 아주 드물 뿐만 아니라 잠시 동안에 불과했다. 내가 만만하게 묻고 싶은 것 다 물어보고 그에 따른 답을 얻어낼 사람이 우리 동네에서는 우리 식구 말고는 없다는 걸 나는 몇 번의 실험을 거쳐 알고 있던 터였다.

호기심이라는 병

  사람들은 아이들이 정말 궁금한 나머지 호기심을 잠재울 수 없는 위기상황에서 물어보는 데도, 애가 별걸 다 물어본다고 면박을 주기 일쑤였다.

  우리 식구는 어린아이가 물어본다고 무턱대고 무시하고 들지는 않으니까 그런대로 참고 살만 했던 것이다.

  슬이가 꽤 재미있는 구경거리를 놓쳤다면 그건 전적으로 개 책임이었다. 나는 그 애에게 언니로써 할만치는 했다. 아무리 귀찮고 말해주기 싫어도 한 번 쯤은 구경거리가 됨직한 일이 지금 어디서 벌어지고 있다느니, 우리 재미있게 놀 거리가 있다느니, 그 애 호기심을 발동시키려고 무던히 애를 썼으니 말이다.

　큰언니는 학교 다니랴 집안 살림 도우랴 너무 바빠 나처럼 세상에서 벌어지는 일 가운데 재미있는 걸 골라 구경하고 자시고 할 만한 시간의 여유가 없었다. 너무 바쁘게 살아서 그런지는 몰라도 큰언니는 구경하는 재미를 모르기는 슬이와 막상막하, 비슷했다. 좀 한가한 틈도 더러 있는 것 같았다. 그 때가 바로 방학 때였다. 그런 때 아버지네가 공자가 됐다가 이태백이 됐다가 변신을 죽 먹듯 해도 그저 한두 번 웃고 말았다. 나처럼 초장부터 종장까지 시종일관 흥미진진하게 구경하는 적이 한 번도 없었다.

　내게 심심찮게 구경거리를 제공하던 세 사나이는 아버지가 고기잡이를 떠날 참이면 어쩔 수 없이 변신을 잠시 멈추었다. 아버지는 물때에 맞추어 날씨가 좋으면 시경 꼬느기에 도끼자루 썩는 줄 모르고 사르던 시간을 손아귀에 억세게 다잡아 틀어쥐고서 고기잡이 나서는 때를 놓치지 않았다.

　시경을 탁 덮자마자 방구석에 오도카니 나앉은 앉은뱅이 책상 한 모퉁이에 언제 봤나싶게 팽개쳐 두고 바다로 훨훨 떠나곤 했다.

덕이

　덕이 아버지는 대학생이라 공부만 하는 줄 알면 큰 오산이었다. 그는 곧잘 하루치기 어부가 되어 아버지와 함께 배를 타곤 했다. 그가 아버지와 잠통보다도 변신하는 데는 한 수 위였던 것이, 대학생에다 덕이 아버지에다 공자에다 이태백에다 덕이 어머니의 서방에다 어부가 되는 등 한 사람이 열 번도 더 넘게 변신을 했으니 말이다.

　아버지가 한겨울 돌풍에 휘말려 바다 길을 잃었을 때, 덕이 아버지는 무진 애를 썼다. 우리식구든 마을 사람이든 통틀어 그저 포구에 매달려 바다 바라기만을 목이 빠져라 하면서 시간을 잡아먹는 게 기다림의 전부였는데 그는 성안으로 어디로 오가면서 아버지 행방을 수소문했다.

아버지네가 바람에 불려 홍콩까지 떠밀려 간 사실은 그가 그토록 애를 썼는데도 그 때는 아무도 몰랐다. 그리고는 아버지가 무사히 집으로 돌아온걸 보지 못하고 서울로 떠났다.

덕이는 슬이와 동갑내기였는데도 슬이 덩치에 비하면 콩방울처럼 작았다. 나하고 놀고 싶다고 하루도 거르지 않고 우리 집에 왔지만 난 걔와 노는 게 싫어 무슨 핑게를 대서라도 피해 다녔다. 내가 그 애를 피한다고 꿩 대신 닭도 좋지 하고 슬이와 노는 것도 아니었다. 슬이는 혼자서도 늘 즐겁고 행복해 함께 놀 짝꿍이 필요하지도 않았다. 그렇다고 덕이와 놀지 않겠다고도 하지 않았다. 그런데도 덕이는 슬이와 놀 생각은 하지도 않고 무턱대고 나만 쫓아다녔다. 정말 귀찮은 애였다. 큰 맘 먹고 잠깐씩 놀아주기도 했는데, 이건 영 아니었다. 덕이는 신문을 읽는 재미도 모르고 상상의 세계로 나비날개를 달고 날아갈 줄도 모르는 맹꽁이 같은 애였다.

아버지가 잠시 행방불명되어 내가 풀이 죽어 지낼 때 덕이는 너무 얄밉게 굴었다. 이 때다 싶었던지 자기 아버지를 들먹이면서 된소리 안 된소리 마구 지껄이는가 하면, 너희 아버지를 아마 고래가 한 입에 삼켰을 거야 하면서 나를 폭삭 주저앉게 하는 앙팡진 데도 있었다.

그랬었다. 아버지가 죽었는지 살았는지 몰라 내가 그토록 애를 태우고 있을 그 때에, 그 애 아버지는 살아 있음으로 하여, 아니 우리들이 볼 수 있는 거리에 존재함으로 하여 덕이를 마냥 행복하고도 자랑스럽게 해주면서 대학교로 돌아갔다. 그가 떠나던 날 그 애는 정거장으로 가는 마을 안길이 다 떠들썩하게 자기 아버지 어깨에 목말을 타고 앉아 한껏 뻐겼다.

"우리 아방 서울 간다. 우리 아방 서울 가서 공부 열심히 하고 사각모자 쓰고 올 거다."

새가 지저귀는 것처럼 바람이 노래를 부르는 것처럼 덕이는 신이 나서 재잘거렸다.

나는 덕이가 부러워 하염없이 눈물을 흘렸다. 아버지한테 한 번도 목마를 태워 달라고 한 적이 없다는 생각이 더욱 비참한 기분이 들게 했다.

앞으로 아버지가 없는 아이가 되어 한세상을 살면서 덕이 같은 바보한테도 꿀릴 생각을 해보았을 때는 눈앞이 캄캄했다. 한달음에 집안으로 뛰어 들어가 내 방에서 이불을 뒤집어쓰고 훌쩍거리면서 중얼거렸다. 덕이 너 두고 봐 이 멍청이 바보 계집애야. 이제부턴 절대 같이 안 놀아줘 씨팔(맘속으로만).

애달픈 사람들

그토록 자랑스러웠던 덕이 아버지는 갑작스레 고향에 돌아와 자리에 눕자 다시는 눈을 뜨지 않았다.

덕이네 집에서 달이는 한약 냄새가 온 마을에 가득 베고 매일 의원들이 드나들었다.

아버지는 모든 일을 접어두고 어디 용하다는 의원이 있다면 절따말에 안장 얹을 사이도 없이 말 등에 올라 타 갈기를 부여잡고 바람처럼 내달려 모셔오곤 했다.

덕이는 자기 아버지 머리맡에 붙어 앉아, 아방 눈 떠 봇서, 눈을 떵 덕일 봇서 하며 울먹였다.

덕이네 집에 가만히 숨어들어가 방문 바람벽에 얼굴을 반쯤 가린 채 덕이가 그러는걸 보고 있노라면 저절로 눈물이 쏟아졌다. 덕이가 불쌍했다. 덕이 어머니도 불쌍했다. 물질해서 버는 돈으로 서방을 서울에 있는 대학에 유학시키는 대단한 각시라고들 마을사람들이 우러러 봤는데 참 안됐다 싶었다. 그렇게 애써 바라지 한 남편이 배운 것 한 번 한껏 펼쳐보지도 못하고 죽어가다니… 마음이 빠지직 찢어지는가 싶더니 아리고 쓰렸다.

하루는 아버지가 말 타고 성안으로 달려가서는 의사를 등 뒤에 앉히고 돌아왔다.

나는 금태안경을 쓴 사람을 난생 처음으로 그 때 봤다. 포마드라는 머릿기름을 자르르 흐를 정도로 머리칼에 발라 싹 빗어 넘긴 멋쟁이 신사양반도 처음 봤다.

한참 만에 의사를 배웅하고 집에 돌아온 아버지는 채마밭에 아예 주저앉아 비밀을 마시고 또 마셨다. 한참 혼자서 마셔대다가 소처럼 울어댔다. 아버지가 소리 내어 우는 것도 그 때 처음 봤다. 아니 아버지가 우는 걸 본 게 그 때가 처음이며 마지막이다.

어머니도 전에는 결코 하지 않던 짓을 했는데, 아버지 손에서 몇 번이고 표주박을 빼앗고 아버지는 아랑곳 하지 않고 마시고 또 마셔 기어이 술항아리 하나가 바닥났다.

중간에 승천이 할아버지랑 석이 아버지랑 현이장 할아버지가 와서 아버지가 술을 그만 마시게 말리다가 도리어 저들이 아버지 권유에 못 이겨 다들 퍼더버리고 앉아 거나하게 마시고 또 마셨다.

술독이 두 개 비었다고 한지 얼마 지나지 않아 세 번째 마지막 항아리를 비우는 참이라고 했다. 그들은 '세상이 몹쓸다(험난하다)' 는 말을 표주박 가득 담아 한 잔 마시고 거기에 꽃잎 하나 더 얹듯이 술을 또 한 잔 하면서 연신 번갈아 마서댔다.

　현이장 할아버지는 좀체 절망하지 않는 어른이라고들 마을사람들은 말하곤 했다. 현이장 할아버지만이 덕이 아버지가 곧 죽는다는 사실에 동의하지 않았다. 아니 동의하지 않았다 기 보다 마지막 순간까지 회생할 가능성이 있다는 믿음으로 일관했다.

　현이장 할아버지는 말했다.

　"우리 오늘날짜로 니마아버지 비밀을 다 마셔버리고 내일 새벽부터는 덕이 아버지 살리는 일에 매진해 보세."

　그에게는 본능처럼 절망하는 사람들을 부추겨 희망을 가지게 하는 마력 같은 힘이 있었다. 그 힘을 투지의 밑천으로 삼아 현이장 할아버지는 면사무소로 지서로 드나들며 한라산 출입증을 구하느라 백방으로 애를 썼다. 그 때, 덕이 아버지가 사경을 헤매던 그 때 그 한라산은 입산금지구역이었다.

격리된 한라산

　일천구백사십팔 년 무자(戊子)년을 전후하여 대한민국 정부가 수립된 직후까지 섬에는 큰 변란이 일었다. 변란의 주요원인이 이러했다. 그러니까 나라를 운영하되, 사회주의 체제로 할 것인가, 사회주의 대부는 소위 공산주의자들이 세력을 잡은 소비에트연방이다. 아니면 민주주의 체제로 할 것인가. 민주주의 대부는 자본주의자들이 세력을 잡은 미국이다.

　누구는 사회주의를 하자고 했고 누구는 민주주의를 하자고 했다. 그 도그마에 그 뜻이 무엇인지도 모르는 섬사람들이 이리 휩쓸리고 저리 휩쓸렸으며 그 끝은 피바다였다.

제주 섬은 섬사람들이 흘린 피로 붉게 물들었다. 공산주의자들을 빨갱이라고 불렀는데 섬은 그저 사람이 흘린 피에 벌겋게 물들어 핏빛으로 젖어들었다.

피에 젖은 섬에 굉장한 불꽃이 일었다. 그 불꽃은 저 먼데서 천천히 물 말아 밀려오다가 순식간에 덮쳐 모든 걸 초토화시키는 해일 같은 파괴력을 앞세우고 들이닥쳤다.

섬사람들은 무시로 죽어나자빠지는 자와 살아있어도 제대로 숨도 쉬지 못하는 자들로 구별되어 그 때를 겨우 지나쳤다. 아니, 살고보자는 원초적인 생존본능을 좇아 바람 부는 대로 이리저리 나부끼는 갈대와 같은 행동거지를 하며 목숨을 부지한 이들도 있다. 이들 중에는 자신의 생명을 부지하려고 남의 목숨을 담보로 잡히기를 서슴지 않았다고들 한다.

하지만 남의 말은 귀담아 둘 게 못 된다. 말 가는 데 보태고 떡 가는 데 덜 낸다는 속담도 있지 아니 한가.

사람들은 영문도 모르는 파괴의 소용돌이에 휘말려 그 생지옥 속에서 결국은 서로 죽이고 죽고…….

그 일이 어떻게 시작되어 어떻게 끝났는지 말 할 자, 대한민국에는 아무도 없다고 어른들은 어느 순간부터 입을 다물었다. 때문에 나도 더 이상은 말할 아무 것도 없다. 언제나 그 일을, 그 변란을 정확하게 말하고 정의한 후 모진 트라우마(trauma)를 말끔히 치료해 줄 누군가가 나타나기를 섬사람들은 은근히 학수고대하며 살아가고 있다.

뭐가 어떻게 된 일인지도 모르면서 한바탕 피바다에 뒹굴고 피바람에 쓸리고 피 불꽃에 불태우고 난 섬에는 덩그라니 한라산밖에 남은 것이 없는데도 그곳에 사람이 드나드는 걸 금했다. 거기 공산주의자 폭도가 숨어 있는 때문이라고 했다.

한라산은 애초에 신선이 사는 명산이었다. 거기 있는 모든 것은 생명 있는 것이든 없는 것이든 악한 게 하나도 없다했다. 그 산이 품고 있는 초근목피는 지금도 그러하지만 태고 적부터 섬사람들 식량이며 약재였다. 예 컨데 가을 깊은 산 숲 그늘에 담쪽색 꽃잎으로 투구를 만들어 쓰고 몹시도 신비한 얼굴로 단장한 체 피어나 길손을 현혹하는 투구꽃* 같은 건 한라산엔 없다는 말이다.

   * 투구꽃 말이 났으니 조금 덧붙이자면 꽃모양이나 자태가 그지없이 기묘해서 사람 눈을 홀리는 기막히게 고운 가을산정의 꽃인데도 팔자가 기구한 탓인가 원, 그 꽃은 본디 사약을 만드는 원료로만 쓰이는 독초이다. 지금은 독초를 제조할 일이 없어 일부러 그 꽃을 찾는 이는 아무도 없다. 가을 호젓한 산 속에 피어나 그 가을에 시들 따름이다.
   이 꽃의 다른 이름으로 '바곳' 이라고도 한다.
   학명은 *Veronica serpyllifolia*이다.

금지된 산행

현이장 할아버지가 한라산 출입증만 구해오는 날에는 덕이 아버지 병구완할 길이 또 하나 열리는 셈이었다. 곤궁함에 빠진 사람은 지푸라기라도 잡고 목숨을 구하려 든다.

덕이 아버지 병이 돌이킬 수 없을 만치 깊어 죽을 날을 받아놓은 거나 진배없다 해도 마을 사람 그 누구도 그의 병구완을 무턱대고 포기하고 말 작정은 아니었다. 다만 백약이 무효하다는 의원들 말이 가슴에 밟혀서 어찌할 바를 몰랐다.

현이장 할아버지는 채마밭의 술항아리가 모두 바닥이 난 후에 아버지에게 엄하게 일렀다.

"자네가 그리 마신다고 덕이 애비 갸가 저절로 회생하겠는가. 갸 살릴 방도를 구해야지 이 사람아. 아직 포기하긴 일러. 부디 절주하고 근신하게나. 자네 비밀은 우리가 모두 도와 바닥을 냈으니 이후 다시 저 항아리들 채워놓을 궁리랑 말고 어서 저 악산 한라산으로 약 구하러 갈 채빌 서두르게. 내 이 늙은 목숨 내놔서라도 꼭 그놈의 '쯩'을 내일 중으론 구해오고 말테니."

아버지는 한라산에서 약을 구하는 솜씨가 어느 누구보다 뛰어나 마을에 환자가 생겨 필요하다면 맡아 놓고 그 일을 했다. 마을사람들은 약이며 의원이며 치병굿이며 손 써볼 만치 해보다가 정 안되면 아버지한테 한라산 출입증을 들고 달려오곤 했다.

"니마 아방, 저 할로산에 한 번 만 댕겨 오심"

하고 청을 하면 아버지는 주머니칼과 손도끼 한 자루와 술 한 병을 들고 길 떠나길 지체하지 않았다. 냉수욕을 하고 정갈하게 옷을 갈아입는 것으로 산행 준비가 시작되었다.

나는 한겨울 그 추위를 무릅쓰고 아버지가 냉수욕을 하는걸 보면 춥겠다고 걱정을 했고, 약을 구하러 가기 전에 정성을 들이는 거라고 어머니는 일러주는 일이 반복되곤 했다.

한라산은 섬사람에게는 누구한테나 어머니와 같아 냉수로 정갈하게 몸을 씻지 않았다고 약을 일부러 감추어버리진 않겠지만 섬이 생긴 이래로 악산(惡山)이라는 고약한 소문이 나서 그만한 정성이 없으면서 무슨 염치로 냉큼 병구완할 약을 달라고 손을 내밀까. 어머니는 아버지가 냉수욕하는 행위를 그렇게 해석했다.

눈 덮인 산으로 갈 때 아버지는 다른 때보다 장비를 하나 더 보태어 챙겼다.

눈길을 걸을 때 발이 빠지지 않게 신발 위에 덧신을 '설피'가 그것이다.

발 크기에 맞추어 보리장 나무줄기로 둥그렇게 테를 짜고 그 안을 질긴 칡이나 상어가죽으로 모눈 나게 얽어 만든 게 설피다. 자루가 뭉툭한 테니스라켓을 떠올리면 설피가 어떻게 생겨먹은 건지 대강 짐작이 갈 것이다.

눈 덮인 산에는 먹을 것이 없음으로 도시락을 챙기는 것도 필수였다. 아버지 손바닥 안에 들어갈 만큼 작은 대나무를 발라 엮은 도시락인 '동고량'에 늘 먹는 잡곡 밥 한 덩이와 옥도미 한 마리를 구워 마른 파초 잎에 둘둘 말아 싸서 뚜껑 위에 얹어 노끈으로 잡아맨다.

참, 장독대 옆에 하늘 닿도록 서 있는 파초에 밧줄을 던져 휘어놓고 시들시들하니 마른 잎새 한 닢을 따오는 일은 순전히 내 몫이었다. 나는 그 일을 내가 꼭 해야 하는 일로 작정하고 있었다. 가족 모두가 길 떠나는 아버지를 거들고 나서는데 나도 맡아 놓고 해야 할 일이 있어야 했다. 반질반질 윤이 도는 '윤노리' 나무지팡이를 가져다가 댓돌받이에 세워놔 아버지가 신발을 신고 일어나면서 동시에 짚을 수 있게 하는 일이 늘 큰언니 몫이듯이.

끙끙 앓아누웠다가도 아버지가 산에 갈 준비를 서두르는 눈치면 기어이 일어나 마른 파초 잎을 따다 드렸다. 극성스럽게 그 일을 하려 든 건 내가 잔샘이 많은 탓이라고 어른들은 말하곤 했다.

아버지는 채비 끝으로 호리병을 들고 채마밭으로 들어갔다. 준비물이 갖추어졌으면 억새 어린 순을 뽑아 실을 내어 잘 다듬어 꼰 새끼로 엮은 그물망태인 '약돌기'에 그것들을 담아 둘러매면...... 이제 집을 나서기만 하면 되었다.

댓돌을 내려섬과 동시에 재주 좋게 '윤노리' 나무지팡이를 목에 꿰어 양팔을 거기 걸치고서, 갔다가 올 때 올 테니 기다리지 말고들 있어, 하고 인사말을 건네고는 뒤 한 번 돌아보는 법이 없이 산으로 내달았다.

아버지 그림자가 집 어귀를 돌아 사라진 뒤에야 장똘이는 아버지 발자국 냄새를 더듬어 어슬렁어슬렁 먼 올레를 돌아 나가다말고 화들짝 놀라 뛰어가는 것도 매번 똑같았다.

우리 개 짱돌이

짱돌이는 커다란 덩치에 비기면 정말 볼품이 반 푼 어치도 없는 되게 재미없게 생겨먹은 똥개 녀석이었다. 항상 반 발 가량은 뒤늦어 꿈뜨게 움직이느라 뭔가를 놓쳐버리고 말 것처럼 게으른 듯이 시작하고 나서야 갑자기 속력을 내는 버릇 때문에 우리가족 뿐 아니라 이웃들까지 번번이 가슴이 텅, 떨어지게 놀라기 일쑤였다.

아버지는 짱돌이가 예측 불허한 행동을, 그러나 미리 순서를 정해놓고 매번 똑같이 반복하는 그게 순전히 괴짜기질을 타고 났기 때문이라고 했다.

내 생각에는 괴짜기질이 있어서 그렇디기보다 좀 멍청한 낫 같았다. 사람이건 짐승이건 머리회전이 느리면 남보다 반 보는 뭐든지 뒤쳐지게 되어있다.

아버지는 짱돌이 꾀를 훤히 알고 있었다. 그래서 한번도, 짱돌아 어서 가자라든가, 짱돌아 늑장 부릴 때가 아니다 일각의 여삼추로 환자가 위급하다, 따위 재촉하는 말을 한 적이 없다.

저만치 앞장서 활활 네 활개 치며 걸어가는 품새가, 짱돌이 이 녀석 네가 나와 길동무하지 않고 배길 성 싶으냐? 고 오히려 시위하는 것 같았다. 가끔씩은 짱돌이와 아버지 사이에 배짱 겨루는 경우가 없지는 않았다.

아버지가 집 어귀를 벗어나 우물가 옆에 기다랗게 뻗어 신작로에 가 닿는 한길로 나서면 집에는 어느새 아버지그림자도 남지 않았다. 동산에 올라 바라기라도 해야만 신작로를 가로질러 드디어 '중산간' 샛길로 드는 모습이 잠깐 보이는가 싶으면 금새 자취도 흔적도 없이 사라져버렸다.

 짱돌이는 그 때까지도 이번만은 절대 아버지 길동무를 하지 않겠단 듯이 슬이 옆에서 움쩍도 하지 않았다.

 "짱돌이 저 녀석이 이번에야말로 아버지를 따라가지 않는구나."

 한라산으로 아버지를 떠나보내느라 분주했던 집식구 모두가 일상으로 돌아갈 무렵, 그놈의 똥개 짱돌이는 쏜살이 무색할만한 속도로 우리들을 획 스쳐 마치 새가 날아가듯 아버지그림자를 뒤쫓았다. 그렇게 아버지를 좇아 달려갈 때 보면 평소 육중하기 이를 데 없어 뵈는 짱돌이 몸이 참으로 날렵하기가 이세상의 온갖 개중에 가장 빨리 달리는 개가 아닐까 하는 생각을 하게도 했다.

 짱돌이가 아버지를 따라 한라산으로 들어가는 과정에서 이러저러한 짓거리를 하는 데는 다 이유가 있었다. 덩치가 엄청나게 큰 잡종 똥개 씨에다 웬 털은 그렇게도 북실북실한 지, 슬이와 짱돌이는 생김새가 비슷하고 하는 행동거지도 비슷한 데가 많았다. 그리고 둘은 이 세상에 다시없는 단짝이었다. 먹보로 소문난 슬이도 짱돌이 주려고 매 끼니마다 밥을 한 숟가락쯤 남기기를 잊지 않을 정도였다. 밥 양푼 바닥에만 밥이 조금 남으면 슬이는 양푼을 확 자기 앞으로 당겨놓고 봤다.

 "그만들 먹어. 이건 짱돌이 밥!"

 짱돌이는 제 단짝 슬이와 아버지 사이에서 잠시 고민했을지도 모른다. 슬이를 두고 혼자만 가자니 잠시 동안이지만 헤어지기 섭섭하고 그렇다고 아버지를 따라 산에 가지 않으려니 충견으로서 도리가 아닌 것 같고……해서 아버지와 길동무하는 걸 두고 신경전을 벌인 것일 게다.

 눈이 엄청나게 내린 겨울에는 산에 가는 아버지보다 집에 남는 우리들이 더 걱정하고 안달했다. 그렇다고 위험하니 가지 말라고 아버지를 말린 적도 없다. 아버지나 어머니나 말은 하지 않았지만 앓는 이를 집에 둔 이들의 심정을 누구보다도 잘 알기 때문이었다.

큰언니와 나 사이에 아이 셋을 줄줄이 병으로 잃어버린 이면에는 당장 병구완할 약이 없었다는 원통함이 서려 있었다. 약만 있었으면, 시국만 잠잠했으면 그것들 목숨을 건지고도 남았을 것을...... 땅에 묻은 어린 자식들을 문득 떠올릴 때마다 한숨을 토하곤 했다.

무자년 '제주4·3사건' 때는 해가 서녘 바다로 숨는 그 시각에서부터 다음날 동녘 바다로부터 솟아오르는 그 시각까지를 사람이 나다니지 못하도록 통행금지를 실시했다고 한다. 그렇게 제주 섬사람의 밤 시간에 집 바깥출입을 통제한 기간은 무려 만 삼년이나 넘었다고 했다. 그에다 이웃마을로 나들이를 가려고 해도 통행증 없이는 엄두도 낼 수 없었다고 한다.

그 말로는 다 표현할 길이 없는 난리 통에 우리 부모도 자식 둘을 잃었다고 했다. 한창 귀엽게 자라던 어린 것들이 시수한 병앓이를 시작했고 손을 제때에 쓰지 못하다보니 침 한대면 거뜬하게 나을 기침감기가 덧나 백일해로 돌면서 두 아이가 차례로 죽어간 것이다. 그 때 잃고만 피붙이들 생각은 날이 갈수록 잊어지기는커녕 더욱 새록새록 생각나 가슴을 찢어발긴다고 했다.

그런 억장 무너지는 경험을 두세 번씩 치른 아버지와 어머니는 병든 이를 둔 집에서, 저기 한라산에서 약을 구해 봤으면... 하고 한숨을 내쉬면 마치 자신들이 꼭 해야 할 일로 알았다.

산누에와 산뽕나무

제주 섬사람은 산누에를 '잣'이라고 한다. 제주 섬을 '설문대' 여신이 만든 이래로 산누에는 아이들 백일해나 경중에는 더할 나위 없이 좋은 민간약의 한 가지로 쳤다.

산누에는 산뽕나무나 '실거리' 나무 그리고 소나무, 다른 잡목 어느 것에도 들어가 산다. 뿌리나 둥치에 들어가 수육을 먹고 사는 산누에는 몸체가 희고 입부리가 노랗고 입술만이 까만, 몸통이 가운데 손가락 장지만큼 굵고 큰 애벌레다.

아무 나무에나 들었다고 다 최고 좋은 약제로 치지는 않았다. 그 중 으뜸은 산뽕나무에 든 게 가장 좋다고 알려졌다. 소나무나 다른 나무엣 것들은 마지못해서 쓸 정도로 둘째로 쳤다.

아버지는 나무 둥치를 보고 그 나무에 산누에가 들어갔는지 안 들어갔는지를 척 알아보는 우리 마을의 단 한 사람이었다. 다른 사람들은 그걸 잘 몰라서 산뽕나무가 보이는 족족 대고 도끼질해서 나무를 작살냈다.

참말로 아버지는 별난 사람 소리를 들을 만 했다. 사람들이, 니마 아버지는 별종이라고 할 만 했다. 누구든 산누에 구한답시고 나무를 함부로 잘라내는 날에는 대번에 멱살을 움켜잡고 혼쭐을 빼버렸다. 때문에 애꿎게 산에서 아버지를 만난 몇몇 사람이 겁똥을 내질렀다던가 어쨌다던가 하는 소문은 빈말이 아니었다.

"아니 이 사람들이 엇다 대고 함부로 도끼질이여. 빌어가는 주제에 황송한 맘으루 조심조심 산누에를 구해 가도 면구스러울 터에 텅텅 아무 나무나 자른단 말인가!"

라고 불호령을 내지르는 것과 동시에, 그냥 박치기로 이마를 받아버렸으니,

별종! 소리를 듣고도 남을 만 했다.

아버지라고 해서 산뽕나무 속에 파고들어가 살고 있는 산누에를 쉽사리 잡는 건 아니었다. 산누에가 든 나무는 벌레가 뚫은 자국이 껍질에 힘줄처럼 불거진다고 했다. 그런 나무를 발견하기가 여간 쉽지 않다는 거였다. 드물게나마 죽은 지 오래되지 않은 나무에서 산누에 자국이 있는 걸 발견하면 그야말로 호박이 덩굴째 굴러온 거나 진배없는 횡재란다. 그 나무는 누에가 여러 마리 들어가 수액을 빨아먹은 탓에 죽은 거니까 한꺼번에 대여섯 마리에서 많게는 스무나문 마리까지 잡을 수 있다고 하였다. 대개는 하루 종일 산의 숲을 헤매어 다녀도 산누에 대여섯 마리 잡기가 땀이 난다고 그 어려움을 토로하곤 했다.

생나무에 상처내고 그 목숨 끊어 놓기를 수 십 수 백 번 해야만 겨우 몇 마리 잡을까, 산누에는 귀한 약답게 귀한 체를 톡톡히 했던 것이다.

그렇게 어렵사리 구한 산누에는 살아있는 그대로 환자가 있는 머리맡까지 가져와야만 했다. 살아있는 그놈의 꼬리를 가위로 싹둑 잘라 숟가락 끝으로 쫘악- 훑어내면 뽀얀 즙이 나온다. 그걸 미리 곱게 갈아놓은 구전영사 가루에 티시 밀이면 웬만한 성증은 거뜬히 나았다.

아버지는 이번에는 산누에가 아니라 사슴 사냥을 갔다고 했다. 꼭 성공해야 한다고 했다.

노루와 흰 사슴이 동일시될 때

제주 섬사람들은 한라산에 사는 노루를 백록(白鹿), 그러니까 흰 사슴이라고 했다. 옛날옛날 한 옛날에, 한라산에는 백록이 수많이 살았다고 한다. 그것들은 산꼭대기까지 올라가 한라산 최정상 분화구인 백록담에 청청하게 고인 물을 먹고 살아, 그 연못 이름이 백록담이라고 부를 정도로 많고 많았다고들 한다. 그러니까 아버지는 사슴이 아니라 노루 한 마리를 산채로 생포하러 한라산에 간 것이지만 그 누구도 노루 잡으러 갔다고 하지 않고 백록 구하러 갔다고 했다. 나는 세상의 동식물을 잘 알지 못하는 어린 아이였지만 노루를 사슴이라면서 엄숙히 아버지 산행을 전송하는 이들이 우습기도 했다. 사슴과 노루는 엄연히 다른 데.

덕이 아버지 병은 폐가 문드러져 망가져버리는 폐병이었다. 조용히 눈을 감고 누웠다가도 기침이 일기 시작하면 몸은 출렁이는 물결처럼 요란하게 요동쳤고 끝에는 검붉은 피를 뭉클뭉클 사기요강에 토해냈다.

한 차례 피를 토해내고 자리에 누운 덕이 아버지는 시체나 다름없었다. 그가 누워있던 방에 떠돌던 피비린내라니, 생각만 해도 구역질이 일었다.

덕이는 어른들이 한사코 말리는 데도 죽은 듯이 누워있는 제 아버지 품에 파고들어,

"아방, 눈 뜹서 예? 어서 눈 떵 덕일 봅서"

하며 마구 흔들어댔다.

나는 아버지한테 무지 졸랐다.

"덕이 아방이영 경 친하면서 예, 걔 아방한테 말해 줍서 게. 덕이가 부르면 제발 눈 떠그네 딸 얼굴 좀 보랜 예."

아버지는 선선히 오냐오냐 하고 고갤 끄덕였다.

언젠가 햇살이 다정하게 밝은 아침에 아버지가 나와 한 약속을 지키는지 보려고 덕이네로 갔다. 아버지가 덕이 아버지 손을 꼭 모아 잡고는 품에 품을 듯이 앞으로 끌어안고 그의 귀에다 대고 뭐라고 소근 거렸다. 덕이 아버지가 어쩌다 눈을 뜨고 희미하게 웃기도 하고 뭐라고 한 마디 하기도 했다. 그러나 그 목소리는 너무나 가녀려 문밖에 선 내 귀에 까지는 들리지 않았다.

덕이는 피를 토하고 쓰러진 저의 아버지 품으로 파고들었고 눈을 뜨라는 덕이 울부짖음을 듣는지 마는지 그는 눈을 지르감고 있기 일쑤였기에 나는 무척 안타까웠다.

불쌍한 사람들

늦은 저녁이면 우리 집 마루에는 현이장 할아버지와 승천이 할아버지와 아버지가 저마다 그만한 품으로 웅크려 앉아 한숨과 담배연기와 눈물로 밤을 지새웠다. 잠통은 툇마루에 걸터앉아 그럴 대목이 아닌데도 가끔 자신이 거기 있다는 걸 알리려는 듯이 허허, 허허...하고 헛웃음을 웃긴 했으나 아버지네 말에 끼어들지는 않았다.

"그래 뭐랬다구? 갸가 말이여."

현이장 할아버지가 아버지한테 그렇게 마치 호통 치듯 물었고 아버지는 덕이 아버지가 한 말을 그대로 되뇌었다.

"성님. 통일은 언제나 될까요? 합디다 원."

"그 말 뿐이던가?"

다시 질문은 이어지고 담배 연기가 매운지 눈을 소매 자락으로 훔친 아버지가 대답했다.

"아버지가 아직도 북에 살아 있을 거라고, 꼭 그 분 한 번 뵈얍니다, 합디다 원 세상에."

못 할 말을 어렵사리 할 때가 그럴 것이다. 아버지는 정말 은밀하고도 비밀스럽게 그 말을 나직나직 했다.

"갸가 헛소리 한 거 아닌가 모르것네 그려. 그게 무슨 될 법이나 한 말인가. 갸

부친은 죽었네. 무자년 난리 때, 그 때에 산에서 죽었어."

 현이장 할아버지가 단호하게 말마디마다 힘을 꽉꽉 줘가며 스스로 다짐하듯 어둔 밤을 갈랐다.

 한동안 침묵이 흘러 우리 집 마루가 천길 땅속으로 꺼지는 듯 무거운 기운이 감돌았다.

 나는 스산한 한기를 느끼고 이불을 머리 위로 뒤집어썼다. 그러나 마루에서 이어지는 대화가 궁금하여 금방 이불 밖으로 머리를 내놓고 귀를 기울였다.

 "서울이란 데가 원래 온갖 사람 온갖 잡탕 허접 쓰레기가 다 모이는 곳 아니꽈 무사. 그러니 바람결에 구름결에 뭔 소린들 안 나뒹굴쿠과? 덕이 아버지가 아마 저의 웃어른들 행적을 언뜻 듣고 상심했을 법 허우다."

 "엣! 다 지나간 쓰 잘 데 없는 일 가지고 갸가 맘 고생을 했구만."

역사의 그늘

 덕이네 할아버지는 일본제국이 대한제국을 강점하려는 전초로 이 나라 이 강토를 암암리에 탐사할 때 한라산길라잡이로 나선 적이 있다고 했다.

 일제가 서기 1901년에 한라산에 뿌리 내리고 있는 초근목피며 들짐승이며 날 것들 하물며 곤충에 이르도록 섬의 섭생을 모두 기록했고 아울러 달구지도 들어가지 못하는 협소한 오솔길에 이르기까지 깐깐하게 측량을 하였다.

 그들은 섬 주변에 물수제비처럼 떠 있는 섬 중의 섬들도 어느 하나 놓치지 않을 만치 면밀 주도하게 이 땅을 샅샅이 뒤졌던 것이다. 그 일에 동원된 일꾼들은 모두 제주 토박이들이었다.

 그 때, 일본제국은 한라산을 삶터로 삼아 살아가는 제주사람을 모조리 끌어내어 길을 뗬다 한다.

덕이 할아버지는 제주어부들이 가까운 바다에서 고기잡이 할 때나 거름으로 쓸 마미조인 '듬북' 따위 해조류를 채취할 때 띄우는 떼배 '테우'를 만드는 나무를 베러 봄마다 한라산의 주목숲을 드나들었다.

섬사람들은 주목을 구상나무라고 하는데 뗏목 재로로 첫손가락을 꼽았다.

일본제국은 이 땅을 강제로 먹고 나서 포만한 배를 슬슬 쓸어내리면서 제주섬 서쪽 끝머리에 치우친 모슬포에 비행장을 닦기 시작했다. 활주로는 곧장 산둥반도와 일직선상에 놓인 바다로 내달리게 뚫어지기 시작했다. 비행기가 그 활주로에서 미끄러져 하늘로 날아오른다면 바로 마주 보이는 중국본토로 향할 것이 뻔했다. 1937년 십이월 십삼 일, 일본제국군이 난징을 점령, 입성하는데 사용한 전초공군기지가 바로 모슬포비행장이었다.

덕이 할아버지는 한라산 길라잡이로, 모슬포 비행장 활주로 공사에 막일꾼으로 부역에 끌려 다니다가 더는 안 되겠다고 만주로 달아나 버렸다고 한다. 난학살 사건이 터진 직후였단다.

덕이 아버지는 그 때 겨우 세 살 박이 아기였다. 딱히 아버지 얼굴도 기억해낼 수 없을 만치 아버지라는 사람과 있은 나날이 손꼽아 헤아릴 정도였는데…그에다 세살 때 헤어지고 그 날 그 때까지 만난 적이 없었다.

덕이 할머니는 대를 이어야 한다고 성안에서 고등학교에 갓 들어간 놈을 억지로 끌어다가 물질하는 처녀와 혼인을 시켰다. 덕이 아버지는 혼인을 했단 말 뿐이지 뒷날로 학교를 오래 결석할 수 없다면서 성안으로 달려가 버렸다.

그는 고등학교를 마치고 나서 마을에 돌아와 한 두어 해 국민학교(초등학교)에서 임시교사로 있다가 대학 공부를 하러 서울로 떠났다. 어린 시절이나 어른이 되어서나 아버지가 그립다는 티를 낸 적이 없었단다. 해방이 되고도 덕이 할

아버지는 돌아오지 않았다.

어떤 날 선 칼로도 찌를 수 없고 어떤 견고한 방패로도 막을 수 없는

'제주4·3사건'을 치르던 그 어느 날 한라산에서 '산군인'을 지휘하던 한 이름 없는 지휘관에 대해 이웃 마을들에는 확인할 길 없는 뜬소문이 돌았다. 산에서 우리 마을의 덕이 할아버지와 서로 마주 친 사람 누군가가 있다고 했다. 그리고 그 이후 덕이 할아버지는 난리 끝 무렵에 다른 산사람들과 함께 섬을 탈출해서 북으로 갔다는 것이다. 실제로 그 당시 제주 섬에서 활약하던 남로당원 간부 중 이루는 해주인민대회를 빌미로 섬을 빠져 나갔기도 했다한다. 그러나 정작 그의 고향이며 처자식이 있는 우리 마을에서는 그에 대한 말을 하는 이가 없었다고 한다. 아니 말을 하지 않았다고 했다. 그가 사람인 이상 한라산까지 왔으면서 고향엘 오지 않을 까닭이 없지 않는가. 마을 사람들은 그가 한라산에 왔었다는 사실을 전혀 믿으려 하지 않았고 그런 말이 나돌았다는 것 자체를 그 이후 다들 잊어버렸다고 한다.

그도 그럴 것이, 섬사람들은 무자년 난리 끝으로 피바다에 나뒹구는 판인데 육지에서는 '38선'이 무너지는 변고가 생겼다. 북이 느닷없이 밀고 내려왔다는 것이다.

애써 찾아놓은 나라를 놓고 어떻게 운영할 것인가 우왕좌왕 하는 사이에 북은 전쟁을 일으켜놓고 말았다. 이번에는 동족끼리 처절하게 맞붙어 싸우지 않으면 안 되었다. '6·25한국전쟁'이었다.

북에 살던 사람들이 남으로, 남으로, 살길을 찾아 내려왔다. 제주 섬에도 피난민을 가득 태운 배들이 포구마다에 닻을 내렸다.

우리 마을에도 피난민이 수도 없이 쏟아져 들어와 마구간이고 잿간이고 하다 못해 고방에까지 보따리를 풀었다.

덕이 할머니는 은밀하게 그들 사이를 비집고 다니면서 덕이 할아버지 소식을 물었다고 했다. 혹시라도 북에 그가 살아있을지도 모른다는 막연한 바람으로 말이다.

확인할 길 없는 뜬소문대로라면 덕이 할아버지는 일제강점기 때 만주에서 팔로군엔가 마적단엔가 들어가 '활약을 했다'는 것이었다. 북쪽에는 팔로군 출신들이 많이 들어와 한 자리씩들 차지했다고 하니 혹 모를 일이긴 했다. 그러나 덕이 할아버지 소식은 풍문으로만 떠돌았을 뿐 그의 행적은 여전히 묘연했다.

마음

언제부턴가 낯선 사람들이 덕이네 집을 멀찌감치 먼 거리에서 지켜보기 시작했다. 처음에는 눈에 띄지 않게 탐문을 했으나 얼마 지나지 않아서는 내놓고 묻고 다녔다. 덕이 아버지가 서울까지 유학할 형편이 아닌 성 싶은데 무슨 돈으로? 하고 노골적으로 수상쩍어하자 마을사람들이 오히려 변명하고 나섰다.

"덕이 어멍이 이 마을 최고 잠수우다. 서방 대학공부를 시키고도 남아 밭을 살 정도로 물질 수덕이 좋습니다."

어른들은 덕이 아버지가 앓았을 지난 세월들을 되씹으며 한숨을 내쉬었다.

"소심한 가가 오죽 가슴이 답답했으면 폐가 문드러졌을까…"

나는 어른들이 가만가만히 나누는 말을 들으면서 잘 이해되지는 않았지만 가슴이 몹시도 아팠다. 그 아픔을 참지 못해 기어이 울음보를 터뜨렸다. 나는 모든 것에 잘 슬프고 잘 기쁘고 잘 감격해 울고 웃고 화내곤 했기 때문에 내가 덕이 아버지를 생각하면서 가슴이 찢어져 서럽게 울어도 아무도 달래지 않았다. 그저 저희들끼리 수군대기를, 또 뭣이 저 니마 눈물샘을 건드렸을까 모르겠네. 모르긴? 다 알면서. 매롱, 매매롱.

어떻게 해서든 덕이 아버지를 병에서 구해낼 길을 찾던 어른들은 최후로 결론 낸 것이, 아버지가 사슴이든 노루든 올가미로 걸려 산채로 끌고 오면 덕이 아버지한테 더운 피를 내어 먹여보는 게 마지막 처방이라고 했다.

"어르신. 덕이 아방이 혹시라도 살 의욕을 영 잃어 버린건 아닐거라 예?"

아버지가 조심스레 현이장 할아버지의 눈치를 살폈다. 그런 나약한 생각은 그 어른한테는 통하지 않았다. 아니나 다를까, 냅다 고함을 쳤다.

"뭔 소리여 자네 그게! 자네가 갸 귓구멍을 뚫어서라도 갸가 꼭 살아얀단 말을 왜 못하는가 말일세. 어째서 갸 맘대로 하나 밖에 없는 목숨을 좌지우지 하게 그냥 놔두는 겐가. 하아 답답하기가 이거, 젊은 것들 진리를 몰라. 소중한 게 뭔지도 몰라. 그냥 멋대로 군단 밖에. 에게! 벽창호들 해가지곤."

몹시 화를 내더니 휙 밖으로 나가버렸다. 그리고는 이튿날 일찍 한라산 출입증을 얻어 우리 아버지 손에 쥐어 주었다.

"이게 마지막 희망이니 자네, 허튼 소릴랑 그만 접어두고 어서 백록 잡으러 떠나. 그 쯤엔 세 사람이 들어갈 수 있게 됐으니 자네와 손발이 척 맞는 사람 골라서 어서 갔다 와. 절대 빈손으로 와서는 안 되네."

아버지는 석이 아버지와 승천이 할아버지한테 같이 가자고 권했다. 그런데 처음부터 끝까지 그 자리에 있던 잠퉁이 한사코 따라 가겠다고 나섰다. 아버지가 잠퉁의 어깨에 팔을 둘렀다. 잠퉁은 아버지 오른팔 안에 완전히 안겼다.

"흠. 참 든든한 길벗 한 사람 생겼네. 그래 느영나영(너하고 나하고)어깨동무하고 나서면 세상에! 두려울 것이 뭣 있냐. 좋-다. 우리 혼디(함께) 가서 하얀 놈으로 사슴 한 마리 확 걸려와 불자 이.”
 그들은 의기투합하여 마침내 길을 떠났던 것이다.

바다로 간 섬사람

 아버지네 일행이 흰 사슴을 찾아 한라산으로 들어간 날 저녁에 노을은 아름답고 찬란하게 섬 하늘에서 불타고 있었다. 그 때 죽은 듯이 누워있던 덕이 아버지가 일어나 앉았다. 산보를 하고 싶으니 옷을 입혀달라고 했다. 이제 회생하려나 보다. 덕이네 집에 모여 있던 사람들은 희망을 담은 눈길을 서로 주고받았다.
 덕이 아버지는 덕이 어머니의 부축을 받으면서 포구로 내려갔다. 포구에는 막 썰물이 시작되던 참이었다.
 어리둥절해 하는 덕이 어머니한테는 아랑곳 하지 않고 그는 '테우'에 올라 닻을 걷어 올렸다. 그 '테우'는 썰물을 타고 바다로 창창 흘러갔다.
 덕이 아버지는 답답한 가슴을 바다바람에 확 틔어놨을까. 자놀맹이에도 구멍이 뚫리듯이 그렇게 시원하게 형통했을까.
 덕이 어머니는 갯바위에 서서 발을 동동 굴렀다. 저렇게 부실한 몸으로 바다바람을 쏘여도 괜찮을까 원.
 '테우'는 썰물을 타고 한바다로 곧장 흘러가고 있었다.
 "누가 이 이른 봄날에 테울 띄웠는고?"
 물때를 가늠하려고 갯바위 언덕에 나왔던 사람들이 찬란하게 바다를 덥고 있는 저녁노을 속으로 빨려 들어가는 '테우'를 발견하고는 질겁했다.
 '테우'는 여름의 배다. 이른 봄 바다는 아직도 물살이 거칠고 파도구비가 깊었다. 물론 '테우'란 떼배가 쉽사리 뒤집히지는 않는다. 그러나 순전히 사람이 젓는 노 하나가 동력의 전부여서 바람을 잘 타지 못하면 뱃길을 잃기 십상이다. 그런 때문에 '테우'는 바람이 센 계절이면 포구에 매인 채 조용히 흔들리거나 해체되어 다시 바다로 나갈 날만을 기다린다.

덕이 아버지가 탄 '테우'는 썰물 때만 모습을 드러내는 마을 앞의 여에 닿아 있었다.

그 여는 마을과 아스라이 떨어진 외딴 바다에 자리 잡고 있으면서 밀물이 밀리면 바다 속으로 숨었다가 썰물 때만 모습을 보였다. 때문에 심심찮게 배들이 좌초를 당했다. 해방되던 해 겨울에도 외국화물선 한 척이 좌초를 했던 적이 있다고 했다. 난파당한 그 배는 술을 가득 싣고 있었다. 우리 마을과 옆 마을 잠수들이 다 동원되어 술병을 건지는 물질을 했다 한다. 그 때 잠수들은 드높은 파도 굽이 속을 온종일 드나들며 물질을 했고 상당히 많은 술병은 뭍으로 올려졌다.

그 난파당한 배의 선원들은 머리가 노랗고 코가 큰 '양코배기'와 머리칼이 곱슬곱슬하고 살갗이 까만 흑인들이었다고 한다.

마을사람들은 그들을 두려움 반 호기심 반으로 대했다. 그 때 성안에서 고등학교에 다니던 덕이 아버지가 통역을 했다고 했다.

'양코배기' 선장이 자신들을 구해준 마을사람들과 잠수들에게 수고한 대가를 지불하겠다고 했지만 그 누구도 그걸 바라지 않았다. 바다사람들의 의리를 내세워 당연한 일을 한 것뿐이라고 사양했다. 한사코 대가를 사양하는 마을사람들에게 선장이 술병 몇 개씩을 나눠 주었다. '양코배기' 선장은 그 술이 얼마나 좋은 술인지를 증명해 보이려고 성냥을 구두 밑창에다 그어 켠 다음 술을 땅에 붓고 나서 거기 던졌다. 술 자국에 확- 불이 당겨지면서 푸른 불꽃이 번졌다.

사람들은 통역을 맡은 덕이 아버지에게 물었다.

"이 술이 뭣인디 불이 다 붙엄시니?"

브랜디라고 했다.
"부란디? 아니 불난 디."

브랜디와 '불난디'는 다르다.

마을사람들은 불이 붙을 만치 독한 술을 마셔본 적이 없었다. 그래서 브랜디가 얼마나 좋은 술인지 알고 싶지 않았다. 불이 붙는 술. 아무럼 막걸리만 할까 아무럼 소주만 할까. 마을사람들에게 브랜디는 별로 인기가 없었다. 오직 아버지만이 좋아 어쩔 줄 몰랐다고 한다.

아버지는 브랜디를 다 거뒀다. 그리고는 몇 날 며칠을 브랜디에 취해 살았다. 그런데 세무서에서 그 소문을 듣고는 달려와 눈을 부라렸다. 우리나라에서 생산하지 않는 술을 마셨으니 죄를 지었다고 으름장을 놨다.

"누가 밀주를 마시라고 했소?"
"여보십쇼. 밀주? 불난디가 밀주요? 바다에 지천으로 깔린 기 그거 건져 마시는 건데 뭐요? 밀주 단속? 주세(酒稅)를 안냈다고? 정말 그처럼 어거지 부리면 불붙는 술 먹고 열 받아 불 붙어 부러. 괜히 죄인 생산하지 말고 가슈."

아버지가 그의 오른쪽 손을 등 뒤로 비틀어 쥐고 먼 올레 밖으로 떠다밀었다. 한참을 아버지 완력에 밀려 쫓겨나던 그가 힐끗 뒤돌아보며 한 마디 하기를,

"이봐요 니마 아버지, 당신만 불난디에 취하지 말고 나도 맛 좀 보게 한 병 줘."

으하하하 하하... 그 날 그는 브랜디 두어 병을 지푸라기로 만든 달걀 꾸러미 비슷한 것에 숨겨 마을을 떠났다고 한다. 아버지는 그의 등 뒤로 너털웃음을 계속 날리고... 하하하 으 하하하..........

아버지는 그 같잖은 무용담을 얘기하고 싶으면, 애들아 아버지가 참말 재미있

는 옛말 한 꼭지 해주랴? 하고 운을 떼었다.
　브랜디 난파선 사건이 벌어진 때가 내가 태어나던 해에 있었다고도 하고 슬이가 태어나던 해라고도 했다.　때를 헛갈리는걸 보면 아마도 술에 취해 제정신이 아니었던 것이 분명했다.

하늘로 날아간 '테우'

　그 때, 잠수들이 건져낸 브랜디를 실어 나른 배가 '테우'였다고 한다. 궂은 날씨여서 다른 배는 전복될까봐 띄우지 못했지만 아무리 큰 파도나 물너울에도 끄떡없는 '테우'를 닻에 닻을 기다랗게 연결하여 한쪽은 배에 묶고 다른 한쪽 끝은 마을사람들이 뭍에서 잡아 끌어당겼다고 한다.
　'테우'를 타고 덕이 아버지가 여에 갔다고 하자 모두들 포구로 모여들었다. 이미 바닷물이 바짝 썰어 포구는 바닥을 드러냈다. 배들이 드러난 포구바닥에 얹혀 움쩍하질 않았다.
　상잠수들 몇이서 닻줄을 지고 여까지 헤엄쳐 가기로 했다. 바람이 부는 품새하며 물때로 봐서 '테우' 노를 저어서는 도무지 갯가로 올 성 부르지 않다면서 이번에도 전에 브랜디 사건 때처럼 뭍에서 잡아끌기로 했다. 덕이 어머니도 그들과 함께 가겠다고 나섰다.
　"널랑 혼저(어서) 집에 강(가서) 기다리라."
　잠수들이 한 입으로 덕이 어머니를 말리고는 저들끼리 힘차게 헤엄쳐 나갔다. 썰물 때여서 조류(潮流)가 워낙 빠른데다 닻줄이 무거워 헤치치는 데 적잖이 애먹고 있음이 뭍에서 봐도 역력했다.
　그들이 덕이 아버지가 타고 있는 '테우'와 갯가 사이가 꼭 반반이 되는 거리

만치 갔을 때였다. '테우' 위에 걸터앉도록 놓은 상 자리에 잔뜩 웅크리고 있던 덕이 아버지가 벌떡 일어서더니 두 팔을 하늘 향해 쫙 펼치고 뭐라고 소리를 질렀다. 그 모습은 마치 하늘로 날아오르려고 막 비상을 시도하는 바닷새 신천옹(信天翁, albatross)과 흡사했다. 아니 이미 날아올라 하늘을 자유자재로 유영하는 한 마리 바다갈매기의 날개 짓과 닮았다는 편이 더 나을 것이다.

물에서 지켜보던 마을사람들은 그가 어디까지 날아오를 것인지 몰라 조바심을 쳤다.

순식간에 그 일은 벌어졌다.

태양을 향해 한없이 날아오르다 밀랍으로 만든 날개가 녹아 추락했다던 그리스·로마신화에 나오는 이카로스처럼 아니면 불붙는 태양 속으로 날아들어 영원히 산다는 불사조처럼 덕이 아버지는 바다 속으로 사라져버렸다. 더 정확히 말하면 그는 바다로 사라지기 직전에 크게 울부짖었다. 그 울부짖음이 갯가까지는 와 닿지 못했지만 그를 향해 헤엄쳐 가던 잠수들 귀에는 확실하게 들렸단다.

"예, 갑니다. 금방 갈 겁니다."

잠수들은 닻을 버리고 있는 힘을 다해 그가 물속으로 사라진 지점을 향하여 헤엄쳤다. 그리고는 그 장소에 닿자마자 바로 자맥질했다. 금방 물속으로 떨어졌음에도 덕이 아버지는 잠수들 눈에 쉽사리 띄지 않았다. 아무리 조류가 센 썰물 때라고는 하지만 흔적도 없이 어디론가 쓸려가 버린단 말인가.

어스름이 내려 더는 바다 밑을 볼 수 없을 때까지 수색을 하고 또 했다.

메아리 속에 숨은 영혼

밀물이 어둠을 타고 치밀었다.

남정네들은 갯가를 따라 한 줄로 즐비하게 화톳불을 피우고 물결을 뚫어져라 살폈다.

덕이 아버지가 화두선(話頭禪)하는 선승처럼 한마디 내던진 것도 사람들의 마음을 뒤숭숭하게 했다. 그 말뜻이 과연 뭣일까?

덕이가 화톳불 가에서 햇고사리 같은 손을 펴 추위를 쫓다말고 횃불을 들고 바위를 더듬는 어른들 등에 대고 제 아버지를 소리쳐 부르곤 했다. 찰랑찰랑 차오르는 밀물 결이 덕이 목소리를 아스라한 메아리로 묻어버렸다.

별이 되다

유난히 별이 총총히 솟아난 추운 봄밤. 마을사람들 눈자위는 붉어지고 시나브로 코물을 들이마셨다. 누군가 횃불을 높이 치켜들며 소리쳤다.

"저기, 저기 물 구비에 뭣이 실렸져."

화톳불에 디밀었던 나뭇가지까지 뽑아들고 사람들은 일제히 물가로 달려갔다. 확실히 뭔가가 저만치서 갯가로 밀려오는 물 구비에 실려 둥실둥실 떠오고 있었다. 잠수 몇 사람이 해조류 건질 때 쓰는 기다란 갈고리를 내내 들고 있었는데, 그걸로 그 물체를 걸고 갯가로 끌어들인 건 한참 후였다. 그만치 물 구비는 느긋하니 뜸을 들이며 다가들었기 때문이다.

그렇게 되고 마는 것을. 갈고리에 걸려 물가에 끌려온 곳은 덕이 아버지 시신이었다. 사람들은 갯바위에 덕이 아버지 시신을 반듯하니 뉘어놓고 또 한참을 말이 없었다.

나는 어른들 틈 사이를 비집고 들었다. 대낮처럼 환하게 밝힌 횃불에 씻겨 덕이 아버지는 살아서 그의 방에 누워 있을 때보다 오히려 얼굴빛이 좋아보였다.

우리 집 채마밭에서 아버지랑 잠통이랑 시경을 꼬느면서 이태백이로 변신했을 때도 그의 얼굴은 발갛게 물들었고 그럴 때 그가 웃으면 정말 멋이 있었다. 갯바위에 누워있는 그의 얼굴이 그 때 보았던 것과 너무도 닮아서 난 화들짝 놀랐다. 사람이 죽으면 살아생전에 가장 즐거웠던 그 때 얼굴로 돌아가는 걸까?

어른들은 부산하게 움직였다. 달구지들이 몇 번 마을을 오간 후에 포구에서 엎드리면 코 닿을 거리에 있는 동산의 양지뜸에 차일이 쳐 지고 등이 걸렸다.

덕이 아버지는 그리로 옮겨졌다. 그의 시신이 옮겨지기 전까지 사람들은 덕이 어머니를 붙잡아 시신 가까이 가지 못하게 했다. 마침내 덕이 아버지의 입고 있던 젖은 옷을 벗기고 염을 시작했다.

밖에서 죽은 사람은 집에 들여놓지 않는 법. 그래서 포구로 가는 동산이 상가(喪家)로 꾸며졌다.

나는 어머니 손에 끌려 차일 밖으로 나왔다. 염꾼들은 현이장 할아버지 지휘 아래 부지런히 움직였다. 침묵만이 그들의 손놀림을 지켜보고 있었다.

덕이가 자꾸만 제 아버지에게 다가가려고 했다. 현이장 할아버지기 비릭 소리쳤다.

"누구 게 있으면 덕일 멀찍이 데려 가 잖고!"

덕이는 사촌언니 손에 잡혀 나오면서 아버지 옆에 있겠다고 울며 발버둥 쳤다.

염이 끝나자 현이장 할아버지는 덕이 어머니를 불러 덕이 아버지와 마지막 대면을 주선했다. 덕이 어머니는 조금도 흐트러짐이 없이 덕이 아버지를 머리에서부터 발끝까지 쓰다듬고 어루만지고는, 오직 한 마디 "잘 갑서 예" 하고 작별을 했다. 언제나 덕이 아버지가 왔다가 갈 때면 헤어지는 인사말로 하던 말이었다.

나는 백록을 생포하러 한라산에 들어간 아버지네가 갑자기 생각났다. 이제 아버지네는 어떻게 되는 걸까? 노루 아니 흰 사슴을 잡아왔는데 이미 덕이 아버지가 죽었으면 아버지네는 기가 막혀 덕이 아버지처럼 죽을 지도 모른다. 지금쯤 덕이 아버지가 죽은 줄도 모르고 노루를 찾아 산속을 헤매다가 어느 동굴, 어느 바위그늘에서 추위에 떨고 있겠지. 불쌍한 아버지. 불쌍한 승천이 할아버지. 불쌍한 잠통. 불쌍한 석이 아버지. 갑자기 겁이 났다.

"어멍, 우리 아방은?"

승천이 할머니와 몇이서 손을 맞추어 급하게 '호상옷(상복)' 바느질을 하던 어머니는 내 옆구리를 살짝 꼬집었다.

아야, 아야.

나는 어머니가 내 입을 막으려는 신호로 내 옆구리를 꼬집은 걸 알면서도 크게 앓은 소리를 질렀다.

"니마야 이제 그만 집에 가서 그미 봐라. 큰언닌 이리로 보내고."

어머니 목소리에 힘이 들어가 있었다. 나는 제풀에 기가 질려 어머니 곁을 물러나 잉잉 울면서 어둠 속을 더듬어 걸었다. 사람들이 무시로 횃불을 들고 길을 오갔음으로 무섭지는 않았다.

그 후로 더는 포구에 가보지 못해 덕이 아버지를 어떻게 장사지냈는지 나는 모른다. 아버지네가 노루 아니 흰 사슴을 잡아왔었는지도 모르겠다. 며칠 후 지치고 허탈한 모습으로 집에 온 아버지를 보고 나는 괜히 울었고 아무도 달래주지 않았다.

아버지 모습을 볼 수 없었던 그 사이, 포구에서 잠깐씩 올라오는 어머니한테 묻곤 했다.

"어멍, 아방은?"

"으응, 저기 장밭(상가)에 계시지."

아버지네가 노루를 잡아왔느냐고 차마 묻지 못했다. 그리고 며칠 후 덕이 아버지를 장사 지냈고 포구 둔덕 차일도 걷히고 포구도 일상으로 되돌려 놓았고 그렇게 일을 마무리 지은 후 사람들은 저마다 자기들 집으로 갔고 아버지도 집에 왔다.

대한사람의 노래

아버지는 집에 돌아오자마자 흙이 묻은 옷을 그대로 입은 체 각반도 풀지 않고 잠에 골아 떨어졌다.
잠든 아버지 곁에서 그미랑 놀다가 나도 그미도 그만 잠이 들고 말았다.
잠 속의 날씨는 아주 맑았다. 동네 아이들 틈에 섞여 나는 양지뜸을 뒤지며 제비꽃을 따고 있었다. 제비꽃은 꽃 싸움 놀이에는 제격이었다. 꽃받침이 낚시처럼 오그라졌는데 끝이 볼록하니 부풀어 있어 꽃과 꽃끼리 어슷 걸고 잡아당기면 두 꽃이 모두 톡 떨어져 나가든가 어느 한 꽃만이 잘리곤 했다. 우리들은 곧잘 제비꽃을 한줌씩 따 꽃 싸움을 하느라 시간가는 줄 모른 적이 셀 수 없이 많았다.
다른 아이들은 벌써 제비꽃을 한 줌씩 땄는데 내 눈에는 무더기는커녕 한 송이도 보이질 않았다. 몹시 초조했다. 남보다 앞질러 가도 꽃은 없었고 온 길을 되돌아보면 뒤미쳐 오던 아이가 꽃무더길 발견하곤 환호 하는 게 아닌가!
이놈의 오랑캐 꽃!
나도 모르게 욕지거리를 해댔다.
어머니는 곱고 어진 꽃 이름이 오랑캐는 어울리지 않는다고 하면서 꼭 제비꽃이라 부르게 했다.
"그 좋은 이름 놔두고 오랑캐가 뭐니 오랑캐가. 한라산에 피는 건 한라제비꽃이라고 해야 제격이지 한라오랑캐라고 만일 불러봐라 어디 예쁜 꽃이란 생각이

들겠니?'

하긴 그렇다.

나는 심술이 났을 때만 제비꽃을 오랑캐꽃이라고 불렀다.

제비꽃은 단 한 송이도 따지 못하고 이리저리 뛰어다니느라 숨이 턱에 닿는데 또 오줌이 급하게 마려웠다. 나는 아이들을 저만치 따돌리고 으슥한 덤불 속에 숨어서 치마를 걷고 앉았다. 막 오줌을 누려는 찰나, 누가 뒤로 다가와 치마 자락을 확 들췄다. 깜짝 놀라는 바람에 나오려던 오줌줄기가 방광으로 다시 들어가 버렸다. 그 참에 잠이 깨었다.

등잔불을 환하게 돋우어 놓고 아버지와 어머니가 두런두런 이야기를 나누고 있었다.

"장지까지 덕이 아방 영구를 운반하고 나니 세상이 하 어이없더고. 하관한 다음 '동해물과 백두산이 마르고 닳도록' 애국가 있잖아 그걸 불러재꼈어. 아무래도 덕이 아방이 북녘 어디 살아있단 제 아버지 땜에 그렇게 죽었다구 생각하니까 두 동강 난 이놈의 나라가 공연스레 원망스럽데. 저번에 왜 내가 '샹깡'에 바람타고 간 적 있지 왜. 그곳 관리가 우리 보고 뭐랬는지 알아 당신? 유우 싸우스 코리아냐 노우스 코리아냐 하는 거야. 한국 촌놈은 분명한데 북이냐 남이냐 이거지. 그 때도 된통 화나더라구. 벽에 커다만 지도 걸렸길래 달려가서 제주돌 가리켰지. 그 사람들 그러는 거라. 아 당신네들 싸우스 코리아다. 니기미… 내 '피창' 스러워서 정말! 덕이 아방 든 관이 땅속에 들어가 있는 걸 보니 그 때 생각이 새롭게 나데. 덕이 아방 고이 저승에 가라고 우리 대한 사람 노래로 한 곡조 해불자고 내가 했거든. 허허, 그런다고 무슨 소용 있겠어."

아버지가 말 고개를 넘고 잠시 쉬는 사이 어머니는 때맞추어 맞장구를 쳤다.

"거 덕이 아버지 장송곡으론 애국가가 제격이었구랴."

"꼭 당신은 거 배운 틸 낸다니까. 장송곡은 무슨, 아까운 사람 보내기 싫어서 악 쓴 거 가지고."

아버지는 어머니가 문자를 썼다하면 어떤 대목에서도 참지를 못했다. 그렇게 아버지한테 면박을 받고서도 어머니는 마주 대답을 하지 않았다.

"덕이 어머니, 덕이, 그 사람들만 불쌍하지 죽은 이야 어쩌면 편안할 지도 몰라. 그죠 니마 아버지?"

나는 더 이상 자는 척 하지 못했다. 울음이 치밀어 그만 울어버렸기 때문이다. 아버지가 이불을 들치고 덥석 나를 품에 안았다.

"우리 니마 깨어있었구나. 내 새끼 울지 마라 울지 마라."

한참 울고 나서 더 울음이 나오지 않자 나는 아버지한테 물었다.

"왜 덕이 아방 저승 가는데 '동해물과 백두산'이 불렀수꽈? 그건 큰언니네 학교서만 부르는 태극기 올리고 부르는 노래 아니꽈 무사?"

"덕이 아버지가 워낙 애국자였거든. 나라사랑 많이 한 사람 죽어 저승에 갈 때도 애국가 불러주는 거야."

아버지한테 물었는데 어머니가 가로맡아서 답을 해줬다.

"그렇다면 그런 줄 알어."

개닦이

그러구러 며칠이 흘러갔다. 그리고 포구 둔덕에 덕이 아버지를 장사지낼 때처럼 다시 차일을 쳤다. 덕이 아버지가 바다에 빠져 죽었기 때문에 우리 마을 바다도 맑게 할 겸, 덕이 아버지 영혼도 위로 할 겸, '무혼굿'을 할 거라고 했다. 또 겸사겸사 부정 탄 바다를 씻을 '개닦이'를 한다고 했다.

심방이 호랑나비보다 더 화려하고도 멋스런 매무시로 단장하고 굿을 시작했다. 소무(小巫)들이 북과 징과 꽹과리와 장구를 치며 심방이 추는 춤에 따라 반주를 했다. 무악기(巫樂器)들이 어우러져 내는 소리가 아 참으로 듣기에 좋았다. 그 장단이 바로 우리나라 어디서나 신명 내는 데 제일로 꼽는 굿거리장단이란 거다.

저 끝 바다와 하늘이 선명하게 경계를 이루는 수평선에 붉은 기운이 아스라이 안개처럼 퍼지면서 어둠을 걷어내기 시작할 때 첫 아침에 맞추어 굿을 시작했다.

세상이 온통 고요 속에 잠겼다가 해가 바다를 박차고 하늘로 튀어 오르면서 물결 한 자락을 움켜쥐고 있었는데 그걸 내동댕이 치는 순간 깨어나 세상이 숨을 쉬기 시작한 그 시각에 꼭 첫 징을 지잉- 울려야만 하는 게 개닦이 굿인가 보았다.

햇살이 퍼질 때를 숨죽여 기다리던 심방이 징을 쳐 굿문을 열고는 지체하지 않고 물가로 내려가 무릎을 적시면서 '영그릇'을 바다에 담갔다.

'영그릇'은 뚜껑이 꽉 맞는 놋주발로 만든다. 우선 사발에 가득 쌀을 채우고 바다에서 죽은 사람의 이름이나 그가 평소에 쓰던 물건 쪼가리 한 쪽을 같이 넣어 뚜껑을 닫은 다음 무명천으로 꽁꽁 싸맨다. 그리고는 무명천 한 끝에다 소주 한 병과 머리 빗 한 개를 달고는 낚싯줄을 기다랗게 이어 묶고 바다에 던져 넣고 나서 굿당의 '대령상'에 나머지 한쪽 끝을 메어놓는다.

'영그릇'을 바다에 묻는 이유는 죽은 이의 넋을 건져 올리려는 것이다.

해돋이에 맞추어 '영그릇'을 바다에 묻고 시작한 무혼굿은 부정을 가시고 바다를 맑게 해 개닦이를 한 다음, 바다의 진정한 주인 용왕이 죽은 영혼을 인도하여 왕림할 길을 닦는 '질치기'를 하고나니 어느새 해가 서편 하늘로 비스듬히 기울어 있었다.

'무엇이 되어 다시 만날까'

굿판에는 어른아이 할 것 없이 차일을 가운데 두고 빙 에둘러 포구까지 가득 들어찼다.

덕이 아버지가 타고 나갔던 '테우'는 포구와 둔덕의 중간쯤에 치켜 올려진 체 바싹 말라 있었다. '테우'의 '상자리'에는 떠도는 영혼들 몫으로 대나무 채롱짝에 밥이며 생선 구운 것, 잔술 한 잔이 삶아서 껍질을 벗긴 달걀 한 개와 놓였다.

조무래기들은 '테우'에 타고 망망대해를 흘러 다니다가 맞닥뜨리는 배들을 무조건 약탈하는 해적이 되기도 하고 적토마 위에 앉아 한 숨에 천리를 달리는 용맹한 전장의 용사들이 되기도 하면서 아주 즐거이 놀았다.

전에 같으면 나도 그 무리에 한자리 꼈을 텐데 그 날은 조금도 그럴 마음이 들지 않았다. 자꾸만 덕이가 눈에 밟혔다. 차일그늘 한쪽 구석에 무릎을 세워 얼굴을 묻고 있는 자기 어머니 옆을 한 시도 떠나지 않고 매달려 앉아 있는 덕이. 그 애가 '테우'를 타고, 나도 해적에 끼워 줘, 아니면 나도 싸움 할래 라든지 했다면 나도 덩달아 즐거웠을 것을. 덕이가 너무 어른처럼 굴어서 나는 더욱 더 슬펐다.

심방은 정말 슬프디 슬픈 사연을 호랑나비가 날아와 꽃을 위로하듯이 좋은 말과 아름다운 곡조로 살아있는 자와 죽은 자의 사이를 넘나들면서 맺힌 간장을 풀어 주려고 온종일 애를 쓰고 있었다.

사나 사나 사니나 나나
날로 달로 불살라 갑서
맺힌 간장 맺힌 설움
날로 달로 불살라 갑서

덕이 아방 저승 갈 때

맺힌 간장 맺힌 시름

사나 사나 살려 갑서

불쌍한 영혼 저승에 가면

청나비 몸으로 환생합서

백나비 몸으로 환생합서

사나 사나 사니나 나나

  심방이 풀어놓는 사설은 장구와 북이 멋스럽고도 맛깔스러운 반주로 받혀주니 어느새 경쾌한 느낌마저 들었다.
  "모두들 나왕 춤 춥서. 이 세상 하직은 끝이 아니우다. 시작이우다 시작. 환생한 몸이 또 다른 세상을 사는 거 마씀. 그러니 우리 즐거이 춤추게 마씀 춤! 사나 사나 사니나 나나, 자 우리, 덕이 아방 좋은 몸으로 환생하게 놀아나 보게-."
  심방이 한 사람을 굿판 가운데로 끌어내자 어른들은 우루루 몰려나와 덩실덩실 춤을 추기 시작했다. 여자들은 언제나 머리에 질끈 동여 쓰고 다니는 흰 수건을 벗어 길게 늘여 잡고 너훌너훌 휘두르며 마치 갈매기떼와 같이 춤을 추는 것이었다.
  약속이나 한 듯이 눈을 지그시 감고 춤을 추는 사람들의 얼굴에는 그늘이 없었다. 그 얼굴들은 고요했다.
  몸은 심방이 노래하는 대로 움직였다. 덕이 어머니도 덕이도 심방 손에 끌려 나와 춤을 추었다. 우리들 어린 조무래기들도 저마다 선 자리에서 춤을 추었다. 나도 추었다.
  나는 덕이 아버지가 환생하는 길에 불을 밝혔고 꽃잎을 뿌렸고 이정표를 세우는 데 기꺼이 동참했다.

섬사람들은 죽어서 다시 인간의 몸으로 환생하는 걸 원치 않았다. 인간은 그만큼 복잡하고 험난하게 세상을 살아야만 눈물 한 방울만큼의 행복을 얻는 가없은 미물에 불과하다는 걸 한 번 산 생으로 다 터득했으니까.

이건 아버지가 해준 말이다. 섬사람들은 죽어 나비로 환생하길 간절히 바랬다. 화려하나 침묵 가운데 살고, 홀로 세상을 춤추며 즐겁게 한 생을 사나 '꽃들에게 희망을' 주는 나비. 생색냄이 전혀 없으나 열매 맺게 하고 씨알 영글게 해 후세를 보장해 주는 나비.

나비로 환생하지 못할 바에는 차선으로 새를 갈망한다고도 했다.

가장 슬픈 환생

환생 중에 가장 아픈 윤회는 여자가 다시 여자로 태어나는 것이라고 했다. 소로도 태어나지 못한 영혼들이 여자의 육신을 어쩔 수 없어히며 다시 빌어 세상에 난다는 속담이 제주 섬에 있다. 그래서였을까 섬 여자들은 낮밤을 가리지 않고 앉으나 서나 일을 한다. 해도 해도 일은 여자의 몸에서 떠날 줄을 모른다.

사람은 여자와 남자 두 종류가 있고, 라고 어머니가 성교육 첫 장에서 운을 떼었을 때 나는 몹시도 놀랐다. 사람은 사람 단 한 종인 줄만 알고 있던 터였다.

사람 중에서도 여자란 평생을 남 위해 일하고도 모자라 죽어서는 몸뚱이마저도 깡그리 내줘야만 하는 소와 같다고 했지. 여자에게는 소보다 더한 헌신과 희생과 무조건적인 사랑을 강요당하는 생이 이미 내정되어 있다고 했지.

따라서 덕이 아버지는 남자니까 이 세상에서 산 삶의 질에 어울리는 환생을 할 터이지만 글쎄, 내가 죽어서는 또 무엇으로 태어날까?

나는 여자이다. 여자로 다시 태어나는 데에 조금도 불만이 없다. 소가 여자보다 나은 삶을 산다는 보장이 확실하다해도 나는 절대로 다시 여자로 태어날 것이다.

"덕이야 춤추자."

덕이는 그냥 나한테 손을 잡혀 어슬렁거리기만 했다. 불쌍하지만 답답한 계집애.

"덕이야 더 이쁘게 춰, 니네 아방 극락가셔야 되잖아."

"거기가 어이 이서?"

역시 답답한 덕이는 답답한 질문만 했다.

"거긴, 거긴 말야..."

나는 말을 더듬었다. 저승이 어디인지 극락은 어떤 저승인지 도무지 감이 잡히지 않았다. 그저 어른들 말을 흉내 낸 것뿐이었다.

"덕이야 네가 제일 좋아하는 데가 어디니?"

나는 꾀를 부렸다. 극락을 설명할 뽀족한 다른 수가 없는 한 내 꾀는 꽤 괜찮았다.

"응, 있지 난 다 좋더라. 아방이영 어멍이영 같이 사는 것도 좋고, 또 밤에 잘 때 어멍 찌찌 만지는 거 제일 좋고, 또..."

말문 터진 덕이가 조잘댔다.

"그래그래 덕이야, 네가 어멍 찌찌 만질 때 좋은 그만큼 그보다 더 좋은 디, 니네 아방 가는 디가 바로 극락이랜 어른들이 말하더라."

"니마야, 난 싫다. 우리 아방 우리랑 같이 사는 거 난 제일 좋아. 우리 아방 혼자만 젤 좋은 극락 가는 거 난이 정말 싫은 게."

덕이가 추던 춤을 멈추고 훌쩍거렸다.

"니네 아방이 가고파 간 게 아니고 가야 되니까 간 거지."

나는 덕이를 달래보려고 갖은 애를 썼다. 효과가 없었다. 덕이에게는 극락에 갔다가 환생하는 아버지는 아무 것도 아니었다. 방학하면 서울에서 내려와 덕이를 무등 태워주는 아버지 말고는 어떤 아버지도 필요 없었던 것이다.

덕이는 죽은 제 아버지를 살려내지 않는 한 영혼으로 오는 혹은 다른 몸을 빌려 환생하는 그 어느 아버지도 받아들일 것 같지 않았다. 그래도 나는 덕이를 설득했다.

"덕이야 내 말 잘 들어 봐. 니네 아방이 극락에 들어가야지만 다시 너한테 오실거야. 니네 아방은 방학 끝나면 서울 가시곤 했잖아. 그 때처럼 이번엔 서울이 아니고 극락으로 가는 것뿐이지. 알안? 니네 아방이 만일 극락에 들어가지 않으면 있잖아 다신 너한테 안 온다. 내 말 틀림없으니까 울지 말고, 혼저 갔당 옵서. 영 맘속으로 빌라 게."

"어떵 비는 거?"

너 이 맹꽁아, 마음 속으로 뭘 비는 것도 헤보지 않았단 말이니? 한심스러웠다. 덕이는 멍청한 건지 순진한 건지 모르지만 무슨 말이든 척 알아듣지 못했다. 결국 나는 덕이의 슬픔을 달래는 데 실패했다.

석주명(石宙明)나비박사가 붙인 나비이름들처럼

춤판에서 빠져나오는 데 덕이가 따라오면서, 니마야, 말해 줘. 맘속으로 비는 게 어떤 거 게? 하고 졸라댔다.

심방은 너훌너훌 춤추는 사람들 사이를 돌아다니면서 노래를 계속 불러댔다. 마을사람들은 나비박사 석주명(石宙明)이 이름붙인 조선의 모든 나비들처럼

마치,

　가락지장사나비처럼, 까마귀부전나비처럼, 각시멧노랑나비처럼, 갈구리나비처럼, 개마별박이세줄나비처럼, 개마암고운부전나비처럼, 거꾸로여덟팔자나비처럼, 검은테떠들썩팔랑나비처럼, 검은테주홍부전나비처럼, 고운점박이푸른부전나비처럼, 꼬리명주나비처럼, 꼬마까마귀부전나비처럼, 꼬마멧팔랑나비처럼, 꼬마부전나비처럼, 꼬마어리표범나비처럼, 꼬마팔랑나비처럼, 두만강꼬마팔랑나비처럼, 수풀꼬마팔랑나비처럼, 꼬마표범나비처럼, 꼬마흰점팔랑나비처럼, 공작나비처럼, 꽃팔랑나비처럼, 관모산지옥나비처럼, 구름표범나비처럼, 굴뚝나비처럼, 굵은줄나비처럼, 귀신부전나비처럼, 귤빛부전나비처럼, 그늘나비처럼, 극남노랑나비처럼, 극남부전나비처럼, 글라이더-팔랑나비처럼, 금강산귤빛부전나비처럼, 금강석녹색부전나비처럼, 금빛어리표범나비처럼, 기생나비처럼, 긴꼬리부전나비처럼, 긴꼬리제비나비처럼, 사향제비나비처럼, 긴은점표범나비처럼, 남방공작나비처럼, 남방남색꼬리부전나비처럼, 남방노랑나비처럼, 남방씨알붐나비처럼, 남방제비나비처럼, 남주홍부전나비처럼, 네발나비처럼, 노랑나비처럼, 노랑지옥나비처럼, 높은산노랑나비처럼, 높은산뱀눈나비처럼, 높은산세줄나비처럼, 높은산지옥나비처럼, 높은산표범나비처럼, 눈나비처럼, 눈많은그늘나비처럼, 담색긴꼬리나비처럼, 담색긴꼬리부전나비처럼, 대왕나비처럼, 대왕팔랑나비처럼, 떠들썩팔랑나비처럼, 수풀떠들썩팔랑나비처럼, 수풀알락팔랑나비처럼, 처녀나비처럼, 봄처녀나비처럼, 도시처녀나비처럼, 시골처녀나비처럼, 독수리팔랑나비처럼, 돈무늬팔랑나비처럼, 두만강꼬마팔랑나비처럼, 두줄나비처럼, 들신선나비처럼, 먹그늘나비처럼, 먹그늘나비부치처럼, 먹그림나비처럼, 먹나비처럼, 멋쟁이붉은제독나비처럼, 모시나비처럼, 무늬박

이제비나비처럼, 산제비나비처럼, 물결나비처럼, 애물결나비처럼, 물빛긴꼬리부전나비처럼, 밤오색나비처럼, 뱀눈그늘나비처럼, 번개오색나비처럼, 범나비처럼, 별박이세줄나비처럼, 부처나비처럼, 북방기생나비처럼, 뿔나비처럼, 은점박이꽃팔랑나비처럼, 북방알락팔랑나비처럼, 사랑부전나비처럼, 상제나비처럼, 쐐기풀나비처럼, 연주노랑나비처럼, 수노랑이나비처럼, 수풀꼬마팔랑나비처럼, 푸른큰수리팔랑나비처럼, 신부나비처럼, 신선나비처럼, 청띠신선나비처럼, 알락나비처럼, 알락그늘나비처럼, 왕그늘나비처럼, 암끝검은표범나비처럼, 오색나비처럼, 암붉은오색나비처럼, 왕줄나비처럼, 외눈이사촌나비처럼, 유리창나비처럼, 은판대기나비처럼, 이른봄애호랑이나비처럼, 그리고 제주도에만 사는 제주도꼬마팔랑나비처럼, 제주도왕자팔랑나비처럼, 제주왕나비처럼, 제주제비나비처럼, 제주 호랑나비처럼,

아, 숨차다. 춤을 추었다.
그렇게 많은 나비가 과연 섬에 살았던 적이 있느냐고 묻지 말라.
이건 일부에 지나지 않는다. 나는 내 마음에 들지 않은 나비는 다 빼버렸다. 이름이 마음에 들지 않는 것. 생김새가 마음에 들지 않는 것. 일 없이 한 이름 밑에 종류만 많은 것 등 빼버리는 데도 내 나름대로 원칙을 세웠다.
지금은 이 나비 들 중 극히 몇 종류만이 제주 섬에 산다. 섬은 이제 더는 나비들이 마음 놓고 살 곳이 아니기에 수많이 떠나버렸다.
그건 그렇고, 한 참 무아지경에서 춤추던 사람들은 심방이 소리를 하지 않자 모두 그 자리에 멈춰 섰다.

기다리는 사람들

　심방이 왼손엔 차사를 상징하는 차사기를, 오른 손엔 덕이 아버지가 입었던 옷을 높이 치켜들고 바다 물속으로 들어갔다. 허리께에 물이 넘실거릴 때까지 들어간 그는 양손에 들고 있는 것들을 흔들면서 소리를 질렀다.
　에- 성은 제주 강씨, 이 달 열나흘 날 인간 하직하여 용왕국에서 잠을 자는 영혼의 초혼 보---
　뭍에서 그걸 지켜보던 사람들은 두 손 모아 절을 수없이 했다. 그 모습은 방아깨비가 꺼덕거리는 것과 너무나 닮아 재미있었다.
　이혼 보---
　덕이 아버지 혼을 애절하고도 절박하게 부르는 심방의 목소리는 바다 밑으로 스몄다. 아마도 덕이 아버지 혼이 바다 밑 바위틈이든 세차게 흐르는 물길이든 어디로든 가고 있거나 숨어있다면 어김없이 쫓아가 꼭 붙들어 올 것만 같았다. 다시 한 번 차사기와 옷자락을 바다 물에 적신 심방이 그걸 높이 들어 올렸다.
　삼혼 보---
　혼을 부르고 나서는 굿을 시작하기 전에 바다 물속에 묻었던 '영그릇'을 건졌다. 거기 함께 매달아 둔 술병은 깨어졌고 머리빗에는 머리카락이 몇 오라기 끼어 올라왔다.
　사람들은 덕이 아버지 혼이 이제 수습되어 뭍으로, 그가 평소에 발을 딛고 살던 땅으로 올라왔다고 안도의 숨을 내쉬었다.
　건져 올린 영혼은 굿당 한구석에 메밀가루를 가는 체로 여러 벌 곱게 뉘어 소반에 소복하게 담아 둔 영 가루와 함께 안치하고 병풍을 둘러쳤다.
　이제 덕이 아버지가 무엇으로 환생했는지를 기다릴 시간이었다. 그 때 심방이 덕이 아버지의 넋에 빙의(憑依)했다고들 떠들며 그를 에워쌌다. 그 현상은 참 신기한 일이고 무서운 일이기도 했다. 어떻게 죽은 사람이 산 사람 속에 들어갈 수 있을까?

아버지와 덕이 아버지와 잠통이 공자로 혹은 이태백으로 변신하는 것과는 사뭇 달랐다. 아버지네가 연극배우처럼 변신했다면 심방이 덕이 아버지 영혼을 들쓰고 그의 행세를 하는 건 뭐라고 해야 할까. 몸은 하나이면서 영혼은 둘인 그 기묘한 현상을 나는 어떻게 이해해야 될지 어리둥절하기만 했다.

심방의 몸을 빌려 넋을 옮긴 덕이 아버지는 제일 먼저 사람들을 헤집고 한 쪽 구석에 쪼그려 앉아 눈물짓고 있는 덕이 어머니를 찾았다.

"설운 덕이 어멍!"

덕이 아버지 영혼은 덕이 어머니를 불러놓고 한참 말이 없었다.

어머니는 나중에 그 장면을 재해석해 주었는데, 사랑하는 여보라는 말을 차마 사람들 앞에서 할 수 없어 설운 덕이 어머니라고 부른 것이라고 했다.

"이 못난 남편 만난 당신이 너무 불쌍해영 어떵허쿠. 당신이 나한티 기울인 그 정성, 정말 고맙수다. 당신 천 길 만 길 물속 드나들명 벌어 준 돈으로 서울 유학까지 하고, 이 세상에서 난 정말로 호강허멍 살았주 마씀. 경헌디 그게 잘못이었수다. 좋은 거 배우러 서울 갔는디 거긴 좋은 거 배울 데가 아닙디다. 난 우리 아방이라는 사람 얼굴도 생각이 나질 않해여 마씀. 무사 그 사람덜은 우리 아방이 저쪽에 살아있댄허멍 날 감시해신고… 난 영문을 모릅디다."

사람들이 덕이 아버지 영혼이 하는 말에 끼어들었다. 그런 소린 말아주심. 아직도 함부로 말할 때가 아녀. 살아남은 사람들 앞으로 살아갈 생각해서 하지 말아야 될 말은 하지 말아사 해여. 우리가 다 영 부탁하니 그 말은 그만 허심.

덕이 아버지 영혼은 하던 말허리가 잘려 한참을 뜸들인 후에야 다시 이었다.

"덕이 어멍. 여러 말 다 접어두고 이 거 하나만 부탁허젠. 덕이 잘 키워줍서. 경허곡 덕이 어멍, 이 말 명심해영 들읍서. 죽은 나 생각 그만하고 좋은 사람 찾앙 꼭 재혼해영 부디 행복헙서... 나왕 살 때 누리지 못한 행복을 꼭 찾아삽니다. 이 담에 저승에서 우리 다시 만나는 날 그 때부터랑 영원한 벗으로 웃으멍 살게 마씀. 당신 주어진 명대로 다 살고 오는 날 저승 문에 샀다가 첫 마중해 드리쿠다. 내 덕이한테도 한 마디 해여둉 가키여. 덕이야 덕이야, 애비가 눈 번쩍 뜨고 널 못 본건 다 이유가 있어서 경 했져. 애비노릇 변변히 못헌 내가 세상에 부끄러왕 널 똑바로 보지 못해시난(못하였으니) 내 딸년아 아버지 용서허라 이. 부디 어멍이영(어머니와 함께) 행복하고 이."

말을 마치자마자 덕이 아버지 영혼은 눈 깜짝할 새에 심방의 몸에서 빠져나가 버렸다. 덕이 아버지가 물에 빠져 죽은 후 설움을 안으로만 삭이던 덕이 어머니가 황소울음을 터트렸다.

그래 실컷 울어 눈물이 다 마를 때까지 실컷 울어버려.

어른들은 덕이 어머니가 우는 게 당연한 것처럼 더 울라고 막 울어버리라고 상투적인 훈수를 두었다.

심방은 멀쩡한 얼굴로 다음 제차를 진행했다. 이제는 조용히 기다리기만 하면 된다. 사람들은 삼삼오오 짝지어 앉아 나직한 목소리로 이야기를 나누기도 하고 주위에 널브러진 것들을 정리하기도 했다. 굿상에 올렸던 떡이며 생선이 내려지고 그것으로 요기를 하는 이들도 있고 저만치 으슥한 곳에서는 '넉둑베기' 윷판이 차려지고 막걸리 사발이 돌았다.

어둠이 저 바다 끝에서부터 서서히 장막을 드리워 칠흑같이 밤을 에워쌌다. 여기저기 놓은 화톳불에 장작을 질러 불길을 돋우었다.

뭔가를 기다리는 사람들의 시간이 지루하지 않게 써버리는 가장 좋은 방법은 맛깔스런 이야기를 나누는 것이다. 영 가루를 앉히고 기다리는 하룻밤 내내 사람들은 화톳불에 빠알갛게 뺨을 익혀가면서 이야기를 하고 또 했다. 아무래도 이야기 하면 승천이 할아버지를 빼어놓을 수가 없다. 나는 승천이 할아버지 무릎에 바싹 재우쳐 앉았다.

........아무도 생각지 못했고말고. 떡하니 병풍을 걷어 제치고 영 가루를 들여다보던 사람들이 다 혼비백산 했지. 배미가 똬리를 틀고 앉은 형상이 새겨졌지 뭔가. 그 영혼 주인은 그 마을이 생긴 이래 처음으로 현에 벼슬을 산 양반으로 선정을 베풀었다고 제 스스로 살았을 적에 이미 선정비를 세웠다고 했지.

그 영감은 틀림없이 청나비 몸으로 환생할 거라고 막 기뻐서들 야단이더니 영 가루에 앉은 환생 자국을 본 뒤 마을 사람들 말투가 싹 달라지는 거라. 그 사람 평소에 가렴주구로 재물을 긁어 모았는가 하면 매사에 모질기가 이만저만이 아니었는데 말 한 마디만 잘못해도 벌을 엄하게 주고 어쩌고저쩌고 하기를, 그 영감에 대한 비리를 토로하는 게 끝이 없더란 말일세.

그 뿐이면 괜찮게? 그 영감 안주인도 덩달아 회자(膾炙)하기를, 제삿 날 흰떡을 안반에 비벼 가락에 맞추어 썰고 난 나머지 꼬투리 떡, 모태 끝 조차 알뜰살뜰 챙겨버리니 온종일 허드렛일을 하고도 마을 아낙들이며 아이들이 허기를 못 면했다고도 하고, 청빈하라 늘 입에 바른 말을 하던 그 집 마구간엔 호사로 살찌워 빛깔 자랑하던 화초마(花草馬)가 서너 필씩 매었드라네. 그 영감이 배미로 환생한 결말을 이렇게 내리더라네. 살았을 적 행적을 가늠해보니 기는 짐승으로 환생할 수밖에.

승천이 할아버지가 술술 실타래를 풀어놓듯 들음직하게 해대는 이야기에 귀를 기울이고 있었는데 눈을 떠보니 아버지 웃옷을 덮고 아버지 무릎을 베개 삼아 누워있었다.

해가 막 떠오르려는 참이었다. 굿판에서 꼬박 하루를 난 것이다. 차일 안에는 사람이 그리 많지 않았다. 밤새 집에 간 모양이었다.
"우리 고운 딸년, 눈떴으면 저 갯물에 가서 세수하고 오라."
내가 갯샘에서 고양이 세수를 하는 사이 사람들이 또 모여들었다.

그가 꼬리명주나비로 되살아오다

호랑나비 아니 '심방나비'처럼 차려입은 심방이 병풍을 걷으라고 아버지한테 손짓했다. 아버지는 조심조심 병풍을 걷고 댓잎으로 정갈하게 싼 '영독집'을 벗겼다.

사람들은 숨죽여 기다리고 있었다. 맨 처음 영 가루를 볼 권리는 심방에게 있었다. 그러나 웬일인지 심방은 엄숙하게 명령했다.

"니마 아방, 영 가루 잘 봅서!"

잘 뉘어진 가루 위에는 희미하지만 나비가, 그것도 꼬리달린 나비임에 분명한 형체가 끊어질 듯 이어지며 찍혀 있는 게 아닌가!

"그러면 그렇지, 덕이 아방이 누구더냐. 나비로 환생하고도 남지 아무렴!"

아버지는 딱, 박수를 치고 나서 덩실, 팔을 들었다. 어깨를 으쓱하더니 무릎을 구부렸다 쓱 올리며 몸을 위로 솟구쳤다. 굿을 시작한 이래 내내 긴장하여 잔뜩 굳어있던 아버지 얼굴이 환해졌다.

사람들은 너도나도 영 가루를 살폈다. 나도 봤다. 내 눈에는 아버지가 말한 그대로 보이지 않았다. 뭔가가 그려져 있긴 했다. 그러나 꼬리가 우아하게 달린 나비라는 확신이 서지 않을 만치 그 그림은 희미했다.

"덕이 아방 너, 그 고귀한 꼬리명주나비로 환생했구나!"

아버지가 중얼거렸다.

심방이, 뭐 꼬리 달린 나비가 그것뿐인가? 제비나비도 있고 심방나비도 있고...라고 말을 끌며 꼬리명주나비라고 단정한 아버지 말에 아쉬움을 표시했다. 그의 속마음대로라면, 이봐 니마 아버지, 이 형태는 젊고 활달하고 또 찬란한 심방나비임에 틀림없어요. 덕이 아버지 나이를 봐도 알만 하잖는가? 그 젊으나 젊은 사람이 하필 허연 수염 길게 늘인 신선 같은 꼬리명주나비로 환생 하겠나 원. 아니야 아니, 이건 분명 심방나비야.

심방은 그 말을 대고 하지 않았다. 대신 덕이를 영 가루 앞으로 데려갔다.

"덕이야 니네 아방이 호랑나비로 환생한 거 닮다. 덕이 눈엔 이 그림이 뭘로 보염시니?"

"이거?"

덕이는 영 가루에 희미하게 그려진 그림의 선을 따라 손가락으로 해액-그러버렸다. 주위에 모여 섰던 사람들은 앗 뿔 싸! 입을 크게 벌리고 다물 줄 모르는데 그 애는 조잘댔다.

"난 몰르쿠다. 우리 아방 서울, 저 디 저승에 갔당 지금은 콜, 잠잔댄 어이 말 핸 게."

덕이 말이 끝나자마자 아버지는 심방이 호랑나비라고 내심 주장하고 있음을 간파하고 정면으로 치고 들었다.

"일안 어른!"

이는 제주 섬사람말로 심방을 극히 높여 부르는 호칭이다. 아버지가 이렇게 운을 뗄 때는 다 알아보는 거 아닌가. 절대 물러서지 않겠노라는 단호한 의사 표시였다.

"우리 확실히 허게 마씀. 이렇게 일이 됐으니 흐지부지해 버리면 두고두고 찜

찜할 거 아니우꽈. 영 가루를 천정에 붙여보게 마씀."

그러니까 평소에 죽은 이를 고이 저승에 보내는 무혼굿은 망자가 살았던 집에서 한다. 막판에 영 가루를 읽고 나서 용마루에다 단감주나 소주를 뿜어 적신다. 거기에다 영 가루를 꽉 던져 뿌리면 가루가 묻어나는 모양을 보고 환생을 재확인하곤 한다.

들에 나와 무혼굿을 한다고 그 절차를 그냥 넘길 필요는 없다. 덕이가 저의 아버지 환생 자국을 얼버무려 버렸지만 확인절차가 남았으니 그걸 하자고 아버지가 심방에게 덤빈 것이다.

"차일 천정에다 영 가루를 붙입시다."

"좋고말고."

사람들은 이 대목에 이르자 덕이 아버지가 어떤 나비로 환생했는지 확인하는 걸 수수께끼 놀음하듯 즐기게 되었다. 분명 제주 섬사람들이 죽어서 다시 세상에 오고 싶은 최상의 환생인 나비가 되었음을 확인했으니 이번엔 실체가 뭔지 확실히 하자는 심보가 좌중에 맞아떨어졌다고나 할까.

심방은 자기와 같은 호랑나비로 환생했기를 믿어 의심치 않았다. 그러나 아버지와 몇몇 다른 이들은 조금은 경망스럽기까지 한 심방나비보다는 세상에서 가장 우아하고 고상한 꼬리명주나비였으면 하고 바랐던 것이다.

아버지가 사람들 성화에 못 이겨 차일 천정에다 소주를 한 병 다 뿜었다. 그리고는 영 가루도 한꺼번에 다 소주 자국으로 젖은 곳에다 집중하여 확- 끼얹었다.

와------------

소주자국에 묻은 영 가루가 뽀얗게 떨어지는 사이로 하얀 차일이 태양빛에 투명하게 투영되는 거기, 또렷이 그림자 진 형태는 호랑나비 색깔은 없고 꼬리명주나비 같은 무색투명함이 그대로 드러났다.

"그래 덕이 아방은 분명 꼬리명주나비로 환생했다아!'
심방이 아버지 주장에 승복하지 않을 수 없었다.
아버지는 그 날 고주망태가 되도록 아버지 비밀을 마시고는 흔쾌하게 웃고 울었다.
아버지 눈에는 무르익어가는 저 봄을 타고 고요히 날갯짓 하는 덕이 아버지, 꼬리명주나비가 선명하게 보였는지도 모른다. 저 높은 하늘 아스라이 꼬리를 끌며 날고 있는.........

제2장 봄 이야기

1. 무궁화 한 그루의
2. 바구니 한 개로 사는 이웃들의
3. 양귀비에 홀린 고모의
4. 토끼 두 마리와 동화책 한 권의
5. 양철 도시락의

1. 무궁화 한 그루의

아버지와 어깨동무한 바다

아버지는 덕이 아버지가 죽어 꼬리명주나비로 환생한 직후에 시경(詩經)을 아예 치워버렸다. 벌써부터 그 책을 탐내던 잠통한테 떠맡기다시피 주고 밀았나.

"니마 아방, 나하고 벗해서 시(詩) 꼬느지 않을 거?"

시시때때로 잠통은 아버지에게 함께 시경을 읊자고 청했지만 그에게 그 책을 주고난 후로는 단 한 번도 거들떠보지 않았다.

잠통은 못내 아쉬워했다. 아버지하고 시를 가운데 두고 티격태격하는 즐거움도 괜찮았지만 채마밭에 숨어 앉아 술독을 껴안고 코가 비틀어지게 마셔대면서 밤하늘의 별을 헤는 맛이라니, 그 재미가 쏠쏠하고도 남을 텐데. 시가 없으면 당치 아버지와 잠통이 어깨동무할 이유가 없었다.

아버지 직업이 어부라 고기 잡는 게 본업이다 보니 바다에서 사는 시간이 땅에서 사는 시간보다 훨씬 많아 땅에서만 사는 잠통과 어울릴 짬이 거의 없기도 했다.

 잠통은 시간 다투어 가며 일해 먹고 사는 사람이 아니었다. 큰 일 치르는 집을 찾아다니거나 그의 별명에 걸맞게 줄창 잠자거나 아니면 아이를 만드는 게 직업이었다. (주 : 어른들이 그렇게 말했다. 잠통은 시도 때도 없이 저 하고 싶으면 언제든지 아이를 만든다고)

 내가 보기에는 잠통이 남 유다르게 아이를 잘 만드는 것 같지 않았다.

 봄이 짙어지고 보리밭이 초록바다를 이루어 실바람만 불어도 이 끝에서 저 끝까지 밭이랑을 타고 짙은 초록 보리이삭이 대양을 굼실거리는 파도가 되어 밀려갔다가 밀려오며 온종일 출렁일 때, 나는 보리이파리를 한 줌 뜯어 잠통한테 사정한 적이 있다.

 "잠통아저씨 풀각시 만들어 줍서. 소꿉장 하고 놀게."

 그는 허허, 허허, 웃어제낀 다음 하는 말이, 난 그런 거 못 만든다.

 그 때 어른은 어린이에 비해 실제보다 관념을 중시하는 족속은 아닌가 하고 의심이 싹 텄다. 잠통이 잘 만든다는 아이는 그저 어른이 보는 관점에서 그것도 관념적인 의미에서겠지. 내가 직접 확인한 바, 그는 사람 꼴에 가장 가까운 풀각시도 어떻게 만드는지 모르는 그야말로 잠꾸러기에 불과한 덜떨어진 어른일 뿐이었다. 그 이후로도 심심찮게 잠통은 우리 집을 들락거리면서 아버지 비밀도 마시고 더러 일손도 거들었다.

 아버지는 부지런히 배질을 했고 뿔고둥 나발을 길게 불어 만선을 과시했다.

 우리 집에는 어디에나 무엇에나 생선비린내가 진득이 배어들었다. 고기는 잡아오는 족족 곧바로 간을 질렀다가 성안으로 실어 내갔다.

 앞으로 보리걷이를 할 때까지 머나먼 나날 동안에 밀기울도 구경하지 못할 정도로 배고픈 춘궁기가 닥칠 터였다. 그러니 서둘러 생선을 팔고 그 돈어치 몽땅 쌀을 사서 비축해야만 했다.

언론과 입소문의 전달 경로

다 굶어서 죽은 조상들인가. 우리 집에는 춘궁기에 제사가 하루 아니면 이틀 건너씩 줄줄이 이어 있었다. 그에다 어머니가 외딸인 때문에 외가 제사까지 지내야했다.

보리 고개에 제사가 연이어 있는 우리 집은 매일 잔치를 치르는 집과 흡사했다. 잠퉁도 젖먹이까지 데리고 와 파제(罷祭)하면 배가 터져라 먹곤 했으니 다른 사람들이라고 점잖만 뺐을까!

제주 섬은 예로부터 제삿날이 잔칫날이었다. 그 날만은 '곤밥'(하얀 쌀밥)에다 고기산적이며 옥도미를 건지로 넣은 생선국이 오른 밥상을 온 동네가 나눠 음복을 했다.

평수에 잡곡밥도 없어 메밀기울에 톳을 섞은 빔빅이나 아니면 '부릇'*을 '넓패'와 함께 오지항아리에 앉혀 씁쓰름하면서도 달착지근한 즙이 조청처럼 고아지길 기다려 그걸 대접으로 막 퍼먹고 허기를 면하던 창자가 누구네 집 제삿날이면 곡기로 느긋하게 채워졌다.

   * 무릇

백합과에 속하는 다년초.

파와 마늘과 비슷한데 근생엽(根生葉)은 선형(線形)으로 흔히 두 개씩 대생함.

7~9월에 담자색 육판화가 높이 50cm의 화경 끝에 총상화서로 피고 삭과는 길이 5mm내외의 원추형임.

들이나 밭에 나는데, 한국. 일본 그리고 동부 아시아에 분포함.

어린잎과 길이 2~3cm의 인경은 식용함.

다른 이름 : 야자고(野茨孤). 전도초. 흥거(興渠)

학명: *Scilla scilloides*

그 무렵은 유별나게도 아버지 고기잡이가 잘되었다.

덕이 아버지 죽음으로 상심했던 맘을 달래기에 충분했다. 덕분에 고방 쌀독에 흰쌀이 그득그득 차올랐다.

나는 또 자리보전을 하고 드러누웠다. 한동안은 감기 기운도 얼씬하지 않아 실컷 잘 놀고 말썽도 꽤나 부리고 재미있었는데…… 아파서 방구석에 틀어박혀 있으면 세상이 참으로 삭막하게만 보였다.

온종일 끙끙 앓다가 조금 열이라도 내리면 심심파적으로 신문보기에 몰두했다. 다섯 살까지는 거기 뭐라고 쓰여 있는지 내용에 그리 집착하지 않았다. 그러나 여섯 살이 되어서는 종이쪽을 가득 매운 글자들이 모여 뭣에 관해서 뭐라고 하는지, 그게 몹시도 궁금했다.

신문에는 학교에 다니는 큰언니도 아직 배우지 못한 한문이 가득했기 때문에 내게 신문을 읽어주는 일은 순전히 어머니 몫이었다.

"어멍, 신문 읽어 줍서. 그건 뭘 뜻이꽈? 무사(왜) 경(그렇게) 썼수꽈?"

나는 어머니의 눈과 입을 빌어 꽤 세밀하게 신문을 읽어나갔다. 어머니는 될 수 있으면 내가, 됐어 그만 읽을 테야 할 때까지 읽어주었다.

신문 기사는 재미만을 따진다면 영 점짜리였다. 다만 우리 마을 밖에도 무수히 많은 사람들이 살고 있어서, 그 사람들이 살아가며 엮어내는 크고 작은 일들이 우리가 늘 쓰는 말이 아닌 생소한 글로 표현되어진다는 그 점이 대단한 매력을 발휘해 내가 꼼짝없이 잡히고 말았다. 아무리 신문에 매료됐다고는 하지만 여섯 살 배기가 이해하기에는 기사의 어투며 표현이 난해했고 그래서 매료된 정도만큼 폭 빠지지는 못했다.

예를 들어, '대통령이 올해 들어 처음으로 제주섬살이를 살피고자 찾아왔다'는 걸 '대통령각하께서 초도순시차(初島巡視次) 래도(來到)하였다'라고 했다. 옛사람들이 초야에 묻혀 살았음을 그토록 부러워하는 어느 현대인이, '이링공 뎌링공 하야 나즈란 디내와 손뎌'라 표현한 말뜻을 몰라 청산별곡(靑山別曲)의 참뜻을 이해하지 못하는 것과 아마 비슷하지 않았을까.

아들과 딸 사이에

신문을 이루는 글자를 보면서 개미 몇 마리 헤아리는 것쯤으로 소일하기엔 좀 나이가 들었기도 했다. 하루는 심심하던 차에 큰언니가 급하게 방으로 책보를 던져 넣자 그걸 풀어 책을 들쳐댔다.

이게 뭐야? 호랑이가 밤에 남의 집 방밖에서 엿듣고 있네. 어, 방안에선 어머니가 아기를 달래고 있다!

그림이 참 재미있게 그려졌다. 거기에 어떤 기막힌 이야기를 글자로 바꾸어 담아놨는지 궁금하지 않았다면 내가 아니다. 그 날부터 어머니와 큰언니를 시도 때도 없이 불어댔다. 그 뿐 아니라 툭하면 큰언니 책을 붙들고 주지 않았다. 하는 수 없이 큰언니는 교과서를 다 갖추어 책보를 꾸리지 못한 체 학교에 가는 날도 비례해서 많아졌다. 덕분에 나는 며칠 못 가, 배고픈 호랑이가 아기를 잡아먹으러 마을에 내려갔다가 "곶감!" 한 마디에 울음을 딱 멈추는걸 보고 자신보다 더 무서운 존재가 세상에 또 있구나 싶어 혼비백산하고 날 살려라 산속으로 도망간 이야기 한 꼭지를 통째로 암기했다.

아버지는 바다고기를 썩 잘 잡아 신이 날 법 한데도 뚱해 있기 일쑤였다. 우물 옆 동산에 선 팽나무 그늘에서 건이 아버지와 부딪치기라도 한 날은 씨근벌떡 화를 내기가 예사였다.

"어떻게, 아들을 날거여 말거여?"

다시 아들을 놓고 어머니한테 시비를 걸기 시작했던 것이다.

늘 아들을 어서 낳으라고 아버지가 시비를 걸어도 못들은 체하던 어머니가 그때는 단호한 어조로 말대답을 했다.

"내가 아들 낳는 기계예요? 꺼떡하면 아들, 아들, 하게. 쥐뿔도 없는 당신하고 살면서 아이를 일곱이나 낳았으면 됐지 아들은 또 뭐요? 딸은 뭐 사람이 아니랍디까? 난 다신 아들이고 딸이고 아이 안 납니다. 그만 두겠다구요."

우리들은 그만 기절초풍했다. 어머니한테 그런 강단이 있었다니! 야 대단한 어머니다.

어머니의 항변은 계속되었다.

"내가 해마다 줄줄이 애 난 건 아이가 좋아서 지 꼭 아들 보려고 그런 거 아니라구요. 이 날 이 시간부터 내 앞에서 아들타령 제발 그만 하시구랴."

어머니 만만세!!!

아들 낳으려다가 실수하여 딸로 나를 낳은 거라고 믿어 의심치 않던 나는 정말로 기뻐서 방귀를 뽕, 뀌고 말았다. 잠시 동안 내가 덮은 이불 속은 구린내가 진동했다. 하지만 방귀 냄새에 개의치 않고 이불을 들쓰고 막 웃어제꼈다. 웃음소리가 밖으로 새나가지 않도록 신경을 꽤나 쓰면서 말이다.

아버지는 큰소리로 할 말 다하는 어머니를 의아하게 보다말고 슬그머니 일어서며 중얼거렸다.

"임자가 아들 안 낳 주면 다른 데서 볼 수밖에, 딴 길 걸었다고 뭐라고 해봐라 그 땐 파토다 씨팔."

뭐 씨팔? 아버지라고 금지된 말을 막 써도 되는 건가?

나는 이불을 제치고 팔딱 일어나 앉았다.

"아방 마씀. 씨팔이 뭐꽈? 그 말 이 세상에서 제일 더러운 말이엔 우리한테 절대 쓰지 말랜 했지 예?"

다부지게 눈을 똑바로 치켜뜨니 어김없이 아버지와 맞닥뜨려 본의 아니게 눈싸움하는 꼴이 되었다. 전에 같았으면, 에구 똑똑한 내 딸년 하며 솥뚜껑 같은 손으로 내 뺨을 찌그러지게 꼭 감싸줬겠지만, 저저, 저게 고추만 달고 났어도... 말꼬리를 끌며 마당으로 나가 버렸다.

"니마야, 넌 왜 걸핏하면 어른들 말 가운데 참견하고 나서니?"

어머니가 매서운 얼굴을 했다.

내가 야단맞을 짓을 한 것 같지 않는데 왜 저럴까? 어른들은 참 복잡해. 나는 속으로 못마땅해서 한참이나 혀를 찼다.

학문하는 즐거움

그날 우리 집은 온종일 분위기가 냉랭하게 얼어붙어 고드름이 처마에 달릴 지경으로 썰렁했다. 저녁상을 받고서도 밥 한 술 뜨지 않고 담배만 피우던 아버지가 큰언니를 불렀다.

"너 책보 가지고 건너와."

아버지는 큰언니가 가져온 책보자기에서 책 한 권을 들더니 좌르륵 훑어 대충 넘기다가 내가 그토록 눈독을 들여 마지않는 '호랑이와 곶감'이 실린 쪽을 갈라

펼쳤다.

"수니 너, 여기 이거 주욱 읽어 보라!"

저녁상 물린 걸 치우다가 갑자기 호출 당한 데다 아버지가 하도 서슬 퍼렇게 핏대를 세우고 호령을 하니 큰언니는 잔뜩 주눅이 들어 책을 읽어 보이기는 고사하고 사시나무 떨 듯 온 몸을 달달 떨고만 있었다.

"수니야 어디, 용감하게 읽어봐라 니마한테 읽어줄 때처럼 응?"

어머니는 반짇고리를 받고 앉아 저고리에 동정을 조붓하게 달다말고 큰언니 곁으로 다가가 응원을 했지만 큰언니는 눈만 멀뚱거릴 뿐 소리 내어 책을 읽지 못했다.

"이런, 큰딸인 네가 그러니 건이 아방이 저의 아들들 잘났다고 더 기고만장하지. 똑똑하게 공부도 하곡 이, 아방 기 살려주면 좀 좋으냐?"

큰언니 덕에 기가 팔팔 살아난다면서 마을 남정네들 다 모아들여 달걀 반숙을 안주로 곁들인 술잔을 한 순배 주욱 돌리고는 흐뭇해 할 때는 언제고, 이제 와서 딸 때문에 기죽어 지낸다고 푸념이니 정말 기가 차서 말이 나오지 않았다.

큰언니는 달리기도 잘했고 노래도 잘 불렀고 공부도 잘해서 학교에서 무슨 행사가 있으면 도맡아 앞장 설 뿐 아니라 상이란 상은 다 도맡아 받곤 했다.

입이 열리지 않아 곤경에 빠진 큰언니도 구할 겸, 큰언니나 나나 동생들 때문에도 아버지는 조금도 기죽고 지낼 턱이 없다는 걸 역설하려고 내가 나섰다.

"큰언니가 읽어줘그네 나가 외운 거우다."

라고 운을 떼고 나서 나는 말 그대로 '호랑이와 곶감'의 전문을 쫄쫄 읽어 버렸다. 읽었다기보다 책은 들여다보지도 않고 순전히 '입달림'으로 외워버렸다.

하지만 아버지는 나의 마음을 받아주려 하지 않았다. 이미 마음에 다짐하고 있었던 바에 끼워 맞추려고 역으로 나의 행동을 이용했다!

"너 수니! 저 봐라. 니마는 네 어깨너머로 그걸 다 외워시네. 넌 무시거니(뭐냐) 맏이가 되어가지고. 이제부턴 공부만 허라 이 공부만. 절대 부엌에 들어가지 말앙 이!"

그러면 그렇지 되게 치사한 아버지. 호랑말코같이 치사한 아버지. 아들 낳아주지 않는 어머니한테 분풀이를 직접 하지 않고 큰언니를 공연히 잡고 늘어진 아버지. 나까지 어머니에 대한 분풀이로 이용해 먹은 아버지.

치사한 아버지의 수작에 말려들어 '호랑이와 곶감'을 외워 보인 사건 이후 어머니와 큰언니는 내게 싫은 내색을 공공연히 했다. 이튿날부터는 신문을 읽어달라거나 책을 읽어달라고 아무리 졸라도 모른척하기 일쑤였다. 며칠을 그렇게 냉랭하게 보내고 나서 나를 붙잡아 개다리소반 앞에 앉혔다. 어머니와 큰언니는 웃지 않았다.

받아 마땅한 벌

"니마야 오늘부터 글 배우자."

글? 그건 학교 가서 배우는 건데. 내가 싫다고 꽁무니 빼도 결과는 뻔한 것. 어머니는 오래 그리고 깊이 생각하는 반면 뭐든지 한 번 결정하면 쉬 번복하거나 취소하지 않았다. '호랑이와 곶감'이 내 첫 교재였다. 공부는 지루하고 고루하고 재미없고 사지가 쑤시는 그런 거였다.

아버지는 매일 밤만 되면 큰언니한테 글을 읽혔고 큰언니도 조금씩 아버지 앞에서도 입을 열어 곶감, 곶감! 하고 '또라지게' (똑똑하게) 글을 읽어 내리곤 했다.

큰언니 공부를 봐주는 체하면서 적절한 대목에서 트집을 잡아 아버지가 활시위를 당기면 살이 날아가 어머니한테 박혔다. 공부, 그러니까 책읽기는 활시위고 큰언니는 화살이고 어머니는 과녁인 셈이었다.

그 게임에서 나는 완전히 제외되었다. 활쏘기가, 쏘는 사수와 쏠 화살과 당길 시위와 맞힐 과녁만으로 족한 운동이다. 그러나 우리 집에서는 꼭 그렇지만도 않는 것이, 시위를 걸어놓을 얹은활이 있어야만 비로소 살을 메길 수 있었던 것이다.

"수니는 어떻게 된 게 먹는 것만 아는 구나 이. 곶감, 맛있기도 허키여(하겠다). 그 대목에선 잠긴 목도 탁 트이고 이!"

아버지한테 얹은활은 다름 아닌 큰언니의 학교공부였다. 어머니와 큰언니는 삐딱한 아버지의 심술을 잘 참아 넘겼다.

"어떻게 해? 아들이 없어서 심기가 꼬인다는 걸, 그놈의 아들 오일장에 가서 사올 수도 없는 거고."

어머니와 큰언니가 아버지한테 무언의 저항을 했다면 나에게는 몹시 가혹하게 굴었다. 둘이서 시간만 나면 내게 호되게 공부를 시켰다. 결과, 개다리소반을 받고 앉은 지 한 달을 넘기지 않고 더듬더듬 글자를 꿰맞추며 읽고 썼다.

"이제 됐네!"

둘은 또 둘만 아는 눈짓을 했다.

"된 게 뭐꼬?"

나는 눈을 모로 뜨고 그 은밀한 눈짓의 의미를 캐려들었다.

"아무 것도 아니여 게. 니가 드디어 글을 읽게 되연 이, 지꺼 전(기뻐서)."

큰언니가 상큼하게 둘러댔다.

"아닌 게. 그게 아닌 거 닮은 디?"

내가 눈을 실처럼 가늘게 뜨고 뭔가를 찾아내려 애썼다. 그러나 어머니와 큰언니 둘이서 나를 따돌리는 통에 나는 하는 수 없이 그 의미를 다그치지 못하고 포기했다.

그러구러 얼마 지나지 않아 큰언니가 드디어 육학년이 된다고 했다. 매일 신이 나서 학교에 가기 전에 찬방 귀퉁이에 앉힌 구호물자로 미국에서 물 건너왔다는 분유드럼통 속에서 오징어 한 마리를 재빨리 꺼내어 불잉걸에 군 다음, 발 한 가닥 먹어보란 소리 없이 주머니로 쏙 집어넣고 학교로 가버리는 큰언니. 정말 맘에 안 들었다. 오징어를 굽고 있는 큰언니 옷자락을 잡고, 발 하나만 줘, 하고 애원해도 아랑곳 하지 않았다.

스스로 한 마리 꺼내어 구워 먹지 뭘 그렇게 동냥질하듯 했냐고? 남의 사정 모르시는 말씀. 그 드럼통은 겉에 성조기 소매 자락과 태극기 소매 자락이 손을 맞잡고 굳은 악수를 하는 그림이 그려진 내 키보다 훨씬 큰 판지로 된 통인데 내가 어떻게 그 속에 든 오징어를 꺼낼 수 있다는 말인가? 오징어를 꺼내려고 시도를 하지 않는 건 아니었다.

지난 늦가을에 저장한 말린 오징어는 겨우내 야금야금 꺼내어 술안주다 포 무침이다 하며 먹어버려 밑바닥에만 두어 쾌 남았다고 했다. 이제 바닥이 거의 드러났으니 얼마 못가 오징어가 동이 날 것이 뻔했다. 다시 말린 오징어가 분유드럼통을 가득 채우려면 여름이 지나야만 한다.

아버지가 여름이 시작될 무렵부터 가을까지 열심히 오징어를 잡아오면 큰언니와 어머니가 손질을 하여 돌담에 널어 말리고 간을 배게 하고...아유, 기다릴 시간이 너무나 까마득했다. 조바심은 그와 비례하여 총총 가슴을 쳤다.

오징어가 남아 있을 때 어떻게 해서라도 먹고 보자고 별 짓을 다 해 봤다. 한번은 드럼통에 거꾸로 박혀 목뼈가 부러질 번한 적도 있다. 그런 위험천만한 일이 일어났는데 어머니가 그냥 넘어갈 리 없다는 걸 다들 눈치 챘을 줄 안다만................. 어머니는 엄중하게 경고했다. 다시 한 번 더 드럼통에 접근했다가는 우리 집에서 오징어 먹을 생각조차 말라고 엄포를 놨다. 그 이후로는 오징어를 먹고 싶어 병이 난대도 드럼통에 가까이 가는 것조차 불가능한 신세가 되고 말았다.

아, 오징어 다리를 질겅질겅 씹으면서 신문을 보는 맛이라니. 나는 동산에 올라가 그 맛을 그리워하며 입을 다셨다.

세상을 움직이는 수많은 조건들

어머니와 마주치면 얼른 오징어 한 마리만 꺼내어 구워달라고 조르고 싶어 미칠 지경이었다. 그러나 자존심이 허락하지 않았다. 만일 오징어 부탁을 하면 어머니는 어김없이 조건을 달고 나올 게 뻔했다.

"그렇게 오징어 먹고 싶으면 니마야, 우리 집에 있는 물건들 아는 대로 다 이름 써 봐. 잘하면 한 마리 꺼내 통째로 구워 줄 거고 못하면 발 한 가닥 없어."

어머니는 내게 글을 가르치기 시작한 이후부터는 매사에 치사하게 굴었다. 글자를 아느냐 못 아느냐에 따라 오징어 발 한 개라도 얻어먹는 신세라니! 그 놈의 글. 언젠가는 세상의 글을 한 눈에 꿰어 차서 어머니한테 복수하고 말테다. 나보다 먼저 세상에 나와서 글 먼저 터득했다고 나를 진저리 치도록 들볶는 글, 글속에 집어넣어 통 보리 쌀을 자배기에 닦듯이 (이 말이 무슨 말인고 하니, 옛날에는 식량을 아끼려고 겉보리 껍질을 연자마에 살짝 벗긴 다음 밥을 지을 때마다 자배기에 물을 두르고 박박 문질러 하얗게 닦고 나서 곱삶이로 꽁보리밥을 지었다) 막 닦아세우는 어머니. 두고 봐 난 꼭 복수할거야. 어머니가 모르는 그런 글까지도 다 알아 버릴 테다. 이 세상에 얼마나 많은 종류의 글들이 있는지는 아직 모르지만 그 글들 모두 내가 읽고 쓰고 내가 하고픈 대로 다 할 테다.

글을 익히는 지루함이 글을 아는 즐거움을 능가했고 오징어는 분유드럼통에 꼭 들어앉아 나를 약 오르게 했다.

세상을 살아가려면 다 그에 상응하는 조건을 충족시켜야 한다는 사실을 나는 그 때, 여섯 살인가 다섯 살 때에 이미 깨우쳤던 것이다.

아버지가 신경질만 부리지 않았어도 다른 길이 있었을 것을. 아버지는 종종 조건 없이 내 부탁을 들어주곤 했는데… '아들병'에 걸린 아버지를 상대하는 건 글을 읽히려는 데에 혈안이 된 어머니보다 더 성가시고 피곤했다.

밥을 마련한 '미여지뱅뒤'(드넓은 벌판)

어지럼증이 좀 덜 나를 괴롭히는 날, 집에서 오징어 한 마리를 가지고 쩨쩨하게 신경전을 벌이느니 밖에서 놀 심산으로 동산에 올랐다.

동산에는 아이들이 가득 모여들어 들판으로 나갈 계획을 짜고 있었다. 들에는 한창 찔레 순이며 청미래 어린 순이 돋아났을 거라고 야단이었다.

"니마야 우리 저 먼 데까지 갈 건디 이, 너 쫓아 와 지젠?"

나보다 두 살 위인 정화가 물었다. 내가 늘 몸이 부실해서 골골하는 걸 모르는 아이들이 없었으니 그 애가 걱정스레 물어보는 건 당연했다.

"야, 나도 갈 수 있다. 난 맨 날 아프기만 허냐?"

나는 다부지게 대답했다.

정화는 고개를 갸웃거려보다가, 가자! 하고 앞장섰다.

섬사람들은 들에서 '풀나물'과 달래나 캘까, 사시사철 텃밭이며 채마밭에는 배추며 무며 채소가 푸르렀고 장독대 뒷켠으로는 파초가 무성했으며 초가 기슭에는 '양하'가 잎을 반반히 치장하고 있었으니 푸성귀가 귀하지 않았다. 약으로 쓰려고 오월 단오 날 쑥과 익모초를 조금 캘 뿐, 아참, 우리 집에서는 가끔씩 냉이와 질경이를 캐어다 삶아서 쓴맛을 우려낸 다음 된장에 양념을 해 무쳐서 아버지네 술안주로 내기는 했다.

　씀바귀도 머위도 취도 도라지도 캐지 않았으며 토란대를 말리는 일도 없었다. 초봄 고사리가 돋아나기 시작하면 제사나물로 쓸 요량으로 두어 대바구니 쯤 꺾어다 삶아 말리는 게 고작이었다. 때문에 섬에는 '나물 캐는 봄 처녀' 따위는 없었다.

　다만 초봄의 긴긴 하루를 넘기는데 아이들에게는 주전부리감이 아무것도 없어 들로 산으로 나물 캐러 가듯 몰려들 가 어린순을 꺾어 배가 터져라 먹어댈 뿐이었다.

　아이들을 따라 한참 걸었는데도 아직도 맛깔스런 청미래 순이 돋아나는 들판은 보이지 않았다.

　아이들은 나비처럼 나풀나풀 날아가는 데 나는 발자국 한 번 내디딜 때마다 오른 쪽 엉덩짝이 아파 발걸음을 끌었다. 지근지근 아프던 것이 걸으면 걸을수록 불에 댄 듯이 뜨거워지면서 쿡쿡 쑤셨다. 슬며시 엉덩이를 만져봤다 아이들이 눈치 채지 못하게 조심하면서. 며칠 전에 맞은 주사 자국이 잘 익은 홍시같이 물렁물렁하게 부풀어 올라 불잉걸처럼 뜨겁게 달궈져 있었다. 그래도 기를 쓰고 아이들을 따라 걸었다. 땀이 비 오듯 흘러 옷을 적시고 그에 더해 오슬오슬 추웠다.

　찔레와 청미래 덩굴이 어우러진 초원으로 가는 동안 나는 죽을 것만 같았다.

　우리가 가 닿은 봄 벌판은 황홀했다. 집 어귀 동산에 비길 바 아니었다. 훨씬 수많은 나비들이 춤추고 막 돋아난 풀들은 향그러웠다.

찔레 잎에는 명주 같은 막을 치고 수천수만 마리 애벌레들이 꼬물거리고 여기저기 도마뱀들이 햇살에 따스하게 데워진 바위를 조로록 조로록 뛰어다녔다. 아이들이 도마뱀 꼬리를 잽싸게 밟으면 도마뱀은 눈알을 한두 번 굴리고 나서는 꼬리를 끊어버리고 자취를 감췄다.
　들판은 온갖 벌레들과 새싹으로 가득 찼다. 그에다 아이들이 한 무리 끼어들어 그 사이를 휘저으니 물이 넘치듯 봄기운이 넘쳐났다.
　나는 자꾸만 감겨드는 눈을 애써 치켜뜨느라 안간힘을 썼다. 굵고 곧게 대가 선 찔레 순도 청미래 순도 내 눈에는 보이지 않았다. 어쩌다 내가 먼저 봐도 아귀처럼 다른 애가 달려들어 홱 꺾어 가 버렸다.
　"그거 나 먼저 봤."
　그 아이는 들은 체도 않았다.
　이리저리 덤불을 헤치면서 먹을 수 있는 어린 순이면 박박 꺾어 껍질 째 아작아작 먹어대는 아이들과 도무지 경쟁할 수가 없어 나는 포기하고 말았다. 찔레 잎에 까맣게 붙어 꼬뭄대는 애벌레들 노는 데로 눈을 돌렸다. 그것들은 그냥 몸을 움직이는 게 아니었다. 가만히 보니 서로 앞 다투어 잎사귀를 먹고 또 먹는 중이었다. 먹는 거라면 아이들이나 애벌레들이나 똑같았다. 나처럼 먹는 재미를 별로 모르는 아이는 할 수 없나보다 생각하니 괜히 슬펐다.
　엉덩이 주사 자국은 아프고 몸은 열이 끓어 춥고, 그래 너희들 배터지게 실컷 먹어라 난...... 어디 넓적바위에나 엎드려 있자.
　바위는 끓는 열을 적당하게 식혀줬고 덕분에 손아귀 가득 어린 순을 꺾고도 모자라 치마 앞자락이 불룩하도록 싸들고 뛰어 다니는 욕심꾸러기 아이들을 멀찍이서 보는 재미도 괜찮았다.
　아이들은 어느 순간에 병아리도 닮고 노루도 닮고 나비도 닮고 꿩도 닮았다.

아니 솔개를 닮아 저 먼 하늘가 까지 먹이를 찾아 곧장 치올랐다가 먹음직한 새순을 겨냥하여 수직으로 내리꽂곤 했다.

해가 한낮을 비켜섰다.

정말 해가 다 가는 줄도 모르고 아이들은 양지뜸에 퍼더버리고 앉아 찔레며 청미래 덩굴 어린 순 껍질을 벗기며 아구아구 끝도 없이 먹어댔다.

아이들이 걸신들려 먹어대는 꼴을 보면서 왜 쟤네 아버지네는 우리아버지처럼 배[船]가 없을까를 생각했다. 배가 있었다면 생선을 잡아다가 쌀과 바꿔 아이들을 배불리 먹일 텐데… 참, 쟤네 어머니들이 하나같이 물질 잘 하는 잠수라는 데 생각이 닿았다.

잠수는 바다에만 들어가면 소라며 전복이며 어떤 때는 상투가 검붉은 문어도 몇 마리씩 잡고 또 '감은돔'이며 돌돔을 작살로 쏘아 잡기도 한다. 그것들을 다 어떻게 해버렸기에 자기 아들딸을 저토록 배고프게 할까. 어른들만 먹는 건 아니겠지 설마. 슬그머니 의문이 생겨났다.

분배의 차별성

가끔씩 우리 집에는 남자어른들만 먹는다는 음식을 차려놓고 남자어른끼리만 먹었다.

"아버지, 그거 무슨 괴기(고기) 꽈?"

하루는 짚을 가지런히 펴 보드랍게 깐 부엌바닥에 남자어른들이 둘러앉아 기다란 고기토막을 도마에 얹어놓고 쓱쓱 썰어 아버지 비밀을 곁들여 맛있게 먹는 어깨너머로 기웃거렸다.

"니마는 저리가라. 이건 아이들 못 먹는 우신이다."

우신? 그게 무슨 고길까? 혹시 개고기일까? 겁이 더럭 났다. 저 어른들이 설마 우리 짱돌이를 잡아먹는 건 아니겠지? 방에서 바느질하는 어머니한테로 달려갔다.

"어멍, 우신이 뭐꽈?"

어머니는 바늘을 쪽머리에 몇 번 쓸면서 나를 한 번 힐끗 쳐다봤다.

"쇠 자지지 뭐니."

우엑, 케케 거리며 나는 호들갑을 떨었다. 더럽고 이상한 식충이들 같으니. 그래 먹을 게 그리도 없어서 소의 자지를 다 삶아먹는단 말야?

"그거 보약 된다더라."

어머니도 호기심쟁이 나를 기회만 있으면 곧잘 골탕을 먹이곤 했다. 내가 하도 치를 떠니까 이 때다 싶어 어김없이 골려 먹으러 들었다.

우신처럼 특별한 이상한 것 말고도 어른들만 먹는 음식은 많았다. 복어국만 해도 그렇다. 아버지는 까치복을 탁월하게 손질해내는 요리사이기도 했다. 고기잡이 나가 그걸 잡으면 항상 깨끗하게 손질하여 독기를 뺐다면서 집으로 가져왔다.

까치복은 서해와 제주바다에서만 사는 특산 어종이다.

대다수의 복어종류가 다 그렇지만 까치복도 내장에 강력한 독을 품고 있다. 알집은 독 투성이 라고 해도 지나치지 않다. 한 마리에 무려 일흔 사람이 죽을 수 있는 독이 들었단다.

아버지는 까치복 껍질이며 뱃살을 살짝 끓는 물에 데쳐내어 양념 초고추장에 찍어 먹어 보라면서 식사 전 반주에 곁들이는 안주로 내놓곤 했다.

"어어, 거 제법 짜릿짜릿 햄신 게 이."

어른들은 한 젓가락씩 먹을 때마다 기분 좋은 얼굴로 가볍게 진저리를 치곤 했다.

까치복 껍질 데친 걸 먹으면 헛바닥이 짜릿하니 잠깐 동안 저리다고 했다. 까치복 껍질에 남은 독 때문이란다.

어른들을 따라온 아이들은 어른들이 젓가락질을 할 때마다 입을 벌리고, 한 입만 아방 한 입만, 하면서 졸라도 저들끼리만 먹었다.

나도 혀끝이 짜릿하니 진저리치는 맛이 어떠한지 알고 싶어 까마귀 알 아구리가 떨어지도록 입을 벌리고, 아버지 한 입만 아아아─ 해도 막무가내로 주지 않았다.

"아방, 무사 우리 아이들은 복쟁이(복어)먹으면 안 됩니까? 어른들만 많이 먹젠(먹으려고) 우리 아이들 따돌리는 거지 예."

한 번은 내가 눈물을 뚝뚝 떨구면서 항의성 불평을 해댔다.

"니네 아이들 못 먹게 하는 건 독 때문이니 침 흘리지 마라."

아버지 대답은 간단했다. 내가 흘린 눈물이 그렇게 아까울 수가 없었다. 독이 있기 때문에 애들은 못 먹는다면서 어른들은 잘만 먹는다 씨.

착한 아이

나는 너무 먹는 데 열중한 아이들을 보면서 오만가지 생각들을 다 끄집어냈던 것이다. 생각의 끝은 먹을 것을 좌지우지하는 어른들에 대한 원망에서 머물렀다. 만에 하나, 어른들이 먹을 것을 가졌으면서 공평하게 분배를 하지 않는다면 그건 지탄받아 마땅하지 않을까. 아이들이 먹을 것을 찾아 바다로 들로 산으로 돌아다니다니, 어른들과 전쟁을 하는 건 어떨까.

앞집 옥자가 똥을 못 누워 걔네 어머니가 대꼬챙이로 후벼 파 주던 것도 떠올랐다. 밀기울 범벅만 먹어서 그렇다고 했다.

옥자 어머니도 물질해서 전복도 잡고 고기도 잡겠지. 그걸로 죽도 쑤어 주고 국도 끓여줬다면 옥자가 뒤가 말라 똥을 못 누는 그런 일은 없을 것을. 그러니까 옥자 어머니도 정화 어머니도 다 우리 아이들 적이다!

한참 어린순을 먹고 난 아이들이 저만치 달려갔다. 그리고는 아니나 다를까 똥이 나오지 않는다고 바위를 두 손으로 허위 잡는가 하면 나무 밑둥을 껴안고 안간힘을 써댔다. 결국은 저들끼리 번갈아가면서 미장질을 한다고 뒤를 나무꼬챙이로 후벼 팠고 그러다가 상처가 나면 햇쑥을 바위에 비벼 으깬 다음 풋물을 발라주었다.

아이들은 똥 눌 때, 그 때만 얼굴에 잠시 고통이 서렸을 뿐, 똥을 다 누고 나서는 언제나처럼 밝게 웃고 짓까불었다.

봄 벌판은 아이들과 어우러져 따스했다.

정화는 뛰어노는 틈틈이 나에게 다가와 이마를 짚어보기도 하고 괜찮은 지 물어보기도 했다. 그런 그녀가 마치 큰언니처럼 느껴졌다.

정화어머니가 춘분에 맞추어 경상도 울산 방어진으로 물질 벌이를 갔다.

제주도 잠수들은 초봄에 미역물질을 끝으로 출가물질을 나갔다가 추석 때에 돌아오곤 했다.

정화네 아버지는 6·25한국전쟁에 나갔다가 전사했다고 했다. 정화는 개네 큰집에서 어머니가 돌아올 추석 때까지 살았다.

큰언니를 따라 우물에 가보면 정화는 자기 가슴께보다 더 높은 우물 광돌에 물구덕*을 얹어놓느라 발돋움하는 게 보였다.

* 물구덕
상수도가 보급되기 이전 제주사람들이 우물물을 길어다 쓸 때 물그릇인 물허벅을 넣어 등짐으로 져 날랐던 대나무를 오려 만든 기다란 대바구니.

그럴 때마다 그 애 옆 사람이 도와주거나 큰언니가 달려가 올려놔 줬다. 사람들은 우물에서 정화만 보면 한마디씩 꼭 했다.
"정화야 너무 큰 물허벅 지면 키 안 커."
정화는 웃기만 했다.
나는 정화를 우물에서 만나면 그 애 두레박을 들어줬다.
걔네 큰집은 우리 집을 에워싸듯 뒤로 둥그렇게 뚫린 골목의 맨 끝에 있었다. 물이 가득 든 두레박을 들어 주고 나면 치마며 검정타이어 고무신이 흠씬 젖었다. 그 때마다 정화는 마당에 가지런히 깔아놓은 짚을 한줌 쥐어 내고무신 밑창에 깔아줬다. 짚을 깐 고무신은 질척이지 않아 상쾌했다.
바위가 내 열을 상당히 식혀줬다. 눈이 감실거렸다.
정화가 껍질 벗긴 수영을 내밀었다.
"니마야 이거 먹어 봐 이. 우리들 이거 먹고 누가 제일 술 취하나 내기할 거."
수영은 겉껍질을 벗기고 씹으면 입 안 가득 신맛이 돌면서 감칠맛이 나고 많이 먹으면 꼭 술 취한 맛이다. 아이들은 그래서 수영을 수영이나 '싱아'라고 부르지 않고 '술안지(주)'라고 불렀다.
난 엎드린 채 고개를 저었다.
"안 먹을래."
"너 또 아프냐?"
정화가 내 이마를 다시 짚었다.

"뜨겁네."

손을 탈탈 털었다.

그 순간 나는 정말 아픔 속으로 미끄러져 들어갔다. 그 때까지 몇 시간이 흘렀는지는 모르지만 열에 들떴었고 엉덩이가 쑤셨어도 아이들이 뭐하는지 다 보고 있었고 생각할 거 다 하면서 내 방식대로 놀았다. 그런데 정화가 내 이마를 짚어 본 다음 열이 있다면서 손을 탈탈 털자마자 기다렸다는 듯이 몹시 앓고 말았다.

정화가 벌판에 흩어진 아이들에게 소리쳤다.

"야, 너네덜 빨리 와 봐."

아이들이 사방팔방에서 달려오는 게 보였다.

"무사, 무사(왜, 왜)?"

"야 보라 게. 니마가 많이 아판. 열이 펄펄 끓엄시네."

정화 말속에는 나를 더욱 아프게 하는 마력이 있었다.

"우리, 모다들엉(다 모여서) 나뭇가지 꺾어그네 들 것 맨들앙 이, 니마 집에 데령 가게."

조무래기들이 이리 뛰고 저리 뛰어다니더니 금방 나뭇가지를 얽어 들 것을 만들었다. 나를 그 위에 뉘고 아이들은 앞 뒤 양옆에서 들었다.

들 것을 든 아이들은 신이 난 것 같았다. 만나는 사람들에게 내가 아파 집으로 데려간다고 설명하는 말마디에 신명이 베어났다. 사람들은 들 것에 겨우 걸터앉듯이 누운 나를 내려다보는 게 의무이기라도 한 듯이 다 내려다보곤 똑 같은 말을 했다.

"아이고, 요 니마는 아프기도 잘 해여."

아이들이 무척 신이 나서 들 것이 엉성하다는 사실에는 전혀 신경을 쓰지 않았다. 우물 못 미쳐 한 길에 이르렀을 때 들 것이 꺼지면서 나는 길바닥에 털썩 떨어지고 말았다.

그러면 숨어버린다

사이, 우리 집에서는 내가 없어졌다고 난리가 났다.

아침나절까지만 해도 꽤 열에 들뜬 얼굴이더니 오징어 달라고 조르다말고 슬그머니 어딜 갔단 말인가.

내가 없어진 걸 알고도 얼마동안 어머니는, 이제나 들어오겠지 저제나 들어오겠지 하고 대수롭잖게 생각했다. 그러나 한낮을 지나치고 해가 서쪽으로 한껏 기울면서는 조금 걱정이 됐다. 어디 잠시 놀러갔다가 아파 눕고 만 것을, 모르고 마냥 기다리는 게 아닌가?

반면에 아버지는 내가 나타나기만 하면 주사를 놓으려고 만반의 준비를 갖추어 기다리다 못해 큰언니와 어머니를 닦달했다.

"저기 개맡(포구)이랑 좀 찾아보란 밖에. 내가 샹깡(홍콩)으루 바람에 불려갔을 때도 거기 한데서 하룻밤 걔가 잤다며?"

하룻밤은 무슨 하룻밤? 몇 시간 동안 잠든 게 전부였는데. 그 땐 섣달그믐 한겨울이었다. 아무리 겨울이 따스하다고는 하지만 겨울밤을 한 데서 그것도 바닷바람이 찬 데서 잤다가는 딱 얼어 죽기 알맞다. 아버지는 무슨 말이나 과장하는 버릇이 있었다.

어머니는 나의 비밀장소까지 뒤졌다.

나의 비밀장소는 우리 집 뒷동산 한 귀퉁이에 있었다. 거기는 동백나무와 신나무가 주종을 이룬 울울창창한 잡목 숲이었다. 칡덩굴이 나무를 휘감아 올라가고 폭 덩굴이 숲 주위의 담장을 뒤덮어서 숲에 들어가면 하늘이 보이지 않아

어두컴컴하니 분위기가 한낮인데도 어스름밤과 비슷했다. 그 숲을 지키는 올빼미처럼 나무그루터기에 가만히 앉아 숨을 모으고 있으면 어둠에 익숙해진 눈에 또 하나의 별세계가 다 들어오는 그런 곳이었다.

천 년을 거기서 산 나무 중에는 너무 늙어 밑둥치가 더러 썩어가는 것도 있었는데 그런 데에는 목이버섯이 피어나 살았다. 발이 푹푹 빠질 만치 낙엽이 쌓여 있어 발자국을 떼어놓을 때마다 기분 좋게 탄력이 붙곤 했다. 어떤 날은 순전히 발바닥에 닿는 감촉이 좋아 온 숲속을 돌아다니며 딴 목이버섯이 치마를 벗어 싸야 할만치 가득 찼고 그걸 아버지는 그리도 칭찬하곤 했다. 우리 집에서 목이버섯을 즐겨먹는 이는 아버지였다.

나는 그 숲에서 살아가고 있는 나무들 중에서 동백나무를 가장 좋아했다. 동백나무에는 동박새 * 가 둥지를 틀고 살고 있었기 때문이다.

＊ 동박새는 가슴털이 푸른빛이 도는 노란색이다.
모양은 참새와 비슷하고 날개 길이는 대략 5~6cm, 꽁지는 약 4~5cm정도
배의 털색은 하얗다. 그리고 꽁지는 레몬 빛이고 옆구리는 포도색이 감도는 담갈색이다. 눈의 가장자리는 마치 분장을 한 것처럼 은백색의 고리 무늬로 에둘러 있어 정말 아름답다.
야트막한 산에서도 살고 마을 안 집 뒤울 동백나무에서도 산다.
제일 좋아하는 삶터는 우리 집 뒷동산의 숲처럼 잡목이 어우러진 곳이다.
혼자 살지 않고 여럿이 떼 지어 사는 사회성이 무척 좋은 새이다.
나무 열매와 씨, 거미나 파리, 모기며 잎벌레 등을 잘 먹는다.
4월에서 5월 사이에 4~5개의 알을 낳는다.
이 새는 사람에게 해로운 벌레를 잡아주는 이로운 새, 익조(益鳥)이다.

아시아의 동남부에 널리 분포해 있고 우리나라에는 울릉도와 제주도에 가장 많이 산다.

다른 이름: 백안작(白眼雀). 수안아(繡眼兒)

학명: *Zosterops palpebrosa*

    그리고, 학명이 *Bifana japonica*라고 하는 동백나무겨우살이가 기생하는데, 사시사철 늘 푸른 키 작은 나무에 속한다. 잎이며 줄기가 모두 황록색에다 마디마다 비늘잎이 나 있고, 자웅일가(雌雄一家)로 봄과 여름에 역시 황록색 꽃을 피운다. 열매도 맺어 가을에 익는다. 대만. 일본. 중국. 인도. 호주 등에 분포하고 우리나라에서는 제주도와 목포에서만 볼 수 있다.

    또 동백나무에만 꼬이는 애벌레를 제주 섬 사람들은 '동박충' 이라고 한다. 생긴 것이 털이 북실북실하니 큼지막한 게 보기가 끔찍이도 징그러운데 거기에다 독이 있어 그놈이 맨살에 닿았다가는 몹시 가렵고 부어올라 혼이 난다.

    나는 그 숲에 혼자서 숨어 들어가 세상 문을 닫아버리고 나만의 세계를 열었다.

    내가 여섯 살이나 혹은 다섯 살 무렵, 처음 잡목 숲 안의 별천지를 발견했던 그 당시에는 딱히 세상을 떠나 나만 있을 장소가 굳이 필요하지는 않았다. 어느 날 아이들과 동산에서 놀다가 나 혼자 거길 들어갔고 거기에만 살고 있는 고요와 향기와 그것들이 합일하는 가운데 일체가 정지하는 순간을 발견했다. 또한 그 오묘한 공간을 공유하면서도 조금도 불편해하지 않는 더불어 사는 많은 움직이는 것들이 이 세상과 저 세상을 넘나들고 있는 별세계와 만났던 것이다.

    별다른 이유도 없이 그저 그런 데가 있다는 이유만으로 나는 그곳을 나의 비밀장소로 정했고 집안 식구들에게도 그 장소를 비밀로 해달라고 애걸복걸하였다.

집안 어른들은 내가 혼자서 그 작은 숲에 몰래 숨어드는 걸 용납하지 않았다. 어린애가 혼자서 숲에 가는 건 위험하단다. 아버지는 그곳에 뱀들도 살기 때문에 잘못 어슬렁거리다가는 물릴 수도 있다고 공포 분위기를 조성하였다.

좋은 숲

그 숲은 우리 집 어른들이 말하는 것처럼 어린이에게 위협적이지 않았다. 내가 직접 체험한 바에 의하면, 그 숲에는 사람 사는 데서 쥐를 잡아주며 함께 사는 구렁이와 음습한 곳 특히 돌무덤에 집지어 살면서 쥐, 개구리, 작은 뱀 따위를 잡아먹는 살무사가 살고 있었다. 그 뱀들은 내가 숲 안으로 들어가면서 바스락대면, 오호, 꼬마 니마가 오는군, 우리들은 잠시 마실 다녀오자. 하면서 슬슬 자리를 비켜줬다.

그 숲이 내게 무척 다정하므로 조금도 위험하지 않다고 나름껏 어른들을 설득했다. 결국 어른들은 결정하길, 맘대로 하라면서 귀신한테 잡혀가든 뱀한테 물리든 자신들은 책임지지 않겠다고 선언했다.

내가 '저기 어디'에 가서 놀다 오겠노라면 어머니는, "저기 어디'가 어딘지 모르지만 니마 너 가든가 말든가 난 모른다" 라고 매정하게 말을 끊어버렸다.

어머니가 뭐라시든 나는 갔다. 비밀장소란 어차피 필요한 사람만의 공간이다.

숲속에 들어가면 우선 나무그루터기를 찾아 조용히 앉았다 아주 단정하게. 가만히 있는 거다. 그렇게 있으면 숲이 말하는 것이, 노래 부르는 것이, 가끔은 무엇엔가 화를 내는 것이, 서로서로 설득하거나 위로하는 모든 것들이 보이고 들렸다.

숲은 거기 사는 모든 것 끼리 나누고 보충하며 모자람이 없이 살아가고 있었다. 나는 그 작은 숲을 정말로 좋아했다.

권리의 한계

어느 날 나는 우리 집을 빙 에워싼 돌담 바깥쪽에 붙어 서서 담 구멍으로 우리 집 뒤울을 들여다보고 있었다.

돌담구멍은 어린아이 조막주먹 만한 크기지만 거기 눈을 들이대면 우리 집이 전부 한 눈에 들어왔다. 트인 마당이나 동산에서 집을 보면 오히려 일부만 보이던 집도 작은 구멍 안에 쑥 들어앉는 게 참 마술 같았다. 요지경과 같았다. 아버지가 잠방이 바람으로 마루며 안방을 오락가락하는 거며 큰언니가 뭔가 얼른 가져다 장독대의 빈항아리에 숨기는 것도 보였다.

내가 돌담에 딱 붙어 집안을 샅샅이 관찰하고 있는 걸 아무도 눈치 채지 못했다.

어머니가 마당을 건너 먼 올레로 나가 뒷동산 작은 숲을 향해 두 손으로 나팔을 만들었다.

"니마야아! 너 어서 그 숲에서 못나오니?"

그 때 난 적잖이 당황했다. 어머니가 내 비밀장소를 온 동네에 공개하고 있다! 어머니가 야속하고 무정했다. 나 여기 있노라고 나설 용기가 나지 않아 마냥 담구멍에다 눈을 붙인 채 숨을 죽였다. 마음속으로 꽤 거친 바람결이 몰아쳤다. 그 바람결이 나의 모든 걸 싹 쓸어가 버린 듯 허전하고 비참했다.

어린애는 아무 것도 가질 권리가 없나?

설사 내가 아버지 흉내를 내어 나의 비밀을 비밀 아닌 비밀로 집안 식구들에게 공개했다고 하자. 그렇다고 대고 동네방네 다 알아듣게 소리치는 어머니의 그 행동이 하도 경망스럽게만 여겨졌다.

 나는 그 때 알았다. 그 숲은 이제 더 이상 나만의 숲이 아니란 것을. 주둥이가 빨갛고 가슴털이 노랗고 배가 하얀 동박새도 내 품에서 날아가 어딘가로 사라져 버렸다. 털복숭이 애벌레도 그 순간부터 내게 특별하지 않았으며 번데기도 나뭇가지에 매달려 대롱거리면서도 그저 시큰둥했다. 고치를 열고 나온 나비도 나방도 훨훨 날갯짓해 나의 세계에서 가버렸다.

 나무들이 새잎을 돋울 때, 꽃을 피울 때, 그리고 색색으로 깔 먹어 예쁘게 단장하고 또 시들어 갈 때, 나는 예전처럼 혼자 황홀하지 않았다. 이미 거긴 나만의 것은 아무것도 없음을 나는 알아버렸던 것이다.

 그런 일이 있고 나서부터는 나의 작은 숲이라고 하지도 않았고 거기 들어가 명상하는 시간도 많지 않았다.

그 명의(名醫)에 그 명약(名藥)

 내가 엉성한 들 것 밑창이 빠지는 바람에 길바닥에 떨어뜨려져서 떡메에 친 떡 신세가 되어 누웠는데 어머니가 달려오며 소리쳤다.

 "저기 네 비밀 숲속에 들어가 앉았다가 졸아버린 줄 알았지. 이게 웬 일이냐 그래."

 당황스런 소리 끝 참에 어머니는 내게 업히라고 등을 들이밀었다.

 겨우 어머니 목에 팔을 걸고 업혀보니 눈앞에 드러난 어머니 목덜미가 빨갛게 부풀어 올랐다.

 "네 비밀 숲속에 갔다가 동박충한테 물렸지 뭐니."

 내가 입김을 호호 불어 벌레에 물린 자국을 식혀줬더니 어머니는 내 엉덩이를 토닥여 줬다.

"어멍, 거긴 이제 나만의 비밀장소가 아니란 거 몰란?"

어머니가 흘러내리는 나를 추스른다는 게 그만 홍시처럼 익은 내 엉덩이를 손가락으로 꽉 누르고 말았다.

아야 내 엉덩이!

"니마 너, 또 주사자국 곪았구나."

어머니는 부어오른 내 엉덩이를 만져 보며 혀를 끌끌 찼다.

"네가 언제쯤이나 건강한 몸이 될지 모르겠구나 원."

아버지가 주사를 놓기만 하면 그 때마다 주사 맞은 자국이 영락없이 곪아 터지곤 했다.

우리 집 어귀에는 어른 키 두 배는 되고도 남을 손바닥선인장이 두어 그루 엉켜 살아가고 있었는데 거기서 한 닢 따다가 가시를 도려낸 다음 절구에 찧어서 곪은 자리를 터트려 고름을 짜내고 붙였다. 손바닥선인장을 붙인 허물은 며칠 안 가 신기하게도 고름이 마르고 상처가 아물었다.

아버지는 어머니 말을 잘 들어줬지만 내게 주사 놓는 것만은 절대 양보하지 않았다. 도리어, 약 없어서 애 죽여 본 에미가 왜 말리느냐고 대통 호통을 치기 예사였다. 당신 주사 놓는 솜씨가 영 서툴러서 아이가 아니할 고생을 다 한다고 만류해도 소용이 없었다.

외할머니는 돌팔이 의사노릇 하는 아버지를 말리는 어머니를 도리어 나무라곤 했다.

"놔둬라. 아이들 제 맘껏 약을 써보지도 못하고 저 세상 보낸 심정을 네가 더 잘 알거 아니냐."

나는 침통했다. 아픈 나에게는 주사가 명약이라는 아버지를 그러지 못하도록 말릴 사람이 이 세상 하늘 아래 아무도 없었다. 그에다 한 술 더 떠 그런 아버지를 편드는 외할머니는 더 말릴 아무도 없었다. 결국 나는 주사를 맞아야만 하고 내 엉덩이는 곪아야만 했다.

나는 주로 엉덩이에 주사를 맞았는데 주사 자국이 곪으면 앉아 있기가 힘들었다. 손바닥선인장을 붙여놓으면 곰지락거리지도 못할 뿐더러 늘 엎드려 있어야 했다.

아버지로 하여금 내게 주사를 놓지 못하게 하는 방법은 딱 두 가지. 하나는 내가 앓지 않는 것이고, 다른 한 가지는 주사약이 떨어지는 거였다. 두 가지가 다 불가능 했던 것이, 나도 뭐 앓고 싶어 앓는 것도 아니었고 주사약을 파는 약국이 성안에 있는 이상 주사약이 없을 리 만무했다. 성안에 고기 팔러가서 아버지가 가장 먼저 하는 일이 내 주사약을 사는 거였다.

아버지는 성안에 갈 때마다 먹는 약이며 주사약들을 사다가 첩첩이 보관했다. 언젠가는 내가 백일해에 걸려 집에 있는 약을 다 써도 낫지 않으니까 넋두리하기를, 에이, 빌어먹을 밀수선을 타든지 무슨 수를 써야겠네. 샹깜이나 일본엘 가면 효험 좋은 약이 지천으로 있을 텐데 말야.

아버지 넋두리로 미뤄 보건데 성안에 있는 약국이 없어진다고 해도 아버지가 약을 구하지 못해서 내게 주사를 못 놓을 확률이 0.001퍼센트도 없어 보였다. 세상의 주사약이 마르지 않는 한 아버지는 어디든 가서 약을 구해 올 것이고, 나는 주사를 맞고 그 하고많은 날을 엉덩이가 곪아 터질 밖에 다른 도리는 없었다.

흐르는 시간 속에서

나는 차라리 죽어버리고 싶었다. 죽으면 아픈 주사도 안 맞고 엉덩이가 곪아

터질 일도 없을 테니 아! 죽어버렸으면.

선인장 잎 빻은 걸 엉덩짝에 붙이고 온종일 엎드린 채 지냈더니 하늘이 노랗게 보였다. 마침 방에 들어온 큰언니한테 하소연했다.

"큰언니 난 죽어버리고 싶다."

큰언니는 눈을 동그랗게 뜨고 펄쩍 뛰었다. 나를 위로하기는커녕 직통으로 어머니한테 달려갔다.

"어머니 어머니, 니마가 죽어버리고 싶댄 햄수다."

당연히 화난 어머니 목소리가 당장 달려왔다.

"그 비바리 아픈 거 좀 낫기만 해봐라 내 이번엔 그냥 안 둘 테다. 아무 말이나 뚫린 입이라고 맘대로 해대는 이놈의 기집애!"

어머니가 나를 두고 벼르는 소리를 그만두자마자 이번에는 내 쪽에서 어머니한테 대고 마음속으로 마구 퍼부었다.

흠! 누구 맘대로? 다 밉다. 깍쟁이 같은 큰언니 장독대에 숨겨놓은 거, 선인장만 걷어봐라 다 일러바칠 테니. 언제나 엄숙한 척 하는 어멍도 두고 봐. 반짇고리 실패에 감아둔 실 막 끊어 버릴 거야. 해적 아방도 내가 가만 둘 줄 알아? 한바다에 나갔다가 허깨비한테 홀려서 다시 바다길 잃어 버려라. 파파 머리 센 머리 할망, 다시는 할망 궐연 사 피우라고 돈 안 훔쳐 줄 거야. 나쁜 사람들. 매롱 매롱 매―――롱.

시간은 흘러갔다. 아무것에도 구애받지 않고 흘러야 할 만치 일정한 간격 그대로를 유지하며 언제나 변함없이 창창 흐르고 또 흘러가고 있었다.

잘 흐르는 시간 덕분에 엉덩이에 매일 갈아붙이던 선인장을 떼어냈다. 선인장을 더는 붙이지 않아도 되는 날, 나는 판지드럼통을 들여다보려고 베개를 있는 대로 다 쌓았다. 그래도 드럼통 안을 들여다보기에는 내 키가 아직도 너무 작았다. 큰맘 먹고 오징어에 대한 욕심을 버렸다. 그랬더니 더없이 상쾌했다.

내가 베개를 다 치우고 나자 큰언니가 나타나 어김없이 오징어 한 마리를 꺼내어 부엌으로 갔다. 아직도 솥 아궁이에는 솔잎 태운 불잉걸이 발갛게 좋았다. 오징어를 불잉걸에 얹자마자 마치 살아난 것처럼 등뼈를 향해 온몸을 뒤트는 게 재미있었다. 부엌에는 잠시 고소한 냄새가 어렸다.

오징어를 다 굽자마자 얼른 집어든 큰언니는 불티를 탁탁 털어내고는 재빨리 어디론가 감추었다. 학교에 다녀오겠다는 인사를 하기가 바쁘게 뛰어가는 큰언니를 나는 따라가며 소리쳤다.

"큰언니 학교가면서 왜 책보 안 가정 가멘?"

" 오늘은 식목일이거든. 공부 안하는 날."

저만치 뛰어가던 큰언니가 멈춰 서서 나를 약 올릴 듯 말하더니 내게 손짓해 오라고 했다.

"이거 먹어."

나는 하마터면 놀라 뒤로 나자빠질 뻔 했다. 큰언니가 저고리 앞섶에 숨기고 가던 오징어를 꺼내어 다리를 세 개 씩이나 북 뜯어주는 게 아닌가. 아직 먹기도 전인데 어느새 내 입에는 군침이 돌았다.

"니마야. 이따가 어머니가 무궁화나무 묘목 한 그루 뽑아 주실거야. 그거 학교로 가져다줄래?"

나는 함지박 만하게 벌린 입을 다물지 못하고 고개를 끄덕였다.

음모가 낳은 암호

지난 가을에 어머니는 무궁화나무 가지를 꺾꽂이하여 채마밭 담장가로 즐비하니 꽂아 놨다. 사람들은 무궁화나무에는 개미와 진드기가 너무 꼬여 지저분하니 싫다고들 했지만 우리 집은 정반대로 한 가족처럼 여겼다.

어머니는 해마다 무궁화나무 가지를 꺾어 삽목을 했다. 더러는 뿌리를 내리지 못하고 말라버리기도 했으나 대체로 새순을 틔웠다. 지난번 삽목 해 놓은 것은 거의 다 새순이 돋아 어머니는 대성공이라고 좋아했다. 큰언니가 다니는 국민학교(초등학교) 교장 선생님이 어머니한테 무궁화 삽목을 부탁했던 것이다.

"교장선생님께 한 그루 보여 드린 다음에 좋다고 하시면 나머지 것은 벗들 데리고 와서 뽑아갈게."

큰언니 말소리에 뭔가 신나 좋아 어쩔 줄 모르는 허둥댐이 담겨 있었다.

나는 그런 심부름이 즐거웠다.

내가 오징어 다리 두 개째를 아귀차게 씹어대며 신문에 눈독을 들이는 사이, 어머니는 무궁화 묘목을 뽑아 묶은 신문지로 뿌리를 둘둘 말아 놨다.

"니마야, 어서 이거 큰언니한테 가져가야지. 신문은 갔다 와서 읽고."

잠깐 심부름을 보내면서 어머니는 아침에 빗은 내 머리칼을 다시 빗기고 옷매무새를 고쳐주었다.

"길에서 한 눈 팔지 말고 곧바로 학교로 가야한다."

슬이가 짱돌이 목덜미를 쓸어 주다말고 뚱하니 한마디 했다.

"나두 갈래 짱돌이랑 같이."

어머니는 손을 가로 저으며 슬이를 말렸다.

"안돼,안돼. 넌 그미랑 놀아 지금 니마는 큰언니한테 심부름 가는 거야 빨리 가야 되거든."

먼저 어머니가 나서서 슬이를 말리지 않았다면 내가 단 번에 그 애를 떼어낼 꾀를 냈을 것이다. 그러나 어머니 쪽에서 따라붙지 못하게 말리니까 이번에는 내 쪽에서 슬그머니 슬이와 짱돌이를 데려가고 싶었다.

"슬이야 가자."

아침부터 내내 불퉁그러져서 말 한마디 하지 않던 아버지가 싱글싱글 웃으면서 슬이를 말렸다.

"아이구 내 설운 딸년 슬이야, 눈치도 없지. 큰언니랑 어머니가 작당해서 니마를 학교로 내돌리는 거 너 모르지. 슬이 임마, 공연히 훼방 놓지 말고 방에 들어가 그미랑 놀아 그게 최고다 이 녀석아."

아버지 얼굴에 핀 웃음은 좀 음흉한 데가 있어 보였다. 능글맞게 구는 아버지가 뭐가 그리 두려운지 어머니는 제발 입 좀 다물지 못하냐고 쉬쉬, 입술에다 손가락을 세로로 갖다 세우고는 안절부절 못 했다.

"왜? 사실이 그렇잖나 니마……"

어머니는 드디어 아버지 입을 틀어막았다.

"정말 산통 깰 거유?"

아버지 입을 틀어막고 험악한 표정을 지어보인 어머니가 내게 눈짓을 했다.

"니마야, 무궁화 묘목 잘 간수하고 막 뛰어 가 서."

나는 집을 나오면서 아버지 넉살에 뼈가 있음을 감지했다. 그게 뭐지? 분명히 나의 신상에 뭔가가 있을 징조였다. 내게 다가올 미래와 무궁화 묘목 한 그루와는 어떤 연관이 있는 걸까?

큰언니와 어머니는 며칠 전부터 자기들만의 암호를 주고받았다. 그러고 보니 그 둘 사이에 나누던 암호를 해득하지 못한 사람은 슬이와 나뿐이다. 아들 병에 걸려 다른 아무것도 염두에 두지 않는 아버지마저 아는 그 무엇은 뭘까? 어째서 무궁화 묘목 한 그루를 학교에 간 큰언니한테 가져가는 그 일에 그 암호가 지닌 뜻이 작용하는 걸까?

나는 골똘히 생각에 잠겨 뒷동산을 타고 가로 질러 걸었다. 그 동산 너머에 큰언니네 학교가 있어 그 길은 말하자면 지름길이었다.

국적이 다른 소나무

동산의 끝 언저리에 소나무 어린 묘목이 몇 그루 심어져 있었다. 그것들은 어제까지도 없었는데 오늘은 식목일, 나무 심는 날이라고 누군가 손 빠른 이가 다녀갔겠지. 소나무 어린 묘목은 나무라기보다 무슨 웃자란 풀포기 같았다. 문득 아버지와 어머니가 주고받던 말 한 꼭지가 떠올랐다.

"리승만 대통령 각하는 소나무를 좋아한 나머지 우리나라 산 여기저기에 그놈의 일본 소나무 종자를 뿌리게 한대나."

"리기다 소나무겠네요 그럼."

"일본 소나무는 꼭 일본 계집처럼 간드러져서 못써. 소나무라면 우리 것이 최고지. 적송이며 해송이며 다 제 성깔이 있다구."

나는 어른들이 주고받는 말의 상당량을 잘 알아듣지 못했다. 우리나라 대통령 할아버지가 좋아해서 줄줄이 반으로 심기에 혈안이 된 소나무가 일본 것이며 그에다 일본 계집애 같이 간드러져서 못 쓴다 어쩐다 하는 이야기도 잘 알아듣지 못하기는 매한가지였다.

큰언니네 교장선생님께 뒷동산에 심어져 있는 소나무 묘목이 우리나라 것인지 일본 것인지 물어보고 싶어 한 그루를 뽑았다.

"교장선생님. 이 소나무가 리기다꽈 적송이꽈?"

나는 입속으로 교장선생님을 뵈면 물어볼 말을 몇 번이나 연습하면서 학교에 들어섰다.

"니마야, 빨리 와 빨리!"

교문에 들어서자마자 큰언니 목소리가 다급하게 나를 반겼다. 그 다급한 목소리를 내 발이 먼저 알아듣고 운동장 한가운데를 향해 힘껏 뛰었다.

운동장 여기저기 학생들이 무더기져 몰려 있고 한가운데에도 기다랗게 줄이 늘어서 있었다. 그 줄에는 정화, 옥자, 순자, 숙희, 복추, 명희, 철수, 만두, 복우, 걔가 누구더라 별명만 아는 아이 복다리도 있었다. 아이들은 나를 보자 저마다, 니마야, 니마도 왔다! 하면서 좋아했다.

큰언니는 무궁화와 소나무 묘목을 내손에서 낚아챈 다음에 나를 정화 뒤에다 슬쩍 끼워 세웠다. 난 몹시 쑥스러워 줄밖으로 나가 섰다. 큰언니는 또 나를 정화 뒤로 끼웠다. 그렇게 줄 안에 세우려는 큰언니와 줄밖으로 나가려는 나의 실랑이가 한참동안 계속되었다.

줄 맨 앞에 서 있던 아버지 나이 또래 되어 보이는 남자 어른이 큰소리로 말했다.

"한쪽 손으론 앞사람과 한쪽 손으론 뒷사람과 잡아보세요."

정화가 내 한쪽 손을 잡았다. 다른 한쪽 손을 철우가 잡으려고 했다. 나는 걔네들이 잡으려는 손을 뿌리치고 다시 줄밖으로 나갔다.

"가만히 서 있어!"

큰언니가 나를 다시 줄에 끼워 세우며 어머니처럼 단호한 말투로 명령했다.

"무사?"

나도 의문과 반항이 동시에 교차하는 외마디 질문을 톡 쏘았다. 그러나 내 목소리는 크지 않았다. 아무래도 줄 앞에 버티어 선 남자어른이 맘에 켕겼던 것이다.

"너, 꼼짝 말고 거기 서있어, 오늘부터 우리학교에 입학한 거야."

줄 앞의 남자가 내 옆으로 다가와 엄숙하게 명령했다. 그러니까 그는 선생님이었던 것이다. 나는 비로소 집을 나서려고 할 때 아버지가 말하려다 만 덫의 정체를 바로 알게 되었다.

너무 어리거나 너무 늙었거나

나를 국민학교에 입학시켜버리자고 어머니와 큰언니는 '호랑이와 곶감' 사건 후에 은밀히 모의한 것이 분명했다. 나는 아직은 학교에 다니고 싶지 않았다. 학교에 다니고 싶지 않은 별다른 이유가 있는 건 아니었다. 내가 큰언니처럼 학교에 다니기에는 너무 어리거나 너무 늙어버렸다고 생각한 적이 있었다. 사람들이 걸핏하면 나를 두고 '애늙은이'라고 했으니 나는 어린이가 아니지 않는가. 학교에 다니는 아이들을 어린이라고 한다. 그걸 증명이나 하듯이 학교에 다니는 아이들은, 새 나라의 어린이는...라고 노래 부른다. 그런데 나는? 나는 아이다 그리고 늙은이다 그러므로 애늙은이다. 나는 학교에 다니기에는 너무 어리거나 너무 늙었다.

나름대로 내가 나의 미래를 구체적으로 가늠해 놓은 게 있었다. 우리 가족이나 마을사람이나 모두들 나를 어린이 혹은 아이라고 하는 날, 나는 다른 아이와 같은 삶을 살게 될 것이다 라고. 이건 순 엉터리다. 내 원칙이 내 본심과는 달리 무너지고 있었다.

막 도망치려고 하는 찰나, 선생님이 내 옆에 다시 와 섰다.

"이름?"

큰언니가 옆에서 속삭였다.

"니마야, 이름 말 해."

나는 겨우 개미 목소리만 한 소리로 나의 이름을 말했다.
"몇 살?"
이번에는 큰언니가 대신 대답했다.
"여덟 살입니다 선생님."
니마 여섯 살인데……정화랑 옥자가 큰언니 거짓말을 정정하고 나섰다.
나는 얼이 빠져 어리벙벙했다. 선생님이 여러 가지를 물어보는 대도 한 마디도 대답하지 못했다. 괜히 코끝이 시큰거리고 눈앞이 뽀얗게 흐렸다.
"이제부터 의젓해야지. 학생이 됐으니까 울고 그러면 부끄럽다 얘."
(주: 내가 입학할 그 당시는 초등학교가 아니라 '국민학교'였음을 유의해주기 바란다)
큰언니는 언제 내 저고리 앞섶에 흰 손수건을 달아놨는지 그걸로 눈물이며 콧물을 닦아줬다.
선생님은, 니마는 여덟 살이 아니고 여섯 살밖에 안 됐수다 게. 우리보다 한참 어려 마씀. 하고 항의하는 아이들의 말을 듣지 못한 척 빙그레 웃기만 했다.
나는 얼결에 국민학교에 입학하여 선생님이 인도하는 대로 줄을 따라 운동장 모퉁이 양지뜸에 파르스름하니 새순이 움트는 잔디밭으로 갔다. 큰언니는 거기까지 따라왔다. 선생님과 큰언니가 서로 둘만 아는 비밀을 담은 눈짓을 주고받았다. 내 어깨를 한 번 꼭 껴안아준 큰언니는,
"잘해이. 이땅 집에서 보게." 라는 말을 남기고 내빼버렸다. 눈물이 펑펑 쏟아졌다. 미리 울겠다고 벼르지 않고도 저절로 울어버린 두 번째 울음보였다. 첫 번째는 말할 것도 없이 아버지가 바다에서 행방불명된 때였다.
"니마 이리 나와 봐, 선생님한테 와 봐."
비쭉거리면서 겨우 선생님 앞에 나간 나를 달랑 들어 자신의 무릎에 앉혔다.

다른 아이들이 일제히 하하 웃어댔다.

"선생님은 니마가 여섯 살이지만 다른 아이들과 같이 훌륭한 우리학교 학생이 되리라고 믿는데, 어때 할 수 있지? 그러니까 이제부터는 여덟 살짜리처럼 의젓하게 굴기로 하자 알겠니? 너는 이제 우리학교 일학년 학생이야."

아이들이 야! 소리를 지르며 두 손을 높이 들어 흔들어댔다. 은사시나무 잎새가 아주 작은 바람결에도 반짝반짝 잎들을 흔들어대는 것처럼.

"봐라 니마랑 같이 학교 다닐 친구들이 좋아하잖니."

나는 더 이상 울지 않기로 결심했다. 울면 '피창' 할 것이 아닌가. 그렇지만? 두 손으로 나팔을 만들어 선생님 귓가에다 대고 소곤소곤 속삭였다.

"선생님 나 여섯 살인 거 쟤네들 다 알아 마씀. 쟤네가 나 깔보면 어떡해 마씀?"

내 말을 다 듣고 난 선생님이 잠시 생각을 하는 듯 하더니 이번에는 내 귀를 잡아당겼다.

"우리 비밀을 만들자. 그러니까 니마가 오늘부터 여덟 살이 그냥 되어버리는 거다. 어때?"

참 좋은 생각이었다. 나는 비밀 좋아하는 사람을 무조건 좋아하는 버릇도 있어서 선생님이 비밀 만들자는 꼬임에 그만 넘어가고 만 것이다.

"좋수다!"

나와 선생님은 새끼손가락을 걸었다.

악동의 각오

나를 제자리로 돌려보낸 선생님은 우리가 앞으로 학교생활을 어떻게 할 것인지를 차근차근 일러줬다. 비가 오지 않으면 아침조회는 운동장에서 전교생이 함께 모여 하고, 비가 오면 마을 우물가 건너편에 있는 헌 절간고구마 저장 창고로 나오라고 했다. 아직 학교에는 우리가 들어가 공부할 교실이 없다고 했다.

애꿎게도 신입생이 되는 바람에 그만 교장선생님을 만나 물어 보리라던 소나무에 관한 질문은 그냥 접어두기로 했다.

"니마야, 너 조금 전에 선생님이랑 손가락 걸고 무슨 맹세 했나?"

집에 오는 길에 아이들이 나를 에워싸고 비밀을 캐려들었다.

"몰라. 그건 큰언니가 교장선생님께 가져간 무궁화나무 한 그루만 안다."

내 입에서는 전혀 엉뚱한 소리가 튀어나왔다.

"니마는 역시 괴짜야."

아이들이 하하 웃으며 마을 한 복판을 뚫고 지나는 한길을 따라 달려갔다. 나도 그 아이들 뒤에서 기를 쓰며 뛰었다. 얼른 집에 가서 어머니와 큰언니를 상대로 따져야 했다. 무궁화 묘목을 슬쩍 들여보내서 학생을 만들어 버리는 나쁜 사람들 같으니! 나는 아직 학교에 다닐 준비가 되지 않았는데 씨이- 그래, 두고 봐. 당신네들 깜짝 놀라 자빠질 정도로 말썽장이 국민학교 일학년 악동이 되어 줄 테다.

2. 바구니 한 개로 사는 이웃들의

움직이는 교실

내가 다닌 초등학교 일학년 교실은 그날의 날씨에 따라 우리담임선생님이 가지고 다녔다.

우리 담임선생님은 뺨이 귤껍질처럼 얽고 퉁퉁하니 부어 우습게 생겼지만 마음씨는 고왔다. 그림 그리는 솜씨가 빼어나서 어디에나 무엇에나 그리고 싶은 것을 무엇이든지 잘 그리는 화가선생님이셨다.

우리는 교과서도 변변히 없었다.

나는 큰언니와 어머니의 치밀한 사전계획 덕분에 헌책으로 몇 권 책보를 꾸릴 수 있었지만 맨손으로 학교에 오는 아이들이 부지기수였다.

입학 첫 날 나는 학교라는 데서 별 재미 못 볼 거라는 생각을 했는데 역시 그랬다. 아홉 시 까지 학교에 와라 하면 꼭 그 시간까지 가야했다. 들어가 앉을 교실도 없어 양지뜸을 찾아 해바라기나 하는데도 종소리에 따라 일정한 일과를 매일 되풀이 하는 지겨움. 들판교실에서 공부를 할 때도 그렇고 절간 고구마저장창고 교실에서도 학교가 주는 지겨움은 더해만 갔다.

아침마다 눈을 뜨면 학교 갈 생각에 하루가 너무 절망스러웠다. 마냥 이불속에서 뭉그적거리기 일쑤였다. 어머니나 큰언니가 어서 일어나서 학교 갈 준비 하라고 하면 나는 학교 가지 않겠다고 튕겨댔다.

"학생이 학교엘 안 가?"

어머니는 게으름 피우는 내 말에 시큰둥하니 한 마디 할 뿐, 왜 학교엘 안 가겠다는 거냐 거나 학교엘 안가면 장차 어떻게 하겠다는 거냐 거나 따위 다그치는 말은 아예 입 밖에도 내지 않았다.

아이와 달리기 하는 부지깽이

"학생이 학교엘 안 가?" 라는 심드렁한 반문 속에는 다그침보다도 더 매서운 질책이 들어있음을 나는 모르지 않았다.

더러 옆집 아이들이 들판에 나가 민들레꽃 하며 찔레어린순 따위를 먹을 욕심에 학교를 빼먹었다가 부모한테 들통이 나는 예가 종종 있었다. 그런 일이 있었음을 동네가 다 알게 되는 건 그 아이들 어머니들이 무섭게 다그치기 때문이었다. 이를테면 아이가 학교에 가지 않았다는 사실을 안 순간 부엌으로 달려가 부지깽이를 들고 나오기가 바쁘게 아이를 향해 달리기를 하고 본다.

아무리 어머니 발이 빠르기로서니 노루보다도 사슴보다도 아니 이 세상에서 제일 빠르게 달린다는 제규어보다도 더 발 빠른 아이들을 따라잡기란 여간 힘든 게 아니다. 도망가는 아이들을 혼줄 낼 목적에 숨이 턱에 닿을 만치 어머니들이 내달려보지만 어림없는 짓, 결국 동네방네에 자기 집 아이 학교 빼먹은 것만 실컷 광고한 격이 되고 만다.

어머니는 어떻게 된 게 우리들 뒤를 쫓아 부지깽이를 들고 얼러대기는커녕, 그래 하고픈 대로 멋대로 해 봐. 결국 손해 보는 건 너희들일 테니까. 하고 느긋하게 벼르는 것으로 대번에 우리들 기를 꺾어 놨다. 아니면, 거 잘됐네. 오늘 돼지 먹을 담쟁이 뜯어다 줄 일꾼 생겼네. 라고 하면서 학교에 가지 않으면 집에 얼마든지 할 일이 있으니 걱정 말고 가지 말라는 투였다.

내가 학생이 된 이상 타의에 의해서 강제로, 그것도 마치 사기 당한 듯 얻어진 학생신분이라 할지라도 학교에 가는 것은 당연한 것임을, 그게 내 의무라는 것임을 모르지 않았다. 대한민국 국민의 3대 의무 중의 하나가 교육받을 의무임을 상기해 보기 바란다.

나는 나에 관한한 모든 걸 스스로 해나가고픈 욕구도 굉장했다. 그런 의미에서 내가 할 수 있는 범위 안에서 뭔가를 찾다보니 학교에 갈 때 가더라도 일단 안가고 싶다는 내 의지를 밝혀 두는 행위, 무엇 무엇은 당신들에 의해서 억지로 하게 된 일이니 난 그 일을 거역하고 싶은 거요. 라는 실력행사를 하는 것이었다.

지겨운 푼수대로 치자면 하품이나 나와야할 학교생활이 날이 갈수록 아름다운 일들로 채워져 갔다.

아이를 춤추게 하는 것들

큰언니가 물려준 양철필통은 내 책보 속에서 몽당연필 한 자루와 주석이 원재료인 연필깎이 칼 하나를 속에 꼬옥 품고 살았는데 내가 학교에 가고 오는 길마다 시끄럽고도 경쾌한 소리를 딸랑딸랑 생산하여 내 발걸음에 신바람이 일게 했다.

책보를 허리에 질끈 동여매고 팔짝팔짝 뛸 때마다 양철필통이 나를 응원하는 그 소리는 내 온몸을 작은 악기로 변신시키고도 남았다.

나는 처음에 양철필통이 나를 탬버린보다도 작고 캐스터네츠보다는 좀 큰 시끄러운 악기로 변신하게 하고파하는 걸 알아채고는 낮은 도+와 높은 도-를 가르쳤고, 차츰 레, 미, 파, 솔, 라, 시 의 음계와 리듬을 배워줬다.

한 번 음계와 리듬을 익힌 양철필통은 가만있지 못하고 내가 허리에 책보를 두르기만 하면 좋아라 나를 부추겨 낮은 도+에서 높은 도-까지 종횡무진 소리 지르다가 내가 학교종이 땡땡땡- 어서 모이자, 하고 노래를 배우기 시작하자 같이 노래 부르고 연주하자고 자꾸만 부추겼다.

내 양철필통과 나는 단짝이 되어 지겹고 버거운 학교생활을 팽개쳐버리고 대신에 아름답고 신나는 학교생활로 바꿀 것을 결심했다.

학교 운동장 한켠에는 하루가 다르게 건물이 제 꼴을 갖춰갔다. 우리 마을 사람들은 모두 순번제로 날짜를 정하여 교실 짓는 공사에 일손을 보태었다.

아버지는 학교 공사장에 일하러 가길 싫어했다. 이유는 뻔한 것, 사람들이 딸부자 아버지라고 놀린다는 것이었는데, 아들 병에 걸린 걸 정당화하려고 둘러대는 핑계였다.

아버지가 학교 짓는 울력에 빠지는 날이면 학교에서 돌아오는 큰언니 입이 있는 대로 다 삐져나왔다. 왜 당번인데도 일을 나오지 않았느냐고 큰언니 담임선생님이 큰언니만 대고 다그치는 때문이었다.

"아버지, 내일은 꼭 일 하러 학교 갓서 예?"

큰언니가 울음을 잔뜩 삼키고 코 먹은 소리로 애원했지만 아버지는 못들은 체 돌아앉아 담배만 퍽석퍽석 피웠다.

"내가 그 공사판에서 또 딸부자란 놀림을 당해야 시원 하겠냐 넌?"

담배연기와 함께 큰언니한테 마지못해 한 마디 던진 아버지 대답에 나는 또 화가 치밀었다. 만일에 큰언니가, 아버지 내일 우리학교 학예회우다. 라고 한다든가, 내일 우리학교 운동회 마씸 아버지 꼭 옵서 예. 라고 했다면 상황은 달라졌을 것이란 걸 알기 때문이다.

노래 잘 부르고 무용 잘 하고 달리기도 남녀학생을 통틀어 제일 잘하는 큰언니는 학예회 날과 운동회 날은 그야말로 스타였다. 스타 옆에서는 스타 아버지도 별처럼 빛이 나서 아들 타령하는 것을 잠시 잊은 듯 했다.

큰언니와 내가 다니는 학교가 아버지만을 위한 것이라면 매일 학예회나 운동회를 벌여야겠지만, 학생은 공부도 해야 하는 법, 그래서 교실은 절대로 필요한 것이었다. 왜 아버지는 딸부자의 아버지 노릇은 싫고 스타 학생의 아버지 노릇만 좋아하는가!

사람은 자주 자신을 겸허하게 돌아봐야한다고, 그건 만고의 진리라고 틈나는 대로 설교하던 아버지는 학교 짓는 울력 앞에서 어디로 자취를 감췄단 말인가!

"수니야 내가 나갈 테니 걱정 말아."

어머니가 보다 못해 나섰다.

소처럼 일하는 여자 팔자

학교 짓는 데서 일하는 사람들은 목수를 제외하고는 거의가 다 여자였다.

동네 할머니들은 일을 하다가 버거우면 입버릇처럼 말하길, 쇠[牛]팔자보다도 못한 것이 제주여자 팔자라! 고 한탄했다. 정말로 제주 여자들은 어른 아이 늙은이 젊은이 할 것 없이 소처럼 일을 하고 살았다.

다음날 어머니는 슬이와 그미를 집에 놔두고 학교 짓는 공사판에 나갔고 집에서 아이들을 돌봐 줄줄 알았던 아버지는 그물코를 잣는다는 핑계를 앞세워 슬그머니 포구로 줄행랑을 쳐버렸다.

내가 학교에서 와보니 슬이와 그미는 마당가에서 노느라고 얼굴이며 온몸에 흙 범벅을 해놓았다.

학교 짓는 공사판을 아버지가 요리조리 피하는 통에 어머니만 고생을 도맡아 하는 걸 보면서 큰언니와 나는 열심히 공부하자고 다짐했다.

때때로 교문에 들어서기 전에 큰언니는 오징어 반쪽을 북 찢어 내 손에 쥐어 주었다. 나는 고맙게 생각하지 않았다.

"큰언니 너, 나 억지로 학교에 붙여놓고 미안하니까 이거 주는 거지?"

내가 큰언니 눈을 쏘아보며 나지막이 으르렁댔다. 큰언니는 고소하다는 듯이 미소를 지었다.

내 양철필통과 단짝이 된 이후로 나를 억지로 학교에 보낸 문제를 가지고 더 이상 큰언니한테 따지는 걸 그만두었다.

나는 큰언니를 따돌리고 내 양철필통하고만 학교를 오갔다. 가끔씩 친구들이 우리 사이에 껴들어 함께 작은 악기가 되어 마을안길을 시끄럽고도 경쾌한 소리로 가득 채우곤 했다.

발 한 자국 옮길 때마다 신나는 소리의 세계를 넘나드는 나와 내 양철필통을 양철필통이 없는 내 친구들은 몹시도 부러워했다.

싸움의 정석

아침 등교시간이면 '굴껍데기' 담임선생님은 항상 우리들 보다 먼저 학교에 나와 운동장 가운데 서 있곤 했다.

"얘들아 날씨가 참 좋다. 자, 오늘 우리교실은 저 학교 뒤켠 성벽너머 벌판이다, 하나 둘, 셋 둘, 한 둘!'

우리들은 귤껍데기 담임선생님 구령에 맞추어 대충 줄을 서면서 줄줄이 따라 교문을 나섰다.

하루는 교문에 덕이가 손가락을 입에 물고 서 있었다. 우리를 따라가고 싶은 눈치였다.

"선생님, 덕일 같이 데리고 가도 되카 예?"

내가 생님한테로 달려가 부탁했다.

"안돼요, 덕이는 아직 학생이 아닙니다."

선생님은 단호하게 거절했다. 평소의 우리 담임선생님 같잖게 내 부탁을 모질게도 딱 잘랐다. 나는 어쩔 수 없이 덕이를 교문에 그대로 둔 채 내 자리로 되돌아 달려갔다. 내 바로 뒷자리에 있던 옥자가 껴들지 못하게 견제했다.

"비켜! 내 자리야."

어깨로 밀쳐보려고 했다. 옥자는 나보다 키가 작았다. 내 어깨가 그 애 **뺨**을 잠시 찌그러뜨렸다. 옥자는 막무가내로 자리를 터주지 않았다. 나는 이번에는 엉덩이를 먼저 옆으로 들이대고 그 애 앞으로 게걸음해 들어가면서 사자새끼처럼 으르렁거렸다. 만날 자기 어머니한테 부지깽이로 매나 맞는 못난이 옥자도 나의 으르렁거림을 되받아 호랑이새끼처럼 이빨을 날카롭게 세웠다.

"쪼그만 게 까불지 말라 이. 야, 니마 너 여섯 살이면서 나한테 무사 대드나? 나 여덟 살인 거 너 몰라?"

그 애는 나를 이기는 지름길을 알고 있기라도 한 듯 나이를 들먹이며 틈을 내주려 하지 않았다. 나도 그렇게 만만하지는 않았다. 나는 목소리에 잔뜩 위엄을 싣고,

"안다!"
라고 대답했다. 그 애는 내가 누구란 걸 모르거나 잠시 잊어버린 것 같았다. 그 누구에게도 함부로 꿀리지 않는 천하무적 꼬마대장 고집쟁이 나, 니마임을 옥자가 모르지 않을 텐데……

"너! 이 세상에서 제일 지저분한 옥자야. 머리칼마다 서캐가 하얗게 슬어 이가 부글거리는 옥자야. 네가 분명 나보다 두 살 위지. 우리가 학교 입학하는 날 나는 너와 같은 여덟 살이 된 걸 그래 이 멍청이 옥자야 넌 모른단 말이냐?"

나는 옥자의 비위를 있는 대로 다 긁어대며 비집고 들어가려고 애를 썼지만 약이 오를 대로 오른 옥자는 물샐 틈도 허용하지 않았다. 우리들은 기어이 맞붙어 몸싸움을 하고 말았다. 나는 큰 키에 비해서 힘내기는 영 속 빈 강정 꼴인 게, 슬쩍 건드리기만 해도 픽픽 나가 넘어질 정도로 허약했던 것이다. 옥자는 내 최대의 약점을 노리고 끝까지 나를 밀쳐냈고 나는 길바닥에 내동댕이쳐지고 말았다. 픽 쓰러진 나는 정말로 아파 일어나지 못했다. 우리 반은 나를 지나쳐 저만치 가버렸다.

선생님은 우리가 티격태격 하는 걸 빤히 알면서도 끝내 모른 체 했다. 가끔씩 호루라기를 획-획- 불면서 하나 둘, 한 둘, 구령을 붙이다 말고 중간에 한마디씩 하곤 했는데, 줄이 비틀어 졌다 아- 돌담 한 톨이 허물어졌나? 저-기 삐죽 보기 싫게 삐져나온 거 누구 머리냐? 집어넣어 줄맞춰라! 둘둘 셋 넷… 구령을 붙이는 걸로 봐서 선생님은 우리들 싸움을 알고 있었지만 개입하고 싶지 않았던 모양이다.

줄 맨 끝의 아이가 내 눈앞에서 사라지려할 즈음 나는 안간힘을 다해 일어나 따라갔다.

햇살이 마련한 교실

내가 도착했을 때 우리 반은 성벽을 등에 진 양지뜸 잔디밭에 교실을 정하여 선생님을 중심으로 부채꼴을 그리며 앉아 공부할 준비가 끝나 있었다.

그 성벽은 다 허물어지다가 유독 우리학교의 서북쪽을 감싸 안 듯 에워싼 부분만 온전히 보존되어 있어 마치 학교 울타리 같았다. 성벽의 너비가 얼마나 두꺼웠던지 어른은 두어 사람, 아이들은 셋 혹은 넷이 나란히 서서 걸어 다닐 정도로 넓었다. 우리 마을 사람들은 그 성벽위의 길을 '잣질'이라고 불렀다. '잣질'은 울타리 길을 뜻하는 제주지역어이다.

우리들은 '잣질'에서 망아지처럼 달리고 다람쥐처럼 뛰놀았다. 그 성벽 양지뜸이 내 일학년 교실로 변할 줄이야!

아버지 말에 의하면 그 성벽은 조선조 초기 1400년 중기에 일본해적인 왜구의 침입에 대비해서 처음 쌓아졌는데 그 이후 보수를 계속했다 한다. 그러다가 마지막으로 보수한 건 1948년 무자년 4월에 '제주4·3사건'이 난 이후 삼년 동안이라고 했다.

그 성벽의 나이는 무려 5백 살도 넘어 6백 살을 바라보고 있었던 것이다.

내가 태어나던 날 아버지는 마침 성문지기 당번이어서 보초를 서는 바람에 내 첫울음 소리를 듣지 못했다고 한다. 아침에 집에 와보니 내가 태어나 있었지만 딸이란 말을 듣고는 사람들이 예쁜 비바리(여자애)낳았다고, 어서 아기를 보라고 해도 시치미 뚝 떼고 담배만 피웠다고 한다.

"아으- 저 불효막심한 년 같으니, 고출 달고 나왔어야지 고추를!"

아버지는 보초 서느라 날밤을 지새웠는데도 잠시 눈 부칠 새도 없이 다시 성으로 달려가 자진하여 성문지기를 다른 사람 대신 하면서 연신 푸념을 해댔단다.

"이번엔 틀림없는 고추 달린 놈으루, 아들놈이 나올 줄 알았는데, 내 인생 낭패다 낭패!'

나의 탄생을 비관하여 연이어 이틀 동안 성문지기를 했다는 아버지 역사를 말 배울 때부터 귀가 아프게 들었다.

그 때 나는 이담에 커서 아버지한테 꼭 복수하겠다고 다짐했다. 이틀씩이나 나를 인정하지 않았단 말이지? 좋아, 내가 이담에 커서 이 세상 남자들 꼼짝 못하게 휘어잡을 여장부가 될 테다! 그 날은 엉터리 해적선 선장 각하! 당신도 나를 딸이 최고라고 인정하지 않을 수 없을 걸? 각오하시오.

딸로 태어났다고 나를 무시한 아버지한테 나는 잔뜩 벼르며 하루하루를 살고 있었다. 아버지도 그걸 모르지 않았다. 아버지는 내가 벼르는 것쯤 웃긴다고 생각하는 것 같았다. 아무려면 저 년이 고추도 달고 나오지 못했으면서.

'제주4·3사건'이 끝나자 그 성벽을 일부 허물어 신작로 닦는 자갈로도 써버리고, 난리 통에 불타버린 집짓는 데도 써버리고, 말이나 소가 밭에 들어가 애써 가꾼 곡식을 해치지 못하게 밭담 보수하는 데도 써버리다 보니 우리학교 주변에만 남았던 것이다.

나는 아무데나 털버덕 앉았다. 심술보 끈이 풀어지려는 걸 애써 동여매면서 나도 다른 아이들처럼 공부할 채빌 서둘렀다.

봄이 훼방 놓다

봄 벌판에 펼쳐 앉은 교실에는 봄이 피워대는 향기가 훼방 놓기 딱 알맞았다. 찔레꽃 향기가 내 코끝을 얄궂게도 간지럽히는 바람에 나는 자꾸만 재채기를 했다.

청하지도 않은 나비와 새들, 벌들이 우리 일학년 야외교실을 넘나들며 제멋대로 봄을 즐겼다. 벌 한 마리가 잉잉 요란하게 날개 짓을 해대는가 싶더니 내 귓불 깨를 어정거렸다. 벌은 내가 모른 체 하자 눈높이에서 오르내리기도 하고 뱅뱅 돌면서 약올리기를 잊지 않았다.

나는 벌보다 나비를 더 좋아한다. 그것도 모르고 바보 같은 벌, 이이--- 말벌! 아니 쌍살벌.

질끈 동여매어두었던 내 심술보 끈이 툭 끊어짐과 동시에 나는 검정타이어고무신을 벗어 벌을 향해 냅다 삿대질을 했다.

"이노무 어리석은 말벌 같은 이. 이 세상에서 제일 독한 쌍살벌 같은 이."

말벌인지 쌍살벌인지 쉽게 구분이 가진 않았는데 배에 노란색과 검정색 줄무늬가 있고 배가 늘씬하고도 잘록한 걸로 봐서 쌍살벌이 틀림없어 보이는 그 벌은 삿대질 한 번에 그만 내 고무신 앞부리에 잡히고 말았다. 만세! 나도 모르게 검정타이어고무신 앞부리 께에 갇혀 잉잉대는 벌을 번쩍 들고 자리에서 일어나 만세를 불렀다. 귤껍데기 선생님도 벌떡 일어섰다. 선생님은 일어선 것만으로도 워낙 큰 체구여서 오두방정 떤 나를 당장 제압하고도 남았다. 내 앞을 막아선 선생님의 허리띠의 해병대 마크가 선명하게 박힌 버클에 새겨진 닻이 임자 만났다는 듯이 선생님이 숨을 들이쉬고 내쉴 때마다 번쩍번쩍 빛을 발해 눈이 부셨다.

"니마, 니마! 지금 무슨 시간이야?"

그 우렁찬 목소리라니. 그야말로 나 같은 조무래기는 물론이고 산천초목도 벌벌 떨 정도로 무시무시한 괴성이었다.

그 자리에 얼어붙어 버린 나. 아직도 높이 들고 있는 검정타이어고무신 앞부리에서 말벌은, 확실히 쌍살벌 같은데 차츰 정체를 밝히기로 하고 그냥 말벌이라고 해두자, 잉잉 거리고 있었다.

선생님은 무서운 얼굴을 조금도 펴지 않고 우리들을 찬찬히 한 사람씩 둘러본 다음 마지막으로 나와 정면으로 눈을 맞추려고 허리께에서 탁 꼬부라져 버텨 섰다. 기역(ㄱ)자로 선 선생님과 일(1)자로 나는 마주 선 꼴이 되고 말았다.

애들은 뭐가 우스운지, 저 봐라 저거, 선생님하고 니마하고 기역자와 일자가 눈싸움 벌린다. 선생님 이겨라! 니마도 이겨라! 훈수를 두어가며 배꼽을 잡고 웃어댔다.

"아하, 니맛 얌마! 교실도 제일 꼴맹이로 찾아오더니 고무신 벗어들고 벌이나 잡는단 말이지? 이 엄숙한 공부시간에. 봐랏. 대한민국 국민학생 중에 공부시간에 벌 잡고 장난치는 학생, 우리 학교 니마 밖엔 없닷! 맞지?"

이게 웬 벼락?! 나는 이빨을 닥닥 부딪치며 무서워 떨어댔다. 무섬증에 비기면 눈싸움할 겨를이 없을 텐데도 선생님과 맞춘 눈동자를 정면에 고정시킨 체 눈꼴을 조금도 누그러뜨리지 않았다.

굴껍데기 선생님 표정은 시간이 가면 갈수록 더욱 더 무섭게 변해가기만 했다.

"니맛 요녀석! 니 벌 잡았으니 벌에 대해 좀 얘왁(이야기)해 봐랏. 못하면 큰코 다칠 줄 알앗!"

쫘악 팔을 뻗어 검지손가락으로 내 눈을 콱 꿰뚫어 쏠 듯이나 들이대고는 협박조로 나지막히 명령한 다음 홱 돌아서서 선생님 자리로 가 앉자마자 나를 향해 눈을 부라리는 걸 잠시 잊었다는 듯 다시 눈발에 힘을 주시는 게 아닌가.

한참 노력하여 겨우 굳어버린 입술을 풀었다.

"저 저어 저, 벌은 꿀벌도 이있구요오 말벌도 이있구우- 또 개미도 버벌이입니이다."

아이들은 개미도 벌이란 내말에 또 한여름에 소나기 퍼붓듯 와아-웃음을 터뜨렸다.

"야! 정말 저 니마 웃습다 이. 개염지(개미)가 벌이래."

나는 기가 찼다. 아무것도 모르면서 저 무식한 것들이 배꼽잡고 야단이야.

"야아- 개민 날개 떨어진 벌이란 말야. 진짜야."

아이들에게 흰 눈자위가 뒤집힐 정도로 눈을 까뒤집어 흘기며 그들의 무식을 힐난했다.

아이들은 떼굴떼굴 떽데구루 구르면서 더욱 더 요란하게 웃어댔다. 뿐 아니라 내가 같잖은 소릴 한다고 놀려댔다.

자- 다음 글을 봐라 좀, 봐서 남 주나?

이 세상에 알려진 벌의 종류만 해도 어림잡아 1십만5천 여 종이고, 우리나라에 사는 벌도 1천5백 여 종이 넘는다고 한다.

벌 종류는 크게 잎벌무리*, 꿀벌무리*, 말벌무리*, 개미무리* 등 넷으로 나눈다.

> * 잎벌무리는 그냥 잎벌 또는 송곳벌이라고도 하고 생김새는 배와 가슴 그리고 허리가 비슷할 정도로 굵고 산란기관은 톱니모양이고 애벌레는 나비나 나방애벌레와 비슷하다.
> 식물의 잎과 나무줄기 속의 목질을 갉아먹는 해충이어서 사람들은 싫어한다.
> * 꿀벌을 모르는 사람은 없을 것이다. 꿀벌, 꽃벌, 뒤영벌이 있고 꽃을 찾아다니면서 꿀을 따 모은다.
> * 말벌은 허리가 잘록하니 벌 중에 가장 멋쟁이 벌이다. 쌍살벌, 나나니벌, 호리병벌, 땅벌이 다 말벌무리에 속한다.
> 우리나라에서 가장 크고 무서운 벌은 뭐니 뭐니 해도 장수말벌이라고 알려졌다. 사

람이 장수말벌에 쏘여 죽는 수도 있다.

벌 중에서 가장 아름다운 집을 짓는 쌍살벌은 우리나라에만도 여섯 종류나 있다고 알려졌다.

* 개미도 엄연한 벌이다. 여왕개미, 숫개미, 병정개미, 일개미로 나누지만 이들은 다 날개 잃은 벌 무리이다. 참, 여왕개미는 날개가 있지.

생물학자 남상호 교수가 벌 박사이다. 내말이 미심쩍으면 대전대학교에 가서 교수님 만나 물어 보기 바란다.

개미도 벌무리라고 최초로 내게 말해준 사람은 어머니이다. 개미집만 보면 헤집어놓는 내게 어머니는 남이 사는 집에 심술부린다고 나무라다가 벌 중에서 가장 영리한 게 개미라고 덧붙였다.

"아마 우리 니마보다 저 개미들이 더 똑똑할 지도 몰라."

나는 어머니의 말에 약간 충격을 받았다. 사람보다 영리한 곤충이 있다니 믿기지 않았다.

어머니는 이에 한 술 더 떠 말하길, 식물 중에는 개미보다도 더 영리한 게 있단다. 너무 기가 차서 그 식물 이름을 제대로 기억해 두지 않았다. 향기로운 꿀과 아름다운 색깔로 곤충을 꼬드겨서 잡아먹는다는 끈끈이주걱인가, 건드리면 잎을 오무리는 미모사인가, 겨울에 살아있는 벌레 몸에 포자를 떨어뜨려 여름이면 한포기 버섯으로 피어나는 동충하초(冬蟲夏草)인가? 그 영리한 식물이 뭐지?

쌍살벌은 봄이 되면 우리 뒷동산 숲 속에 아름다운 집을 제일 먼저 지었는데 아버지가 그 벌집 건드리지 말라고 신신당부했다.

"너, 호기심쟁이 니마. 쌍살벌이 화났다간 국물도 없어 마. 죽어. 조심해야 돼. 예쁘다고 함부로 남의 집에 손대지 말고."

아이들이 웃다 지쳐 숨을 몰아쉴 때까지 나는 분통이 터져 씨근덕거렸고 선생님은 우리들을 보고만 있었다.

"일학년!"

선생님이 갑자기 구령을 붙이더니 호루라기를 길게 삐익- 불었다. 우리들은 얼결에 네. 넷! 하고 대답했다. 일학년이 되는 날 우리는 선생님하고 약속했다. 선생님이 일학년! 하면 우린 네. 넷! 하기로. 신기하게도 일학년! 구령에 맞추어 네. 넷! 대답을 하고 난 아이들은 배꼽잡고 웃어대던 웃음을 순식간에 감췄고 나도 심술보 주머니를 얼른 묶어 명치끝에 숨겼다.

우리는 공부할 채비가 되어 있었다. 나도 물론! 그러나 선생님은 말벌 한 마리가 잉잉대는 내 검정타이어고무신을 높이 치켜 든 내 오른 손을 내리라고 하지 않아 팔이 아파도 계속 참고 있어야 했다. 왼 손으로 양철필통을 꺼냈다.

"니마 말이 맞다 개미도 벌이다. 그러니 니들 니마 말에 더 이상 웃으면 안 된다. 자아- 공부하자. 니맛! 그 놈의 구멍 뚫린 시커먼 타이아고무신 그만 내려놔라. 신발도 다 터져신게(터졌네)."

그러면 그렇지, 선생님이 잊어버릴 리 없지. 말썽 부렸다고 실컷 벌쓰게 한 거야 저 귤껍데기 선생님이! 씨, 아이 분해.

"나 예쁜 꽃 코고무신 집에 있수다."

회초리를 꺾은 종소리

예쁜 꽃 코고무신을 아끼느라고 별 볼 일 없는 학교에 가는 날은 다 낡은 검정 타이어고무신을 굳이 신고 다녔다.

"니마 시끄러!"

선생님은 짤막하게 내 말을 받았다.

피이- 분해도 어쩌겠는가 참아야지. 말벌을 놔주고 신을 신었다. 엄지발가락이 삐죽이 머릴 내밀고 내가 귤껍데기 선생님한테 혼난 게 고소하다고 마구 웃어댔다. 나는 기분이 나빠 그놈의 엄지발가락을 뽀족하게 깍은 연필로 콕 찔러줬다. 아유! 아파. 피가 다 났다.

국어공부시간은 미치게 지루했다.

바둑아 이리와 나하고 놀자.

난 버얼써 그거 다 해치웠다.

우리 국어책을 쓴 사람 네 개 이름이 바둑인가 보다. 선생님이 먼저 읽으면 뒤따라 삐약, 삐약, 병아리들처럼 소리치는 아이들 곁에서 공상의 세계로 빨려들어 갔다.

책속에서 철수라는 아이에게 반갑게 달려드는 바둑이라고 부르는 강아지는 잡종이 분명해 보였다. 저 강아지 이름이 왜 바둑이일까? 바둑돌과 전혀 닮은 데가 없어 보이는데,

하긴 우리 짱돌이도 생긴 것하고 이름하고 전혀 어울리지 않는다. 짱돌이는 원래 단단하고 야무지면서도 한손아귀에 쏙 들어갈 정도로 앙증맞은 차돌멩이 '먹돌'을 일컫는다. 하지만 작은 송아지만하여 나를 거뜬히 등에 태우고 망아지처럼 달릴 만치 크고 미련스럽다.

건이는 걸핏하면 우리 짱돌이를 가지고 놀려먹었다. 으흐 푸흐흐하핫. 저 똥개 덩치에 짱돌이가 뭐냐 짱똘이가. 이름하고 생긴 꼴하고 도무지 어울리는 데가 없어 못 봐 주겠다니까. 그치 니들 내말 맞지?

에구. 저 건달 건이. 짱돌아, 콱 한입 물어버려라 겁똥 싸게.

나도 지지 않고 건이와 맞대거리를 쳐댔다. 건이는 이 세상에 나오면서부터 건

달 끼가 있어 수틀리면 누구에게나 주먹을 내질렀지만 나한테는 그러지 못했다.

"저 쬐고만 비바릴 그냥, 아 주먹이 운다, 울어."

나한테 힘자랑은커녕 전혀 맥을 못 추는 건이를 생각할 때마다 내 입가에서는 피식 웃음이 방귀를 뀌곤 했다.

생각을 바꾸기로 했다. 그 때 마침 저만치 나비들이 날아오른 게 눈에 띄었다. 문득 죽어 나비로 환생한 덕이 아버지가 생각났다. 꼬리명주나비가 된 덕이 아버지가 덕이 보러 왔으면 좋겠다?

꼬리명주나비는 나비 흔하기로 소문난 제주 섬에서도 귀하디귀하게 볼 수 있는 나비란다. 제주 섬에서 보다는 저기 진도나 백두대간 줄기를 따라 많이 산다고 하던가.

덕이 아버지가 하필이면 그처럼 귀한 나비로 환생할 게 뭐람. 어디서나 지천으로 날아다니는 배추흰나비나 아니면 노랑나비도 괜찮았을 텐데.

자기 아버지가 죽은 줄도 모르고 하염없이 기다리는 덕이한테 노랑나비가 눈에 띌 때마다, 저게 바로 너의 아버지가 환생한 나비란다 라고 말해줄 수 있다면 얼마나 좋을까.

난 이담에 죽으면 노랑나비로 환생해야지.

아버지가 가끔 거나하게 술이 취하면 늦은 저녁밥상을 청해놓고는 놋쇠젓가락으로 밥상머리를 두드리며 구성지게 부르는 타령이 있어 나도 배웠다.

나비야 청산 가자
노랑나비 너도 가자
가다가 날 저물거든
꽃에 들어 자고 가자

좋오타 - 좋아-
꽃에서 푸대접하거든
잎에서나 자고 가자
좋아 좋아 으흠흐흠

나는 홍에 겨우면 일어서서 덩실덩실 춤을 추기도 했다.
어머니는 아버지가 젓가락 장단에 맞추어 나랑 같이 그 노래를 부를 때마다 몹시 화를 냈다.
"니마 아버지, 그거 차마 아이랑 더불어 부를 타령이우? 아이고 망측해 못살겠네. 제발 그만 두시구랴."
나는 그 노래가 좋기만 한데 왜 어머니는 그토록 싫어하실까? 시(詩)를 안다는 분이 풍류는 모르시나 봐. 어머니가 보이지 않는 데서 나비와 맞닥뜨리면 이때다! 하고 그 노랠 불러 제쳤다.
느닷없이 아이들 웃음소리가 폭포처럼 나를 향해 쏟아지는가 싶더니 선생님 회초리가 급기야 내 머리통을 따끔하게 후려갈겼다.
"니마 일어 서!"
선생님 회초리 끝이 내 오금을 지체하지 않고 일으켜 세웠다. 회초리는 나를 하늘에다 걸 기세였다.
"이 놈 니마 너, 오늘 안 되겠다 회초리로 종아리 좀 맞아야지."
공부시간에, 남들은 열심히 공부하는 데, 이노옴 니마 너! 아버지들이나 술 마시고 부르는 타령을 뽑아 제쳐? 썩 선생님 앞으로 와서 종아리 걷지 못할까. 선생님의 불호령은 계속되었다.
맙소사. 내가 오늘 왜 이럴까 두 번 씩이나 실수를 다 하구. 어째 나비타령이

귀에 쟁쟁하더라니. 나는 공상에 빠져 그만 나도 모르게 아버지에게 배운 타령을 부르고 만 것이다.

가는 회초리가 종아리에 찰싹찰싹 감길 때마다 아픔은 살을 파고들었다.

아이들은 선생님이 회초리를 내 종아리에 내리칠 때마다 하나, 두울, 세엣, 선생님 빨리, 네엣, 빨리 때립서 게! 몇 대 더 때릴 것과? 어쩌고 훈수하는 재미에 맛 들여 즐겁게 소리쳤다.

"니네들 두고 봐라. 오징어 코 한쪽도 안 준다 씨—."

나는 이빨을 옹다물고 아픔을 참았다. 아픈 것 말고는 울 건지가 없었다.

봄기운이 도깨비처럼 나를 홀렸어도 나는 정신을 똑바로 차렸어야 했다. 종아리가 아픈 만큼 자신을 맘속으로 혼내주고 있었다. 수업시간에 나비야 청산가 잘 불러대고 도대체 어쩌겠다는 거야? 맘속으로 불러야지 바보같이……

내가 저지른 실수를 두고 울면 그야말로 울보밖에 더 될 것이 없다싶어 죽을 힘을 다해 종아리에 더해지는 아픔을 참았다. 앞으로는 학교에서 절대 나비생각하지 말아야지. 아무리 나비를 좋아해도 말이다.

선생님이 다섯 번째 회초리를 내 종아리에 내려놓을 때 멀리 학교에서 종소리가 우리 양지뜸 교실까지 달려와 수업이 끝났으니 어서 그만 때리라고 말려주었다.

선생님의 눈동자 속에 갇힌 나쁜 학생

아이들이 선생님과 어울려 들판을 돌아다니며 청미래 어린순이랑 찔레 순을 꺾어 먹을 때 나 혼자만 양지뜸 교실에 남아 두 손을 머리 위로 치켜들고 벌을 쓰고 있었다. 나는 요령껏 팔을 굽혔다 폈다하면서 시간을 났다.

다음 수업시작 종소리에 맞추어 선생님이 얼굴을 내 앞에 들이밀고 눈동자 속에 나를 통째로 집어넣었다. 아이 무서워. 나는 선생님 눈동자 속에서 나오려고 고개를 이리저리 돌리며 버둥거렸다.

나를 벌주는 선생님 얼굴에는 장난 끼가 덕지덕지 서려 귤껍데기를 닮은 뺨에 송송 뚫린 땀구멍이 다 즐거워 노래를 부르는 것처럼 보였다.

"너 니마, 쉬는 시간 내내 팔 들고 있었지?"

나는 부아가 치밀었으나 안으로 감추면서 시무룩하게 대답했다.

"예-"

"그럼 팔 아프겠다 이제 그만 내려라. 종아리도 아프지?"

아프라고 때리고 벌쓰게 했으면서 그걸 말이라고 하다니 어떻게 해석해야 옳은지 몰랐다.

나는 정직하게 대답하지 않았다. 아프지 않다고 하면 벌쓴 팔과 매 맞은 종아리한테 미안하고 아프다고 솔직하게 시인하면 선생님이 좋아라 회심의 미소를 지을 것 같았기 때문이다.

"선생님께서 때리고 벌쓰게 할 때 맘먹은 그대로우다 게."

"야 요 맹랑한 녀석 봐라!?"

귤껍데기 선생님이 기가 막힌다면서 뒤로 발랑 나뒹굴더니 물구나무를 섰다. 그게 아니면 너무 기막혀서 벌렁 나자빠졌거나. 질끈 해병대 버클로 동여맨 바지춤과 아래로 거슬러 내린 웃옷 사이에 드러난 선생님 배꼽은 참으로 웃겼다. 할아버지 상투 끝처럼 툭 불거져 나온 게 내 주먹만 해보였다. 그 배꼽 보고 내가 웃으면 난 자존심 하나로 사는 니마가 아니다. 시침 딱 떼고 내 자리로 돌아왔다.

두 번째 수업은 학교에서 끝나는 종소리가 달려와 알려주기 훨씬 전에 끝났다. 선생님은 우리들을 다시 벌판에 풀어놨다.

어서들 저어기 가서 땅꼬고리(찔레어린순)도 많이 꺾어 먹어라. 저-기 저, 평지나물 밭에 가선 나물허리 분질러지지 않게 조심해서들 꺾어먹고 이. 자 어서들 가서 아무 거라도 배부르게 먹어라.

선생님 말이 끝나지도 않았는데 아이들은 벌써 저만치들 달려가고 있었다. 나는 그냥 교실에 남았다.

팔딱팔딱 벌판 여기저기로 달려가다가 봄기운이 무르익는 하늘 저 멀리까지 날아오르는가 하면 사뿐히 벌판으로 내려앉곤 하면서 아이들은 먹을 걸 찾아 뛰어 다녔다.

우연찮게 마주친 선생님 눈에 물기가 촉촉하게 어려 있었다.

빨리 보리가 익어야 저 놈들 주린 배꾸러기가 도톰하니 부풀 텐데……씨팔, 양코배기들 이럴 때 밀가루랑 우유가루 좀 원조 안주나? 애들 수제비라도 떠먹이면 오죽 좋아 에이-

전에 같았으면 함부로 '씨팔' 따위 나쁜 말을 선생님이 쓰면 되느냐고 따졌을 테지만 선생님 혼잣말 속에 뭔가가 있어 나는 도리어 숨을 죽이고 듣고만 있었다. 선생님 혼잣말 속에는 뭔가 슬픈 일을 보거나 말을 듣고 속에서 울음이 복받칠 때와 같은 코허리를 시게 하는 어떤 것이, 어떤 감격스런 것을 목격한 끝에 눈물샘을 콕콕 찌르는, 마음이 풍만할 때 오는 행복 같은 것이, 너무 마음이 아플 때 저 깊은 어딘가에서 부터 치받혀 오르다가 명치끝에 이르러 숨통을 꽉 조여 버리는 통증 같은 것이 있어 슬며시 겁이 났다.

기어이 선생님의 눈물어린 눈동자 속에서

한참 후에 선생님이 내게 말을 걸었다.

"너 니마, 아까 공부시간에 보니까 책을 정화한테 빌려주고 넌 딴전 피던데 왜 그랬니?"

눈물어린 눈동자 속에 부드럽게 나를 담고 말씀하시는 선생님을 마주 하니 귤 껍데기 같은 그 얼굴이 이번에는 잘 부푼 '상외떡' 처럼 후덕해 보였다.

'상외떡' 은 한 여름에 토밀가루에다 막걸리 쉰 것을 섞어 더운 부뚜막에 놔 빵 반죽처럼 부풀게 한 다음, 만들고 싶은 대로 네모로도 자르고 세모로도 자르고 또 사발을 엎어놓고 본뜨듯이 동그랗게도 오려내어 찐빵처럼 쪄내는 '기주떡' 의 일종이다.

옛날 서울 궁궐에 임금님이 살던 시절에는 이 '상외떡' 이 궁중제사상에도 오르던 떡이 제주 섬으로 건너와서 그 모양새가 변했다는 말을 어머니에게 아님 고모한테 들었던 것 같다. 상화병(霜花餠)이래나 뭐래나!

사전에 혹시 이 떡 이름이 올랐을까 호기심이 일어 찾아보니 있었다! 어? 내가 조금 잘못 알고 있었네.

상외떡 /상화병(霜花餠)*에 대해 사전에는 이렇게 쓰여 있다.

* 상화(霜花)떡: 칠석(七夕)날 절사(節祀)에 쓰는 떡. 상화고, 상화병.
밀기울에 막걸리를 타서 쑨 죽에 가루누룩을 넣어 하룻밤을 지낸 다음, 이것을 걸러 밀가루를 넣고 반죽해서 잰 뒤에, 꿀팥소를 넣고 다시 재어서 물에 담가, 거기서 뜨는 것을 건져서 시루에 쪄 냄.

우리 집에서는 '상외떡'을 만들 때 위에 써진 것처럼 복잡한 절차를 거치지 않았다.

여름 제사 제물(祭物)로 주로 '상외떡'을 쪄 올렸다. 마당 한 귀퉁이 바람막이에 두 말들이 큰 무쇠가마솥을 앉히고 잘 마른 솔가지로 불을 지피는 사이 마루에서는 동네 어머니들이 다 몰려와 어제 반죽하여 두꺼운 미군담요를 덮고 뜨듯하게 불을 땐 부뚜막에 올려놔 부풀려 둔 반죽덩어리를 큼지막하니 잘라 암반에 올려놓고 국수밀대로 적당히 민 다음 알맞게 잘라 백지를 편 멍석에다 널어놓는다.

무쇠가마솥이 펄펄 끓어오르면서 수증기를 뿜어내면 미리 잘라 놔 마치 살아 있는 듯이 '보고랗'하게 부풀어 오르는 떡들을 생솔잎 위에 얹어 쪄내면 노르스름하니 때깔이 고운 게 찐빵은 저리가라 할 만치 무척 먹음직스러웠다.

아마 사전(辭典)에 오른 상화떡과 한 여름 뜨거운 열기 속에 한껏 부풀어 올라 우리 집 제사상을 그득 채우고 파제 후에는 우리들 배를 포만하게 불려주던 푸짐한 '상외떡'이 사촌지간쯤은 되지 않을까 싶다.

멍청이와 똑똑이 구별 법

귤껍데기 우리 담임선생님은 '상외떡' 만큼이나 푸짐한 모습으로 내 눈 가득 인박혀 들어왔다. 생각 같아서는, 선생님 얼굴이 꼭 '상외떡' 닮았수다. 라고 하고 싶었지만 꿀꺽 삼키고

"저는 예, 국어책 첫 장부터 끝 장 까지 다 외웠수다 게. 난 책 안 봐도 되난 예, 정화한테 빌려준 거 마씀. 난 책 안 봐도 정말 다 알아 마씀 선생님이 어디쯤 우리한테 가르치는 지 다 알아 마씀."

선생님이 솥뚜껑처럼 커다란 손으로 내 머리를 가만히 쓰다듬어주었다.
"그래. 니마가 참 똑똑해서 국어책을 통째로 다 외웠구나 게. 장하다. 정화한테 빌려준 것도 착하다. 글치만……"
선생님이 말끝을 끌었다. 어른들은 설교할 게 있으면 먼저 칭찬하는 체 하는 건 다 똑같았다. 나는 선생님이 뭐라고 말씀을 마무리하실 지 짐작하고도 남았다.
"공부할 때는 아는 것도 다시 해야 한다. 그래야 참 공부가 되는 거지 알안? 니마야. 머리 좋다고 함부로 뽐내는 아이는 멍청해도 열심히 공부하는 아이만 못한 법이다. 잘 알아 두라 이."
나는 이왕지사 대답하는 거, 시원하게 했다.
"예, 선생님. 명심하쿠다."
그러나 마음속에서는 전혀 다른 대답을 하고 있었다.
게메 예(글쎄요). 멍청이와 똑똑이를 그렇게 비교하시는 거, 제 자존심 상햄수다.
아이들이 한참 후 종소리에 맞추어 양지뜸 우리 교실로 되돌아온 걸 보니 다들 입언저리에 풀물이 들어 입술이 검푸르렀다.
"얘들아 뭐 좀 많이 배부르게 꺾어 먹언?"
선생님이 아이들을 둘러보며 물어봤다. 아이들은 다 같이 입을 맞추어 합창이나 하듯이, 아니 마씀. 선생님 아직도 배가 막 고파에 라고 꼬리가 길게 메아리 지는 대답을 하는 것이었다.
선생님이 헛기침을 했다. 어른들은 너무 슬프면 그랬다. 나도 괜히 눈물이 쏟아질 것만 같았다.
"자아, 그럼 우리 음악공부 하자."
우리들은 선생님 손짓에 따라 일제히 일어서서 서로서로 손을 잡고 팔을 뻗어 동그란 원을 두 겹 세 겹으로 그렸다.

노래에 맞추어 춤을 추었다. 선생님도 육중한 몸매에 어울리지 않게 우리처럼 나비도 되고 다람쥐도 되고 토끼도 되면서 춤을 추었다.

나는 한참 춤을 추다가 엉덩방아를 찧고 말았다. 내 엉덩이는 주사 자국이 다시 곪아 홍시처럼 익어있었는데 갑자기 털썩 주저앉는 바람에 터지고 말았다. 다행히 선생님이 오늘 공부를 그만 끝내자고 했다.

"들판에 나갈 어린이들은 뱀을 조심해사 이. 이제 겨울잠을 막 자고 일어나서 독은 강하지 않아도 물리면 아파. 알았지 이?"

선생님의 당부 말씀은 조랑말처럼 달려 나가는 아이들이 일으킨 바람이 삼켜 버렸다.

돌파리 의사의 의료행위 결과

집으로 돌아오는 길에 사내아이들이 놀려댔다.

니마는 옷에 오줌 쌌져, 오줌 쌌져. 니마는 오줌쌔기(오줌싸개). 푸는체(키) 썽(쓰고) 소금 빌러 갈거여.

곪아터진 주사 자국에서 배어나온 고름에 젖은 내 치마를 들추면서 그놈들 사내아이들은 신이 났다.

"너희들이나 밤에 오줌 싸고 아침이면 키 쓴 체 소금 빌러 댕기멍(다니면서) 빗차락(빗자루)으로 얻어맞지, 난 아니다! 이 바보 고추들아!"

나는 졸지에 오줌싸개가 되고 말았다. 분했다. 손바닥선인장을 붙이고 나서 다 나은 줄 알았는데 계속 곪고 있었다니, 도대체 뭐야 뭐? 이럴 때 그 세상에서 가장 나쁜 말 '씨팔'을 한 번만 탁 해 버리면 속이 후련할 것 같은데 그 말을 입

밖에 내는 것은 도덕적으로 도저히 용납이 안 되겠고, 속이 부글부글 일 천 도시쯤 끓어올랐다. 내 그럴 줄 알았지. 아버지가 한없이 원망스러웠다. 의사도 아니면서 만날 내 엉덩이에 주사를 놔대는 '톨파리' 의사, 엉터리 해적 우두머리.

아이들을 상대하면 더 놀릴 것이 뻔해 분을 삭이며 종종 걸음을 쳤다. 빨리 집으로 숨어버리고 싶었던 것이다.

내 양철필통이 소곤소곤 작은 악기로 변신하는 놀이를 하자고 꼬드겨도 못 들은 체, 집에 도착하자마자 책보를 마루에 내동댕이쳤다. 양철필통이 아프다고 탈크락 탁, 둔탁한 소릴 내질렀다.

슬이와 그미가 짱돌이를 가운데 두고 정답게 놀고 있었지만 아른 체 하지 않고 안방으로 가 아버지 베개를 베고 누웠다.

순수한 어른들

우리 집 아이들은 아프면 안방에 누울 권리를 자동적으로 획득하는 선례가 있었다. 그 권리를 가장 자주 많이 누리는 아이가 니마 나였다.

안방에 누웠으면 어른이 누구든 들어와서 아픈 나를 위로하는 게 늘 있어온 순서였는데도 그날은 아무도 들어오지 않았다. 어머니는 아마도 학교 짓는 공사장에서 아직 돌아오지 않는 모양이었다.

"술 푸대 엉터리 해적, 아방이란 사람은 어디 간?"

잠시 혼자 심술을 내보다가 제풀에 꺾어놓고 마루로 통하는 사잇문을 열고 슬이네 노는 걸 물끄러미 보고 있었다. 슬이네는 그미랑 짱돌이랑 셋이서 누룽지를 나눠 주거니 받거니 놀이삼아 먹고 있는 중이었다.

그 때 잠통과 만포아저씨가 왔다. 잠통은 먼저 채마밭에 들어가 아버지 비밀인 술을 한 바가지 퍼 마시고는 툇마루에 몸을 걸치듯 대고 앉아 허허, 허허, 웃은 다음 방문턱에 아버지 베개를 얹고 누운 나를 살폈다.

"니마야 또 아판?"

정말로 걱정하는 목소리였다.

만포아저씨도 잠통을 따라 똑같은 말을 했다. 만포아저씨는 잠통과는 또 다른 바보였다.

잠통이 글에 능통할 뿐 아니라 시문에 통달하고도 건드렁 만드렁 세상을 아예 바보취급하면서 자신도 덜떨어진 감쪽지나 다를 바 없이 되는대로 살아가는, 어찌 보면 약아빠진 지식인 게으름뱅이 바보라면 만포아저씨는 우리 그미처럼 천진난만하고 순수한 아기와 다름없는 바보였다.

만포아저씨는 제 나이가 몇 살인지도 몰랐다. 여섯 살짜리 나보다도 돈을 몰라 그저 종이정도로나 취급하기 일쑤였는데 어쩌다 돈이 생기면 구멍 뚫린 창문을 때우고 바람벽 틈새를 바르기도 했다. 어느 날은 시뻘건 오천 환짜리로 담배를 말아 막 피우려던 찰나에 내가 보게 되었다.

"만포아저씨 잠깐! 그 거 나 주면 울 아부지 궐연 훔쳐다 주쿠다."

그는 오천 환짜리로 만 궐연 한 개비를 선선이 주었다. 나는 담배를 털어버리고 돈만 우리 방 벽지 틈을 예리한 아버지 낚시 칼로 잘라 만들어 놓은 비밀주머니에 숨겼다.

도둑을 부른 비밀

이건 비밀인데 말 할까 말까? 에잇 해버리자 까짓 거! 여기서 내가 비밀을 털어놨다고 이미 저승에 든 지 몇 십 년째 되는 아버지를 찾아가 고자질할 이 없을 테고, 사실은 이미 오래전에 발각되어 아버지한테 호되게 치도곤이 친 사건이니 우리 집에서는 비밀도 아니다. 다만 대외적으로 좀 그렇다는 거다 체면에 혹시 먹칠하는 거나 아닐까 하고. 속물근성이 발동하여 걱정하는 것 말고는 아무것도 아닌 옛날 일에 불과 하고말고.

나는 네다섯 살부터 아버지한테 들켜 대들보에 매달려 치도곤을 당하기까지 아버지 돈을 심심찮게 훔쳤다.

아버지는 겨울에 날씨가 사나와 고기잡이 나가지 못하는 날이 길어지면 바다에 갈 때만 신는 목이 긴 장화에 아무도 모르게 돈을 숨겨두는 습관이 있었다. 거기 돈을 숨겨놓고 무엇에 쓰는 지 아무도 아는 바 없었다. 어머니도 아마 모르는 것 같았다. 내가 그 비밀을 안 건 참으로 우연한 기회였다. 아버지가 그 장화를 유독 아무도 손 못 대게 하는 데에 내 호기심이 발동한 게 그 비밀을 찾아내게 된 동기였다.

언젠가 아버지가 그 목 긴 장화가 놓인 마루와 툇마루 사이 복도에서 우리들이 숨바꼭질을 하고 있었는데 달려와 정색을 하면서 함부로 건드리지 말라고 역성을 다 내었다. 혹시라도 쥐를 쫓던 구렁이가 그 속에 들어갔을 지도 모른다는 말로 우리들 접근을 막으려 들었다. 나도 그 때는 그런가 싶었다.

그 장화 속의 비밀을 알아낸 그 날, 집에는 아무도 없었다. 아마 나는 그 때 앓고 있었을 것이다. 문득 아버지 목 긴 장화가 떠올랐다. 툇마루로 들고나가 댓돌 너머에다 대고 털었다. 만일 그 속에 아버지 말대로 구렁이가 들어갔다면 저 멀리 마당으로 떨어지겠지. 그러나 툭, 소리를 내며 떨어진 것은 하! 이게 뭐야 돈뭉치 아냐?

그 때 당장 돈을 훔친 게 아니다. 구렁이 대신 돈뭉치 한 다발이 들어있는 것만 확인하고 재빨리 제자리에 가져다 놨을 뿐이다. 돈을 훔치기 시작한 건 그보다 훨씬 후의 일이다. 많은 돈에서 한 장을 슬쩍 뽑아 숨겨놓고 시치미를 떼면 그만이었다.

돈을 훔칠 수밖에 없는 사정이 내게는 있었다. 그 이유가 무엇인지는 기회 있으면 털어놓을 거고 없으면 영원히 무덤에 가져갈 것이다.

내 손안에 굴러오는 돈푼 모두를 나는 어김없이 벽 틈새 비밀주머니에 숨겨놨다가 외할머니한테 아무도 몰래 드리곤 했다.

"파파 할망, 이 돈으로 우리 아방 같이 담배 사 핍서 게. 맨날 잎담배 썰잰(썰려고) 고생하지 말앙 예."

내 비밀주머니가 어느 정도 차면 외할머니한테 몽땅 드리면서 나는 매번에 같은 말을 했고 그 돈을 받는 외할머니도 똑같은 말을 했다.

"내 강생이(강아지) 잔 샘 좋기가, 니마 덕분에 이 햄미(할미) 잎담배도 안 썰고 호강하는구나."

내가 그토록 열심히 아버지 돈을 훔쳐 담배 값으로 드렸는데도 외할머니는 여전히 침목을 도마삼아 잎담배를 썰었다.

감꽃이 피는 계절이면

만포아저씨 이야길 하고 있었지 참. 나는 수다쟁이인가 봐. 말머리가 길을 잃고 해매기 여반장이니 말이다.

만포아저씨네 집은 방 하나 부엌 하나가 전부인 단간 초막으로 우리 집 동산의 끝자락 발치께에 있었다. 뒤울에 그 집을 다 덮고도 남는 늙은 고욤나무 한 그루가 있었다. 그 나무에 감꽃이 피는 오월 밤 만포아저씨네 집은 하얀 별무리가 사뿐히 내려앉아 만포아저씨를 품에 안아주는 듯 화사하고 포근하였다. 그 광경은 그야말로 아름답고 황홀하였다.

우리 집에도 저런 고욤나무가 있었으면............

만포아저씨는 정말로 착해 하늘이 감꽃을 별무리로 변신시켜 축복해 줄 만 하고도 남았다. 조그만 오두막에서 늙은 고욤나무와 정답게 사는 만포아저씨를 나는 잠통보다 더 좋아했다. 그는 다른 가족이 없이 혼자 살았지만 집밖에 잘 나다니지도 않을 만치 사람들과 어울릴 줄도 몰랐다. 우리 동네에는 그의 친족이 많이 살고 있었음으로 그는 남들과 어울리지 않아도 마음으로 외롭지 않았던 것일까 아니면 늙은 고욤나무가 항상 그의 벗이 되어주어서 외로움을 타지 않는 것일까, 나는 궁금했다.

나는 자주 만포아저씨네로 놀러가곤 했다. 그 집에 가보면 만포아저씨는 비나 눈이 내리지 않은 날에는 당연히 고욤나무 아래 멍석을 깔고 뭐든 바쁘게 손을 움직이고 있었다.

"니마야 핵괴(학교) 댕겨 완(다녀왔어)?"

그의 말투는 언제나 다정했다. 그의 바쁜 손놀림 끝에는 미리 예측하기 어려운 신기한 것들이 만들어지곤 했다. 난생처음으로 감꽃 목걸이를 그한테서 선물로 받았는데 아마 다섯 살 때였을 것이다. 배꼽 아래까지 세 번이나 늘어뜨려 목에 감을 만치 길고 아름다운 꽃목걸이였다.

나는 그걸 목에 걸고는 콧물을 훌쩍거리며 울었다. 사람이란 동물은 너무 감격하거나 너무 좋아도 울게 되어 있기 때문이다.

내가 예상하지도 못했는데 국민학교(초등학교)에 입학하자 만포아저씨는 또 감꽃이 피면 목걸이 만들어 주마고 약속했다.

동네사람들은 만포아저씨가 나의 어머니를 사모한다고 우스개삼아 말하곤 했다. 우리 집 딸 중에 어머니를 가장 많이 빼어 닮은 나도 덩달아 좋아하는 거란다. 그건 사실인 것 같았다. 어디에서고 어머니를 봤다하면 반갑게 달려와, 수니 어멍 수니 어멍, 하고 나직이 부르는 것이었다. 어머니도 그의 다정한 부름에 알맞은 음성으로, "만포아지방(아주버니)!" 하고 맞받아 줬다.

만포아저씨는 사람들 앞에서, 심지어 아버지 앞에서도 스스럼없이 눈웃음을 지어가며 어머니에게 속삭이곤 했다.

"수니 어멍이 이 세상에서 제일 곱고 모습새(마음씨)도 좋아!"

나는 그런 만포아저씨가 한없이 좋았다.

연적(戀敵)

어쩌면 연적(戀敵)일지도 모르는 만포아저씨를 아버지는 조금도 질투하지 않았다. 질투하지 않을 뿐 아니라 만포아저씨가 우리 집 어귀에서 아버지가 있는지 없는 지 망보는 눈치면 슬쩍 몸을 숨겨주기까지 했다. 아버지 생김새부터 두려워 아버지가 집에 있으면 잘 들어오지 않았기 때문이다.

"니마 아방은 꼭 산폭도(山暴徒) 닮안 이."

아버지를 두려운 존재로 여기는 만포아저씨의 이유였다.

아버지는 만포아저씨가 어머니 보고픈 마음에 집에 들르면, "수니 어멍, 당신 애인 왔수다 혼저(어서) 나왕 맞아 줍서." 하고 농담 반 진담 반으로 말하곤 어디론가 잠시 모습을 감춰주곤 했다.

아버지는 잠통하고 시경을 함께 읽을 정도로 친하게 지냈지만 만포아저씨 걱정을 더 많이 하는 편이었다. 잠통이 제 먹을 것은 철저하게 챙겨 먹어 굶을 염려가 없는 반면에 만포아저씨는 그러질 못하니 며칠 못 보면 슬그머니 걱정이 되나 보았다.

"수니 어멍, 만포 어디 아픈 거 아녀? 그 집엘 좀 가봐 게. 밥 사발이라도 챙겨서 말여. 저 여편네 지 좋아서 쫓아 댕기는 사람 죽었는지 살았는지 궁금하지도 않해여?"

언성까지 높여가며 만포아저씨를 미리미리 챙기지 않는 어머니를 나무랐다.

"아이고, 걱정 접어 두시구랴. 내 벌써 다녀 왔수다."

천사를 바보라고 불렀다

섬에 봄이 소리 소문 없이 다가들어 무르익는가 싶어 눈을 들어보면 어느새 온통 봄 속에 잠긴 섬사람들은 보릿고개를 넘느라 허리끈을 꽈악 바투 잡아매지 않으면 안 되었다.

만포아저씨는 보릿고개가 닥치면 어찌나 허리를 동여맸었던지 누가 옆구리를 콕 찌르면 제풀에 오도독 부러져버릴 것만 같이 보기에 위태로웠다. 그래도 그의 얼굴에는 늘 잔잔한 미소가 피어있었다.

"니마 또 궁댕이(엉덩이) 곪았나? 영허라 보저(어디보자). 백년초 붙연?"

내 엉덩이 주사 자국이 곪으면 손바닥선인장을 찧이겨 붙이고 그러면 나는 꼼짝없이 엎드려 지낸다는 걸 온 동네가 다 알고 있었으니 그는 내가 엎드린 것만 보고도 내 상태가 어떤지 짐작이 가는 모양이었다.

"아니. 아직 백년초 안 붙연."

내 엉덩이에 손바닥선인장 찧이긴 걸 아직 붙이지 않았단 말을 듣자마자 그는 일어서서 처마에 꽂아놓은 낫을 빼어들었다.

어머니가 학교 짓는 울력을 마치고 돌아오는 길을 먼 올레쯤에서 가장 먼저 반긴 건 만포아저씨가 가시를 말끔히 제거한 손바닥선인장 두 닢이었다. 만포아저씨는 어머니를 기다려 집 어귀에 서서 선인장 쥔 손을 앞으로 내밀고 있었던 것이다.

늘 하는 대로 만포아저씨가 먼저, 수니 어멍 수니 어멍! 나직하게 인사삼아 중얼거렸고 어머니도 만포 아지방! 하고 받아 주었다. 그 날은 어머니가 한 마디 더 했는데,

"백년초 고맙수다."

나는 본의 아니게도 당분간 학교에 갈 수 없었다.

오늘은 어디쯤에 교실 문을 열어놨을까?

집에 누워있으니 별로 매력 없다고 생각했던 학교생활이 궁금해 몸살이 났다. 만포아저씨가 날마다 문병을 왔다. 그는 병문안을 와서는 방문을 열고 나를 가만히 들여다보기만 했다. 정말로 심심해서 죽을 맛이었다. 만포아저씨한테는 놀려 줄 맘도 생기지 않았다. 워낙 순수한 바보라 말장난을 할 수도 없었다. 잠통하고는 말장난이 감칠맛 나게 재밌는데 말이다.

만포아저씨는 내가 '개미가 기어가네'라고 글자를 보면서 공상하면, '어디 어디? 개염지(개미)한티 물리민 아파. 나 잡아주마.' 하며 주위를 두리번거렸다. 저 아름다운 바보, 누가 그러더라? 저런 바보는 천사라고!

한류(寒流)는 캄차카반도를 지나 베링 해로 줄행랑을 치고

졸지에 학교에 다니게 되면서 신문 읽는 재미를 접어뒀었는데 잘되었다 싶어 신문 읽어달라고 어머니를 불러댔다.

며칠 동안은 어머니가 신문을 아주 꼼꼼하게 읽어줘 기분이 삼삼했다. 학생이 되니 어머니가 내게 신문 읽어주는 태도도 달랐다. 내가 잘 이해하도록 설명을

곁들이면서 예까지 들어주는 게 아닌가.

아버지는 동산에 나갔다가 들어오면서 이제 칼바람이 봄 바다에서는 더 이상 발붙일 데가 없어 캄차카반도를 지나 베링 해로 줄행랑을 치고 있는 중이라며 혼자서 너털웃음을 곧잘 터뜨렸다.

"만포군(君)! 닻을 들여야 텐디 군도 한 가닥 잡아 주젠(주겠어)?"

출어준비 목록 중에는 신서란이나 억새 어린 줄기로 꼬아 엮은 튼실한 닻도 들어있었다. 다른 것이야 아버지 혼자서 준비할 수 있지만 돛폭 기우는 일이며 닻 꼬는 일은 일꾼 대여섯 사람이 함께 일손을 맞춰야만 했다.

만포아저씨는 기꺼이 쇠심줄보다도 더 질긴 신서란 새끼줄 한 가닥을 잡고 아버지네랑 같이 비지땀을 쏟았다.

닻을 꼬려면 어른 엄지손가락 굵기로 꼰 새끼 줄 세 가닥이 필요하다. 그 세 가닥을 세 사람이 잡고 줄 한 끝을 기역(?)자 끝을 아래로 막 휘어잡아 시옷(?)자에 가깝게 생긴 줄 꼬는 '호랭이' 즉 시옷의 상투에 치켜 끼어 돌리고 또 줄 한 끝은 한 데 모아 '얽개미'에 걸어 이쪽 끝과 저쪽 끝에서 동시에 돌린다. 그러면 다른 한 사람이 세 가닥 줄이 죽 고른 무늬를 이루며 한 줄 닻으로 꼬아지도록 손사래로 얽으면서 나아가야 하니 다섯 사람이 협동할 수밖에 없는 일이다. 그런데 닻이 워낙 길어서 하루 온종일 꼬아도 어른 발로 대여섯 발 이상은 꼬지 못하는 중노동이다.

내가 학교에 갈 수 없어 엎드려 지내는 동안에 뒷동산에서는 아버지와 승천이 할아버지, 석이아방, 잠통, 만포아저씨, 그에다 용진이 아저씨도 틈틈이 들러 교대를 해줬다. 그리고 있어도 그만 없어도 그만인 입으로만 일하는 일꾼 건이 아방까지 합하여 닻을 꼬는데 힘을 보태는 '아, 아-아-하 아하야 앙- 에헤이야 에헤-양' 노래 소리가 진종일 마을에 메아리 졌다.

아버지는 닻을 꼰다고 하지 않고 닻 들인다고 했다.

닻을 들일 때 부르는 소리가 있다. '닻감기 소리'라고도 하고 '서우젯 소리'라고도 하는 그 소리 선창자는 석이아방이 단연 우리 마을 최고였다. 그가 매기는 선소리 사설은 구수하고 그의 음성은 대나무 숲에 이는 바람결처럼 맑고 곧아 일점 티끌도 없어 뵐 정도로 청정했다.

아, 아-아-하 아하야 앙- 에헤이야 에헤-양

하고 석이아방이 후렴을 먼저 메긴 다음,

오늘 오늘 오늘이야 니마 아방네 닻 들이는 날-

에 이르면 본격적인 선소리로 넘어간다.

그 소리는 일하는 손에 신바람이 일고 오금을 들썩이게 하는 묘약이 숨어있었다.

나도 방에 엎드린 채 석이아방이 메기는 선소리를 따라 후 소리를 받았다. 아, 아-아-하 아하야 앙- 에헤이야 에헤-양.

집에 온종일 틀어박혀 지내려니 오금이 쑤셔 죽을 맛이었지만 전에는 몰랐거나 무심하게 봐 넘겼을 법한 한 가지 사건에 나도 모르게 호기심을 키우고 있었다. 가만히 생각해 보니 내가 세 살 때에도, 네 살 때에도, 다섯 살 때에도 그 일은 해마다 되풀이 되었던 것 같은 생각이 들었다.

은밀한 저녁 모임

큰언니가 아무도 몰래 쌀독에서 쌀을 훔쳐 장독대 빈항아리에 넣었다가 '마실간다'는 핑계를 대고 밤에 나들이 할 때마다 들고 어디론가 가는 시기와 그 사건은 시간을 같이 했다.

그 일은 여섯 살의 내 호기심을 발동하기에 충분했다. 호기심? 아니 뭘 알고 싶다는 그런 호기심은 아니었던 것 같다. 아무튼 눈과 귀를 밝힐 수밖에 없는 관심거리임에는 틀림없었다.

아버지네가 뒷동산에서 닻 꼬는 하루일과를 끝내고나서 저녁밥상도 물리고 난 어스름저녁이면 동네부인들이 가는대바구니를 옆구리에 끼고 스멀스멀 우리 집 부엌으로 소리 없이 스며들었다. 그러나 그 부인네들은 함께 길동무하여 오지는 않았다. 우리 집 부엌 아랫목에 푹신하게 깔아놓은 지푸라기 위에 오는 족족 앉아 마치 무슨 회의나 할 듯이 서로, 너 완댜(왔니)? 너도 완댜? 하고 인사를 나누었다.

이즈음 큰언니는 친구네 집에 가서 수를 놓겠다면서 수놓을 감이 담긴 바구니를 들고 재빠르게 뒤울로 돌아갔다. 그리고 그곳에서 더 큰 바구니로 수 반짇고리 바구니를 바꿔 옆구리에 끼고는 쏜살같이 어스름 속으로 사라졌다.

"수니 어멍, 날랑 곤쌀(흰쌀) 한 말만 주심(줘) 이? 낼 모리(모래)가 우리 시아바님 시께(제사)라."

청대왓집[청죽댁(靑竹宅)]할머니도 그 무리에 껴 앉았다가 제일 먼저 어머니한테 장리(長利)쌀을 청했다. 청대왓집 할머니가 운을 떼자 너도나도 저마다 사연을 들어가며 장리쌀이 얼마나 필요한 지를 말하는 것이었다.

아, 모래 밤에는 잘하면 쌀밥 먹겠구나. 나는 생각만 해도 침이 꼴깍 넘어갔다. 그 시절, 내가 여섯 살인가 다섯 살을 살아가던 그 때는 동네에 제사가 있는 밤이면 집집마다 밥 한 그릇이라도 다 나눠먹었다. 그러니 청대왓집에 제사가 있다면 당연히 우리 집에도 쌀밥 한 그릇과 무채와 호박나물 그리고 고사리나물이 든 나물 한 접시 메밀묵 한 칼, 마른생선 군 것 한 토막 등으로 차려진 제사음복 채반이 오지 않겠는가! 제사음식은 잠 안자고 깨어있는 사람 몫이니 그건 따 논 당상이나 매한가지, 잠귀 밝은 내 몫으로 상당량이 정해졌다. 나는 잠귀가 빨라 지푸라기만 바스락해도 눈을 번쩍 뜰 정도였다. 제사음복 채반을 누군가 들고 오면 나는 내 입에 맞는 것들만 골라먹었다.

어머니는 부엌에 딸린 찬방에 앉힌 쌀독에서부터 쌀을 퍼주기 시작했다. 장리쌀을 받으려고 부인네들이 내미는 가는대바구니 속에는 가끔씩 얇게 썰어 말린 절간고구마로 가루를 내어 만든 새까만 '감저떡' 몇 잎이 들어있기도 했다.

"아이들 배고판 울언 '감저떡' 두어 개 맨들아 주단 입매 쪼른(짧은) 니마 생각 난 아저와시매(가져왔네)."

어머니는 대답을 하지 않았다. 아니 하지 못하였다. 뒤돌아서서 옷소매 자락으로 눈물을 얼른 훔치고는 쌀독에 바가지를 담갔다.

아이들 배가 고파서 우니 (밥해줄 쌀은 없고) 고구마가루로 '감저떡'을 만들어 주다가 입매 짧은 내 생각이 나서 가져왔다는 말이다. 이런 고마울 데가! 제 자식들 먹일 떡도 넉넉하지 않은 터에 장리쌀을 얻으러 오면서 내 몫을 챙겨왔다니 그 정성이 어머니 목을 매게 한 모양이었다.

입매는 짧아 음식 가리기 예사로 하는 나도 '감저떡', '팥죽, 토란국 따위는 좋아했다.

장리쌀에 얹어진 덤

장리쌀을 퍼주고 나서 어머니는 그 부인한테 물었다.
"성님. 혹시 잘리(자루) 가져옵디까?"
"어. 무사(왜)?"
그 부인은 장리쌀을 얻을 가는대바구니 외에도 여분으로 허리춤에 자루를 미리 차고 왔던 것이다.

"이제 봄장마 지면 이 밀기울 습기 차서 못 먹습니다. 그 잘리 이리 줍서, 두어 되 드리크메(드리겠으니) 아이들 범벅이라도 한 끼 해 먹입서."

그 부인 뿐 아니라 상당히 많은 사람들이 밀기울이며 거피만 살짝 벗긴 꽁보리 나마 두어 됫박씩 다들 덤으로 얻어 갔다. 자루가 없는 이들은 우리 집 양푼까지 다 동원하였다.

밀기울이며 꽁보리쌀도 가을부터 아버지가 성안에 생선을 내다판 돈으로 사다가 고방에 제겨났던 것들이다. 어머니가 웬 밀기울을 이렇게 많이 사들이느냐고 잔소리하면 아버지는 큰 눈을 부라리고 화난 목소리로 윽박지르곤 했다. 정말 몰라서 물어? 금방 보릿고개 닥쳐봐 밀기울도 귀한 음식이란 거 다 알면서 웬 쓰잘 데 없는 잔소리여 잔소린!

그즈음 날마다 초저녁이면 장리쌀 꾸러오는 마을 부인네들로 우리 집 부엌은 술렁였다. 어떤 날은 이웃마을사람도 한 두 사람 다녀갔다. 어머니가 무척 반기는 목소리를 건네는 걸로 봐서 이웃마을사람이라도 서로 아는 사이인 것 같았다.

고방의 쌀독도 차례로 비어 여문 독이 하나 남았다고 하던가 둘 남았다고 하던가?

하룻저녁에는 부엌에서 쌀 볶는 고소한 냄새가 마루를 건너질러 안방까지 달려와 내 미각을 돋우었다. 장리쌀 꾸러온 이들은 다 돌아가고 누군가 한 사람만 남아있었다.

따스한 봄날이니 안방 장지문이며 찬방문이며 열어와 쌀 볶는 냄새가 일부러 그런 것도 아닌데 자연히 안방까지 건너오게 마련이었다.

흰쌀은 날것으로 씹어 먹어도 달착지근한 맛이 그만이지만 무쇠솥뚜껑을 뒤집어 볶은 쌀 맛이라니, 그 맛은 먹어보지 않은 사람은 모른다.

우리 집에서는 아기 이유식 할 때가 되면 무쇠솥뚜껑을 뒤집어놓고 쌀을 볶아서 맷돌에 갈아 가루를 낸 다음 암죽을 쑤어 먹였다. 암죽 쑬 '곤쌀' 볶는 날이면 우리들한테도 볶은 쌀에 황설탕을 뿌려 한 사발씩 배급을 주곤 했다.

"어머니, 니마 어멍!"

나는 어머니를 소리쳐 불렀다.

어머니는 오지 않고 어머니 목소리가 대신 왔다.

"왜? 어머니 지금 바쁘다."

"진짜로! 어멍 빨리 와 봅서 게."

누가 바쁜 줄 모르나? 너무 빤한 대답만 보내는 어머니가 슬며시 얄미웠다. 무슨 급한 일이 생긴 것처럼 마구 소리치니 어머니는 나무밥주걱을 쥔 채 건너왔다.

"어머니 바빠 왜 불렀니, 어서 말해! 똥 마려?"

어머니는 내 앞에서 지체할 시간이 없다는 투였다.

"어멍, 나도 곤쌀 볶아 줍서."

예상은 하고 있었지만 어머니는 대번에 면박을 줬다.

"이노무 비바리, 밥해 먹을 쌀도 없다, 뭘 볶아 줘?"

도대체가 우리 집 어른들은 참으로 이상했다. 자기 딸이 먹겠다는데 눈에 쌍심지를 켜고 윽박지르기 일쑤면서 남이 와서 달라면 군말 없이 주고 본다. 물론 장리로 주는 것이지만.

내가 조금 더 컸을 때 안 사실인데 그렇게 장리로 가져간 쌀을 제대로 돌려주는 이는 열 사람에 한 사람도 없었다. 대개는 미역이며 고구마며 평지나물기름이며 겉보리며 품앗이로 탕감하곤 했다.

어떤 걸걸한 부인네는 장리쌀을 그냥 가지고 가기가 쑥스러웠던지 방에다 대고 고함을 치기도 했다. 니마 아방, 나 곤쌀 말가웃(한 말 반) 가져감서. 장부에 잘 올려 이?

아버지는 장리쌀 빚지는 이웃들을 장부에 기입하는 따위 하지 않았다. 누가 뭐라면, 원래 빚진 사람이 빚 준 사람보다 더 잘 기억하는 법이우다. 라고 받아 넘길 뿐이었다.

어머니는 차마 아파 누운 나를 때릴 수 없으니 나무주걱으로 허공만 한 번 내지르고는 곧장 부엌으로 달려갔다.

된 사람의 조건

쌀 볶는 냄새는 그 후에도 한참동안 안방으로 건너왔다.

나는 하마터면 약이 올라 죽을 뻔했다. 약 올라 죽지 않으려고 잉잉 한참을 울었다. 언제 왔는지 아버지가 들어와 내 옆에서 담배를 퍽석퍽석 피우는 게 그날따라 유독 밉살스러웠다.

"니마 너 울다말고 뭐라고 군시렁대? 그런 버릇 몸에 배면 나쁜 습관 된다. 할 말 있으면 큰소리로 당당하게 허라."

내가 입속으로 웅얼거리는 불평을 아버지가 들었나보았다. 못할 것도 없다. 큰소리로 하라면 하지 못할까봐? 나는 속으로 붕붕거리다가 정말 큰소리로 항의했다.

"우리 어멍 아방은 남한텐 곽곽 주면서 우린한텐 무사 맨날 꽁보리밥만 해 주엄수꽈? 곤밥 먹고 싶고 곤쌀 볶은 거 먹고 싶수다. 곤쌀 볶는 저 냄새 아방이 맡아도 고소하지 예. 저거 좀 먹어시민 허난 어멍이 막 욕 합디다. 경해연(그래서) 입속에서 웅얼거린 마씀. 뭐가, 뭐가 잘못 됐수꽈? 무사 나한티만 야단햄수꽈?"

아버지가 허허---웃었다. 잠통이 허허 거리며 웃을 때와는 영 딴판으로 아버지 웃음 끝에는 어째 맥 빠진 공허한 맛이 났다.

"요 설룬(불쌍한) 내 애기야, 남들은 먹을 게 없어 누렇게 부황드는데 넌 어째 주는 밥은 마다면서 경(그렇게) 다른 것만 찾으멍 먹을 타령 햄시니? 아무리 어려도 세상사는 알아사 헌다. 짐승이나 먹을 거 가지고 꿱꿱 거리지 어디 사람이 되고 그럴 수 있단 말이니? 남의 밥그릇 가지고 시비하면 끝내 보잘 것 없는 사람 된다 알안(알겠니)? 남이야 볶은 쌀을 먹든 겉보리를 먹든 나는 초연하게 있는 게 된 사람이 취하는 자세지."

아버지 말에 의하면 아무리 쌀 볶는 냄새가 고소하게 나를 유혹해도 도 닦는 수도승처럼 엎드려 있으란 말인데, 사실 나는 불평하는 게 아니라 항의를 하는 거라고 반격을 가하려다가 그만두었다. 분위기로 봐서 그러면 안 될 것만 같았다.

저 새 동네에 사는 송씨 집안 젊은 아지망(아주머니)이 울산으루 물질 갔다가 죽었는 디 아직 젖도 떼지 못한 갓난쟁일 뒀다는구나. 그 집 할머니가 어멍 잃은 아기한티 암죽 쑤어줄 장리쌀 꾸러 왔어 지금. 내 착한 딸년아 아방이 허는 말 알아듣겠지? 어멍은 그 애기 젖 대신 먹을 암죽 쑬 곤쌀 볶고 있는 거여. 그 집에 가서 볶으면 배고픈 녀석들이 줄줄이 대여섯 놈이나 있는 디 걔들이 가만 있이 크냐(있겠니)? 먹고파 환장하는 거 불 보듯 뻔한 거고. 게서 우리 집에서 볶아 맷돌에 갈앙 가젠 햄시네. 그러니 제발 내 착한 딸년아 눈치 없이 보채지 말라 이?

나를 달래는 아버지 눈에 눈물이 가득 고여 금방이라도 뚝,뚜욱, 떨어질 것만 같았다.

왜 요즘은 울고픈 일도, 울고픈 사람도 이리 많을까? 아버지도 선생님도 다 울고픈 사람들이다.

한밤중이 다 되어서야 새 동네 할머니는 가는대바구닐 옆구리에 끼고 부엌에서 나왔다.

새 동네 할머니 몸은 가는대바구니를 낀 반대쪽으로 그 바구니만큼 몸이 구부려져 마치 저울대가 저울 코에 매단 물건의 무게를 못 견뎌 휘어질 때처럼 잔뜩 옆으로 휘어져 보기에 위태로웠다.

조자룡이 헌 칼 쓰듯이 제갈공명 뺨치듯이

아버지 눈물고인 눈을 봐서 그랬는지 모르지만 나도 눈물 흘리는 것에 전념되었는지 괜히 새 동네 할머니가 불쌍했다. 그러나 볶은 '곤쌀'에 대한 미련은 버리지 못했다. 내 속내를 아는 지 어머니가 부엌일을 큰언니와 마무리하고 안방으로 들어오면서 아버지 밥사발에 볶은 '곤쌀'을 수북하게 담고 들어왔다.

"니마 이거 먹어라."

먹으라고 주니까 마음이 천근만근 무거워지면서 죄인 심정이 되는 건 웬 변고였을까.

"내일 큰언니랑 슬이랑 나눠 먹으쿠다."

'곤쌀' 볶은 걸 내가 언제 탐냈나 싶게 시큰둥한 투로 사발을 어머니 앞으로 밀어 놨다.

"큰언니도 줬져. 그냥 너 먹어라. 그렇게 먹고 싶다고 성화더니 이젠 또 왜 그러니?"

남의 속도 모르는 얄미운 어머니. 조금 전에 막무가내로 군 게 미안해서 그렇지 왜 또 그러긴?

아버지가 혼잣말처럼 입속말을 우물거렸다.

이놈의 보릿고개 언제면 넘나? 내 살아생전에 이놈의 보릿고개 한 번 혁파하는 게 소원일세. 보리든 산도(山稻=밭벼)든 한 번 지으면 일 년 내내 고고리(이삭)만 잘라먹는 그런 쌀 나무 어디 없을까? 나 그거 있다면 세상 끝까지라도 찾아 나설 건데.

들다 못한 어머니가 참견했다. 아이고, 제발 어린애들이나 할 법한 그런 공상 그만 하시우. 옛말에 가난은 나랏님도 구제하지 못한다고 하잖아요. 그런 쌀 나무 어디 있다면 왜 나랏님이 벌써 구해다 이 산천 곳곳에 심으란 어명을 내리지 않고 이런 보릿고갤 그냥 놔뒀겠수?

아버지가 버럭 소리를 질렀다. 아, 이 개명 천지에 나랏님이 어딨어 대통령이지 대통령. 그냥 답답해 한마디 한 것 가지고 뭐 그걸 꼬투리 잡아 아이 보는 앞에서. 서방님 무식을 그리 들춰야 속이 시원해? 말이야 바른 대로 합시다. 보릿고개가 가난 때문이라고 할 수 있는 거여? 우리가 심어먹을 곡식 가지 수가 많지 않아 서지. 척박한 땅에서 소출이 무한정 나오지 않는 것은 뻔한 거 아녀? 똑똑한 사람 어디 대답 좀 해봐여.

어머니는 반짇고리를 뒤적이며 아버지 강변을 한참 듣다가 중얼거렸다. 저 양반 어쩌다 한 마디 하기 시작하면 제갈공명이 무색하게 달변이야.

나는 귀가 번쩍했다. 작은 고모가 집에 오면 우리들 하는 행동을 시시콜콜 삼국지던가 뭐 그런 책에 등장하는 인물들과 비기는데 잘 들어보면 칭찬도 있고 나무람도 있고 지혜를 쓸 줄 안다고 이담에 저게 한자리 단단히 하겠다는 예견도 있었다. 나한테도 몇 번, "저년 저 하는 꼴 좀 봐 조자룡이 헌 칼 쓰듯 하는구나."거나, "저년이 제갈공명 뺨치게 머리빡을 쓰는 구나." 라고도 했다.

작은고모는 진나라의 진시왕을 비롯해서 공자님이 활약 하던 시대에 이르기까지 옛날 저 중국 땅을 한차례씩 주름잡던 온갖 인물을 자유자재로 이 사람한테 갖다 대었다 저 사람한테 갖다 대었다 하면서도 정작 우리가 삼국지(三國志)

같은 거 이야기해달라고 아무리 보채도 해주지 않는 깍쟁이였다.

"어멍, 제갈공명 그 사람 삼국진가 뭐라는 책속에서 되게 똑똑하게 구는 사람 맞지 예?"

"응, 중국 삼국시대 촉한(蜀漢)나라 재상(宰相)이었다고 하지 아마. 제갈량이라고도 불러. 유비를 도와서 오(吳)나라와 손을 잡고는 조조가 이끄는 위(魏)나라 군대를 적벽에서 격파했다고 해. 소리꾼들이 부르는 '적벽가'가 바로 그 전투 이야기야."

어머니는 무엇을 물어도 명쾌하게 답해주었다. 어머니야말로 제갈공명처럼 똑똑했다고나 할까. 아버지는 똑똑한 어머니가 늘 못마땅해 했으니 그 대목을 그냥 넘어갈 리 만무했다.

"저노무 여편네 지 혼자 똑똑헌 체 하는 건 봐 줄만 헌디 이제 니마까지 지허고 똑같은 비바리 맨들까 내 그게 겁이 나네."

아버지 겁나는 건 내가 알바 아니고 나는 내가 궁금한 것을 속 시원하게 알면 그 뿐이었다.

보릿고개의 높이

나는 보릿고개가 문경세제처럼 태백준령처럼 높다란 지형(地形)이 아니란 걸 그 때 벌써 어렴프시 알고 있었다. 보릿고개가 어디 뫼에 있고 얼마나 높은 마루턱이기에 봄만 되면 그 고갤 넘기가 이리도 힘들어 비실댈까 하고 고개를 갸우뚱거린 적도 네다섯 살적에는 있었지만 금방 그게 배고픈 상황임을 알아차렸던 것이다.

내가 기억하는 한 우리 집에서는 누구도 배고프지 않았다. 그렇다고 배가 터저라 먹을 만치 부유하지도 않았다. 우리는 끼니를 굶거나 바다에 나가 톳이며 파래를 뜯어다가 밀기울에 버무려 범벅을 해먹거나 '무릇' 을 고아 밥 대신 먹은 적은 없었다. 꽁보리밥일망정 아침저녁은 먹고 지냈단 말이다 내 말은. 점심이란 건 내가 어린아이였을 그 시절에는 아예 없었다. 다만 밭이든 들이든 바다든 밖에서 힘든 일을 하는 이들만이 점심을 먹었다.

누구나 다 넘기게 마련인 보릿고개 한 가운데서도 끼니를 굶어보지 않은 건 순전히 아버지 어머니가 재물에 뜻이 없는 덕분이었다.

가을걷이를 해 마련한 식량이 한 겨울을 지내고 나면 이미 동이 나기 시작하여 봄기운이 퍼지면서부터는 바닥이 드러난 쌀독만 애꿎게 탓하면서 궁핍한 나날을 보내야하는데 그 기간이 보리 걷이 까지라는 빈한한 상황. 그 보릿고개. 이제는 사라지고 만 그 고개의 높이를 아는 이 아무도 없었다.

작은 항아리에 담긴 기적

바구니 한 개로 사는 우리 이웃들이 장리 빚을 지는 이유가 결코 집 뒤주의 곡식이 바닥났기 때문이 아니다. 맞다. 제주 섬사람들은 곧 굶어죽어도 볏짚으로 노를 꼬아 야무지게 만든 씨앗주머니인 '씨앗부게기' 에 씨알 저장한 것은 손대지 않는다. 그 뿐 아니라 부엌 한 구석에 심어놓은 조막단지에는 없어도 몇 끼니는 넉넉히 장만하고도 남을 식량을 비축해두는 습관이 있었다. 어머니들은 끼니를 지을 때마다 쌀을 씻기 전에 한 숟가락 혹은 한줌을 덜어 내어 조막단지에 넣는 거다. 마치 돼지 저금통에 잔돈 부스러기 모으듯이. 그 조막단지를 절약하는 단지라고 하여 '조냥대바지' 라고 불렀다.

한마디로 우리 집에 가는대바구니를 끼고 와서 쌀 몇 됫박씩을 장리 빚지는 이웃들은 다 부엌에 '조냥대바지'를 심어놓고 있었고 비축미도 상당량 저장하고 있었다는 말이다.

그렇게 모은 식량을 밥해 먹어버리는 집은 거의 없었다. 그 비축미를 근거로 동네가 모여 접을 모으고 접꾼들은 자신들이 필요한 거, 이를테면 연자방아간도 짓고 마소를 방목할 공동목장도 사들이곤 하면서 마을 재산을 늘렸다.

내가 '곤쌀' 볶은 걸 못 먹어서 심통을 조금 부렸지만 근본적으로 섬사람들이 버릇처럼 절약하는, 그러니까 순 제주토박이 말[語]로 '조냥' 하는 데에 의의는 전혀 없었다.

아버지의 금고

우리 동네 부인네들이 저마다 우리 집에서 쌀 장리 빚을 졌다니까 우리가 굉장한 부자였던 것처럼 들린다. 그런 건 전혀 아니었다.

아버지는 보리농사를 조금 지을 뿐 다른 농사는 짓지 않았다. 우리 마을에서 두어 번째쯤은 큰 일본식 '아마도' 유리 창문이 달린 오간짜리 초가와 돛단배 두어 척과 우리 딸들이 재산의 전부였다.

아버지 고기잡이 솜씨는 우리 마을 최고였다. 철따라 다른 생선들이 날마다 우리 집을 비린내로 뒤덮게 했다. 겨울의 뒤 끝이며 이른 봄의 첫 자락에 '저립' 낚시를 시작으로 갈치, 오징어, 자리돔, 옥돔을 잡아 올렸다.

바다는 아버지 밭이었고 금광이었고 금고였고 생선은 아버지 돈이나 다름없었다.

한 여름에는 성산포와 우도 사이 깊은 바다에서만 난다는 다시마를 닮은 '넓미역'을 건져 오기도 했다. 우도해협의 수심 깊은 바다에서만 조금 나는 그 쌉

미역을 건지려고 아버지는 우도 사람들과 바다 다툼을 불사할 정도였다. '넓미역'은 여름날 된장과 멸치젓 쌈으로는 그만이었다. 아버지가 '넓미역'을 건져오는 날이면 우리들은 그 기다란 미역 섶을 둘둘 말아 집마다 나누느라 분주했다.

그런가 하면 아버지는 겨울 고기잡이한 생선을 파는 족족 양식을 고방 가득 들여놨다.

동네 어른들, 현이장 할아버지나 아버지와 더불어 동고동락하는 승천이 할아버지 까지도 아버지에게 땅을 사두라고 심심찮게 권했다.

"니마 아방, 이 세상에서 가장 정직한 금고가 땅이라. 땅 사."

아버지는 고개를 절레절레 흔들었다. 한 마디로 그들의 권유를 뿌리쳐 버렸다.

"내가 무사(왜) 필요하지도 않은 땅을 삽니까? 아, 난 세상이 다 알아주는 보제기(어부)아니꽈(아닙니까). 땅은 농부한티 필요한 거 마씀."

아버지에게는 바다와 돛단배와 술을 빚어 술독을 묻어둘 손바닥보다도 옹색한 텃밭만 있으면 그야말로 어느 부자 부럽지 않았다.

딸자식도 자식

우리가 땅 한 뙈기 없었던 건 아니었다. 자급자족하던 시절이니 우리도 보리밥은 먹어야 하지 않는가. 옛날 한 옛날에, 나는 이 세상에 태어나지도 않았던 태고 적에, 외할아버지가 돌아가시자 저절로 '톨막밭'이나마 구메농사 부치기에 안성맞춤인 우리 밭 두어 필지가 생겼다고 한다.

외할아버지는 외동딸인 우리 어머니한테 모든 재산을 물려주었다. 동네사람들은 죽은 다음에 제사지내줄 양자를 들여야 한다고 자리 져 누운 할아버지 머리맡에서 간곡히 건의했으나, "딸자식도 자식, 내 죽은 다음 제가 자식도리 다

하고프면 내 제삿날 닦은 소주 한 잔 안올리겠느냐. 저년이 혼인했으니 사위자식 있겠다, 내 굳이 죽어서 제삿밥 한 그릇 못 얻어먹을까 안달 나 딸자식 사위자식 마다하고 남의 자식을 내 자식 삼을 순 없잖은가, 안 그런가?'라며 끝내 사양한 덕분이었다고 한다.

외할아버지는 본디 서울에서 일제강점 직후에 제주 섬으로 이주했다고 한다. 제주 섬에서는 아들이 없으면 단지 죽어서 제사상을 받을 목적으로 친족남자를 양아들로 삼아 모든 재산을 다 물려주는 풍습이 있다. 또 죽은 다음 자기 제사를 지내주는 사람이 수고한 대가로 가지라고 생전에 미리 밭을 마련해 두는데 '제월전'이라고 한다.

외할아버지가 다른 제주 섬사람처럼 양자를 들이지 않는걸 보면 정말로 아버지를 자식으로 여겼던 것 같다.

어머니와 아버지는 외할아버지 제삿날 다른 조상처럼 온갖 제물 골고루 마련하였고 예를 갖추어 제를 지내드렸다.

우리는 외가에서 물려준 밭에 보리농사만 짓고 조 농사는 배메기를 했다. 배메기란 땅을 남한데 빌려주고 소출을 반씩 나누어 갖는 병작(竝作)을 일컫는 우리말이다.

찔레꽃 무리 향기 사이로 보릿고개를 넘다

여름농사를 부치기 싫어서 배메기를 주는 게 아니고 여름고기잡이는 갈치와 자리돔과 오징어가 주종이다 보니 갈무리에 무척 손이 많이 갔다. 여름 생선은 조금이라도 갈무리를 늦게 하면 신선도가 떨어진다. 고기잡이를 생업으로 삼는 우리 집에서 고린내 나도록 생선을 제대로 손보지 않는다는 것은 명예롭지 못한 일이지 않는가.

아버지 여름고기잡이 뒤치다꺼리에다 조 농사까지 지을 일손이 우리 집에는 없었다.

한 여름에 날씨가 오래 궂어서 아버지가 고기잡이 가지 못하면 큰언니는 일손이 한가해져 이웃집 조밭에 김 메러 가곤했다.

그 봄, 내가 초등학교 일학년이던 그해 봄에는, 찔레꽃이 어떻게나 흐드러지게 피어났던지 어디서나 그 향에 멀미나 어지럼증이 일 정도였다.

아이들은 찔레꽃을 따 볼 따귀가 미어지게 먹어대었다. 가는대 바구니를 옆구리에 낀 마을 부인네들도 줄기차게 우리 집 부엌을 찾아들었는데 아무도 눈치 채지 못하는 사이 어느 날인가 부터 어스름을 뚫던 그 물결이 뚝 끊겼다.

그 때가 새 닻을 다 들인 이후인지 이전인지는 생생하게 기억이 나지 않지만 아마도 석이아방이 구성지게 메기는 '서우젯소리'도 비슷한 때에 들리지 않았던 것 같다. 덩달아 찔레꽃 향도 시나브로 잦아들고, 인동초 꽃향기가 차츰 그 자리를 넘보는 듯했다.

우리 집에는 이제 더 이상 남한테 장리 빚 줄 양식이 없었다. 우리들 입에 풀칠할 꽁보리쌀과 하루가 멀다 하고 들이닥치는 조상들 제사지낼 때 메를 지어올릴 쌀만을 남겨두고 고방은 텅텅 비었다고 했다.

돌담그물, 원과 줄

내 엉덩이에 붙였던 손바닥선인장도 걷어냈다.

마을은 그 사이 보리를 베어 탈곡하고 고구마 줄기를 밭에다 옮겨 심는 등 온통 여름 농사일에 분주해 있었다.

마을사람들은 농사일에 매달리다가 썰물 때가 되면 너도나도 해장죽 겉대를 넓직넓직 저며 짠 바구니를 허리에 매고 끝이 뾰족한 호미를 들고는 바지런히 갯가로 나갔다.

썰물이 저만치 밀려나 암반이 드러나고 물 깊이가 발목에 찰동말동 드넓은 석호지대가 펼쳐진 갯가에는 마을사람들로 북적였다.

썰물 때는 바다 물 깊숙이 들어가지 않고도 갯가에서 수 만 가지 먹을 것들을 잡을 수 있다. 이를 '바룻 잡는다' 고 한다.

어떤 이들은 갯가 저 건너 얕은 바다에 동그랗게 담을 쌓아 밀물에 밀려든 고기며 소라가 썰물에 나가지 못하고 담 안에 갇히면 그것들을 잡게 만들어 놓은 돌담그물인 '원' 이며 '줄' 에 몰려들었다. 또는 자잘한 돌덩이를 뒤집어 게며 바다우렁이인 '보말' 며 소라며 떡조개를 캐고 있었고 썰물도 더 갈 데가 없어 멈추어선 건너편 바다에는 잠수[해녀(海女)]들이 물질을 하고 있었다.

아버지네 배도 아마 우럭낚시를 갔을 터였다.

나는 바람도 쐴 겸 만포아저씨를 따라 막 갯가로 내려가고 있었다.

누가 저만치서 나를 소리쳐 불렀다. 니마-야-아--- 큰언니였다. 큰언니는 좀체 나를 바다에 데려가지 않았다. 갯바위를 잘 타지 못할뿐더러 꿈뜬 나는 걸핏하면 넘어지기 일쑤여서 나를 데려갔다가 다치기라도 하는 날에는 책임은 순전히 큰언니한테 돌아가기 때문이었다.

만포아저씨가 나를 넙적한 바위를 골라 앉히고 물이 잘박잘박 종아리 께를 적실만큼 얕은 바다로 들어갔다.

사람들은 개미처럼 움직이고 있었다. 한 눈에 저기-저만치서 꼼지락거리는 옥자하고 정화하고 또 숙희네 들이 보였다.

나는 손나팔을 불었다. 아이들은 내가 부르는 소리를 알아듣고는 자기네 있는

데로 내려오라고 맞고함을 쳐댔다.

작은 돌멩이로 바위에 다닥다닥 붙은 생굴을 까먹는 아이들은 거의가 다 사내애들이었다.

한참을 구경해도 사람들은 시종일관 너무 부지런히 '바릇잡이'를 하느라 여념이 없고 나를 데려온 만포아저씨도 어디쯤 있는지 보이지 않았다. 외톨이가 되어 나는 남들이 그토록 바쁜 바닷가에서 외롭고 쓸쓸했다. 괜히 눈물이 날 것만 같았다. 슬며시 집으로 와버렸다.

젖동냥하는 아기

전에 같았으면 오는 길에 내 호기심을 발동하는 뭔가를 찾아내었겠지만 땅만 보고 터덜터덜 걸었다. 집에 와보니 새 동네 할머니가 그 할머니네 아기에게 젖을 물린 어머니 옆에 앉아 뭔 말인가를 나직나직이 하고 있었다.

어머니 젖을 독차지하던 그미는 남의 아기에게 빌려주고는 슬이와 함께 짱돌이랑 딩굴며 놀고 있었다.

"걔, 누군데?"

나는 그 아기가 누군지 알면서도 심술궂게 누구에게랄 것도 없이 질문을 던졌다. 어머니는 예 와서 보라면서 아귀차게 젖을 빨고 있는 아기 볼을 살짝 돌려줬다.

"귀엽지?"

아기는 살이 막 피어오르는 중이라 마디마다 옴팡옴팡 들어 간 게 여간 앙증맞지 않았다.

새 동네 할머니는 아기 있는 집마다 한 번씩 들러 엄마 잃은 아기에게 젖동냥을 해주는 참이라고 했다. 미안해도 이놈한티 어미 품이 어떤 건지 내 이렇게 동냥해 품어보게 할밖에 다른 도리가 있어야 말이주.

어머니는 젖동냥은 동냥이 아니고 이 세상어머니들이 어미 잃은 아기들에게 당연히 해주는 일이라고 새 동네 할머니를 위로했다.

"세상에 둘도 없는 효녀 심청이 봅서게(보세요), 그 하늘이 낸 효녀도 동냥젖 먹고 컸댄 마씸."

어머니 위로에 새 동네 할머니는 또 코를 훌쩍였다. 이 보릿고개에 제 새끼한티 먹일 젖도 모자란 판에 다들 마다않고 젖을 물려주니 내 고마워서…이 공을 무엇으로 갚을꼬.

새 동네 할머니가 어머니 젖을 빨고 포만해 쌔근쌔근 잠이 든 아기를 들쳐 업고 나가자 기다렸다는 듯이 그미가 어머니 젖가슴을 헤집으며 달려들었다. 어머니는 그미가 심덕 고운 아기라고 칭찬을 아끼지 않았다. 새 동네 할머니네 아기에게 젖을 물릴 때 때 쓰지 않는 게 그리도 대견스런 모양이었다.

나는 누구에게 칭찬받을 짓 해본 지도 오랜 것만 같았다. 모든 일이 나와는 무관하게 돌아가고 있었다. 마루 귀퉁이에 풀이 죽어 어깨를 축 늘어뜨리고 앉았어도 아무도 말 한 마디 건네주지 않았다.

「자연보다 더 큰 부자는 없다」

저녁 무렵 노을이 서쪽하늘에 붉게 퍼질 때 큰언니는 바구니가 미어지게 '바릇'을 잡아왔다.

저녁상에는 큰언니가 잡아온 게에 밀가루와 된장을 섞어 지진 게집장이 오르는가 하면 보말을 삶아 깐 다음 된장을 풀어 묵은 미역과 함께 건지로 놔 끓인 보말된장국도 올라왔다.

아버지는 큰언니 덕에 오랜만에 보말된장국을 먹어본다고 너스레를 떨었다.

나는 아직도 밥상머리에 다가들지 못하고 미적거리고 있었다. 괜히 갯가에 갔다가 일개미처럼 부지런한 사람들의 사는 모습을 보고는 혼자만 생의 의욕이 없는 사람 같아 의기소침한 게 풀리지 않는 참이었다.

"니마야, 어서 오라 저녁 먹게."

그 날 우리가 저녁밥상을 받고 앉은 동안 조금 허풍을 치자면 우리 동네 아이들은 다 우리 집엘 들락거렸을 것이다.

아이들은 저마다 그날 바다에서 잡아온 것들을 들고 왔던 것이다. 어떤 아이는 '수두리'라고 부르는 굵은 보말 삶은 것 한 양푼을, 어떤 아이는 우리아버지 죽 쑤어 먹으라고 참게 한 주전자를, 어떤 아이는 문어 한 마리를 들고 왔다. 그 문어는 그 때까지도 살아서 내가 만지자 빨판으로 내 손을 옥죄었다. 참, 물질 잘 하는 옥자어머니는 소라 한 양푼을 보냈다.

우리 집 저녁밥상 머리에는 가지가지 해산물로 그득했다.

「자연보다 더 큰 부자는 없다」라는 말을 들어본 적이 있는가? 그건 말 그대로 사실이다.

아버지는 보릿고개가 한 해에 열 번이 닥친다고 해도 죽 쑤어 먹고 들로 바다로 나갈 힘만 있으면 제주 섬의 산이며 들이며 바다가 제주사람을 절대로 굶어 죽게 내버리지 않는다고 장담했다. 그 말도 사실이다.

사람은「자연의 아이들」이라고 하는 유럽 사람들의 말도 자연이 먹이고 입혀 살려주기 때문에 그렇게들 예로부터 말했을 것이다.

이웃들은 어머니가 장리쌀을 퍼주면서 덤으로 준 밀기울보다 더 싱싱한 자연의 소출인 산해진미로 보상을 하는 셈이었다.

큰일 안 났다

아버지가 문득 어머니한테 물었다.
"스무사흘 날 할아버님 제사 지낼 메 쌀은 남견?"
쌀 장리 빚을 낸 집마다에서 '바룻 잡은' 걸 가져오니 갑자기 고방 쌀독이 걱정이 되는 눈치였다. 우리 집 저녁밥상머리를 들락거린 아이들은 대개가 다 장리쌀을 빚진 집 아이들임을 뒤늦게 인식하고 아버지는 더럭 겁이 났는지도 모르겠다.
쌀이 동나 더는 장리 줄 쌀이 없다고 해도 아버지는 눈을 부라리며 저노무 여편네가 괜히 궁상떤다면서, 아 실없는 소리 그만 허고 어서 줘! 하고 막무가내로 소리치던 게 생각났나 보았다.
"아이구, 그냥 무턱대고 다 주라고 한 사람이 누군데 웬 제사 걱정이유? 없어요."
가끔은 어머니두 아버지의 무분별하기 짝 없는 후한 인심에 주니내곤 했으니 어디 두고 보자고 쌀 있는 대로 박박 긁어 이웃의 가는대바구니에 담아 줘 버렸을 수도 충분히 있었다.
"아, 살림 사는 여편네가 코앞에 닥친 제사 생각을 차마 못했단 말여?"
아버지 목소리는 점점 높아갔다.
"왜 화를 내요, 다 주라고 해서 그런 거뿐인데 왜요, 내일 성안 가서 사오시구랴. 오랜만에 임도 보고 뽕도 따고........."
어머니 반격이 만만치 않았다.
나? 하루 온종일 건강하지 못한 내 몸 탓에 썰물에 드러난 바다를 맘껏 누비지 못해서 우울했는데 좋은 구경거리가 생기니 일순간에 우울증은 씻은 듯이 사라지고 기분이 쨍-해가 떴다.

나는 싸움구경도 좋아했다. 특히 아버지와 건이 아방이 싸우는 거, 어머니와 아버지가 티격태격하는 거 구경하는 맛이란 참 별맛이었다.

아버지는 벌떡 일어서더니 마루와 찬방 중간에 걸린 등잔을 들고는 고방으로 뛰어 들어갔다. 아버지가 고방에서 쌀독을 열어보고 있는 사이, 어머니와 큰언니와 나는 서로 눈을 맞추며 소리 없이 회심의 미소를 짓고 있었다.

"그러면 그렇지, 저노무 여편네 사람 간 떨어지게 놀려?"

등잔을 앞세워 고방을 나오는 아버지 혼잣말이 다시 우리를 웃게 했다.

"아방, 어멍이 놀리는 거 몰랐수꽈?"

내가 이 때다 싶어 아버지를 건드렸다.

"너 니마! 입 다물어. 너희들 오늘 작당해서 아방을 막 놀린 거다! 다 각오 허라. 나 꼭 복수 허키여(할거야)."

아버지는 '비발년'(계집년)들만 집안에 수두룩하니 하늘같은 남자를 알아보지 못하고 놀리기나 한다면서 한탄하더니 던졌던 숟가락을 다시 들었다.

"무사 또 여자들 타령이꽈?" 누군가는 아버지의 넋두리에 대거리칠 만 한대도 아무도 말하지 않았다.

천사의 선물

만포아저씨가 왔다. 좀체 오지 않던 저녁나들이였다. 내가, 만포아저씨 나만 갯바위에 앉혀두고 어디 갔었수꽈?라며 막 따질 참인데 아버지가 선수를 쳤다.

"만포군 어서 와. 저녁 같이 먹게."

아버지가 만포아저씨 몫이라면서 밥상에 놓인 내 숟가락을 들어보였다. 어머니는 양푼에서 밥 한 그릇을 떠 만포아저씨 자리를 만들어 놓고는 누룽지를 한 양푼 긁어다가 밥상 가운데 놨다.

"누구 밥 모자라면 누룽지 먹어라 구수하다."

만포아저씨는 댓돌에서 그저 머뭇거릴 뿐 마루로 올라서지 않았다. 뒷짐을 잔뜩 지고 머뭇거리는 품이 뭔가 감추고 있는 것 같았다.

어머니가 댓돌로 내려갔다.

"만포아지방, 혼저(어서)옵서. 저녁 같이 먹게."

"이거!"

만포아저씨가 갑자기 뒤에 감추고 있던 두 손을 앞으로 내미는 순간, 어머니가 에구머니나! 하며 놀라 툇마루에 털썩 주저앉고 말았다.

아버지는 어머니가 놀라는 서슬에 무슨 일인가 싶었던지 자리를 박차고 일어났다.

만포아저씨 한 손에는 개구리가 한 마리 버둥대고 있었고 다른 한 손에는 '송동바구리'라고 부르는 작은 대바구니가 들려있었다. 그 대바구니 속에도 보말이며 게며 떡조개 따위 '바릇 잡은' 것이 수북하게 들어있었다.

"자네 그거 뭔가?"

아버지도 그가 별안간 내민 개구리에 놀란 것 같았다.

개구리가 막 겨울잠을 깨고 나올 무렵이니 맘만 먹으면 연못주변에서 못 잡을 바는 아니었다.

"이거 '순작' 이우다. 뒷다리 구웡 니마 먹입서."

제주사람들은 개구리를 먹지 않았다 단지 아이가 허약하여 기를 못 펼 때 약으로 물논에 사는 참개구리 뒷다리를 참기름 바르면서 구워 먹었다.

논이 귀한 제주에는 흐르는 민물에 사는 참개구리가 그리 흔하지 않아 한 마리 잡기가 쉽지 않았다. 더구나 아이들 약으로 먹이는 참개구리는 배가 담황색을 띤 것이라야만 했다. 참개구리라 할지라도 배가 붉은 '순작' 이 아니면 약으로 쓰지 않았다.

그 개구리 뒷다리를 구워 내가 먹으면 나는 당장 튼튼하고 건강해져서 다시는 주사를 맞지 않아도 될 터이고, 주사 자국이 곪아터져 며칠 동안 손바닥선인장을 붙인 체 누워있지 않아도 될 터이고, 학교에도 매일 다닐 수 있을 터이고, 다른 아이들처럼 들로 바다로 나비처럼 날아다니고 노루처럼 뛰어다니며 놀 수도 있을 터이지......' 순작' 을 아버지한테 건네주는 만포아저씨 얼굴에는 흐뭇한 미소가 가득했다.

허리띠를 잔뜩 졸라맨 만포아저씨 허리는 한줌도 채 되지 않았을 것이다. '순작' 뒷다리를 참기름 발라 구워 약으로 먹을 사람은 내가 아니고 만포아저씨인 것을.

"만포군 고마워. 어서 같이 저녁 먹게. 자네 '바릇' 잡으랴 '순작' 잡으랴 배고프겠네."

아버지는 한참 동안이나 만포아저씨와 마주보다가 개구리를 받아들고 부엌으로 들어갔다.

울대를 타고 뭔가 뭉클한 뭉치가 가슴을 치받고 치오르는가 싶더니 갑자기 내 눈이 뻐근했다. 삽시에 눈앞이 뽀얗게 흐렸다. 동시에 코 안이 간질간질 가렵고 시큰거리면서 콧물이 주루루 흘러내렸다.

"니마야, 낼 또 잡아다 주마. 하영(많이) 먹엉 건강허라 이."

희뿌옇게 안개 낀 저 너머로 만포아저씨가 감꽃처럼 하얗고도 화사하게 웃는 모습이 어렴프시 보였다. 내 입이 생각하지도 못한 말을 했다.

"만포아저씨 바보! 난 개구리 징그러워서 안 먹는다."

어머니가 밥상 밑에서 내 무릎께를 빠드득 비틀어 꼬집었다. 제발 입 다물라는 신호였다. 눈치 없기는 슬이도 마찬가지였다.

"니마 안 먹으면 그거 나 먹으켜(먹겠어)."

"으, 슬이 것도 잡아다 주마."

만포아저씨는 친절하게도 슬이 말까지 다 받아주고 나서야 밥을 먹기 시작했다. 저렇게 먹다가는 체하지. 그는 정말로 마파람에 게 눈 감추듯 밥 한 그릇을 숟가락질 몇 번에 다 먹어치웠다.

"나 밥 다 먹어 부런(먹어 버렸어) 니마 어멍 먹을 건디……"

만포아저씨는 빈 밥그릇 밑바닥과 어머니를 번갈아 보며 미안해 어쩔 줄 몰라 쩔쩔 매었다.

어머니가 빈 밥그릇에 누룽지를 채웠다. 그리고는 만포아저씨 한테 숭능도 마저 들라면서 자신의 배를 두드려 보였다.

"이거 봄서. 나 밥 안 먹어도 만포아지방 밥 먹는 거 보고 배 불렀수다."

부엌에서 아버지 목소리가 달려와 만포아저씨와 어머니 사이에 끼어들었다.

"만포군 수니 어멍은 니마 아방 각시. 알지 이? 넘보지 마셔."

그 목소리는 아버지 특유의 장난끼로 도배되어 있었으나 이웃을 향한 따스한 연민이 진득하니 배어 있어 봄밤을 가득 채울 듯 풍요로웠다.

3. 양귀비에 홀린 고모의

어? 이크!

  나는 양말을 벗지 않았다.
  내가 학교에 입학하고 얼마 안 있어 아버지가 우리 딸들에게 다 빨간 나일론 양말 한 켤레씩을 사다 주었다. 그 빨간 나일론 양말은 우리들의 자랑거리였다.
  다른 아이들은 터진 자리에 몇 차례나 천 조각을 덧대어 깁고 또 기워 볼 받아 누더기나 다름없는 버선을 신고 다니다가 그것도 날씨가 따뜻해지자 벗어 던진 지 오래 전 일이었다.
  나는 성벽 양지뜸 우리교실에서 쌍살벌(어? 말벌일지도 모른다!)을 잡다가 선생님한테 들켜 종아리를 회초리로 되게 맞은 이후부터 구멍 뚫린 검정 타이어 고무신을 과감하게 버리고 애지중지하던 설빔으로 받은 꽃 코고무신에다 빨간 양말을 받혀 신고 다녔다. 이만하면 내 발이, 아니 빨간 양말에 꽃 코고무신을 받혀 신은 내가 좀 뽐낼 만도 했다.

빨간 양말과 꽃 코고무신을 신었다고 가랑이를 들썩거리며 품위 없이 걸을 수는 없었다. 그래서 나는 아주 도도하게 고개를 똑바로 들어 눈높이에 시선을 고정하였다. 누가 뭐라면 눈만 살짝 돌려 그 쪽을 보곤 했는데 그 꼴은 마치 누군가를 깔봐서 흥, 하고 코 방귀를 뀔 때와 비슷하여 무척 거만하게 보일 폼이었다. 그래도 나는 아랑곳하지 않았다.

내가 그토록 잔뜩 뽐내는 이면에는 나만이 감당해야하는 크나큰 고통을 감추려는 속셈도 있었다.

그 날, 내가 공부시간에 나나니벌(이크! 쌍살벌일지도 모른다!)을 고무신으로 후려잡은 사건을 문제 삼아 선생님이 연거푸 회초리를 내리친 종아리는 빨간 나일론 양말 고무데님이 꽉 조여 살이 빨갛게 달아오른 바로 그 자리였다. 하필이면 그 자리만을 집중적으로 때리다니……그렇잖아도 살갗이 부풀어 화끈거리는 걸 애써 참고 있던 참이었다.

매 맞은 자리를 감추려고 양말을 치켜 그 자국을 가리는 데는 성공했지만 결국은 부어오른 종아리만 옥죄는 꼴이 되고 말았다. 그래도 나는 양말을 벗지 않았다.

드디어 매집에 콩알처럼 물집이 보글보글 앉더니 쓰리고 아팠다. 물집은 며칠 못 가 양말데님에 눌려 픽, 픽, 터져 진물이 흘렀다. 나는 그 상처와 아픔을 비밀로 간직할 수밖에 없었다.

공부시간에 벌을 잡다가 벌쓴 것이 우리 집에서 아는 날에는 자초지종을 따져보지도 않고 어른들은 또 내가 말썽을 피웠다고 고개를 내저을 것이 뻔했다. 너니마야, 학교에서도 소리 없는 방귀처럼 얌전한 체 하면서 장난치고 말썽만 피우는구나! 하라는 공부는 안하고. 대번에 나를 나쁜 학생으로 몰아칠 게 눈에 선했다.

나는 나쁜 학생이 아니었다. 공상을 좀 심하게 하는 버릇이 있을 뿐이었다. 어쨌든 양말 데님자리가 헐어 고름이 앉아도 양말을 벗지 않고 버텼다. 양말은 너무 오래 신어 떼가 눌어붙은 나머지 감촉도 좋지 않았다. 그래도 나는 양말을 밤낮없이 신고 견뎠다.

진물이 엉겨 붙은 내 다리를 보이느니 주사 자국이 곪아터진 엉덩이를 보이는 게 낫지. 학생이 선생님한테 맞아 종아리가 헐었다는 소문이 나면 나는 끝장나는 거였다. 말썽을 부려 매를 맞았다는 것은 학생으로서 가장 불명예스런 일이다. 절대 아무에게도 알려서는 안 된다. 내 자존심이 걸린 문제였다.

양말만 벗지 않는다면 그 비밀은 지켜질 것이고 내 자존심이 손상되지도 않을 것이었다. 하지만 마음속으로는 누군가가 빨리 내 다리가 헐어 양말과 엉겨 붙은 상처를 봐줬으면 간절함이 없지는 않았다. 시시때때로 헌자리가 너무 아팠기 때문이다.

음력 삼월 스무사흘, 증조할아버지인가 당할아버지인가 헷갈려서 잘 구분이 안 되지만 그 날은 이미 내가 태어나려고 생각하지도 않았을 때, 아니 아버지도 태어나지 않았을 때 죽어간 아버지 쪽 수많은 할아버지 가운데 어느 한 분의 제삿날이었다.

'윤노리' 지팡이

평온하고 고요하던 마을이 하필 우리 집 할아버지 제사 전날에야 벌집을 쑤신 듯이 온통 왁자지껄하니 웅성대었다.

뭔가를 기다리는 설렘에 겨워 어쩔 줄 모르는 사람들처럼 달뜬 분위기가 온 마을을 붕붕 공중에 떠다니게 했다. 아버지는 방정맞은 월매가 춘향이 신랑 이

몽룡을 기다려 등촉을 툇마루에 걸어놓고 흥분에 휩싸여 안절부절 못하듯이 그렇게 마을 전체가 뒤숭숭하다고 했다.

외할머니도 백발을 휘날리며 긴 장죽을 한 손에 들고 '윤노리' 나무 지팡이를 허위허위 휘두르며 막 한낮을 비켜선 해를 정수리에 이고 우리 집에 왔다.

평소 할머니가 우리 집에 올 때는 해가 질 무렵 저녁노을을 등지고 오는 저녁 나들이였다. 딸네 집에 마실 오면서 대낮에 활개 치며 오는 걸 마을사람들한테 보이는 것은 주책없는 늙은이나 그렇게 한다고 했던가? 옛말에 통시와 사돈댁은 멀수록 좋다고 했단다. 출가외인인 시집간 딸을 찾아 대낮부터 모습을 만천하에 드러내는 거야말로 얼마나 경망스러운 짓이냐 그러므로 어스름 노을 그늘에 가려 사람얼굴을 알동말동할 시각을 잡아 오는 거란다.

그러는 우리할머니를 두고 동네사람들은 말하길, 할머니가 워낙 경우가 반듯하여 딸을 찾아 올 때도 시간가늠을 할만치 예의를 지키는 거라고들 했다.

웬만히 바쁜 일이 아니면 아버지 쪽 제삿날에 외할머니가 우리 집에 오는 일은 드물었다.

외할머니가 우리 집에 온 것과, 뭔가를 기다리며 똥 눌 시간조차 없이 바쁘다며 살짝 흥분한 체 하루를 달래는 마을 분위기와는 무관하지 않아 보였다.

외할머니는 사시사철 언제나 변함없이 흰 무명 저고리에 고쟁이, 그 위에다 치마를 덧입었다. 겨울이면 투박하게 누빈 덧저고리를 껴입고 쪽물 들인 토시를 꼈으며, 여름에는 적삼과 고쟁이 차림에다 엉긴 삼베치마를 휙 허리에 두르는데 치마말기에 치마 자락을 거두어 잡고 허리춤에 질러버리니 얼핏 보기에는 치마를 입지 않는 것처럼 보였다. 허리춤에만 두를 치마를 왜 입을까? 외할머니 대답이 걸작이었다.

"여자는 다 치마를 입는 게야."

외할머니가 치마라는 걸 두르는 시늉을 한 건 늙어서도 자신이 여성임을 증명하는 표시인 셈이었다.

어른 된 지금도 내게 나의 외할머니는, 농구선수 못잖게 껑충 큰 키에 하얗게 샌 백발을 이고 괴나리봇짐을 등짐으로 진데다 한 손에는 장죽을 쥔 채 저녁놀이 지는 석양을 등 뒤로 받으면서 별 필요도 없는 '윤노리' 나무 지팡이를 내휘두르며 기다란 두 다리로 껑중껑중 걷는 보폭 큰 걸음걸이가 멀리서 보면 한숨에 천리를 내달렸다는 파발꾼과 가장 달리기를 잘한다는 바르셀로나 올림픽 금메달리스트 황영조보다는 에티오피아의 마라도너 아베베와 비슷한 모습으로 내 가슴 깊은 곳에 남아있다.

외할머니의 상징

외할머니는 늘 변함없이 입는 옷과 장죽과 '윤노리' 지팡이 말고도 분신처럼 몸에 꼭 지니는 게 두 가지 더 있었다. 고이춤에 감추어 찬 색 바랜 쪽빛 비단 주머니와 아버지가 어느 해던가 무두질한 노루가죽으로 만들어 줬다는 담배쌈지가 그것이다.

노인임을 상징하는 것에 불과한 장식품이 '윤노리' 나무 지팡이였다면 담배쌈지는 할머니의 실제 삶의 한 부분이었다.

외할머니는 줄담배를 지나쳐 골초였다. 옛날이야기를 해달라면 우선 장죽에 담배를 채워 불을 붙인 다음 뻑뻑, 두어 번 깊이 빨아 연기를 코로 뿜어내고는, (코로 담배연기를 내뿜는 할머니를 생각하면 웃음부터 터진다. 초가 굴묵에 군불을 때면 흙을 바른 바람벽에 난 구멍마다에서 연기가 한 줄기씩 뿜어져 나오면서 하늘로 오를 때와 꼭 같았기 때문이다.) 고쟁이 주머니에 간수하는 비단주머니를 꺼내어 열어보면서, '그래 무슨 옛말이 들었나 어디보자'라고 했다.

동네사람들은 외할머니가 우리 집에 온 걸 자장가 소리로 알았다. 외할머니의 자장가는 어느 명창이 부르는 소리보다도 일품이었다. 우선 목청이 청정했고 노랫말이 구수했다.

판소리 중에서 내가 제일 좋아하는 '적벽가'도 자장가 가락에 맞춰 불러 제치곤 했다. 할머니 자장가를 듣다보니 어느새 나는 '적벽가'의 내용을 알게 되었고 전쟁터에서 무궁무진 활약하는 지장이며 용장이며 맹장에다 패장의 이야기에 매료되었던 것이다.

할머니는 '적벽가'뿐 아니라 병든 용왕이 토끼 간을 먹으면 완쾌된다는 소리에 거북이를 시켜 겨우 용궁으로 꼬드겨다 놓고도 꾀 많은 토끼한테 속아 넘어가 기어이 토끼 간을 내어먹지 못한 불쌍한 용왕의 구슬픈 이야기를 엮은 '수궁가'도 자장가 삼아 부르곤 했다.

온 우주를 품은 요람

아기요람이 할머니 곁에 놓이는 그 순간부터 온 우주가 요람에 누워 잠을 청하는 아기 차지가 되었다. 마음만 먹으면 아기는 하늘과 땅은 물론 저 깊은 바다와 드넓은 초원을 넘나들며 환상 속의 세계를 구체적으로 체험하고도 남았다. 심지어 밤하늘에 무수하게 흩뿌려져 저마다의 밝기로 빛을 발하는 별도 할머니 노랫말 한 꼭지면 똑 떨어져 아기 이마를 장식하고 세상에 둘도 없는 노리개가 되어 저고리 앞 옷섶에서 찬란히 빛나는가 하면 아기의 맑으나 맑은 눈 속에 박혀 세상에서 가장 영롱하게 빛났다. 또한 온 세상의 흑요석은 몽땅 달려와 할머니가 흔드는 요람에 누운 아기의 눈동자로 변하는 건 다반사였다.

아기는 할머니가 불러주는 자장가 한 꼭지면 요람에 누운 체 온 우주를 유영하며 삼라만상을 관광하다가 언제든지 흐뭇하게 잠들 수 있었다.

내가 아기였을 때도 할머니는 나를 자장가에 태워 달나라에도 보내고 바다 속 용궁도 넘나들게 했을 터였다.

나는 할머니 자장가 덕에 1968년이든가? 우주선 아폴로를 탄 암스트롱이란 우주비행사가 달에 첫 착륙하기 훨씬 이전에 금빛 찬란한 달나라의 계수나무 밑에서 떡방아 찧는 효성스런 토끼 부부도 만나봤다.

암스트롱이 인류 최초로 달에 발자국을 남겼다는 건 순전히 증거 본위로 나가는 과학적인 허풍에 불과하다. 인류는 예술적인 상상력을 동원하여 달 탐사를 샅샅이 한 역사가 이미 오래 전, 천 년 만 년은 좋이 되고도 남을 역사를 가졌다. 보라!

달아 달아, 밝은 달아 이태백이 놀던 달아.
저기 저기, 저 달 속에 계수나무 박혔으니
금도끼로 찍어내어 은도끼로 다듬어서
초가삼간 집을 지어 양친 부모 모셔다가
천 년 만 년 살고 지고 천 년 만 년 살고 지고

이 노랫말이 인류의 정서적 달 탐사의 역사를 증명하는 뚜렷한 하나의 사례이다.

암스트롱이 달에 갔을 때 사막과 메마른 언덕과 민둥산만을 본 건 우리 인류의 조상들이 수 천 수 만년 동안 달나라의 계수나무를 무분별하게 벌채한 결과이다. 요즘처럼 좀 자연환경에 관심을 가졌다면 달이 저토록 사막만이 남지는 않았을 것이다. 그럼으로 달과 인류와의 상관관계를 다룰 때 이를 간과해선 안 된다.

불난 호떡집에 부채질해대는 풍경

다리에 이는 통증을 견디지 못해 사람들이 보지 않는 데서는 빨간 양말에다 꽃 코고무신을 신은 자부심 따위 저만치 내버리고 절뚝거리며 집으로 돌아오는 길목, 우물가를 지나다가 나는 할머니 자장가 소리를 들었다.
아, 우리 외할머니가 왔구나. 갑자기 눈물이 주루루 뺨을 타고 흘러내렸다. 나는 내가 흘리는 눈물에 스스로 당황했다. 사실은 나도 모르고 있었지만 진물이 흐르는 종아리를 감추면서 엔간히 속상해 있었던 것 같았다. 그런데 왜 외할머니가 부르는 자장가 소리에 울음이 터졌을까 몰라?
빨간 양말로 회초리 맞은 종아리를 감추고 다니면서 나는 불쌍한 아이 신세가 어떠한지를 실감했던 것 같다.
할머니한테 내가 직면한 상황을 정직하게 털어놓고 위로를 받을지는 모르는 일이었다. 어떻든 할머니가 왔다는 게 내게는 크나큰 위안이 되어주기에 충분했다.
눈물을 닦고 도착한 우리 집은 그날따라 그야말로 불난 호떡집에 부채질할 정도로 바쁘게 돌아가고 있었다.
"학교 다녀왔습니닷!"
목청껏 외쳐도 아무도 받아주는 이가 없었다. 나는 마루를 지나가는 어머니 일 바지 입은 가랑이를 잡고 흔들었다.
"그래 니마 완?"

어머니는 건성으로 안 채 만 체 했다. 어머니 지금 바쁘다. 할으바님 제사준비도 해야지 미역허채도 해야지... 스스로 혼잣말을 하면서 어머니는 벌써 찬방으로 들어갔다.
　내일부터 겨우내 금지했던 우리 마을 미역 바다의 미역채취를 시작한단다. 아하! 그래서 할머니가 오셨군. 그에다 내일이 할아버지 제삿날이지 않는가. 제사 제물 만들 떡가루를 빻는 일이며 미역을 따 담을 그물 바구니 같은 '망사리'를 손보는 일이며, 어느 일부터 먼저 해야 하는 것인지, 일이 겹치다보니 불난 호떡집에 부채질해대는 풍경을 눈앞에 펼쳐놓고도 남을 정도였다.
　저렇게 바쁘다 보니 호떡 지지는 번철이 열 받아서 불이 난 거구나. 이제 알만 하다. 오늘은 할아버지 제사지낼 준비에다 미역채취 할 준비를 동시에 해야 하고 내일은 미역채취에다 할아버지 제사를 하루에 지내야하니 불만 나도 될 것을 불난 데 부채질까지 하게 되었단 말이지.
　이히히- 난 불난 호떡집에 부채질하는 게 정확히 어떤 상황을 빗대어 말하는 건지 참으로 알고 싶었는데 그 걸 대충은 알게 되었단 말씀!
　참 어쩔 수 없이 한심한 어른들이네. 불난 호떡집에 부채질할 게 아니라 할아버지 제사를 뒤로 미루든지 아니면 미역채취 날짜를 다른 날로 잡도록 현이장 할으방과 협상을 해보든지 얼마든지 방법이 있을 것 같은데, 고지식한 어른들은 못 말려. 내가 이담에 커서 어른이 되면 저렇게 '궁퉁이' (정확히 이 말의 표준어를 모르겠다. 단순히 지혜롭지 못하다는 뜻만은 아닌, 이 제주어!) 막아진 짓은 절대 하지 않는다! 지혜를 발휘하여 여유를 가지는 것은 참으로 좋은 것이며 일이 엎치고 덮치지 않게 정렬을 잘하여 차근차근 차례를 정하고 지혜를 발휘하면 여유로워 질것을.
　나는 혼자서 실컷 여유 없이 구는 어른들을 비꼬아줬다.

그 부채질 하는 부채에 불이 난대도 안 되는 것

할머니는 불난 우리 집에 불 끄는 걸 도우러 왔을까 부채질 하는 걸 도우러 왔을까가 또 궁금했다. 그 생각을 하느라고 어느새 눈물샘은 말라 내가 언제 울었나싶게 운 흔적이 내 얼굴에서 말끔히 사라지고 없었다.

할무니이—

이미 그미는 대나무바구니 요람 '애기구덕'에 누워 할머니가 한쪽 발로 끄떡끄떡 흔드는 대로 흔들리면서 잠들어 있었고 할머니는 언제나 그러하듯이 불난 호떡집에 남이야 부채질을 하든 말든 느긋하게 목침을 도마 삼아 잎담배를 썰고 있다가 내가 달려들어 목을 껴 앉자 덩달아 반가워했다.

"이 집에서 이 할밀 젤 반기는 사람은 우리 니말 거라 아마."

나도 허리에 찼던 책보를 풀어서 방구석으로 냅다 던지면서 할머니 말을 받았다.

"그야 뭐, 우리 집은 언제나 불난 호떡집이니까 할무니 반길 여유가 없는 거 아니꽈 예."

할머니는 내 정수리를 쥐어박는 시늉을 하면서 내 말에 대거리 쳤다.

"요 녀석아, 니네 집이라고 맨날 불난 호떡집일까 어쩌다 그런 게지."

" 에- 할무니도, 맨날 그렇지, 언제? 언제 한가한 적 있수꽈?"

나는 할머니 말에 동의를 못하겠다고 입을 비죽거리고는 찬방으로 갔다. 어머니랑 동네 아주머니 몇 분이 떡살을 채에 쳐 뉘느라 모두들 함지를 앞에 끌어안고 있었는데 다들 얼굴 어딘가에는 흰 가루를 칠한 꼴이 가관이었.

아무리 바쁘다고 사람이 기웃거려도 아른 체를 안 해? 나는 어머니가 받아 앉아 뉘는 가루함지 한가운데를 손가락으로 한 번 크게 휘저어 버렸다. 그러면 그렇지, 어머니가 잽싸게 내 손 등을 내리쳤다.

"너! 조상님 제(祭)모실 제수에 함부로 손 자죽을 내?"

메에-롱, 그 할아버지 내 손가락 자국이 귀엽다고 하실 거다! 찬방에서도 내 존재를 환대받지 못한 나는 마당으로 나갔다.

어른들은 너무 형식을 따져. 떡가루에 아이가 손 자국을 냈다고 호들갑을 떨다니, 뭐 조상님들이 그토록 까다로울까? 괜히 조상을 빗대어 어른들이 아이들 혼내고 싶으니까 야단치면서 별소릴 다 하는가 싶었다.

"니마 왔구나."

아버지 목소리였다. 내가 아버지를 찾아 두리번거리자 아버지 목소리가 다시 나를 불렀다.

"아방 이디(여기) 있어!"

아버지는 채마밭을 에두른 돌담 모퉁이 끝 양지뜸에 동그란 덕석(작은 멍석)을 깔고 앉아 큰언니와 어머니가 내일 미역채취 할 때 쓸 연장들을 손질하고 있었다.

"아방, 내일 현이장 하르방이, 우리 할으바님 제삿날인 거 모르고 메역(미역) 허채(許採) 날로 정한 거 마씀? 그렇담 할으바님 제삿날을 다른 날로 바꾸민 어떻허쿠과?"

나는 아버지 옆에 다가 앉아 바쁜 날을 바쁘지 않게 살 방법을 제시했다. 아버지가 어이없다는 표정으로 한참 동안 나를 보더니,

"아이구, 요 설룬(가엾은)내 딸년아. 세상법도가 그런 게 아니라. 할으바님 제삿날을 아무 날이나 바꿀 수 없는 거 너도 알아 둬얀다."

뭐 그런 법이 다 있나? 고정관념을 버리면 되는 거 아닐까?

"참말로! 난 모르쿠다 게. 이담에 난 어른 되어서 아부지 제삿날하고 또 무슨

날이 겹치면 예, 난 다른 한가하고 고운 날 찾앙 아부지 제사 모실 거우다."

아버지는 연신 헛기침을 하면서 기가 막혀 말이 나오지 않는다고 혀를 끌끌 찼다. 나중에는 혼잣말로 투덜대기까지 했다. 내가 아들 없이 죽었다간 이담에 니마 같은 딸년한테 제삿밥이나 한 그릇 제 날짜에 얻어먹을지 모르겠네.

나는 잽싸게 아버지 혼잣말 끝을 잡아채었다.

"아방, 그건 걱정 맙서. 이렇게 불난 호떡집에 부채질까지 하는 못된 날엔 절대루 아부지 제사 모시지 않허쿠다. 나비들이 막 날아다니고 꽃도 수 백 수 천 가지가 다 피어나고 또 보슬비가 보슬보슬 오는 그런 곱고 낭만적인 날 골랑 제사지내 드리쿠다 게 정말! 약속해도 좋수다."

아버지가 손을 내저으며 나와 말씨름하지 않겠다고 딱 분질러 놓고는 막 막말을 퍼부었다.

야 니마 너! 뭐 낭만? 좆도 없다! 너 그딴 말 에미한티 얻어 배웠겠지만 잘 들어둬. 아부진 말이다. 내 제삿날에 꼭 그 날에 꽁보리밥이라도 좋다, 내 제삿밥 얻어먹을 거여. 불난 호떡집에 부채질할 정도가 아니라 그 부채질 하는 부채에 불이 난대도 아무도 내 제삿날 못 바꾼다! 이것아, 그 날, 보슬비가 보슬보슬 안 오고 우박이 자갈처럼 드립다 쏟아지든 소낙비가 하늘땅이 맞붙게 와 불든 내 제삿날은 내 제삿날여 이? 낭만 찾아 나비 날아다니는 날 내 제삿날로 잡을 필요 절대 없어야. 아부지 말하는 거, 너! 이 머리빡 이상하게 굴리는 데 도가 튼 니마 너 말야, 명심해 들어 둬! 공자님이 세운 가례 법도(法道)라는 게 있어. 잔말 말고 그 법도대로 하는 걸로 우리말 끝내자 이?

아버지는 정색을 하고 얼굴마저 험상궂게 구겨가면서 우격다짐을 했다.

나는 어른들의 굳어버린 사고방식에 치를 떨지 않을 수 없었다.

"아방, 내 말 좀 들어 봅서 게. 공자가 세운 법도도 별로 쓸모가 없으면 융통성

을 발휘해삽주. 바꿀 필요가 있는 거우다!'

라고 내 생각 그대로를 말했다가는 아버지 심장이 터져버릴 지도 몰랐다. 그만치 아버지는 내가 혹시라도 아버지 제삿날을 바꿔 지낼까봐 무조건 잔뜩 흥분한 데다 화가 나 어쩔 줄 몰라 쩔쩔매었다.

아버지 얼굴은 열이 올라 시뻘겋게 달았다. 그물망사리를 만지는 손이 자꾸만 헛짚어 대바늘에 찔리고는 얼른 입으로 가져가곤 하는 게 영 경황이 없어보였다.

겨우 나를 아른 체 해준 아버지와 앞으로 언제 올지도 모르는 미래의 아버지 제삿날을 두고 싸우고 싶지 않았다. 그렇다면 내가 져 주는 척하기로 작전을 세웠다.

"아방, 알아시난 걱정 맙서. 그럼 아부지 제삿날은 불난 호떡집에 부채질하는 부채에 불이 붙어도 꼭 그날 제사지내라고 누구 큰언니나 슬이나 그미한테도 다 말 허쿠다. 난 어멍 제사나 내가 좋아하는 날 지내쿠다."

아버지는 골치 아파서 도저히 참지 못하겠다면서 머리를 감싸 안으며 김이 다 빠지는 소리로 넋두리를 했다.

아이구 두(頭)야! 내 생전에 무슨 죄를 지었길래? 조상님. 부디 아들 씨 한 놈 점지해 주지 않으시면 나 이담에 제삿날이 돼도 물 굶어 죽기 딱 알맞겠습니다아! 굽어 살펴 주십서.

아버지는 좀 과장하는 버릇이 있었다. 나는 분명히 아버지 제사를 지내지 않겠노라고 하지 않았다. 무슨 사연이 있으면 부득이 날짜를 바꿔 아버지 제사를 지내면 어떨까 하고 단지 의견을 제시했다가 아버지가 까무러칠 만치 질겁을 하는 통에 그러면 아버지 제사는 다른 딸들 중에 누가 지내기로 하고 나는 어머니 제사를 맡겠다는 절충안을 내어 놓은 건데... 마치 내가 아버지 제사 못 지내겠다고 말 한 것처럼 처량하게 자신의 신세타령을 과대광고하려 들었다. 그것도 남이 들으면, 저 니마 아방 니마한테 되게 실망해서 절망의 구렁텅이로 빠지나 보네. 라고 동정을 다할 정도로 심하게 과장해서 말이다.

삼손의 머리털

나는 아버지와 사이좋게 지내고 싶었다. 그렇잖아도 요즘 학교에서 걸핏하면 귤껍데기 선생님이, 니맛! 눈동자 굴리지 마! 또 정신 팔았낫? 어서 붙잡아 들여! 어쩌고 하면서 나를 나쁜 학생취급해서 난감하던 터였다. 아무래도 대화를 딴 데로 돌리지 않았다가는 아버지마저 하릴없이 나를 불량한 딸로 치부할 것만 같았다.

나는 우선 상냥하고 상큼한 목소리를 낼 필요가 있었다. 속으로 한껏 아버지를 매혹시킬만한 목소리를 고르는 중인데 다시 종아리가 불에 덴 것처럼 쓰리고 아팠다.

"아방, 낼 작은고모 오실 거?"

아버지는 이 세상 누구도 무서워하지 않았다. 그러나 작은고모 앞에 서면 한없이 작아졌다(어느 가수가 부른 노랫말을 번안할 생각이 전혀 없었는데 요 대목에서 좀 그렇게 나가버리네).

작은고모는 아버지 뿐 아니라 건이 아방도 두려워하는 존재이다. 왜 그랬는지 확실한 이유는 모르겠다. 완력으로 치자면 그 누구도 두려워하지 않는 사나이가 우리아버지와 건이 아방이었다. 그러나 그들도 작은고모 앞에서는 고양이 앞에 쥐 신세나 다름없었다. 작은고모를 그토록 무서워하면서도 아버지는 네 분 누님 중에 유독 그 막내누님과 정이 두터웠다.

내 작전은 대성공! 내가 미끼를 던지자마자 덥석 문 아버지. 만세!

아버지는 작은고모라는 소리에 고개를 번쩍 들었다. 이미 그의 얼굴에는 조금 전에 제사지내줄 아들 어쩌고 하면서 절망하던 기색은 간 곳 없고, 예전처럼 나를 한 방에 날려버릴 의뭉스런 꾀가 눈가에 득시글거리는 해적 같은 모습으로 되돌아가 있었다.

작은고모만 와봐라, 네까짓 비바리 바람 앞에 등불이다.

힘센 아이와 적수가 되지 못할 나약한 아이 사이에 싸움이 붙었다. 한 방에 궁지에 몰린 나약한 아이한테 문득 등장한 키 크고 주먹 센 손 위 형제는 삼손의 머리털 같은 위력을 발휘하여 당장에 그 아이를 천하장사로 변신시키는 예를 나는 여섯 살까지 살아오면서 수많이 봐왔다. 그 때 나한테 작은고모 오면 너 어디 두고 보자고 벼르는 아버지 모습이 바로 궁지에 몰렸다가 갑자기 등장한 손 위 형제 덕에 엄청난 힘을 얻어 난국을 제압하는 아이와 다를 바 없어 보였다.

미역 숲과 '아홉동가리'

사실은 나도 작은고모가 무서웠다. 아버지가 정말로 작은고모한테 자신이 이 담에 죽어 제사도 못 얻어먹을 처지인 것 같다고 엄살을 떨면서, 니마 년도 이럽디다 저럽디다 하는 날엔…… 되게 골치 아프게 된다. 작전상 후퇴, 나는 도망치듯 아버지 앞에서 도망쳐 나의 숲으로 들어갔다.

내가 늘 앉는 둥글넓적한 동백나무 등걸에 턱을 괴고 앉아 나는 미역이 우거진 바다 속의 미역 숲을 상상했다. 그리고는 삽시에 미역 숲으로 빨려 들어가 한 마리 예쁜 '아홉동가리'처럼 한가하게 돌아다녔다.

미역은 추운 한겨울에 자란다.

한겨울을 나고 서서히 봄이 무르익으면 이제 미역은 자랄 만치 자라 포자를 피워 바다 밭에 후손이 될 씨 포자를 흩뿌린다.

그 무렵에 이르면 바다에는 창창 거세게 북에서부터 남으로 흐르던 한류(寒流)가 따뜻한 바람을 타고 저 멀리 적도에서 거슬러 오르기 시작하여 오키나와 열도를 비켜 제주 섬을 감싸 안듯 휘감아 도는 난류를 피해 한류의 본고향인 북빙양으로 돌아갈 채비를 서두른다.

바로 그 채빌 서두르는 시각이 금(禁)했던 미역바다를 풀 때이다.

한류는 아직 북빙양으로 걸음을 되돌리지 않았고 난류도 제주바다에 닿으려면 앞으로 대엿새쯤, 늦어도 열흘 안팎은 걸릴 그 즈음을 포착하여 제주 섬 바닷가 마을 여기저기서 미역허채날짜를 잡는다.

그 시기의 바닷물 흐름과 자연현상은 읽어내기가 여간 예민하지 않아 날짜를 미리 정할 수도 없어 바다 기운을 살피면서 거의 날마다 반상회만 열곤 한다.

대충 음력 삼월 상순이 기울어 가면 바다의 물길이 갈라질 징조가 보인다.

겨우내 검회색으로 사납게 포효하던 바닷물이 봄볕에 따스하게 데워지면서 차츰 검푸른 색으로 하루가 다르게 맑혀나가다

드디어 마을 앞바다에서부터 바다 빛은 연록 색으로 곱게 때깔을 갈아입고 먼 바다로 갈수록 장중하나 사납지 않는 담쪽 빛을 띤 우아한 물결이 넘실거리면 이제 미역바다를 풀어 허채할 시기가 닥쳤음을 미뤄 짐작한다.

미역허채 날짜는 원로들과 잠수들이 향사(지금의 리 사무소)에서 반상회를 열어 결정하는데, 이 회합에는 옵서버 자격으로 청년회가 꼭 참석해야만 성회가 된다. 왜냐하면 미역바다 허채 기간 내내 청년회원들이 허채에 따른 모든 공식적인 일을 맡아보기 때문이다.

허채날짜는 대개 이삼일 앞서 결정되는 게 보편적인 경우지만 물때라든지 조수의 흐름, 혹은 기후의 변화에 따라 단 하루 말미를 두고 잡히기도 한다.

일단 미역허채 날짜가 정해지면 마을은 벌집을 쑤신 듯이 부산하다. 먼저 미역허채에 동원할 일손을 확보하는 것이 집집마다 제일 시급하다.

집안에 식솔이 많아 일손이 넉넉하면 미역채취 할 도구나 준비하면 그만이겠으나 그런 집은 마을을 통틀어 한두 집에 불과하다. 다들 일손도 모자라고 도구 준비도 만만치 않아 허둥대게 마련이다.

일손을 마련할 다른 길이 없는 것은 아니다. 다른 마을에 사는 친족이며 친분이 있는 이들 할 것 없이 일손이 된다싶으면 어린아이까지 다 불러 모은다.

부지깽이도 일하는 미역바다

제주 바닷가 마을에서 부지깽이도 일손이라고 하면 큰절 받는 때가 바로 미역바다 허채할 때이다.

바닷가 마을은 미역채취시기가 엇비슷하여 어느 마을이건 간에 남한테 일손을 보탤 나위가 없음으로 중산간 마을로 다들 몰려간다.

한 집안에 물질하는 잠수가 여럿 있을수록 일손은 그에 비례하여 많이 필요하다. 잠수가 미역을 캐어 뭍에 올라오면 이 후 부터는 '마줌꾼'(마중꾼)이라고 하는 일꾼이 둔덕으로 져 날라야하고 널어 말려야 하는데 갯바위 투성이 거친 길을 한참이나 걷기가 쉽지 않다.

미역을 캐내어 말리는 작업까지 내리 쉬지 않고 하루에 해야만 하는 이유는 미역의 신선도 유지 때문이다. 미역은 바다에서 뭍에 올려 진 후 얼마나 신속하게 말리느냐에 따라 등급이 정해진다. 미역은 비를 조금만 맞아도 금방 썩어버리는 예민한 바다풀이다.

상잠수 한 사람이 한 번 물질로 캐어내는 미역 양이 튼실한 장정이 바지게 가득 대여섯 차례는 날라야 될 만치 어마어마한 양이니 하루 물질을 세 번 한다고 쳐서 계산해보면 일손이 얼마나 필요한 지 짐작이 갈 것이다.

한겨울 화롯가의 어머니 역사 읽기

우리 집에도 물질하는 여성이 어머니와 큰언니 두 사람이 있었다. 어머니 물질솜씨는 형편없는데다 욕심도 없어서 아기잠수인 큰언니만치도 당치 못했다. 하긴 뭐, 어머니는 제 또래들이 다 물질 배우느라 검은 머리가 노랗게 바래도록 바다에서 자맥질하며 목매달고 살 때 서당이며 학교에 가서 공부를 했단다.

조선조 말 그 격변기에, 성균관 말단 관리직에 있던 외할아버지는 바람 앞의 등불처럼 위기에 놓인 나라를 일으켜 세울 궁리는 하지 않고 조정에서는 당쟁을 일삼는 이들이 헛기침만 해대는가 하면 매국노들이 판을 치며 좌지우지하니 세상 더럽게 돌아가는 꼴 보는 게 지겨워 더는 못 보겠다면서 먼 친족이 귀양정배 당했다가 눌러 사는 제주 섬을 스스로 찾아든 한낱 바닷가의 갯 비린내 엄청 풍기는 '개촌'에 묻힌 이름 없는 선비였다 한다. 그 할아버지가 시대를 읽는 감각은 매우 앞섰다고 어머니는 회상했다.

한겨울 화롯가에 둘러앉으면 어머니는 곧잘 옛날의 외할아버지 행적을 이야기해주곤 했다.

너희 할아버지는 말이다 일본관리 집 마당에 바닷물을 퍼다 뿌리는 품을 팔면서도 되게 대가 드셌단다. 우리 제주도는 어느 집이나 마당에 흙이 바람에 날아가지 말라고 지푸라기 같은 거 깔지 않니? 더러 태역(잔디)도 들이지만 농사짓는 집은 타작마당으로 쓰기 때문에 그냥 보리 짚이나 '조'(조의 지푸라기)을 곱게 깔았다가 타작할 때는 걷어내어 빗자루로 쓸어내곤 하잖니 왜. 하루는 할아버지가 그 일을 하고 와서 그러시더라. 왜놈이, 왜 마당 가운데만 물을 뿌리느냐고 가장자리까지 골고루 뿌려 다지라고. 그럼 내일은 원하는 대로 해주리다 하고 돌아왔대. 이튿날 이른 아침에 할머니와 두 분이 이마를 맞대고 쑤근쑤근 하더니 삽이랑 괭이랑 챙기고 바래기(마차)까지 끌고 나가시더라. 어쨌는지 아니? 아 글쎄 그 집 마당가에는 빙 돌아가면서 바람막이 나무가 빼곡하게 심어져 있었는데 그것들 모조리 파내고 바닷물을 뿌려 다졌다는구나. 한 입으로 두말 하는 것들이라고 일본사람을 '쪽바리' 라고 했지. 집주인이 마당가까지 다 바닷물 뿌려서 다지라고 시켰으니 딴소릴 할 수 있었겠니? 그 쪽바린 몇 푼 삯을 준다고 함부로 일꾼을 대했다가 된통 당한 거지 너의 할아버지한테. 그 집은 식산은행 관사였지. 식산은행은 동척회사라고 일본제국이 우리나라 땅을 다 도리 할 속셈으로 세운 식민지운영 회산데 우리 돈 다 거둬들이는 일본은행이었지. 그 집 주인이 할 말을 못 찾아 안절부절 못하는데 할아버지가 그랬단다. 이 나무들 공짜로 치워드리겠습니다. 아이 참 우습다. 두 분이 나무를 바래기에 가득 싣고 와서는 우리 집 텃밭이며 마당가며 심고도 남아 이웃에도 나눠줬지. 그 쪽바리네 집은 그 후에 바람이 몰아쳐서 아마도(일본식 미닫이)문을 있는 대로 다 흔들어대니 어디 조용한 날 하루가 있나, 그 뿐이야? 여름엔 그늘자리가 없으니 땡볕이 쨍쨍 내리쬐지, 바닷물을 뿌려 잘 다져 놓았으니 마당가득 소금간이 허옇게 피어 열기를 뿜어댔으니 더위가 오죽했겠니. 인근에 사는 일본사람들이 그 사람한테 그랬다고 하더라. 가서 나무를 도로 찾아다 심으라고. 그 쪽바리는 끝내 할아버지한테 찍 소리도 못했어. 지가 말한 짐작이 있는데 어떻게 나무를 도로 가져다 심으라고 했겠니. 할아버진 그 사단 이후에도 내내 그 집 마당에 바닷물 떠다 뿌리고 품삯 받아 내 학비 대었지. 그래서 어머닌 다른 아이들 물질 배울 때, 서당 가서 '소나이' (남자)들이랑 같이 동몽선습 읽고, 계녀서(誠女書)도 읽고,

계녀서는 딸자식 예절교육 시키는 책이니 집에서 나 혼자 읽었지만, 또 사서삼경(四書三經)이라고 논어, 맹자, 중용, 대학 그리고 시경, 서경, 주역을 말하는 건데 대충 글자나 맞춰 읽었지 깊은 학문을 할만치 한문 실력이 안 되었거든. 밤에는 서당에 다니면서 우리 말 한글 공부하고, 낮에는 소학교라고 신식학교였지 그 때는, 거기 다니면서는 셈본이라고 해서 수학공부도 하고 일본말도 배웠어 그 때는 일본어가 국어(國語)라고 했고 한글은 배우지도 말고 쓰지도 말라고 금했기 땜에 몰래 숨어서 공부했지.

어머니가 들려주는 이야기 속에서 어머니 집안의 역사와 살아온 자취를 조금이나마 짐작할 수 있었다.

늦여름과 초가을의 자리싸움

내가 네 살인가 다섯 살인가 아니 여섯 살 때였나, 가끔은 물질 잘하는 어머니를 둔 아이들이 부러울 때도 있었다. 그럴 때는 남들이 물질 배울 때 남자들만 다녔다는 서당까지 다니면서 이제는 별로 쓸 데도 없어 보이는 논어 맹자를 악착같이 공부한 어머니가 미웠다.

아이들은 소라나 떡조개(오분자기), 간혹 전복을 삶아 적당히 말린 걸 실에 꿰어 가지고 다니면서 쭉쭉 빨다가 주머니에 넣고 또 꺼내 빨곤 했다. 나는 고작 오징어 코나 질경질경 씹는데 말이다. 나도 큼직한 소라 하나 있어봤으면······

그 때가 아마 여름끝자락이었을 것이다 아니면 초가을이거나. 제주 섬에는 여름 끝자락과 초가을이 빨리 가라, 못 가겠다 다투면서 함께 산다.

다만 여름 끝자락에는 아침나절에 창가를 기어 올라온 활기찬 덩굴마다에서 환한 웃음소리가 쏟아지는 나팔꽃이 한낮이 되기도 전에 지겨워 얼굴을 구길

만치 매미가 극성스럽게 울어대고, 초가을이랍시고 초저녁부터 선명한 분홍색을 자랑이나 하듯 진초록 잎새 제쳐두고 위로 솟구쳐 올라 짙은 향을 경망스럽게 뿌려대는 분꽃 위로 잠자리 떼가 무리 져 날아다니는 게 다를 뿐이었다.

요즘은 겨울, 봄, 여름, 가을이 다 함께 살기로 했는지 아니면 제철에 어떤 삶들로 수놓아야할 지를 잊어버렸는지 봄에도 실잠자리가 하늘을 수놓고 한여름도 되기 전에 고추잠자리가 떼 지어 날아다니는가 하면 가을에도 매미가 울고 겨울에도 모기가 앵앵거려 사람들 밤잠을 설치게 한다.

이건 뭔가 잘못되어도 한참 잘못되었다. 조물주의 시간조절기가 고장 났거나 사계절이 망령이 들었거나 뭔 조화가 있는 게 분명하다.

하여튼 그 때는 소라를 많이 따낼 뿐 아니라 따낸 소라는 하나같이 통통 살이 찐 시기였다.

큰언니의 밤 마실

큰언니는 그 무렵 저녁 설거지를 끝내고나서 벗들이랑 소라 도가에 밤샘 품을 팔러 다녔다.

큰언니가 남의 집 품을 팔러 다니지 않아도 우리 집에는 일거리가 쌓이고 쌓여 오히려 남의 일손을 빌릴 판이었다. 생선궤짝을 짜는 일을 큰언니가 할 수는 없잖은가, 그 일은 명색이 남자 일인데. 그래서 큰언니는 집에 일감이 태산같이 쌓여도 재미삼아 가물에 콩 나듯이 소라 도가에 품 팔러 저녁 어스름을 밟으며 친구들과 함께 몰려가곤 했다.

소라채취가 본격적으로 시작되면 소라 도가의 밤은 우리 집이 불난 호떡집에 부채질할 만치 바쁜 건 저리가라 할 정도로 정말로 눈알이 핑핑 돌아가게 바빴다.

낮에 잠수들이 물질하여 따낸 소라를 받아 마당에 산더미같이 쌓아놓고 밤이면 마당가에 즐비하니 앉힌 엄청나게 큰 가마솥들에서 다 삶아내어 까는 데 그 일을 밤새 마쳐야만 했다.

모든 해산물이 다 그러하듯이 소라도 신선도를 유지하려면 그렇게 재빨리 처리를 해야 한다.

그 때는 냉장고도 없었고 생소라를 일본으로 수출하지도 않았다. 오로지 통조림용으로 삶은 소라 알맹이만이 팔리던 시절이었다.

마을의 젊은 여성들과 초등학교 오·육학년 정도의 여자아이들이 주로 소라 알맹이 까는 일을 했다.

삶은 소라를 대꼬챙이로 후벼 깐 다음 딱지와 창자를 제거하는 단순한 일이지만 깔끔하게 마무리 지어야 되는 일이어서 그리 수월하지만은 않는 일거리였다. 더구나 밤을 도와 날이 새기 전에 끝내야 되는 일이다보니 밤잠이 많은 이들은 아무리 일손이 빨라도 끝까지 배겨나질 못했다.

졸다맙다 하면서 소라 하나 까고 대꼬챙이로 손가락 한 번 찔리고 하다보면 할당받은 몫을 제대로 하지 못할 뿐더러 일삯은 일한 만큼 받는 거여서 남들이 이만치 받을 때 자기는 요만치 밖에 못 받으니 열이 뻗쳐서도 도중에 그만 두고 만다.

짧으나 짧은 늦은 여름밤은 눈 깜짝할 사이에 저 바다 끝에서 동살잡혀 해가 솟아오르곤 했다.

그 날 까야 되는 소라를 다 까고 자리를 털고 일어서는 이들 눈가에는 잠이 그렁그렁 매달려 눈꺼풀을 잡아당기는 통에 다들 반쯤은 잠 길로 접어들어 발걸음을 간신히 떼어놓곤 했다.

된다 안 된다

　소라 알맹이 까는 팀을 짤 때 어른들은 큰언니 또래 아이들을 팀마다 두어 명씩 끼워 넣었다.
　아이들이 소라 알맹이로 가득찬 그릇을 비우는 일이며 껍질과 소라내장을 정해진 장소까지 내다버리는 따위 잔심부름을 시키기에 알맞은 때문이었다. 더구나 큰언니처럼 일 많은 집에서 늘 일하며 사는 아이들은 이것해라 저것해라 시키지 않아도 눈치봐가면서 척척 일감을 처리했음으로 팀마다 큰언니를 끌어들이려고 쟁탈전을 벌이기도 했다.
　어머니는 집에 별 일이 없으면 큰언니가 밤에 소라 까는 품을 팔러가건 친구네 집에 수를 놓으러 다니건 떡을 쪄먹는 등 소일거리를 찾아 몰려다니건 별로 간섭하지 않는 반면, 아버지는 밤에 비바리가 나다닌다고 잔소리께나 해대었다.
　비바리하고 쪽박은 밖으로 내돌리면 깨져. 아버지가 밤 마실 가는 큰언니 뒤통수에다 대고 한마디 하면 평소에 말이 많지 않는 어머니도 가만있지 않았다.
　어머니는 아버지 하는 어떤 것도 억지로 말리거나 부정적으로 보지 않았다. 일단은 하는 대로 두고 보다가 일이 잘 되지 않아 어머니 의견을 물으면 그 때 생각한 바라든지 느낀 것들을 차근차근 이야기 하는 편이었다.
　그러나 아버지가 우리 딸들을 두고 비바리들은 이래서 안 된다 저래서 안 된다 라며 잔소리를 늘어놓으면 언제부터였는지 확실히 기억이 나지는 않지만 꼭 반격을 하고 나섰다. 아마 더는 아기를 낳지 않겠노라고 선언한 다음부터 였던 것 같다. 아버지는 아들을 얻을 때까지 아기를 낳아야된다고 주장하고 어머니는 아들 딸 구별 말고 낳는 데까지 낳자 식구가 와글벅적하면 좀 좋으냐 식으로 아버지와 의견을 달리하여 오래 티격태격 실랑이를 벌이다가 어머니가 딱 부러지게 앞으로 더는 아들이든 딸이든 낳지 않겠다고 선언했다.

"거 케케묵은 사고방식 버리세요. 왜 비바린 바깥세상으루 나가면 깨집니까? 세상물정 알게 되어 더 단단하지."

어머니의 나직한 항변에 잠시 멈칫하던 아버지 반격은 논리가 서지는 않았으나 그런대로 설득력은 있었다.

"조신해서 나쁠 거 있어?"

밤이란 참 요상한 시간이어서 안 할 짓도 하고파 지는 게 밤이거든. 큰 년 수니가 뭘 어쩐다는 말이 아니라 내 말은, 사나이 놈들이 발정 난 수캐모양 싸돌아다니니 일 당하고 울고불고 할 게 아니라 예방차원에서 ......

어머니 눈치를 힐긋 보고 말꼬리를 길게 끄는 척 매듭을 짓지 않는 것은 아버지가 자신 없는 논쟁에서 잘 쓰는 수법이기도 했다.

"구더기 무서우니 장 담그지 말자, 그 말 아녜요?"

어머니의 되받아치기는 큰언니의 밤 마실을 두고 아버지와 가볍게 벌인 논쟁의 끝으로는 안성맞춤이었다. 그래서 큰언니가 소라 까는 품을 팔러가겠다고 나서도 아버지가 더 이상은 말리지 못하게 되었단 말이다.

쓴맛과 욕심

소라 까고 와서 큰언니는 밤새 그곳에서 들은 마을의 뜬소문들을 띄엄띄엄 아침밥상 머리에서 이야기하곤 했다. 덕분에 나도 우리 마을 어느 나이 찬 비바리가 맷돌 짝을 지고 산으로 올라가고 있는지, 누구는 지고 가던 맷돌 짝을 내팽개치고 홀가분하게 물질이나 하고 있는지, 누가 단추공장 덤프트럭 조수와 눈이 맞아 소라 까는 일은 저만치 미뤄두고 밤마다 파도소리가 아름다운 바닷가 갯바위 틈 '엉덕' (바위그늘)을 비집고 들어가 바다가 다 지켜보는 줄도 모르고 사랑노랠 부르는 지 등을 어렴프시 알 수 있었다.

큰언니가 소라 까는 품을 팔러 가면 나는 밤새 언제나 올까 기다리다가 그만 잠이 들어 버렸는데 아침에 깨어나 아쉬워했다. 언제나 큰언니가 오는 걸 보지 못했으니 말이다.

아침에 일어나보면 어떤 때는 머리맡에 희한하게 생긴 소라껍질이 놓여 있기도 했다.

알맹이를 꺼낸 소라의 빈껍데기는 단추공장으로 실려가 호사스런 진주 빛 커프스버튼이 되기도 하고 와이셔츠 단추가 되기도 하고 투박한 외투를 여밀 고리단추로 태어나기도 한다.

매일 단추공장에서 소라껍질을 실어가는 게 아니라 며칠에 한 번씩만 오기 때문에 소라 도가 텃밭은 아예 소라껍데기 무덤으로 변해 있었다.

큰언니는 나랑 슬이 주려고 잔심부름을 하는 틈틈이 별나게 생겼거나 앙증맞거나 예쁜 껍질이 보이면 얼른 주워 주머니에 숨긴다고 했다. 소라 도가 '어멍' 한테 들키면 당장 빼앗아버리기 때문이란다.

바닷가 마을의 파업

소라 도가 '어멍' 은 말 그대로 자린고비였다. 단추공장에 팔면 돈이 되는 소라껍질을 왜 소라 까는 품을 팔러 온 사람이 가져가야 하냐며 그렇게 뺏었다는 것이다.

소라창자 끄트머리는 좀 쓴맛이 돌지만 된장찌개에 넣어먹으면 별미여서 소라 까는 이들은 말려서 거름으로 쓰는 소라창자에서 그 끄트머리만 톡 따 덤으로 가져가곤 했다. 그런데 그 맛을 안 도가 '어멍'이 어느 날 밤부턴가 팀마다 소라 까 넣을 큰 양푼 말고 또 하나의 양푼을 갖다 주며 소라창자 끄트머리를 따 담으라고 했다.

큰언니 말에 의하면 '청대왓집'(푸른 대나무 집) 며느리가 파업을 주동했단다. '청대왓집' 며느리는 당차기로 마을에 소문이 난 인물이었다.

"야, 우리 저 쫌부(여성자린고비) 좀 골탕 먹이게 이. 우리가 오늘 밤 안으루 이 구쟁기(소라) 안 까면 지가 어멍 헐거니? 다 버릴 수 밖에 없다 게. 썩어버리는 게 우리 눈에는 구쟁기로 보여도 저 쫌부한티는 그게 다 돈 아니냐 돈! 우리 구쟁기깍(소라창자끄트머리) 못 모아주겠다 분명히 말해영 관철될 때까지 일하지 말게."

파업은 만장일치로 통과되고, 큰언니네는 소라창자 끄트머리를 따 넣으라고 배급한 양푼을 거두어 도가 '어멍'한테 반납했다.

"야, 영(이렇게)허민 나 이제까지 니네들 일한 삯 못 주키여."

도가 '어멍'이 배포 좋게 큰소릴 치며 나왔다고 한다. "청대왓집" 며느리가 나설 차례였다.

"경(그렇게)만 해봅서 예, 앞으로 구쟁기 깔 사람 이 마을엔 없을 거우다."

한참 동안 버티던 도가 '어멍'이 두 손 들고 말았다.

"구쟁기깍은 그럼 가져갈 사람 가져가기로 하고 어서 저 구쟁길 까 줘 게."

큰언니한테 그 말을 들을 때도 어른들은 참으로 이상한 인간들이란 생각이 들었다. 왜 그토록 요긴하지도 않는 것에 턱없는 욕심을 부려 인격을 구겨놓을까?

내가 하고팠던 말은 자린고비에다 당차기로 소문난 남 흉 보려는 게 아니었다. 큰언니가 가시나무에 걸어져도 잠을 쿨쿨 잔다던 그 어린처녀 시절에 꿀보다도 더 단 잠을 안 자면서 소라 까는 밤샘 품을 팔러 다녔으며, 삶은 큼지막한 소라 한 개를 가지고 싶은 내 소원도 어느 날 저절로 풀게 됐었단 이야기를 하려 했을 뿐이다.

소라를 품은 소원

큰언니가 소라 도가에 다닐 동안 나는 입 밖으로는 말하지 않았지만 밤마다 내 소원이 이뤄지길 빌었다.

내 소원은 언제나 이뤄질지...... 큰언니가 소라 도가에서 밤샘 품을 팔고 올 때마다 내 머리맡에 놔주는 소라껍데기가 오묘한 코발트색을 내뿜는 것에서부터 영롱한 진주 빛이 무색 할 만치 아름다운 속을 가진 것들하며 수두룩하게 쌓여만 가는데 알짜 소라는 없었다.

나는 수집벽이 대단했다.

나하고 딱 한 살밖에 차이가 나지 않는 슬이는 먹는 거 말고는 탐내는 것이 거의 없었지만 나는 길을 가다가 발에 채인 돌멩이라도 내 눈에 조금만 색다르게 보이면 다 주워 모았다. 그랬었기 때문에 큰언니는 소라껍질을 가져와도 내 머리맡에 더 아름다운 것, 괴상하게 생긴 것들을 놔주곤 했다.

모으는 데만 열심 하지 않고 분류해서 간수도 잘했다. 덕분에 나한테는 수십 종류의 수집 개의 단추 - 뭐? 그까짓 단추가 수집 할만치 귀한 거냐구요? 우리가 아이였을 그 시절에는 모든 게 귀했고 모든 게 보물이었습니다. 하긴 귀해서 모았다 기보다는 사물 그 자체가 지닌 아름다움에 빠져 수집벽이 생겼다는 게 더 정직한 고백일 것 같습니다. 나는 지금도 단추를 모읍니다. - 와 아버지가 버린 낚시 줄 꼬투리들, 그리고 성냥개비도 몇 십 개 있었고 알맹이가 가득 든 성냥갑도 두어 개 있었다.

우리식구들은 처음에 내가 뭘 모으는 걸 이해하지 못해 자꾸 나를 별난 짓거리 하는 쪽으로 폄하하길 마다하지 않았다. 심지어 돌멩이 따위를 다 집에 들인다고 내다버리기 일쑤였다.

호박색 '버렝이' 사탕

내가 뭘 모으기 시작한 건 아마 세 살 무렵이었을 것이다. 지금도 나의 첫 수집품을 기억하고 있는데, 그건 호박색을 띤 커다란 '버렝이'(애벌레)모양을 한 사탕이었다.
그 무렵에는 어쩌다 구호물자라면서 성조기와 태극기가 악수하는 그림이 그려진 상자나 드럼통 혹은 빨간 적십자 마크가 선명하게 새겨진 상자들이 반 단위로 배급을 했는데 우리 집이 우리 반에 배당된 구호물자를 나누는 집이었다.
어른들은 드롭프스나 사탕을 몫으로 받으면 비스킷이나 건빵 종류로 바꿔주었으면 했는데, 아무래도 먹어 속이 든든하기로는 비스킷이나 건빵이 드롭프스나 사탕보다는 나았기 때문이다. 또 드롭프스나 사탕에는 우리 입맛에는 매우 낯선 향들이 첨가되어 있어서 아이들도 썩 좋아하지 않았다. 그러나 우리들은 그동안 아버지가 성안에서 사다주는 드롭프스며 사탕에 입맛이 길들여있어서 좋아했다. 아버지는 우리 몫의 비스킷을 사탕으로 기꺼이 바꿔 주곤 했다. 그렇게 맞바꾼 사탕들을 어머니는 젖먹이 그미만 빼고 용진이 아들을 포함하여 우리 아이들에게 똑같이 나눠줬는데 내가 받은 것 중에 바로 그 사탕이 있었던 것이다.
나는 그 사탕이 너무 아름다워 차마 먹어 없앨 수가 없었다. 창호지에 잘 싸서 내 반짇고리로 사용하는 작은 사기 항아리에 넣어뒀다. 하루는 보니까 슬이가 나 몰래 꺼내어 얼른 한두 번 빨고는 다시 집어넣었다. 그 후로도 슬이가 가끔씩 몰래 빨아대어서 내 첫 수집품은 오래되지 않아 슬이 입속에서 자연 소멸되고 말았다. 먹보 계집애. 내가 그 호박색 '버렝이' 사탕을 얼마나 좋아했는데……

길 잃지 않으려는 성냥갑

내 수집벽을 우리가족이 이해하기 시작한 건 우연히도 자신들의 필요에 의해서였다.

내 수집품목 목록에 성냥이 있었다는 말은 앞서 했다. 성냥은 집안의 일상사에 무척 쓰임새가 많은 물건이었다. 부엌에서 불을 때어 밥을 할 때는 두말 할 것도 없고 등잔에 불 켤 때, 아버지 담배 필 때, 겨울에 '굴묵'(제주도식 난방용 아궁이)에 군불 땔 때도 성냥은 필수품이었다.

쓰임새가 많다보니 우리 집 성냥갑은 한 자리에 자리 잡고 가만히 있을 새가 없었다. 바쁘게 돌아가는 집안일 따라 성냥갑도 바빴다. 그러다가 성냥이 곧잘 길 잃어 실종될 때가 있었다. 그 때, 나의 수집품 중에서 성냥과 단추는 특사대접을 받고도 남았다.

"니마, 네 성냥 한 번만 빌려 줘."

전에는 들어보지 못한 부드러운 목소리에 애원이 섞인 뉘앙스가 물씬 풍기며 나를 부르는 소리를 듣는 맛이라니, 기차게 신이 났다.

내 수집품 중에 많은 것들이 집식구들 아쉬움을 사위어 준다는 걸 알고 나서 어머니는 가을맞이 준비로 창호문을 새로 바를 때, 묵은 문에서 뜯어낸 창호지를 모아 굽이 터지고 낡아 더는 못쓰게 된 작은 대바구니들을 발라서 내 수집품들을 담으라고 주었다.

풀 바른 바구니

종이나 천으로 바른 낡은 대바구니를 제주사람들은 '풀 바른 바구리'라고 했다. 어머니는 대바구니를 창호지로 바르면서 박하 잎을 따 무늬를 놔주기도 하고 큰언니가 책갈피에 넣어 말려둔 용담꽃이며 쑥부쟁이 꽃으로 아름다운 꽃다발을 아로새기기도 했다.

"앗다 곱기도 하다. 저기 뭘 담아 놔신고(놨을까)?"

동네아주머니들도 어머니가 정성스레 만들어준 '풀 바른 바구리'가 우리들 방구석에 층층이 쌓인 걸 보고 감탄했다.

그건 그렇고, 내가 몽매에도 그리던 삶아 말린 소라, 그 소라 한 톨을 어떤 아이들은 목에 걸거나 주머니에 넣고 다니다가 한 번 빨아 먹어보라고 잠시 빌려주기도 했다. 남의 소라를 빌어 한 두 번 빨아보는 날은 괜히 짜증만 더 났다. 그렇게 남의 것을 빌어 빨아 먹어보는 것만으로는 내 양에 도저히 차지 않았기 때문이다. 나도 다른 아이들처럼 나만의 소라를 가지고 싶었다.

더 참지 못하고 큰언니한테 내 소원을 하소연했다.

"큰언니야, 나도 큰 고동(소라) 하나 있지 이? 삶은 걸로 말려서 갖고 다니고프다."

큰언니는 아무 말도 하지 않았다. 그리고 며칠이 또 지났다. 그동안에도 나는 아이들이 주전부리 하는 소라에서 눈을 떼지 못했으며 물질을 젬병처럼 하는 어머니를 다 원망했다.

남의 '어멍'처럼 물질이라도 잘 배워두지 공부는 무슨 배고파 자빠질 공부야 씨- 뭐, 맹잔가 그딴 공부하는 시간에 물질 배워 상잠수 되었으면 내가 소라하나 못 가져서 이러고 속상하겠어?

나는 불평을 입 밖에 내어 하지는 않았다. 내가 아무리 소라 한 톨에 까마귀 아래턱이 떨어져 나갈 만치 소원이 깊어 기다림에 지쳤다 해도 나의 어머니한테 소리 내어 불평할 정도로 못 되 먹은 아이는 아니었다.

속삭일 말[語]감

"니마야, 너 아버지 버린 낚시 술 모아둔 실타래 있지 그거 가져와 봐."
그날도 풀이 죽어 숲을 싸돌아다니다가 집에 들어오니 큰언니가 아주 은밀하게 귀에 대고 속삭였다. 그게 속삭일 말[語]감이 되나?
"뭐하게? 안 빌려 줘."
나는 내 수집품이 또 필요한 게로구나 싶으니 괜히 억울하였고 그런 심정을 눈치 챈 심통이 삐져나오면서 퉁명스레 대답을 튕겼다.
"언니 말 들어 봐. 정말 너 깜, 짝, 놀랄 일이 생길 테니."
큰언니가 눈웃음을 살살 쳐가며 말마디마다 비밀스런 뭔가 있음을 암시하는 투로 똑똑 끊어 속삭였다. 내 귓불을 잡아당겨 귓가에 속삭이는 큰언니 입김이 귀구멍에 들어갈 때마다 간질간질 간지러워 나도 모르게 진저리를 쳤다.
순간 머리를 스치고 지나가는 번개 같은 강렬한 눈부신 섬광, 그 번쩍 빛나는 빛의 정체는 혹시?
나는 후다닥 방으로 뛰어 들어가 실타래 중에서 가장 큰 실타래를 들고 마당으로 뛰어나왔다.
내 짐작이 맞았다!
내가 실타래를 가져오자 큰언니는 언제 어디서 마련하여 그토록 알맞게 말렸을까, 시들시들하니 물 좋게 마른 큼지막한 소라 세 개를 주머니에서 꺼내 치마

자락을 펼쳐 받아 앉았다. 그 중에서 가장 큰 걸 골라 맨 먼저 실로 묶어서 손수 내 목에 걸어줬다. 요건 슬이 꺼, 요놈은 그미 꺼다. 큰언니가 우리들 동생 셋의 몫을 다 마련한 것이다.

"그럼 큰언니야 꺼는?"

나는 갑자기 코가 먹어 맹맹 거리는 소리로 물었다.

"난 뭐 다 컸으니까 이 딴 거 없어도 된다. 니마야 좋아?"

으응. 나는 턱을 주억거렸다. 삽시에 눈앞으로 뽀얀 안개가 피어오르는 것 같더니 그 속에서 큰언니가 맘 좋게 웃고 있는 모습이 어슴푸레 보였다.

큰언니 마음을 담는 반짇고리

큼지막한 말린 소라를 목에 건 나는 좋아서 입이 귀밑까지 찢어졌다. 큰언니가 그렇게 고마울 수가 없었다.

"큰언니야 정말 고마워. 이담에 내가 부자 되면 다 갚아 주크라 이."

나는 흐릿하게 보이는 큰언니에게 달려들어 꼭 끌어안았다.

"안 갚아 줘도 좋아. 니마 너 말처럼 이담에 꼭 부자로 살아라. 큰언닌 있잖니, 부자 집 마나님 된 니마만 봐도 기뻐서 어쩔 줄 모를 거라 아마."

큰언니는 마음이 고왔다. 그래서 우리들을 잘 돌봐줬을 뿐만 아니라 밥 지을 쌀을 꺼낼 때마다 식구들 몰래 쌀을 조금씩 훔쳐서 장독대 빈 항아리에 숨겨뒀다가 큰언니 단짝인 빌네 언니 집에 며칠에 한 번씩 밤에 아무도 보지 않는 틈을 타 가져다주곤 했다. 나는 그걸 알고 있었지만 한 번도 어머니나 아버지한테 고자질 한 적이 없다.

아마 어머니와 아버지도 알고 있었을 것이다. 큰언니가 빌네 언니네 집에 수놓으러 갔다 온다면서 큰 바구니에 언니 반짇고리를 챙기고 부엌 뒷문으로 가면 아버지가, '큰 년은 방 하나 다 덮을 횃대보 수를 놓나? 바농쌍지(반짇고리)가 참 크다 이.' 라고 말하면서 의미심장한 미소를 짓곤 했으니까 뭔가 감을 잡은 게 분명했다.

큰언니는 그 때 어디서 그렇게 탐스런 소라를 세 개씩이나 구했을까? 나는 지금도 모른다. 그리고 큰언니가 한 점 의심 없이 내가 부자 집 마나님이 될 거라던 것과는 달리 나는 어른이 되었어도 가난한 여인에 불과하다. 나는 정말로 가난하여 내 일방의 호를 녹당(綠堂)이라고 붙였다. 녹당이란 가난한 여자의 방이란 뜻이다.

나와는 정반대로 큰언니야말로 부자 집 마나님이 되었는데 가난하기 이를 데 없는 나를 지금 어떻게 생각할까, 나는 묻지 않는다.

어머니가 물질을 잘하지 못했다는 말을 하려다가 별소릴 다했네. 언젠가도 말한 적이 있지만 외할머니는 우리 집에 무슨 일이 있으면 잘도 알고 왔다. 어떻게 알고 왔냐고 물으면, 발 없는 말이 한순간에 천리를 가는 법이다 라고 대답하곤 했다. 할머니가 그렇게 말할 때마다 나는 발 없는 말이 단숨에 천리를 가는 게 사실인지 그냥 뻥튀기는 건지 규명하고 말리라 다짐했다.

혼잣말 값 치른 아버지

그 해 단오 무렵 보리걷이에 일손 보태라고 보리방학을 하였다. 아버지가 아픈 작은고모 병구완할 것들을 챙기러 성안을 가게 되었다. 내가 따라 나선 것은 당연했다. 우체국에서 아버지는 새까만 뭉치자루 같은걸 직원한테서 건네받고는 한쪽은 귓가에 걸치고 한쪽은 입에다 대고 큰소리로 혼자 떠들었다.

관공서에서 미친 사람처럼 저렇게 혼자 소리소리 질러도 되는지 몰라? 나는 부끄러워 어쩔 줄 모르는데 아버지 목소리는 늦을 줄 몰랐다.

더구나 모를 일은, 우체국 직원이 잘 안 들린다고 소리치는 아버지를 응원하여 더 크게, 아주 큰소리로 말하라고 훈수를 두는 게 아닌가!

"그래 알았다 이, 너무 상심 말고 이이, 기여(그래) 끊어라."

아버지는 한참 동안 혼자 떠들고 나서 나중에는 떠든 값이라며 우체국 직원에게 돈도 내는 것이었다.

아버지는 누구와 뭘 끊기로 약속했을까? 그 뭉치자루처럼 생긴 건 뭘까? 우체국에서 아버지가 한 짓을 이상하게 여기지 않았다면 호기심쟁이 내가 아니었을 것이다. 나는 그 때도 왕성하게 내 호기심을 발동시켰다. 아버지를 혼자 떠들게 하고 그 혼잣말 값을 치르게 한 게 뭐였을까? 어디 요지경 속에 잠시 들어갔다가 현실세계로 나온 것처럼 내 호기심의 대상이 워낙 강력하게 나를 압도했기 때문에 나는 한참 동안이나 어리둥절하여 넋을 잃고 말았다.

우체국을 나와 아버지를 따라 종종 걸어가다가 아버지 옷소매를 잡고 흔들었다.

"아방, 우체국에서 무사(왜) 혼자서 소리 칩디가?"

아버지는 심드렁하게 대답했다.

"전화했지."

아버지 대답 속에서 튀어나온 전화라는 단어가 또다시 나를 혼란 속으로 빠뜨렸다. 아버지 얼굴에는 금새 장난기가 발동하여 느물거리고 있었다.

나는 더 이상 묻지 않기로 했다. 꾹 참았다가 집에 가서 어머니한테 물어보는 게 백 번 났다. 섣부르게 아버지한테 물었다가는 성안 바닥에서 그렇잖아도 모처럼 나들이한 촌년이 실컷 놀림이나 당해 꼴불견이 될 게 뻔했다.

"녕이 언니 알지? 작은고모 아픈 이야길 나눴다 왜?"

내가 묻지도 않았는데 아버지는 내 호기심에 불을 댕길 소리만 골라하는 거였다. 저 아버지 어째야 하지? 혼자 우체국이 무너져라 소리쳐 놓고서 서울서 대학 다니는 령 언니와 이야길 했단다.

"아방! 언니 이름도 제대로 모릅니까? 녕이 아니고 령이 언니!"

내가 아버지 손아귀에서 벗어나 놀림감이 되지 않는 길은 먼저 치고 빠지는 수밖에 없었다.

아버지는 내 의도를 알고는, 녕이나 령이나, 라고 혼잣말처럼 응수하고는 허허— 늘 그러하듯 승자의 너털웃음을 날리는 것이었다.

옥빛 샘은 눈물 강의 근원

그 사건으로 나는 발 없는 말이 단숨에 천리를 간다는 사실을 확인한 셈이었다. 그 원리나 실체는 역시 오리무중이었지만.

내가 사색하는 숲속으로 저녁 어스름이 옷자락을 슬며시 들이미는 게 그림자로 보였다.

발 없는 말이 천리를 가서 내일 미역허채에다 할아버지 제사를 동시에 치러내야 하는 우리 집 바쁜 사정을 할머니한테 알렸고 그래서 달려온 할머니가, '아이구 어서 오라 내 착한 딸년 니마야. 왜 다리는 쩔룩거려? 라면서 덥석 품에 안아 위로해주길 나는 애당초 기대했다. 어머니 아버지는 물론 큰언니도 눈치 못 챈 내 다리의 통증을 할머니는 알아챌 줄 알았는데……

나의 눈물 강(江)은 내 맘속에 근원을 둔 옥빛 샘에서 발원한다. 내 마음에 외로움과 쓸쓸함, 슬픔이 차오르면 언제 어디서고 샘의 물은 더욱 풍부해지면서 봇물이 터지듯 둑을 박차고 나가 마음 줄기를 휘돌아 흐른 다음 눈 밖으로 서슴없이 흘러넘치곤 했다. 또한 마음 가득 아름다움과 기쁨이 충만할 때도 옥빛 강은 눈물샘을 자극했고 수량을 최대치로 풍부하게 하여 나의 온몸을 깊은 물 구비로 감싸 돌다가 하얀 포말로 하늘에 닿게 부서지는 파도로 변신하곤 했다.

한참을 울고 났더니 머리가 띵-하니 아파왔다. 초저녁 어둠이 이제 그만 집으로 가라고 내 등을 떠다밀었다. 빨리 안가면 칠흑 같은 장막으로 콱 이 숲을 덮어 버릴 거야 그럼 너 길 잃는다. 나중에는 재촉을 넘어 아예 협박조로 나왔다. 하지만 순순히 저녁에게 내 명상의 숲을 내어 줄 수는 없었다.

어둠과의 다툼

숲과 나는 하나였다. 숲은 나를 알고 나는 숲을 알았다. 어둠은 단지 밤사이 내게서 숲을 잠시 임대하여 빌려 쓰고 있다는 사실을 상기해줄 필요가 있었던 것이다.

야, 이 숲이 나와 단짝인 거 너 어둠아 몰라? 난 이 숲 이끼 한 톨까지 다 안다. 협박하지 마. 너 누구한테 허락받고 이 숲에 온 거니 응?

저녁 어둠도 만만치 않았다.

누구한테 허락받았냐고? 그야 어둠을 창조한 시간에게서다. 왜?

나는 어둠한테 가소롭게 굴지 말라고 깔보는 투로 한마디 던지고 나서, 사실은 어둠이 뭐라고 하지 않아도 집에 가야겠다 싶어 자리를 털고 일어섰다. 전에 같았으면 우리 집에서는 어둠이 내리는 시각까지 기다리지 않고 나를 찾았을 것이다. 그런데 그 날은 모두들 나를 잊어버린 것 같았다.

숲을 나서는데 다리가 쿡쿡 쑤셔서 걸음을 걸을 수가 없었다. 겨우 집에 들어서니 큰언니가 등잔마다 불을 밝혀 기둥에 걸고 있었다. 나는 아차, 내 앞이마를 쳤다. 종이장 보다도 더 얇은 유리로 된 등피를 닦는 건 내가 우리 집 가족으로서 고정적으로 해야 하는 정해진 집안일이었다. 그만 그 일을 까맣게 잊어버리고 있었던 것이다.

무턱대고 시치미를 떼어야겠다고 맘속으로 혼자서 다짐하면서 큰언니 곁을 스쳐 우리방 으로 들어갔다. 큰언니는 내가 지나가는 줄도 모르는 것 같았다.

그 때까지도 할머니는 그미를 애기구덕에 넌 체 한쪽 발로 꺼떡꺼떡 흔들면서 나직히 자장가를 웅얼거리고 있었다.

편작(扁鵲)과 남무(南武)

"야야, 니마야. 너 어디 갔다 완디(왔니)?"

할머니가 나를 보자 잃어버린 담배쌈지를 찾았을 때만큼이나 반갑게 호들갑을 떨었다. 내가 보이지 않아 걱정을 했단다.

나는 내 숲속에서 다 울어버려 눈물이 남지 않았다고 생각했는데 할머니가 반겨 주자 눈물샘은 다시 보를 터뜨렸다. 눈물이 흐르는걸 보고서야 내 감정은 제 몫을 찾았고 덕분에 내 울음소리는 참으로 서럽게 집안 구석구석으로 퍼져 나갔다.

"내 딸년이 또 뭣에 삐졌는고? 이리 햄미(할머니)한티 어서 오라 보게(와봐라)."

역시나 나에 대한 내리사랑은 할머니를 따를 자가 없었다. 할머니는 서럽게 우는 나를 무릎에 앉히고 찬찬히 살피더니 당장 내 다리의 상처가 양말에 엉겨 붙은 걸 발견했다! 할머니가 담뱃대로 재떨이를 댕댕댕 급하게 두드리며 소리쳤다.

"이년들! 너 수니 에미, 큰 년아. 한달음에 달려오라 니마 큰일 났져."

어디에서 무엇을 하고 있었는지 어머니도 달려오고 큰언니는 찬방에 걸 등잔을 든 체 뛰어들었다.

"네 이년들아, 이거 보라."

할머니는 내 치마를 엉덩이가 다 보일 만치 확 걷어 제쳤다. 양말데님이 피고름으로 범벅이 되어 다리에 엉겨 붙은 게 한 눈에 다 드러났다.

어머니는 놀라 목구멍으로 잦아들 듯 비명을 삼켰다.

이년들! 니마 다리가 썩어 끊어진 담에야 정(鄭)나라 명의(名醫) 편작(扁鵲)을 찾은들 무슨 소용이며, 우리 조선나라 어진 명의 남무(南武) 이제마(李濟馬)선싱(선생)을 모셔온들 뭔 쓸모가 있이크니(있겠니)? 니마 다리가 이 지경이 되도록 몰랐노란 말이 차마 에미, 언니 입에서 나오진 못하리라! 이노무 인정머리라곤 약에 쓰려도 없는 것들......니마 애비 그 정이어신(정 떨어지는)생원은 어디 갔는고 이? 애비노릇 할 의무가 그 생원한티는 없다더냐!

어머니는 입속에서만 간신히, 니마 애비 잠깐 다녀올 데 있어 나갔는데...하다가 말끝을 맺지 못했다.

그 때부터 우리 집은 미역허채고 할아버지 제사고 다 뒤로 미룬 체 내 다리 상처에 매달려 쩔쩔 매었다. 어머니는 반닫이를 뒤져 서울 이명의(李名醫)네 고약을 찾아내는가 하면, 큰언니는 어둠속을 더듬어 햇쑥을 한 줌 뜯어 물 데우는 솥에 넣고는 그 걸음에 현이장 할아버지를 모시러 달려갔다.

현이장 할아버지는 마을에 급한 환자가 생기면 침도 놔 주고 판시(칼과 같은 침의 일종)로 상처를 째고 응급처치를 하는, 말하자면 무면허 응급의(應急醫)였다.

현이장 할아버지가 오는 동안 어머니는 쑥탕으로 피고름이 덕지덕지 앉은 내 다리를 깨끗이 씻어 양말을 벗겼다. 양말을 벗길 때 데님에 상처 껍질이 진득이 묻어나면서 벌겋게 살점이 드러나자 어머니가 눈을 감고 몸을 부르르 떨었다.

 내 다리 상처가 할머니에게 발각되면서 우리 집은 불난 호떡집에 부채질하는 뒤에서 불붙은 횃자루로 처마에 불 당기는 꼴이 되고 말았다.

 현이장 할아버지가 내 다리를 치료하는 봄밤은 새록새록 깊어가고, 그 사이에 각자 집에 가서 미역허채 준비를 끝낸 동네아주머니들이 우리할아버지 제사떡 만들던 것을 마저 끝내려고 하나 둘 모여들기 시작했다.

 내가 공부시간에 딴전을 피다가 선생님한테 회초리로 종아릴 맞아 다리에 물집이 생긴 걸 감추고 다녀 끝내는 그 상처가 썩었다는 소문을 이미 아주머니들은 다 알고 있었다. 내 다리 상처가 썩었다는 걸 할머니가 안 지 두어 시간도 지나지 않았는데……정말로 발 없는 말이 천리를 간다는 게 거짓이 아님을 나는 그 때 실감했다.

브라보! 원더풀!

 에이구 저 비바리 니마, 생긴 건 곱상하니 춘향이 뺨치게 고운데 참말로 말썽 잘 피우기가 소리 없는 방귀냄새처럼…이,(구리지 뭐냐?) 저거 이담에 누구네 집 며느리로 들어갈 건고? 아들 가진 사람들 조심 해여. 저런 말썽쟁이 며느리 들였다가는 마음 고생이 말이 아닐 테니.

 누가 저희 집에 시집갈까봐 아들 있다고 지레 겁을 먹고 어쩌고저쩌고 험담을 귀엣말로 늘어놓고는 시시덕거리는 아주머니들. 우리 동네에서는 우리 집 말고는 집집마다 다 아들들이 몇 명씩은 있었다.

 "나, 시집 안갈 거난 예, 걱정 맙서!"

 벌써부터 듣고 있었지만 애써 참아보다가 더는 못 참아 빽 고함을 질렀다.

현이장 할아버지는 움쩍 놀라는 체 하더니 찬방에다 대고 점잖이 한마디 했다. 이보게들. 그런 흰 소리 함부로 말게나. 요게 똑똑한 값 하느라 말썽 좀 부리지만, 내 장담함세. 이담에 요 니마가 고관대작 부인으로 떡 앉아봐, 그 땐 지금 자네들 입방아 찧은 게 부끄러울 걸세. 그러니 먼 훗일 기약해서 똑똑한 어린 것 기죽일 소린 그만 접어두게들.
 히히히- 기분 좋아! 역시 현이장 할아버지는 우리 마을 이장님으로 손색이 없으셔. 내가 숨죽여 쿡쿡 웃어 대자 현이장 할아버지도 어이가 없었던지, 이 놈이 또 개구진 심보가 발동했다면서 내 머리를 가볍게 쥐어박았다.
 어머니는 기가차서 말이 나오지 않는다고 혀를 내두르다말고 전에 안하던 욕설을 나한테 퍼붓기를, 이노무 비바리 저노무 계집애 자를 다 붙이고도 모자라 곱지 않는 눈길을 내 정수리에 박았다. 가만있을 할머니가 아니었다.
 "에미가 새낄 그리 못마땅하게 보니 아픈 것도 감추는 게지. 어디다가 그 곱지 못한 말씨며 눈꼴인고 이?"
 할머니도 브라보, 원더플 원더플! 한창 유행하던 노래가사가 생각나 무조건 할머니 좋다고 가져다 붙여보니 내가 들어도 괜찮았다. 우리 할머니 브라보 원더풀!
 나는 현이장 할아버지와 할머니가 편들어주는 데 기고만장하여 하도 흐뭇하게 얼굴 가득 웃음을 머금고 어머니와 동네 아주머니들을 꼬나보다보니 다리 아픈 건 까맣게 잊어버렸다.
 어느새 현이장 할아버지가 내 다리에서 고름을 짜내고 고약을 붙인 다음 그미 기저귀를 찢은 임시 붕대로 친친 싸매 놨다.
 그 때까지도 아버지 모습은 보이지 않았다. 내가 숲속으로 들어가기 전에는 채마밭 돌담을 등지고 앉아 물질도구를 손보고 있었는데⋯⋯술이라면 사족을 못

쓸 정도로 좋아하니 어디서 맘 맞는 술벗 만나 마시고 있겠지.

바람 먹고 구름 똥 싸는 아버지

우리 집에서는 아버지가 제 때에 들어오지 않는다고 걱정하지 않았다.

아버지는 바람 먹고 구름 똥 싸면서 맘 내키는 대로 어디든지 싸돌아다니는 유랑인 기질이 다분하였다. 동에 번쩍 서에 번쩍 번개처럼 쏘다니다가 돌아오고 싶은 때에 집에 돌아오곤 했다. 어떤 때, 더구나 겨울에 배를 탈 수 없는 계절이 돌아오면 역마살이 발동하여 아버지는 아무 말 없이 사라졌다가 잊어버릴 만하면 나타나 아무데도 가지 않았던 사람처럼 안방 안 자리를 차지하고 빈둥대었다.

하지만 그 날은 할아버지 제사를 앞두었고 일꾼이 절대로 필요한 미역허채 전날 밤이었다. 아무리 역마살을 주체 못하여도 부지깽이도 한몫 거든다고 나서는 바쁜 철에 슬며시 어디로 말없이 사라질까. 그랬다가는 무슨 면목으로 다시 집엘 들어올까 싶었다. 내 짐작대로 어딘가에서 술을 마시고 있을 게 분명했다.

그 때 큰언니가 미적거리면서 아버지 이야길 꺼냈다.

"저어, 작은고모네 요, 급한 전갈이 왔다고 작은고모네 간다고 전하라고 좀 전에 이장 할으바님 모시러 갈 때 건이가 말합디다."

거기 있던 모든 이들이 아버지가 갈 데를 갔다는 투로 고개를 끄덕였다. 그러니까 아버지는 이 세상에서 아무도 아무것도 무서운 사람도 무서운 것도 없다고 했다. 단 작은고모는 되게 무서워했다. 아니지 무서워했다기보다는 맹목적으로 존경하고 무지하게 사랑했다. 작은고모 앞에서는 말도 더듬을 정도로 맥을 못 췄다.

여전사(女戰士)와 살아가는 멋

　우리는 원래 고모가 넷이었다. 작은고모는 아버지 여자형제 중의 막내로 아버지 바로 손위였다.

　작은고모는 키가 훤칠하게 큰데다 제주여자답잖게 새하얀 박꽃처럼 살결이 뽀얀 미인이었다. 제주여성들은 짜디짠 바닷바람에 바래고 구름도 휘감는 모진 산바람에 그을려 대개 구릿빛이 나는 살결을 지녔다.

　작은고모 부는 일찍이 일제강점기 시절에 일본 와세다대학을 다니다 중퇴를 했다지만 실력을 인정받아 부면장을 지낸 인텔리였다.

　아버지가 건이 아방한테 '살아가는 멋' 을 빼고는 일가친족도 별로 없고, 재산도 자랑할 만하지 않고, 그렇다고 사회적인 지위가 있는 것도 아니고, 또 '아들도 없어서' 일방적으로 당하기 일쑤였는데도 두 사람사이에 다툼이 있었다하면 매번에 건이 아방이 아버지 앞에 무릎을 꿇고 빌었다.

　사람들은 건이 아방이 아버지한테 비는 건 정말로 잘못을 뉘우쳐 비는 게 아니고 작은고모가 벌처럼 침을 세우고 날아와 인정사정 보지 않고 무지막지하게 찔러댈까 봐 그게 두려워 비는 거라고들 쑥덕거렸다.

　완력으로 버티라면 아버지와 막상막하인 건이 아방도 면민(面民)이 존경해마지 않는 세도가 당당한 부면장 각시인 작은고모 앞에서는 찍- 소리도 못했.

　작은고모는 세상에 두려울 게 없는 여장부, 여전사(女戰士)였다. 여전사에게도 약점은 있었다. 사람들은 말하길 작은고모는 딸 하나밖에 낳지 못해서 남편한테 꿇려 산다고 했다. 옛날, 작은고모부가 와세다대학을 다니던 시절에 작은고모는 돈을 벌어 학자금을 대고 살림을 꾸리고...뒷바라지를 했단다. 그 때는 고모의 발을 씻어줄 정도로 고모부가 아주 자상했다는데......결국 고모부는 작은 각시를 얻었고 조상의 음덕으로 내리 아들을 둘씩이나 봤다.
  동네 사람들이 쑥덕거리는 말과는 달리 나는 아들 못 낳아 기죽은 작은고모를 본 적이 없다. 언제나 말발이 드셌으며 상대가 여자든 남자든 언쟁을 붙어도 두어 마디 나누고 나면 어느새 일방적으로 상대의 기를 꺾어 놓곤 했다. 아들 많은 것만으로 작은고모 기를 꺾을 수 있다면 아들부자 건이 아방이 작은고모 앞에서 쥐구멍을 찾아 설설 길 리가 없잖은가.

선녀

  자신은 아들을 낳지도 못했고 아들 못 낳은걸 한탄하지도 않으면서도 작은고모는 어머니만 보면 남의 집 대를 끊을 작정이 아니면 아들을 낳든지 그렇잖으면 어서 보따리 싸서 이 집을 나가라고 불호령치기 예사였다.
  "자네가 없어야 내 귀한 동생이 새장가 들어서 아들을 볼 게 아닌가. 그래야 대를 잇지. 알았으면 어서 나가란 밖에!"
  어머니는 그저 예예, 건성으로 대답해 그 자리를 모면하곤 했다. 딱 부러지게 그렇게는 못하겠다고 전주르지 않고서……그럴 때의 어머니는 한없이 미련해 보였다.
  작은고모 외동딸인 령(鈴)언니는 서울에서 사범대학을 다닌다고 했다. 졸업하면 선생님이 된다고 하였다.
  나는 령언니를 네 살 땐가 다섯 살 때 보고 그 이후로는 보지 못했다. 그 때 본 령언니는 내가 꿈속에서 본 선녀와 비슷했다. 령언니는 내가 본 여자 중에 최고 멋쟁이였다. 원피스라는 옷도 령언니가 입은 걸 처음 봤고, 팔에 손잡이를 걸쳐서 획 위로 꺾어 잡은, 아버지가 '한도-바꾸'라고 말해준 걸 어머니는 '핸드-백'

이 맞는 말이라고 고쳐준 가방도 령언니가 가지고 다니는 걸 처음 봤다.

작은고모는 령언니를 무척 자랑스러워해서 나한테도, 너, 이년들 시시한 것들은 령언니 발꿈치도 못 따라갈거라고 노랠 불렀다.

"작은고모, 무사(왜) 우리가 령언니 발꿈칠 따라 갑니까? 난 령언니보다 앞장서 갈거우다 게."

내가 어쩌다 말대답을 하면, 저 비바리가 주둥이만 살아서 나불댄다고 종주먹을 주었다.

기다리는 사람들

아버지는 작은고모가 호출하면 쏜 살같이 달려갔다. 너무 술을 마셔 인사불성이 되었는데도 작은고모한테서 온 전갈이라면 언제 취해서 해롱댔느냐 싶은 게, 말짱하게 정신을 차리곤 했다.

오늘은 무슨 일로 아버지를 호출했을까? 할아버지 제사준비를 차질 없이 해놓으라고 부르지는 않았을 것이다. 왜냐하면 워낙 제사가 많다보니 나름 제물 준비며 상차림에 노우-하우가 쌓여있었음으로 걱정할 일이 따로 없을 정도라는 걸 작은고모도 알고 있던 터였다.

할머니는 전에 안하던 아버지 기다리기를 일각여삼추(一刻如三秋)로 안달이 났다. 아버지와 마주치지 않으려고 눈치껏 자리를 피하곤 하던 할머니가 웬일로 저러는지 나는 무척 궁금했다.

"얘, 에미야 니마 아방 어디 간(가서) 이제껏 안 왐시니(안 오는 거니)?"

할머니가 간간이 담배재를 놋재떨이에 두드려 털면서 부엌에 대고 어머니를 들들 볶았다.

"어머닌 또 무슨 사연으로 니마 아방 기다렴수과?"

어머니도 할머니가 자꾸 묻는 게 성가셨는지 짜증 섞인 대답을 보내오곤 했다. 어머니와 같이 제사떡을 만들던 동네아주머니들이 소곤거렸다.

"니마 아방 정말 어디 간?"

"저기 아이들 작은고모네."

"무사(왜) 그 여사님이 호출 핸(했지)?

왜 호출했는지 누가 아는 사람 있어야 말이지. 우리 집에서 아는 사람이 없는 것 같았다. 그런데도 동네아주머니들은 호기심을 놓지 않았다.

"외할망은 무사(왜) 니마 아방 기다리는 거라? 까마귀 알아구리(아래턱) 다 털어지게 저토록."

"니마가 선생님한티 회초리 맞안 다리 썩은 거 때문에 화난 모양인게."

할머니는 그미가 잠든 애기구덕을 계속하여 흔들면서 나와 슬이한테도 이불을 덮어줬다. 나는 그 때까지 자지 않고 있었지만 금방 잠자다가 깬 것처럼 기지개를 켜고 눈을 비비면서 일어나 앉았다. 부엌에서 떡 익는 냄새가 코끝에 와 닿았기 때문이다. 슬이는 먹보인데도 떡이 익어 냄새를 풍기든 말든 잠에 골아 떨어져 쿨쿨 잘도 잤다.

"우리 니마 일어났구나."

할머니는 나를 품에 꼭 안고는 머리꼭대기 정수리에 따스한 입김을 호호 불어주었다.

"종아리가 막 아파?"

할머니는 띠를 두른 듯 고름이 잡힌 내 다리를 다시 살폈다. 나는 별로 아프지 않았지만 확실하게 동정을 받고 싶어서 고개를 주억거리며 얼굴을 찡그려 보였다.

"아방 들어오면 이 핼미가 가만두지 않을 거여. 세상에! 귀하디귀한 새끼 다리 썩는 줄도 모르고 어디 가서 대장노릇 하느라 여태 안 들어올꼬?"

나는 할머니가 눈물이 나도록 고마웠다.

"할망, 아방 들어오면 예, 할망이 물려준 재산 다 내놓으랜 헙서. 그 재산 빼앗앙 나 데리고 강(가서) 키워줍서. 나 이집에서 못 살쿠다(못 살겠습니다)."

할머니는 내 청이 뜻밖이라는 듯 그미를 흔들던 요람도 멈추고 담뱃대도 놋재떨이에 내려놨다.

망상

아버지는 만날 아들타령에 딸자식들 가슴에 멍드는 줄 모르고, 어머니는 바빠서 우리들 건사하기보다 살림하느라 눈코 뜰 새 없고, 할머니만치 살갑게 굴어주는 이가 이 세상에 또 있을까. 할머니와 단둘이서 살았으면 좋겠다. 나는 내가 한 엉뚱한 말의 씨로 영근 망상에 취해 들뜨기 시작했다.

할머니와 단둘이 살게만 되면…… 별로 재미없는 학교에 다니지 않아도 되고, 옥자와 매일 신경전을 벌이지 않아도 되고, 마주치는 어른들한테 꼬박꼬박 인사하지 않아도 되고, 매일 아침 굵은 소금을 도마에서 칼자루로 빻아 양치질 하지 않아도 되고, 그거 깨소금 맛이다! 귤껍데기 선생님도 이 잘 닦지 않았다면서 나를 닦달하지 못하겠지? 생각하면 할수록 즐거웠다.

내가 즐거워 방글거리며 웃는데도 할머니는 마냥 뜨악한 표정이었다.

'맹부어멍'

아버지는 한밤중까지도 돌아오지 않았다.

할머니가 다시 담배통을 입에 물고 부싯돌을 쳐서 불을 붙이느라 바쁜 틈을 타 나는 찬방으로 갔다. 아주머니들이 거의 돌아가고 맹부어멍만 남아있었.

어머니는 인절미를 비벼 썰고 남은 모태끝이며 적 떠내고 칼 끝에 남은 방어포 자투리며 가리지 않고 맹부어멍이 옆에 차고 앉은 놋 양푼에 쓸어 담았다.

내가 재빨리 인절미 모태끝 하나를 집으려는 순간 어머니는 언제 봤는지 내 손 등을 번개처럼 내리쳤다.

"내불라(놔둬라) 먹게."

맹부어멍이 어머니를 말렸다. 어머니는 알아들은 체도 하지 않고 매몰차게 그 맛있는 것이 가득한 양푼을 맹부어멍 앞에 놨다.

나는 더 이상 어머니한테 밉보이고 싶지 않아 헛손질을 그만두고 얌전히 맹부어멍 옆에 앉았다. 여러 종류의 떡을 차곡차곡 대나무채롱에 담는 구경도 괜찮았다.

맹부어멍은 손끝이 바지런해서 늘 우리 집 제사떡을 도맡아 만들곤 했다.

어머니와 맹부어멍은 처녀시절부터 이웃해 살았단다. 맹부어멍이 어머니보다 한참 손위였다.

맹부어멍은 어머니가 제사떡 할 쌀을 독에서 큰 함지에 퍼낼 때면 옆에서, 아시(동생)야, 동네 거르는 집 없이 한 쪼가리라도 다 음복하게 이, 넉넉하게 떡쌀 잡으라. 라고 충고하는 걸 잊지 않았다.

보통 제삿날은 전날 밤 떡쌀을 담갔다가 이튿날 아침에 방앗간에서 가루를 내어 낮에 떡을 만들곤 했는데 이번은 미역허채와 겹치다보니 어쩔 수 없이 밤새워 일을 차리는 참이었다.

놋 양푼에 음식 자투리가 수북하게 쌓이는 걸 보면서 맹부어멍이 혼잣말을 중얼거렸다.

"니마 할으바님 제사 덕에 우리 아이들 내일은 미장질 안하겠구나."

미장질은 먹은 음식에 기름기가 없어 창자에 든 체 바싹 말라버려 똥을 싸지 못할 때 항문을 벌려 후벼 파내든가 아니면 피마자기름을 발라주는걸 말한다.

아버지의 변명

제사음식 준비가 거의 끝나갈 무렵, 한밤중에 아버지는 몹시 지쳐 풀기 하나 없는 모습으로 돌아왔다. 그토록 지쳐있는 아버지를 나는 이전에도 이후에도 본적이 없다.

할머니는 아버지가 지쳤건 말았건 마루에 털버덕 널브러지는 걸 무턱대고 불러 앉혔다.

내 다리의 맷집에 고름 잡힌 것을 발견하여 치료한 과정을 일일이 늘어놓은 할머니는 드디어 아버지한테 욕을 하기 시작했다.

자네도 사람이랄 수 있는가? 인두껍을 쓴 짐승이지. 아무리 아들 병이 깊어 뼈에 사무쳤을망정 이미 생산해 놓은 딸자식을 사람취급 안하다니, 이게 어디 인간이 할 짓인가. 오죽했으면 저 어린 니마가 부모 버리고 저를 잘 키워줄 사람 어디 없나 찾아 살피겠나. 어디 자네 할 말 있음 해 보게. 내 들어봄세.

아버지는 꿇어앉은 체 고개를 떨구고 변명을 늘어놨다. 죄송합니다 어머님. 저노무 니마가 여간만 영악하게 굴어야주 마씀 게. 저게 꾀를 피웠다하면 아무도 당해내지 못하는걸 어머님도 아시잖우꽈. 아들자식 아니라고 딸자식 다리

썩는 걸 나 몰라라 할 부모가 어디 있수과? 어머님 당치 오해 맙서. 저희는 당치 그런 줄 몰랐수…….다. 아버지는 말을 깔끔하게 맺지 못하고 끝을 소리 없이 삼켰다.

할머니가 아버지를 사위삼은 이래 면전에 두고 첫 욕을 하게 된 이유가 바로 부모가 되어가지고 자식 다리가 어떻게 되는지 관심 밖이란 바로 그건데 그것도 모르고 변명이라니 나 원 참!

"내 말이 그 말이네. 부모가 자식 모르면 누가 알겠는가?"

할머니가 속 시원히 딱 부러지게 아버지 말끝을 끊어버렸다. 바로 그 순간이었다. 아버지 어깨가 들먹이는 듯싶더니 꺼이꺼이 울음을 토해냈다. 우리는 어안이 벙벙했다. 어머니가 잰걸음으로 아버지한테 다가가 어깨에 손을 얹었다.

"니마 아버지, 뭔 일이꽈?"

어머니의 나직한 물음에 대답도 없이 아버지는 울기만 했다.

할머니는 무턱대고 아버지한테 미안하다고, 니마 다리를 보니 할머니로서 참지 못해 괜히 간섭을 했노라고 왜 아버지를 불러 앉혔는지 자초지종을 되 뇌이면서 무턱대고 용서를 빌었다.

"니마 아방이 어머니 나무란 말 한마디 땜에 우는 거 아니고 뭔 일이 바깥에서 있었던 모양이우다. 어머니 걱정맙서."

어머니는 아버지의 느닷없는 울음에 당황한 할머니에게 변명을 하였다. 나는 아버지가 할 변명을 대신 해 주는 어머니에게서 아름다운 부부애를 보았다. 아무리 어렸어도 알 건 다 아는 내 나이 여섯 살인가 다섯 살이었다.

이유

아마도 작은고모가 무슨 트집을 잡아 혼내줬던가 아니면 또 건이 아방과 길거리에서 맞닥뜨려 내가 잘났느니 네가 잘났느니 겨루다가 아버지를 당해내지 못한 건이 아방이 늘 코너에 몰리면 하던 수법 그거, 아들도 없는 놈이 똥 폼 재봤자 별수 있느냐고 얕잡아보는 통에 그놈의 아들 병이 도져 서러웠든가 무슨 일이 있었을 거라고 나는 짐작했다.

한참 울고 나서 울음을 그친 아버지는 어린아이처럼 흐느끼는 목소리로 말하는 것이었다.

작은 누님이 완전히 양귀비한티 홀려 부러십다. 미친 사람이 따로 없어, 작은 누님이 미친년이더란 말씀이우다. 우리 그 멋진 여장부 작은 누님이……

어른들은 아버지가 한 말에 몹시 당황하여 안절부절 못했다. 어머니는 부엌일을 마무렸다.

"수니야 어서 니마 데리고 방에 가서 자."

우리들은 어머니 말이 끝나기도 전에 얼른 방으로 들어왔다. 그러나 방문은 닫지 않았다. 아버지와 어머니와 할머니가 마루에서 나누는 이야기가 열린 방문턱을 넘어 우리들 방으로 곧장 건너왔다.

아버지 말에 의하면 전에 같았으면 작은고모가 아파서 부른다는 소릴 듣고도 별 일 없을 거라는 가벼운 마음으로 말을 타고 털레털레 갔을 거라고 한다. 작은고모는 작은고모부가 작은 각시를 얻은 후로 마음이 아프다고 부르고, 신세가 가련하다고 부르고…걸핏하면 무슨 이유든 만들어서 아버지를 불러댔기 때문이다.

아버지 말을 엿듣고 나는 깜짝 놀랐다. 작은고모는 매사에 자신만만하고 당당하지 않았던가. 특히나 건이 아방을 닦아세우는 걸 보면 호랑이처럼 용맹스럽고 사자처럼 여유로웠다.

아버지는 수시로 작은고모 부름을 받았어도 아편을 하는 걸 까맣게 모르고 있었단다. 미역허채할 물질도구 손보는 걸 거의 마무리할 무렵에 낯선 아이가 집 어귀에서 자꾸만 손짓해 아버지를 부르더라는 것이다. 작은고모네 이웃집 아들이었다.

"네가 여기 웬일이냐?"

작은고모가 아파서 다 죽어간다고 했다.

"우리 어멍이 빨리 가서 삼촌 모셔오랜 했수다."

그 아이가 하는 말이 전에 작은 누님이 자신을 부르던 이유와는 달랐다고 한다. 정말로 예전과는 다르게 느껴지더란다. 그 걸음에 아버지는 작은고모네로 달렸다.

아편에 취해 정신을 잃은 작은고모는 하늘하늘한 속치마 차림으로 헤 풀어져 있고, 여기 저기 마루며 방마다 사람들이 널브러져 있었다.

양귀비에 홀린 작은고모

아버지는 작은고모를 안방으로 모셨다. 아버지가 흘리는 뜨거운 눈물방울이 작은고모의 뺨을 적셔도 그저 게게 풀린 입가에는 간질로 쓰러진 사람처럼 흰 거품만 부각부각 피어오를 뿐 정신을 차리지 못했다.

땅거미가 스멀스멀 덮칠 무렵 아편에 취했던 사람들이 하나둘 깨어나더니 대청에 좌정해 앉은 아버지를 발견하고는 슬슬 꽁무니를 사리고 도망을 쳤다.

너 이 더러운 새끼덜. 다시 우리 누님 댁에서 그 죽일 노무 양귀빌 가져다녔단

봐라! 내 너 놈들 대갈통을 다 깨부수고 말테니……..

그들은 알아들은 체도 하지 않고 줄행랑을 처버렸다.

작은고모는 한밤중이 되어서야 비로소 정신을 차렸다. 아버지는 작은고모를 붙잡고 눈물을 삼켰다.

누님! 누님! 우리 어렸을 적에 부모님 잃고, 누님하고 나하고 배고파 보리밭 가운데 들어가 드러누워서 죽으려던 때 생각 안 남수과? 그 때 누님 나한테 뭐랜 했수과? 우리 죽을힘으로 살자, 살아질 거다. 남보란 듯이 잘 커서 잘 살아보자고 했지 예. 난 말이우다. 그 때 누님과 한 맹세 지킬라고 평생을 노력합니다. 근디 누님은 어쩨 그만 살아보니 잘 산 것 같습디까?

아버지는 다시 흐느끼기 시작했다. 아버지 말에도 작은고모는 그저 멍하니 듣고만 있더라고 했다.

고요함이 낳은 태풍

방문에 붙어 서서 어른들 말에 귀 기울이는 나를 큰언니가 이불 속으로 끌어당겼다. 그리고 깨어보니 이튿날 아침이었다.

어젯밤에 뭔 사단이 있었나싶게 우리 집은 평온했고 큰언니와 나는 학교에 갔다. 전체조회가 끝나자마자 미역허채 하는 데 일손을 보태라면서 임시 방학을 하고는 우리들을 집으로 돌려보냈다.

나는 집에서 할머니와 그미를 보다가 아기 젖먹일 때가 되면 어머니네를 찾아가기로 되어 있었다.

마을은 조용했다. 너무 조용하니까 이상했다. 내가 혼잣말을 하니까 채마밭 돌담에 기대어 한가롭게 담배를 피던 아버지가 받았다.

"정중동(靜中動)이라고, 고요함 속에서 소용돌이가 치고 있는 거야 지금. 태풍도 말이다 태풍 눈 속은 바람 한 점 없이 고요해."

정말 한참 헷갈릴 노릇이지. 아버지 대답에서 이 세상에는 내가 모르는 수많은 이치가 존재한다는 걸 다시 한 번 실감했다.

사이렌이 향사에서 한 번 울려 퍼지면 물질준비를 완료하고 대기상태에 들어간다. 두 번째 울리는 사이렌 소리에 맞추어 마을사람들은 일제히 이미 구간이 정해진 바닷가로 간다. 바닷가에 일단 내려가면 잠수(제주해녀)들은 그들의 노천탈의장인 '불턱'에서 물질할 때 입는 '솟곳'으로 갈아입고 대기한다. 다시 사이렌이 한 번 울려 퍼지면 물가로 달려가 대기, 두 번 울리면 물속으로 뛰어들어 미역을 캔다. 바닷가에서는 사이렌소리와 함께 깃발 신호도 함께 한다. 하늘 닿을 만치 기다란 장대 끝에 깃발을 달고 수직으로 세웠다가 사이렌소리와 함께 땅으로 수평을 이루도록 눕히면 물가로 가 대기하고 또 물속에 뛰어들 때는 마구 흔들어 댄다. 물질시간이 끝났음을 알릴 때는 사이렌이 마구 울리고 깃발은 뉘었던 장대를 일제히 수직으로 일으켜 세운다. 물질하느라 사이렌 소리를 못들어도 깃발이 세워져 펄럭이는 건 다 볼 수 있다. 정해진 시간에 수경을 머리위로 올리고 물질을 끝내지 않으면 규칙 위반이라고 캐어낸 미역을 압수한다.

잠수들은 평소 물질할 때는 서로 장난도 치고 떠들면서 마치 노는 듯이 일을 하는데 반해 미역허채 때는 전혀 분위기가 달라진다. 정해진 신호에 따라 정해진 시간 동안에 물질을 해야 하므로 한 눈 팔 사이가 없다. 똑같은 조건 아래서 다함께 하는 작업은 물질 기량뿐만 아니라 민첩한 동작에 따라 수확량이 달라진다. 누가 물질솜씨가 늘었는지 단박에 드러난다. 그러기에 미역허채를 하고 나면 잠수사회는 저절로 구조조정이 이뤄진다. 누가 공공연하게 자기 집 여자들이 물질 잘하는 상잠수라고 떠벌렸어도 미역허채 동안에 작업한 성과를 놓고는 헛소리를 못한다.

또한 미역허채는 마을사람 사이에 숨겨놓은 비밀도 다 들통이 난다. 누구와 누구가 서로 좋아하는 지, 어느 홀어머니를 어떤 남정네가 좋아하는 지 다 알려지고 만다. 왜냐하면 미역허채는 가장 힘든 잠수의 작업이다. 그에다 바람살도 아직은 맵고 물도 차가운 때이다. 그러므로 아끼는 여성이 벌벌 떠는 걸 좋아하는 남성은 그냥 보아 넘기지 못하고 물가까지 달려가 미역을 많이 캐어 담아 남산만한 망사리를 끌어주기도 하고 지게 짐을 져주기도 하기 때문이다. 더구나 마을처녀가 다른 마을 남성과 약혼을 했어도 그 때에는 어김없이 모습을 나타내기 때문에 신랑감에 대해 요구하지도 않는 마을 공청회를 여는 꼴이 된다.

시간을 기다리느라 몸살이 난 큰언니는 첫 번째 사이렌이 울리지도 않았는데 우리 집 동산에 열 번도 넘게 올라가 바다를 살피고 왔다. 우리 집 동산에 오르면 마을 앞 저 먼 데 여가 보였는데 그 여가 얼마나 물 밖으로 나왔나에 따라 썰물 때를 가늠할 수 있기 때문이다.

드디어 사이렌이 울렸다

마을 안길은 삽시에 뽀얀 먼지와 소음으로 가득 찼다. 동산에 올라가 길을 보니 마차와 사람이 뒤범벅이 되어 먼지구름에 휩싸인 체 바다로 세차게 흐르고 있었다.

어린이 꾀는 상황이 만든다

나는 혼자서 사람들이 빠져나간 마을 큰길을 아버지처럼 뒷짐을 지고 어슬렁어슬렁 걸어 다녔다. 정말 개 때릴 막대기 하나 보이지 않았다. 만포아저씨도 송씨 집안 누구네 미역 바라지를 한다고 바다로 내려가 버렸다. 늘 두레박소리가 당그랑 탕, 당그랑 탕, 그칠 사이 없던 우물도 적막 속에 갈앉아 고요하기 이를 데 없었다. 우물 속을 내려다 봤다. 우물은 거울처럼 내 얼굴을 비춰 물위로 떠올렸다. 침 한 방울을 우물 속으로 떨어트렸다. 한참 후에 침방울이 떨어지는 소리가 메아리지더니 우물이 내 얼굴을 얼버무렸다.

슬이는 아버지가 '바래기'(마차)에 태워 이미 바닷가에 간 참이었다. 할머니 혼자서 어린것들을 다 거둔다는 게 벅차다면서 굳이 아버지가 미리 챙겼던 것이다. 슬이와 아버지가 없는 집에 짱돌이가 남아 나와 벗해줄 리 만무했다.

짱돌이는 똥개지만 슬이와 아버지에 대한 의리가 대단했다. 그들 두 사람이 없는 곳에 짱돌이가 있다면 그게 이상할 만치 그 두 사람의 그림자나 다름없었.

언제나 그미는 젖을 달라고 조를까? 그미가 젖을 먹고 싶어야만 나는 미역허채 하는 바닷가로 갈 수 있다.

그 무렵 그미는 꽤 자라서 밥을 된장국에 넣어 죽을 쒀 먹이면 오물오물 받아먹었다. 한 순간, 나는 벼락을 맞은 듯 머리가 땅-하니 돌았다. 안 돼! 나는 부리나케 집으로 뛰었다. 할머니가 죽을 쒀 그미에게 젖 대신 먹이는 날에는 내가 바닷가에 갈 기회를 놓치는 게 아닌가? 그 건 절대 안 된다.

숨 가쁘게 뛰어든 나를 보고 할머니는 약간 놀라는 것 같았다. 어제 내 다리가 썩어가는 걸 발견했으니 오늘은 또 뭘........? 자라보고 놀란 가슴 솥뚜껑보고도 놀란다지 않는가. 내가 뛰어 드는 걸 보며 적잖이 놀랐던지 피던 담뱃대를 그만 떨어트렸다.

그미는 아직도 자고 있었다.

"할망, 그미 젖 먹이러 갈거지 예?"

대번에 내가 헐레벌떡 뛰어온 사연을 알아챈 할머니가 빙그레 웃으면서, 오냐 오냐, 선선히 대답했다. 그래도 나는 다짐을 받아야 했다.

"그미는 꼭 젖 먹어얍니다 예. 경허난(그러니까) 할망, 그미한테 절대 죽 먹이지 맙서 예?"

요람 그 너머에

나는 텅 빈 마을에 진종일 고립되고 싶지 않았다. 원래 아이들은 난장 같은 소란한 곳을 좋아하게 되어 있다. 한창 호기심이 발동하고 활동이 왕성한 시기가 아니던가. 아이들을 고요 속에만 가두어 두면 쉬 늙어버려서 좋지 않다. 이건 내가 한 말이 아니고 나의 어머니가 늘 한 말이다.

할머니는 그미가 잠결에 입만 오물거려도 애기구덕을 흔들면서 자장가를 불렀다. 그미는 할머니의 자장가에 취해 깨어날 새가 없었다.

나는 할머니 입을 손으로 막았다. 자장가 때문에 그미가 하루 종일 '애기구덕' 속에서 잠만 잘까봐 조바심이 났다.

"할망, 제발 자장가 그만 불릅서 게. 그미가 깨어나질 못 햄수께 게."

할머니는 내 성화에 자장가 부르는 건 멈췄지만 요람 흔드는 건 그만두지 않았다. 아기가 선잠자면 칭얼댄다면서 충분히 재우자고 나를 설득했다. 마당에 나가 해를 살폈다.

"할망, 버얼써 한낮이 다 기울었수다."

그래도 할머니는 꺼덕꺼덕 요람을 흔들었다.

그미가 그토록 오래 잘 리가 없는데 아무래도 이상했다. 너무 배가 고파 잠에 곯아떨어진 건 아닐까? 언젠가 내가 입맛이 없어 진종일 아무것도 먹지 않았더니 잠이 쏟아지는 걸 경험한 적이 있었던 것이다. 그미가 잠에서 깨어나 젖 달라고 보채지 않아 안달이 난 나는 온갖 수를 다 헤아렸다.

"그미가 예, 배가 너무 고판 잠만 자는 거 아니꽈? 그만 깨우게 마씀."

내가 냅다 고함을 쳤다. 그 바람에 정말 기적처럼 그미가 눈을 떴다.

" 아이고 우리 니마, 참말로 미역허채 하는 디 가지 못핸 안달이 났구나. 핼미가 준비하마."

드디어 할머니가 아기 요람을 흔들던 손을 멈추었다. 그미 기저귀를 갈아주고 준비를 할 동안 나는 닭 모이를 주고 돼지 먹이도 주었다.

나는 무척 착한 어린이가 되었다. 그미가 잠자는 요람 그 너머에 나의 호기심을 채워줄 흥미진진한 이른 제주 봄 바다의 또 다른 삶이 있었기 때문이다.

그 머나먼 길 끝에는

할머니가 마침내 그미를 업고 나서 내 손을 잡고는 집을 나섰다.

미역허채를 하는 바닷가는 생각했던 것보다 훨씬 멀었다. 잠수들의 숨비소리가 바로 귓가에서 들리고 마중꾼들이 떠들어대는 소리가 지척에서 들리는 것 같은데 가도가도 그 바다는 쉽게 나타나지 않았다.

할머니는 그미를 업어서 담뱃대를 뒷 고개에 질러 넣을 수가 없어 손에 들고 걸었다. 그게 거추장스럽게 보여 내가 들어드린다니까 할머니는 좋아했다.

나는 할머니 담뱃대를 들고 가면서 입에도 물어보고 뒷 고개에도 질러 넣어봤다. 심심할 때 좋은 벗감이 되겠다 싶었다.

"니마야, 우리 저-기 앉아서 한숨 쉬고 가자."

한 참을 걸었더니 할머니도 힘이 드는 것 같았다. 우리는 길섶 잔디위에 앉았다. 할머니가 담배를 피우는 동안 나는 그미한테 노래를 불러주기도 하고 간지럼을 태우기도 하면서 놀았다.

미역허채 하는 바다로 가는 길이 이토록 버거울 줄은 미처 몰랐다. 알았더라면 악착같이 아버지 '바래기'에 슬이와 함께 타고 갔을 것을... 한 뜸 쉬고 나서 다시 걸었다. 조금 높은 둔덕에 올라서니 저 멀리 깃발이 수많이 나부끼는 게 보였다.

"할망, 저어기가 거긴가 예, 깃발이 보염수다."

내가 한 손으로 이마에 차양을 만들어 바라기를 하며 눈에 들어오는 족족 할머니한테 생중계를 했다. 쓰윽 남쪽에서 동쪽을 거쳐 북쪽, 그러니까 할머니와 내가 그미를 업고 숨차게 올라온 언덕배기를 내려다보니 잠통이 마차를 세워놓은 체 길섶에 붙어 서서 손을 앞으로 모으고 있는 게 아닌가. 오줌을 싸고 있었다. 오줌줄기가 처음에는 단순히 포물선을 그리며 떨어졌다.

"잠통이 예, 오줌 누엄수다."

할머니가 정색을 하고 나를 불렀다.

"이년아 그만 이리 오라. 그런 거 보면 못쓴다."

나는 알아들은 체도 하지 않고 잠통이 오줌 싸는 걸 끝까지 구경했다. 잠통의 오줌줄기는 곧장 앞으로 뻗치기도 하고 양옆으로 왔다갔다 빗살 모양으로 그어대기도 했다. 잠통은 한참동안이나 오줌을 가지고 장난을 쳤다. 문득 오줌줄기가 보이지 않았다.

내가 소리쳤다.

"하하하---잠통아저씨 오줌 남았으면 다른 모양도 만들어 봅서."

잠통은 허허, 허허, 웃어가면서 고이춤을 추슬렀다. 그리고 넉살 좋게,

"다 눠서 이젠 더 없다."

할머니는 나와 잠통이 똑같이 어리다고 혀를 찼다.

마차는 간다

언덕을 단 한 걸음으로 거뜬하게 치올라온 잠통이 우리들을 마차에 태워줬다.

"아이 어멍이 상잠수라며?"

할머니가 잠통각시 물질기량을 아른 체 하자 잠통은 신이 났던지 허허, 예에, 하면서 잘 가는 조랑말 엉덩이에다 채찍질을 했다. 조랑말은 빨리 가라는 줄 알았던지 돌투성이 길을 마구 내달렸다.

마차는 나를 하늘로 팅- 팅겨 올렸다가 덜커덩- 마차바닥에다 내팽개치고 또 팅-팅기고 덜커덩- 팽개치기를 반복했다. 더는 마차에 앉아있을 수가 없었다. 할머니도 그미를 업은 체 이리저리 쓸리기는 마찬가지였다. 참다못해 내가 소리질렀다.

"잠통아저씨! 나 내리쿠다(내리겠습니다). 바래기 세웁서!"

"허허, 허허, 무사(왜)?"

잠통은 덜커덩거리는 게 좋은 모양이었다. 팅- 팅겨 올랐다가 덜커덩- 내려앉는 간격을 마치 춤추듯 리듬에 맞추어 온 몸을 흔들었다. 그에다 짬짬이 말 엉덩이에 고삐 끝으로 채찍질을 하니 말은 강, 약, 중강, 약,을 절묘하게 조절하면서 마차를 팅겼다가 내려놓았다가를 반복하는 것이었다.

"이 바래기 타고 우리 어멍 이신(있는) 디까지 갔다간 간이 제자리에 그냥 붙어있질 못할거 같안 마씀. 간 떨어정 잃어버리면 큰일 나니까 예, 나 걸어 가쿠다(가겠습니다)."

"허허, 허허, 니마 간 잃어버리민 안 되지 이."

잠통은 말고삐를 바싹 조이면서, 와, 와, 하고 말을 달랬다. 말이 경중경중 뛰다말고 느긋하니 발걸음을 내디뎠다.

"허허, 허허, 영(이렇게) 천천히 가민 이제 니마 간 떨어질 염려 없다 이."

말이 얌전하게 걸으면서 마차를 끄니 이제 더는 간 떨어질 염려는 하지 않아도 되었다.

삶의 향기

나도 잠통처럼 마차를 재미있게 타고가기로 작정했다. 마차꽁무니로 더듬어 가서 다리를 아래로 늘어뜨리고 앉았다. 마차가 움직이는 대로 몸을 두었더니 저절로 튀어오를 때는 튀어 오르고 내려앉을 때는 내려앉는 것이었다. 기분도 좋았다. 잠통아저씨도 고삐를 말 잔등에다 걸쳐놓고 내 옆에 자리 잡고 앉았다.

"허허, 허허, 니마야 시 한수 읊으민 들젠(들을래)? 니네 아방은 요즘 바쁜지 나광(나랑) 시 안 읽은다."

할머니가 잠통에게 어서 읊어보라고 부추겼다.

"니마 할마님도 시 좋아허지 예?"

잠통이 반색을 했다. 할머니가 기쁘게 말을 받았다.

"내 명색이 선비를 지아비로 두고 평생을 산 아낙이네, 어디 자네 청풍명월(淸風明月) 노래하는 거 들어봄세."

잠통은 시를 읊기 전에 눈부터 먼저 지그시 감았다.

길에 다니는 사람이 많아,	道上多行人하니
동으로 서로 제각기 바쁘네,	東西各自去하네.
무엇하러 가느냐 그에게 물었더니,	問君何爾爲하니
이익이 아니면 명예를 좇아간다네,	非利卽名處라.

잠통이 읊는 시 사이로 봄바람을 타고 꽃잎이 나풀나풀 춤추다 헌거롭게 흩어졌다. 뒤끝에는 아련한 세상의 맑은 향기가 하늘과 땅 사이를 물들였다.

우리는 한참 동안 아무 말을 하지 않았다. 할머니도 나도 그리고 시를 읊은 잠통도 시에 취하여 말을 잠시 잃어버렸던 것이다.

드디어 할머니가 먼저 입을 열었다.

"아, 이 나들이에 딱 어울리는 시일세."

나는 잠통에게 물었다.

"거 잠통아저씨가 지은 거꽈?"

잠통은 그저 허허, 허허 웃고는 덜렁 마차에서 내리더니 앞으로 가서 말고삐를 잡았다.

나는 잠통이 읊는 시 앞부분 두 행은 재빨리 외웠는데 나머지 두 행은 그냥 놓치고 말았다. 아버지한테 들려드리고 싶었는데……

아버지가 읊는 시에서는 언제나 세상의 향기가 풍겼다. 잠통이 읊는 시에서는 또 언제나 삶의 향기가 피어났다. 복닥거리며 아득바득 사는 사람살이를 그저 허허, 허허, 웃어버리는 그런 게 아닌, 의미심장한 세상의 향기와 삶의 향기가 흩뿌려지곤 하였다.

왜 아버지가 읊는 시에서는 바닷가 언덕배기에 늘 외롭게 서서 맞바람 맞기를 즐기는 소나무 잎새에 이는 바람과 닮은 향기가 나고 잠통이 읊는 시에서는 바쁘게 사느라 허리가 휜 사람들 사이를 헌거롭게 지나치면서 허허롭게 웃고 가는 정체불명의 웃음을 닮은 삶의 향기가 날까?

에이, 괜히 그 시를 들었네. 갑자기 미역허채 하는 북새통에 가지 못해 안달이 난 내 속셈이 참으로 가소로워 보였다.

'출산(出山)'

잠통의 시 한 구절 감상하는 사이에 어느새 미역허채 하는 바닷가 둔덕에 마차가 가 닿았다. 저만치서 아버지가 벌써 우리들을 보고는 달려왔다.
"허허, 허허, 집의 아이영 장모영 다 저 질(길) 바닥서 주섰수다(주웠습니다)."
장난을 거는 잠통의 머리통을 슬쩍 쥐어박으면서 아버지도 대거리를 쳤다.
"옛말에, 남의 물건 가지고 자기 생색내는 사람 행실보고 뭐랬는지 잠통 자네가 모를 이 없지만 내 말해 봐? 상두쌀에 낯낸다고 했지. 어쨌거나 고맙네. 우리 잠수들 나온 뒤에 이따 이거 같이 허게 이."
아버지는 술잔을 입에다 털어 넣는 시늉을 해보였다. 잠통도 아버지와 똑같은 흉내로 약속을 하였다.
잠수들은 바다에 다 들어가 있었다. 마중꾼들은 미역을 널어 말릴 터를 확보하느라고 드넓은 바닷가의 들판에다 돌멩이로 경계를 놓고 있었다.
슬이와 짱돌이는 아버지가 차지한 잔디밭에 쳐놓은 차일 그늘에서 놀고 있었다. 할머니는 그미를 슬이 옆에 내려놓자마자 쌈지를 꺼내어 담뱃대에 불을 붙였다.
앞에 펼쳐진 바다에는 미역 물질하는 잠수들 머리가 수도 없이 물속을 들락날락하는 게, 마치 여름날 고무신에 가득 떠놓은 올챙이들처럼 보였다.
연못의 얕은 물가에 몰려든 올챙이를 고무신을 벗어서 살그머니 떠올린다. 올챙이들은 좁디좁은 고무신 안에서 연신 머리를 쳐들어 입을 빼끔빼끔 벌리느라 상당히 분주해 보였다. 나는 수십 마리 올챙이가 고무신 안에서 죽기 아니면 살기로 고개를 쳐들고 입을 빼끔거리는걸 보다가 그만 숨이 탁 막혔다. 그 후로 다시는 고무신에 올챙이를 뜨는 장난을 하지 않았다.

그런데 한 마을 잠수들을 일정한 바다에 다 집어넣으니 북새통을 이루는 게 그때 내 고무신 안의 올챙이들과 꼭 같았다.

아버지가 커다란 대바구니에 짚을 가득 넣어 그미 요람을 임시로 만들고 있었다.

"아방, 잠통아저씨 바래기 타고 올 때 예, 잠통아저씨가 시 읊어 줍디다."

그 동안 잊어버리지 않으려고 입속에 담아 둔 앞부분 두 행을 아버지한테 들려줬다. 그 때 마침 잠통이 마차를 길옆으로 치워놓고 우리 옆을 지나가고 있었다. 아버지가 잠통에게, "뭔 시였는디?"라고 물었다.

"허허, 허허, 저 조선조 중엽엔가 풍월 읊는 디 둘 째 가라면 서러워 했다는 차 아무개라던가? 거 이름은 잊어버렸구, 뭐 '출산(出山)'인가 하는거......."

아버지는 알았다고 잠통이 말하는 중간에 손을 내저었다.

"조선조 통틀어서 병연 김삿갓보다 더 풍월 잘 읊은 이가 누구 또 있다구 헛소리여 갑자기? 니마는 그 시 잠통 자네가 지은 줄 알잖나. 내 그래서 물어본 거여. 나 시 끊은 거 다시 말해야겠어?"

잠통은 아버지 정색에도 아랑곳없이, 아니 라고 심드렁하게 대답했다.

부룩소 불알만도 못한 어머니의 미역 망사리

그 때, 갑자기 봇물이 터지듯이 사이렌 소리가 울려 퍼지고 뉘었던 깃발이 일제히 수직으로 세워졌다. 사이렌 소리와 사람들의 외치는 소리로 바다는 순식간에 아수라장처럼 시끄러웠다. 물질하는 잠수들에게 그만 미역물질을 마치고 바다에서 나오라는 신호였다. 이번 참 물질시간이 끝났던 것이다.

아버지와 잠통은 지게를 지는 둥 마는 둥 지게작대기를 들고 갯바위를 날아가

듯 달리기 시작했다. 두 사람만 달리는 게 아니라 마중꾼들이 다 물가를 향해 달려가고 있었다.

한참 후에 아버지가 첫 미역지게를 지고 잔디밭으로 왔다.

"어머니, 그 사람이 이 난리에 고동(소라)하고 전복 물질을 해서 사람들이 막 웃엄수다."

아버지가 먼저 한참 하하하- 웃어놓고 할머니에게 털어놓은 말, 어머니는 너도나도 한 그루라도 더 미역을 캐려고 눈을 붉히고 물질을 하는 데 글쎄, 눈에 보인다고 소라와 전복을 땄다는 것이다. 사이렌이 울리자마자 물가로 나온 어머니 미역망사리는 애기 잠수 것만도 못했단다. 물가에 몰려섰던 사람들은 어머니 미역망사리가 부룩소 불알만도 못하다고 손뼉을 치며 웃어대서 아버지는 부끄러웠다고 했다.

"아, 그 사람 물질 못하는 거야 우리 마을 사람들 다 아는 사실이니 뭐 그렇다쳤도 예, 어머니. 뭔 자랑이라고 그 사람들 몰려든 거 보면서 나한티 뭐랜 말한 줄 압니까? 니마 아버지 그 망사리 속에 소라랑 전복 있수다. 그거 한 짐에 져다 놓고 안주로 술 한잔 하시구랴 하는 겁니다."

마중꾼들이 배꼽을 잡았다고 한다.

"수니 어멍, 남들은 밭도 사고 집도 살 욕심으로 미역물질하는 디, 니마 아방 술안주하시라고 전복물질을 했구나 예?"

입심 좋은 누군가가 비아냥거렸는데, 어머니는, 내 물질기량에 뭔 밭 살 욕심을 부립니까? 술 좋아하는 우리 니마 아버지 안주감만 챙겨도 좋구말구요. 라고 받아넘겼다는 것이다.

사람들은 말하기 좋다고 저러니 톨파리 잠수 수준을 벗어나지 못하는 거라고, 니마 아방 술안주 팔자는 늘어졌어도 각시물질 덕분에 미역 돈 볼 생각은 하지 말라고 하더란다.

 미역물질이나 할 것이지 전복은 왜 잡아서 어머니가 자기를 부끄럽게 하는지 모르겠다고 군시렁거리면서도 아버지는 연신 웃음보를 터뜨렸다. 아버지 얼굴에는 부끄러워하는 기가 보이지 않았다. 오히려 어머니가 웃겨서 못살겠다는 투였다.

 할머니도 빙그레 웃으면서 아버지 말에 맞장구를 쳤다.
 "자네가 수니 에미 물질솜씨 탓하면 그게 더 우습지."

푸른 미역귀

 뭔가 뼈가 있어 뵈는 할머니 맞장구였다.
 애초에 아버지가 어머니를 보자마자 첫눈에 반해서 무조건 딸을 달라고 외가 문전에 엎드려 억지를 부려 장가를 들었으니, 다른 제주바닷가 마을 남자들처럼 물질은 얼마나 하는 색시인지 알아보고 말고 할 여유도 없었다는 거 알 만한 사람은 다 아는 사실이었다.
 나는 사람들이 왜 어머니를 비웃었는지 이해가 되지 않았다. 미역보다 전복이 훨씬 귀하지 않는가. 미역허채 할 때는 미역만 캐어야 되는가 보다 미뤄 짐작할 뿐.
 우리는 차일그늘에서만 놀았다. 나는 시끌벅적해진 바닷가가 갑자기 무서웠다. 차일 밖을 나섰다가는 길을 잃어버릴 것만 같았다. 물가에는 마중꾼들과 경비를 맡은 청년들, 바다가 없는 '중산간 마을'(제주의 한라산 중허리에 자리 잡은 마을)에서 내려와 마중꾼들이 져 나르면서 흘린 미역줄기를 주우려는 사람들로 북새통을 이뤄 멀리서 보기만하여도 현기증이 났다.

나는 슬이를 꼭 옆에 붙어 앉혔다.

"가만 앉았어. 너 어디 갔다간 사람, 저 사람들 봐, 밟혀 죽어 알았지?"

슬이는 짱돌이를 껴안고 건성으로 응응, 먹을 거 없으면 아무데도 안 갈게, 라고 대답했다. 꿈 뜨고 순한 슬이지만 생각지도 않게 제멋대로 행동하는 버릇이 있어 마음을 놓을 수가 없었다. 내가 한 눈 파는 사이 어디론가 가버려서 찾지 못할까봐 공연히 조바심이 났다.

할머니는 그미를 나한테 맡기고 아버지가 부려놓은 미역을 널기 시작했다.

두 번째 미역지게를 지고 오는 아버지 손에는 미역귀가 들려 있었다. 가느다란 막대 끝에 꿰어진 미역귀는 잠수들이 언 몸을 녹이느라 피워놓은 화톳불에 짙푸르게 구워져 금방 녹즙이 뚝뚝 떨어질 것만 같았다.

바다 속에서 막 캐어낸 미역 색깔은 갈색인데 왜 말리거나 구우면 풀처럼 푸르게 변할까? 나는 그게 궁금했다.

슬이는 아버지 손에서 미역귀를 받아들자마자 정신없이 먹어댔다. 미역귀에 묻은 재가 슬이 입가는 물론이고 콧방울과 이마에 마구 칠해졌다.

"아직 큰 년이 나오지 않았수다."

아버지가 담뱃불을 붙이면서 할머니에게 큰언니 수니 걱정을 했다.

"큰 년이 아직도 나오지 않았나? 어서 가서 불러내게."

내가 아버지를 따라가겠다고 하자 할머니는 그미를 다시 업었다.

제주해녀, 꽃을 몸에 새기다

화톳불을 놓은 '불턱' 마다 불꽃이 혀를 낼름거리며 하늘 향해 활활 타오르는데 잠수들이 빙 에워 앉아 불을 쬐고 있었다.

불을 쬐는 잠수들 폼이 볼만 했다. 금방 물에서 올라온 이들은 젖은 '솟곳'을 그대로 입은 체 언 몸을 녹이느라 아예 정신이 없었다. 어떤 이는 뒤로 돌아앉아 엉덩이를 화톳불에 들이대었고 어떤 이는 화톳불과 정면으로 마주앉아 두 팔과 두 다리를 활짝 벌려 마치 불꽃을 끌어안을 듯한 자세인가 하면 어떤 이는 땔감을 나르고 어떤 이는 젖은 머리를 털어 말리느라 남에게 물방울께나 튕겨 야단을 맞고 어떤 이는 미역귀를 꿴 막대를 손가락 수보다 더 많이 들고 있는 것도 보였다. 또 어떤 이는 젖은 '솟곳'을 갈아입느라 알몸 반쪽, 그러니까 상반신이나 하반신 어느 한쪽을 드러낸 게 아니라 세로로 몸의 반쪽을 막 드러내는 참이었다.

'불턱'에는 남자들이 가지 못하는 여성 전용이어서 그런지 잠수들이 웃고 떠들면서 옷을 입은 둥 만 둥 장난치고 멋대로들 야단이었다. 불을 쬐는 잠수들 몸은 어루러기처럼 울긋불긋 반점이 피어 온몸에 꽃을 새긴 것 같았다. 갑자기 언 몸에 불기운이 당기면 일시적으로 그렇게 된다고 했다.

하얀 물수건

"저-기 어멍 보이지?"
아버지는 다른 잠수들 틈에 끼어 앉아 화톳불을 쬐는 어머니를 가리켜주고는 바지 단을 걷어 올리고 물이 정강이께 까지 차도록 바다로 내려갔다.
나는 어머니한테 가지 않고 아버지가 내려간 물가의 바위에 올라섰다. 물가로 헤엄쳐오는 잠수들이 저 뒤에서 큰언니가 온다고 아버지에게 일러줬다. 그래도 아버지는 바다를 향해 두 손으로 나팔을 만들고는 계속해서 큰언니 이름을 불러댔다. 수니야아- 수니야-

큰언니 대답이 들리지 않았다. 이제 바다에 남은 잠수는 몇 명 뿐이었다. 물 밖으로 나온 잠수들은 이빨을 닥닥 부딪칠 정도로 찬 바닷물에 얼어있었다.

아버지는 잠수들이 망사리를 밀고 물가에 도착할 때마다 그곳으로 달려가거나, 어이- 거기 우리 큰 년 보여? 하고 소리쳤다. 아버지 목소리에는 걱정 때문에 생긴 절박함이 서리서리 감겨있었다.

"니마, 아버지 불러."

얼핏 큰언니 목소리가 들렸다. 두리번거리면서 주위를 살펴도 쉽사리 큰언니는 눈에 들어오지 않았다. 바로 그 때 내가 올라선 바위 아래 저만치 한 발 정도 떨어진 물가에서 불쑥 큰언니가 나타났다. 나는 그만 반가운 마음에 목이 메었다. 잠시 동안이었지만 나도 아버지와 함께 큰언니를 걱정했던 것 같았다.

"아방, 수니 큰언니 여기 있수다아-"

아버지를 향해 힘껏 외쳤다.

아버지가 저만치에서 달려오는 동안 어디 있었는지 만포아저씨가 한 발 먼저 큰언니한테 와 닿았다. 만포아저씨는 어디 있었을까?

큰언니는 물질 할 때 머리에 쓰는 하얀 물수건으로 왼쪽 손목을 싸매고 있었다.

"큰년아, 이거 무사(왜)?"

아버지는 망사리를 건져 올릴 생각은 하지 않고 큰언니에게 다급하게 물었다. 그제서야 나도 큰언니 손목에 감긴 하얀 물수건이 빨갛게 물든 걸 발견했다.

아버지는 큰언니 미역망사리고 뭐고 다 제쳐두고 큰언니를 업고는 한달음에 달렸다. '불턱'에 있던 어머니도 큰언니를 업고 달려가는 아버지를 보고 '솟곳' 바람에 누비쓰게만 쓴 체 뒤따라 달리는 게 보였다.

제2장 봄 이야기 327

심봉사가 따로 있나

큰언니 망사리를 만포아저씨 혼자 가까스로 물가 갯바위로 끌어냈다.

나는 큰언니 미역망사리를 지켜 그곳에 있어야만 될 것 같았다. 이미 만포아저씨는 송씨 댁 상잠수 복추 어멍이 한라산만큼이나 어마어마한 망사리를 밀고 물가에 닿자 그 곳으로 가버렸다. 모든 잠수들이 다 물 밖으로 나와 바다 속이 삽시에 고요에 묻혔다. 하지만 뭍에는 그와 정반대로 북새통이다 못해 불 난 호떡집에 또 불붙인 꼴이었다.

아무도 없는 물가에 혼자 서 있으려니 정말로 심심했다. 그것도 잠시, 조금 있으려니 어떻게 알고 왔는지 잠통이 큰언니 미역망사리를 통째로 우꾸, 지게에 올려놨다.

"니마야 가게."

그 무거운 짐을 지고도 단숨에 일어선 잠통이 지게 작대기 끝을 내게 내밀었다. 나는 잠통의 지게 작대기 끝을 잡고 갯바위를 더듬어 걸었다. 마치 심봉사가 뺑덕어멈이 내민 지팡이 끝을 잡고 맹인잔치에 가느라 나들이할 때처럼. 아니다 그 때 나는 잠통 지팡이 끝을 잡은 심봉사였다.

미역이 된 큰언니 팔뚝

잠통 지팡이 끝에 매달려 심봉사 신세가 되어 차일을 친 잔디밭에 다다르니 그 옆 양지뜸이 부산했다.

미역바다에서 사고 당한 것을 알게 된 주변사람들이 큰언니 곁에 모닥불을 놔 주었단다. 사람들이 부지런히 움직이는 짬짬이 오며가며 큰언니를 들여다봤다.

아버지는 반주로 마시려고 들고 온 소주며 할머니 담배쌈지며 그미 기저귀를 준비하고는 큰언니 손목에서 수건을 풀었다. 상처는 깊어 뼈가 보였다.

"수니야, 하영(많이) 아프지 이?"

큰언니는 아픈지 어떤지 감각이 없다고 대답했다. 사람들은 몸이 얼어 아직은 아픈 걸 느끼지 못하는 거라고 수군거렸다.

"으으으, 끔찍해라."

큰언니의 상처를 본 순간 갑자기 눈앞으로 가물가물 아지랑이가 피어오르면서 어지러웠다. 애써 정신을 가다듬었다.

나는 왼팔에 심한 통증을 느꼈다. 다친 사람은 큰언니인데 정작 아픈 사람은 나였다. 전에 같았으면 아프다고 호들갑을 떨었겠지만 꾹 참았다.

아버지는 먼저 큰언니 상처에 소주를 부어 소독한 다음에 담배를 듬뿍 넣고 싸매었다. 그동안에도 할머니는 그미를 업은 채 미역을 널고 있었다. 모두다 큰언니 상처에만 매달렸다가는 미역 한줄기 말려보지 못하고 파장하고 말거라며 일손을 부지런히 움직였다.

"할망, 나가 그미 업으쿠다."

내가 할머니 등에서 그미를 받으려는데 어머니가 언제 왔는지 대신 받았다.

"그미 젖 조금 줘야겠구나."

그미를 어머니한테 건네 준 할머니는 허리를 펴고 주먹으로 두드리면서 큰언니를 보러 갔다.

나는 주변을 돌아다니며 땔감이 될 만한 나뭇가지나 해초 마른 것들을 주어다가 모닥불에 얹어놓곤 했다.

"수니야, 어쩌다가 팔을 베어시니?"

사람들은 큰언니가 어떻게 다쳤는지 그게 궁금한 것 같았다. 큰언니는 팔뚝

상처가 아플 텐데도 언제나처럼 상냥하게 묻는 말에 대답했다.

"정말로 미역밭이 잘도 좋습디다. 정신없이 이쪽 왼팔로 안아가면서 막 미역을 잘라가는 데 예, 섬뜩 합디다 왼팔이. 누가 예, 내 팔뚝을 미역인줄 알고 예, 호미(낫)질을 한 모양이우다."

사람들은 혀를 내두르는가 하면 진저리를 치기도 했다.

"큰년 팔뚝이 미역으로 보연 이. 근디 그 잠수가 누구라니?"

역시나 사람은 호기심의 노예이다.

"누구 알아서 뭐하젠? 누가 일부러 해꼬지한 것도 아니고 순전히 실수한 걸 가지고."

아버지가 눈을 부라렸다.

정말, 호기심도 유분수지 큰언니 팔에 낫질한 잠수 알아서 뭐하게? 누구든 미역욕심부리다가 큰언니 팔뚝을 베어버린 것을.

미역허채 후에는 별 우스갯소리가 마을에 꽉 찬다. 물밑에 펼쳐진 미역 숲에 정신을 빼앗기고 한참 미역을 캐다보면 남이 이미 캔 미역의 꼬투리를 자르는 잠수도 있다는 것이다. 미역 한그루를 잠수 두 사람이 캔 꼴인 셈이다. 그 정도로 미역허채 물질은 탐욕스럽고도 경황이 없는 경쟁위주의 작업이었다.

유자나무 잎사귀 세 닢

아버지는 어머니한테 어서 옷 입고 집에 가자고 재촉했다.

"수니가 저렇게 다쳤는디 더 물질해서 뭣할 건가? 밭 살 거 집 살 거 아니라면 어서 집에 가는 게 상책(上策)이지."

아버지가 '바래기'(마차)를 준비하는 동안 할머니와 내가 널어놓은 미역을 걷으려고 하자 석이아방이 와서 말렸다. 다 마르면 저녁 때 집에 돌아가면서 걷어다 주겠다고 했다.

집에 오는 길로 아버지는 큰언니 상처를 다시 소주로 씻어내고 페니실린을 발라 붕대로 감았다.

"수니 어멍, 오늘 제사는 당신이 모셔야겠수다. 나는 피를 만졌으니 부정 타서 이거 원... 그럼 나 작은 누님이나 가서 모셔 올테니.........."

아버지는 혀를 차며 집을 나섰다.

나는 간밤에 있었던 작은고모 일을 까맣게 잊고 있었다. 불쌍한 작은고모.

어머니가 혼자서 제사상을 차리고 할머니와 내가 심부름을 했다. 뒤울에서 유자나무 잎을 따다가 깨끗이 씻어 마른행주로 닦고 접시에 넣는 따위 자잘한 일이 제사상을 차리는 어머니를 내가 도운 일이었다.

제사상에 웬 유자잎사귀냐고? 그건 제사상을 정갈하게 하는 의미로 우리 집에서는 예로부터 유자나무 잎사귀 세 닢을 깐 접시를 향로 옆에 두었다.

나는 심부름하는 짬짬이 그미가 잠자는 요람을 흔드는 큰언니에게 물었다.

"큰언니야, 아프냐?"

"응, 이젠 상처가 쑤신다 애."

슬이 딴에도 큰언니가 아플 거라면서 입김으로 호호 불어주고, 왜 그랬어? 누가 그랬어?라며 걱정을 했다.

미역허채 하느라, 그리고 그 미역들을 널어 말린다, 이슬 맞지 않게 밤에는 걷어 갈무리 한다, 지쳤는지 마을사람들도 제사 지내러 거의 오지 않았다.

양귀비보다 고운 사람이

　제주사람들은 제사를 지낸다고 하지 않고 제사 먹는다고 한다. 예전에는 친족이 아니어도 온 마을 사람들이 다 모여들어 제사를 지내고 음복을 함께 했다. 그런데………밤이 이슥히 깊어지자 아버지가 돌아왔다. 우리 '바래기' 에 작은고모와 보따리 몇 개를 같이 싣고 왔다.
　나는 귀신을 본 듯이 놀라 자빠질 뻔 했다. 무엇에도 거침없던 여전사 작은고모가, 예쁘기로 치면 양귀비도 따르지 못할 만치 곱고 멋쟁이인 작은고모가 영락없는 귀신 꼴이었다. 기름기가 반지르르하게 돌던 윤나는 머릿결은 맷방석 같고 눈동자는 게게 풀린 꼴이 누가 봐도 미친 사람이었다.
　아버지는 서둘러 작은고모를 뒷방에 숨기듯 눕히고 나서 술병과 사발을 찾아 들고 다시 들어가더니 한참이나 나오지 않았다.
　나는 아버지가 작은고모 때문에 속상해서 술을 마신다고 생각했는데 살짝 방문을 열어보니 술을 마시는 사람은 작은고모였다.
　네홉들이 소주 한 병을 두 번에 나눠 단번에 들이킨 작은고모가 벌떡 요 위로 쓰러지자 아버지는 이불을 고이 덮어 주고 나서 방문을 나섰다. 내가 빼꼼하게 방문을 열어 보고 있는걸 아버지는 알았던지 내 머리를 쓰다듬어주면서, 니마야 작은고모가 아파서 그러니까 놀라지 말라. 라고 했다.
　아버지는 울고 있었다. 부엌에서 향 가지를 넣어 데운 물에 세수를 한 아버지가 마루에 올라오고 나서야 파제했다.
　제주 섬에서는 영혼이 저승 문을 밀고 이승으로 나와 행보하는 시간을 이 밤과 저 밤 사이라고 믿는다.
　제사상을 거두고 음복을 하면서도 누구 하나 입을 크게 여는 이가 없었다. 작은고모가 고래고래 질러대는 고함만이 이른 봄밤의 적막함을 찢어발겼다.

야, 야! 양귀비 도라(달라). 난 양귀비가 좋아. 양귀비만 있으면 그까짓 서방, 필요 없어. 뭐 아들? 우리 령이가 아들만 못해? 좋다 좋아, 멋대로 해! 난 양귀만 있음 만사오케이다.........으음......

아버지는 집집마다 돌릴 제사음식을 대나무채롱에 차곡차곡 담으면서 흐흑흑, 한없이 흐느껴 울고 울었다. 나와 큰언니와 용진이 각시는 그 밤이 새도록 음식을 돌렸다.

양귀비를 달라고 작은고모가 마을이 떠나가라고 야단쳐대는 저 멀리 동녘에 어느새 동살이 잡혀 희끄므레한 여명이 하늘에 서서히 퍼졌다.

4. 토끼 두 마리와 동화책 한 권의

생애 첫 교실

우리 조무래기들이 입학할 무렵부터 짓고 있던 학교건물이 드디어 완성되었다. 봄장마가 들이닥치는 때와 딱 들어맞게 다 지어진 것이다.

귤껍데기 선생님은 일학년도 이제는 어엿한 교실이 생겼으니 날마다 벌판으로 바닷가로 또 절간고구마 저장창고로 전전하지 않아도 된다면서 몹시 감격해 어쩔 줄 몰랐지만, 에게, 이딴 게 뭔 좋은 교실이야? 선생님 손에 손 잡고 우리교실로 들어간 그 순간에 말도 못하게 실망했다.

교실은 널빤지를 잇대어 막아놓은 네 개의 벽과 서까래만 앙상한 지붕에다 창틀은 있으나 창문은 없었다. 서까래 너머 저 멀리에서 하늘이 우리를 내려다보고 창틀밖에 흐드러진 봄은 거침없이 교실을 들락거렸다. 교실바닥은 맨땅 그대로였다. 교실문턱이 어찌나 높던지 거길 넘어 교실로 들어가려면 우리들 가랑이가 다 찢어질 판이었다. 선생님은 우리가 어렵사리 교실로 들어오는걸 보면서, 이제 마루를 깔면 한껏 문턱이 낮아져 괜찮을 거라고 위로했다.

당치 건물 안의 교실은 벌판에 연 야외교실보다 못하고 바닷가 바위그늘에 펼쳐놨던 배움의 전당보다 훨씬 못했다.

나는 교실이 지랄 같다고 혼잣말을 한다는 게 너무 크게 말해버려 선생님한테 불려나가 혼쭐이 났다. 새 교실에서 제일 먼저 벌 받은 불명예스런 일학년 학생이 되고 말았다.

우리들은 앉을 데가 마땅찮아 책보를 허리에 두른 채 둥개둥개 춤추고 짓까불었다. 순식간에 교실은 뽀얗게 일어난 먼지로 아슴프레 뒤덮였다.

"이놈들, 제자리 앉아!"

먼지 저 건너에서 선생님 호령이 들렸다. 우리들은 털썩 흙바닥에 주저앉았다. 귤껍데기 선생님은 우리들이 떠들었다면서 꿇어앉아 두 손을 머리위로 쳐들어 올리라고 했다. 교실에서 까불면 벌쓰는 거지.

이런 교실 없는 게 백 번 났다. 난 낼부터 학교 안 온다.

벌을 쓰면서 나는 마음속으로 옹다짐을 했다. 학교에 다니지 않아도 내가 할 많은 것들을 머리 속으로 그려봤다. 좋다, 우선 마을 아주머니들을 따라 '청산'에 참나리 뿌리를 캐러가자.

청산 또는 성산일출봉

요즘 사람들은 '청산'을 성산리(城山里)의 이름을 따서 '성산 일출봉'이라고 한다. 하지만 원래 이름은 푸르른 산이 해 뜨는 봉우리라고하여 청산(靑山)일출봉(日出峯)이라 했다.

청산에는 고려 말 여몽연합군에 항거하던 삼별초군의 잔당인 김통정 장군과 그 군대가 쌓았다는 토성(土城)도 있고 일출봉이 자연스레 조성된 천연요새나 다름없는 석성(石城)과 같다하여 조선조 후기부턴가 일제강점기부턴가 청산을 '성산'이라고 불렀다고 한다. 덩달아 그 발치께에 들어앉은 마을이름도 성산리라고 했다던데렁렁렁 둘 중 어느 게 정설인지는 나도 모르겠다. 그게 그건데 뭐 굳이 따질 바는 아니겠지만.

이제 보리가 밭담만큼 자라 이삭이 봉글봉글 여물어가고 바람이 보리밭을 스쳐 지날 때마다 연록색 물결이 은실같이 매끄러운 물 주름을 잡고 있었다. 조금만 더 기다리면 그 기나길고 험준한 보릿고개를 넘어설 거라고 사람들은 미리부터 설레고 있는 걸 나는 알고 있었다.

그러나 그 어간에도 입이 뽀얗도록 먹을 게 귀해 목 끝에 잔뜩 궁기가 꼈다고 난리였다.

볼거리* 나리꽃 먹을거리 나리뿌리

*참나리 혹은 나리라고도 한다.
백합과에 속하는 다년초. 인경(鱗莖) 즉, 비늘뿌리는 둥글고, 줄기는 원주형, 그러니까 둥근기둥 모양인데 색깔은 자색을 띤 갈색이다.
키는 1m~2m 정도 자라며 잎은 댓잎 같은 피침형도 있고 배[舟]형도 있다. 잎맥에서 자흑색 구슬 눈이 나온다.
7~8월에 암자색 작은 무늬가 도드라진 진하디진한 황붉은 꽃이 핀다.
꽃은 향내가 좋다. 꽃잎은 여섯 장으로 되어있고 꽃잎 끝이 주욱 뻗다가 끝자락을 살짝 젖히듯 말듯 뒤로 말아 올라간다. 모든 백합꽃무리가 그러하듯이 참나리도 불타듯 한 여름 열기 속에 꽃을 피우고 고고하게 작열하는 태양과 마주한다. 뿌리는 약으로도 쓰고 먹기도 한다.

학명: *Lilium lancifolium*

덧붙여; 제주 섬에는 말나리와 하늘나리가 가장 많다. 하늘나리가 외롭고도 청초하게 그러나 화사하고도 고귀한 자태로 외줄기를 곧장 하늘로 뻗어 단 한송이 꽃을 피우는 데 반해, 말나리는 마치 꽃 타래를 짓듯이 한 대의 줄기에 여러 송이 꽃을 피운다. 꽃대에서 자루가 달린 송이가 이리저리 뻗어가면서 꽃을 피운다. 어떤 꽃대에는 무려 다섯 송이 이상 꽃을 피우기도 한다.

나리꽃에는 암자색 반점이 온통 점 찍힌 게 마치 예쁜 아가씨의 뺨에 송송 박힌 주근깨를 닮아 귀엽고도 요염하다. 그 주근깨를 탐내어 호랑나비가 꼬여든다.

원추리는 모든 생김새가 나리와 비슷하지만 다른 종이다. 원추리는 색깔이 노랑 붉은 것과 노란 것 두 종류가 주중을 이룬다.

우리가 흔히 꽃집에서 보는 흰 백합은 본디 유럽이 본산인 마돈나백합과 일본산인 조총백합이거나 그 개량종이다. 유럽산 마돈나백합은 색깔을 따지지 않고 겉모양만 놓고 봤을 때는 말나리와 비슷하다.

마을 여자들은 시간만 나면 일출봉 분지에 지천으로 널려있는 참나리 뿌리를 캐러갔다.

참나리가 막 싹을 돋우고 있을 참에는 댓잎 같은 잎새가 한줌씩 무더기져 솟아오르는 덕분에 눈에도 잘 띈다고 했다. 봄의 참나리뿌리는 겨우내 여물어 토실토실하기 때문이다.

그 뿌리를 채소바구니로 하나씩 캐어다가 갯샘에서 바락바락 씻어 겉껍질을 벗겨내고 하얗게 속살이 드러나도록 헹궈 무쇠 솥에 푹 삶아 몇 번이고 물을 우려내면 그런대로 먹을 만 하다고 했다.

나는 옥자네 집에서 딱 한 번 참나리뿌리 삶은 걸 얻어먹어봤다. 쌉쏘름하고 뭉클한 것이 내 입맛에 맞았다.

우리 집에서는 참나리뿌리를 캐러 다니지 않았다. 거피한 통보리쌀이며 밀기울이 있어 끼니를 굶지 않았기 때문이다. 그게 내게는 불만이었다. 꺼끌꺼끌한 통보리밥보다 참나리뿌리 삶은 게 훨씬 먹을만한데도 왜 그딴 것만 먹으려들까?

일제강점기 시절에는 곡식을 모두 공출로 빼앗기고 한여름에도 일출봉에서 참나리뿌리며 칡뿌리를 캐어 먹었다고 했다.

안개가 자욱하게 대지를 덮은 날도 사람들은 그 아름다운 꽃 색깔과 향내 덕분에 쉽게 참나리 뿌리를 캘 수 있었다고 했다.

일출봉 분지는 겨우 2.6㎢에 불과하지만 거긴 즐편한 초원이다. 손바닥 가운데 움쑥 들어간 자국보다도 좁디좁아 옴쭉달싹 못 할 것 같아도 탁 트인 초원은 무한대로 넓다. 그 초원은 초원만이 가지는 벌판의 특징을 다 지니고 있다. 예컨대 벌판은 허허롭되 몇 그루 낙락장송(落落長松)이 늘 푸르러 그늘을 드리우고 덤불이 군데군데 우거져 마소가 등을 비비고 비바람을 가린다. 그리고 고요하나 풍요롭게 펼쳐진 풀밭. 신기하게도 돌덩이 하나로 이뤄진 돌산 벌판의 한 모퉁이 진 양지뜸에는 '생이물' 이라고 부르는 작디작은 옹달샘도 있어 하루에 한 사발 정도의 생수가 졸졸 새어나온다.

배부른 돼지

그 분지에 누가 밭을 일궈봤던 모양이다. 농사를 붙이는 족족 꿩이며 바다갈매기와 철새들이 먼저 먹어버려 농부는 두 손 들었다고 한다.

어머니는 내가 옥자네 집이나 정화네 집에 놀러갔다가 나리뿌리를 얻어먹고 왔다면 무섭게 야단을 쳤다.

"넌 배부른 위에 그걸 군것질로 먹지만 이노무 철부지야, 그 집에선 그게 한 끼 밥이다 밥! 아무리 철딱서니 없기로서니 배부른 놈이 배고픈 사람 밥그릇을 넘봐?"

나는 야단을 맞으면서 참으로 마음이 쓰라렸다. 어쩌다 먹어보고픈 마음에 조금 얻어먹은걸 가지고 내가 남의 밥사발을 통째로 가로채어 먹어버린 파렴치한처럼 매도하다니 어머니도 너무 한다 싶었다. 그래, 내가 직접 나리뿌리를 캐어다가 실컷 먹는 거야.

내가 학교에 가지 않겠다고 할 때마다 어머니는, 그래? 학생이 학교엘 가지 않겠다고? 담쟁이 잎 뜯어다 돼지 밥 주는 그런 일 하려고 학교가기 싫단 말이지? 이번에도 어머니가 그렇게 말하면 나는 이렇게 대답할거야. 난 나리뿌리 캐러 갈거우다.

생각만 해도 내 마음에는 신바람이 씽씽 불었다.

악마의 속삭임

나는 오늘만 벌쓰고 내일부터 학교에 다니지 않을 것이다.

아이들이 팔이 아파 벌레 씹은 얼굴을 하고 베베 몸을 비트는게 너무나 우스웠다. 나는 악마처럼 혼잣말로 속삭였다.

"너희들도 좀 학교 말고 다른 생각을 해봐라."

드디어 선생님이 우리들에게 편하게 앉으라고 했다. 즐거운 국어시간. 아마 산수시간이라도 즐거웠을 거고 자연시간이라도 내 즐거움은 넉넉했을 것이다. 사실 나는 이미 다 외워버린 국어책을 공부한다는 게 별로 즐겁지 않았다. 다만 내일부터 학교에 오지 않고 나리뿌리 캐러 간다는 생각에 즐겁기 그지없었던 것이다.

선생님이 나를 불렀다. 명랑하게 대답하고 벌떡 일어섰다.

"자, 니마가 읽는다. 너희들은 책 봐. 없는 사람은 있는 사람과 같이 본다."

나는 책을 한 번 척 보고나서 정화에게 넘겨주고는 줄줄이 외워 나갔다. 국어책은 마지막 책장에 찍어진 점 한 방울까지 다 외우고 있는 나로서는 그냥 달달 입 달림으로 읊으면 되었다.

"니마 이노옴---"

귤껍데기 선생님이 불호령을 칠 때는 내가 뭔가 잘못했을 때였다. 아차, 실수! 나는 선생님이 읽으라는 단원을 한 참 지나치고도 모자라 국어책의 끄트머리께를 외우고 있었던 것이다. 어김없이 선생님의 회초리가 내 머리통을 갈겼다.

"이놈아! 책은 뭐 쁜으로 있는 거냐? 너 니마, 책은 어디 놔두고 지금 천 리 만 리 네 맘대로 달려가는 거냐 응?"

귤껍데기 선생님이 응? 할 때는 각별히 조심할 필요가 있었다. 응? 마다 인정사정 보지 않고 회초리로 갈기기 일쑤였으니 말이다. 그렇게 갈기는 푼수대로라면 매 맞은 자국에 혐이 생기거나 하다못해 회초리 맞은 자리 표시라도 나야 할 건데 선생님이 얼마나 회초리를 기술적으로 내휘둘렀는지 전혀 흔적이 남지 않았다. 때문에 집에 와서 선생님한테 회초리 맞았다고 하소연할 수도 없었다.

선생님은 예술가

귤껍데기 선생님은 예술가였다. 그림을 잘 그리지만 무명화가라고 했다.

"무명화가가 뭐꽈?"

어머니는 이름이 널리 알려지지 않는 화가를 그렇게 부른다고 했다. 나도 기회를 엿봐서 한 번, 무명화가라고 선생님을 불러보겠다고 별렀다.

귤껍데기 선생님은 내가 보기에 예술가다운 데가 약에 쓰려도 없을 만치 영락없는 촌놈에 불과했다. 선생님의 인상은 뺨이 퉁퉁하니 험상궂고 우락부락하고 그에다 조금은 뚱보였으니 말이다.

정 예술가다운 점을 찾으라면 못 찾을 바는 아니었다. 미국 성조기와 우리나라 태극기 소매가 악수하는 그림이 그려진 포대에 담긴 밀가루와 우유가루를 섞어서 수제비를 만들 때 보면 그 솜씨가 날렵하기 이를 데 없었다. 자상한 우리 어머니 솜씨 따위는 저리 가라 할 정도로 손끝이 섬세하고 마음 끝이 고왔다. 물론 수제비 맛이 기차게 좋아 먹는 게 그리 달갑잖은 나도 더 먹었으면 하고 침을 삼켰다.

하지만 귤껍데기 선생님과 나 사이는 날이 갈수록 험악해지기만 했다. 그렇게 사이가 멀어지는 책임은 나에게 있었다기보다 선생님에게 더 많이 있었다. 책을 보지 않고 읽는다고 혼내고 쓸잘 데 없는 공상이나 한다고 종주먹 들이대고......

양귀비와 술의 싸움

그러나 앞으로는 아무래도 괜찮다. 나는 더 이상 학교란 데를 다니지 않을 테니까. 그리고 집에는 밤에만 들어갈 참이었다. 나도 정화처럼 열심히 헤엄치는 걸 배워서 잠수(제주해녀)도 되고, 나리뿌리 캐어서 먹고, 아 이젠 되었다. 나는 혼자 살아가기로 결심했다.

내가 낮에는 혼자 살고 집에는 밤에만 들어가기로 결심한 동기는 수 만 가지나 되지만 가장 큰 이유는 작은고모 때문이었다.

작은고모는 우리 집에 와 사는 걸 갇혀 산다고 푸념했다.

아버지는 어떻게 해서라도 작은고모의 아편을 끊으려고 온갖 노력을 다 기울였다.

작은고모가 우리 집에 오고 며칠 동안은 거품을 물고 나자빠지고 온몸을 사시나무 떨 듯 떨어댔다. 그게 아편중독자가 아편을 끊을 때 나타나는 금단현상이라고 했다. 아편을 하루아침에 끊으면 죽는다고 했다. 그럼으로 아편을 대신할 다른 무엇이 있어야 한다는 것이었다. 그게 바로 술이라고 했다.

작은고모는 그저 술을 마시고 아편을 잊어버리는 사람이 아니었다. 술은 즐겁게 마시는 거란다. 그래서 아버지는 작은고모가 술을 즐겁게 마시도록 해주어야만 했다. 술 잘 마시고 소리 잘 하고 춤 잘 추는 마을사람들이 부조하는 셈치고 매일 밤 우리 집에 와 고모와 함께 술을 마시고 춤을 추고 노래를 불러주었.

나는 시끄러워 더는 못살 것 같았다. 그에다 금단현상이 차츰 사라지면서 그에 비례하여 작은고모의 잔소리가 점점 더 심해졌다. 전에처럼 어머니한테는 아들을 낳지 못한다고 구박하고 우리들에게는 쓰잘 데 없는 '비바리'(계집아이)들이라면서 마루도 잘 못 닦는다, 공부도 건성으로 한다, 시시콜콜 트집을 잡았다.

대한민국의 '국민학생'(초등학생)

내가 밥을 잘 안 먹는 것은 작은고모의 잔소리 감의 단골 차림표였다.

"저년이 밥을 저렇게 안 먹으니 말라비틀어진 수수깡처럼 저렇게 비쩍 마르지. 자네는 새끼 년 밥도 제대로 먹이지 못하고 도대체 뭘 하는 여편넨가?"

나에게 야단친 뒤끝은 꼭 어머니한테 떨어졌다. 때문에 나는 어머니를 똑바로 볼 면목이 없었다.

나는 작은고모도 싫고 귤껍데기 선생님도 싫었다. 그래서 학교에 다니지 않을 것이며 집에는 밤에만 들어갈 것이다. 나는 즐겁게 살 것이다. 나 혼자서 말이다.

쉬는 시간에 선생님이 남학생 둘을 데리고 나갔다. 수업시작 종이 울리자 남학생들은 토끼를 한 마리씩 안고 선생님은 사과궤짝으로 만든 토끼장을 들고 들어왔다. 아이들이 질러대는 탄성이 뼈대만 있는 교실을 뽀얀 먼지 속으로 한껏 들어 올렸다가 내려놨다.

"너희들 교실 생긴 기념으로 선생님이 토끼 두 마리를 선물한다. 이제 너희들 부러울 게 없는 대한민국의 국민학생(초등학생)이지?"

우리들은 예! 하고 대답했다.

선생님은 우리들이 두 사람씩 짝을 지어 매일 돌아가면서 토끼 당번을 하라는 것이었다.

토끼는 물기 있는 풀을 주면 설사를 하고 잘 자라지 못함으로 미리 풀을 베어다가 물기를 걷은 다음에 주어야 하며 토끼장은 집에 가기 전에 반드시 청소해 줘야한다고 단단히 주의사항을 일러줬다.

"그러면- 에, 오늘 당번은 그럼 누가 할까... 니마와 철우다."

나는 속으로 만세다 만세 야호! 하고 환호성을 질렀지만 겉으로는 마지못한 척 예-하고 맥 빠지게 대답했다.

맨 먼저 토끼 당번이 되다니! 하루만 다닐 학교생활치고는 거 꽤 괜찮았다.

토끼들

나는 그날 난생처음으로 토끼를 봤다. 눈처럼 하얀 털, 빨간 눈, 긴 귀, 짧은 꼬리가 모두 신기했다. 토끼는 참으로 귀여웠다. 내 상상 속의 토끼보다도 훨씬 귀엽고 예뻤다.

내 상상 속에서는 달나라에 살면서 보름달이 될 때마다 떡방아를 찧느라 힘든 노동에 시달리는 두 마리 토끼도 있었고 용궁에서 병든 용왕을 사기 치는 토끼도 있었고 거북이와 경주하는 경솔하기 짝 없는 까불이 토끼도 한 마리 있었다.

선생님이 우리에게 선물한 토끼 두 마리는 그 모든 토끼를 제치고 어느새 내 마음속에 쏘옥 들앉았다.

나는 맨 처음으로 토끼당번이 된 게 기분 좋았다. 그 때는 폼 난다는 말을 '뽄 난다' 라고 했다.

폼과 '뽄'

그러나 내 짝꿍인 철우는 내 마음에 들지 않았다. 철우는 맨 날 학용품을 가지고 거들먹거렸다. 걔네 아버지가 서울에 있는 무슨 제련소인가 제철소에 다닌다고 했다. 걔는 우리가 듣도 보도 못한 지우개 달린 연필이며 표지에 예쁜 그림이 그려진 공책을 가지고 있었다. 자기 공책이나 연필을 조금만 만져도 무슨 못할 짓이라도 한 것처럼 사람을 닦아세우곤 했다.

"야 너 철우 짜식아! 나도 그런 거 이제 가질 거다."

하도 속상해서 하루는 허풍 겸 엄포를 놨다. 걔는 내 허풍 따위에는 끄떡도 하지 않았을 뿐 아니라 도리어 되받아 치는 것이었다.

"얌마 너 후라이 치지 마. 이건 서울밖에 없어."

나도 지지 않았다.

"울 아방이 샹깡 가서 사다 준댄 했져 왜?"

이쯤 되면 철우도 더는 우기지 못했다. 아버지가 태풍에 밀려 바다 길을 잃어버리고 홍콩까지 떠밀려가 헤매 다녔던 전력을 우리 마을에서 모르는 사람은 아이어른 할 것 없이 단 한 사람도 없었기 때문이다.

그래도 철우는 끝까지 내 약을 올렸다.

"언제, 언제?"

약이 바짝 오른 나는 대뜸 대들었다.

"알아서 뭐 할래? 금방이다."

그런 다툼이 있은 후로 철우는 기회를 엿보다가 나를 약 올리기를 게을리 하지 않았다.

"야 니마, 어느 거냐, 니네 아방이 샹깡 가서 사온 학용품?"

저 비열하기 짝이 없는 철우. 저 악질 늄 기를 언제가는 톡톡이 꺾어 버릴 테다. 그 날이 언제나 올까 나는 기다리고 기다렸다. 그 동안에도 철우는 입만 벙긋하면, 자기 아버지가 서울에서 기차도 만들었고 뭐도 만들었고 어쩌고저쩌고 하며 내속을 썩게 했다. 걔 말대로라면 걔네 아버지는 하느님이거나 도깨비였다. 뭐든지 쇠붙이로 된 것은 나와라 뚝딱! 하고 방망이를 휘둘러 만들어내니 말이다.

기차는 길다

나는 기차를 본 적이 없었다. 아니 우리들 중에 누구도 기차를 본 아이가 없었다. 철우도 걔네 아버지가 산다는 서울에 간적이 없어 기차를 보지 못했다. 그랬으면서도 철우는 기차를 본 것처럼 말하곤 했다.

아버지는 역마살 덕분에 안 가본 데가 드물었다. 물론 기차를 타보기도 했다. 이탈리아에는 높은 언덕을 기어 올라가는 '후니쿨리 후니쿨라'라는 기차도 있다고 했다.

어머니의 고향이 서울이고 나만큼 어렸을 때는 거기서 살았음으로 기차도 타고 전차도 타봤다고 했다.

내가 알고 있는 기차는 커다란 지네와 비슷했다. 기차는 어마어마하게 길고 커서 출발할 때 육중한 몸을 움직이는 게 무척 힘들다고 했다. 그래서 꽤액- 돼지 멱따는 소리보다도 더 요란한 소리를 지르며 출발하고 한 번 움직였다 하면 천둥치고 벼락이 내리 꽂는 기세로 달리면서 천지를 뒤흔든다는 괴물이었다.

나는 기차가 지네와 비슷할 뿐 아니라 도마뱀과 닮았다고도 생각했다. 기차는 마치 도마뱀 꼬리가 잘려나가듯 한 토막이든 두 토막이든 잘라내 버리고도 달린다니 말이다.

아버지와 어머니를 통해 내 나름대로 기차에 대한 상식을 다소 얼마만치는 갖췄다. 덕분에 철우가 허풍을 어느 정도의 강도로 치고 있는지 조금은 짐작이 갔다.

"야! 이 허풍쟁이야, 너 지금 기차를 말하고 있는 거니 아니면 줄줄이 줄지어 가는 바래기를 말하는 거니?"

내 반격이 제대로 들어가 먹힌 적은 없었다. 철우도 기차에 대해 많이 알고 있는 것 같았다.

"내가 말하는 건 기차다 이. 기차는 마음먹은 대로 몇 토막이라도 끊었다가 다시 붙이고 또 기관차가 꼬리에 가서 붙으면 꼬리가 앞이 되고 앞에 가서 기관차가 붙으면 앞은 앞이 된다 이.”

철우는 허풍이 아닌 사실만을 말한다면서 씨알도 안 먹히는 소릴 해대었다. 나는 즉각 반박했다.

"뭐엔 고람나(말하니)? 그럼 그게 기차냐 지렁이지. 몸의 앞뒤가 없는 게 지렁인 거는 너 알고나 있이냐? 넌 무식해서 잘 모를 거다 아마."

아이들은 내 반격에 박수를 짝짝 쳤다. 니마는 저런걸 어떻게 알았을까? 니마 어멍이 공부 많이 했다더라. 어멍이 가르쳐 줬을 거다 아마. 아이들은 조잘대었다.

철우가 그냥 물러설 아이가 아니었다. 걔는 악질이었다.

"기차는 말[馬]이다 쇠로 된 말."

나도 절대 안 졌다.

"그건 말[言語]도 안 된다!"

그렇게 다툰 날 집에 와서 아버지에게 그 말을 했더니, 생긴 건 전혀 말과 다르지만 기차를 철마(鐵馬)라고도 부른다는 것이었다.

나는 그 때 분통이 터져 죽을 것만 같았다. 내가 그토록 무식하다니. 그런 사실을 까맣게 모르고 철우에게 한 방 먹이려 했으니 먹힐 리가 있나!

징조

아버지는 나를 위로하려고 무식이 죄가 아니라고 했다. 자신이 무식함을 깨달았으니 유식해지러 노력하면 그 뿐이라고 했다. 아버지 말에 전적으로 동감하지만 나는 무식한 것도 죄가 될 수 있다는 생각을 가끔씩 했다. 왜냐하면 무식한 사람과 이야기를 하려면 답답했다. 남을 답답하게 하는 것은 죄가 아닌가?

철우 때문에 그리고 그 애가 가진 별난 학용품 때문에 배알이 뒤틀렸던 내가 걔와 함께 토끼 당번을 할 생각을 하니 그만 좋다말았다. 나는 쉬는 시간에 잽싸게 학교 뒤 풀밭을 뒤져 클로버 한줌을 뜯어 토끼장 위에 넣놨다.

새로 생긴 토끼 때문에 내일부터 학교에 다니지 말자던 내 결심은 몹시 흔들리고 있었다. 어떻게 할까? 그냥 학교에 다닐까 말까?

공부시간이 전부 끝나고 아이들은 먼저 토끼장에서 토끼를 꺼내려고 달려들었다. 나는 잽싸게 토끼장을 가로막았다. 야, 오늘 토끼당번 나라는 거 몰라? 내가 꺼낼 거야. 아이들은 내말에 꼼짝 못하고 순순히 내가 하는 대로 두었다. 천천히 한 마리씩 꺼내어 아이들에게 넘겨주었다.

발단

그 때 우리 짱돌이가 우리 교실을 기웃거렸다. 누가 니마네 똥개 짱돌이가 왔다고 소리쳤다. 우리 교실을 기웃거리며 어슬렁대고 있는 짱돌이를 아이들 몇이 달려가 목 띠를 잡고 끌어들였다. 아이들은 토끼와 짱돌이를 같이 두고 교실이 떠나가라 소리를 질러대었다. 마침 소리 없이 오는 듯 마는 듯 내리는 장마비에 짱돌이는 흠뻑 젖어있었다. 짱돌이가 아이들 아우성에 어리둥절하여 갈팡질팡 교실을 돌아다녔다.

나는 좀 '피창' 했다. 짱돌이는 크기가 금방 낳은 부룩송아지만 했다. 짱돌이와 내가 같이 있으면 비쩍 마른 나와 털로 온통 뒤덮인 개가 사뭇 대조적이었다. 슬이와 짱돌이는 비슷해서 보기에 좋았다. 둘 다 복슬복슬하고 또 표정조차 무뚝뚝한 게 닮은 데도 많았다. 그러나 나와 짱돌이는 아니었다. 그런데 짱돌이가 왜 나를 찾아 학교에 왔을까? 나는 짱돌이가 내 뒤를 따라 나서면 언제나 쌀쌀맞게 굴었음으로 나를 따르지 않았는데, 별꼴이야 정말 왜 온 거지?

 내가 짱돌이를 싫어한 건 아니었다. 물론 짱돌이도 나를 싫어하지 않았다. 다만 슬이와 짱돌이처럼 밤낮없이 붙어 다니지 않았고 더구나 나와 짱돌이는 함께 다니지 않았다는 말이다.

 아이들은 토끼 두 마리와 짱돌이를 함께 몰고 다니면서 교실을 난장판으로 만들었다.

 나는 아이들한테 그만 하고 집에 가라고 소리쳤다. 내 소리는 아이들 떠드는 소리에 묻혀버렸다.

 내 고함소리를 알아들은 건 짱돌이었다. 나를 확인한 짱돌이는 갑자기 몸을 부르르, 또 한 번 부르르 떨었다. 교실에는 짱돌이가 턴 물방울이 날아다녔다. 아이들은 비명을 지르며 짱돌이를 피해 한쪽으로 몰렸다. 그렇잖아도 잔잔하게 내리는 봄장마 비에 천정이 부실한 우리교실로 빗방울이 하나 둘 떨어지고 있던 참이었다.

 짱돌이가 퍼뜨린 물방울 포탄을 맞은 사내아이들 몇 명이, 똥개 새끼를 죽인다면서 와락 달려들었다. 그 사이 짱돌이는 막 내 옆에 와 있었다.

 아이들이 덮치자 잠시 버둥대던 짱돌이가 컹! 하고 크게 짖었다. 조금 허풍을 쳐 말하자면 허술하기 짝 없는 우리교실이 들썩할 만치 엄청나게 큰 소리였다. 아이들이 제풀에 나가 자빠졌다.

 그 때 귤껍데기 선생님이 손에 뭔가를 들고 들어왔다.

사건

"어어? 니마 이노옴----"

짱돌이가 우리 집 똥개라는 건 귤껍데기 선생님도 다 아는 사실이었다. 짱돌이만 보고 내가 학교에, 더구나 교실에 개를 데려왔다고 생각한 선생님은 먼저 나에게 불호령부터 치고 봤다.

나뿐 아니라 우리들 모두 선생님의 불호령에 넋을 잃고 짱돌이와 토끼 두 마리를 교실 구석으로 함께 몰았다.

아이들은 계속 짱돌이와 토끼 두 마리를 교실 구석으로 몰면서 짱돌이를 구박했다.

야! 똥개 새꺄, 다시 우리한테 물방울 벼락 안겼다가는 개피쟁이(개백정)한테 너 걸려다가 개장국 끓여먹으랜 헐거난 알앙 얌전히 있이라 이.

구석에 몰린 두 마리 토끼와 짱돌이와 우리들은 선생님 눈치만 살폈다. 그 때 토끼 두 마리가 폴짝폴짝 뛰어 우리들 다리 사이를 비집고 나가려고 했다.

우리들은 더욱 울타리를 쌓듯 토끼 두 마리와 짱돌이를 옥죄어 들었다. 토끼 두 마리는 짱돌이 콧잔등으로 폴짝폴짝 뛰었다. 짱돌이가 으르렁대었다. 토끼 두 마리는 더 빨리 폴짝폴짝 뛰었다. 잠깐 사이 두 마리 토끼는 우리가 에워싼 울타리를 뚫고 이리 뛰고 저리 뛰었다. 우리들은 우루루 흩어져서 토끼를 잡으려 토끼처럼 뛰어 다녔다.

아이들이 외쳤다. 잡아라! 어서 잡아라!

짱돌이는 아버지를 따라 사냥도 다니는 사냥개이기도 했다. 우리들은 짱돌이의 사냥솜씨가 우리 마을 개 중에 최고라는 사실을 까맣게 잊고 잡아라! 잡아라! 무턱대고 소리를 쳐댔다.

그런데, 그런데 말이다. 마른하늘에서 날벼락이 떨어져도 유분수지, 이거야말로 하늘이 무너져 내린 대사건이지 뭔가! 굼벵이보다도 더 느려터진 짱돌이가 번개보다도 더 재빠르게, 잡아라! 고함소리에 맞추어 매가 사냥감을 덮치려고 날듯이 순식간에 토끼 두 마리를 덮쳐잡고야 말았다. 그것도 급소를 물어 단 번에 토끼 두 마리의 숨통을 끊어놓고 자랑스러운 듯 앞발로 지그시 누르고 나를 보고 와보란 듯이 가볍게 으르렁 거렸다.

그 사태 후

우리들은 새파랗게 질리고 말았다. 아이들 뿐 아니라 귤껍데기 선생님도 어찌할 바를 몰라 멍하니 짱돌이 앞발에 짓눌린 토끼만 보고 있었다.
"어, 토끼가 죽었다!"
철우가 나직이 중얼거렸다. 아이들이 기절했다가 깨어나듯이 서로의 얼굴을 번갈아 바라보았다. 그건 신호였다. 아이들 얼굴이 점점 험악해져 갔다. 아이들의 독기어린 눈동자가 나와 짱돌이를 번갈아 보는 것이었다.
나는 직감했다. 쟤네들이 짱돌이를 죽일 것이다. 안 돼! 짱돌이는 우리 식구다. 달려가 짱돌이를 끌어안았다.
짱돌이를 내가 끌어안자마자 아이들이 일제히 우리들을 덮쳤다. 말 그대로 개 패듯, 더덕 패듯 우리들을 패는 것이었다.
나는 한사코 짱돌이를 껴안았다. 짱돌이는 사냥개일 뿐 사나운 개는 결코 아니었다. 얻어터지면서 자신이 뭔가 잘못했음을 낌새챘는지도 모른다.
나는 짱돌이 등덜미에 얼굴을 묻고 짱돌이는 내 가슴에 얼굴을 숨긴 체 가쁘게 숨을 몰아쉬며 그 매타작을 견디고 있었다. 얼마동안 맞으면서 아픔을 느꼈고 그리고 얼마 후부터 나는 어떻게 되었는지 아무것도 생각할 수가 없었다.
나는 교실 맨흙바닥에 널브러져 누워 있었다. 짱돌이는 보이지 않았다. 조금 있으려니 정화가 다가와 내 이마에 손을 얹고 어머니처럼 걱정스런 얼굴로 나를 내려다 봤다.

　내가 기절했었던 모양이다. 기절하는 동안은 아무리 의식이 총명한 사람도 생각하는 능력은 잠시 어디론가 피신해 있기 마련이다. 그럼으로 내가 기절한 동안 일어난 일이나 나의 사고는 내 의식에 들어올 수 없었던 것이다.

　정화 말에 의하면 사내아이들이 학교 뒤 성벽 양지쯤으로 비를 맞으며 죽은 토끼를 묻어주러 갔다고 했다. 그 말을 듣자마자 나는 토하기 시작했다.

　구토는 좀체 멎지 않았다. 쓰디쓴 쓸개 물까지 다 게워 내고나서야 좀 괜찮았다. 그러나 생각은 계속 머스 거려 위를 뒤집어 놓을 기세였다.

　토하는 나를 보면서 정화가 울음을 터뜨렸다. 토하는 사람은 난데 정화는 왜 울었을까? 내가 안쓰러웠을까? 역시 정화는 착한 아이였다.

　내가 막 토하고 난 끝에 귤껍데기 선생님이 들어왔다. 짱돌이를 학교 밖으로 내쫓고 오는 길이라고 했다. 선생님은 나를 일으키더니 번쩍 안아 학교 창고로 갔다. 정화는 따라오면서 계속 울었다. 선생님이 정화를 달랬다.

　"정화야 그만 울라. 니마 괜찮다."

학교 창고

　학교 창고는 우리 마을에 처음으로 초등학교 건물을 지을 때 가장 먼저 지어진 집이라고 했다. 그 창고는 우리학교를 짓는 모든 기자재와 학교 물건들을 보관했다. 한편으로는 양호실도 되고 숙직실도 되고 급식소도 되는 다목적 건물인데 건물자체는 부실하기 짝이 없었다.

　그 창고의 여러 가지 역할 중에서 가장 학생들에게 사랑을 받던 것은 급식소의 역할이었다. 창고의 외진 구석 한쪽에 큰 가마솥이 두 개나 앉혀 있었다. 거기서 가끔씩 선생님들이 수제비를 떠서 우리들에게 나눠주곤 했다.

　우리학교에는 선생님이 여섯 분 있었다. 그 분들 중에 수제비를 담당한 선생님은 귤껍데기 선생님이었다. 내가 일학년을 마치기 전에 여자선생님이 한 분 부임했는데도 수제비 담당은 여전히 귤껍데기 선생님 몫이었.

　우리는 학교에서 수제비 먹는 날을 미리 알 수 있었다. 귤껍데기 선생님이, 너희들 내일 학교 올 때 사발 하나 숟가락 하나 가지고 오라. 하면 이튿날은 틀림없이 수제비를 먹게 된다는 걸 알고도 남았다.

수제비와 양은사발

　아이들의 수제비를 배급받아 먹을 사발은 아예 양푼이었다. 그래야 그릇에 맞추어 수제비를 많이 먹을 테니까.

　그러나 우리학교 학생 모두 다 양푼이 집에 있는 것은 아니었다. 어떤 아이들은 자기 집에 있는 그릇 중에서 가장 큰 통대접을 들고 오기도 하고 어떤 아이는 사기대접을 가져오다가 떨어뜨려 박살을 내고는 길바닥에 앉아 목 놓아 울기도 했다. 그릇이 없는 아이에게는 맨 나중에 먼저 먹은 아이 그릇을 빌어 수제비를 주기 때문이었다. 얼마 안 가 수제비 타먹는 그릇이 양은그릇으로 어느 정도 통일이 되었다.

　수제비를 뜨는 날 우리학교는 온통 양은그릇에 숟가락 두드리는 경쾌한 소리로 안절부절 못했다. 아이들은 아침에 학교에 막 도착하고부터 수제비를 기다려 목을 길게 빼고 침을 꼴깍꼴깍 삼키다가 급기야는 그릇장단을 치는 것이었다.

　육학년 여학생들은 귤껍데기 선생님이 반죽을 하면 걸상을 타고 올라가 물이 펄펄 끓어 넘쳐 춤추는 가마솥에다 수제비를 떠놓고 남학생들은 불 지피는 일과 우물에서 물 길어 오는 걸 맡아했다. 가장 먼저 일학년이 먹고 육학년이 맨 뒤에 선생님들이랑 함께 먹었다.

처음으로 수제비 급식이 있던 날은 창고 앞에 줄을 서서 한 사람씩 선생님이 떠주는 걸 받고 주변 풀밭에 앉아 먹었다. 그런데 그 방법은 많은 위험 부담이 따랐다. 그릇이 열전도가 빠른 양은 대접이나 양푼이다 보니 손이 뜨거워 엎지르는 학생이 많았다. 그래서 일정한 구역에 학생들을 앉혀놓고 선생님이 커다란 양동이에 퍼 담아 들고 다니면서 떠주는 것이었다. 그러고 나서부터는 그날 재수 옴 붙은 학생이 아니면 수제비 엎질러 난리치는 일이 없어졌다.

나는 수제비 타먹는 날이면 우리 집에 있는 양은대접 가운데 가장 아름답게 반짝거리는 것을 골라 가지고 가 자랑하곤 했다. 나에게는 그릇의 크기는 문제가 되지 않았다. 그저 예쁘고 노랗게 빛나는 것이면 흡족했다.

우리 집에는 노란 양은그릇이 참으로 많았다. 그 양은그릇은 대부분 제사나 명절 때만 사용하는 제기(祭器)였다. 보통 밥 먹을 때 쓰는 그릇은 다 사기그릇이었다. 일제강점기 말기 일본제국은 대동아전쟁을 치르면서 우리나라에서 쇠붙이란 쇠붙이는 다 공출 해서 무기를 만들었다고 한다. 심지어는 학교의 종마저 강제로 가져갔다한다. 사기사발은 그 때 놋그릇을 싹 쓸어가면서 대용으로 준 것이라고 했다.

일본제국주의자들도 맨손에 밥 떠놓고 먹지 못한다는 건 알았던 모양이다. 그렇게 나누어준 그릇 굽에는 하나같이 숫자가 새겨져 있었다.

아버지의 구매무역

해방이 되자 성산 일출봉 앞바다는 밀수선의 기지나 다름없었다고 한다. 제주에서 생산되는 소라며 전복이며 미역 등을 실은 배들이 일본과 홍콩 등지로 가서 일상생활용품과 맞바꿔 실어 날랐던 것이다. 아버지도 몇 번 아버지 고기잡이배 두 척에 미역과 마른전복을 가득 싣고 일본을 드나들었다는 소문이 있었다.

아버지는 좀 괴짜였다. 밀수선을 띄운 김에 한 번은 순전히 양은그릇을 한 배 싣고 왔단다. 아차, 실수하면 이가 빠지고 깨어지기 일쑤인 사기그릇보다 양은 그릇이 든든하기로 치면 맞수가 되지 않을 만치 견고했던 것이다.

제주사람들은 예로부터 조상들 제사모시기를 온 정성을 다하는 습관이 있었다. 조상께 올리는 제사상에 이 빠진 그릇이 어디 당하기나 하겠는가! 너도나도 양은그릇으로 제기(祭器)를 대체했다한다.

어떻든 수요가 그토록 폭발적이었다면 한 배 가득 양은그릇을 밀수한 아버지는 돈을 좀 벌었어야 했다. 말을 들어보면 그게 아니었다. 아버지는 양은그릇 밀수선을 띄우기 전에 미리 마을사람들에게 미역이나 마른 전복을 양은그릇이 필요한 만치 실으면 구상무역을 해다 주마. 라고 제안했다한다.

너도나도 사기그릇에 주니네던 마을사람들이 필요한 수량과 미역과 마른전복을 적당량 아버지에게 주었고 아버지는 그 대가만큼의 양은그릇을 팔아다 준 게 전부라고 했다.

아버지도 챙긴 게 있었다. 배 가득 싣고 간 미역과 마른전복만큼 양은그릇을 산다고 하니까 양은공장 사장까지 직접 나와 절을 하더란다. 그 뿐 아니라 마을사람들 몫을 다 구입하고 나니 아버지에게는 돈 안 받을 테니 필요한 만큼 가져가라고 했다한다. 그렇게 해서 우리가 쓸 만치 그릇을 확보한 위에 마을사람들이 제몫을 가져가면서 아버지에게 고맙다고 대접도 하나 주고 주발도 하나 주고... 한 것을 받아서 결국은 우리 마을에서 아마 우리 집이 가장 양은그릇이 많은 집이 되었던 것 같다.

그 양은그릇은 그 후에 마을에 주둔한 순경들이 한 살림 가져가고 굴껍데기 선생님이 수제비 급식을 할 때 선생님들에게 떠놓을 그릇이 없다면서 또 몇 갠가를 챙겨갔다.

학교에서 수제비 급식이 시작되면서 아버지가 어수룩하게 밀수입해 와서 집집마다 제사 때나 귀하게 쓰던 양은그릇이 제 세상을 만났던 것이다.

어머니는 우리학교 학생 중에 누군가 우리 집 어귀인 먼 올레에 와서 기웃기웃 집을 기웃거리면 그 아이가 놀러온 건지 양은그릇을 얻으러 온 건지 대번에 척 알아맞혔다.

아이를 찬방에 불러들인 어머니는 양은그릇을 크기별로 죽 늘어놓고 고르라고 했다. 아이들은 열이면 열 다 그 중에서 제일 큰 것을 집어 들었다. 굴껍데기 선생님은 그릇이 크건 작건 그 그릇이 찰찰 넘치게 수제비를 떠주었던 것이다.

어머니가 아이 머리를 쓰다듬으며 이제 그건 네 그릇이다. 라고 말하는 순간 그 아이는 너무 좋아 고맙다는 말도 잊은 체 뛰어나갔다. 그리고는 우리 집 동산 등성이에서 사금파리나 소라껍질 깨진 걸 주워 그릇 굽에다 자기 이름을 큼지막하게 새겼다.

다시 말하지만 내 양은그릇은 가장 예쁘고 앙증맞았다.

나의 예쁜 양제기

굴껍데기 선생님은 수제비국물 단 한 방울도 남겨서 버리지 못하게 했다. 만일 그랬다가는 다시는 그 학생에게는 수제비를 주지 않겠다고 했다.

사실 수제비를 남기는 학생은 나 말고는 없었다. 내가 남긴 건 아이들이 다투어 먹어치웠다. 그랬음으로 아이들은 내가 예쁜 것에만 초점을 맞추어 종지나 다름없는 양제기인 작은 그릇을 가져오는 걸 못마땅해 했다.

"야, 너 안 먹으면 우리가 먹어줄 거 아냐. 담부턴 좀 큰 거 가져오라 게."

상급학년 남학생들이 내 그릇을 가지고 시비를 걸기까지 했다. 건이는 다음에도 쬐고만 그릇 들고 와서 약 올리면 콱, 박아버린다고 엄포를 놓곤 했다. 그래도 나는 한사코 예쁘면서 작아 귀엽기 그지없는 양은그릇을 가지고 가길 마다하지 않았다.

"저 니마는 조배기(수제비) 맛도 모르고…가엾다 이."

괜히 남을 걱정하는 아이들도 있었다. 왜 내가 맛을 몰라? 그저 조금 먹을 뿐이지.

아참, 수제비를 제주도 사람들은 '조배기'라고 한다.

탈출

굴껍데기 선생님은 우리학교의 유일한 양호시설인 검푸른 국방색 간이침대에다 나를 뉘고는 물수건으로 얼굴이며 손이며 닦아주었다.

아이들 발길질에 되게 얻어터진 내 얼굴은 부어오르고 멍이 들어 말이 아니었던 모양이다.

정화와 선생님은 내가 많이 아플거라고 걱정했지만 나는 아프지 않았다. 나는 오직 토끼 걱정밖에 없었다. 어떻게 해야 할까 몰랐다. 내 계획대로 학교에 다니지 않으면 그만이라고 배짱을 부리기엔 내 양심이 그러하도록 허락하지 않았다. 아이들이 토끼를 얼마나 좋아했던가!

선생님은 비가 멎으면 집에 가라고 했다. 열이 많이 나서 비 맞으면 안 될 것 같다고 혼잣말처럼 중얼거렸다.

어디론가 선생님이 가자마자 나는 간이침대에서 벌떡 일어났다.

"정화야 책보 가져오라 집에 가게."

정화는 손을 가로 저었다.

"안 된다 게. 비가 왐시네(오고 있잖니)."

나는 정화 말에 개의치 않고, 돼! 라고 대답하고는 창고를 박차고 뺑소니쳤다. 그까짓 책보는 내 안중에 없었다. 나는 학교에서 한시바삐 벗어나고 싶었.

짱돌이가 토끼를 물어 죽인 게 나에게는 엄청나게 충격적인 사건이었다.

봄장마 비는 지루한 줄도 모르고 너슨너슨 소리 없이 잘도 내렸다. 마을사람들이 끝물로 캐어낸 미역을 비 날씨 때문에 도저히 건조시키기 못하겠다면서 내다버리고 있었다.

작은고모의 술 노래

그 무렵 우리 집은 예전 같지 않았다.

작은고모가 양귀비에 홀딱 홀려 정신을 가누지 못한 채 우리 집에 온 뒷날부터 아버지는 밤이면 밤마다 니나노 판을 벌였다. 이웃마을 술도가에서 열 되들이 '술춘'을 몇 개씩 한꺼번에 사서 실어 날랐다. 한 번 달라붙었다하면 결코 떨어지려 하지 않은 양귀비를 떼어내는 데는 술이 제일이라고 했다.

벌써 며칠 째 아편을 하지 못한 작은고모는 귀신같았다. 눈자위가 시꺼멓게 멍들고 입술은 바작바작 타들어갔다. 그래도 작은고모의 기개는 그대로였다. 방바닥을 탕탕 두드리며 고래고래 소리를 질러대었다.

"동생아, 내 설룬(가엾은)동생아! 이 누일 말려 죽일 작정이냐? 제발, 제발 양귀비 혹금(조금)만 도라(달라). 내 동생아, 동생아······"

아버지는 작은고모가 '내 동생아'를 울부짖을 때마다 눈물을 흘렸다. 얼른 찬 방에서 술을 예쁜 양은주전자에 따라들고 작은고모한테로 가서 우선 목을 축이라고 달랬다.

매번에 작은고모는 양은주전자를 누가 빼앗아 가기라도 할 듯 움켜잡고는 주전자코를 입에 집어넣어 단숨에 들이켰다.

나는 이 세상에서 가장 술을 잘 마시는 사람이 아버지인줄 알고 있었다. 그러나 작은고모가 와서 술을 마시는 걸 보고 비로소 술을 가장 잘 마시는 사람은 아버지가 아니라 작은고모라는 걸 알게 되었다. 아버지가 술 마시는 양은 작은고모가 마셔대는 양에 비기면 '새 발의 피'에 불과했다.

작은고모는 술 한 주전자를 단숨에 비우고는 무릎을 꿇고 앉아있는 아버지한테 달려들어 왜 양귀비를 구해다 주지 않느냐면서 쥐어뜯고 물어뜯기를 마구했다.

그저 아버지는 예예, 누님 조금만 참으면 됩니다. 하면서 작은고모가 하는 대로 그냥 두었다.

도무지 작은고모의 지랄발광이 멈출 것 같지 않는대도 술기운이 퍼지면 언제 그랬나싶게 모로 픽 쓰러져 잠들곤 했다.

아버지는 배를 타지 못했다. 우리 집에서 작은고모 수발을 들 사람은 아버지 말고 없었기 때문이다. 어머니는 단 번에 작은고모의 완력에 휘둘려 벽에다 패대기쳐지기 일쑤여서 아버지가 아예 작은고모 방 출입을 못하게 했다.

새벽 포구

승천이 할아버지가 석이아방이랑 아버지를 대신해서 배를 관리하고 고기잡이 일정을 맞추었다.

 나는 바다안개가 자욱하게 밀려온 새벽포구로 우리 배를 보러 종종 나가곤 했다. 작은고모의 울부짖음으로 새벽잠을 일찍이 깨어나면 왠지 집에 있기가 싫었다.

 포구에 나가 바다안개 속으로 들어갈 때마다 내가 어디론가 사라져 버릴 거라는 공포에 휩싸여 움쭉달싹 할 수 없어 숨죽여 앉아있으면 두런두런 말소리가 나고 승천이 할아버지와 석이아방이 안개 속에서 걸어 나왔다.

 그들은 오도카니 앉아있는 나를 보면 언제나 다정하게 머리를 쓰다듬어 주었다. 그러면서 저들끼리 나를 두고 말을 주고받았다. 저 니마가 애늙은이지. 제 고모 때문에 뒤숭숭한 거 보다 제 아버지 배 못 타는 거, 그것이 더 마음 아파서 저 어린 것이 새벽부터 이딜(이곳을) 지켜 앉은 게야. 허 것 참, 이 노릇을 어떻하면 좋을고 이?

 사실 그랬다. 아버지는 바다에서 가장 자유롭다고 했다. 바다에만 가면 막힌 가슴도 탁 트이고 막혔던 일도 실타래 풀리듯 풀려나간다고 했다. 아무리 작은고모 때문에 괴로워도 아버지는 바다에만 갈 수 있다면 얼마든지 그 괴로움을 잊어버릴 수 있을 것이다. 그러나 아버지는 작은고모를 두고 바다에 갈 수 없는 처지였다.

시광(詩狂)

 아버지는 작은고모가 우리 집에 온 뒷날부터 그 소중한 아버지만의 장소인 아버지 비밀이 공공연히 숨어사는 채마밭에도 그만 발길을 뚝 끊고 말았다.

 승천이 할아버지도 아버지 심중을 헤아려 함께 채마밭에서 나누던 비밀을 마다했지만 잠통만은 오히려 예전보다도 더 노골적으로 터놓고 들락거렸다.

　잠통은 작은고모와 심심찮게 말벗도 되어주곤 했다. 술 주전자를 나누어 마시는가 하면 시도 주고받았다.

　나는 처음으로 작은고모도 아버지 못지않은 시광(詩狂)이라는걸 알았다. 잠통에게 시 한수 읊으라고 청해놓고 그가 읊어대는 시 구절에 취해 무릎을 타악-치며, 엇! 어-흠, 좋다 하고 흥을 돋우는가 하면 좋고, 으, 그거 술맛 나는 구나아-. 라고 소리치며 주전자코를 입에 물고 하늘로 치켜들곤 했다.

선행

　아버지는 작은고모와 벗해서 술도 마셔주고 시도 읊어주는 잠통에게 고맙다고 어깨를 두드리길 잊지 않았다.

　어디 먹을 데가 생겼다하면 각시와 아이들을 줄줄이 데리고 들이닥쳐 끝장까지 죽치던 그가, 작은고모가 우리 집에 온 이후로 돼지를 잡는다, 순댓국을 가마솥에 끓인다, 하며 먹을 게 지천으로 널렸어도 식솔을 거느리고 오는 법이 없이 오직 혼자 와 작은고모의 벗이 되어주고 있었던 것이다.

　그는 또 전에 없이 집에 두고 온 식솔 몫이라며 어머니가 챙겨주는 음식을 한사코 마다했다. 어머니는 어쩔 수 없다면서 큰언니한테 고기며 순댓국을 들려 잠통네로 보내곤 했다.

　잠통이 일념으로 작은고모 벗이 되어주는 데 성심을 다했다면 만포아저씨는 부엌의 잔심부름을 도맡아 하고 있었다.

　만포아저씨는 참으로 세심한 사람이었다. 이제 막 돋아나 푸르다기보다는 노란 꽃잎처럼 새순을 키우는 만포아저씨네 늙은 감나무에서 햇 감잎을 매일 아침 따들고 와 어머니에게 건네었다. 어머니는 그 순결한 잎새로 차를 달여 식혀 놨다가 작은고모가 목이 마르다고 소리칠 때마다 아버지 손에 대접을 들여 방으로 보냈다. 아편을 뗀다고 술만 먹이다가는 오장육부가 다 알코올에 쩔어 나빠지기 십상이라며 맹물과 감잎 달인 찻물을 많이많이 작은고모한테 먹이려고 어른들은 필사적이었다. 그 일에 만포아저씨보다 더 일손을 보탠 이도 없을 것이다.

집안 허드렛일은 또 용진이 각시가 간간이 도왔는데 작은고모 온 후로 빨랫감이 많아지면서 갯샘에서 빨래하기도 바빴다. 그런 참이었으니 만포아저씨가 감잎을 따오고 땔감가리에서 장작이며 마른 솔가지며 부엌이며 가마솥 건 마당구석으로 날라다 놓고 말[馬]에게 때맞추어 물 먹이고 돼지 밥을 주고……그의 일손이 부엌주변에서 떠날 줄을 몰랐다.

바다에게 묻기를

외할머니는 미역허채 때에 온 그 걸음으로 줄곧 우리 집에 머물면서 그미를 돌보고 있었다.

큰언니는 언제나처럼 학교생활 하는 시간만 빼고는 어머니의 손을 도왔고 슬이는 짱돌이와 잘 놀았다.

그리고 보면 나만 딱히 할 일도 없고 돌볼 그 누구도 없는 외톨이 신세였다.

진종일 내리는 장마 비를 맞으며 마당에 서서 뭔가 혼자서 중얼거리는 아버지는 왜 또 그처럼 내 눈에는 슬프게 보였을까. 아버지는 이런 때일수록 훨훨 털고 바다로 나가야 할 텐데. 땅의 사람이 아니라 바다의 사람이 뭍에만 오래 있으니 슬픈 것 같았다. 그 날 아침도 아직 덜 깬 잠을 쫓으며 마당에 나가보니 아버지가 장승처럼 서 있었다.

"내 꼭 바다한티 물어볼 거여 이. 무사(왜) 풀잎들 인생살이가 이처럼 고달픈지 내 그걸 알고프다."

아버지는 어느새 바다를 그리워하고 있었던 것이다. 바다에게 모든 것을 묻고 모든 대답을 듣는 아버지. 작은고모가 양귀비에 홀린 이유를 정말로 바다가 답해 줄 수 있을까?

정신이 간 때와 온 때

작은고모는 첫마디에 아버지를 불러서 대답하지 않으면 난리를 쳤다. 아버지가 소피라도 보는 상황에서 어머니가 피치 못하여 대신 대답을 하거나 방문을 열고 들어갔다가는 일이 벌어져도 크게 벌어졌다. 작은고모가 어머니한테 하는 욕은 판에 박아있었다.

남의 집 대를 끊어놓을 망할 년. 오대독자(五代獨子) 집안에 들어왔으면 의당 아들을 낳아 대를 잇든지 못하면 나가야지. 내 착한 동생 붙잡고 늘어지는 오시랄 년 저년!

입에 차마 담지 못할 욕을 퍼부어대던 작은고모도 하루에 몇 번씩은 예전의 호방하고 당당하던 여전사로 돌아오곤 했다. 그러한 작은고모의 현상을 어머니는, 정신이 오락가락하는 거라면서 머잖아 온전한 제정신이 들 거라고 했다.

작은고모가 꼭 아버지만을 찾는 것은 아니었다. '조근년' 아----하고 길고 늘어지게 불렀다면 그 것은 나를 부르는 소리였다.

나는 작은고모가 무섭지는 않았다. 큰언니나 어머니처럼 살금살금 숨어 다니지도 않았다. 다만 작은고모가 턱없이 못 돼먹은 욕을 해댈 때는 내가 부끄러워서 '피창' 했음으로 피하는 것뿐이었다. 그래도 작은고모가 나를 부르면 나는 서슴찮고 작은고모 방에 들어갔다. 작은고모가 아버지 말고 누군가를 부를 때는 정신이 오락가락 하는 중에서 온 때였다. 정신이 온 때는 예전의 작은고모와 똑같았음으로 맞닥뜨려도 괜찮았다.

"작은고모, 난 조근년이 아니고 예–"

내가 '조근년'은 작은 년이 아니고 우리 집 딸의 서열로는 다섯째이며 살아남은 딸만 놓고 셈한다면 둘째 년이라고 말하려 했다.

작은고모가 내 말을 끝까지 하도록 기다려 준적은 단 한 번도 없다. 작은고모는 아편쟁이로 양귀비에 넋이 홀려버린 패인이 다 되었을망정 여걸이었다. 땅에 묻혀 한 줌 흙으로 스러진들 그 기질이야 사라질 리 없잖은가. 내 시덥잖은 항변이 어디 당하기나 한가.

"이년! 쥐방울만한 게 어디다 대고 되어먹지 않은 해설(解說)질이냐?"

작은고모 입에서는 거침없이 호령 한 자락이 마치 포효하듯 걸쭉하니 나와 나를 태질했다.

사자후(獅子吼)

뭐 남자만이 사자후(獅子吼)를 발하는 건 아니다. 또 사전에 써진 그대로 '크게 부르짖어 열변을 토하는 연설을 비유' 해서만 사자후라고도 하지 않는다. '질투심이 강한 여자가 남편에게 암팡스럽게 발악하여 떠듦을 비유' 한 말에도 사자후라고 한다고 했다. 이에 비겨 보건데 작은고모의 나를 향한 호령이야말로 산천초목까지는 아니라고 하더라도 대들보가 들썩이고 상마루가 쩌렁하니 울릴 정도는 되고도 남았으니 일단 사자후라고 봐도 무방할 것이다.

거의 매일이다 시피 작은고모의 사자후에 시달리다 보니 우리들은 눈에 띄게 풀이 죽어 지내기 십상이었다. 할머니도 일손이 바빠진 딸을 두고 차마 가버릴 수 없어 눌러앉았지만 기죽어 지내기는 우리와 똑같았다. 작은 방 아니면 찬방에서 그 청정한 자장가를 접어두고 그저 그미요람이나 조용조용히 흔들고만 있었다. 전에는 한쪽 발로 까닥까닥 요람을 흔들면서 목침을 도마삼아 잎담배를 썰어 담배쌈지를 늘 풍요롭게 채워 넣곤 했었는데 ....애꿎게 빈담배통만 뻑뻑 빨아댔다.

늘 장난기 어린 아버지의 농담으로 즐겁고 행복했던 우리 집은 암울하고 또 살짝 슬픔을 생산하는 공장처럼 누구든지 울 준비가 되었으니 어서 그러자는 듯이 아프게 변해 있었다.

개만도 못한 사람일 때

나는 양호실에서 뺑소니쳐 이슬비를 흠씬 맞으며 포구를 서성이다가 한기가 뼈 속 까지 스며들자 더는 버티지 못하고 집으로 갔다. 아니나 다를까 작은고모는 마루 한 가운데서 술상을 잠통과 마주하고 앉아 대작하며 현실과 환상 사이를 넘나들고 있었고 어머니와 용진이 각시는 저녁술판에 올릴 안주를 장만하느라 부엌에서 분주했다.

아버지는 어디 갔을까?

나는 비에 젖은 책보를 허리춤에서 풀어 보란 듯이 마루에 탕, 소리가 나도록 팽개쳤다. 아무도 거들떠보지 않았다. 막 방으로 들어가려는 찰라에 망할 놈의 짱돌이 녀석이 내 치마꼬리를 물고 아른 체를 했다.

"이 백정 놈의 똥개, 녀석 저리 가!"

토끼를 두 마리나 물어 죽였으니 백정이 아니고 뭐냐! 있는 힘을 다해 뒷발길질로 짱돌이를 걷어 차버렸다. 그 때 마침 아버지가 마당에서 우리를 봤다. 아버지는 어디에 있었을까?

"니마야, 아서라. 말 못하는 짐승을 그리 구박하면 못쓴다."

나는 토라졌다 하면 그 누구하고도 쉽사리 말문을 트지 않았다. 내가 그럴 때마다 아버지는 그런 나의 버릇은 개만도 못한 버릇이라고 야단치곤 했는데 이번에 나를 야단칠 사람은 따로 있었다. 작은고모가 손에 들고 있던 술대접을 와락 마룻바닥에 내동댕이치면서 노발대발했다.

"저 니마, 저 비바리 좀 봐라, 동생은 어찌 자식 교육을 요다지 막되먹게 시켰는가? 어른이 묻는데 감히 대답을 안 해?"

나는 작은고모가 호령을 하거나말거나 짱돌이를 기어이 옆에 오지 못하도록 떼어놓고 우리 방으로 들어가 문을 닫아버렸다.

작은고모가 우리 방문을 열려는 걸 잠통이 말렸다.

"누님, 우리 누님. 진정하구 나와 이태백이나 꼬느게 예. 아니 두보(杜甫)가 좋쿠다. 허허, 허허……"

유언이 웃음에 이를 때

눈이 붙도록 울고 있으려니 어머니가 우리 방에 들어왔다. 나는 어머니도 나를 나무랄 줄 지레 짐작하고 눈을 동그랗게 뜨고 어머니를 올려다봤다.

"우리 니마는 걸핏하면 눈을 똥그랗게 뜨고 보더라. 그래 우리 착한 딸! 학교서 무슨 일 있언? 너 한 번도 짱돌이한테 욕한 적 없잖아."

어머니나 혹은 그 어느 어른이라도 아이를 사람대접하여 점잖게 나오면 나도 그에 걸맞게 조신하니 어른을 대해야 한다는 걸 가정교육 받은 어린이였다. 그래서 나는 학교에서 일어났던 사건을 자세히 어머니한테 울음에 버무려 일러바쳤다.

...경해연(그래서) 예 흐흑, 어멍. 선생님이 벌 줄 때는 낼부터 학교 안가고 청산 굼부리(산의 화산작용으로 봉우리가 움푹 패인 분지)에 나리뿌리 캐러 갈 생각였는 데에, 으음 흐흑, 다 그만두고 죽어버려사쿠다 게. 모두들 나만 가지고 못살게 구난 사는 게 지겨워 마씀. 어멍 흐흑흐 으음, 나 죽어 불걸랑 잘 삽서 예 흑흑. 어멍도 나 없으면 기분 좋아지는 어른일거난 잘 살거랜 생각하쿠다 예. 어엉-엉.

내가 말하다 울다 하면서 어머니를 힐끗 봤더니 나의 비장한 유언을 들으면서도 웃고 있었다.

"아이고, 어멍은 나 죽으캔 허난 경(그렇게) 좋수과?"

나는 흐륵 거리는 흐느낌 한 점 없이 매몰차게 어머니를 몰아 붙였다.

한침이나 눈으로 웃던 이미니가,

"니마가 꼭 죽어야겠다면 그거야 말릴 수 없겠다 이. 경해도(그렇더라도) 애야..."

어머니가 말하다말고 뜸을 들이면 나는 늘 꿀리는 데가 있었다. 꼼짝 못하게 사람을 다스리는 힘이 어머니에게는 있음을 나는 체험으로 터득하여 일찍이 알고 있던 터였다.

...죽겠단 말을 너무 자주, 것도 너무 쉽게 하는구나. 너 덕이 아방 죽는 거 봤지. 죽으니 어떻든? 그 뿐이잖아. 덕이 봐라. 얼마나 어린 것이 슬퍼 보이니? 니마 네가 죽어버리면 우리도 덕이처럼 슬퍼서 제대로 살지 못 할 거다 아마. 우리가 설마 슬프게 사는 걸 바라는 건 아니겠지? 어디 한 번 너의 생각하고 행동하

고 말하는 거, 무슨 뜻이 있나 살펴봐라.

　학교 다니지 않고 나리뿌리 캐어먹으면서 집에서는 잠만 자면서 살아가겠다는 거, 짱돌이가 너희 토끼 두 마리를 물어 죽였으니 죽어버려야 되겠다는 거 말이 안 되지.

　넌 아직 어린이야. 어린이는 혼자서 뭘 결정하거나 혼자서 살아가거나 하기보다는 어른과 의논해야 되는 거야.

　넌 우리 귀여운 딸이고 이 나라로 봤을 때는 대한민국의 똑똑한 어린이다. 학교에 다니면서 많은 걸 배우고 살아가는 게 뭔가를 먼저 깨달아야 한단 말이지 어머니 말은.

　우리가 널 학교에 보내지 못할 정도로 가난하다면 물론 니마 너도 집안일을 도와야지. 나리뿌리 뿐 아니라 칡뿌리도 캐고 무릇도 캐어 와야 돼. 필요하면 저기 한라산에 들어가서 마소 치는 테우리(목동)가 될 수도 있는 거다.

　니마야, 어머니 생각엔 지금 당장 우리가 힘을 모아 해야 할 일은 네가 사느냐 죽느냐 그게 아니고 너희 교실에서 너희들이 키울 토낄 사오는 일이라고 생각되는 데 그렇잖니?

　나는 기어들어가는 소리로 겨우 예 하고 대답했다.

　어머니 훈계는 계속되었다.

　니마야, 이건 어머니 부탁인데 말이다. 지금 우리 집에는 우리끼리만 사는 게 아니고 작은고모님도 병나 와 계시고 할머니도 계시다. 너도 봐서 알거야. 요즘 아버지가 채마밭에 들어가서 술 마시는 거 안 하잖니.

　아버지가 오늘 거기 묻어놓은 술항아리도 치워버렸어. 또 할머니도 빈담뱃대만 빨고 계시지? 모두모두 작은고모님 건강 되찾아드리려고 애쓰고 있는 거야.

　니마하고 수니가 우리 집에서 밤마다 술판 벌이고 춤춘다고 부끄럽게 생각하는 거, 다 알고 있어. 작은고모님 병만 낫는다면 그까짓 거 아버지랑 어머닌 조금도 안 부끄럽다. 너희들도 작은고모님 어서 병 낫게 도와드려야 해. 니마 너, 어멍이 뭔 말 하는 지 알아듣겠지?

어머니가 나의 눈을 들여다봤다. 나는 콧마루가 시큰해지면서 또 눈물이 펑펑 쏟아졌다. 아버지 시 읊는 소리가 우리 방으로 건너와 내 울음소리와 뒤범벅이 되었다.

고결한 사람의 숨결

저 봐, 덕이아방 죽은 후로 시 한편 거들떠보지 않던 아버지도 작은고모님 좋아하시니까 저렇게 또 시 읊고 있잖니.

어머니의 마지막 위로 말로 나는 눈물을 닦았다. 그 때 아버지가 읊고 있는 두보의 시에서는 술 향기 대신에 고결한 사람의 숨결이 향그럽게 우리 집에 퍼졌다.

미쳐 아버지에게 미안하다는 말도 건넬 사이 없이 밤은 왔고 나는 높은 열에 들떠 자리를 펴고 또다시 몸져누울 수밖에 없었다. 마루에서는 뜨덩뜨덩, 장고 말을 재워 가면서 맑고 고운 소리를 얻으려 애쓰는 움직임 사이로 사람들 모여드는 소리가 두런두런 났다.

전에 같았으면 안방에 가서 누웠을 텐데 처음으로 그냥 우리 방에 누워서 앓았다.

빈대떡

밤이 깊어갈수록 마루에서 들려오는 소리에는 흥이 잔뜩 베어났다.

작은고모 앞에서 비루먹은 강아지처럼 맥을 못 추던 건이 아방도 건들어지게 노래를 불러 제쳤다.

돈 없으흐면 지입에 가이서 빈대떡이나 부쳐어 먹지-

내가 그 유행가를 처음 들었을 때는 기절초풍했다. 빈대를 떡 부쳐 먹다니, 소름이 다 돋았다.

내가 라디오에 귀를 한참 기울이다말고 벌떡 일어나 마당으로 뛰어 나갔다. 그리고는 퉤퉤 침을 뱉으며 마당을 맴돌았다.

어머니가 왜 그러냐고 물었다.

"빈대로 예, 떡 부쳐 먹는 사람도 있댄 마씀!"

어머니는 마당의 빨래 줄에서 잘 마른 빨래를 막 한 아름 걷어 안고 있었다. 내 말에 어머니는 어처구니없다는 표정을 지었다.

"니마야, 그 빈대는 사람 피 빨아먹는 빈대가 아니고 녹두전을 …"

"그 떡은 또 뭐꽈?"

나는 빈대떡도 몰랐지만 녹두전도 몰랐다. 녹두로 쑨 죽과 숙주나물을 먹어본 게 전부인 나로서는 녹두전이 어떻게 생겨먹은 음식인지 도저히 감이 잡히지 않았던 것이다.

우리 집에서는 녹두죽을 쑬 때도 껍질째 쑤었다. 나는 녹두죽을 먹을 때마다 녹두껍질이 혀에 붙어 까끌거리는 게 그리도 성가시고 귀찮았다.

어머니는 내가 말허리를 잽싸게 자르고 내처 묻는 바람에 어느 것부터 설명해야할 지 어리둥절하다면서 좀 천천히 얘기를 하자고 했다. 빨래 아름을 안고 마루로 올라가는 어머니 치마꼬리를 잡고 꽁무니에 바짝 붙어 따라 들어갔다.

빈대떡은 녹두 날 것을 물에 불인 다음 맷돌에 갈아서 껍질은 걷어내고 앙금만 가라앉혔다가 숙주나물, 파, 배추 뭐 그런 채소를 데쳐서 송송 썬 것에 채친 돼지고기와 신 배추김치도 국물을 꼭 짜버리고 송당송당 썰어 다함께 넣어 고루 버무려 놓은 것을 돼지비게 덩이를 뜨겁게 달군 번철에 넣어 기름을 짜가면서 기름칠을 하면 거기에 한 숟가락씩 떠 넣어 부친 부침이라는 설명을 어머니는 차곡차곡 해주었다.

본 이름은 빈대떡이 아니고 빈자떡이라고 했다더라. 귀한 손님을 맞아 대접하는 음식으로 만든 떡이란 뜻이거든. 서울사람들이 좀 삐지게 말하는 버릇이 있잖니 왜. 참외를 채미라고 ……….

아, 알겠다. 빈자떡을 어머니 같은 서울사람들이 말버릇에 맞춰 빈대떡이라고 변했단 말이지.

어느 가을날 알게 된 정체성의 이면

어머니는 순전히 서울사람이었지만 반은 제주사람이었다.

젖먹이 때 서울을 떠나 제주에 살았다고 순 제주도 토박이는 아니지 않는가. 그렇다고 전혀 서울사람도 아니었다. 어머니는 서울사람과 시골사람의 경계에 있는 말 그대로 경계인이었다.

나는 그 빈대떡 맛이 어떤지 먹어보고 싶어 안달이 났다. 귀한 손님을 대접하는 음식은 별날 것만 같았다.

먹고 싶은 만치 한 가지 떨쳐버리지 못하는 걱정거리도 있었다. 빈대떡에는 돼지고기 뿐 아니라 돼지비게에서 짠 기름으로 지져내는 것이었다.

나는 채식주의자여서 육식을 정말 스님들처럼 하지 않았다. 아차, 실수! 멸치도 먹고 게도 먹고 소라도 먹으니 순 채식주의자는 아니었다. 바른대로 말하자면 먹을거리를 선별하여 먹는 채식주의자였다.

내가 채식주의자라는 걸 알게 된 건 아마 네 살인가 다섯 살 때 몹시 앓아누웠던 어느 가을날이었던 것 같다.

그 때도 만포아저씨는 내가 많이 앓고 있다는 소문을 듣고 밭에서 조를 베다가 꿩이 보이자 일하던 것을 팽개쳐두고 하루온종일 쫓아다녀 겨우 잡았다고 했다.

저녁어스름 무렵에 만포아저씨가 살찐 까투리 한 마리를 들고 오자 어머니는 세상에 귀한 약을 얻은 것처럼 호들갑을 떨었다. 결국 참기름을 바르면서 숯불에 정성스레 구워 내게 먹어보라고 통사정을 하는 대도 나는 도무지 먹을 수가 없을 뿐 아니라 냄새도 맡기를 역겨워했다.

마침 그 참에 우리 집에 잠시 들른 노스님이 그 광경을 보고 한 말씀 하셨다.

걔는 본디 태어나기를 육식과 인연이 없나 보우. 제발 억지로 권하지 마시는 게 아이한테 좋을 듯 하외다.

그 이후로 우리 집에서는 내가 원하지 않는 한 그 어떤 음식도 우격다짐으로 먹이려들지 않았다. 그리고 나는 채식주의자로 통했다.

내가 다섯 살 땐가 여섯 살 때 바다에 빠져 죽은 덕이아방은 육식을 하려들지 않는 나에게, 니마는 도 닦느라 채식주의자가 되었나보다. 나는 그의 말에 네! 라고 대답했던 기억이 난다.

나는 '빈대떡 신사'를 부르는 가수 현인을 좋아했다. 어쩌다 이동순회영화반이 마을에 들르면 기어이 영화구경을 가곤했는데 본 영화 전에 보여주는 뉴스편에 현인이 백구두를 신고 목소리를 덜덜 떨어가며 그 노래를 부르면 가만히 앉아있을 수가 없어 벌떡 일어나 박수를 쳤다.

　어머니는 '목포의 눈물'을 부른 이난영을 좋아했지만 나는 현인이 정말 좋았다. 내가 전에도 한 번 말했을 것이다. 현인의 노래를 흉내 내느라 목젖을 떨다가 마른기침에 겨워 숨넘어갈 뻔 했다고.

　그 때 내가 아는 현인이 부른 노래는 '빈대떡 신사'와 '신라의 달밤' 두 편 뿐이었다. 그 두 곡 중에서 단연 '빈대떡 신사'를 더 좋아했다. 노래의 가사 내용을 알고 나니 그토록 재미있을 수가 없었다. 돈도 없으면서 괜히 멋 부리느라 머리에 마누라의 동백기름 훔쳐 바르고 기생집으로 식당으로 기웃거리다가 문전 박대 당하는 사나이 '쫄장부'는 생각만 해도 배꼽을 잡고도 남을 만치 웃기는 존재로 내 머리 속에 이미지 되어 새겨졌다.

두 아버지의 한 주먹 거리

　그 날 밤 건이 아방은 '빈대떡 신사'를 열 번도 더 불렀을 것이다. 이유는 모르겠는데 짱돌이가 우리 일학년 토끼를 두 마리나 사냥한 날 밤에 작은고모는 그 노래만을 굳이 고집하여 니나노판 내내 건이 아방한테 부르라고 명령했기 때문이다.

　작은고모가 양귀비에 홀려 넋을 놔버리는 통에 아버지와 건이아방은 일체의 대결을 당분간 하지 않기로 합의를 봤다고 했다.

　뭐 작은고모가 양귀비를 잊어버리는 그 날까지 휴전하기로 했다고? 하하하, 우스워 죽겠네. 그 두 남자가 맞붙을 꺼리가 뭐 있는데? 대결하는 이유가 고작 시시껄렁하게도 건이아방은 아들이 부자여서 딸부자인 아버지를 일방적으로 케이오(KO)패 시키고, 또 아버지는 채마밭의 비밀이며 고기배며 마차며 등등 재산이 쪼오끔 비둘기 똥만큼 있어서 주머니 사정만 놓고 보면 건이아방이 아버지한테 꿇린다는 정도였다.

아참, 아버지가 건이아방한테 우쭐대는 다른 한 가지가 더 있었다. '리승만 대통령 각하'가 당수(黨首)인 '자유당'이란 정치꾼 모임이 우리가 살던 촌구석 면소재지에도 있어서 면(面)유지(有志)들이란 사람들이 패거리 지어서 우리 집에 몰려와서는 아버지에게 입당하라고 꼬드기곤 했다.

아버지는 이 핑계 저 핑계 대면서 입당하지도 않으면서 건이아방한테 별로 맞설 거리가 없을 때마다 뻭 하면, '국부(國父)이신 리승만 박사 대통령 각하께서 나에게 입당하라고 하셨단 말씀야' 하고 거들먹거렸다.

아버지가 꽤나 거드름 피웠던 걸 보면 아마도 '자유당' 면 유지들이 건이아방한테는 입당을 권유하지 않았던 모양이었다.

이제 작은고모를 핑계 삼아 서로 으르렁 댈 일을 접어버렸으니, 제풀에 힘이 넘쳐 한 주먹 두 주먹 주거니 받거니 하는 동안 둘 다 코피 터지고 이마 깨어져서 피투성이 되는 일도 없을 것만 같았다.

그 두 아버지가 싸움을 잠시 멈춘 건 내가 보기에 당연하게 생각되었다. 두 사람이 맞붙어 아버지가 약간 불리할 때마다 작은고모가 철따라 맵시 있게 차려입은 치맛자락을 휘날리며 나타나 건이아방을 일방적으로 코너에 몰아세우곤 했다. 그런데 작은고모는 양귀비에 넋을 빼앗겨 제 정신이 아니지 않는가. 두 사람이 맞붙어봤자 작은고모가 빠진 게임은 별로 재미가 없을 게 뻔했다. 아버지는 건이아방한테 사실 지고도 큰소리쳤고, 건이아방은 이기고도 지는 체 해줘 비긴 거나 다름없었기 때문에 서로 원수지간이면서도 친한 이웃으로 살아가고 있었던 것이다.

작은고모 없이 두 사람이 정말로 싸움을 했다가는 친한 이웃은 사라지고 원수만 남을 텐데 그 밑지는 짓을 영리하다고 자부하는 두 사람이 왜 하겠는가. 두 사람은 그러한 결말을 너무나 잘 알기 때문에 당연히 게임을 멈춘 것에 불과했던 것이다.

아픔의 종류

건이아방은 아버지와 대결하는 대신에 매일 밤 우리 집에 와 먼저 술 몇 잔을 연거퍼 마셔 적당히 취하고 나서 니나노 판을 주도했다. 북이든 장고든 둘러매고 나서서 쿵 짜락 짜락 쿵 따리 쿵 따리 반주를 하는가 하면 온갖 잡 타령을 다 부르는데 지친 기미가 전혀 없었다.

작은고모가 빨리 넋을 양귀비한테서 되찾아야 유보해둔 싸움을 시작할 테니, 하는 희망이 그에게 신명나게 한다고도 했다.

"내 설운 딸년, 낼 날이 새는 대로 아방이 횡-하니 성안 가서 이, 토끼 사다 줄 테니 걱정 마 이?"

아버지는 니나노 판을 놀다가도 틈틈이 나를 들여다 봐줬다.

예전에는 내가 아프다면 이마를 짚어보는 즉시 주사 놓을 일부터 차리던 아버지가 어쩐 일인지 그 때는, 이번 아픈 건 주사 맞을 병은 아니구나, 라고만 했다.

"짱돌이가 사농(사냥)훈련이 아주 잘 된 개라서 제 딴에는 대견한 일 한 거니 내 착한 딸년아, 제발 짱돌이 그만 미워하고 맘 풀라 이. 아방이 토끼 네 마리 사다가 니네 교실 그 토끼장에 놔 주민 될 거 아니냐."

그렇게 니나노 판이 벌어지는 동안 아픔에 겨운 나를 위로 하던 아버지는 작은고모를 집에 두고는 천직으로 아는 고기잡이도 가지 않았는데 이튿날 이른 새벽에 토끼를 사러 길을 떠났다.

아버지가 길 떠날 채비를 마치자 어머니는 아버지가 성안에 간다면 늘 하던 대로 쪽지를 건네었다.

"별일 제쳐두고 책방부터 먼저 돌아보세요. 틀림없이 있을 거유."

우리 방문 앞에서 두 사람이 속닥거리는 소리가 새벽 참 어렴풋한 잠결에도 들렸다.

작은고모는 아버지가 집을 비운다고 인사를 하자 간밤에 마신 술에 아직도 취한 체 아버지 바지 가랑이 한 쪽을 부여잡고 놓지 않았다.

동생! 날 두고 어딜 가려고 응? 자네 없으면 수니어멍이 나 아편쟁이라고 죽일 거야 제발 가지 마.

눈물을 줄줄 흘리며 작은고모는 애처럽게 애원했다. 마치 작은고모가 어린 동생이고 아버지는 오빠처럼 보였다.

족은 누이, 나 누님 먹을 사탕가리(가루) 사러 성안 댕겨 올 거. 그거 사와야 누님 시원한 물에 한 대접 타 마시고, 어! 거 시원하다 하실 거 아뇨? 나 없는 동안 누님 곁에 잠통만 오게 해 놓을 테니 걱정마시우 응? 족은 년 저거 니마는 아팠으니 시킬 일 있으면 큰 년 수나나 용진이 각시나 또 만포 부르면 되고……

아버지는 작은고모를 품에 꼬옥 안고 등을 오래도록 토닥토닥 두드려 주었다. 아버지 눈에서는 구슬 같은 눈물이 방울방울 쏟아졌다. 어머니도 큰언니도 눈물을 훔쳤다. 나도 이불 속에서 숨 죽여 울었다. 할머니는 빈 담배대를 더 세게 빽빽 빨아 대었다. 짱돌이도 마루턱을 괴고 낑낑 거렸다. 슬이와 그미만 자느라고 그 새벽에 같이 울지 못했다.

서정시처럼 아름다운 넋두리

아버지가 작은고모를 겨우 달래고 나서 집을 나섰다.

아버지 길 떠나는 걸 그리도 말리던 작은고모도 아침밥을 뜨는 둥 마는 둥 미뤄놓고 깊은 잠에 빠져 한낮이 훨씬 비켜야 일어났다.

나는 학교에 가지 않았다. 저녁 땅거미가 스멀스멀 저녁안개를 헤집고 기어드는 즈음에 귤껍데기 선생님이 우리 집에 정화를 앞세워 왔다.

선생님은 아버지가 토끼를 사러간 걸 알고 있었다.

우리 방 문 앞에 선생님이 온 걸 낌새챈 나는 후다닥 이불을 머리끝까지 뒤집어쓰고 숨을 죽였다.

"내일은 꼭 학교에 보냅서."

한참 동안이나 이불 뒤집어 쓴 내 옆에 앉았던 선생님이 일어서면서 나한테 들으라는 듯이 큰 소리로 어머니한테 말했다. 나는 이불 속에서 혀를 낼름거렸다. 선생님은 아마 몰랐을 것이다.

그 날 밤도 어김없이 니나노 판은 벌어졌다. 한밤중을 넘기고 판을 치우자 작은고모가 구슬프게 울었다. 아버지는 그 날 돌아오지 않았다.

동생이 안 오는구나. 양귀비에 홀린 지 누이가 미워서 바람결에 불려갔구나 구름결에 날아갔구나. 내 동생아, 달이 차오르듯 돌아오라. 사계절이 순회하듯 돌아오라. 비가 오듯 돌아오라. 역마살이랑 내버리고 눈 내리듯 돌아오라……

한참 동안 이어진 작은고모의 넋두리는 애달픈 사연을 품은 서정시처럼 아름다웠다.

어머니가 위로하면서 방으로 부축해 들어가지 않았으면 작은고모의 아름다운 시적인 넋두리는 날이 새도록 계속되었을 지도 모른다.

책이 된 이야기

 아버지는 집을 떠난 지 이박삼일(二泊三日)만에 트럭을 타고 돌아왔다. 우리들은 깜짝 놀랐다. 나는 아버지가 트럭을 사온 줄 알았다. 야, 우리도 자동차 있다!라고 아이들에게 자랑하면서 뽐내면 얼마나 신날까?
 내 기대와는 달리 아버지는 짐이 많아 빨리 집에 오려고 트럭을 잠시 대절한 거라고 했다.
 트럭에 싣고 온 아버지 물품에는 작은고모가 타 마실 설탕포대 몇 개, 그리고 털색깔이 각기 다른 토끼 네 마리와 여러 잡화가 있었다. 그 중에는 우리학교 운동장에 설치할 철봉대 부속도 있었고 칠판도 있었다.
 우리 집에서 쓸 물건들은 마루로 들이는데 아! 나는 철망 속에서 입을 오물거리면서 귀를 종긋 세우고 있는 토끼를 보는 순간 이불을 차고 벌떡 일어나 마루로 뛰쳐나갔다.
 만세, 만만세! 토끼, 토끼, 토끼…… 됐다. 이젠 되었다!
 만세를 부르고 춤을 덩실덩실 추었다. 이젠 살았다! 아이들이 더는 나를 토끼 죽였다고 미워하지 않겠지? 학교에 가도 되겠지?
 "니마, 너 이거 뭔 줄 아니?"
 어머니가 한참 좋아서 어쩔 줄 몰라 미친년 날뛰듯 춤을 추어대는 내 눈 앞에 손을 불쑥 내밀었다. 딱딱한 빨간 표지에 하얀 덩굴손 문양이 사각형의 변을 타고 뻗어 얽힌 책 한 권.
 "이거 한 번 읽어 봐!"
 나는 어머니가 짚어주는 대로 소리 내어 읽었다.
 안·데·르·센·동·화·집!

"그래, 이건 저 먼 나라 덴마크에 사는 아저씨가 쓴 이야기책이야. 니마 너 이야기 좋아하잖니 아버지가 사오셨어 너 주려구."

나는 어리둥절했다. 이야기책은 처음 봤기 때문이다. 큰언니 교과서에서 '호랑이와 곶감'을 읽은 후로 이야기도 글로 써놓을 수 있다는 건 알고 있었지만 이야기책이 따로 있는 줄은 몰랐다.

"나도 아방하고 할망한테 들은 옛말 글로 써서 이야기책 이것처럼 예쁘게 만듭니까 어멍?"

내가 그 책에 한껏 마음이 들떴다. 어머니는 내 말에 크게 미소지었다.

"그러렴. 이야기책 만들려면 글을 많이 써얄 걸. 그럼 니마 아프지 말아야겠구나?"

아버지가 어머니 등 뒤에서 빙그레 웃고 있었다. 큰언니도 찬방 문턱에 기대어 서서 살포시 웃고 있었다.

작은고모는 아버지가 내게 주려고 책을 사왔다는 소리에 방문을 박차고 나왔다. 우리들은 작은고모 눈치를 슬쩍 봤다.

어디 보자.

작은고모는 내 손에서 확 책을 낚아챘다.

"아하, 이거 예왁(이야기)책이구나. 그래, 동생 잘 사 왔저. 저 족은 비바리 니마한티는 이런 책 하영(많이) 읽게 해얀다. 저 비바리 물질을 할 수 있니? 일을 땅땅 할 수 있니? 천상 책이나 읽으멍 살 팔자 아니냐."

작은고모가 우리 집에 온 이후에 아버지가 귀밑까지 찢어지도록 웃는 걸 그때 처음 봤다.

작은고모 넋이 잠시 양귀비 손아귀를 벗어나 제정신이 돌아왔던 모양이다.

"역시 우리 누님은 뭘 알아 봐."

아이들은 좋음이 넘치면 오줌을 지린다

작은고모 말에 맞장구를 치면서 아버지 손이 큰언니에게 뭘 내밀고 있었다.

"큰년 한티는 멋들어진 수틀하고 색색이 고운 수실 사 왔는디, 착한 큰년아, 아방이 선물 잘 사완?"

큰언니가 웃음을 소리 없이 얼굴 가득 머금고 고개를 주억거렸다.

나는 짱돌이를 끌어안고 뺨을 비볐다. 눈시울이 조금, 아주 조금만 뜨거웠다. 내 몸에 열 따위는 없었다.

작은고모는 내가 정말로 아픈 게 아니고 꾀병을 앓았다면서 저 비바리 버릇 단단히 고쳐야한다고 야단이었지만 아버지와 어머니와 할머니와 큰언니는 웃기만 했다.

작은고모가 아무리 구박해도 나는 조금도 개의치 않았다.

내일이면 아버지가 토끼 네 마리를 우리교실까지 가져다준다고 했다. 나는 아이들에게 그리고 귤껍데기 선생님께 보란 듯이 뽐내면서 교실에 들어갈 것이다. 토끼 두 마리를 잃은 아이들에게, 봐라 네 마리다! 라고 큰소리칠 생각을 하니 너무 좋아서 오줌을 지릴 뻔 했다.

5. 양철 도시락의

아이들 나래 짓

우리들은 조신하게 걷지 못하고 폴짝폴짝 뛰었다. 서로 얼굴을 마주보며 히히, 입이 귀밑까지 찢어지고 눈 꼬리가 길게 풀리도록 웃고 나서 또 폴짝폴짝 뛰었다.

귤껍데기 선생님은 교문을 나서자마자 줄줄이 한 줄로 줄서서 걸으라고 호루라기를 획획 불면서 외쳤지만 우리들은 듣는 둥 마는 둥 그저 좋아 폴짝폴짝 뛰었다. 어떤 아이들은 나비처럼 훨훨 예쁘게 나래 짓하며 날기도 했다.

우리는 늦은 봄날 찔레꽃이 화사하게 피어나 하얗게 덮은 대지 위로 짙은 향을 흩뿌려 가득 채운 초원의 틈새를 비집고 아스라히 이어진 먼 들길을 따라 원족을 가고 있었다.

우리학교가 생기고 전교생이 그렇게 먼 곳으로 소풍삼아 원족을 가기는 처음이라고 했다. 일학년은 남학생이 열셋, 여학생이 아홉, 다 합쳐 스물두 명이었다.

우리 중에 마을 밖을 벗어나 면소재지 근처에라도 가 본 아이는 몇 명 되지 않았다. 아이들은 하나같이 첫나들이에 마음이 들떠 하늘을 붕붕 날아다닐 기세였다. 그래서 너도나도 아이들은 폴짝폴짝 뛰지 않고는 못 배겼다.

나도 다른 아이들처럼 들떠있기는 마찬가지였다. 다만 전에 아버지를 따라 두 번인가 성안에 다녀왔다는 내 경력 덕분에 먼 데를 향한 호기심이 약간은 덜했다고나 할까. 우리가 가는 목장이 성안보다는 멀지 않다고 선생님이 설명했을 때, 또 우리는 차를 타고 가는 게 아니라 들길을 걸어서 간다고 했을 때, 나는 성안 갈 때 차를 탔었다며 뻐길 수 있어 기분이 참으로 삼삼했다.

그게 어딘가. 차를 타고 한나절이나 가야 닿는 성안과 걸어서 점심시간 전에 도착한다는 목장과는 격이 다르지 않는가. 더구나 그 목장은 들판 속에 깊숙이 숨어 있다잖는가.

섬은 방목장

성안은 숨지 않았다. 늘 가면 볼 수 있는 거기 있었다. 그런데 우리들이 찾아가는 목장은 예전 제주 섬의 방목장이 아니라고 했다.

방목장은 말이나 소떼를 일정한 들판에 풀어놓고 '테우리'라고 하는 목동 한 사람 혹은 두 사람이 돌보는 목장을 말한다.

조선조 시절에는 제주 섬 전역에 방목하는 국마장(國馬場)이 열두 개가 있었고 또 검은 소만 기르는 흑우장(黑牛場) 등, 각가지 가축을 사육하는 수많은 방목터가 있었다. 그 당시 제주에서의 최고 벼슬은 국마장 전부를 관장하는 감목관(監牧官)이란 자리였다.

김만일(金萬鎰)은 1592년 선조(宣祖)25년에 임진왜란(壬辰倭亂)이 일어나고 뒤이어 정유재란(丁酉再亂)이 겹쳐 7년 동안 국력을 쏟아 나라를 구했는데 그 뒤끝으로 국력이 약해지니, 마침내 1600년 선조 33년에 국난을 돌파해내야 한다는 일념으로 가장 좋은 말 5백 필을 골라 헌상했다고 한다. 그 이후로 김만일 뿐만 아니라 그의 가문에 감목관을 세습하게 했다는 역사가 제주의 목장사(牧場史)에 전해진다.

'테우리'와 '카우보이'의 차이점은?

우리가 원족 가는 '송당목장'은 미국식 카우보이 목장이라고 했다. 그런 목장은 도대체 어떻게 생겨먹었을까?

소들도 지금껏 우리가 기르던 것들과는 다르다고 했다. 홀스타인과 브라만이란 종류로 뿔이 하늘을 찌르고 목심이 늘어져 땅에 질질 끌며 다닐 정도로 집채만한 소들이란다.

그런 수라면 방목을 해야지 작은 목장에 가둬놓아 기를 수 있을까? 몇 마리나 기르는 걸까? 호기심은 끝이 없었다. 어서 가서 직접 그 목장을 봐야만 하지 상상만으로는 도저히 감이 잡히지 않았다.

카우보이가 어떤 사람들인지도 짐작할 수 없었다. '테우리'와 '카우보이'는 다 목동이다. 두 목동의 차이점은 과연 무엇일까?

우리들은 누구나 할 것 없이 가진 옷 중에서 가장 예쁜 옷을 차려 입었다. 어떤 아이는 미국 성조기와 우리 태극기가 악수하는 드럼통에서 나온 구호물자로 받은 알록달록한 털스웨터를 입기도 했다. 그 남자아이는 얼마 못 가 스웨터를 활짝 벗어 웃통을 드러내었다. 여자아이들은 남사스럽다고 야단이었다.

오월과 털스웨터

생각해 보시길 바란다. 남쪽 바다 한가운데 떠있어 생각만 해도 저절로 따스한 섬나라의 푸르른 오월을. 털스웨터를 입기엔 아무래도 좀 늦은 계절이었다.

나는 온 집안 식구가 다 말리는데도 기어이 설빔으로 입었던 한복을 떨쳐입고 나섰다. 설빔을 입은 나는 우리학교 학생 중에 제일 예뻤다 아마. 그러나 예쁘다고 좋아한 건 잠시, 겨울 스웨터를 입은 아이 못잖게 긴치마와 저고리 옷고름이 거추장스럽기는 매 한가지였다.

폴짝폴짝 뛰던 걸음걸이는 여름 볕에 엿가락처럼, 볏짚 위에 놓인 물해삼처럼 늘어질 대로 늘어졌다.

도시락은 보자기로 꼭꼭 싼 다음에 전대에 담아 어깨에서부터 사선으로 옆구리 께에 엇비슷하게 걸쳐 잡아매었다.

놋바리 도시락

내 도시락은 뚜껑에 꼭지가 예쁘게 솟은 놋바리였다.

내 원족 차림새는 마치 탁발나선 스님이 가사장삼에 전대를 두른 것과 거의 비슷한 꼴이었다.

우리 집에는 노란 양은 도시락이 딱 한 개 있었다. 그것은 처음부터 큰언니 전용이었다.

아침 전체 조회시간에 교장선생님이 멋진 소식이 있다면서 아주 먼 곳에 새로 생긴 목장으로 원족을 간다고 한 날, 집에 돌아와서 어머니에게 그 노란 양은 도시락에 점심을 싸달라고 했다. 어머니는 한 마디로 거절했다.

"그건 큰언니 꺼야."

내 도시락은 놋바리로 싸줄 것이니 큰언니 도시락 탐내지 말라고 어머니가 경고까지 하자 나는 몹시도 실망했다. 왜 큰언니는 '뽄 나게' 양은 도시락을 가져가고 나는 놋바리 도시락이람.

아무래도 안 되겠다 싶어 도시락을 빌러 집을 나섰다. 작년에 초등학교를 졸업한 집부터 뒤졌다.

하늘아래 바닷가 1번지에서 본 별 단 사람들

그 시절 내가 살던 하늘아래 바닷가 1번지 마을에서는 초등학교를 졸업하고 상급학교로 진학하는 사람이 드물었다. 우리 마을에서 중학교와 고등학교에 다니는 사람은 다섯 손가락 안에 들었다. 대학생은 내가 다섯 살 땐가 여섯 살 때 죽은 덕이아방 딱 혼자였다. 저 아랫동네에 사는 누구네 집 아들이 육군사관학교엔가를 다닌다고 했다. 몇 년 후에는 장군이 될 거란다.

나는 그 때 보지도 못한 우리 마을 출신 사관생도 덕에 장군은 다 별을 몇 개씩 달고 다닌다는 것도 알게 되었다. 그런데 왜 을지문덕 장군도 강감찬 장군도 이순신 장군도 별을 달지 않았지? 내가 알고 있는 장군은 아무도 별을 주렁주렁 단 이가 없었던 것이다. 큰언니 말은 그 장군들이 갑옷을 덧입고 있어서 안보일 뿐 다 별을 달고 있다고 했다.

"몇 개나 달았게? 노란별이게 은별이게 보라 빛 별이게?"

나는 그 정확도를 알아내려고 기를 썼다. 큰언니도 자신의 확신을 견고하게 지키려고 들었다.

"무슨 별이면 어때? 그 장군들이 별만 달고 있음 그만이지."

나도 끝내 지지 않았다.

"그럼 을지문덕 장군은 별 몇 개 게? 강감찬 장군은? 이순신 장군은?"

큰언니는 나를 가지고 놀았다.

"것도 모르니? 그 장군들이 달고픈 만큼 달고 있지. 스무 개 서른 개다."

아무래도 미심쩍었다. 장군이라도 제 맘대로 제가 달고픈 만큼 별을 달지는 않을 것이다. 뭐 싸움에 승리할 때마다 별을 한 개씩 더 달든가 하겠지. 엿장수가 엿가위를 쳐 엿을 잘라내듯 아무 때나 맘대로 달지는 않았을 게 분명했다.

나의 백과사전 속의 별

뭘 모르고 해맬 때, 이럴 때 어머니는 나의 백과사전이었다. 그것도 수록되지 않는 게 거의 없는 만물 백과사전, 어머니 사전에는 세상의 모든 게 다 들어있어서 나는, 어머니 이거 뭔 데? 이거 가르쳐 줘. 라고만 하면 되었다.

"장군은 별을 달고 다닌대메? 몇 개씩 달고 다닙니까?"

어머니는, 가만 있어봐라. 하더니 한참 뜸을 들이고 나서, 참 그렇지 옛날 장군들은 모르겠구나 갑옷 벗은 걸 보지 못해서. 라고 했다. 내가 실망해서 막 돌아서려는데, 니마 잠깐! 하고 불러 세웠다.

"맥아더 장군 있잖니? '6·25' 때 인천상륙작전 지휘한 장군, 그 장군 저번에 대한 뉘우스 보니까 별을 다섯 개 달았더라. 아마 장군들은 그 정도 별을 달지 않을까?"

내 눈에서는 별빛이 반짝 빛났다. 그렇다면 그 색깔이 뭐였는지도 어머니는 알 것이다.

우리가 밤하늘의 별을 보면 어떤 것은 하얗게, 어떤 것은 노랗게, 어떤 것은 은빛으로 또 어떤 것은 보라색으로 빛난다.

장군이 달고 있는 별도 틀림없이 색깔이 있을 것만 같았다. 혹시 장군에 따라 다른 색깔의 별을 달지도 모른다. 그 색깔만 확실하게 알아도 큰언니 코를 납작하게 해주는 건데.........

"그 맥 장군이 달고 있던 별이 무슨 색깔인지 어멍, 알아지쿠과?"

내가 다그쳐 묻자 어머니는 잠시 뜸을 들였다.

'이름을 불러주는 건 기도하는 거야'

맥 장군이 아니고 맥아더, 남의 이름 네 멋대로 부르지 마. 이름을 부르는 건 기도하는 것과 같은 거야. 그 맥아더 장군이 달고 있던 별 색깔? 그을세?

내가 꼭 들으려던 어머니의 대답은 시덥잖았다. 아이, 좋다말았다. 나는 눈을 모로 뜨고 샐쭉하니 어머니를 흘겼다.

"그 별 색깔 좀 기억하고 있음 뭐 이맹이(이마)에 종기 남니까?"

그래서 아랫동네 사관생도가 장군이 되면 무슨 색깔의 별을 달 지, 그게 나에게 또 하나의 수수께끼로 남게 되었던 것이다.

나는 지금도 장군이 달고 별이 몇 개인지 별 색깔이 무엇인지 알지 못한다. 그 아랫동네 사관생도가 장군이 되었는지 안 되었는지도 모른다. 그런 것들은 지금까지도 문득문득 생각날 때마다 나에게는 수수께끼이다.

어느 집에도 도시락이 없다고 했다. 씨―이럴 때는 실컷 혼자서 욕을 해버리면 속이 후련할 텐데 파알―. 나는 착한 아이여서 아니 착하고 싶으니까 욕도 맘대로 못하고 발을 질질 끌며 집에 돌아왔다. 집 어귀를 들어서면서는 심통을 좀 부릴까도 생각해 봤으나 너무 지쳐 포기하였다.

별보다도 영롱한 존재

　우리 집 손바닥 만 한 마당에는 아이들로 들끓고 있었다. 아이들은 저마다 밥주발이나 작은 양푼 따위를 들고 있었다.
　작은고모가 아직 술이 덜 깬 게슴츠레한 눈으로 아이들을 보면서, 귀엽기가 세상에나! 하늘에 별보다도 영롱하다 저 눈들 좀 봐라. 하며 감격하고 있었다.
　아버지는 작은고모 옆에 붙어 앉아, 맞수다 누이! 경허고 말고 마씀 게. 이 세상에서 살아 빛나는 건 아이들 눈망울밖에 다른 무엇이 있수과 게. 어쩌고 하며 맞장구를 치고 있었다.
　갑자기 우리 집에서 수제비 배급을 할 리도 없고, 나는 옥자 옆구리를 쿡쿡 찔렀다. 옥자와 나는 학교에서는 틈만 나면 싸웠다.
　"니네들 우리 집서 뭐 햄시니? 우리 어멍이 '배기'라도 해시냐?"
　제주사람들은 수제비를 '배기'라고 한다. 숟가락이나 손으로 반죽을 떠 집어 넣는다고 하여 그런 이름이 붙었다고 언젠가 어머니가 말해줬다.
　옥자는 그냥, 비밀이다. 하고 뚝 시치미 잡아떼기를 아주 똑 부러지게 하였다.
　"그럼 너 낼 뭣에 점심 싸 갈거니?"
　그게 뭐 대수냐는 투로 나를 옆 눈으로 보는 게 아닌가! 아니 그 중대사를 가소롭게 여기다니 말이 안 되었다.
　난생 처음 먼 데로 그것도 한나절이나 걸어서 가 닿는다는 카우보이가 있는 목장으로 원족을 가는 판에 무엇에다 점심을 가져간들 그게 뭐 어떻다는 거냐고 되물을 때는 괜히 내가 염치없게 되어버렸다.

코 뜯어진 아이

"난 곤쌀밥(고운 쌀밥)에 괴기(생선) 숯불에 군 거(구운 것) 하고 '독새기(달걀)' 하나만 삶아주면 대나무채롱에 밥 싸 줘도 좋기만 하다. 넌 참 이상한 아이라 이? 별 것에 다 코 토다진(뜯어져서 생채기 난) 체 하고 이."

'코 토다지다'고 하면 매사에 대범하지 못하고 시시콜콜 신경을 곤두세우고, 따지다가 볼장 다 보는 나 같은 사람 하는 행동을 비꼬는 제주 말이다.

"내가 왜 코 토다지냐? 뽄 나게 도시락 싸고 원족가고 싶은 것 뿐 이어 게."

나는 좀 화가 났다. 그래서 조금 남아있는 에너지를 옥자와 맞붙는 데 소모하기로 작정했다. 옥자는 나를 꼭 이기고 싶어 안달 나 있다는 걸 나는 알고 있었다. 나도 옥자에게는 지고 싶지 않았다.

" 야! 노란 양은 도시락에 싼 점심하고 놋바리에 싼 점심이 어떵 같을 수 있이니? 멋이라곤 영 모르는 옥자 이 제집아이(계집애)야!'

한 방 똑 소리 나게 먹였다. 그리고는 혼잣말 하듯이 슬쩍, 에이구, 식충이 밥벌레, 넌 밥버렝이다!

옥자에게 하얗게 눈을 흘기고 돌아서려다가 왜 아이들이 우리 마당을 꽉 매웠는지 궁금했던 생각이 되살아났다.

"경헌디 너, 그 양푼 들고 무사(왜) 우리 마당에 있는 거?'

"야, 원족 갈 거 아니? 점심 싸 갈 곤쌀 꾸러왔져, 무사(왜)?"

옥자는 너무나 당연하게 당당한 표정으로 대답했다. 나는 바짝 약이 올랐다. 메------롱! 그래 너 잘 났다. 우리 집이 뭐 곤쌀 만들어내는 공장이냐?

"겨, 니네 집은 곤쌀 공장이여. 이제 어떵허젠?'

옥자도 앙팡지게 내 말을 받아쳤다.

"죽이젠!"

나라고 할 말이 없을 줄 알고? 나는 그 누구에게도 다 져 줄 용의가 있다. 단 옥자에게만은 절대 질 수 없다는 게 그 시절 나의 명제였다.

원망과 아름다운 오월 사이에 낀 외가제사

하늘은 맑았다. 봄장마가 걷힌 오월은 참으로 아름다웠다.

큰언니 것과 같은 노란 양은 도시락이 나한테도 있다면 얼마나 좋을까! 산뜻하고 가볍게 원족 길을 걸어 기분 좋을 텐데, 놋바리 도시락이 자아내는 분위기로 하여 그게 절대로 불가능했다. 나의 첫 원족 길은 한 푼은 고사하고 반 푼어치도 '뽄' 이 나지 않을 게 뻔했다.

나는 그동안 큰언니가 도시락과 책보를 함께 허리에 차고 사뿐사뿐 날듯이 뛰면서 학교에 가는 걸 수없이 봐왔다. 큰언니에게 노란 양은 도시락이 있다는 걸 대수롭게 생각한 적도 없었다. 왜냐하면 그 날 그 때까지는 내가 도시락을 싸고 어디 갈 일이 전혀 없었으니까.

갑자기 아버지가 원망스러웠다. 예전에 양은 그릇 밀수할 때 큰언니는 학교에 다니고 소풍도 가고 원족도 가지만 나와 슬이와 그미는, 참 아직 그미는 이 세상에 태어나기 전이었지, 나와 슬이는 학교에 다니지도 않고 도시락을 쌀 일도 없다고 생각한 거야 뭐야? 왜 우리 몫으로는 도시락을 준비해 두지 않았나 몰라? 생각할수록 화가 치밀었다.

놋바리 도시락을 들고 원족 갈 생각을 하니, 아이고, 못살아... 나는 언제나 멋을 중시하고 '뽄' 나게 사는 걸 최우선으로 삼았는데......이제는 멋쟁이 소리 듣기는 다 글렀다.

나는 이담에 커서 아주 훌륭한 사람이 되고 싶은데 초등학교 일학년 원족 때 놋바리도시락을 둘러매고 다녔다는 꼬리가 내내 붙어있을 것 같은 불길한 예감이 나를 옥죄어 놔주지 않았다. 저 여자 말야, 지금은 저렇게 잘난 체 하지만 실은 놋바리에 도시락 싸고 소풍갔던 애야. 그 때 얼마나 웃겼는지 몰라 하하하--- 사람들이 내 등 뒤에서 웃는 소리가 들려왔다.

작은고모도 아버지도 본체만체하고 지나치려는데 어머니가 쌀바가지를 들고 고방에서 나오다 나와 마주쳤다. 아직도 마당에는 아이들이 많이 남아 있었다.

"니마 어디 갔다 오니? 애들아, 이제 더는 곤쌀이 없구나."

아이들은 삽시에 울상이 되었다. 금방이라도 와락 울음을 터트릴 듯이 얼굴이 일그러질 대로 일그러졌다.

어느새 다가왔는지 아버지가 어머니한테서 쌀바가지를 빼앗으면서 눈을 부라렸다.

"인정머리라곤 없는 여편네하고는. 그럼 애네들 어떡허란 말이라?"

정말로 쌀이 없다는 대도 아버지는 막무가내로 어머니를 끌고 고방으로 들어갔다.

"다 떨어졌으면 외증조부 제사 쌀로 봉해둔 거라도 위로 덜어낸 다음 쟤네들 줘 보내. 쟤들 원족 망칠 일 있어 당신?"

아버지가 어머니한테 으름장 놓는 소리가 마루 뿐 아니라 마당까지 퍼져 나갔다.

아버지 말 한마디는 그야말로 외할머니 마음을 섭섭하게 하고도 남았다. 처가 제사 모시려고 비축한 제물(祭物)은 아무려면 그렇게 함부로 퍼내도 좋다는 말인가. 할머니는 찬방에서 그미를 흔들다말고 빈 담배대만 요란하게 빨아대었다.

아마 속으로는 이렇게 부아를 끓였을 지도 모른다. 저노무 사위가 저토록 처가 조상을 위하지 않을 줄 알았으면 재산 한 쪽도 주지 않았을 것을, 아이고 원통하고 억울해!!!

할머니가 정말 속으로 억울해서 억장이 무너졌는지 말았는지 이제 와서는 확신이 서지 않는다. 화가 나서 부아를 끓이는 할머니를 나는 본 적이 없기 때문이다.

선생님한테 벌 받고는 내 종아리가 헐었을 때 딱 한 번 할머니는 아버지를 마주 앉혀놓고 뭐라고 잔소리를 한 적이 있다. 옥자어머니가 옥자한테 하는 욕에 비기면 그 때 할머니가 아버지한테 잔소리한 건 속삭이는 정도밖에는 되지 않았다.

어머니로서는 아버지 말을 거역할 도리가 없었다. 설사 친가 쪽 조상 제사를 모실 쌀이라고 해도 헐어서 아이들에게 주라고 아버지는 했을 거라는 걸 어머니는 모르지 않았기 때문이다.

어머니는 나중에 고방에서 나와 할머니 귀에 대고 소곤대길, 어머니 상심하지 마세요. 할아버지 제사지낼 쌀독은 몰래 저 안쪽에 숨겨 놔뒀어요. 떡은 못해도 메밥해서 동네 나눠먹을 정도는 돼요. 조상이야 자손 정성 보는 거지 음식 많이 장만했나 보는 건 아니 잖아요 어머니.

그런 저축 장치

그 날 원족 점심 싸갈 '곤쌀'을 가져온 그릇만큼씩 꾸어가지 못한 아이는 아무도 없었다. 그런데 그 날 저녁에 어머니는 부엌에서 밥을 푸다말고 전에는 결코 하지 않던 말을 하는 것이었다. 찬방에서 우리들은 두리반에 둥그렇게 둘러앉아 밥을 기다리던 참이었다. 그 자리에는 작은고모와 아버지만 없었다.

왜 동네사람들은 만날 쌀, 쌀 하면서 우리 집으로 몰려드는지 몰라. 지들은 뭐 부엌에 심어 놓은 '조냥 쌀독' 그득그득 채워놨으면서 걸핏하면…

그 때 아버지가 부엌을 기웃거려 어머니는 말을 중간에 끊었다.

'조냥 쌀독'이라고 어머니는 말했지만 제주사람들은 '조냥 대바지'라고 한다.

내가 어렸을 때만 해도 끼니 때 마다 밥 지을 쌀에서 한줌씩 덜어내어 부엌 한 켠에 앉힌 조그만 항아리에다 비축하는 습관이 제주의 어머니들 사이에 있었다. 아무리 때 거리가 모자라도 모자란 대로 꼭 덜 내어 그 '쌀 비축 항아리'에 넣었다.

그렇게 모은 항아리의 쌀은 다시 계를 모아 마을공동 방목터도 사고 방앗간도 만들고 상여가마를 장만하곤 했다. 마을에 생각지 못했던 큰 경조사가 발생할 때도 쓰이곤 했다.

'쌀 비축 항아리'의 쓰임새가 얼마나 많았던지 다 헤아리기 어려울 정도이다. 요새 말로 바꿔 그 '쌀 비축 항아리'를 말하라면 다름 아닌 저금통장이라고 해도 과언이 아닐 것이다.

끼니 쌀이 뚝 떨어져 남의 집에서 때 거리를 꾸어 들일망정 '조냥 대바지' 쌀을 먹어버리는 집은 거의 없었다.

어머니는 그걸 모르지 않으면서 푸념을 전에 없이 늘어놔 듣는 우리마저 어리둥절하게 하였다.

되로 꾸고 말로 되갚는 인정

어머니 푸념을 들으면서 저녁상을 받은 우리들이 첫 숟가락을 들기 전이었다. 낮에 쌀을 꾸어간 아이들이 또다시 줄줄이 들어왔다. 소라를 가져온 아이, 문어를 가져온 아이, 심지어는 양푼만한 전복을 가져온 아이도 있었다.

"이 고동(소라) 예, 니마 작은고모님 술안주 해 드리랜 헙디다."

"이 생복(전복)으로 작은고모 전복죽 쑤어서 드리랜 마씀."

"이 문개(문어)로 작은고모 양귀비 이기랜 숙회해영 먹읍센 예."

아이들이 내미는 손을 받아들이는 어머니 표정이 사뭇 가관이었다. 머쓱해서 어쩔 줄 몰라 하는 게 볼만 했다. 어머니 못잖게 외할머니도 낮에 자신의 불편한 심기를 드러낸 것이, 조금 전에 어머니 푸념에 맞장구 친 것이, 몹시 부끄러운 모양이었다.

"야야, 수니에미야, 우리 속이 밴댕이 속을 닮았나 보다."

도시락을 쌀 '곤쌀' 한줌을 얻어간 아이들이 되돌려주는 그 값에 의기양양한 사람은 아버지뿐이었다. 할머니와 어머니한테 그것보라는 듯이 아이들이 들고 온 것들을 마주 받으며 큰 소리로, 고맙다 이. 니마 아방이 막 고마워하더라고 어멍 한티 가서 말해 이. 하고 싱글벙글 입이 귀밑까지 찢어졌다.

뒤울에 핀 당유자 꽃향기가

술에서 깨어난 작은고모가 당신의 방과 마루를 가르는 방문턱에 걸터앉아 입심 좋게도 아직도 아들을 낳지 못한다고 어머니를 탓하고 그렇게 칠칠맞은 각시를 데리고 사는 아버지는 세상에 못나도 한참 못난 놈이라고 나무랬다.

어머니는 양쪽에서 몰리는 꼴이 되고 말았다. 작은고모는 어쩌면 그리도 시간을 잘 맞추어 늘 하는 타령, 아들 못 낳는 어머니 허물을 탓하고 들었는지 모른다.

어른들은 저들의 삶을 뉘우치고 회개하고 탓하고 덤터기 씌우고...그러거나 말거나 난 밤을 넘기면 가야하는 원족길이 마땅찮아 또 볼이 매었다.

큰언니는 내가 볼 맨 이유를 알면서도 시치미 뚝딱 떼고 모른 체 했다.

나는 혹시나? 하고 큰언니의 착한 맘씨에 마지막 기대를 잔뜩 걸었으나 아무 소식도 없었다. 큰언니는 뭐든지 양보를 잘 했는데……아버지가 성안에 갔다 올 때 사다주는 '버렝이' 알사탕도 먹는 척하면서 꼬불쳐 두었다가 슬이와 나에게 나눠주곤 했다. 그렇게 평소에는 맘 좋던 큰언니도 노란 양은 도시락은 차마 양보할 마음이 없나 보았다.

오월 밤하늘은 곱기도 했다. 뒤울에 핀 당유자 꽃향기가 별 그림자를 더욱 아름답게 밝혔으며 하늘과 땅 사이에 있는 우리 집을 포근하게 감싸주었다.

큰언니와 같은 노란 양은 도시락만 있었다면 나도 오월 밤하늘에 빛나는 별보다 더 찬란하게, 당유자 꽃향기보다 더 향기롭고도 남았을 걸.

아니지 내가 제일 좋아하는 만포아저씨가 만들어준 감꽃목걸이보다 더 고운 아이가 되었을 것을………… 향기로운 오월 밤은 새록새록 깊어만 가고 별빛은 더욱 도드라져 빛나건만 반대로 놋바리도시락을 생각하는 내 마음은 무겁기만 했다.

감잎차와 천사

늦은 저녁식사를 마친 아버지는 마당가에 조그맣게 들앉은 채마밭 돌담에 걸터앉아 담배를 피우고 있었다. 작은고모가 아프기 전에는 아버지가 채마밭 근처에만 가도 술 익는 냄새가 비밀스레 퍼지곤 했다.

작은고모는 벌써부터 술잔치를 벌일 동네 사람들을 기다리는 눈치였다. 쉬지 않고 부엌에서 저녁 설거지와 술안주를 만드는 어머니 등에다 대고 잔소리를 하는 품으로 봐서 미뤄 짐작이 갔다.

큰언니는 낮에 만포아저씨가 따온 감이파리를 이슬에 말린다고 널따란 채반에 널어놓은 것을 다시 손보고 있었다.

막 잎맥을 펴기 시작한 감잎을 따서 이슬에 바래어 바짝 말린 후에 솥뚜껑을 뒤집어 앉혀 살짝 덖은 다음 차로 끓여 마시면 숙취 뿐 아니라 나쁜 약에 찌든 독까지도 해독시킨다고 했다.

만포아저씨는 천사와 같은 마음을 지녔다. 그런 그도 어머니를 욕하는 작은고모만은 몹시도 싫어했다. 싫어하는 품새로 치면 그 정성스런 손길이 있을 법 하지 않아 뵈는 대도 매일 감잎을 따 우리 집으로 날랐다.

만포아저씨가 따온 감이파리는 한 장도 상한 게 없었다.

어머니는 만포아저씨가 정성을 다해 따 가져온 햇 감잎을 받으면서 눈물을 글썽일 때도 있었다.

나는 채반 위에 노르스름하면서도 그미 볼처럼 살짝 분홍색을 띄기도 한 감잎을 골고루 펴 너는 큰언니 등에다 잔뜩 눈독을 쏘았다.

아버지가 나에게 시비를 걸었다.

"니마 눈길이 왜 수니 등딱질 뚫러?"

나는 샐쭉하니 대답했다.

"간섭맙서."

내 대답에서 찬바람이 쉬잉- 일었다. 아버지가 채마밭 담에 걸터앉아 담배를 피는 모습이 외로워 보여 내 고민을 말하면 통할 것만 같은 예감에 마당으로 나갔지만 아버지는 역시 나를 눙치고 놀려먹기를 즐기는 해적 같은, 역시 그 아버지였다.

꿈길

우리 집 식구들은 그 아무도 내가 도시락 때문에 상심하고 있다는 것을 몰라주었다. 알고 있으면서도 시침 딱 떼고 있는지도 몰랐다. 마지막으로 아버지에게 그런 내 마음을 비벼보려던 계획을 접어두기로 했다. 말해봤자 본전 밑질게 뻔해 보였기 때문이다.

그 날 밤은 정말 잠이 한숨도 오지 않았다. 내 마음 고생은 아랑곳 하지 않고 밤새 마루에서는 쿵작거렸다. 그렇게 니나노 판을 벌이는 어른들이 왠지 미웠다. 하긴 뭐 그 밤에는 노란 양은도시락을 주면 모를까 모든 게 밉게만 보였을 것이다.

마당에서 어정거리다가 방에 들어가 천하태평스럽게 자는 큰언니와 슬이를 냅다 몇 번씩 발길질로 걷어찼다.

내 발길질 따위는 개미한테 물렸을 때만큼도 반응을 보이지 않은 체 두 사람은 잠을 푸지게 자 나를 더 복장 터지게 했다. 오직 나 홀로 잠 못 이루고 부아를 끓이기도 하고 슬퍼하기도 하면서 밤을 새웠다. 그러다가 날이 새어 큰언니와 어머니가 부엌에 내려가는 소리를 듣고 얼핏 잠이 들었다.

원족 가는 들길 양옆 길가에 하얀 찔레와 분홍 찔레가 흐드러지게 피었고 향이 너무 짙어 코가 다 맹맹하니 매웠다.

나비며 벌떼가 아예 하늘을 가릴 정도로 수많이 날아다니고 있었다. 오만가지 나비와 벌을 보고 평소 같았으면 기뻐 날뛸 내가 하늘이 안보여 답답해 미칠 지경이었다. 하늘이 보이지 않아 걸음조차 불편했다.

아이들은 저만치, 어? 어느새 저어-만치 멀리 가고 있었다. 나비와 벌과 찔레가 가득한 벌판에 혼자 남겨진 나는 무섬증이 일어 오줌이 다 마려웠다. 저어-만치 사라져가는 아이들을 따라잡으려고 막 달려가려는 나를 찔레덩굴 손들이 삽시에 뻗어와 휘어 감고 나비와 벌들도 에워싸는 게 아닌가!

아----

내가 아무리 고함을 쳐도 그 소리는 그냥 허공에서 사라져 버렸다. 나는 점점 더 찔레덩굴 손에 친친 감겨 조여지고 나비와 벌떼에 에워싸여 옴쭉달싹 못 하게 되어버렸다. 숨이 막혔다. 그 때였다.

"일어 나. 오늘 원족 가는 거 잊언? 늦잠을 다 자게."

큰언니가 깨웠다. 내 몸은 이불로 돌돌 말려 있었고 이불 한 자락을 입에 물고 있었다. 큰언니는 어서 일어나라면서 이불자락을 획 들면서 나를 요위로 떨어트렸다. 이불로 상반신이 가려져 머리만 보이는 큰언니가 엄청난 거인처럼 보였다. 봄 하늘에 독수리가 한껏 날개를 펼치고 나타나서 갓 둥우리에서 내려놓은 병아리를 덮치곤 했다. 큰언니가 그 독수리처럼 보였다.

"큰언니 무섭다 게!"

나는 이불을 낚아채어 다시 머리 위까지 덮어썼다. 큰언니는 내가 장난을 치는 줄 알고 이불을 잡아채어 버렸다. 썰렁하게 요위에 쪼그리고 누워 빨리 이불 덮으라고 큰언니한테 앙탈을 부렸다.

'비바리'들과 가정교육

양귀비한테 홀렸던 정신이 조금씩 돌아오기 시작한 작은고모는 술기운이 떨어지면 몸을 심하게 떨었다. 작은고모는 마침 술기운이 떨어져 손이며 머리까지 심하게 떨면서 마루에 막 나온 참이었다. 우리방문이 활짝 열려 있었다. 방바닥에서 이불을 들쓰고 뒹굴고 있는 우리가 작은고모의 눈에 포착되었다.

"야- 동생!"

작은고모가 아버지를 부르는 소리에는 노기가 잔뜩 서려있었다.

나는 화들짝 놀랐다. 큰언니도 놀랐던지 벌떡 일어났다. 아버지와 어머니가 어느새 마루에 와 작은고모 앞에 섰다.

"비바리들 가정교육을 어떻게 시키는가? 이 꼭두새벽부터 온 집안이 난장판 일세!"

작은고모는 온몸을 달달 떨면서도 목청만은 여전히 천하를 호령하고도 남을 만치 청청한 게 위엄이 예전과 다름없었다.

아버지는 두 손을 배꼽에 모아잡고 어쩔 줄 몰라 하면서 입속에서 웅얼거렸다.

"아이들 오늘 저기 송당목장으루 원족 가는데 저어- 누이. 야들이 너무 좋아서 들........."

딸들을 변호하려 든 게 잘못이었다. 작은고모는 여지없이 아버지가 웅얼거리는 변명을 단호하게 꺾어버렸다.

"지금 아이들 앞에서 시덥잖은 변명이나 해 줄 텐가? 기쁠수록 안으로 감추게 교육 못시킨 저 짓거리가 자랑스럽단 소린 설마 아니겠고 자네, 지금 무슨 소릴 하젠 이?"

아버지와 어머니는 고양이 앞의 쥐처럼 사색이 되어 덜덜 떨었다. 정말이다. 우리 방에서 보니 아버지 다리 떨리는 게 다 보였다.

큰언니와 나는 부리나케 잠자리를 정리하고 찬방으로 살금 고양이처럼 도망쳤다.

한바탕 작은고모한테 치도곤을 당하고 어머니가 싱긋이 웃으며 우리한테 왔다. 할머니는 마루에서 벌어지는 사단이 궁금했는지 빈 담배대를 문체 건넌방에서 찬방으로 통하는 문을 열고 내다봤다.

"아이들 작은고모가 점점 정신이 드나 봐요 어머니."

어머니는 흐뭇한 미소와 함께 할머니한테 말을 건네었다. 할머니도 무슨 반가운 일이 생긴 것처럼, 아이구 천만 다행이다.라고 조그만 목소리로 속삭였다.

"비바리들, 다 찬방에 모여서 내 흉 보는가?"

작은고모의 목소리가 쩌렁쩌렁 찬방을 두드렸다. 우리들은 어깨를 으쓱하며 소리 죽여 쿡쿡 웃었다.

마침내 길을 가다

어머니가 큰언니에게 도시락을 내오라고 했다. 큰언니는 찬장 맨 위에 얹었던 도시락을 냉큼 꺼내었다. 내 입이 튀어나올 차례였다.

어머니는 아궁이에서 벌겋게 단 불잉걸을 끌어내어 석쇠를 얹어 마른 옥도미를 굽고는 하얀 쌀밥을 큼지막한 함지박에 퍼서 찬방마루에 놨다. 밥에서 좀 더운 김을 내고는 볶은 통깨와 황설탕과 소금을 섞어 간을 맞춰놓은 것을 솔솔 뿌린 후에 주먹 만씩 뭉쳐 꼭꼭 쥐어 주먹밥을 만들어 가늘게 잘라놓은 김으로 띠를 둘렀다.

"내 주먹밥은 띠만 두르지 말고 김으로 다 싸 줍서. 꺼멍하게(까맣게) 예."

내 요구를 어머니는 들은 체도 하지 않았다. 작은고모 밥상에만 내는 귀한 김을 우리들 원족 간다고 특별히 맛보여 주는 건데 무슨 흰소리냐고 한마디로 일축했다.

김 한 장을 가위로 줄줄이 오려 주먹밥에 띠만 두르는 건 내 성에 차지 않았다. 노란 양은도시락이 없는 대신 주먹밥 한 덩이쯤 김으로 다 싸주면 어때서? 어머니는 정말로 노랭이 깍쟁이 수전노 자린고비 딱정벌레! 나는 속으로 생각해

낼 수 있는 짠 사람에게 붙이는 온갖 별명을 다 끄집어내어 김에 인색한 어머니를 빗대었다.

참기름을 발라 구워낸 김

제주 섬은 온갖 해초가 다 미어지게 생산되는 데도 유독 김은 귀했다. 아니 아예 까만 김은 생산되지 않았다.

내 여섯 살 무렵의 제주사람들은 김을 모르는 이가 아는 이보다 더 많았을 것이다.

아버지가 작은고모 입맛에 맞는 걸 찾아 성안에 장보러 갔다가 김을 사와서는 참기름을 발라 소금을 뿌려 구울 때 우리는 그 맛이 어떠한 지 전혀 감 잡을 수도 없었다. 예전에 단 한 번도 본 적도 먹어본 적도 없었던 것이다. 저 자줏빛이 살짝 도는 까만 종잇장 같은 게 무슨 맛을 벨까? 내 호기심도 감히 그 맛을 미리 상상해 낼 수 없을 정도였다.

어머니는 참기름을 발라 구워낸 김에 밥을 펴고 물기를 걷어낸 성게알을 고명으로 얹어 돌돌 말았다. 그런 다음 한참을 지긋이 눌렀다가 칼로 도막도막 썰어 작은고모 밥상에 올렸다.

작은고모가 밥상을 받은 내내 우리들은 호기심에 가득 찬 눈초리로 김밥과 작은고모를 살폈다. 저걸 다 드실까 아니면 남길까? 먹는 것에 별로 관심이 없는 나도 처음 작은고모 밥상에 김밥이 올랐을 때는 대단히 군침을 삼켰다.

작은고모는 김밥을 남긴 체 밥상을 물렸다. 나는 안도의 한숨을 내쉬었다. 그때 겨우 한 토막씩 김밥을 맛봤는데, 야! 내가 먹어 본 밥 중에서 가장 맛있었다. 그 고소한 맛이라니!

우리들이 아무리 졸라도 어머니는 우리들만을 위해서는 결코 김밥 한 줄 말아 주지 않았다. 그래서 우리들은 작은고모 밥상에 김밥이 오를 때만 눈이 빠져라 기다리곤 했다.

안 가본 사람이 더 잘 아는 숭례문 턱

아이들은 내가 김밥을 먹었다고 말하자 그게 뭐냐고 물었다.
까만 김 위에 쌀밥과 성게알을 넣어 돌돌 만 거라고 말해줘도 아이들은 도저히 어떤 것인지 감을 잡지 못했다. 그도 그럴 것이, 안 가본 사람이 가 본 사람을 이기는 숭례문턱처럼 말로 설명해서 머리에 그림을 그릴 수 없는 것이 먹는 것이다. 먹어보지 않은 상태에서 그 맛을 제대로 상상해내기란 어떤 음식이나 불가능한 것이다.
어머니는 우선 큰언니의 노란 양은 도시락을 주먹밥으로 채우고 나서 내 도시락이 될 놋바리에도 담았다.
"니마 놋바리엔 몇 개 들어가지 않겠네. 니마는 밥 많이 안 먹으니까 세 개면 될까 아니 네 개?"
나는 심통이 나, 다섯 개 아니면 아무것도 아니! 라고 퉁명스레 어머니 혼잣말에 끼어들었다.
"왜?"
어머니는 다 알면서 물어보는 거라는 걸 나도 알고 있었다.
"놋주발 도시락이 싫언 마씀!"
나의 볼멘 항의성 대답에 눈도 깜짝하지 않고 싹 무시하고는,
"싫으면 관둬라."

라고 매몰차게 잘라버리는 어머니 대답도 미리 준비한 것 같았다.

"경헙서(그렇게 하세요) 게. 놋주발에 똥떡 같은 주먹밥! 난 싫어 마씀."

내가 웅얼거린 말이 이외라는 듯 어머니는 도시락을 싸다말고, 쟤가 또 엉뚱한 소리 한다고 야단치는 것이었다.

맛좋은 '똥떡'은 아흔아홉 수

똥떡은 이름이 좀 뭐해서 그렇지 사실은 맛좋은 떡이다.

우리 마을에서는 밥 지어먹을 쌀도 모자라는 형편인데도 부득이 떡을 만들어 집집마다 돌리지 않으면 안 되는 일이 예로부터 전해 내려오고 있었다. 그러니까 아직 열다섯 살이 안 된 '어린사람'이 통시에 갔다가 디딤돌을 잘못 디뎌 혹시라도 발에 똥을 묻히는 경우가 있으면 그 때는 지체 않고 똥떡을 만들어 집집마다 나눠야 했다.

통시에 빠졌는데도 그냥 넘겼다가는 큰 일이 난다고 했다. 그건 액땜하는 비방이 바로 똥떡을 만들어 집집이 나누어 먹는 거다. 그런데 주의할 사항이 딱 한 가지 있다. 사백구십구 집을 나누어도 안 되고 아흔아홉 집을 나누어도 안 된다. 꼭 백 집이나 이백 집 아니면 삼백 집 혹은 사백 집 오백 집이라야 한다.

구십구(99). 제주사람들 삶속에 아흔아홉이란 숫자는 마(魔)의 숫자로 각인되어 있다.

한라산 영실기암의 오백 장군도 사실은 사백구십구 장군이다. 한 명은 저 서귀포 앞바다 '외돌개'에 홀로 떨어져 산다.

그 장군 한 명이 떨어져 나가지 않고 오백 명을 꽉 채웠다면 제주 섬에서도 천하를 다스릴 제왕이 나왔을 것을……그 고집쟁이 때문에 미완으로 끝났다고 이

제도 아쉬워한다.

그 뿐인가, 한라산의 가장 아름다운 골짜기 아혼아홉 골도 한 골이 모자라 제주 섬에 맹수의 왕인 호랑이도 온갖 약초의 으뜸인 산삼도 살 지 않는다고 한다.

아혼아홉 수는 참 묘하게도 아슬아슬하게 채워지지 않는 가운데 아스라히 꿈이 이어져 세상의 고난한 삶을 사는 이들을 안타깝게 하는 숫자이다.

그래서 똥떡은 꼭 꽉 찬 숫자를 나누어 먹어야만 되는 액땜용 떡이다.

똥떡의 생김새는 꼭 잘 눈 똥 한 점과 흡사하다. 재료는 고구마 가루거나 차좁쌀 가루 중에 한 가지를 사용한다.

고구마는 늦가을에 밭에서 파내는 대로 곧장 얇게 저며 썰어서 들판에 하얗게 널어 깨끗하게 바싹 말린다. 말리는 도중에 단 한 번이라도 비를 맞아 젖었던 것은 똥떡 재료로는 불합격이다.

메좁쌀과 차좁쌀의 핑계거리

썰어서 볕에 잘 말린 고구마를 절간고구마라고 한다. 제주사람이 '감저고루'라고 하는 고구마가루는 절간고구마를 방앗간이나 정미소에서 빻거나 갈아서 곱게 가루를 낸 것을 말한다.

고구마가루는 보통 회색을 띤 밀가루보다 조금 텁텁한 흰빛이 난다. 그러나 떡을 빚으면 아주 새까맣다. 새까맣다 못해 푸르스름한 녹색을 띄기까지 한다.

떡 색깔은 새까맣지만 맛은 기막히게 좋다. 달콤하고도 쫄깃쫄깃한 게 그야말로 둘이 먹다가 둘이 다 죽어도 모를 정도로 맛이 그만이다.

제사나 차례 혹은 소대상 제수음식을 장만할 때 마지막에 일꾼들 먹을 양으로 고구마가루떡을 빚는다. 이때는 떡소로 날고구마를 넣고 찐다. 그러나 똥떡에는 소를 넣지 않는다. 소를 넣지 않는 대신에 콩가루 고물을 묻히기도 한다.
　메좁쌀은 흔하지만 차좁쌀은 제주 섬에 귀하다. 제주 땅의 땅심이 약해 메조가 차조보다 잘 된다고도 하고, 제주사람들이 본디 차조보다 메조를 더 좋아해서 메조를 많이 갈았다는 이야기도 있다.
　차좁쌀 가루로 똥떡을 빚는 경우는 막 가을걷이를 끝낸 뒤 차좁쌀이 차질대로 차진 한 시기만 쓴다. 이때는 아직 절간고구마가 마련되지 않은 때이기도 하고 똥떡을 핑계 삼아 새로 난 햇곡식으로 떡을 빚어먹으려는 속셈이기도 하다.

쉬나시리와 껑무시리 아는 당신, 브라보!

　떡을 빚기는 여러 가지 조 중에 차조가 으뜸이라고 어머니는 말했다.
　옛 어른들은 기장과 조를 뭉뚱그려 서속(黍粟)이라고 했다한다. 조는 여러 가지 종류가 있다. 또한 씨 뿌린 때를 가늠하여 오십 일 만에 수확하는 조생종을 '쉬나시리', 이삭이 마치 토끼 꼬리처럼 몽콜몽콜한 데다 좁쌀알이 주 가운데서 가장 굵은 걸 '강돌아리', 이삭 끝이 세 가닥으로 갈라진 모양을 따라 이름 지은 '괴발시리', 이삭에 유독 털이 북삭하게 많이 돋아나고 척박하고도 메마른 모래 섞인 땅에서 잘 자란다하여 '껑무시리' 등등 그 품종의 특성을 따 이름을 지은 것들도 오만가지이다.
　이를 또 이삭의 색깔과 대의 크기에 따라 나눠 부르기도 하고 쌀의 성질에 따라 구별하기도 한다.
　똥떡의 재료로 쓰이는 조는 차조 가운데서도 쌀 색깔이 짙은 녹색을 띄는 '검은흐린조'이다.
　제주사람들은 조를 색깔에 따라 분류할 때는 딱 두 가지로만 구분한다. 짙은 녹색을 띤 것을 '검은 조', 노랗디노란 것은 '붉은 조' 라고 한다.

색깔에다가 조가 차지면 '검은흐린조' 라고 부르고, 메지면 '검은모인조' 가 된다. 노란색에다 차진거야 두말 할 것도 없이 '붉은흐린조' 지 그럼! 노란 메조는 '붉은모인조' 이다.

고구마가루로 빚은 떡을 '감저떡' 이라고 하고, 차좁쌀가루로 빚은 걸 '오메기떡' 이라고 한다.

이 두 떡의 공통점은 색깔이 새까만 녹색이라는 것과 쫄깃거린다는 것과 고소한 향이 풍미가 매우 좋아 맛있게 풍긴다는 것 등이다.

'감저떡' 은 소주의 어머니, '오메기떡' 은 청주의 어머니

'오메기떡' 은 식으면서 서로 엉겨 붙기를 좋아해, 차좁쌀가루로 빚은 똥떡을 나눌 때는 큼지막한 놋숟가락도 더불어 가지고 다니면서 엉겨 붙은 것을 떼어 나눠주곤 했다.

이외에도 두 떡의 매우 독특한 공통점이 또 하나 있는데, 그것은 둘 다 훌륭한 술의 원료라는 것이다.

'감저떡' 으로는 맑은 소주를 닦을 때 쓰며, '오메기떡' 으로는 탁주나 청주를 빚을 때 쓴다.

아버지는 주로 '오메기떡' 으로 탁주를 빚어 항아리에 묻어뒀다가 술 익는 향이 짙어지면 청주를 걸러내지 않고 긴 오죽(烏竹) 막대기로 휘휘 저어 걸쭉한 농주를 만들어 마시곤 했다.

삶은 계속 된다

얼마 전 미역허채 뒤끝으로 내리기 시작한 봄장마가 한창일 때 옥자가 통시에 빠졌다. 그 때 고구마가루로 빚은 똥떡을 정말로 실컷 먹었다.

옥자어머니는 우리 마을에서 가장 부지런한 잠수(해녀)였다.

새벽 첫닭이 울기도 전에 일어나 물을 긷고 아침밥을 지으면서 옥자네를 깨웠다.

옥자네 집과 우리 집은 텃밭을 사이에 두고 이웃했음으로 옥자어머니가 새벽부터 옥자아버지와 아이들을 깨우느라 닦달하는 소리가 다 들렸다.

옥자 아버지는 좀 느린 사람이었다. 키가 멀대 같이 큰데다 온순하기가 이를데 없어 아무도 화를 낸 그를 본 적이 없다고 할 정도였다. 마을에서는 옥자아버지를 키다리 정서방이라고 불렀다. 또 곰배 정서방이라고 부르기도 했다. 옥자네 성씨가 곰배 정씨여서 그렇게 부른다는 것이었다.

곰배 정씨가 어떤 정씨인지는 모르겠지만 좀 느러터지고 온순한 성품에 키 큰 옥자 아버지한테는 아주 어울리는 부름씨 같았다.

옥자어머니가 하도 바지런을 떠는 통에 옥자는 평소에 뭘 생각할 겨를조차 없이 사는 것처럼 보였다. 옥자가 통시에 빠진 그날도 새벽 참에 어머니 등쌀에 못이겨 일어나긴 했는데 눈이 떠지지 않은 체 볼 일을 보러 갔다가 발을 헛디뎌 빠졌다고 했다.

옥자가 똥 더미에 발을 담그고 어쩔 수 없이 돼지와 입맞춤 한 —참, 옛날 한 옛날 내가 다섯 살인가 여섯 살 적 제주 섬 통시, 뒷간에는 '도세기'라고도 부르는 돼지가 살고 있었다.

통시에 사는 제주 돼지는 다 검은 돼지여서 제주사람들은 '검은 도세기'라고 불렀고 육지 사람들은 '똥돼지'라고 했다.— 것을 마을사람들이 알게 되기까지 그리 오랜 시간이 걸리지 않았다.

그건 순전히 옥자 어머니 목청 덕분이었다. 그냥 조용히, 우리 어머니처럼 말해도 될 것을 옥자어머니는 일단 목청껏 소리를 지르고 보는 습관이 있었다.

바람보다도 더 바다보다도 더

잠수들은 누구나 다 목청이 거칠다고들 했다. 거센 바람과 거친 바다와 더불어 살다보면 바람보다도 더 바다보다도 더 높고 강한 목청을 내야만 서로 말을 주고받을 수 있기 때문이라고 했다.

옥자어머니가 이른 신 새벽에 목청을 돋우어, 이놈의 비바리! 발은 뭐 허공 밟으라고 있는 거냐, 디딜팡(디딤돌)아래로 빠지는 거 구경만 하게? 라고 소리쳤다.

그 때 나는 막 잠에서 깨어나려고 눈을 게슴츠레하게 뜨는 둥 마는 둥 한 상태였다. 옥자어머니의 고함을 듣는 순간 눈은 저절로 알아서 번쩍 떠지는 게 아닌가.

나는, 야! 오늘 되게 재수 좋은 날이다. 라면서 손뼉을 쳤다. 오늘 옥자네 똥떡은 오메기떡일까 아님 감저떡일까?

옥자네 집에서는 저녁밥상을 물린 이후까지도 똥떡을 나누지 않았다. 우리 집에서는 막 술 잔치판이 벌어져 니나노~ 소리가 진동했다. 밤이 이슥하게 깊어가고 있었다.

에구 에구 큰일 났져. 오옥자아 똥떡 안 해서 크은일 나았져ㅡ.

나는 심심하여 어머니한테 배운 구귀가(九歸歌)를 부르다말고 옥자네 똥떡 돌리지 않은 사실을 빗대어 혼자서 밤하늘에 대고 놀려대는 소리를 노래삼아 부르고 있었다. 손바닥 만 한 우리 집 마당에서 목청껏 외치면 곧바로 옥자네 뒷문에 가 박힌다는 걸 계산한 나의 장난이었다.

이런 셈법도 있다는

구귀가가 뭐냐고? 구구단을 모르는 이는 없을 것이다. 일일 일, 일이 이, 하고 곱셈법 외우는 거 말이다. 곱셈과 같은 원리로 나눗셈의 법칙을 잘 외우도록 말마디를 맞추어 노래처럼 부르게 만들어진 게 구귀가이다.

나의 어린 시절을 되돌아보다가 문득 구귀가를 부르던 생각이 나 국어사전을 뒤져봤더니, 이것 봐라! 나는 사전에서 이 단어를 발견한 순간 너무 감격하여 눈물을 줄줄 흘렸다.

내가 아름다운 노래를 부르는 기분으로 마음 내키면 세상이 떠나가라 큰소리로 외워대던 구귀가가 「국어대사전」에 나와 있을 줄은 꿈에도 몰랐던 터였다.

사전에는 구귀가를, 구귀법 운산(運算)에 편리하도록, 늘 기억하여 두기 위하여, 오언(五言)으로 지은 45마디의 문구라고 쓰여 있다. 한 번 확인해 보시라. 참 재미있게 글귀가 맞춰져 있다.

봉일 진일십 (逢一進一十) $1 \div 1 = 1$
이일 첨작오 (二一添作五) $1 \div 2 = 0.5$
봉이 진일십 (逢二進一十) $2 \div 2 = 1$
삼일 삼십일 (三一三十一) $1 \div 3 = 0.3 \cdots 0.1$
삼이 육십이 (三二六十二) $2 \div 3 = 0.6 \cdots 0.2$
봉삼 진일십 (逢三進一十) $3 \div 3 = 1$
사일 이십이 (四一二十二) $1 \div 4 = 0.2 \cdots 0.2$
사이 첨작오 (四二添作五) $2 \div 4 = 0.5$
사삼 칠십이 (四三七十二) $3 \div 4 = 0.7 \cdots 0.2$
봉사 진일십 (逢四進一十) $4 \div 4 = 1$

오일 배작이 (五一倍作二) 1÷5=0.2
오이 배작사 (五二倍作四) 2÷5=0.4
오삼 배작육 (五三倍作六) 3÷5=0.6
오사 배작팔 (五四倍作八) 4÷5=0.8
봉오 진일십 (逢五進一十) 5÷5=1
육일 하가사 (六一下加四) 1÷6=0.1⋯0.4
육이 삼십이 (六二三十二) 2÷6=0.3⋯0.2
육삼 첨작오 (六三添作五) 3÷6=0.5
육사 육십사 (六四六十四) 4÷6=0.6⋯0.4
육오 팔십이 (六五八十二) 5÷6=0.8⋯0.2
봉륙 진일십 (逢六進一十) 6÷6=1
칠일 하가삼 (七一下加三) 1÷7=0.1⋯0.3
칠이 하가육 (七二下加四) 2÷7=0.2⋯0.6
칠삼 사십이 (七三四十二) 3÷7=0.4⋯0.2
칠사 오십오 (七四五十五) 4÷7=0.5⋯0.5
칠오 칠십일 (七五七十一) 5÷7=0.7⋯0.1
칠륙 팔십사 (七六八十四) 6÷7=0.8⋯0.4
봉칠 진일십 (逢七進一十) 7÷7=1
팔일 하가이 (八一下加二) 1÷8=0.1⋯0.2
팔이 하가사 (八二下加四) 2÷8=0.2⋯0.4
팔삼 하가육 (八三下加六) 3÷8=0.3⋯0.6
팔사 첨작오 (八四添作五) 4÷8=0.5
팔오 육십이 (八五六十二) 5÷8=0.6⋯0.2

팔륙 칠십사 (八六七十四) 6÷8=0.7…0.4

팔칠 팔십육 (八七八十六) 7÷8=0.8…0.6

봉팔 진일십 (逢八進一十) 8÷8=1

구일 하가일 (九一下加一) 1÷9=0.1…0.1

구이 하가이 (九二下加二) 2÷9=0.2…0.2

구삼 하가삼 (九三下加三) 3÷9=0.3…0.3

구사 하가사 (九四下加四) 4÷9=0.4…0.4

구오 하가오 (九五下加五) 5÷9=0.5…0.5

구육 하가육 (九六下加六) 6÷9=0.6…0.6

구칠 하가칠 (九七下加七) 7÷9=0.7…0.7

구팔 하가팔 (九八下加八) 8÷9=0.8…0.8

봉구 진일십 (逢九進一十) 9÷9=1

이즈음은 아무도 나눗셈의 원리를 구귀가를 노래하며 공부하지 않을 것이다.

삶을 앞서 가는 스승의 그늘에서

옛날에, 내가 초등학교에 막 입학하고 나서 어머니는 나름대로 천자문도 읽게 하고 구구단이며 구귀가를 외워 수학의 기초 공부를 수월하게 하도록 도와주었다.

드디어 구귀가를 다 외우고 어머니 앞에서 읊어 보인 다음, '봉구 진일십!' 하며 박수를 딱, 쳐 마무리하던 맛이라니! 얼마나 내 자신이 자랑스러웠는지 모른다.

그런데도 어머니는 칭찬을 해주지 않았던 것 같다. 공부는 칭찬 들으려고 하는 게 아니라 자기 잘되려고 스스로 하는 것이니 무엇이든 가르쳐 준 이에게 그 사람이 누구든 간에 은사의 공덕을 기려 '고맙습니다' 라고 배워 받은 표시를 정중히 해야 한다고 길게 주의를 주었던 것이 지금도 생각난다. 그동안 수많은 은사를 만났지만 예를 갖추어 배워 받은 것에 대해 감사의 뜻을 표한 적이 별로 없는 것 같다. 그 생각을 하면 몸 둘 바를 모르게 부끄럽다.

그건 그렇고, 한바탕 구귀가를 외우고 있는데 옥자어머니와 옥자가 앞서거니 뒤서거니 들어왔다. 옆구리에 커다란 함지를 끼고 있는 걸로 봐서 뒤 늦게똥떡을 나누는 게 분명했다.

옥자어머니가 오자 마루에서 벌어지던 니나노 판은 잠시 멈추었다.

똥떡을 나눌 때는, 느닷없이 들이닥쳐서, "떡 먹읍서!' 하며 떡을 우선 나누어 준 다음에, 누가 언제 어디서 통시에 빠져서...라고 사연을 말하는 풍습이 있다.

그런데 옥자어머니는 먼저 옆에 선 옥자의 머리통을 한 주먹 쥐어박고 나서, 오전에는 식량이 모자라니 풀나물과 나리뿌리를 캐어다가 삶아서 된장에 버무려 밥 반 반찬 반으로 먹으려고 일출봉 분지에 갔다 왔고 오후에는 물때에 맞추어 물질을 했다한다. 그러다보니 '저녀리 옥자 비발년이' 새벽녘에 통시에 빠졌는데도 짬이 나지 않아 똥떡을 늦게 만들어 한밤중이 가까워서야 돌리게 되었다고 푸념을 늘어놓았다. 사람들은 옥자어머니를 위로한답시고 다 한마디씩 거들었다.

아, 오늘이 다 가기 전에만 똥떡을 돌리면 동티고 뭐고 없으니 안심 합서.

백 집에 돌릴 필요 없수다. 백 사람이 먹으나 백 집이 먹으나 백은 백 아니꽈.

옥자어머니는 그제야 안심이 되었던지 똥떡을 돌렸다. 사람 많이 모인 데부터 나누려고 우리 집에 왔단다. 우리들이 똥떡을 하나씩 받아들기가 바쁘게 옥자어머니는 옥자를 앞세워 머리통을 연신 쥐어박아가면서 우리 집을 나섰다.

제발 마을 사람들이 잠들지 말고 옥자네 똥떡을 기다려야 할텐데... 내가 자기 걱정하는 줄도 모르고 옥자는 저의 어머니한테 얻어맞으면서도 뒤돌아서서, 니마, 너 죽어! 하며 주먹을 내밀었다.

투정

옥자는 내가 학교에 입학한 후에 자기가 나보다 나이가 많다고 참으로 만만하게 나를 대하곤 했다. 내가 어디 옥자의 종주먹 내민 것 가지고 기죽을 까! 나는 한술 더 떴다.

"야, 똥싸게 옥자야, 내가 죽으면 너는?"

내가 대거리치는 걸 똥떡을 먹느라 잠시 놀이판을 쉬던 어른들이 듣고 작은고모에게, 이담에 저 니마 년이 커서 고모님 대물림 할만치 똑똑하다고 늘어놨다.

작은고모는 나를 별로 예뻐하지 않았다. 그랬는데도 웬일인지 그들의 말을 냉큼 받아, 나 정도 해서 되는가, 훨씬 더 잘 나야지. 라고 하는 것이었다. 나는 작은고모의 간접칭찬을 듣고 눈이 휘둥그레졌다.

남자 어른들은 똥떡보다는 문어안주에 술이 더 맛있다면서 똥떡을 다 나에게 주었다.

나는 어머니가 찬방에서 내다준 양푼에다 어른들이 주는 똥떡을 받아놓고 이튿날 아침 점심을 모두 그 떡으로 때웠다.

"난 똥떡같은 주먹밥도 싫고 예, 놋바리도 싫수다 게!"

한참동안 옥자의 똥떡 먹던 것을 생각다 말고 나는 다시 심통을 부렸다.

어머니는 내 심통에 아랑곳 하지 않았다. 큰언니도 시침 떼기는 어머니와 마찬가지였다.

"너 니마, 큰언니 도시락 탐내서 심통 부리지만 어림없다! 아우가 되고도 어째 사사건건 큰언니 껄 넘보니 넘봐?"

원족을 가거나 말거나 전적으로 그건 내 맘 먹기에 달렸고 어머니는 책임 없다는 투로 매몰찬 소리를 하는 걸로 봐서 더 심통을 부려봐야 손해 보는 건 결국 나밖에 없을 것 같았다.

오월 어린이날에 길나선 설빔 때때옷

하는 수 없이 어머니가 싸주는 대로 보자기로 꽁꽁 묶어 전대에 놔 어깨에 둘러매도록 만들어준 놋바리 도시락을 가지고 원족 길에 나설 수밖에 없었다.

아침밥을 먹고 세수하고 머리 빗고...이미 큰언니는 준비를 끝내고 도시락 보자기를 허리에 차고 있었다. 나는 설빔으로 받은 한복을 꺼내었다. 매우 아끼는 옷이었다.

"야, 아주 먼 길을 걸어 가야는데 너, 그 옷 되게 불편해영 안 된다 이."

큰언니가 한복을 거추장스레 입지 말라고 말렸다. 어머니도 큰언니가 말리는 소리를 듣고 우리 방으로 건너와 다른 옷을 입으라고 했다. 그래도 나는 기어이 우기고 그 설빔 때때옷을 입고야 말았다.

아참, 그렇지! 그 날이 어린이 날이었지. 이제야 그 날이 어린이 날이었음이 확실하게 생각났다. 귤껍데기 선생님이 어린이날을 기념하여 원족을 간다고 했었다.

어머니는 명절 때 마다 꼭 한복을 지어줬다. 설빔으로는 겨울에 입을 따스한 옷감으로, 단오에는 어른들 옷 짓다 남은 자투리 천이지만 노방이니 모시니 모아서 색다른 색동저고리를 만들어 주었고, 추석에는 검정 물들인 무명 통치마를 지어 아랫단에다 흰 광목 바이어스로 두세 줄씩 줄을 쳐주어 멋을 내주곤 했다.

우리 마을 아이들 심지어 바느질에 능한 큰언니 또래들도 검정치마 아랫단에 흰 줄 하나 치는 게 고작이었는데 어머니는 우리가 해달라는 대로 두 줄, 세 줄을 놔주는 것이었다.

그 흰줄은 미리 큰언니가 흰 광목에다 기다란 자를 대어 연필에 침을 묻히면서 사선을 친 다음 가위로 가늘게 오린다. 그것을 양옆 가장자리 따라 끝을 꼬부려 꼼꼼하게 인두로 눌러 놓는다. 그러면 어머니는 잣대로 간격을 재면서 흰 실로 시침을 하여 표시를 해 놓고 흰 광목 줄을 그 위에 대면서 박음수를 놓듯 정성스레 한 땀 한 땀 꿰맨다. 치마 아랫단에 두르는 흰 줄은 며칠 걸려야 완성되곤 했다.

어린사람 대접하기

명절 때마다 새 옷감이 없으면 어머니가 입던 묵은 치마를 뜯어 개조해서라도 옷을 지어주며 말하곤 했다.

못 먹는 건 아무도 모르지만 못 입으면 당장 겉으로 표가 난다. 사람은 옷을 깔끔하게 입어야 해. 옛 어른들도 '의관정제' 하는 걸 매우 중요하게 여겼단다. 조선조 때는 아이가 어른 되는 성인식을 했는데, 그 때는 머리 단정하게 빗고 옷 갖추어 입는 것부터 시작했을 정도란다.

우리 마을 어머니들은 대개 사내아이들 옷은 그런대로 챙겨줬지만 계집아이들 옷에는 별로 신경 쓰지 않아 보였다.

무명천에 검정 물을 들일 때는 몇 집이 어울려 같이 했는데 거의 전부 아들 옷 해 입힐 거라고들 말하곤 했다.

"아이구 수니어멍, 비바리덜 잘 입히고 잘 멕여 봤자 놈의 집에 시집가면 그 뿐이라."

딸들에게 마음과 정성을 다 쏟는 어머니를 이웃들은 은근히 질타했다. 그럴 때 정해놓고 대답하는 어머니 말이 있었다.

"딸은 사람이 아니랍디까? 딸이든 아들이든 사람인 이상 난 똑같이 해주고 싶수다."

사람들은 어머니의 말을 다르게 해석하였다. 수니어멍은 딸밖에 없으니 저 소리지. 아들 있어봐 어디다 대고 아들과 딸을 똑같이 해줘 해주길?

어린이날은 우리 '어린사람'들의 명절이라고 했다. 그렇지, 명절날이면 내가 제일 아끼는 색동옷을 입어야지. 앞으로 올 단오명절날 우리들 입힌다고 어머니는 깊은 밤 등잔 심지를 돋우고 바느질을 했다.

이미 내 옷이 다 된 것도 알고 있었다. 그러나 나는 그 옷을 입기보다는 설빔으로 받은 색깔도 선명한 색동 한복을 입고 싶었다. 그 옷은 정말로 예뻤기 때문이다.

내가 한복을 차려입고 나서자 식구들이 말렸다는 말은 벌써 했다. 도시락 때문에 삐쳐서 입을 함박주둥이처럼 만들고 있다가 후닥닥 원족 갈 준비를 서둘더니 느닷없이 웬 설빔 한복이람! 작은고모까지 눈이 휘둥그레졌다.

"멀리 걸어갈 건데 니마 너, 간편한 옷 입는 게 좋아!"

어머니가 충고하건 아버지가 말리건 큰언니가 그 옷 입고는 절대 못 간다고 하건 나는 막무가내로 우기고 나섰다. 작은고모만이 말리지 않았다.

역시 작은고모 배짱은 알아줘야 해. 야, 겨울 한복을 입건말건 놔둬라. 지가 입고 가겠대는데 왜들 말려? 더워 죽어도 니마가 죽는 거고 거추장스러워 걸음이 벅차도 니마가 벅찰 텐데 왜 니들이 그리 걱정이냐? 놔두라 놔둬.

그래 작은고모 말대로 놔둬.

흔연하게 서 있는 늙은 무궁화에 기대어

나는 작은고모 들으라는 듯 코 방귀와 더불어 한마디 하고는 꽃코고무신을 꿰어 신는 대로 놋바리 도시락을 어깨에 둘러매고 집을 나섰던 것이다. 내 등 뒤에서 아버지가 소리쳤다. 들길이 어글탁 다글탁 고르지 못할 텐디 밑창 넓직한 다이아고무신이 훨씬 발 안 아플 거여 착한 내 딸년아, 아버지 말 들으라!

아버지 걱정도 내 귓가에서는 위력을 발휘하지 못했다. 발이 아파도 내 발이 아프겠지. 참 별 걱정을 다 하신다. 그래도 아버지는 끝까지 원족 길에 오르는 내 옷차림에 대한 걱정을 접지 않았다.

"오늘만 놋바리 도시락 가져가고 이, 담 번에 아방 성안가민 꼭 큰언니 같은 양은 도시락 사다주마. 제발 걷기 좋은 옷 입고 가라."

아버지 마지막 걱정은 내가 이미 우리 집 어귀를 벗어나 골목길을 한참 걸어 나오는 뒤를 바싹 따라왔다. 나는 아버지 걱정을 집으로 되돌려 보내느라 아버지보다 더 큰소리로 외쳐야만 했다.

"아방, 도시락 사다주고프면 양은 도시락 말고 양철도시락으로 사다줍서. 그래야 큰언니 꺼하고 바뀌지 않을 거 아니꽈?"

아버지는 내가 되돌려 보낸 걱정을 통시 옆에 흔연하게 서 있는 늙은 무궁화 나무에 매달려 내 뒤통수를 보면서 되받고 있었다.

"기여 기여, 알았으니 와서 옷 갈아 입고 가라!"

나는 혀를 낼름 내밀었다.

큰언니가 어느새 달려와 내 옆에서 걸으면서 옆구리를 쿡쿡 찔렀다.

"원족가면서 색동한복 입냐! '피창' 하다 얘."

큰언니가 뭐라든 나는 고개를 쳐들고 도도하게 걸었다.

학교에 도착하니 이미 운동장은 학생들로 와글벅적했다.

큰언니는 금새 어딘가로 사라져버렸다. 학생들이, 잠자리 날개보다도 더 고운, 아니지 명주긴꼬리나비 같은, 호랑나비 같은, 제비긴꼬리나비 같은, 태극나비 같은, …같은, 같은 예쁜 한복차림을 한 내 주위로 모여들어 삽시에 나를 에워쌌다. 육학년에서부터 일학년까지 거의 전 학생이 나를 가운데 두고 빙 둘러선 것 같았다. 한복 입고 원족 가는 내가 '피창' 해서 어디론가 사려져버린 큰언니만 빼고 다 모여든 것 같았다.

때 아닌 신분

"한복 입은 거 처음 시냐 니네?"

나는 구경거리가 된 주제에 나를 구경하며 깔깔대는 학생들을 도리어 구경하면서 너희들이 가소롭다고 코방귀를 힝힝, 뀌며 고개를 삐딱하게 쳐들고 도도하게 굴었다.

조금 후에 나를 에워싸고 있던 학생들이 빙빙 원을 그리며 돌기 시작했다.

얼라리 꼴라리 배추밭에 날라리

니마는 기생됐대요, 심방(무당)됐대요

얼라리 꼴라리 ~ ~

명절이 아닌 때에 색동꼬까옷을 입고 다니는 사람은 기생이라고 아이들을 꼬드긴 건 건이였다. 아마 자기 아버지가 하는 말을 들었던 모양이었다.

건이아방은 건이어멍이 물질하여 돈을 조금 모아두면 그걸 들고 우리 면(面)

소재지에 하나 있다는 기생집엘 드나든다는 거 마을사람은 아이어른 할 것 없이 다 알고 있었다.

나도 아버지와 어머니가 하는 말을 들어서 약간은 알고 있었는데, 「춘향옥」이라던가 하는 기생집에는 늘 곱게 분단장을 하고 연지곤지 찍은 위에다 인중에 애교점을 숯 검댕으로 그린 기생들이 색동 한복을 차려입고는 손님들을 기다린다고 했다.

그 기생들은 궐연을 손가락 사이에 꽂은 채 화투도 치고 남자손님이 가면 연기를 얼굴에 대고 훅--불어댄다고도 했다. 기생들이 그러는 걸 남자들은 기막히게 좋아한다고 했다.

나는 학생들이 얼라리 꼴라리~~ 합창을 해대면서 원무를 추는 가운데 서서, 거 기생되면 괜찮겠네. 기생이 되려면 담배 피는 걸 배워야 잖아. 나 그건 싫은데. 하고 생각을 해보다가, 에이 건이어멍이 죽을 힘 다해 벌어온 돈을 꿀거떡 먹어치우는 기생보다는 아픈 사람 낫게 하고 죽은 사람 소원도 풀어준다는 심방(무당)이 되는 게 더 괜찮지 않을까 싶었다.

심방이 되는 게 기생이 되는 것보다 정말 괜찮을 것 같았다. 그 생각은 나를 기쁘게 했다. 내가 내 생각에 매료되어 웃은 모양이었다.

얼라리 꼴라리 배추밭에 날라리
니마는 미쳤드래요 히죽히죽 웃는대요.

아이들의 노래와 춤에 차츰 신명이 돌았다.

나는 아이들에게 소리쳤다. 야, 기생도 심방(무당)도 아무나 되는 줄 알암시냐? 니네는 열 번 죽었다가 열한 번 깨어나도 기생도 심방도 못될 걸. 무사 경 안 되는지 알암서? 니넨 명절날도 나처럼 예쁜 색동한복 입지 못하지. 약 오르냐? 나 이런 사람이다.

아이들은 또 깔깔대고 웃어대었다. 그리고는 다시 춤추고 노래하며 나를 에워싼 울타리를 더욱 견고하게 죄었다.

니마는 미친년 니마는 두린년(미친년)

얼라리 꼴라리~~ 배추밭에.......

불현듯 꾼 예지몽(叡智夢) 뒤끝에

이른 아침에 꾼 꿈 생각이 불현듯 떠올랐다. 아마 내가 이 봉변을 당하려고 그 예지몽(叡智夢)을 꿨나보았다.

제주섬사람들이 어떤 것에 대하여 표현할 때 나는 어렸을 때도 참으로 멋스럽다는 생각을 많이 했다. 내가 멋스럽다는 생각을 한 표현 중에는 '미치다' 라는 말을 '두리다' 라고 한다는 데도 있었다.

사실 '두리다' 라는 말은 두 가지 의미로 동시에 쓰인다. '아이가 어리다' 라고 할 때, 제주사람은 '아이가 두리다' 라고 한다. 그리고 '누가 미쳤다' 는 '누가 두렸다' 라고 한다.

'두리다' 는 천진난만하며 거침이 없다는 뜻을 내포한 형용사이다. '어린사람' 은 순수하여 생각과 행동과 말에 가식이 없다. 미친 사람도 하는 짓거리가 그지없이 천진난만하고도 솔직담백하여 자기 이외의 누구의 눈치도 보지 않으며 가식적이지 않다.

제주섬사람들은 어린 것과 미친 것을 동격으로 본다는 말인가?

"니네가 두린 거 같다!'

내가 암팡지게 나를 에워싼 아이들을 싸잡아 비난할 때 귤껍데기 선생님이 원을 헤집고 들었다.

나를 본 순간 선생님 얼굴은 묘하게 변했다. 어리둥절한 상태에서 막 벗어나기가 막혀 뭐랄 수 없다는 표정 위로 웃으워 죽겠다는 감정이 폭발할 것 같은 아슬아슬한 그 모습은 꼭 똥마려운 사람이 겨우 참고 있는 것과 비슷했다.

선생님을 보고 내가 먼저 웃음을 터트렸다. 더는 참지 못하겠는지 귤껍데기 선생님 웃음보가 한꺼번에 터지면서 운동장에 진동했다. 푸하하핫-하하하-으하핫--------이번에는 나를 에워싸고 있던 학생들이 나와 선생님 웃음소리에 어리둥절하여 서로 얼굴을 보다말고 또 웃음의 소용돌이에 휩싸였다.

지구에서 가장 강력한 전염병

웃음은 이 세상에서 가장 전염이 잘 되는 병(?)이라던 어머니 말이 그 와중에도 문득 생각났다.

한참 만에 겨우겨우 웃음을 참은 선생님이 나에게 눈을 부라렸다. 그 표정은 선생님이 걸핏하면 나에게 지어보이는 위협적인 표현이었다.

"이노옴—니맛 이 녀석!"

나는 이미 귤껍데기 선생님의 습관을 조금은 터득하고 있었던 터였다. 선생님이 이노옴-으로 시작해서 옹? 에 이르면 틀림없이 한 손에 들고 다니는 회초리를 홱, 내리친다는 걸 알고 있었다.

나는 이때쯤 선생님의 회초리가 나를 때리는 척 할 것이라는 걸 시간을 참작하여 어림짐작하고는 눈을 질끈 감았다.

나는 왜 선생님의 회초리를 맞을 때면 저절로 눈이 감기는 걸까? 어른 된 지금도 나는 그 이유를 정확히 모른다. 선생님은 무섭게 후려갈기는 시늉만 했지 조금도 아프게 때리지 않았다. 그런데도 나는 회초리에 대해 공포를 느꼈는지도

모르겠다. 회초리 맞을 준비를 단단히 한 채 그 시간이 어서 지나기를 기다리고 있는데,

"니마 차암 예쁘구나. 그래 어린이날은 어린이들 명절날이구말구. 역시 니마는..."

라고 선생님이 하는 말이 내 귀를 파고들었다. 나는 도저히 믿을 수 없어 한쪽 눈만 빼꼼하게 뜨고 주변을 살폈다.

"......이거다!'

선생님이 엄지를 세워 아이들을 향해 휘이- 한 바퀴 돌았다.

우와! 귤껍데기 선생님께서 나를 칭찬했어. 이건 기적이야.

나는 삽시에 영웅이 부럽지 않을 정도로 의기양양했다. 나와는 정반대로 나를 놀려주느라 신이 날대로 난 학생들은 선생님이 내가 최고라고 엄지손가락을 치켜 든 걸 보는 순간부터 신명이 팍 죽으면서 땅바닥으로 곤두박질치기 시작했는데 못내 아쉬워 한숨을 있는 대로 다 내쉬었다.

써니(Sunny)

조회시간 내내 교장선생님을 위시하여 우리학교 선생님 모두, 사환아저씨까지도 차례로 내 옆에 한 번씩은 다 와보는 것이었다.

나는 내 자신이 자랑스러워 학교에 올 때처럼 도도하게 턱을 처들고 뽐내었다. 그런데 선생님들은 나를 보면서 다들 터져 나오는 웃음을 주체하지 못하여 억지로 참느라 쿰, 쿰, 똥 참는 소리를 나직하게 뱉아 내었다.

"얘네 아버지가 바닷길을 잃고 그 홍콩 갔다 왔다는 괴짜 보제기(어부)맞죠? 딸애도 참 괴짜네."

"얘네 언니가 저어-기 있잖아요. 아주 똑똑하고 착합니다. 얘는 지 아버질 닮아 괴짜기질이 있나 봐요."

내 옆을 스치는 선생님 둘이서 나를 두고 이러쿵저러쿵 속닥거리는 말소리를 나는 다 들었다. 그래도 나는 끄떡하지 않고 도도한 표정을 고수했다. 나는 우리 학교에서 이 어린이날에 가장 예쁜 학생이다 라는 명제 아래.

물론 선생님들이나 학생들이 나를 우습게 보는 이유를 알고 있었다. 설날에나 입는 색동꼬까옷을 입은 데다 도시락 전대를 탁발하는 스님처럼 매고 있다는 게 그 이유였다. 아무러나 예쁘면 되었지 스님이든 무당이든 무슨 상관이야 정말!

----에, 또 우리나라 대통령이신 리승만 박사 할아버지 각하께서, 우리 제주도민을 잘 살게 하려고 송당목장을 일천구백오십칠(1957)년에 설립하셨어요. 에, 여러분들은 잘 보고 배워서------

교감선생님은 우리가 원족 가는 송당목장에 대해 참으로 길게도 설명을 하고 또 했다. 송당목장은 「국립제주목장」이라고 해야 옳은 이름이라고도 했다. 우리들이 송당에 단순히 목장이 생겼다고 구경 가는 게 아니란다. 그 목장에는 우리가 보도 듣도 못한 엄청나게 큰 '아메리칸 옥스'가 있다는 것이다. 그 목장에는 리승만 대통령 별장도 있음으로 우리들은 몸가짐을 조심해야 할 것이라면서, 또 나를 들먹거렸다.

에, 또 그러니까 저 일 학년생도 있잖어 색동옷 곱게 입은 저 여학생처럼 정숙하게끔 대통령각하 별장을 둘러볼 때는 해야 된다는 말씀이다 선생님 말씀을 니들 알아듣겠냐?

우리들은 입을 모아 무조건 예-하고 대답했다. 우리들의 대답은 우렁찬 메아리를 낳으며 멀리멀리 퍼져 나갔다.

아메리칸 옥스를 향하여 대통령 앞으로 가!

우리 마을에서 송당리「국립제주목장」까지는 우리들 걸음으로는 아마도 네 시간 이상 걸릴 거라고 했다.

길고 긴 교감선생님의 연설 끝에 드디어 교장선생님이 호루라기를 길게 불었다.

맨 먼저 오학년이 출발하고 사, 삼, 이학년 순으로 교문을 나섰다. 우리들은 뒤에서 두 번째로 출발했고 맨 뒤에는 육학년이 따랐다. 육학년은 우리들 일학년들을 돌보면서 간다는 것이었다.

아이들은 선생님의 구령에 맞추어 노래를 부르며 발맞추어 몇 발자국 간 다음에는 천방지축 제멋대로 걸었다. 아니 폴짝폴짝 뛰기도 하고 경중경중 달리기도 했다.

가는 길에 길섶에 뭐 먹을 만한 풀들이 보이면 지체 않고 뜯어 먹으면서 걸었다. 마을을 벗어나 들길로 접어드니 들에 나갔던 마을사람들이 우리를 보고 손을 흔들었다. 자기 아이들 이름을 소리쳐 부르는 이도 있었다. 내가 한복을 차려 입은 위에 도시락이 든 전대를 둘러맨 걸 보고는 주책없이 깔깔대고 웃는 어른들도 있었다. 저 주책바가지들 같은 이. 나는 속으로 눈을 흘겼다.

얼마를 걸어가노라면 앞에서 전달, 저언-다알-하는 소리가 차츰 가까이 다가왔다. 뒤따라 달려온 말들은, 지금부터 그 자리에 앉아 십분 휴식, 오줌 마려운 사람 얼른 오줌 싸라. 다음 쉴 시간은 지금으로부터 사십 분 후다. 라는 메시지였다.

이쪽 끝에서 다시 저쪽 끝을 향하여, 전달, 전다알- 알았다. 십분 간 휴식 실시한다. 사람의 말소리로 전해지는 메시지는 메아리처럼 학생의 맨 선두에서 맨 후미까지를 오갔다.

우리들 중에는 아무도 시계를 찬 사람이 없었기 때문에 십 분을 쉬었는지 이십 분을 쉬었는지 가늠하기가 어려웠지만 일행을 놓칠 염려도 없는 것이 앞에서 움직이면 제때에 뒤 따라 가기만 하면 되었다.

낭만에 대하여 생각하기

첫 번째 휴식시간이 되기도 전에 치렁치렁한 치마가 거추장스럽더니 두 번째 휴식시간 무렵에는 도시락전대가 버겁기 시작했다. 전대를 두른 내 모습은 '뽄' 나기는커녕 스타일이 완전히 구겨져 영점짜리에 지나지 않았다.
　내 걸음에 나비처럼 사뿐사뿐 옷자락을 휘날리며 걷는 그 자체가 불가능해지고 말았다. 나는 정말 멋지게 원족을 가고 싶었는데 … 내 옷과 도시락 전대 때문에 멋진 원족은 한낱 꿈에 불과했다.
　두 번째 휴식시간이 끝나고 일어서니 도시락 무게를 도저히 감당할 수 없었다. 점심 먹을 생각을 애초에 하지 말았으면 좋았을 걸 하고 도시락을 가지고 온 것에 대해 뒤늦은 후회를 하지 않을 수 없었다.
　나 뿐 아니라 여러 아이들이 토끼처럼 뛰던 걸음걸이가 거북이처럼 엉금엉금 느려졌다.
　몇 번인가 휴식시간을 알리는 전달이 뒤로 앞으로 오고가는 동안 우리들은 오름[峰]을 하나 넘고 두 개 째로 접어들고 있었다.
　우리가 가는 목장의 길목은 제주 섬에서도 오름이 가장 많은 지역이었다. 그만그만한 오름들이 저마다 독특한 경관을 연출하고 있어서 들판이 아기자기하면서도 광활한 것이 저 멀리 한라산 정상을 우러르고 먼 저 수평선을 내려다보이는 아름다운 초원지대였다.

귤껍데기 선생님은 호루라기를 호르륵 호륵, 불어대면서 우리들 발걸음을 재촉해댔다. 니마! 이 녀석아 꾀부리지 말고 발맞추어 걸어! 하면서 내 걸음걸이가 너무 늦어 다른 아이들이 제대로 걷지 못한다고 잔소리도 잊지 않았다.

" 이 도시락이 너무 무거웡 예, 잘 걷지 못하쿠다 게 선생님."

내 변명은 튼튼하기로만 친다면 우리학교 선생님 중에 가장 건강한 선생님의 동정을 사보려는 계산이 다분히 깔려 있었다. 혹시 내 도시락을 대신 들어줄 지도 모르잖아.

"시끄러운 소리 너 니마! 그만하고 자-아 번호 붙여이 가! 한 둘 셋 둘, 둘둘 셋 둘. 한 둘 셋 둘, 새 나라의 어린이는 부른다 알았나? 시이작!'

새 나라의 어린이는

누구의 명령이라고 선생님의 구령소리에 따르지 않겠는가. 우리들은 오금에 힘을 꼭꼭 주어가며, 새-나라의 어린-이는 일찍 일어-납니다. 잠꾸러기 없는 나라 우리나라 좋-은 나라. 발걸음에 맞추어 걸어갔다.

우리는 원족 길을 중간에 포기하지도 못하고 뒤쳐지지도 못할 만치 자유가 전혀 없이 앞에서 전달 소리가 오기 전에는 그저 앞으로만 가야했다. 양쪽 발목에 쇠 추를 달아맨 것처럼 점점 더 걸어가는 게 힘겨웠다. 그만큼 원족은 말 그대로 먼 길이었고 나한테는 버거웠다.

다른 아이들도 길이 먼 것은 마찬가지였던지 선생님 오줌 마렵수다. 똥 마렵수다. 목 말라서 죽어지쿠다. 하며 쉬라는 전달도 오지 않았는데 주저앉을 태세였다.

육학년들이 우리 일학년 곁에 한 사람씩 따라붙어 함께 걸으며 행군을 멈추지 않았다. 그래도 아이들은 자꾸만 뒤쳐졌다.

귤껍데기 선생님이 이번에는 앞쪽을 향해, 전다알-을 외쳤다. 일학년 꼬맹이들이 걷질 못한다. 긴급사태다. 이 오름 위에서 십분 간 쉰다 전-달!

한참 만에 저만치서, 전-달 알았다! 라고 달려오는 소리가 들렸다. 우리들은 선생님이 지시할 새도 없이 사방팔방으로 흩어졌다. 멀리가면 안 된다아 - 선생님의 외침만이 우리들 뒤를 따라잡았다.

벌과 오줌

나는 치마를 걷어 올리고 기분 좋게 오줌을 누고 있었다. 긴 치마가 이렇게 거추장스러울 줄 알았으면 속에 바지를 입고 오는 건데 그랬어 씨-. 확 치마 벗어 버려도 좋게 속에 바지 입는 걸 내가 잊어버렸단 말야 바보같이. 내가 군시렁거리면서 오줌을 눕고 있는데 말벌집이 바로 눈앞에 보였다. 벌 한 마리가 열심히 오락가락하며 집을 짓느라 바쁘게 움직이고 있었다. 그 벌이 열심히 움직이는 걸 찬찬히 살펴보니 마치 종이로 꽃을 접어 피우듯이 조금 씩 조금 씩 육각형 방을 매만지면서 벌집을 넓히고 있었다.

그 벌이 짓고 있는 집 재료가 아무래도 밀랍 같지 않았다. 밀랍은 노르스름한 하얀색깔이 대중을 이룬다. 아 맞다 이 벌은 호리병벌이다! 나는 수수께끼를 풀었을 때처럼 기뻐서 박수를 살짝 쳤다.

호리병벌은 진흙을 반죽하여 항아리 같은 집을 짓는다. 돌담이나 통나무 틈에 진흙으로 지은 집을 끼워 넣고 거기 알을 낳는다. 말벌과 쌍살벌은 나뭇가지나 잎에 집을 짓고 땅벌은 땅속에 집을 짓는다.

'나의 숲속'에 쌍살벌이 아주 예쁜 집을 짓고 살아서 나는 일 년 내내 그 벌을 관찰한 적이 있다.

쌍살벌이 다른 벌과 다른 점은 일 년 내내 볼 수 있다는 점이다. 물론 한 마리 벌이 사시사철 사는 건 아니다. 늦가을에서부터 겨울을 지내고 봄까지만 사는 벌이 있는가 하면 봄부터 여름까지, 여름에서 가을까지 마치 릴레이 하듯이 바톤을 넘겨주면서 살아가기 때문에 한 마리가 주욱 살아가는 것처럼 보인다.

나는 아직 다 눕지 못한 오줌을 애써 참으면서 혼자 나직하게 부르짖었다. 호리병벌이 쌍살벌 만큼 호전적인지 아닌지 몰랐기 때문에 내 자신에게 그 벌을 조심하라는 암시를 줄 필요가 있었기 때문이다.

"야, 쌍살벌이다 조심 해!"

내 앞에서 열심히 집을 짓고 있는 벌은 호리병벌임에 틀림없었으나 쌍살벌과 맞먹는 독한 침을 가지고 있을지도 몰라 호리병벌임에도 쌍살벌을 조심하라고 내 자신에게 경고했던 것이다. 그 벌은 진흙을 재료로 집을 짓는 걸로 봐서 호리병벌임에 정말로 틀림없었지만 말이다.

생명 있는 모든 것이 지구상에 건설하는 집

우리 집 뒷동산 끄트머리에 자리 잡은 작은 숲속에 쌍살벌 집이 있었다. 내가 처음 그 쌍살벌 집을 발견했을 때는 나뭇가지에 너무나 아담한 벌집이 앙증맞게 매달려 있어서 그토록 그 집주인이 무서운 벌일 줄은 전혀 몰랐다. 언제나 우리 집 처마에는 말벌집이 매달려 있었고 아버지가 떼어내 버리곤 했다.

말벌이 아이들에게 위험할지도 모른다면서 아버지가 떼어내 버리는 말벌집은 그리 예쁘지 않았다. 내가 숲속에서 본 쌍살벌 집은 말벌집 보다 훨씬 작은 것이 정말로 귀엽고 예쁘고 앙증맞았다.

그 때는 그 벌이 쌍살벌인지 말벌인지 꿀벌인지 전혀 구별할 줄 몰랐다. 어떤 종류의 벌도 나에게는 그저 벌일 뿐이었다. 그로부터 한참 후에 어머니한테서 벌 종류에 대해 배웠다. 개미도 벌이라는 걸 알고는 잠시 충격을 받기도 했다.

소나무 밭이 없는 우리는 큰언니와 용진이 각시가 들에 나가 남의 집 소나무 밭에서 가지치기를 하기도 하고 들판의 임자 없는 잡목 숲에서 나뭇가지를 가리기도하여 땔감을 마련하였다.

땔감은 주로 가을 한 철 내내 틈틈이 거두어 바래기(마차)로 몇 번씩 실어다 동산에 가리를 그 동산만큼 높다랗게 쌓아놓고 때었다.

큰언니는 땔감을 하러 들판에 나갔다 올 때 어쩌다 석청이라면서 꿀이 가득 든 벌집을 따오기도 했다. 석청은 꿀벌이 돌 틈에 집을 지어 생산해낸 꿀을 말한다.

어떤 상관관계

내가 나의 조그만 숲속에서 발견한 벌집이 하도 예뻐 그걸 따다가 어머니 경대에 걸어주고 싶었다. 하지만 벌집이 달린 나뭇가지가 내손이 닿지 않는 높은 곳에 있었다. 나는 돌을 엎고 그 위에 올라섰다. 그래도 손이 닿지 않았다. 결국 돌멩이를 탑을 쌓듯이 층층이 포개어 엎고 그 위에 올라서야만 했다. 손이 닿을락말락했다.

발돋움을 하면 벌집이 달린 가지를 거뜬히 꺾을 수 있을 것 같아 발을 돋우면서 한껏 팔을 뻗었는데 그와 동시에 돌멩이가 발밑에서 무너지고 내 몸뚱이는 허공을 잠시 휘젓다가 나가떨어졌다. 얼굴이며 팔이며 다리며 몸 어디 성한 데가 없이 상처투성이가 되어 집에 들어가니 낚시도구를 챙기던 아버지가 보고 깜짝 놀라는 것이었다.

상처를 씻어내고 빨간 요도징크를 바른 다음 살이 헤어진 대는 '다이아찡' 가루를 하얗게 뿌렸다.

"너 또 혼자서 무슨 말썽 부런?"

나는 누구와 맞붙어 싸움을 할만치 체력이 받혀주지 않았다. 때문에 말싸움은 좀 하는 편이어도 몸싸움은 거의 하지 않는다는 걸 아버지도 훤히 알고 있었다.

학교에 다니면서 옥자가 시도 때도 없이 몸싸움을 걸어왔지만 상처가 날 정도로 싸운 적은 없었다. 그럼으로 아버지는 상처투성이 나를 보자마자 나 혼자 뭔 일인가를 저질렀다고 당장 짐작을 한 것이다.

나는 나의 어여쁜 쌍살벌집을 비밀로 하고 싶었지만 어쩔 수 없이 아버지한테 털어놓지 않을 수 없었다. 나의 숲속 한 나뭇가지에 매달려 있는 앙증맞은 쌍살벌집과 어머니 경대와의 상관관계를 성립시키려고 시도하다가 내가 상처를 입을 수밖에 없었던 과정을 솔직하게 털어놨다.

가장의 책임 때문에

아버지는 언제나 내가 아버지를 놀릴 목적으로 큰 구렁이가 달걀 훔쳐 먹으려고 닭둥우리로 슬며시 도둑놈처럼 스며든다고 이야기를 꾸며대어도 꼭, 가보자. 하고 자리를 털고 일어나곤 했다.

아버지의 그런 즉각 반응현상은 나와 같은 호기심 때문만은 아니었다. 내가 본 어떤 것이 우리들 아이들이 가까이하면 위험한 것인지 혹은 유익한 것인지를 알아보고 대처하기 위해서였다.

가끔 내가 뭐라고 할 때마다 오뚝이처럼 벌떡 일어서는 아버지에게 어머니는, 당신도 호기심쟁이 니마하고 꼭 같구랴. 라고 했을 때 아버지는 말했었다. 호기심이 발동하여 오뚝이처럼 튕겨 일어나 현장을 답사하는 게 아니라 가장으로서 집안의 안녕을 위해 미리 대처하는 거라고 말이다.

그 벌집 당장 가서 보자. 그 때도 아버지는 벌써 일어서서 앞장서며 나보고 같이 가 그 벌집이 어디 있는지 가리키라고 했다. 말벌집이면 아버지가 당장 떼어내야지 그냥 놔뒀다간 큰일 난다고 야단이었다.

나는 그 때 아버지 뒤를 따라 일어서지 않았다. 나의 비밀장소에 아버지나 누구 다른 사람이 들어가는 게 싫었기 때문이다.

"거긴 나만 가는 데 아니꽈 무사. 나 절대 아방이랑 혼디(같이) 못 가쿠다."

내가 우기면서 버티자 아버지가 전에 없이 버럭 역정을 냈다.

"이노무 말썽꾸러기 딸네미야! 넌 왜 아방 비밀장소에 맨날 들어간거여 이? 어서 앞장 서 가! 그노무 '나의 숲속' 인가 하는 디, 벌집 있는 디."

"마우다(싫어요)."

야, 아방이 어느제 니 '나의 숲속'을 보켄(보겠다고) 햄시냐? 생각해보라 너, 부엌에서 어멍이 배춧잎 뜯어 와라 된장국 끓이게 헐 때, 또 고추 몇 개 따와라 양념하게 헐 때마다 아방 '송키밭디'(채마밭에) 들어가지 안 해시냐? 너 그 때이 아방 비밀장소로 생각 했나 그냥 '송키밭디'라구 생각했지. 아방도 마찬가지여 게. 나가 니 '나의 숲속'을 가는 건 그 벌집이 니마 한티 괜찮은 건지 아방으로써 검사헐라는 거 뿐이라. '나의 숲속'을 가는 게 절대 아니라. 아방은 이, 단지 벌집을 보러 가는 거라. 니 비밀장소완 아무 상관도 없다 게. 아방 말 알아들언?

그도 그럴 것 같았다. 아버지 말대로 '나의 숲속'을 탐색한다든가 내가 나의 숲속에서 뭘 하고 있나 비밀을 밝히려는 게 아니라 단지 그 벌집의 정체를 알려는 방문이라면 나는 더 이상 아버지를 그곳으로 안내하지 못할 이유를 댈 명분이 서지 않는다는 걸 비로소 느꼈다.

아버지는 나의 숲속에서 그 벌집을 보는 순간 소스라치게 놀라면서 나를 등 뒤로 숨겼다.

니마야, 되게 큰 일 날 뻔 했져. 저건 말벌 중에서도 최고 독한 벌이여. 열마지기도 넘을 느러진 밭 말이다, 그렇게 큰 밭이라도 단숨에 갈아 업는 쇠 있지 저, '휘우돌이 황밭갈쇠' 라고 허는 숫쇠, 그 쇠도 침 한방 쏴서 죽이는 이, 아주 무서운 쌍살벌 집이다 저거!

아버지가 들릴락말락 할 정도로 목소리를 한껏 낮추어 속삭였다. 등줄기로 땀이 주르르 흘렀다. 나는 완전히 겁에 질려 오들오들 떨었다. 아! 앙증맞고 예쁜 집은 덫이었구나 덫.

쌍살벌은 생김새로만 보면 그렇게 살벌한 공포의 침을 지녔다고는 도저히 믿어지지 않을 정도로 멋지게 생겼다.

희망사항과 공포심 사이의 비밀

그 이후로 아버지는 며칠에 한 번 꼴로 '나의 숲속'에 벌집을 살피러 다녔다. 아버지가 아무리 집을 없애도 쌍살벌은 또 집을 짓곤 했다.

아버지가 미처 발견하지 못한 쌍살벌 집을 내가 발견하면 나는 멀찍이서 지켜보곤 했다. 제발 아버지한테 들키지 마라. 아버지한테 벌집이 들켜서 부서지는 게 싫었다.

나는 쌍살벌이 엄청나게 크고 힘센 숫소를 침 한 방을 쏴 죽이는 것을 보지 못했고 따라서 믿기도 힘들었기 때문에 '나의 숲속'에 집을 짓고 그냥 살았으면 하는 희망사항이 무섭다는 공포심을 앞질렀다.

호리병벌을 발견하기 전에 눕다만 오줌을 다 싸고 일어서려는데 건이가, 야! 하고 나를 불렀다. 오줌을 싸려고 자리를 물색할 때 건이는 덤불에다 오줌을 갈기면서 장난치고 있었다.

"그 독벌 어느 거? 내가 당장 잡아주마."

아주 자신만만하게 소매를 걷어붙이며 건이가 왔다. 벌 조심하라고 내가 혼잣말 한 것을 들었던 모양이었다.

"이디(여기)있다 왜?"

나는 약간 건이를 무시하는 태도로 맞받았다.

건이는 온 마을이 다 알아주는 고삐 풀린 부룩소 같은 개구장이였다. 지지리도 공부는 못하면서 개구진 짓거리에다 말썽은 다 도맡아서 부렸다. 힘이 세어 벌써 청년과 맞서 씨름을 할 정도였다. 달리기도 잘했다.

운동회 때마다 가장 인기 있는 종목이 바로 남학생 중에서 가장 달리기를 잘하는 선수와 여학생 중에서 가장 달리기를 잘하는 선수가 뽑혀나가 시합하는 것이었다.

매번에 남학생 쪽 최종주자는 건이고 여학생 쪽 주자는 큰언니였다. 두 사람의 실력은 비등했다. 건이는 큰언니한테 뒤질 것 같으면 헛발질을 하여 큰언니 진로를 방해하곤 했다. 결과는 건이가 앞서 들어와도 우승은 큰언니 몫이었다. 세상 어디에서도 건이의 부정행위를 용납할 리 없었으니 말이다.

우리 마을의 그 누구도 건이한테 몇 차례 곤욕을 치러보지 않는 이가 없을 정도였다. 유독 나한테만은 해꼬지는 커녕 도리어 곰살 맞게 굴어 사람들에게 의아심을 불러일으켰다.

그의 어깨친구들이, 얌마 왜 니마는 그냥 두냐? 라고 하면, 저 봐라 니마 꼬락서니. 저거 놀려먹고 남을 게 뭐있냐 비쩍 마른 게 오직 눈만 반짝이니 사람이랄 수 있나 어디?라면서 나를 폄하했다.

건이아방은 얼마 전에 양귀비 뺨치게 예쁜 육지여자를 작은 각시로 데려와 마을 남정네들의 부러움을 한몸에 사고 있었다. 소문에 의하면 그 각시 뒤치닥거리를 하느라 돈푼께나 만만찮게 들어 돈궤가 거덜 날 판이라고 했다. 건이를 중학교에도 보내지 못하겠다고 했단다.

건이는 평소에 자기 아버지에게 불만이 많다고 서슴없이 말하곤 하여 어른들을 놀라게 했다. 놀라면서도 어른들은 어쩌면 당연한 결과인지도 모른다고 입을 모았다.

허구 헌 날 놀고먹다가 건이어멍이 물질하여 돈을 몇 푼 모아놓자마자 쥐도 새도 모르게 훔쳐 기생집으로 요리 집으로 다니며 써버리곤 했으니 말이다.

그런저런 이유로 건이가 가끔씩 마을 안에서 조금 불량하게 굴어도 어른들은 좋은 말로 달래는 정도였고 엔간한 것은 눈감아 주었다.

건이 갸가 얼마나 튼실한 놈이냐 이. 자네가 좀 자식 놈을 잘 가꾸면 거목이 되고도 남을 건디 무사 경 놈 시니(놔두고 있는가)?"

현이장할아버지는 건이아방만 보면 충고를 아끼지 않았다. 자네 각시 얼어 들이는 정성 백분지 일만 건이한테 쏟아봐 내 말이 빈말이 아님이 증명 될 테니.

아버지는 건이를 부러워했다. 건이가 누구네 부룩소의 뿔을 꺾어 버렸다거나 마차바퀴를 끼우는 대못을 빼버렸다는 소문을 들으면, 어허 거 참, 건이 그 놈 부럽기 그지 없구만. 나도 그 놈같이 든든한 놈 고추달린 거 한 놈 있었으면…하면서 아들 없음을 한탄하고 또 했다.

불량기가 가득하지만 건이는 건강하고 장래성이 엿보이는 뚝심을 지닌 아이로도 마을 사람들은 인식하고 있었다.

"니마! 너 비켜 빨리. 저기 독 오른 암펄이 날아온다."

건이는 저만치서 날개 짓하는 호리병벌을 발견하고는 나한테 도망치라고 소리치는 것이었다. 그 때 선생님이 부는 호루라기 소리가 들렸다. 나는 그게 신호이기라도 한 듯이 있는 힘을 다해 호루라기 소리가 나는 곳으로 달렸다.

선생님 호루라기 소리는 다시 학생들을 모았다. 호루라기를 불면서 선생님은 우리들 머리수를 헤아리고 또 헤아렸다. 선생님이 우리를 셀 때마다 아이들 숫자가 늘어났다. 우리들은 줄을 서고 있으면서 옆 사람과 장난치고 호루라기 소리에 맞추어 대답하고 바쁘게 움직였다.

드디어 귤껍데기 선생님이 입에서 호루라기를 잠시 떼고 우렁찬 목소리로 출바알! 하고 외쳤다.

순발력은 순발력이다

그 사건은 한참 쉬고 난 우리들이 일학년에서부터 육학년까지 다시 행진에 막 들어가자 벌어졌다.

혹, 혹, 선생님이 호루라기를 짧게 끊어 불면 우리들은 셋 ,넷! 하고 구령을 붙이면서 걷기 시작했다.

"아구, 나 죽는다 죽어!"

갑자기 행렬의 맨 뒤에서 금방 숨이 넘어갈 듯 긴박한 목소리가 날아들었다. 우리들은 저절로 걸음을 멈췄다.

건이가 맹렬하게 돌진해 오더니 데굴데굴 구르는 것이었다. 일렬로 죽 늘어서서 걸어가던 대열은 삽시에 무너지고 건이를 아이들이 빙 에워쌌다. 건이는 오른쪽 옆통수를 양손으로 막고 이리 구르고 저리 굴렀다.

모두들 영문을 몰라 왜 그러느냐고 황망해 할 뿐 어쩔 줄 모르기는 마찬가지였다. 뱀에 물렸나? 풀밭에 드러눕기라도 했으면 모를까 건이가 싸고 뒹구는 부위로 봐서 뱀에 물렸을 리는 만무하다고 고개를 갸웃거렸다.

나는 건이와 호리병벌 사이에 무슨 일이 있었음을 짐작했다.

"선생님, 있지 예, 호리병벌 아니면 쌍살벌에 쏘였을 거우다!"

내가 소리쳤다.

귤껍데기 선생님이 건이가 싸쥔 손을 떼어내고 옆통수를 살폈다. 벌에 쏘이면 대개 그 자리에 벌침이 꽂혀 있기 십상이고 빨갛게 부어오른다.

"맞다 벌에 쏘였다! 누구 빨리 건이 머리, 여기에다 오줌 싸라."

선생님이나 학생 누구도 그저 우왕좌왕할 뿐 아무도 벌에 쏘인 건이 머리통에다 대고 오줌을 싸려 들지 않았다. 오줌을 안 쌌다기보다는 금방들 쉬는 사이에 오줌통을 다 비운 터에 응급상황이 발생했다고 자동적으로 오줌을 눌 여지가 없었던 것이다. 그런데 이게 웬일야, 생각지도 않았는데 내가 바짝 오줌이 마려웠다.

나는, 귤껍데기 선생님 손에 머리통을 붙들린 채 나죽는다고 몸부림치는 건이에게 다가가 활짝 치마를 걷어 올리고 꽃코고무신을 벗어 아랫도리에 가져다 대었다. 그리고는 뭐, 선생님이 그만하면 충분할 거라고 할 때까지 내리 고무신짝에 오줌을 쌌다.

신체 부위의 일부일 뿐이다.

벌에 쏘인 건이 상처에 충분히 쓸 만치 오줌을 눈 다음에 나는 팬티를 올리고 치마를 얌전하게 내리 쓸었다.

아이들은 숨죽여가며 키들키들 웃어대었다. 저 니마 또꼬망 봐라. 저 보뎅이 봐라. 쑤군대면서 말이다. 그래도 나는 조금도 '피창' 스럽지 않았다.

흥, 이 세상에 또꼬망 보뎅이 조쟁이 없는 사람 있냐? 만일 없는 사람이 있다면 병신이지. 내가 뭐 남 없는 거 더 있냐 웃어대게! 봐라. 오줌도 약에 쓰려니 귀하지. 나는 이 정도로 귀한 몸이야 웃지 마!

내가 넉살좋게 삿대질을 해대자 선생님과 아이들은 터놓고 오름이 들썩일 정도로 웃어 제쳤다.

벌이나 곤충에 물린 데 응급처치용으로 암모니아수를 사용한다는 건 모를 이 뉘 있을까마는 하지만 그 못살던 나의 여섯 살 시절에 가난하기 짝 없는 제주 섬 바닷가의 조그만 시골학교에 구급약 같은 게 갖춰있을 리 없었고 소풍 길에 구급상자를 구비했을 리 또한 만무했다. 급한 대로 오줌도 괜찮게 쓸 만 했다.

선생님은 내가 싸 놓은 꽃코고무신 두 짝의 오줌으로 건이 옆통수를 닦아내었다. 그 사이 학생들이 쑥을 뜯어다 납작한 돌덩이 위에 얹어 찧었다.

건이 몸부림도 차츰 진정되어 갔다. 아이들이 쑥을 건이 옆통수에 붙였지만 처 맬 붕대가 없었다. 나는, "이걸로 라도 쳐매지쿠과 선생님? 하며 저고리 고름 두 짝을 북 떼어내어 내밀었다.

"좋구 말구. 우리 니마 최고다!"

그 분주한 와중에도 선생님은 나에게 엄지를 세워보였다.

큰언니는 벌써부터 내 옆에 있으면서 어쩔 줄 몰라, 내 이름만 냅다 불러대었다.

고름 두 짝을 떼어내 버린 내 저고리 앞섶은 해벌어져 오월 미풍에 나부꼈다. 치마말기로 앞가슴이 그나마 가려졌으니 다행이었다.

옷 핀? 그런 게 있었다면 내가 저고리 앞섶이 미풍에 나부껴 팔딱거렸다고 하지 않았을 것이다. 나는 뭐든지 수집하는 취미가 있어 옷핀이 내 손에 들어왔다면 틀림없이 가지고 다녔을 것이기 때문이다.

실거리나무의 가시도 귀한

그 시절에 옷핀은 지금의 금강석, 그러니까 다이아몬드 반지만한 정도로 귀한 물건이었다. 하긴 다이아몬드 반지는 그저 손가락에 끼어 있을 뿐이지만 옷핀은 쓰임새도 많았으니 두 개를 비교하는 건 언어도단이다.

어쩌다 구호물자 옷에 한두 개 달려 나오긴 했어도 그것을 가진다는 건 그림의 떡이었다. 더구나 우리 집은 아버지가 고깃배를 두 척이나 가지고 있으니 벗고 살지는 않는다면서 구호물자 옷 한 가지 주지 않았다.

옷핀을 가진 아이가 더러 있기는 했다. 그 아이들은 바지단추를 대신해서 앞을 여몄거나 다 쓸 데 쓰고 있었기에 내 저고리 앞섶을 여미라고 빌려 줄 여유가 없었다.

큰언니가 나의 앞섶을 무엇이든 구하여 여미려고 애를 썼다. 응, 그래. 실거리나무 가시를 따서 핀처럼 여미면 되겠다. 큰언니는 가장 알맞은 생각을 해냈던 모양이다.

"우리 실거리낭 좀 찾아보게 이."

아이들이 큰언니와 함께 주변을 뒤졌지만 그 오름에는 실거리나무가 살지 않았다.

나는 그날 온종일 저고리 앞섶을 여미지 못한 채 치마 끝 한 자락을 거두어 말기에 지르고는 소풍을 다녀왔다.

모험담

건이는 좀 진정된 다음에 벌에게 쏘인 이야기를 신나게 떠벌렸다. 내가 쌍살벌이 있다는 말을 하는 걸 듣고는 모자를 벗어 벌을 쫓아내고 벌집을 부수어 버렸다고 했다. 그런 후에 선생님이 부는 호루라기 소리를 따라 달리는데 글쎄, 거짓말처럼 암벌이 날아와 옆통수를 쏘았다는 것이다.

내 저고리 고름으로 옆통수에 쑥을 쳐맨 건이의 모습이 내가 즐겨보는 신문에 등장하는 부상병 사진과 흡사했다. 오른쪽 눈 주위와 귀주변이 부어올라 짱구가 되었다.

"건이야 되게 아프지 이?"

내가 걱정을 하자 아픔이 많이 가라앉았다고 했다. 전에 같았으면 건방지게 이름을 불렀다고 뭐라고 했을 텐데 말이다.

선생님이 호르르륵--하고 길게 호루라기를 불었다. 애들아 어서 모여라. 이러다간 송당목장까지 가보지도 못하고 날 저물겠다아--

우리들은 다시 줄을 섰다. 이번에는 줄을 서는 데 그렇게 시간이 오래 걸리지 않았다. 가야할 길이 지체되었음을 다 알고 있었기 때문이다.

해는 벌써 중천에서 갸웃이 기울 채비를 차리고 있었다.

줄을 서자마자 곧 출발을 했는데 우리들은 반은 걷고 반은 달렸다. 얼마나 호되게 선생님이랑 육학년들이 몰아 부치는 지 다리 아프다는 소리를 할 짬도 없었다.

쉬는 시간에다 건이 사건이 겹쳐 휴식을 충분하게 취한 학생들은 땀을 뻘뻘 흘리면서도 망아지처럼 뛰었다. 나도 뛰었다. 건이가 옆에서 달리면서, 니마 너 제법 잘 달린다. 꼭 '몽생이' (조랑말) 닮았다! 라며 다정한 미소까지 지었다.

한쪽만 부어오른 건이 얼굴은 마치 짜부라진 찐빵 같아 재미있게 보였다. 그러나 나는 금박물린 반회장 내 저고리 옷고름으로 쑥을 쳐 매어 씨름선수처럼 머리띠를 둘렀다는 사실만으로도 그를 놀릴 생각이 없었다. 그의 우스꽝스런 얼굴에 내 옷고름이 일조를 하고 있는데 어떻게 놀린단 말인가. 만일 내가 건이를 놀리면 내 옷고름까지 놀리는 격이 되고 말기 때문이었다.

초원의 바람이 되어 적토마처럼 달리는 아이들

나뿐만 아니라 우리학교 학생 전원이 천리를 단숨에 달리고도 또 만리를 달릴 여력이 있다는 제주조랑말처럼 떼 지어 초원을 달리고 있었다.

건이야 너도 '절따말' 같이 잘 뛰엄다. 나도 건이를 칭찬해 주었다. 아버지가 타고 다니는 말이 '절따말' 이다. 이 말은 바로 천리마의 원조격인 적토마(赤兎馬)를 제주도식으로 부르는 이름이다.

적토마는 삼국지에도 등장하여 누구나 알고 있겠지만 바로 관운장(關雲長)이 타고 적장을 누비며 천하를 통일하는데 일등 공헌을 한, 타는 말로서는 최고품이다.

건이도 내 칭찬이 싫지만은 않는 모양이었다.

얼마나 달려갔는지 모른다. 앞에서 다시 전달, 전다알-하고 메아리졌다.

그 자리에서 점심 식사!

우리들은 귤껍데기 선생님의 호루라기 소리는 기다리지도 않고 저 앞쪽에서 달려온 전달사항만을 듣고 와아아- 함성을 냅다 지르며 흩어졌다.

초원에는 같이 점심 먹을 또래를 찾아 이리 뛰고 저리 뛰는 학생들로 소란스럽기 그지없었다.

"니마야 우리랑 점심먹자."

큰언니가 저희들 또래가 이미 무리지어 앉아있는 곳으로 나를 데려갔다.

모두들 허리에 찼던 도시락 보자기를 풀어놓고 있었다. 큰언니도 그 '쁜' 나는 도시락을 풀어놓으면서 나에게도, 니마야 도시락 내려. 라고 했다.

그제서야 나는 깜짝 놀랐다. 내가 두르고 있던 전대가 없었던 것이다.

"큰언니야! 내 도시락?"

도시락을 잃어버린 이유에 대한 결론

큰언니 뿐 아니라 도시락을 펼쳐놓느라 정신이 없던 큰언니 친구들도 놀라서 어쩔 줄을 몰랐다.

참, 재미있지. 내가 도시락을 잃어버린 걸 안 게 몇 초 전인데 어느새 아이들이랑 선생님들이 와르르 우리들이 점심상을 펼쳐놓으려는 초원 한 곳으로 몰려들었다.

우리를 에워싼 학생들 속에서는 내가 도시락을 잃어버렸다는 정보에 대해 다 할 말이 있는 것 같았다. 니마가 도시락 잃어부런? 에서부터 시작하여 저 니마 괴짜 아니냐 무사. 로 이어지더니, 쟤 도시락 잃어버린 거 하나도 이상하지 않다 그지? 까지 이르렀고 니만 먹는 거 안 좋아하니까 도시락 잃어버려도 괜찮을 거라 이. 우리 가서 밥 먹자! 라는 등등의 무지한 소견들이 마구 쏟아져 나왔다.

큰언니와 친구들, 그리고 선생님들이 대책회의를 하는 모양인데 나는 당황했던 마음이 학생들이 내 도시락 잃어버린 데 대한 소견을 들으면서 걔내들이 얄미워 슬며시 화가 났다.

"난 밥은 안 좋아해도 원족 왕(와서) 도시락은 먹고 싶다!"

내가 꽥 고함을 질렀다.

눈물이 날 것 같은데 울기까지 하면 영락없이 '쫄자' 신세를 면하지 못할 것 같아 애써 참고 대신 눈가에 독기를 잔뜩 올려 앉혔다.

내가 도시락을 잃어버려 며칠 굶주린 아프리카 오카방고의 사자처럼 울부짖어도 아이들은 자기 도시락에 집중하는 몰입도가 대단하였다.

그 원족 날 점심시간의 대 화재거리를 제공한 나만 불쌍하게 되었다.

"선생님, 아무래도 아까 건이 벌에 쏘인 수산(水山)오름에 놓고 온것 같수다. 거기 강(가서) (보고) 오쿠다(오겠습니다)."

큰언니가 자기네 담임선생님께 말하였다.

건이가 호리병벌에 쏘인 수산오름은 우리가 점심을 먹으려는 초원에서 남쪽으로 치우쳐 멀찍하니 소름하게 나앉아있었다.

"니마야, 큰언니 도시락 먹고 있어. 금방 너 도시락 찾고 올게 이?"

큰언니는 내게 소리치면서 동시에 저만치 달려가고 있었다.

"수니 누이야아! 나도 같이 가게. 니마 도시락 아마 내가 벌 쏘인 그디(거기)있을 거 닮아(같다). 그 장소는 내가 잘 안다. 선생님 다녀오쿠다!"

건이도 내달렸다. 우리들은 모두 큰언니와 건이가 달려가는 방향으로 바라기를 하였다. 큰언니를 따라 잡으려고 건이는 속력을 최대치로 내었다. 어느새 건이가 큰언니와 나란히 달려가고 있었다. 저만치 쏜살처럼 달리는 두 사람은 두 점으로 변해 날아가는 것처럼 보였다.

나는 속으로 쾌재를 불렀다. 히이- 큰언니 노란 양은 도시락을 차지할 수 있게 되었잖아. 빨리 큰언니 도시락 먹어야지. 도시락 잃어버린 거 만만세 만세!!!

제3장 여름 이야기

1. 이 순경과
2. 오징어 코와
3. 고등어 대가리와
4. 백중절에

매 맞는 호박덩굴과

불도장 맞는 마소와

물 맞는 사람들과

1. 이 순경과

보리장마와 한 장마

그 여름은 갑자기 다가왔다.

나는 봄에 취해 아직 여름을 맞이할 준비를 전혀 하지 못한 상태였다. 준비라야 뭐 별로 할 것도 사실은 없었다. 그렇더라도 이제부터는 봄이 아니고 여름이라고 계절의 변화를 자신에게 인식시킬 필요는 있었다.

아무 준비도 하지 않고 계절이 바뀌면 변화하는 기후와 그 현상들, 그리고 그것들이 자아내는 낯선 풍경들에 적응하지 못하는 수가 더러 있기 때문이었다.

그 여름은 우선 모든 걸 불태울 것 같은 폭염으로부터 시작되었다. 뒤이어 짙은 바다안개를 드리워 가끔씩 세상을 가려버리는가 하면 뜨거운 마파람이 저 바다를 불시에 건너와 대지를 정신없이 휘둘러 대었다.

그 마파람이 한라산 남벽을 단숨에 치오르고 나면 숨이 턱에 닿았던지 북벽으로 내릴 무렵에는 기운이 하나도 없어서 후텁지근한 열기만 땅에 내려놓아 마치 찜통에 들앉은 듯 무더위가 섬을 덮었다.

무엇보다도 가장 여름을 실감하게 하는 건 초입에 기습하는 여름장마였다.

여름장마 중간에는 전혀 예고되지 않는 폭풍우와 소나기도 들이닥치곤 했다.

내 어릴 적 여섯 살 무렵의 제주 섬에는 여름 장마가 두 개 있었다. 여름이 시작되자마자, 각오했겠지? 요게 여름이라는 거다 요게. 자 여름비 맛 좀 봐라. 하며 초장을 시작하는 심술보가 대단히 고약한 보리장마와 한 여름에 거의 한달여 동안 주룩주룩 소나기로 몇 번 신호하다가 본격적으로 폭우를 퍼붓는 힘대는 좋으나 그지없이 미련한 한 장마가 그것이다.

보리장마는 어디 쯤 엔가에 매복한 상태에서 작전을 검토한 후 척후병을 투입하듯이 보리걷이 할 때를 기다려 기습적으로 덮치는 장마로 제주사람의 마음을 콩 알 만하게 졸여 놓곤 했다.

심술보가 대단한 보리장마를 잘못 만났다가는 그 해 보리농사를 고스란히 망쳐버렸기 때문이다.

보리걷이만 기다리면 겨울부터 봄까지 힘겹게 버텨온 배고픈 삶이 이제 다 끝나리라는 듯 그 기나긴 보리고개를 주린 배를 움켜쥐고 넘으면서도 희망스럽던 나날을 하루아침에 작살내는 그 보리장마의 악마성이라니!

나는 이담에 커서 그 보리장마라는 초여름의 악마를 이 세상에서 없앨 무슨 방도를 발명하려고도 마음먹었다. 그 때, 저노무 보리장마 내가 어른이 되면 이 세상에 발붙이지 못하게 할 뭔가를 발명하는 과학자가 되겠다고 벼를 때, 내 주위 사람들은 다들 허황된 생각 좀 작작하라면서 나무라고 웃어대고 괴짜라고 놀렸다.

넘길 게 없어진 보리고개

나를 좀 믿어줬더라면 나는 기상학자 같은 날씨를 연구하는 학문에 정진하여 보리고개를 없앨 수도 있었다.

이젠 뭐 보리고개 따위 아무도 넘지 않으니까 나의 이런 호언장담이 무슨 소용에 닿을까만 그저 가소롭기만 아이 생각도 그토록 매몰차게 웃어넘길 일만은 아니란 경고를 하고 싶다. 어느새 기상과학자들은 비를 인위적으로 만들어 원하는 지역에 내리게 하고 있지 않는가!

어쨌든 그 때는, 호랑이굴에 잡혀가도 정신만 바짝 차리면 살아날 길이 있다는 속담처럼 세상의 먹을 것을 단 며칠에 거덜내고야 마는 보리장마의 손아귀를 살아야 되다는 일념으로 어찌어찌 벗어나 한 숨 돌린 후 여름농사 부친 밭에 애벌 두벌 세벌 김매기를 하는 한복판에다 대고 한여름 장마는 공격을 개시한다. 그저 소나기 한 소큼 오는 거려니 생각하다보면 천둥 벼락을 동반하고 억수같이 퍼붓다가 겆도 성에 안차는지 가차 없이 대풍을 불러올러 밭이며 집이며 닥치는 대로 대지의 모든 것을 쑥대밭으로 만들어 버렸다.

여름장마에 사로잡힌 삶

태고 적부터 그 자리에서 대적할 아무도 없을 만치 견고한 섬의 철옹성을 방불케 하는 한라산도 여름장마한테는 어찌지 못하여 꼼짝 못하고 잡혀 살았다.

그 여름은 작은고모가 우리 곁에 늘 붙어있어 더욱 황당하기만 했다.

아버지는 누가 작은고모를 보고 아편쟁이라거나 마약중독자라면 불같이 화를 내었다.

"우리 누님은 잠시 양귀비에 홀린 것 뿐여!"

작은고모는 우리 집에서 봄을 나고 여름을 맞이하면서 서서히 양귀비 꿈에서 빠져나오려고 스스로 발버둥 쳤다. 매일 밤마다 아편을 잊어버리기 위해 벌이던 니나노 판에 주니내는가 하면 술에 취하지 않고도 멀쩡하게 하루쯤은 버텼다.

작은고모가 말짱한 정신으로 지낼 때, 그 때가 우리에게는 지옥이나 진배없는 시간이었다. 한 시도 쉬지 않고 집 안팎을 살펴가며 어머니를 윽박지르고 우리들을 닦달했다.

우리 집은 동산 밑 양지뜸에 있었으나 집을 빙 에워싸듯 골목길이 이어져 있어 아무것도 남모르게 숨겨둘 여유가 눈꼽만큼도 없이 되바라진 편이었다. 그 골목길을 누구라도 한 번 휘돌아 지나가면 우리 집에서 무슨 밥을 먹는지도 금새 알 수 있을 정도로 노출이 심했다.

꽃짐 한 아름

어머니는 비밀이 빌붙어 살 여지가 전혀 없는 우리 집에서 그나마 좀 으슥한 뒤울 당유자나무 가지에다 달거리 때 쓴 개짐을 빨아 널어 말리곤 했다. 작은고모가 온 이후에도 어머니는 습관처럼 그 당유자 나무에다 개짐을 빨아 널었다. 그게 어쩌다 작은고모 눈에 띄고 말았다.

작은고모는 물이 둑둑 지는 개짐을 아예 몽땅 걷어 와서 마루 바닥에 내동댕이쳤다.

"아니 이보게 동생네. 아들도 못 낳는 주제에, 조상님 제사 모실 과실 키우는 나무에다 거기가 어디라고 샅에 차는 걸레 나부랭일 걸치는가 말일세!"

개짐이니 꽃짐이니 하는 그 좋은 이름 다 어디로 유배 보내버리고 걸레라니?

꽃짐이란 말 처음 들어 본다고? 그럴지도 모르겠다. 나도 큰언니가 첫 월경을 시작하여 몹시 당황해하자 어머니가 무명베를 한 발씩 끊어 풀 끼를 빼내려고 여러 번 빨고 삶아 뉘면서, 수니야 여성은 자고로 이 꽃짐을 한 짐 속옷장 속에 놔야 비로소 사람구실을 하는 거란다. 우리수니도 이젠 어엿한 여성이 되었네! 라고 말할 때 처음 들은 그 이후는 자주 듣지 못했다. 아마 다른 사람들은 꽃짐이란 말을 쓰지 않는지도 모르겠다.

어쨌거나 작은고모의 심술보에는 나쁜 말만, 그것도 어머니와 우리들 여성에게만 내뱉을 정말로 걸레 같은 말만 들어있었던 모양이다.

작은고모는 참 이상한 사람이었다. 우리들이나 어머니를 상대로 야단칠 때 보면, 신통하게도 마약 끊을 때 나타난다는 금단현상인가? 손 떨림이 전혀 없었다. 그에다 목소리는 방짜 징처럼 쩌르릉~하니 우리 집을 울리고 온 동네로 퍼져나갔다.

여장부는 서슬 퍼렇게 욕질도 하는 여성

작은고모 욕설이 골목으로 울려 퍼지면 마을사람들은 살살 오금을 추슬러 고양이걸음을 걸었다. 옛날 서슬 퍼렇던 여장부의 기개가 드디어 살아나기 시작했다면서 말이다.

어머니도 이상한 사람으로 치자면 작은고모와 다를 바 없었다. 별 욕 먹을 거리도 아닌 걸 가지고 작은고모한테 그토록 모진 야단을 맞고서도 앞에선 고양이 앞의 쥐처럼 숨도 제대로 안 쉬고 물러나서는, 됐다 됐어! 하며 즐거운 아이처럼 키득거렸다. 작은고모가 아편 그저 지독한 원수와 싸워 이겨내나부다 그지 니마야? 어머니는 절로 신이 나서 웃음을 띠고 경쾌하게 집안 일을 하였다.

작은고모가 우리들을 닦달할 때마다 이상해지는 사람이 또 한사람 더 있었다. 아버지가 바로 그 장본인이었다. 벙글벙글 웃음을 참지 못하고, 어구 우리 누이, 어구 우리 누이! 하며 춤을 덩실 추질 않나, 펄쩍 제자리 발돋움을 하질 않나, 아버지 좋아하는 품이 정말 웃겼다.

할머니의 내공

외할머니만은 작은고모의 욕설에도 조금도 이상해지지 않는 우리 집의 유일한 어른이었다. 할머니는 이 세상에서 가장 아끼는 살붙이인 딸, 우리 어머니에게 해대는 작은고모의 욕을 예사로 넘기지 못하고 맘을 앓았다.

어머니가 작은고모한테 기가 질리도록 야단을 맞을 때마다 빈담배통을 물고 요란스레 뻑뻑 소리 내어 빨기를 진종일이라도 했다. 저 미친 것들, 저 미쳐 제 정신 없는 것들. 빈담배통을 빠는 사이 간간이 똑같은 혼잣말을 실증도 내지 않고 반복하여 하고 또 하였다.

할머니 담배통은 할머니 마음 상태를 잘도 드러내 주기가, 화가 나서 빨수록 뻑, 뻑, 공기 드나드는 소리도 어찌나 요란한 지 찬방에서 멀리 떨어진 뒷간까지 다 들리고도 남았다. 평상시 할머니 담뱃대는 뻑, 소리 한 번 안 나고도 고소한 담배 연기가 위로 곱게곱게 피어오르곤 했다. 가끔씩 재떨이를 탕탕 두드려 늙은이가 예 있음을 시위하듯 하지 않으면 할머니가 담뱃대로 담배를 피우는지 마는지 모를 정도였다.

할머니에게는 같잖은 트집을 일부러 잡아가면서 고명딸 시집살이 시키는 작은고모가 눈엣가시 정도가 아니라 목에 가로 걸린 생선 등 가시 이상으로 껄끄럽고 버거운 존재였다. 그렇다고 딸 둔, 그것도 대를 이을 아들을 못 낳은, 아니지, 엄연히 따져보면 안 낳는 건지 못 낳는 건지는 확실히 규명된 바 없으니 뭐라 단정 짓지 못하지만 여하 간에, 그 에미된 자의 입장에서는 입이 열 개라도 단 한 마디를 못하게 된 법, 고약하게도 되게 가슴이 미어져 빈담뱃대에 헛바람만 들이다 들이켰다 내뱉았다 할밖에 달리 마음을 삭일 방도가 없었던 것이다.

"할머니, 작은고모 밉지 예? 난 작은고모가 그냥 양귀비에 홀려 살았음 좋쿠다."

심기 불편한 할머니를 위로한답시고 나는 밉살맞은 작은고모를 내쳐 흉보면서 알랑방귀를 뀌었다.

서울 사람 티

"이것아! 그렇기로서니 작은고모가 내내 양귀비에 쥐어 지내는 게 좋아? 행여 햄미 위로할 셈으로락도 그런 소리 말아라."

나는 도리어 할머니한테 걱정만 끼쳤다.

감정을 거르지 않고 있는 대로 다 표출할 때의 할머니 말투에는 서울 토박이들만 쓴다는 말버릇이 가끔씩 묻어나곤 했다. '...락도' 라는 게 그 한 예이다. 나는 할머니가 '...락도' 라고 말할 때마다 참지 못하고 웃음보를 터트려 버릇없다는 소리도 심심찮게 들어야만 했다. 참외를 '채미' 랄 때도 깔깔대고 웃어 어머니한테 눈총을 받기도 했다.

작은고모는 다시 살아나는 것 같았고 매일 들이던 '술춘' 을 며칠에 한 번씩 들여도 술 없이 곱게 넘어가는 날이 갈수록 많아졌다.

하지만 고방에 심은 술독이 비었으면 작은고모는 난장을 쳐대길 결코 잊지 않았다. 내가 너의 집에 와서 술 좀 마시기로서니 야박스럽게 술독을 비워놓느냐는 둥, 한 점 혈육인 동생이 누이를 이렇게 구박하기냐는 둥, 입살 맵게 굴기는 날이 더할수록 점점 더 험해졌다. 그래도 어머니는 예에, 조금만 참으세요. 금방 술도가에서 '술춘'을 보냈을 거우다. 하면서 어르고 달래었다.

햇귀와 달리기 하는 단오 날 아침

단오 날.
나는 동터오는 햇귀보다 더 일찍 일어났다.
이른 아침 이슬이 마르기 전에 큰언니와 내가 약초를 캐는 게 단오 날 맨 처음 해야 되는 일이었다. 약초라고 해봐야 집주변 텃밭 담장 아래에 지천으로 널어진 쑥과 익모초가 전부였다.
제주 섬에 자라는 모든 초근목피가 약제라고들 하지만 단오 날 이슬이 마르기 전에 캔 쑥과 익모초만큼 만병에 효험이 있는 풀도 드물 거라고 어머니는 자주 말하곤 했다.
단오 날마다 저 먼 바다 끝에서 햇귀가 퍼질 기미가 보일락말락 하면 큰언니는 낫과 큼지막한 대바구니를 들고 집을 나서곤 했다. 나도 아마 세 살인가 네 살 때부터 따라다녔던 것 같다. 큰언니가 낫질하는 동안 대바구니 옆에 앉아 지켜주기도 하고 또 익모초 포기를 찾아주기도 하면서 딴에는 약초 캐는 큰언니 손을 거들었다.
하지만 높은 밭담을 넘을 때며 이리저리 약초를 찾아 잽싸게 뛰어 다니는 데는 내가 도리어 장애물이 되었다. 일일이 담을 넘겨줘야 하고 저만치 탐스런 쑥 포기를 보고서도 나와 대바구니를 맞잡고 가는 사이 다른 사람이 달려들어 캐어가 버렸으니 말이다.

그래도 큰언니는 짜증 한 번 내는 적이 없었다. 오히려 내가, 큰언니야 저기 익모초! 빨리 달려가라 좀. 하며 안달을 했다.

큰언니는 참으로 대범하고도 매사에 느긋한 어린처녀였다.

놔둬라. 다른 사람도 오늘 많이 캐얄 거 아니? 우리만 다 차지하면 다른 사람들은 어떻해여? 또 날마다 우리 집에 와서 쑥 있수과? 익모초도 줍서. 누구 어멍 애기 낳젠 햄수다. 해봐, 그건 더 귀찮다 그지?

'글쎄'가 '게메'에게 묻기를

'게메'……… 난 모르키여. 우리 집에 약초 얻으러 오는 게 귀찮은 건지 우리가 약초를 덜 캐고 다른 사람도 캐어 가도록 하는 것이 잘 하는 짓인지.

제주사람들은 말끝에 여유를 달아야 할 때라든지 어떤 상황에서 결정을 유보할 일이 생긴다든지 혹은 어떤 것에 동의하기를 강제할 때에 빠져나가는 수단으로 '글쎄…'에 해당하는 말인 '게메…'를 써서 일단 말머리를 얼버무리고 본다. '게메…'는 '글쎄…' 보다는 훨씬 더 여유가 많고 시간이 길며 아울러 폭과 깊이도 그 깜냥으로 치자면 대범하기 한량없는 말이다. '게메…'는 대개 '게메'라고 잘라 말하는 법이 없이, 단어 끝에 꼬리를 끌며 쓰이는 말이기도 하다.

나는 큰언니가 곧잘 남에게 양보하고 남을 생각해주는 게 당연하다고, 그렇잖느냐고 동의를 구할 때마다 '게메……' 라고 길게 여운을 남기며 대답하는 버릇이 입에 붙어 다녔다. 그게 아닐 것 같다든지, 큰언니 생각도 그럴 듯 하다고 분질러 대답해도 될 때라도 '게메…' 혹은 '게메~' 하고 애매하게 넘어가기 일쑤였다. 그럴 때 어머니가 보면 몹시도 내 말버릇을 걱정했다.

니마 너, 남의 말꼬릴 반듯하게 들어야지 이것도 아닌 것처럼 저것도 아닌 것처럼 애매하게 흐리는 버릇 들이면 이담에 커서 못된 천성되지 싶다. '게메~' 대답하는 게 좋다는 사람도 많더라만 그거야 원, 맺고 끊음이 분명하지 못한 거지 뭐냐. 너희들은 그런 사람 본보지 말고 좀 확실하게 자기 의살 밝히도록 해라.

이 점에 대해 아버지는 어머니와 생각이 달랐다. 여자일수록 '게메...' 라는 대답을 잘 이용할 줄 알아야 한다고 주장했다. 왜냐하면 치마 두른 것들, 앉아서 오줌 싸는 것들이 뭘 딱 부러지게 구분지어 보이는 건 영 볼성 그르단다. 여자란 자고로 다소곳이 남정네에게 수그러드는 맛이 있어야지, 그건 그렇다 저건 저렇다 라니, 어이구! 입맛 다 떨어져 떨떠름하다. 애들아? 이담에 서방한테 북어 패듯 죽 삼시 밥 삼시 얻어맞고 살지 않으려면 그저 '게메~' 막 써먹어야 한다. 코가 막지 않아도 코맹맹이 소리도 해가면서 말이다 알아 들어시냐?

나는, 모르쿠다. 라고 퉁명스레 대답했다.

삶은 부지깽이 끝에 붙은 불에도 무르익는다

우리는 어느 장단에 맞춰 춤을 추어야 할지, 어머니와 아버지는 어째서 그렇게도 딸들에게 서로 다른 말로 인생살이를 배워 주는지?

그 때는 그 어떤 말로도 우리 집 어른 두 사람의 생각하는 바를 일치시킬 방법이 없었다. 그저 두 주먹 불끈 쥐고, 두고 보라지. 난 그냥 내 식대로 살 거야. 다짐하는 수밖에 없었다.

단오 날 캔 쑥이며 익모초는 아버지가 다발을 엮어서 바람 잘 드는 처마 그늘에 매달아 말렸다. 그랬다가 누가 배가 아프다거나 열이 많이 난다면 가마솥에 넣고 푹 삶아낸 물로 목욕도 시켜주곤 했다. 또 어머니가 며칠에 한 번씩은 혼자서 쑥을 삶은 물에 몸을 씻어내었다.

늦가을에 가을걷이를 모두 끝내고 그루갈이를 하기 전 잠시 짬을 내어 우리 집에서는 엿을 고았다. 좁쌀로 조청을 만들고 또 쑥이며 익모초를 더 넣어 쑥엿과 익모초엿을 고아 작은 오지항아리에 가지가지 담아 찬방 한 켠에 즐비하니 놔두었다.

엿을 고는 일은 전적으로 할머니 몫이었다. 그 때는 아기요람 대신 부지깽이와 기다란 나무주걱을 들고 며칠이고 부엌에 틀어박히곤 했다.

엿을 고을 동안은 할머니 담뱃대가 고개 뒷섶에 세로로 꽂혀 참으로 한가로웠다.

쑥엿보다도 익모초엿이 더 쌉소롬 했다. 익모초엿은 여자의 엿이라면서 여자아이들이 많이 먹어두면 좋다고 했다.

조청은 훔쳐 먹어도 익모초엿이 든 항아리에는 숟가락이 드나들지를 않아 놔둔 그대로 있었다. 그 맛이 쓰니 아이들에게도 인기가 없었던 것이다. 어머니는 한사코 우리들이 익모초엿을 듬뿍듬뿍 먹어주길 바랬다.

추수감사절에 납평제(臘平祭) 지내는

제주사람들은 아주 오랜 전 서부터 '납향(臘享)엿'을 고아 약으로 썼다한다. 약으로 쓸 엿을 고는 날을 제주사람들은 '납팽날' 이라고 불렀다.

이는 조선조 조정의 행사가 민간에 스며든 풍습이라고 했다. 조선조 때는 동지 후 제 3 미일(未日)로 납일(臘日)을 정하여 종묘와 사직에 큰 제사를 지냈다 한다. 이 때 지내는 제사는 추수감사절의 성격과 닮았는데 '납평제(臘平祭)' 라고 불렀다.

그 날 궁중에서는 제사를 지내고 내의원에서는 각종 환약을 빚어 '납약' 이라고 하여 임금에게 드리면 이를 궁중 사람들에게 골고루 나누어 주었다는 것이다.

  단오 날 쑥 캐는 큰언니를 따라 다닌 건 나에게는 의식과 같은 행위였다. 생일날 미역국을 먹는 거나 마찬가지로 단오 날에 꼭 치러야만 하는 의식행위 말이다. 그 옛날 한 옛날에 우리나라의 궁중에서 '납평제'를 지내듯 우리들은 익모초와 쑥을 캐어 '납팽엿'을 고았던 것이다.

  어머니는 단오 날도 해가 떠오르기 전에 서둘러 외가차례를 지냈다.

  큰언니와 내가 발로 밟아 꼭꼭 눌러가며 쑥과 익모초를 대바구니 가득 캐어 집에 와보니 어머니는 어느새 외가 차례상를 걷어 지붕에 고수레 음식을 올리고 있었다.

남녀의 사랑이란 저 들녘에 핀 바람꽃보다 더 얄팍한 것

  그 전날 밤 작은고모는 술을 마시지 않았다.

  우리가 쑥과 익모초를 따로 골라놓으면 아버지는 다발을 엮었는데 그 광경을 옆에 와 앉아 보던 작은고모는 땅이 꺼져라 한숨을 내쉬었다.

  우리들 중의 그 누구도 작은고모의 한숨이 어떤 행동 개시 이전의 징후이며 예고라는 걸 눈치 챈 사람이 아무도 없었다.

  술을 마시지 않아 말짱한 정신이었을 때의 작은고모는 가끔 가다가 자신의 신세를 한탄하면서 울기도 했고 아들 낳아준 작은각시한테 가버린 작은고모부를 죽일 놈 살릴 놈 욕을 퍼부으며 푸념도 했다.

  남녀의 사랑이란 저 들녘에 핀 바람꽃보다 더 얄팍한 것이야. 좋을 땐 죽자사자 목숨까지 바친다고 난리다가 한순간에 변심하여 내가 언제 너를 봤냐고 생전 처음 보는 사람처럼 반문하고 나서지. 단순한 반문이 아니라 두 사람이 그동안 쌓아올린 만리장성보다 더 긴 사연을 싹 쓸어버리는 무서운 망각의 존재란다.

　나 같은 어린아이를 앞에 앉혀놓고 그 심오한 남녀 간의 사랑학을 피력할 때의 작은고모는 어느 이름 있는 석학(碩學) 못지않되 또한 세상의 그 누구가 작은고모보다 더 사랑에 우는 비련의 주인공이랴! 그러다가도 서울에서 사범대에 다니는 딸에게 생각이 가 닿으면, 살아생전에는 딸이 얼마나 좋은지, 딸 예찬으로 침이 마를 지경이었다.

앉아서 오줌 싸는 도둑명절

　죽어 제사나 지내주는 아들, 저승에 가면 그뿐이지 뭔 소용이 있느냐고, 아들 낳으려고 생고생하지 말라고 누가 들어도 반듯하고 옳은 말만 골라 하곤 했다.
　그랬었으니 뭐 한숨 좀 내쉬기로 경계할 것도 긴장할 것도 없는 작은고모의 일상 정도로 우리들은 받아들였다.
　할머니는 바지런히 요람 밖으로 기어 나와 다글다글 걸어 다니기에 부산한 그 미를 거두느라 담뱃대 물 여유도 없이 바쁜 아침을 보내고 있었다. 혹시 속으로는 딸 손에 잔 받아 차례 잡수는 박복한 조상한테 낯 들 체면이 없어 오직 손녀 뒤치닥거리에 신경을 다 썼는지도 모르겠다.
　아버지나 작은고모가 아들! 아들! 노래를 불러대면 할머니는 아들 못 낳는 딸을 두어 괜히 미안해 하긴 했어도 아들 못 둔 자신의 처지를 표 나게 비관하지 않았다.
　일찍 어머니가 도둑질하듯 외가명절을 치렀으니 이제 아버지가 의관정제하고 정식으로 우리 집 진짜 차례를 지낼 순서가 되었다.
　아버지는 두루마기를 차려입고 단오차례를 지내러 상차림이 다된 안방에 들어갔다. 명절이든 제사든 앉아서 오줌 싸는 딸들에게는 그저 음식 차리고 먹는 일 말고는 할 일이 별로 없지만 아들인 아버지는 되게 바빴으며 그 바쁜 와중에도 표정 한 번 흩트러짐이 없이 매우 엄숙했다.

제사상에 절하고픈 딸들

아버지가 제를 지내는 것을 가만히 보노라면 슬그머니 웃음이 일었는데, 혼자서 바쁘게 제사상 사이를 오가며 이것저것 치르는 행동거지가 마치, 우리 합죽이가 됩시다 합! 하기로 약속해놓고 침묵 속에서 소꿉장난 하는 것 같기도 했다.
  제를 지내는 동안에는 그 누구도 침 넘기는 소리도 내서는 안 되고 방귀를 뀌어서도 안 된다고 했다.
  어른들이야 그동안 숱하게 갈고 닦아 연마한 인내의 삶을 살아온 경력 덕분에라도 결코 거부할 수 없는 방귀까지 그렇게 참으면서 꼼짝 하지 않고 버티겠지만 우린, 더 정확하게 말한다면 내가 그 침묵의 시간을 참아내지 못하고 몸살 나 몸을 배배 꼬았다.
  큰언니는 찬방과 마루 사이를 소리 없이 오가며 아버지 손짓에 따라 척척 심부름을 했지만 결코 차례를 지내는 방문턱을 넘어서지는 못했다.
  슬이는 짱돌이 목을 껴안고 댓돌에 퍼더버리고 앉아 언제나 저 많은 음식을 먹게 될 지 신경을 쓰다 보니 움쭉달싹할 사이가 없었고 그미는 할머니한테 꼭 붙잡혀 요람에 눈 채 억지 잠이라도 자야할 형편이니 침묵을 깰 리 없었다.
  나는 쥐죽은 듯 무시무시한 침묵을 일부러 만들어가며 제사를 지낸다는 게 도무지 못마땅해서도 뭔가를 해서 그 시간을 넘겼으면 싶은데……기쁜 웃음소리는 어떨까? 재미난 이야기는?

아버지는 너부죽이 절을 하고 있었다.

"나도 절하고프다."

마루문턱을 붙잡고서 턱을 고이고 서 있던 나는 절하는 아버지를 보다말고 혼잣말을 누구나 다 듣게 중얼거렸다. 말끝이 입 밖으로 채 나오기도 전에 누가 목덜미를 확 뒤로 낚아챘다.

어머니가 사색이 되어 입술에 검지를 세로로 세우고 쉬이-! 강하게 주의를 주었다.

절을 다하고 난 아버지가 나에게 눈을 모로 떠보였다. 잠시, 아니 아주 오래 사팔뜨기처럼 눈을 모로 뜨고 눈총을 주는 것이었다.

나는 아버지가 아무리 무섭게 눈총을 주어도 무섭지 않았다. 내가 한 말에는 잘못이 없다고 판단했기 때문이다.

비애

"니네들 내 딸년들아, 와서 절해라."

아버지가 뜻밖의 말을 하는 게 아닌가. 우리들에게 절을 하란다! 내가 맨 먼저 나섰다. 그러나 아버지는 나를 뒤로 물러나 있게 하고 큰언니를 불렀다. 큰언니는 와들와들 떨면서 절을 시작했다. 그렇게 떨다가는 절을 다 마치지 못할 것만 같았다.

옳지, 한 버언, 으- 우꾹 반듯허게 일어서라. 그래 다시 두우 번, 세 번째는 반 절만 하는 거다 반 만, 대신 머린 깊이 숙여라!

아버지는 큰언니가 절하는 한 옆에 비켜서서 손을 단정히 포개어 잡고는 엄숙하게 훈수를 하였다. 내 차례가 되었을 때, 나는 일사천리로 절을 하고 물러났다. 큰언니 절하는 걸 보고 나는 그대로만 하면 되었다.

슬이가 아버지 도움을 받아가며 겨우겨우 절을 하는 사이, 작은고모가 마루 가운데로 나와 앉았다.

작은고모는 한이 한껏 배어 땅을 갈라놓고도 남을 한숨을 두어 차례 내쉬었다. 이번에는 그 누구도 작은고모의 한숨을 그냥 지나치지 않았다. 아니나 다를까, 한숨 뒤 끝에 연이어 통곡이 터져 나왔다.

조상님 전에 이젠 체면이고 가문명예고 다 내동댕이쳤구나아- 아이고 세상에! 모양이 개잘량이라더니, 저 비바리들 절하는 거 좀 보소? 꼴 좋구나 좋아. 그래, 내 니놈이 데릴사위 들 때 다 알아봤다 언젠간 조상님 전에 술 한 잔인들 제대로 차릴 리 만무할거라 짐작했고말고. 오늘이 그 날이구나아-. 어찌 할고오 이 일을 어찌 할고-. 대 이을 고추달린 거, 그 거 한 놈 없어 서러울진대 기어이 비바리들 세워놓고 절을 시키네. 조상님들 모독하는 저 짓 어찌 할고-. 아이구 원통해라 절통해라..........

작은고모의 넋두리와 몸부림은 오래 계속되었고 마침 문중으로 단오제를 지내러 가던 승천이할아버지가 무슨 일이 났나싶어 잠시 얼굴을 들이밀었다. 작은고모가 퍼부어대는 넋두리를 몇 대목 들어보고는 혀를 차며 아무 말 없이 가 버렸다.

우리 집은 삽시에 초상난 집과 다름없이 몹시도 침울한 단오 날을 보냈다.

아버지의 땅을 위한 변명

전에 같았으면 내가 좋아하는 만포아저씨도 단오 밥 먹으러 우리 집에 왔을 것이다. 큰언니는 집에 있기가 힘에 부쳤는지 설거지를 끝내자마자 늦보리를 베러가는 친구네를 따라 들로 가버렸다.

　단오 날인데도 아직 보리 베기를 마치지 못한 사람들이 한낮이 되면서 들녘으로 나갔다. 명절날이라고 진득이 하루를 놀 수 없는 것이 단오를 전후해서 꼭 보리장마가 덮치기 때문이었다. 꿈지럭대다가 보리걷이를 후다닥 해치우지 못하면 장마 통에 고스란히 보리농사 망치기 십상인 것이, 낟가리에서 그냥 싹이 나 먹을 게 없이 되어버렸던 것이다.

　우리는 보리든 조든 고구마든 밭농사를 많이 하지 않았다. 밭이라고는 손바닥만 한 거 두어 뙈기였고 거기에 데면데면하게 구메농사나마 붙여 그런대로 거둬들였다.

　누가 급하게 돈 쓸 일이 생겼다고 밭을 사라고 아버지한테 오면 아버지는 그냥 돈을 꿔주고 말지 땅을 담보하지 않았다. 아버지 말로는 자신은 순전히 바다에 매인 어부라고 했다. 농사짓는 농부가 아니므로 넓은 땅이 필요 없다는 것이 아버지가 땅을 더 소유하지 않으려는 변명의 전부였다. 그래서 우리는 누구네보다 먼저 보리걷이를 마쳤다.

밀 익는 향기는 코끝에 서리고

　단오 날인데도 나는 하루 온종일을 굶었다. 작은고모 잔소리를 듣기 싫었음으로 작은고모가 술에 곯아떨어지든가 낮잠 자기를 바랐는데 둘 다 안하는 것이었다. 아무리 먹는 것에 재미를 못 붙이고 지내지만 종일을 꼬박 굶고 보니 우선 배가 뭘 달라고 자꾸만 고르륵 꼬르륵 소리를 쳐댔다.

　길가 밭에는 밀밭도 더러 있었다. 밀은 보리보다 며칠 뒤져 익는다. 그러니 너나없이 모두들 보리걷이에 매달려 밀밭은 거들떠도 안 봤다. 덕분에 밀밭은 이

제 막 밀려든 여름기운에 겨운 듯 몸을 뒤채면서 단오의 화사한 미풍에 물결치고 있었다. 바람이 스쳐 지날 때마다 고소한 밀 향기가 콧속으로 스몄다.

　나는 돌담을 기어올라 밀 이삭을 몇 '고고리' 잘라낸 다음 손바닥으로 비벼 껍질을 불어내고 씹었다. '고고리'는 제주사람들이 이삭자루를 세는 단위뿐 아니라 어머니의 젖꼭지, 산의 봉우리 등 정상을 일컫는 데도 쓴다.

　고려조 시절에 제주섬이 원(元)나라 식민지가 되어 꼬박 일백년을 난 적이 있다. 그 무렵에 몽골 언어가 제주에 들어와 토착하여 오늘에 전해진다는 데 '고고리'도 그것들 중의 하나란다. 아직은 증명할만한 아무것도 없다. 단지 학자라는 사람들이 그렇게 주장할 뿐.

　수확기에 접어든 밀알은 딱딱했다. 그런대로 어금니로 잘 씹으니 비릿하면서도 고소한 즙이 목줄을 타고 꼴깍꼴깍 넘어가고 혓바닥 위에는 밀기울만 남았다. 그 밀기울이 그러니까 끈기가 여간 좋은 게 아니다. 물에 겉껍질을 씻어내 버리면 추잉껌이 된다.

　밀 이삭을 잘라 비벼 껌 만드는 재미에 맛 들여 어스름이 깔릴 무렵까지 큰 길가를 주욱 따라 갔다 왔다 하면서 햅밀 몇 톨 씹느라 시간을 축내고 있었다. 밭에서 일을 마치고 돌아오던 사람들이 돌담에 몸을 얹고 밀 이삭을 자르는 나를 보고는 돌담이 무너질 것 같아 위험천만이라고 대신 잘라주기도 했다. 덕분에 아침나절에 있었던 집안의 궂은일도 삭이고 밀껌도 실컷 씹었다.

콧마루를 시큰, 쏜 슬픔

　어? 할머니가 가네.
　어둠이 잰걸음질 치며 먼 바다 저만치에서 달려오고 있었다. 서서히 사그라

드는 노을을 백발에 받아 할머니 머리칼은 은빛으로 빛나기도 하고 붉게 물들기도 하였다.

언제나 그랬지만 할머니는 고쟁이 위에 치마를 둘러 폭을 거두어 허리춤에 끼고는 괴나리봇짐을 지고 담뱃대를 빨면서 윤노리나무 지팡이를 휘이휘이 휘두르는 걸 박자삼아 걸었다.

저만치 보이던 할머니가 어느새 나와 가까운 거리까지 다가왔고 눈이 딱 마주쳤다.

"할망, 집에 감수꽈?"

나는 할머니 지팡이를 잡고 같이 걸었다. 어쩐지 할머니한테서는 슬픔과 외로움이 범벅이 된 쓸쓸한 냄새가 풍겨 나의 콧마루를 시큰, 쏘았다.

"그래. 내 딸년아 어른들 말씀 잘 듣고, 부디 작은고모 심성 거스르지 말고 응? 핼미 또 오마."

할머니는 내 머리의 정수리 께를 독독 두드려 주고는 더 이상 따라오지 말고 집에 가라면서 돌려 세웠다.

나는 오다가 뒤 돌아보고 또 오다가는 돌아보고를 반복했다. 그 때마다 할머니도 나와 똑같이 그러고 있었다. 할머니는 뒤돌아 선 나와 마주칠 때마다 손을 내저어 어서 가라고 재촉했다.

사람들이 들에서 돌아오고 있었다. 나도 그들 무리에 휩쓸려 걸었다. 울음이 터져 참을 수가 없었다. 사람들이 수근 거렸다. 니마 외할망이 참 안됐져 게. 그 노인네 아들 있었어 보라. 질(명절) 날 딸네 집에 왕(와서) 사돈이 위세부리는 꼴 당허느냐 게.

마을사람들은 아침나절에 우리 집에서 있었던 일을 낱낱이 알고 있었던 것이다. 하긴 누가 안방에서 방귀만 뿡, 뀌어도 온 마을이 다 알만치 터놓고 지냈으니 몰랐다면 그게 더 이상한 일이었다.

 울지 마라 니마야. 외할망 다시 오거들랑 니네가 잘 해드리면 된다. 니네 족은 고모가 제정신 아니난 말하는 거 숭(흉)보면 안 된다 이. 니네 외할망도 불쌍하고 고모도 불쌍하다 원. 그만 울라. 하영(많이) 울면 니네 어멍 속상한다.

 사람들은 나를 위로하고 달래었다.

아들 없는 집의 악 바른 딸

 우리 마을에서 윗동네 아랫동네 통틀어서 아들 없는 집은 우리 집 밖에는 없다싶었다.

 잠수들이 물질하러 바다에 나가 옷을 갈아입는 노천탈의장인 '불턱'에서들 수니어멍은 언제나 아들 하나 낳을까? 하고 화제꺼리가 되기도 한단 말을 귀동냥으로 들은 적이 있다. 어머니가 아들 낳지 못하는 건 외할머니한테서 대를 물린 거라고도 했다.

 니마 외할망도 외동딸이고 니마어멍도 외동딸이랜 하더라.

 떡은 갈수록 덜어지고 말은 할수록 덧붙여진다는 만고의 진리가 실감났다. 나는 사람들이 우리 집 가정사를 가지고 수근 대는 게 싫었다.

 "아니우다. 우리 어멍 다신 애기 안 낳을 거우다. 안 낳기로 했수다."

 내가 그들 말 참에 끼어들자, 저 니마가 동문서답(東問西答)한다고 한바탕 웃어제꼈다.

 "니마 니가 그걸 어떵 알아? 니네 어멍이랑 아방이랑 한 이불 속에 안 눠?"

 "눕니다."

 " 경헌디 무사 애기 안 낳을 거? 어른들 둘이 한 이불 쓰면 애기 낳는 게 당연한 거여."

"그만 골읍서(말 하세요) 게. 우리 어멍은 예, 안 낳기로 핸 마씀.

사람들은 잠시 나와 입씨름을 하다말고 배꼽이 떨어져라 또 하하, 웃어대었다. 순전히 나를 놀릴 심보였던 것이다. 내가 어른들 수작을 모를 줄 알고?

수니어멍이 정말 애 안 낳기로 했다면 살판 만난 사람은 건이아방이네. 니마 아방은 영락없이 아들 없어서 죽는 날까지 기죽어 지내겠구나. 거 참 불쌍다.

건이아버지가 오로지 아버지를 능가하는 게 아무것도 없고 단지 이 것 하나! 아들만 내리 셋을 뒀다는 그 사실을 이 대목에서 다시 한 번 상기해 주기 바란다. 그걸 상기해야만 내 말이 씨알이 먹히지 그렇잖으면 내가 지금 무슨 말 하는지 이해가 잘 되지 않을 것이다.

"그런 말 맙서 예. 이담에 내가 어른이 되서 건이아방 쪽도 못쓰게 하고 말거우다. 두고 봅서 어디."

나는 사람들이 뭐라는데 열 받아서 점점 더 약이 오르고 악이 받쳤다. 그까짓 건달 건이 따위는 내가 당장 꼼짝 못하게 눌러버릴 테다 뭐든 좋다 공부두 싸움이든...싸움? 그건 영 자신 없는데 어떡하지? 씨팔(맘속으로만 욕을 했음), 건이가 주먹으로 덤비면 난 총 쏴 버리지. 바로 그거다. 이제는 건이와 싸움으로 맞붙어도 이길 자신 있다. 나는 어른이 되면 총부터 먼저 사야겠다.

두 세계를 쥔 아이

나는 상상 속에다 나의 세계 하나를 그럴듯하게 건설해 놓고 있었다. 그 세상에서는 모든 걸 해결하는 명쾌한 방법들이 수두룩했다.

현실세계에서 실제로 부닥치면 어떻게 될지 모르지만, 우리가 소라바둑으로 땅 따먹기를 하고 있을 때, 건이가 훼방을 놓은 적이 있다.

그 때 나의 상상의 세계와 현실 세계를 한 번 동일시하는 실험을 해 볼 생각이 불현 듯 솟았다. 그래서 나는 손아귀에 딱 앵기는 차돌멩이를 찾아 집어 들고는 다짜고짜 건이 앞이마를 쳤고, 건이 이마에서는 대번에 피가 흘렀다.

건이는 피를 보자마자 그 '깡다구'를 어디에다 팽개쳐 버렸는지 손으로 피가 흐르는 이마를 싸매고 징징 울었다. 아이고 아이고! 아부지이- 내 대갈통 까졌수다. 니마가 짱돌(차돌)로 까부런 마씀.

아버지는 앞이마가 깨어진 건이를 데리고 면소재지에 하나밖에 없는 약방에까지 다녀오는 수고를 해야 했지만 조금도 싫은 표정이 아니었음도 이 자리에서 덧붙여둬야 하겠다. 도리어 내 머리를 쓰다듬으며 몇 번이나 되풀이 하여, 됐다 됐어. 니마 이담에 커서 아버지 위로하고도 남겠구나.

내가 건이 이마를 차돌멩이로 까버린 사건은 그 단오 날 훨씬 이후에 일어난 일이고, 그 단오 날 저녁에 집에 살짝 들어와 보니 모두들 꿀 먹은 벙어리들처럼 입 다물고 있었다. 그미만이 혼자서 뭐라고 옹알거리고 있을 뿐이었다.

어머니가 부엌에고 찬방에고 다니는 곳마다 눈물을 뿌렸다. 그 무서운 작은고모 앞에서도 울음을 그치지 않았다.

작은고모는 술에 취해 곤드레만드레가 되어 네 활개치고 작은방에 누워있었다.

집안 여기저기를 기웃거리는 나를 큰언니가 부엌으로 데려갔다.

우리는 소리를 죽여 가며 귀엣말을 주고받았다.

칭찬은 고래도 춤추게 한다는데, 까짓

큰언니는 아궁이에 솔가지를 꺾어 넣고 불을 붙인 다음 낮에 밭에 갈 때 가지고 갔던 작은 대바구니를 가져왔다. 때맞추어 익지 못한 늦된 보리이삭을 잘라 한 주먹만큼 씩 묶은 다발이 여남은 개나 들어 있었다.

솔가지는 한 번 화르륵 불 타고나자 발갛게 달아오른 불잉걸로 변했다.

큰언니는 보리이삭 다발을 나란히 불잉걸 위에 얹었다. 햇보리 이삭에서 까끄라기 타는 냄새가 향긋하고도 고소하니 풍겨났다. 큰언니가 보리이삭을 불잉걸 위에 얹어 그을리는 사이에 나는 찬방에서 함지박을 가져왔다.

우리들은 고소하게 익은 보리이삭을 함지박에 담아 매끄러운 돌멩이를 잡고 그걸로 박박 밀어 겉껍질을 벗겨냈다.

"우리 니마 너 몇 살?"

"무사(왜)? 나 여섯 살."

"여섯 살이면 다 컸겠네?"

큰언니는, 니만 똑똑해서 네 살 때부터 글을 읽었지 참! 하고 나를 치켜 세웠다. 나는 큰언니가 잘 못 아는 걸 바로 잡았다.

"아니라. 글 읽기 시작한 건 다섯 살부터고 이, 진짜로 읽은 건 여섯 살 되젠 기다릴 때 지난겨울부터라."

"맞다 맞아. 우리 니만 똑똑하고 착해어 이? 다 컸으면 큰 값을 해야는 거 너 알지 이?"

나는 더 듣지 않아도 큰언니가 말하려는 걸 알 것 같았다. 우리 집 분위기를 봐가면서 조심스럽게 행동해주길 바란다는 말을 끝으로 하고 싶었을 것이다. 내가 눈치 없이 군 게 뭘까를 곰곰 생각했다. 그렇구나. 아침에 아버지가 단오제를 지낼 때 우리도 절하고 싶다고 내가 말했지. 그게 불씨가 되어 작은고모가 노발대발하기에 이르렀고 할머니는 가버렸고 집안은 먹구름에 덮인 듯 잔뜩 찌푸린 하루를 살게 되었던 것이다!

나는 억울했다. 딸이라고 왜 조상 차례상에 절하면 안 되는가? 왜 꼭 아들이어야만 하는가? 작은고모는 왜 그토록 없는 아들타령만 하는가?

예전 같았으면 나는 틀림없이 큰언니에게 따지고 들었을 것이다. 그러나 그 단오 날 밤 나는 큰언니에게 앞으로는 어른들 기분을 봐가며 눈치껏 행동하겠다는 약속을 했을 뿐이다.

정말 모두들 뚱해서 그 밤을 보냈다.

장마 비는 또 내리고

이튿날 이른 아침, 며칠 전서부터 보리장마 비가 단오를 전후하여 그쳤었는데 주룩 탁 주룩 탁, 다시 내리기 시작했다. 마치 단오 날 하루만 봐준다고 인심 쓴 것처럼, 단오가 지나자마자 다시 빗발을 듣기 시작한 것이다. 장마 비는 딱 옷 젖기에 알맞을 만치 산산히 흩뿌렸다.

"니마야 오늘 학교가지 말라. 같이 어디 가게."

아버지가 채마밭 돌담어귀에 기대어 비를 맞아가며 담배를 피우다말고 학교 갈 채비를 서두르는 나를 불렀다.

나는 학교에 가지 말라면 그리도 신이 났다. 귤껍데기 선생님한테 심심찮게 혼나지, 그에다 남자애들이 극성맞게 치마를 들추어 '또꼬망' 구경한다고 난리 피우지, 고무줄 놀이하는 가운데 들어와 훼방 놓는 것으로는 모자라 고무줄을 끊어버리는가 하면, 꽉꽉 밀쳐 쓰러뜨리는 것도 내게는 진절머리가 나도록 지겨웠다.

그렇지 못하도록 그들을 이기려니 힘에 부쳤다. 차라리 학교에 가지 말고 돼지 먹일 담쟁이 잎을 뜯어오는 게 백 곱절은 더 재미있었다.

학교에 가기 싫은 나에게 아버지가 어딜 같이 가자는 제안은 나를 삽시에 들뜨게 했다.

어머니는 여전히 침울했고 작은고모는 턱을 괴고 마루에 나앉아 손을 달달 떨면서 장마 비가 추적추적 내리는 마당을 하염없이 내다보고 있었다.

특별중대원 깽깽이

1948년 무자년 '제주 4·3 사건' 때, 아버지는 우리 마을과 면소재지에 주둔한 특별중대 사이를 오가는 연락병을 맡아야만 했다고 한다. 그 부대는 군대도 아니고 경찰조직도 아닌 매우 특수한 부대였다고 한다. 경찰이 부대장이 되기도 하고 서북청년단이 그 자리를 물려받기도 했단다.

우리 마을에서는 피해를 줄여보려고 특별중대를 위해 잔치를 벌였다고 한다. 특별중대는 '빨갱이를 때려잡는' 게 주 업무였는데, 일단 그들에게 '빨갱이'라고 낙인찍히면 곧장 끌려가 연기처럼 사라지는 따위는 아무것도 아니었다고 한다.

우리 마을이 차려준 잔치상을 받고 흥청망청 잘 먹은 특별중대원 한 사람이 아버지에게 미군전용 비옷을 주었다고 했다. 그 사람은 장차 신부(神父)가 될 가톨릭신학생이었는데 바이올린을 잘 켰다고 했다. 사람들은 그 신학생 특별중대원을 깽깽이라는 별명으로 불렀단다.

당신이 연락병 노릇을 잘하려면 비가 오나 눈이 오나 말타고 마을과 중대 사이를 오가야 하는데 그런 도롱일 쓰고 어떻게 다녀요? 비바람이 사납게 불면 까짓거 지푸라기로 엮은 그거 당장 날아가고 말겠수다.

깽깽이는 고향이 평안도 어디라고 했단다.

아버지는 깽깽이한테서 받은 비옷을 내 나이 여섯 살 되던 그 때까지도 입고 다녔다. 큰 비를 맞아도 비옷 안으로 물 한 방울 스며들지 않을 정도로 참 좋다고 했다. 아버지는 고기잡이 나갈 때도 낚시도구와 더불어 그 비옷을 꼭 챙기곤 했다.

그 비옷은 국방색에다 후두가 달렸다. 허우대가 여간 큰 게 아닌 아버지가 입어도 발목 복숭아뼈 근처까지 닿을 만치 길었다.

아버지 비옷은 이름도 있었다

우리들은 그 비옷을 그냥 아버지 비옷이라고 부르지 않고 이름을 지어 불렀다. 누가 먼저 그 비옷에 이름을 붙였는지는 모르겠다. 우리 집 식구들은 자연스레 그 비옷 이름이 입에 익어 있었다. 노랑내 옷. 그 비옷에서는 땀샘에 문제가 있는 사람한테서 나는 암내 비슷한 고약하기 이를 데 없는 냄새가 났다.

아버지가 그 비옷을 깽깽이한테서 선물 받은 때 나는 이 세상에 아직 태어나기 전이었다. 그런데도 내가 태어나 여섯 살이 되도록 그 비옷에서는 암내 비슷한 냄새가 여전히 났다.

우리들은 아버지가, 노랑내 옷 내와라. 라고 하면 코부터 틀어쥐었다. 정작 그 비옷을 입는 아버지는 별다르게 역겨운 표정을 짓지 않았다. 그놈들이 쇠고기만 먹어서 몸에서 어차피 노랑내가 나게 생겨 먹었지. 라고 그 비옷이 풍기는 냄새의 근원에 대해 언급한 게 전부였다.

쇠고기에서는 곱 냄새가 지독히 난다. 쇠고기만 먹는 서양사람은 그 냄새가 나는 모양인데 나는 내가 여섯 살 될 때까지 서양사람을 단 한 사람만 봤을 뿐이다.

시골 마을 작은 책방에 살던 서양사람들

우리 마을에는 면소재지 마을에 있는 가톨릭 공소에 다니는 천주교 신자 집안이 단 한 집 있었다. 그 사람 네는 우리 마을이 고향이지만 면소재지 마을에서 작은 책방을 했다.

언젠가 그 공소에 만병에 용하다는 의사가 와서 무료진료를 한다고 했다. 큰언니가 나를 데리고 그 책방에 갔고 책방 아저씨는 나와 큰언니를 다시 그 공소에 데려다 주었다. 공소에는 많은 사람들이 모여 있었다. 그 공소 뜰에는 하늘을 향해 눈을 곱게 치켜 뜬 여자가 두 손을 가슴께에 모은 동상이 서 있었다. 그 여성의 가슴에는 붉은 심장이 피를 뚝뚝 흘리고 있는 그림이 그려져 있어 가슴을 서늘하게 했다.

그 공소라는 곳의 여기저기 에는 십자가가 있었고 어떤 십자가에는 머리칼이 여자처럼 긴 한 젊은 남성이 못에 박힌 체 매달려 있었다. 그 모습은 너무나 처참하여 그 남성이 못 박힌 손을 보면 내 손이 아프고 못 박힌 발을 보면 내 발이 아파왔으며 피를 흘리고 있는 옆구리 상처를 봤을 때는 숨도 못 쉴 만치 극심한 통증이 내 옆구리 갈빗대 사이에서 느꼈다.

한참 기다리려니 의사가 진찰을 시작했다고 사람들이 웅성거렸다. 발돋움을 하고 저만치 떨어져 있는 집안을 보니 머리칼이 노란 서양남자가 보였다. 나는 더럭 겁이 났다. 그 걸음에 공소 밖으로 줄달음을 쳤고 큰언니도 나를 부르면서 따라 달려 나왔다. 나와 큰언니는 줄곧 달려 집에 와버리고 말았다.

그래서 쇠고기만 먹는 서양사람이 노랑내를 노상 풍기는지 마는 지 그 때는 몰랐기에 아버지의 언급이 설득력은 별로 없었다.

비 온 날에는 도롱이보다 양산을

아버지는 손수 노랑내 옷을 내다 입고 나에게는 띠로 엮어 만든 도롱이를 씌워주었다.

"아방, 우리 어디 갈 거꽈?"

나는 행선지가 몹시도 궁금했다. 만일 성안에 나들이 갈 거라면 도롱이를 쓴 체 가고 싶지 않았다. 전에 아버지를 따라 성안에 가보니 비가 내리지 않는대도 몇몇 여자들이 우산을 쓰고 다녔다. 아버지는 그들이 쓴 게 우산이 아니라 햇볕을 가리는 양산이라고 했다.

닐리리야 닐리리 닐리리 맘보. 임 계신 곳을 알아야 지우산 보내지......

어쩌고 하는 유행가를 나는 알고 있었다. 그래서 나도 비가 내리면 도시 사람들이 종이로 만든 우산이건 헝겊으로 만든 우산이건 우산을 쓴다는 정도는 알고 있었다.

그런데? 멀쩡한 햇빛은 왜 가려! 아예 밖으로 나다니지 말고 집안에 가만히 앉아 있던가. 나는 성안 여성들이 햇빛을 가리는 양산을 쓰는 게 여간 못마땅했다. 햇빛이 옷을 젖게 하나 신발에 물이 차게 하나? 별로 쓰잘 데 없는 인간들 하는 짓거리라니...나는 끌끌 혀를 찼고 아버지는 내가 하는 양이 어이없다면서 너털웃음을 터트렸다.

그토록 날씨에 까탈스러운 성안사람들이니 내가 성안까지 도롱이를 쓰고 가면 비오는 날 우산 쓰고 햇빛 쏟아지는 날 양산 쓰는 그들이 손가락질하면서 비웃을 것만 같았다. 저기 봐, 저 촌년. 저 촌 비바리 쓴 게 우장이냐 도롱이냐?

생각만 해도 '피창' 했다. 비를 맞는 게 차라리 났지 싶었다. 날씨도 후텁지근한 바람이 불어 덥겠다, 여름이어서 장마 비 좀 맞는다고 감기 걸릴 리도 없을 테고 나는 도롱이 그거 안 쓰고 싶었다.

바람벽이 숨겨놓은 비밀 때문에

아버지가 허리를 숙여 내 귀가에다 대고 뭔가를 말하려고 했다. 입구린내가 확 내 얼굴에 끼얹어졌다. 순간 나는 고개를 틀어 아버지 입구린내에서 벗어나려 용을 썼다.

"외할망네 갈 거."

나는 폴짝 뛰었다. 손뼉을 치면서 좋아했다. 정말 좋았다. 어제 단오 밥도 제대로 먹지 못한 채 저녁노을 속으로 애잔하게 사라지던 할머니 모습이 눈에 밟혀 얼마나 마음이 아팠는지 모른다.

"아방, 쫌만 기다립서 예."

나는 회오리바람보다도 떠 재빠르게 우리 방으로 뛰어 들어갔다. 우리 방 바람벽에는 나의 크나큰 비밀이 숨어 있었다. 그 비밀은 내가 할머니만을 위해 마련한 것이었다. 그 비밀을 얼른 꺼내어 팬티허리 말기에 똘똘 말아 여미고 밖으로 나왔다. 그 비밀이 뭐냐고 성급하게 묻지 말기를. 그에 대해 차차 자세하게 말할 기회가 있을 것이다. 그 비밀 때문에 나는 아버지에게 혹독한 체벌을 당하기도 했다.

그 비밀과 내가 받은 모진 체벌 사이의 상관관계를 여기에서 대충 말하는 것으로 넘겨버리고 싶지 않다. 뭐 입이 열 개 있어도 니마 너는 그 일에 관한한 할 말이 없을 거라고 말하고 싶은 이도 있을 것이다.

이 세상의 모든 어머니와 아버지, 그리고 어른들이 돈을 훔치는 녀석은 버릇을 단단히 고쳐놔야 한다고 난리를 친다. 기회를 놓치면 나쁜 손버릇 고치지 못

한다고, 그러니까 아버지가 내게 벌을 준 게 결코 지나치지 않다고 정의한다.

보편적인 상황과 개별적 사연에 대한 변명

뭣이라, 세 살 버릇 여든 간다고 했다. 그럼 내가 커서도 도둑년 될까봐 나를 대들보에 매달아놓고 윤노리나무 회초리를 휘둘렀단 말야? 아무래도 안 되겠다. 이쯤에서 방어를 하지 않았다가는 정말 나를 오해할 지도 모르겠다. 내 변명을 좀 들어주기 바란다. 선입견 없이, 부탁이다.

내가 그 때 집에 있는 돈을 훔쳐 벽지틈새 비밀한 곳에 숨겨놓기를 거듭했던 건 할머니 담배 살 용전을 마련하려는 일념에서였다.

어린 내가 아버지 돈을 조금 아주 조금 훔쳐 할머니한테 드리고 아버지처럼 '뽄' 나게 궐연을 사서 피우시라는 게 목적의 전부였다.

나는 어린아이였음으로 그 때는 돈을 벌 길이 없었다. 내가 어른이었다면 결코 아버지 돈을 훔치지 않고 일하여 돈 벌 텐데... 어쩔 수 없이 훔친 것이다.

여기에서 질문 하나 하자. 그럼 왜 아버지는 돈이 많았으면서 할머니한테 궐연을 사주지 않았지? 이래도 내가 나빠? 내가 돈을 훔쳤다는 사실만으로 나를 벌줘야한다는 주장에 나는 동의할 수 없었다.

길 위에서

그 일은 그 일이고, 어쨌든 내가 비밀을 가지고 나와 보니 큰언니는 어느새 학교에 가고 없었다.

"누이, 나 니마 데리고 후딱 다녀옵니다."

아버지는 작은고모한테 인사를 건네었고 작은고모는 어린아이처럼 입을 삐죽이며 울려고 했다. 아버지는 잽싸게 작은고모 앞을 벗어났다.

부엌에서 어머니가 챙겨주는 무엇인가를 그물망태에 담아 노랑내 옷 위로 걸머메고는 나에게 윷놀이지팡이 끝을 내밀었다.

아버지는 나들이 갈 때마다 소지품 따위를 넣고 걸머메는 그 그물망태를 '걸망'이라고 불렀다.

아버지와 내가 한길로 나섰다. 학교 가는 아이들로 길이 메워져 왁자지껄하니 떠들썩했다.

아이들은 비를 맞으며 맨발로 걸으면서도 온갖 장난을 다 쳤다. 띄엄띄엄 갈옷을 비옷삼아 머리에 둘러쓴 아이들이 보이기도 했다.

아버지는 길을 가면서 아이들한테 더러 면박을 주었다. 허리에 찬 책보가 젖으면 어떻게 할 거냐고, 품에 옷자락을 덮어 안든지 그도 아니면 아버지 갈옷 잠방이라도 둘러써서 책보를 간수해야지 이 녀석들아 진정 니네들이 공부하러 가는 녀석들이냐? 공부하고픈 맘보는 정 있는 것이냐? 면박을 받고도 아이들은 고분고분 하기는커녕, 니마아방이 뭐짜?(뭐예요)라고 대들어 아버지를 놀라게 했다. 훈계하는 어른이 싫기는 예나 지금이나 한가지였던 모양이다.

책이 뒷간에 가면 '또꼬망' 닦는다

아버지는 책을 끔찍이도 아꼈다. 신문지를 잘라 묶어 만든 습자지도 한 번 쓴 다음 우리가 버리려면 질겁하고 말렸다.

야덜아, 거 다 한군데 모아라. 정성 드려 공부하던 책, 뒷간에 가 '또꼬망' 닦

올라. 그럼 안 돼지. 이 아방이 좋은 날 골라서 불살라 주마.

글로 치자면, 내가 말하는 글이란 한글이다. 아버지가 어머니한테 훨씬 뒤쳐졌다. 그리고 붓이며 벼루며 연적이며 종이며... 이를테면 문방사우(文房四友)에 해당하는 필기도구도 아버지 것보다 어머니 것이 더 좋았다.

어머니는 외할아버지한테서 물려받은 것에다 또 어려서부터 공부하던 필기도구들을 다 모아뒀는데 그것들은 하나같이 구색을 갖추었으며 가지 수도 다양하여 서예대가(書藝大家) 뺨칠 정도라고 했다.

백자와 청자로 된 연적을 각기 하나씩 가지고 있어서 우리 마을 서당 선생님인 고훈장(高訓長)어른이 끈질기게 그거 팔아달라고 졸라대었다. 벼룻돌에 먹가는 선비치고 저 연적을 탐내지 않을 사람이 어디 있다더냐? 아무리 졸라도 팔 사람이 팔아줄 맘이 없는 그 놈의 연적을 뭣 때문에 팔라고 졸라대느냐고 아버지가 뭐라고 말하자 자신의 심경을 절절하게 토했던 터이다.

아버지는 어머니 문방사우를 한사코 마다하고 성안에 나들이 할 때마다 한지(韓紙)며 먹 따위를 사들여 따로 두고 썼다.

책 읽기 글 읽기의 차이

아버지 글 실력이 그렇게 형편없지는 않았다. 한글에서는 어머니에게 뒤져도 한문은 저만치 앞질렀다. 고훈장 어른 말씀에 의하면 아버지는 시경을 꼬늘 정도로 한문에는 다소 능통하여 모르는 자획이 별로 없다고 했다. 그러나 계약서 같은 문서 한 건을 변변히 작성하지 못해 어머니를 무시로 불러 붓을 쥐게 했다.

아버지는 책 대하기를 조상들 위패 모시듯 깍듯하게 하였으며 마치 책 자체를 공경하는 것 같았다. 그런데도 꼭 볼 책 말고는 쌓아두는 일도 없었다. 아버지에게는 그래서 늘 책이 한 권 아니면 두 권 뿐이었고 많아도 세 권을 넘지 않았다.

어머니는 책을 대할 때도 간수할 때도 아버지와는 정반대로 별로 원칙도 없었고 까다롭지도 않았다. 책에 더러 토를 달아도 아무 말 하지 않았으며 경우에 따라서는 어머니 자신이 더 토를 달아주기도 했다.

어쩌다 백지에 붓글씨를 연습하고 나면 그걸 모아 두었다가 만포아저씨에게 주어 창문을 바르라고도 했다. 아버지는 그런 어머니를 참아주지 못해 눈에 띌 때마다 불호령을 치곤했다.

그처럼 책에 깍듯한 아버지였으니 책보를 비 맞히는 녀석들을 그냥 두고 보자니 몹시 심기가 불편했을 것이다.

어디에 마을이 앉았어도

비는 쉬지 않고 내렸다. 장마 비가 다 그렇잖는가.

외할머니가 사는 집은 우리 마을에서 한라산 쪽으로 높다라니 길게 누운 언덕배기 한 구비를 숨 가쁘게 넘어야 하는 '중산간' 마을에 있었다. 우리 마을과 할머니가 사는 마을 사이에 놓인 언덕배기는 완만하게 차츰 높아지면서 길게 누워 느슨하니 마루턱을 형성하고 있어서 자연히 우리 마을과 할머니네 마을을 경계 지었으며 그 경계는 생활권 자체가 다를 만치 상당한 영향력이 있었다.

우리 마을은 주로 여성들은 물질하고 밭일을 했으며 남성들은 아버지처럼 고기도 잡고 말[馬]과 소[牛]도 치면서 농사도 짓는 이를테면 반농반어(班農班漁)의 형태로 생업을 꾸렸던 반면에, '중산간' 마을은 축산과 사냥, 그리고 농사를 짓고 살았다. '중산간' 마을을 중산촌이라고도 불렀다.

우리 마을 사람 사는 꼴이 '중산간' 마을 사람들 눈에는 순전히 불쌍놈들만 모여 사는 천한 '개촌'(바닷가 마을)으로 보였고, 우리 마을 사람 눈에는 '중산간' 마을 사람들이 덧없는 한량놀음이나 하는 한심한 산촌 놈들로 보였으니 하긴 이래저래 막상막하였다.

'중산간' 마을이 괜히 양반들만 모여 삽네 하고 우리 마을 사람들과는 서로 사돈도 맺는 걸 피하였다. 그래서 바닷가마을 그러니까 '개촌' 사람들은 '중산간' 마을이 양반촌 행세하는 걸 눈꼴이 시어 못 보겠다고 눈을 흘기곤 했다. 그러면 '중산간' 마을 사람들은, "저 불쌍놈들 사는 거 봐, 예(부인)네들 부끄러운 줄도 모르고 옷 홀딱 벗어젖히고 저 물질하는 거." 하며 비웃었다.

조그만 섬 딱지 안에 살면서 이 마을과 저 마을이 살아가는 모습이 이토록 다른가 싶기도 하고 또 어쩐지 서로 내가 잘 났네 너는 못났네 하면서 삶을 견주는 꼴이 가소롭기도 해 보았다.

장두 방성칠(房星七)

아버지는 할머니가 '중산간' 마을에 사는 것도 몰락한 양반 티내는 거라고 했고, 어머니는 아버지 말을 되받아 토를 달고 나섰다. 오갈 데 없이 서울에서 낙향한 선비가 연고지를 찾아들다보니 그렇게 된 거지 굳이 양반촌이어서 그 마을에 살게 된 것은 아니라고 우겼다.

어쨌든 내 어릴 적 제주 섬 살이는 바닷가마을과 '중산간' 마을로 나누어 생활권이 뚜렷이 구별되었다. 그렇지! '중산간' 마을 위에 또 산촌이라고 부르는 산간마을이 더 있었다. 산간마을 사람들은 사냥하고 화전을 일궈 생업(生業)을 꾸려 근근이 살아갔다.

산간마을은 주로 '중산간' 마을에서도 바닷가마을에서도 내침을 당하는 이들이 모여들어 이룬 마을이라고 하였다.

　그런 산간마을 중에 유독 별난 산촌이 있었다. 동학혁명에 가담했던 무리들 잔당이 제주 섬에 들어와 모여 살았는데 이들을 남학당(南學黨)이라고 했다. 어찌나 육지 사람이란 자부심이 강하던지 제주사람과 자신들을 스스로 구별했다 한다.

　그 무리가 제주사람들을 꼬셔서 반란을 꾀한 적도 있다. 이는 역사적 사실이다. 1898년에 이르러 징세가 가혹하다면서 방성칠(房星七)이란 남학잔당의 지도자가 장두(狀頭)가 되어 민란을 일으켰다.

　방성칠은 그 때 막 해상진출이 활발한 일본에 청하여 군사지원을 받아 제주 섬에서 관군을 혁파한 후에 섬 왕국을 세우자는 꿈을 꾸었다고 한다.

　민군을 집합시킬 때 방성칠 무리는 제주 섬사람과 자신들 즉 남학당 무리를 육안으로 쉽게 구별하려고 저희들만 황색 두건에 황포 허리띠를 둘렀다는 것이다. 또한 제주 섬사람을 선두에 세워 창받이, 화살받이가 되라하고 저들은 후미에 뒤쳐졌다 한다.

　방성칠 장두는 주역의 맹신자였다 한다. 주역을 보고 매사를 결정할 정도였다고 했다. 민란이 실패하자 피신하는 신세가 되었다. 일본으로 망명하려고 시도했으나 받아들여지지 않아 그 한 몸 숨길 데를 찾지 못하여 우왕좌왕 했다 한다. 그 와중에도 주역에 따라 뭐 피신해 있을 집 주인의 성은 김(金)가 성을 택했다던데 그만 살아날 구멍이라고 찾아든 곳이 막은 방위여서 관군은 쉽게 피신처에 불을 질러 그를 끄집어내었다고 한다.

　이 난(亂)을 두고 후대는 '방성칠난'이라고 부른다.

마루턱 연못에 올챙이가

아버지는 내 손을 잡고 끄덕끄덕 그 언덕배기 마루턱을 올랐고 나는 헉헉 숨을 몰아쉬었다. 마루턱에는 연못이 하나 있었다. 그 연못은 높다란 곳에 있으면서도 큰 가뭄이 들어도 물이 마르지 않는다고 했다. 연못 한 켠에 아주 작은 샘이 있는데, 우리 마을과 할머니네 마을 사람들은 그 샘을 '생이물'이라고 불렀다.

'생이물'이란 이름에는 두 가지 의미가 있다. 제주어로 '생이'는 참새를 뜻한다. 참새처럼 작은 샘이라는 뜻과, 살아있는 물, 생수(生水)란 의미가 그것이다.

아버지가 연못가에서 잠시 쉬어가자고 했다.

"니마야 목마르거든 저 생이물 먹으라."

나는 고개를 가로 저었다. 길은 버거웠으나 비가 내린 덕분인지는 몰라도 목은 마르지 않았다.

아버지 걸망에서 새어나온 자리젓(자리돔으로 담은 젓갈) 냄새가 진동했다. 잘 익은 자리젓 냄새는 비릿하면서도 구수하게 비 내리는 벌판으로 풍겨 나갔다. 아버지 노랑내 옷에 묻어 흐르는 젓국물을 아버지는 그 연못에 대충 헹구고 나서 담배를 피워 물더니 자리젓 담은 작은 오지단지를 걸망에서 꺼내었다.

아버지는 칡을 두어 덩굴 걷어 늘 주머니에 넣고 다니는 손칼로 쪼개어 조그맣게 망태를 엮기 시작했다.

"니마야, 이놈은 따로 들고 가야겠다. 이대로 자리젓 냄샐 풍기고 할머니 계신 마을에 들어가 봐라, 개촌 것들 왔다고 돌멩이 던지겠다."

나는 히히---- 이 웃었다.

장마 비는 여전히 안개처럼 물 가루처럼 하늘을 자욱이 가린 채 산산이 내리고 있었다.

나는 기분이 좋았다. 작은고모가 집에 온 후로 영 풀이 죽어보이던 아버지가 예전처럼 해적같이 투박하고도 활기차 보인 덕분이었다. 아버지 구레나룻에 송알송알 매달린 빗방울도 오랜만에 아름답게 보였다.

비야 비야 오지마라
우리언니 시집갈 때
명주 장옷 다 젖엄져(젖겠다)

내가 노래를 부르는 동안 안개비 사이로 햇살이 반짝 비쳤다. 나는 길섶에서 강아지 풀 한 이파리를 뽑아 입에 물고 하늘을 봤다. 아슴아슴 햇살이 부서지면서 무지개가 흩어졌다가 모여들고 또 흩어지곤 했다.
야, 호랭이 장가 간다아-
나는 이런저런 놀이를 하면서 아버지가 자리젓 단지를 담을 망태 엮는 걸 기다리고 있었다.
'생이물' 연못에는 올챙이가 가득했다. 검정타이어 고무신을 벗어 이리저리 올챙이를 쫓다가 겨우 한 마리를 떠내었다.
"아방, 고노리(올챙이) 한 마리 잡앗수다."
"오냐, 죅끔 가지고 놀다가 놔 주라. 그것도 귀한 생명 아니냐."
올챙이 한 마리가 헤엄치는 고무신짝을 들고 아버지 곁에 가 보여줬다.
"귀엽지 예 아부지?"
"니마야 예왁(이야기) 해 주카?"
"무슨?"
"고노리 예왁이지 물론."

"재미 있수과?"

"내 딸년아. 들어보면 재밌는 예왁인지 슬픈 예왁인지 알거 아니냐?"

아, 맞수다. 아방, 해봅서."

"니마 넌 아직 이 세상에 나올라고 생각도 안하던 때여서 이. 그 무시무시한 '무자년 난리' 때 말이다."

'모르겠다만'으로 시작되는 숫자 이야기

아버지는 '제주4·3사건' 때 이야기를 꺼내고 있었다. 그 때는 이야깃거리가 무궁무진했던 모양이었다. 걸핏하면 이야기 소재를 그 숫자가 붙은 사건에서 꺼내었다. 내가 여섯 살인가 다섯 살 무렵에 들은 모든 이야기는 '무자년 난리' 말고 다른 소재가 또 있었을까 모르겠다? 아버지는 한참 뜸을 들이고 나서 이야기를 엮었다.

그런 변고가 생기젠 경 했는지는 모르겠다만 니마야, 로 아버지 이야기는 시작되었다.

무자년 전 해 여름 바로 이맘 때였지 싶다. 보리장마 질 때니까. 장마 비가 말 그대로 장대처럼 몇날 며칠 쏟아지더니 이 연못물이 왈칵 넘쳤단다 글쎄. 연못물이 넘쳐나자 이 일대에 그냥 '고노리' 떼가 휘딱 배를 드러내고 지천으로 깔렸어.

'고노리'들 막 파닥파닥 죽어가니 이 언덕배기가 멀리서 봐도 허옇게 보일 지경이었거든. 현이장 할으바님과 승천이 할으바님이 그러더라. 아하, 이게 뭔 변고가 일어날 징조인고?

아닌 게 아니라 그 '무자년 난리'가 일어나 버렸단 말이거든. 그 무렵에 니마니가 어머니 뱃속에서 말이다 나 이제 세상으로 나가겠으니 어서 준비하세요 했지.

어느 날 새벽에 어머니가 '애기 배 맞춘 거' 아니냐. 아기가 막 나오겠다고 하는 거지. 바로 니마 네가.

  그 때 아버지는 저 너의 학교 울담으로 뺑 둘러 있는 성(城) 있지? 그 성문에서 보초서고 있었다. 석이아방이 달려와서는 어머니가 '애기 배 맞춘 거' 같으니 어서 집에 가라고 하는 거야 지가 대신 보초 서겠다고. 집으로 달음박질해서 갔지. 어머니가 벌써 애길 났어. 그게 너지. 넌 어려서도 울음소리가 참 쨍쨍하더라. 너의 어머니 있지 이, 너 땜에 잠도 제대로 못자고 고생 무진장 했어 이것아.

  그 때는 세상이 참말로 무서웠다. 어디가 습격 당했다하면 우린 그냥 다들 숨었거든. 숨지 않았다간 산사람들이 먹을 거 달라, 순경이 어디 있고 군대가 어디 있느냐 다그치지, 그 사람들이 한바탕 난리친 후에 산속으로 숨은 뒤이어 토벌대가 와선 '산폭도'들 하고 내통하는 통비분자라고 닦달했어.

  그뿐이냐 아무 죄 없는 사람들을 끌어다가 막 총 쏴 죽이기도 했으니까 무작정 숨은 거지.

  우린 숨지도 못했다. 너 니마, 너의 울음소리가 보통이라야 말이지 한 번 울음을 내놓으면 쨍-하니 막힌 귓구멍도 단 번에 뚫을 정도로 울어댔으니 죽치고 집에 있을 밖에 별 도리가 없었거든. 너 데리고 숨었다간 아마 우리 마을 사람들 목숨 부지하기 힘들었을 거야 정말이다 아버지 말은.

  그 때 아버지 돈 모아 둔거 다 써버렸다. 그 사람들이 말이다. 너 남들 다 숨을 때 집에서 따슨 방에 구들장 지고 단잠 자는 거 보니까 믿는 구석이 단단히 있나보다 해서 끌고 가면 그뿐이었어 야. 그 사람들 노골적으로 말할까봐 아버지가 되게 겁먹는 게 있었어. 너 돈 쌈지 움켜줄래? 그 거 안 풀어 놔? 당신 조카들 일본 밀항시켰지. 우리가 그거 모를 줄 알았어? 거저 눈감아주는 거야 당신 돈 쌈지 보고 말야. 해봐, 아버지가 무슨 배짱으로 버티겠냐? 막 빨갱이로 몰릴 판인데.

난리 통에 일본으로 도망치는 것들 다 빨갱이라고 했어. 빨갱이로 몰려 죽지 않을라고 아버지는 달라는 대로 있으면 다 줘버렸어. 그 때 다 뺏기지 않았음 아마 아버지 고기 잡는 배 지금 있는 것에 두 척은 더 보탰을 거다. 허긴 뭐 배 많이 가져서 뭐 하겠니, 지금 있는 것만 해도 충분하지.

숨어버린 사람들

　아버지는 내가 알아듣거나 말거나 담배를 푸각푸각 피우면서 잘도 털어놨다. 나는 어떤 대목은 알아듣고 어떤 대목은 전혀 감도 못 잡았다. 예 컨데, 아버지 조카라면 나에게는 사촌인데, 우리에게도 사촌이 더 있었는지…작은고모 딸인 령 언니 말고도 일본으로 몰래 밀항한 사촌이라니?
　"우리 사촌이 령 언니 말고 더 있수꽈? 그게 누구꽈?"
　아버지는 그 말을 해주기가 부담스러운 눈치였다. 한참이나 헛기침을 해대다가 입을 열었다.
　"니마 너, 아방이 늘 말했지? 너들 한티 원래 고모가 네 분이나 있다고 이."
　넷인지 다섯인지 헷갈리지만 많은 고모가 있는 건 알고 있었다. 집에 와 있던 고모가 작은고모라고 했고 또 어른들이 기회 있을 때마다 다른 고모들 이야기도 가끔 들려주곤 했다.
　큰고모는 작은고모가 발뒤꿈치도 못 따라갈 정도의 여걸이었다고 했지. 그 악명 높은 일제 순사들도 큰고모한테는 꼼짝하지 못했단다. 큰고모는 일본제국이 대동아 공영을 부르짖으면서 대동아전쟁을 일으키기 조금 전에 큰아들을 선구자 만들겠다고 일본에 유학을 보냈다고 했다. 큰고모 아들은 나 참, 되라는 선구자 될 생각은 꿈에도 하지 않고 엉뚱하게도 사상가(思想家)되는 공부를 그토록 열심히 하였단다.

'제주4·3사건'이 일어나 제주 섬에 피바람이 휘몰아치는데 어느 날 큰고모 아들이 그 소용돌이 가운데 있는 걸 발견했다고 한다.

큰고모 아들은 언제 제주 섬에 들어왔는지 산사람들과 함께 토벌대에 잡혔고 큰고모와 큰고모부도 물론 그길로 특별중대에 끌려갔다. 아니 사실은 큰 고모네가 질질 끌려간 게 아니고 끌고 가겠다니까 스스로 소복단장한 후에 마을사람들이 잔뜩 모여 있는 공회당에 가서 큰절하면서, 아들 잘못 뒤 누를 끼친 걸 용서해달라고 빌고는 앞장서 특별중대를 향해 걸었다고 했다.

아버지는 큰고모네 아들 둘째와 막내를 아무도 몰래 우리 집에 데려와 승천이 할아버지네 집 천장에 숨겨놓고 시국이 가라앉기만을 기다렸다.

큰고모와 큰고모부는 특별중대에 끌려간 다음날 성산일출봉이 올려다 보이는 아름다운 모래밭 '터진목'에서 총살당해 죽어갔다고 한다.

한 여름 모래밭에 피는 보라색 순비기꽃

그 모래밭에는 순비기덩굴이 짙푸르러 초복과 중복 사이에 달궈질 대로 달궈진 태양열에 열정을 어쩌지 못했는지 그리도 연보라색 꽃이 흐드러지게 끝 간 데 없이 피어나 두 분의 시신을 덮고 있었다고 했다.

후끈한 모래열기에 잦아든 큰고모네가 흘린 뜨거운 피를 식히기라도 할 듯 순비기꽃은 꽃 못지않은 순수한 향을 짙게짙게 뿜어내고 있더라고 아버지는 눈물을 흘리면서 회상했다.

그 둘째놈과 막내놈 살리고 봐야지 어쩔 것이냐. 성(형) 잘 못 둔 죄로 부모 잃고 졸지에 고아가 되었으니... 별 그림자도 잦아든 그믐날밤 이 밤과 저 밤사이에 배를 띄우고 그 놈들을 쥐도 새도 몰래 태워 보냈다. 그 놈들 태운 배는 일본 시모노세끼로 배질했고 거기 어디 바닷가에다 내려놨다고 했지 아마. 하늘이 살리고 싶으면 그 놈들 목숨 이어줄 것이고 저승살이가 낫다싶으면 두 목숨 거두어가겠지 싶더라. 그 땐 뭐 죽기 아님 살기로 목숨이 위태로우면 밀항선 띄우고 일본으로 다 도망질을 했어.

아버지는 이야기 끝에 서럽디 서러운 여운이 묻어나 눈물이 뚝뚝 질 것 같은 한숨을 토했다.

"경허난(그러니까) 그 사촌오빠들은 어떵 되었수과?"

나는 그들이 어떻게 되었을까가 못 견디게 궁금했다. 내 호기심이 발동한 걸까 아님 어딘가 살고 있을 친족을 그리워하는 마음일까는 지금도 분간키 어렵다. 아마 둘 다 였을 것이다.

"글쎄 그게 말이다. 아방이 있지 이, 일본 시모노세끼 근처에 분명히 떨어뜨려 놓은 게 분명하다만 살았는지 죽었는지 종무소식이구나 여태."

그 사이에 아버지 손은 부지런히 움직여 작은 종다래끼 모양을 닮은 칡 걸망이 하나 만들어졌고 거기 자리젓단지를 담을 수 있었다.

"그 끔찍한 시절을 보내고도 이런 날이 오는구나. 이젠 우리 제주 섬 백성도 좋은 세월 살아얄 텐디……"

특별한 사람들

아버지와 내가 막 일어서려는데, 손들엇! 하는 나지막한 호령소리가 귓전을 후려갈겼다.

아버지는 그만 그 자리에 얼어붙은 듯 엉거주춤한 자세로 서서 두 손을 머리

위로 올리는데 달달 떨고 있었다.

　나는 누가 우리한테 손들라고 호령을 했는지 확인하려고 이리저리 살폈다. 몸을 반 바퀴쯤 돌리니, 아! 이 순경(巡警)이었다. 이 순경이 쏘아 총! 자세로 나와 아버지를 겨냥하고 서 있었던 것이다. 나도 아버지처럼 그 자리에 얼어붙고 말았다.

　이 순경은 함경도 아니면 평안도 '아바이'라고 했다. 이북에서 공산당에 의해 쫓겨난 반공청년이라는 것이었다.

　'제주4·3사건' 이 섬에 일어났을 때, 리승만 대통령은 붉게 물든 빨갱이가 득시글거리는 제주 섬에 휘발유를 끼얹어 불질러버리겠다고 했다한다. 이 순경은 '빨갱이를 때려잡아' 버리려는 애국심으로 가득 찬 서북청년단(西北靑年團)이었는데 마침 제주도에 가서 '빨갱이들을 때려잡아라'는 명을 받고 토벌대가 된 사람이라고 했다.

　서북청년단은 민간인이면서도 군인도 되고 경찰도 되는 '특별한 사람'들이었다. 그래서 우리마을 근처에 근무하던 서북청년단을 '특별중대'라고 불렀다고 한다.

　이 순경은 경찰이 되어 지서에 근무하다가 우리 마을 학교 관사에 임시 주둔소가 생기자 그곳 소장으로 왔다한다.

　우리 마을에는 물질 잘하고 후덕한 상잠수들이 수두룩했다. 그들 상잠수 중에서도 말발 세고 드세어 여장부로 첫손가락 꼽는 홀어멍(과부)이 있었다. 어찌나 물질을 잘하고 통솔력이 대단하던지 사십 줄에 들어서기도 훨씬 이전에 잠수회(潛嫂會)를 좌지우지했다 한다. 이순경이 그 여장부 홀어멍을 찍었다고 했다.

　마을사람들은 그 상잠수가 듣지 않는 데서 수군거리곤 했다. 손바닥도 마주쳐야 소리가 난다고 하질 않나. 이 순경 저 지독한 독종하고 배짱이 맞으니 한 집에서 한 솥밥 먹으며 살지.

　마을사람들은 차마 이순경이 난리가 끝나고도 우리 마을에 그냥 눌러 살리라곤 아무도 짐작하지 못했다고 한다. 그는 우리 마을 인근에 주둔한 서북청년 중에서도 고문의 명수에다 걸고넘어지는 데 일가견이 있어서 그가 코를 꿰려고 작정하면 벗어나는 사람 아무도 없었단다.

　사람들은 그를 악질이라고 불렀다. 누구를 불쌍하게 여겨 봐주는 예도 없었다고 한다. 아버지한테 노랑내 나는 비옷을 준 깽깽이는 기회만 있으면 잡혀간 사람들을 이런저런 빌미를 내며 내보내 줘 목숨을 부지하게 했다는데…… 그 악질 이순경이 하필 우리 마을의 이름난 잠수를 눈독들이다니. 더구나 모를 일은 무엇이든 똑 부러지게 똑똑한 그 '홀어멍'이, 이 순경을 마다하지 않았다는 데 있었다. 예로부터도 정말 모를 일은 남녀 사이라고 하지 않았던가.

톰과 제리는 어디에나 있다

　내 여섯 살 무렵에 이 순경은 우리 마을의 유지가 되어있었다. 그는 마을사람 누구와도 어울리지 않았다. 그는 모든 마을사람 위에 군림할 뿐이었다.

　아버지가 저립(재방어)을 처음 잡아오는 날이면 그는 어김없이 우리 집에 나타났다. 그가 오면 아버지는 미리 알아차리고 저립 한 마리를 통째로 지게에 얹어 놨다.

　그와 함께 사는 그 상잠수도 이 순경만큼이나 하늘 높은 줄 모르고 위세를 부렸다.

　마을사람들 말로는 부부는 살다보면 닮는다고 했다. 그들도 아마 궁합이 잘 맞는 부부 같다면서 그들이 부리는 위세를 너그럽게 봐주는 쪽으로 마을사람들은 그들을 대했다.

나는 매사에 당당한 아버지가 이 순경에게만은 고양이 앞의 쥐가 되는 비밀을 드디어 알게 되었던 것이다.

"이 간나 새끼! 누가 군인 비옷 함부로 입으라고 해서? 군인 옷 멋대로 입으면 영창 가는 거 모르간?"

이 순경이 엠원(M 1) 소총부리로 두 손 번쩍 들고 발발 떨고 있는 아버지 등을 툭툭 찌르며 윽박질렀다.

거 참 되게 이상했다. 아버지는 내가 태어나기도 전서부터 그 미군비옷을 입고 다녔다. 그 비옷에서 풍기는 노랑내를 맡지 않은 이가 우리 인근에 사는 이는 없다는데 한 마을에 사는 이 순경이 그걸 몰랐단 말인가? 더구나 그 비옷을 준 사람이 이 순경과 같은 특별중대원이었는데도?

아버지는 겁에 질려 계속 달달 떨었다.

"한 번만 봐 줍서, 죽을 죄 지었습네다."

겨우 입 밖에 낸 아버지 말을 듣고 나는 또 한 번 이상했다. 내가 보기에 아버지는 이 순경에게 잘못한 게 없었다.

이순경은 아버지가 빌면 빌수록 점점 더 강경하게, 더 도도하게 굴었다. 아버지를 맨 진창으로 골라 거기 꿇어앉혀 놓고 맞은편 바위에 걸터앉아 담배를 꼬나문 체 한참이나 뜸을 들였다.

나는 무서워서 턱이 덜덜 떨리고 발이 저려왔다. 하지만 차츰차츰 이 순경이 정말 못된 어른 같다는 생각을 하게 되었다. 아버지가 오래전에 입어온 노랑내 옷이 말썽이 아니라는 게 어렴풋이 떠올랐다. 단지 그 노랑내 옷은 이 순경이 트집을 잡기위한 빌미일 뿐, 그냥 아버지를 못살게 굴려고 작정한 것이란 사실을 어림짐작했다.

제3장 여름 이야기

'검은개'와 '노랑개'

나의 여섯 살 무렵의 제주 섬 아이들은 순경이라면 일제강점기시대의 악명 높던 순사에서부터 '제주4·3사건' 때 '검은개'라고 불렀던 토벌경찰까지 훤히 다 알고 있었다.

그 순경들은 하나같이 공포의 대상이었다. 제주 섬 아이들은, 곶감곶감! 하면 울음을 그치는 게 아니라, 저기 '검은개' 온다! 해야 울음을 그쳤다.

'제주4·3사건' 무렵의 순경을 '검은개'라고 부른 건 그들 제복색깔 때문이었다. '노랑개'는 군인을 일컫는 은어였다. 군복색깔이 누르끼리하다는 데서 차입한 은어였다.

나는 일제강점기시대의 순사가 얼마나 무서운 존재였는지 몰랐으며 무자년 '제주4·3사건' 때의 '검은개' 또한 얼마나 악질적이었는지 몰랐다. 그렇지만 본능처럼 검은 제복을 입은 순경만 보면 그저 실실 피하여 다녔다.

아버지가 진창에, 그것도 '검은개' 발아래 꿇어앉아 손을 머리 위로 쳐들고 공포에 질려 달달 떠는 걸 더는 두고 볼 수가 없었다.

땅꼬마 나파륜

나는 진창에 꿇어앉힌 아버지와 마른 바위에 걸터앉아 담배를 꼬나문 이 순경을 번갈아보면서 차츰 이 순경에 대한 공포감이 사라졌다.

어떻게 하든지 아버지 편을 들어 못돼 먹은 이 순경을 이겨 내얄 텐데… 뾰족한 수가 떠오르질 않았다.

나 당신을 평소에도 늘 주시하고 있는 거 모르간? 고깃배 몇 척 부린다고 되게 부자행세 하는 거 그거 못마땅했다 이. 또 말입네, 허우대가 크단 거 게지구 나를 얕잡아 보는 것도 난 다 알고 있다 이! 오늘, 작은 고추가 얼매나 매운지 맛 좀 보여 줄테니까니 각오 하라우 이 쌍 간나야! 당신 누이, 거 빨갱이 있잖네? 그 년 총살시킬 때 당신도 없애 뿌렸어야는 걸 그냥 놔뒀 제이. 그 기 실수란 생각이 자꾸만 들어 옴. 빨갱이 족속은 삼대를 멸해야는디 살려 주니까니 막 제 세상 만난 듯이 까불기요 님자? 내 빨갱이 놈덜 한테 몰려 서리 이디 남한 끝 섬까지 떼밀려왔지만도 빨갱이 때려잡으라면 내 이제도 '나파륜' 같은 기개가 막 서린 다이. 니 알간?

나는 이 순경이 해대는 연설에 바싹 호기심이 일어 그걸 잠재우지 못하고 두 손 번쩍 들어 벌쓰는 아버지 곁으로 다가가 물었다.

"나파륜이 뭐꽈?"

'나파륜' 과 같은 기개로 빨갱이를 때려잡는 이 순경과 맞서려면 바로 그것을 알아야 할 것만 같았다.

그 '나파륜'이란 게 의외로 아주 시시한 것일 수도 있다는 생각을 한 건, 예전에 아주 대단한 거라고 생각하고 아버지에게 물어봤는데, 거 아무것도 아니라고 한 적이 종종 있었기 때문이다. 아버지는 허풍도 곧잘 쳤지만 비교적 사물에 대해서도 잘 알았다.

"어, 나파륜? 이 순경님! 잠시잠깐만 오른손을 내려도 되겠습니까요? 이 비바리한티 나파륜을 한문으로 써 줘 얄까 봅니다요, 그래야 이 순경님 하시는 고귀한 말뜻을 알 것 같안 마씸"

이 순경은 아버지가 두려움을 잔뜩 바른 말투에다 경외심마저 양념으로 깔고 있어서 선 듯 오른팔을 내려도 좋다고 허락했다.

그는 '나파륜' 을 입에 올린 자신이 자랑스러운 모양이었다. 아버지가 '나파륜' 을 알고 있는 이상 잠시 손 한쪽 내려서 진창에다 글자를 쓴단들 자신의 위세가 손상될 것도 아니겠다, 엠원 소총을 바위에 기대어 세우면서 매우 느긋하다는 표정을 우리한테 지어보였다.

저기, '나파륜' 은 불국(佛國) 황제였는 디 오래전에 죽었지. '나파륜' 을 한문으루 요렇코름 쓴다 니마야. 봐라, 拿 破 崙. 그 나라 사람들 말로는 '나뽈레옹' 이라고 불러. 이 분네가 되게 땅달막 해도 전장에선 막 펄펄 날렸지. 너 이순신 장군 알지? 그분처럼 말이다.

나는 진창에 아버지가 또박또박 박아 쓴 글씨의 획 마다 빗물이 스며들어 물이 고이는 것을 눈이 빠지게 응시했다. 그렇게 유명한 사람이라면 신문에 그동안 자주 나왔을 텐데 아버지가 쓴 글자를 나는 신문에서 본 적이 없는 것 같았다.

나와 어머니가 함께 신문을 읽을 때면 어머니는 신문에 난 글자를 짚어 보이며, 이건 사람이름이야 유명해지면 이렇게 신문에 이름이 박힌단다. 라고 가르쳐줬다. 그래서 나는 두 번 세 번 나오는 같은 이름을 곧잘 신문에서 찾아내곤 했다. 물론 읽거나 쓰지는 못했지만 말이다. 그런데 참 이상도 하지. 拿破崙. 나파륜? 본 적이 없었다. 신문에도 나지 않는 사람이 뭐 유명하면 얼마나 유명해? 역시나 별 볼 일 없는 작자다 싶었다.

"아방, 혹시 잘 못 쓴 거 아니꽈?"

나는 의심쩍었다. 아버지가 잘못 썼을 수도 있다.

"아니다 확실해. 붙잡을 拿, 깨트릴 破, 산 이름 崙. 맞아."

나는 생각했다. 지가 아무리 기개 당당한 황제(皇帝)고 장군이어도 삼국지에도 나오지 않고 신문에도 나오지 않았다면 그레 별 볼 일 없다.

"아무리 기개가 장하면 뭐 함니까 게? 신문에도 안 나오는 걸."

나는 늘 말할 때마다 남을 무시할 때는 고개를 구십 도 정도 홱, 옆으로 돌리면서 눈은 정중앙을 쏘아보는 버릇이 있었다. 그 버릇을 한껏 동원하였다. 내가 말해놓고 봐도 참 그럴 듯 했다. 신문에도 나지 않는 쫄짜 황제, 그래 땅달보란 말이지?

이 순경의 키는 그러고 보니 아버지 허리께에나 찰락말락 작았다.

'나파륜' 이 땅달보 황제인 줄도 모르고 무조건 벌벌 떨었던 걸 생각하니 화가 치밀었다. 이 순경은 그러니까 단지 키가 땅달막 하고 잔인한 것만 그 황제와 비교하여 마치 자기가 나파륜 황제나 된 것처럼 행세했나 싶으니 화는 점점 머리 꼭대기를 향해 솟구쳤다. 내 눈에는 어느새 쌍심지가 돋아나 확 불꽃이 피어올랐다.

나는 최대치로 눈에 쌍심지를 돋우고 이 순경을 계속 쏘아봤다. 아버지는 내게 '나파륜' 을 써준 후 바로 손을 머리위로 쳐들고 계속하여 달달 떨고 있었다.

평지나물 꽃무리를 흩어놓은 총소리

한동안 내 당돌한 반격에 어리둥절해 있던 이 순경이 발딱 일어서더니 또다시 아버지에게 총을 겨누었다. 이번에는 직통으로 아버지머리 정수리에다 총구를 들이댔다.

"이 쌍간나 새끼들, 애비도 새끼도 다 똑같이 전형적인 빨갱이 능구렝일 닮았다 이, 쌍! 그냥 한방에..."

나는 달려들어 총부리를 낚아채었다. 확 잡아서 바위께로 뿌리쳤다. 그냥 뒀다가는 당장에라도 이 순경이 아버지에게 총을 쏴 죽여 버릴 것만 같았다. 아버지를 이 순경 손에 죽게 할 수는 없었다. 나도 이담에 커서 건이를 이기지 못할 때는 총을 사서 쏴 버릴 거지만 이 순경이 아버지를 쏘는 건 도저히 용납할 수 없었다.

"이, 쌍, 간, 나!"

이순경이 고함을 지르면서 나에게 총을 겨누었다. 총구멍이 내 미간을 정통으로 겨냥하여 나는 그만 총구를 보느라 본의 아니게 사팔뜨기와 같은 눈이 되고 말았다.

마루턱 길옆 평지나물 밭에서 평지나물을 베던 사람들이 이순경의 고함소리를 듣고 밭 넘어로 고개를 주볏주볏 내밀었다.

"무사(왜)? 그디(거기) 무슨 일이니?"

사람들이 여기저기서 질문을 퍼부었다. 이 순경을 발견하고는 또 슬그머니 밭담 저편으로 곧장 사라져 버렸다.

이 순경은 잔뜩 독기 오른 눈으로 나를 쏘아보며 나에게 겨누었던 총부리를 하늘 쪽으로 올렸다. 순간 빠앙, 빠앙, 빵, 하고 굉음이 울려 퍼졌다.

이 세상에서 가장 비굴한 아버지

아버지는 진창에 머리를 싸안고 얼굴을 박았고 나는 발아 날 살려라 무작정 뛰었다. 도망치는 내 등 뒤에서 이 순경이, 서라, 서라! 하고 소리쳤다. 나는 더 뛸 수 없을 데까지 뛰었다. 더는 자석에 붙은 것처럼 앞으로 달릴 수가 없을 때까지 뛰었다.

분에 못이긴 이 순경은 총대머리로 아버지를 개 패듯이 두드렸다. 진창에 이리 뒹굴고 저리 뒹구는 아버지를 이번에는 군화발로 냅다 차기도 하고 밟기도 하면서 씩씩거렸다.

오늘 이 자리서 너 따위 간나새끼 즉결처분하는 거 어렵지 않다 이, 겔두 내민중의 지팡이라 한 번 봐주니까니 그리 알라우. 야! 당장 일어서라이, 날 따라지서로 가자우요.

실컷 두드리고 짓밟고…분을 푼 이순경이 아버지 목덜미를 잡아 일으켰다. 아버지는 빌고 또 빌었다. 거짓말도 했다.

"가시어멍(장모)이 급질에 걸린 사경을 해맵니다요. 부디 놔 주십서. 이렇게 애걸합네다."

아버지는 끝까지 비굴하게도 빌고 또 빌었다. 흙탕에 범벅이 된 아버지 얼굴에 빠꼼히 두 눈만이 뚫려 있었다. 그 두 눈에 어린 공포와 비굴함이 어린 내 맘을 발기발기 찢다 못해 구역질을 일으켰다.

내가 숨넘어갈 듯이 토를 해대자 이순경은 언제 그랬나싶게 아버지를 놔주고는 총을 둘러메고 잰 걸음질 쳐 언덕을 내려가 버렸다.

아버지가 엎어지고 갈라지면서 달려와 내 등을 두드려주었다. 나는 아버지 손을 뿌리쳤다.

"아방은 바보우다! 쫄장부우다! 슘푸대우다! 미친 놈이우다"

아버지는 내 입을 그 큰 손으로 틀어막았다.

"알았다 알았으니 그만해라 내 딸년아 제발, 이 못난 아방 부디 너 모습(마음)에 살려 도라."

아버지 통곡소리는 무시무시하게 내 귀를 꿰뚫었다.

모진 목숨 부지할라면 내 딸년아! 게우리(지렁이)처럼 진흙탕이라도 기어야 하고 똥내 팡팡 나는 이 순경 또꼬망이라도 핥아야 할 때가 있는 거여. 목숨은 하나뿐 아니냐, 이 못난 아방, 칵 죽어 불면 저 사람백정 세상밖엔 안 된다. 아방 같은 민초(民草)도 살 필요가 있져, 내 딸년아.

나는 강하게 도리질 하며 마음으로부터 대장부였던 아버지를 부정하였다. 아냐! 아방, 이건 아냐. 난 비굴한 아방 싫어! 이젠 아방이 바당(바다)에 배질하고 다닐 때 유령배한테도 호령하는 용감한 해적이라고 하는 말도 안 믿어. 아방, 아방은 아무것도 아냐! 아냐!

나는 아버지에게 진탕을 끼얹으며 울부짖었다.

보리장딸기가 익어가는 여름 속으로

장마 비는 그 때도 쉬지 않고 산산이 내렸다. 하늘에다 장막을 드리우고 음울하게 여름을 불러들이면서 끊임없이 그렇게…….

나는 더 울 힘도 악을 쓸 힘도 남지 않을 때까지 울고불고 진흙탕에 나뒹굴었다. 아버지에게는 내가 아는 모든 욕을 다 동원하여 퍼부어대었다. 그리고 얼마 후 힘도 남지 않고 더 할 욕도 떨어졌다. 그 때를 기다렸다는 듯이 아버지는 나에게 다가와 나를 들쳐 업었다.

"니마야, 자 가자. 어서 외할망 가서 뵙자."

비는 그만한 품새로 시나브로 내리고 있었다. 우리들의 전쟁을 스멀스멀 적신 후에 나직이 적막을 드리우는 보리장마. 그 속으로 나를 업은 아버지가 허부작, 허부작, 넘어질 듯 뒤뚱거리면서 언덕을 넘어가고 있었다.

이 순경이 쏜 총소리에 놀라 삽시에 모습을 감췄던 사람들이 우리가 걸어가는 저편 담 밖으로 다시 고개를 내밀어 아른 체를 했다.

그들 손에는 다 낫이 들려있었다. 평지나물은 익으면 꼬투리가 탁탁 짜개지면서 씨알을 뱉아버린다. 때문에 비속에서라도 베어놔야만 소출을 볼 수 있는 게 평지나물이다. 그래서 사람들은 장마 비가 내리는데도 낫을 들고 평지나물을 베고 있었던 것이다.

"니마야, 보리장딸기 따주랴?"

그 긴 언덕을 할머니네 마을 쪽으로 다 내려서면서 아버지가 다정하게 말을 붙였지만 나는 앵도라진 체 아버지 등에 얼굴을 묻고 대답하지 않았다.

길섶에는 장마 비 속에서도 제철을 속이지 못한 보리장딸기가 검붉게 익어 지천으로 널려있었다.

아버지는 나를 업은 체 왕모시풀 이파리 하나를 따서 삼각뿔통 모양으로 말아 오므린 다음 거기에 가득 보리장딸기를 따 담았다.

나는 행, 콧방귀를 뀌며 아버지가 등 뒤로 내민 소복하게 담긴 보리장딸기가 든 왕모시풀 이파리 고깔을 받지 않았다.

니마야, 이제 그만 화 풀라 이? 이 아방이 못난 사람이다. 너가 어른 된 세상에 서랑 사람과 사람끼리 못살게 굴고 죽이고 그런 거 하지 말라. 내 딸년! 이담에 똑똑한 선구자 되설랑 좋은 세상 만드는 사람 되라 이. 아참, 머리만 똑똑해서는 못 쓴다 내 딸년아! 사람은 가슴이 항시 뜨뜻해야만 이………어,어?

아버지는 나를 등에 업고 한손으로는 보리장딸기가 가득 든 왕모시풀 고깔을 내게 내민 체 말하며 걷다가 아뿔사! 그만 앞을 미쳐 보지 못하고 발이 미끄러지면서 길가 옆의 웅덩이로 나가떨어지고 말았던 것이다. 아버지는 웅덩이에 앞으로 엎어졌고 나는 아버지 등 뒤에 있어서 괜찮았다. 그 엉겹결에도 아버지 한 손은 보리장딸기를 담은 왕모시 이파리 고깔을 위로 치켜들고 있었다. 나는 얼결에 얼른 아버지 손에서 그 왕모시 이파리 고깔을 받았다. 내가 그걸 받지 않으면 아버지는 물웅덩이에 쳐 박혀 일어나지 못하고 숨 막혀 죽을지도 몰랐다.

그래도 웃음은 남아

푸하----핫!!!

웅덩이에서 고개를 든 아버지가 물먹은 숨을 크게 몰아쉬었다. 조금 후 보리장딸기가 소복이 그대로 가득 든 왕모시 이파리 고깔을 잘 들고 있는 나를 본 아버지가 덥석 한 품에 품어 안고 뺨을 내 얼굴에 비볐다.

"앗 따거! 아방, 수염 따갑수다 게. 이봅서 해적! 수염이 따갑수다 정말."

아? 눈알이 불쑥 아리더니 잠시 후 코가 마렵고 연이어 뺨을 타고 따뜻한 두 줄 물줄기가 나의 눈에서 쏟아져 나와 뺨을 타고 줄줄이 흘러내렸다.

장마 비는 그 때도 산산이 주렴을 드리우듯 내리고 있었다.

가슴께에 찬 진흙탕 물웅덩이에서 아버지와 나는 여-여- 소리치다 말고 안개비가 소리 없이 내리는 하늘을 우러러 웃어대었다. 그냥 우리는 웃었다.

2. 멸치파시와

바다에서 사냥하고픈 아이

장마가 깊어지면서 우리는 교실에 앉아서도 비를 맞았다. 학교지붕을 채 덮지 못했는데 자재가 바닥났고 장마까지 겹쳤던 것이다.

우리는 날마다 교실에 가자마자 벽 쪽에 붙어 자리마련하기 쟁탈전을 벌였다. 지붕은 가운데가 뚫린 반면에 가장자리로는 널빤지를 잇대어 놔 옆에 붙어 앉을수록 옷이 덜 젖었다.

학교에서는 토끼당번이 돌아오면 먹이를 뜯어다 말리는 것도 적잖이 힘 들었다 우리 일학년에게는. 나는 내 차례 토끼당번이 돌아오는 날이면 학교에 가기 싫어 겨우 꾀를 내고는 한사코 집에 있으려 했다. 물론 집에 남아도 비속에 나다녀야 할 일은 하고 많았다.

어머니는 큰언니나 내가 학교를 빠지겠다고 하면 우선 왜? 하고 물어봤다. 큰언니는 짧게 한 마디로 대답하거나 우물쭈물하기 일쑤였지만 나는 이유가 무궁무진했다.

 어멍, 저 있지 예. 썰물이 이제 금방 시작될거우다. 큰언니가 어젯밤 밀물에 왜 원담*에 멜(멸치) 들었을 거랜(거라고) 하지 않합디까. 경허난(그러니까) 저 있지 예. 나도 대 코챙이 하나 만들어주면 예, 원담에 강(가서) 멜 찔렁 오쿠다 게.

 그 날도 그랬다. 나는, 이유가 지나칠 때마다, --저 있잖아요, --그래서 있잖아요 등등, 있잖아요에 해당하는 제주어인 '저 있지 예'를 말끝에 다는 버릇이 있었다. 그래서 내가 '저 있지 예'를 한 번만 말해도 어머니는 대번에 줄줄이 이유를 엮어내고도 남으리 라는 걸 금방 짐작했다.

 "그래? 멸치 몇 마리 찔러 오는 게 학교공부보다 너한텐 그게 그렇게 중요한 거란 말이지?"

 어머니는 어떤 경우에도 흥분하는 법이 없이 담담하게 말하는 편이었다.

 "기우다(그럼요) 어머니. 나 꼭 멜 찔러 보고프우다. 하영(많이) 찔러 오쿠다. 멜 젓갈 담글 만치 하영 예?"

 내가 아양을 떨면서 간청하자 어머니는 허락했다.

 "가봐라. 어른들 틈에 껴서 어디, 멸치젓 담글 만치 잡아오나 보자."

기준점의 차이

 작은고모가 당장 손을 가로 내저으며 안 된다고 야단치고 나섰다.

 "애비 에미가 저 따위로 애들 나쁜 버릇 들이는 거 좀 보게? 너 니마! 네가 잡은 멜 못 먹어서 목 길어진 사람 없으니 썩 학교엘 가지 못할까?"

 나는 작은고모 호통에 꿈쩍도 하지 않고 큰언니 대 꼬챙이를 부엌 바람벽에서 빼어 들고는 대바구니 에움에 끼우는 둥 마는 둥 도롱이를 쓰고 집을 나섰다.

"저년, 저년의 비바리, 작은고모 말이 말 같으냐!"

작은고모는 눈을 하얗게 뒤집어 뜨고 맨발로 마당까지 박차고 달려 나왔다. 어머니가 뒤따라 나와서는 작은고모를 붙들었다.

놔두세요. 학교공부만 공부는 아니잖습니까. 누구보다 잘 아시면서 왜 이러세요? 저 니마가 다소 반항기가 있어도요 진지한 아이잖아요. 저의가 뭘 해봐야 어른세상이 어려운 것도 알고 그러죠. 작은고모가 참으세요.

작은고모는 씨근덕거리면서도 어머니 말을 끝까지 들었다. 나는 이제 된 줄 알고 막 돌아서는데 작은고모가 어머니 손을 뿌리치고 인정사정없이 나에게 달려들어 내 머리칼을 움켜쥐었다.

"네 이년! 어른 말을 귓등으로 흘렸겠다. 그 버릇, 그 못된 버릇 어디서 배워먹었느냐 응?"

작은고모는 빗물이 흥건하게 밴 마당에다 고슴도치처럼 도롱이 속으로 움추려 앉은 나를 돌덩이 하나 굴리듯이 뒹굴려 놓고 실컷 매타작했다.

그런데 나는 별로 아프지 않았다. 도롱이를 쓰고 있어서 작은고모의 매질이 내 몸에 직접 닿지 않았기 때문이다. 도리어 나를 타작하던 작은고모가 지쳐서 나가떨어졌다.

북어가 방망이로 타작을 당하듯 맞았는데도 뺨에 조금 생채기가 나고 눈두덩이가 부어올랐을 뿐, 나는 거뜬했다.

흥!

"멜 든 원에 강(가서) 봥(봐서) 오쿠다."

나는 부리나케 내달렸다. 썰물이 바다 저 끝으로 다 밀려나버리면 멸치고 뭣이고 파장이다.

두 발로 동동 마당을 찧으며 지청구를 해대는, 아이고, 이노무 팔잔 무슨 놈의 팔자? 돈 천 냥을 얹어 저 한길에 던져도 아무도 거들떠보지 않겠지. 아이고 분해 아이고! 어린 조카 년한테까지 홀대 당하고 나 어찌 사나 아이고 아이고! 작은고모의 넋두리가 뒷덜미에 따라붙어 조금은 언짢았다.

작은고모는 괜히 간섭이야 미워!

나는 혼자 씨부렁거리면서 바닷가로 달렸는데 느닷없이 눈물이 줄줄 뺨을 타고 내려 앞을 뿌얗게 흐려 났다. 그렇잖아도 장마 비가 해무와 범벅이 되어 세상을 안개 속으로 가두던 참이어서 음산하기 이를 데 없었는데 말이다.

씨- 난 안 울어, 안 울어! 흥!

학교 가던 아이들이 스쳐 지나면서 어리둥절했던지 한참이나 뒤돌아보곤 했다.

분배의 원칙

포구 건너 간조대에 쌓은 둥그런 원담에는 이미 마을사람들이 북적대고 있었다.

원담은 바닷가 마을마다 대개 서너 개씩 있게 마련이었다. 밀물과 썰물의 차가 심한 간조대에다 밑 도리는 좀 작은 돌멩이를 들여쌓고 차츰 위로 올라갈수록 굵은 돌덩이를 얹어 둥그렇게 두른다.

넓이는 좁기도 하고 넓기도 해서 대중없지만 높이는 약 일 미터를 조금 넘게 잡는다. 이렇게 쌓은 원담은 주로 동네사람끼리 관리하게 마련인데, 이걸 '원담 접' 혹은 '개구미 접'이라고 했다. 드물게는 한 일자 형태의 긴 돌담을 쌓기도 한다. 그런 돌그물은 '줄'이라고 불렀다.

원담은 원시어로의 한 형태로 돌그물이랄 수도 있는 일종의 고기잡이 장치이다. 밀물을 타고 갯가 깊숙이 들어온 고기는 썰물이 밀릴 때 여기에 갇히게 되고 누구나 맨 처음 원담을 둘러보고 거기 고기가 잡혔으면 동네골목을 뛰어다니며 소리친다. 원에 괴기(고기) 들었저, 원에 괴기 들었저.

'원'에 든 고기는 누구라도 참여한 사람이면 공정하게 분배를 받았다. 그러나 멸치 떼가 든 경우는 좀 달랐다. 원을 먼저 본 사람이, --원에 멜 들었저- 라고 외치는 순서까지는 똑같은데, 그 다음은 공동분배가 아니라 각자 멸치를 잡은 만큼 가져갔다.

멸치는 작아도 가시 있는 생선이랄 때는 언제고, 원에 든 걸 고기취급 하지 않을 때는 언제인지, 딱 부러뜨려 구분 짓기가 애매하지만 여하 간에 원에 들어온 멸치는 고기로 치지 않는 것만은 분명했다.

당찬 대답

내가 달려간 '도릿줄 원'에는 멸치가 워낙 많이 들어 사람들이 바가지로 퍼내어 대바구니에 담고 있었다. 아무리 많이 들어도 동네사람들이 들고나간 대바구니에 한두 바가지씩 퍼 담아주는 게 전부였지만.

나는 썰물이 아직 끝나지 않아 자박자박 발 등을 적시는 원으로 들어갔다.

원 안에는 두 팔을 걷어붙인 청년들이 몇 명 들어서서 원밖에 대바구니를 내미는 족족 멸치를 떠서 담아주고 있었다.

멸치 떼는 파다다닥, 몸을 뒤채며 푸른빛을 반짝반짝 발했다. 많은 멸치 떼가 파닥이는 모습에 숨이 가빴다. 머리가 어지럽고 눈앞이 가물가물 아지랑이가 피어올랐다.

"야, 니마야. 너 여기서 뭐 햄나(하니)?"
내가 어지러워서 휘청거리자 동산 집 맹부가 등을 받혀주며 알은체를 했다.
"대 꼬챙이로 멜 찌르젠(찌를려고)."
안개비가 자욱하게 내리는 하늘 가득 멸치 떼가 발하는 푸른 반짝이보다 더 강한 노란 별들이 아슴아슴 눈앞에서 명멸했는데도 나는 당차게 대답 했 다.

이웃의 힘

늘 무슨 짓거리든 찾아 말썽을 부리기로 치자면 건이 뺨치는 맹부였다. 그러나 그는 일 하나만은 끝내주게 잘한다고들 했다. 그게 자기 집 일은 한사코 마다하고 남의 집 일에만 신명을 내는 게 탈이었지만 말이다.
큰언니네는 맹부와 맞닥뜨리면 실실 피하곤 했다.
하도 불량해서 중학교 일학년에 다니다가 만 이후, 그는 물 긷는 여자들을 길목에 지키고 서서 못살게 구는 일로 낙으로 삼았으며 고무줄놀이 하는 걸 또 못 봐 줘 사금파리에 날을 새파랗게 세워 끊어버리기 일쑤였고 아예 몽땅 거둬 도망치기 예사였다.
맹부 앞에서는 건이도 비루먹은 강아지처럼 꼬리를 사릴 정도였다.
그런 말썽꾼이 우리 같은 어린아이에게는 더없이 곰살궂게 굴었다. 때문에 그의 심보를 종잡을 수 없었다.
나는 혼자 놀기를 좋아해서 우리 집 뒷동산에 있는 숲속에도 혼자 숨어 지내고 바닷가에도 혼자 나가 놀았다. 그럴 때면 가끔씩 맹부가 나타나, 저기 저 새는 '직박구리' 이고 저건 '동박새' 고...하면서 살갑게 말을 걸곤 했다.

다른 생각 다른 행동

한 번은 담 구멍 사이를 포르릉 포르릉 날아다니는 새를 쫓느라 정신을 팔고 한나절을 헤매 땀으로 멱을 감고 있을 때였다. 그 때 맹부가 여지없이 나타나 새총으로 그 새를 단 번에 맞혔다. 새는 날개를 맞았는지 종종 걸기는 하면서도 날지는 못했다.

"이 새 이, 굴뚝새여."

맹부는 단 번에 새총을 쏘아 그 새를 잡은 게 몹시도 자랑스럽던지 손바닥 위에 올려놓은 새의 깃털을 이리저리 손가락으로 걷으면서 설명을 하는 것이었다. 누가 시키지도 않은 일 해놓고 저 잘났다고 까부는 꼴이라니⋯⋯

나는 맹부의 정강이를 냅다 걷어찼다.

"누가 새를 새총으로 쏴서 다치게 하랜?"

내가 불같이 화를 내자 처음에는, 네가 땀을 뻘뻘 흘리면서 쫓아다니는 거 보고 잡아준 거잖아 고맙다고 못할망정 왜 화를 내? 하면서 내 머리통에 종주먹을 들이대었다.

"야! 이 날강도 같은 맹부야, 난 그냥 쫓아다닌 거여. 새 잡으러 다닌 게 아니고."

앙팡지게 대드는 나를 물끄러미 보다말고 그는 슬며시 돌아섰었지. 난 뭐 되는 게 없어. 뒤로 자빠져도 코가 깨진다더니 저 니미 꼬맹이 기쁘게 해주려다가 혼쭐만 났잖아 씨팔 것!

나는 빽 소리를 질렀다.

"야아―!"

"왜?"

맹부는 풀이 죽어서 고개만 나에게 돌렸다. 그 몸짓에서는 외로운 냄새가 짙게 풍겼다.

"맹부야! 담부터는 새총 함부로 쏘지 말고 나랑 그냥 구경만 하자 이?"

그가 한참이나 나를 물끄러미 보다가 씨익 웃었다.

"야 니마야, 너 담부터는 나한테 맹부오빠라고 해 알지?"

나는 고분고분하게 그의 말을 따를 생각이 터럭 끝만큼도 없었다. 이 다음에 만나 그 문제로 다시 티격태격하느니 지금 확실하게 해 두자는 생각이 들었다.

"맹부야! 난 이담에도 너한테 오빠라고 안한다. 니가 왜 오빠냐? 그냥 맹부지."

그는 히히- 하고 웃음을 날렸다.

그리고 그 후

이제 맹부는 손자들을 주렁주렁 봐 할아버지 소리를 듣는다. 지금도 가끔 나에게 전화를 한다.

"니마 동생이가? 나 맹부오빠여."

그러면 나도, 이제는 아! 맹부오빠. 라고 서슴없이 받아 준다.

"니네가 살던 뒷동산 그 디(그곳)이, 니 비밀장소 있지 이? 너가 입만 열면 '나의 숲속'인가 뭐라던 그 수월(숲) 이."

"예. 맹부오빠?"

"그 디 말여. 싹 불도저로 밀어 제천 집 지어부러시네(지어버렸네)."

나는 다 큰 어른이 부끄러운 줄도 모르고 전화기를 붙잡고서, 안됩니다 게, 안됩니다 게. 하면서 엉엉 한참이나 울었다.

내가 미친 듯이 울다가 불현 듯 수화기 저편에 있을 맹부를 의식하고는, 맹부

오빠 아직도 거기 있어요? 했더니, 니마야 다 울언? 하고 몹시도 다정히 대답하는 것이었다. 마치 여섯 살짜리 어린아이가 엉엉 소리 내어 우는 곁에 지켜 앉았다가 옷소매로 코를 닦아주던 그 시절의 맹부와 똑같이.

상황 판단과 시점

그 때 원담에서도 맹부는 어지럼증에 겨워 어쩔 줄 모르는 나를 번쩍 안아 돌 위에 앉혀놓고는 내가 들고 간 바구니에다 멸치를 몇 바가지나 퍼 담았다.
니마야. 오늘은 워낙에 멜이 많이 들언 이, 대 꼬챙이로 찔러 잡지 않아도 충분하다. 이제 이거 가지고 집에 가라. 너 기절하는 거 보니까 또 아픈 모양이여 이.
멸치를 대 꼬챙이로 찔러 잡지 않아도 될 거라는 말을 듣고 나는 또 버럭 화를 냈다. 미처 작은고모에게 내지 못한 화를 맹부한테 내는 것일 수도 있었다. 그의 말이나 행동에는 내가 화를 낼만한 게 전혀 없었다.
"난 대 꼬챙이로 멜 잡을 거여."
그가 선선이 원담 안으로 나를 내려주자 생각 같아서는 대바구니에 내 몫으로 담아놓은 멸치를 확 부어버리고 싶었다. 원에 멸치 잡으러 가겠다고 어머니한테 조를 때 멸치젓 담글 만치 잡아오겠다던 말이 문득 떠올랐다. 나의 두뇌는 나의 손이 하려는 동작을 제어하기에 이르렀다. 안 돼. 그걸 가지고 집에 가야 돼.
그 사이에 '원' 안에 있던 물은 쭉 빠지고 멸치 떼도 거의 동이 나고 있었다.

생활의 발견

나는 대 꼬챙이로 담 굽도리에 숨은 멸치를 콕, 찔렀다. 말이 콕, 이지 그렇게

찌를 때 손으로 전해지는 감각은 정말 소스라치게 놀랄 만치 섬뜩한 것이었다. 나는 겨우 멸치 한 마리를 찌르고 나서 다시는 대 꼬챙이로 잡고 싶은 마음이 싹 가셨다.

사람들은 보리장마가 시작되어 그믐날쯤 첫 멸치 떼가 들어오면 모두들 손에 손에 날카롭게 바순 대 꼬챙이를 들고 멸치를 찌르러 바닷가로 나가곤 했다. 처음 들어온 멸치는 몇 마리 안 될 뿐 아니라 여기저기 바위틈에 틀어박혀버리기 일쑤여서 대 꼬챙이로 찔러 잡지 않으면 못 잡는다고 했다.

큰언니도 곧잘 또래들과 어울려 멸치를 찔러 잡아왔다. 그 양이라야 뭐 큰 양은 국사발로 두어 개 정도였다.

우리 집에서는 원에서 첫 멸치를 큰언니가 찔러 잡아오면 애배추와 함께 건지로 넣어 국을 끓여먹었다.

멸치국은 멸치가 싱싱해야 제 맛이 난다. 더러는 소금 간을 하였다가 아버지 고기 낚는 미끼로도 쓰고, 또 불잉걸에 던져 넣어 구워 먹기도 했다.

나는 벌써부터 큰언니처럼 대 꼬챙이로 멸치를 잡아보고 싶었다. 그동안 누가 말려서 못 해 봤다기보다는 새벽물때에 맞추어 바다에 나간다는 게 힘들어서 짐짓 포기하고 있었다.

그래서 진화한 역사

사람들이 첫 멸치가 원에 들어온다 거니 아직은 아니다 거니 설왕설래하기 시작하면 나는 아버지를 졸랐다.

"나도 멜 잡는 대 꼬챙이 하나 만들어 줍서 게."

아버지는 한마디로 거절했다. 내가 아직은 어려서 대 꼬챙이처럼 날카로운 걸 가지고 다니다가는 다치기 십상이라고 했다. 만일 아차 잘못하여 눈이라도 다치는 날에는....저 동녘동네 누군가가 오래 전에 멸치 잡는 그 대 꼬챙이에 찔려서 눈에 백태가 끼더니 기어이 실명(失明)했다는 예까지 들어가면서 한사코 만 들어주지 않으려 했다.

"나도 이제 여섯 살이우다."

"여섯 살짜리가 어른이라도 되냐?"

즉석에서 나이 가지고 사람 가늠하지 말라고 지체 없이 아버지에게 항의했지만 먹혀들지 않았다.

"여섯 살이 뭐 대수로운 줄 아냐 너?"

나는 아버지와 그 문제를 해결하려 하지 않고 다른 길을 찾아보기로 했다. 작은고모 말대로라면 아버지는 우리 집에서 왕이고 하늘이고 실권자고... 그의 말 한 마디가 우리의 삶을 실제로 얼마든지 좌지우지해도 되는 사람이라고 했다. 게메(글쎄)~

여섯 살이면 알 건 다 아는 나이다. 사람이 아닌 것처럼 무시당할 나이는 아니다 라는 생각이 들었다. 나보다 고작 한 살 아니면 두 살 더 먹은 옥자나 정화는 어째서 어른들이 하는 일을 하는 거지 그럼?

큰언니가 이에 대해서 이렇게 해명했다. 그 애들은 어른 뺨치고도 남을 정도로 일에 능숙한 솜씨를 보일뿐더러 아주 앞차보인다고 했다. 정화는 물론 어른 한 사람 몫의 일을 너끈히 해낸다고 알려져 있다. 그러나 옥자도 그러는 줄은 몰랐다.

"저번에 원에 멜 잡으러 갔을 때 보니까 옥자 걔 되게 악바리더라. 남이 이미 찔러 잡는 것도 새치기해서 잡아버리더라."

큰언니의 증언은 나에게 다소 충격을 주었다. 그러고 보니 나만 물렁 뼈다귀처럼 아무 일도 못하는 아이였던 것이다. 같잖게 속을 끓여봤지만 내 마음만 아팠다. 그렇다고 큰언니를 따라 적극적으로 멸치 잡으러 새벽을 도와 나다니지도 않았다. 그러나 상대적으로 '웡'에 가득 담아든 멸치 떼가 파란 등줄기를 뽐내면서 파닥거리는 광경은 선명하게 머리에 그려지고 있었다. 언제나 그 걸 해볼까! 대 꼬챙이로 멸치를 잡아 보고픈 마음은 정말 간절해져만 갔다.

  내가 장마 비를 무릅쓰고 학교를 까먹으면서 멸치잡이를 가겠다고 우긴 건 이미 그림이 그려지다 못해 각인된 그 이미지를 꼭 행동으로 옮겨 보고픈 충동을 억제하지 못해서였다.

그게 사람이 할 짓이 아니란 걸 알다

  작은고모한테 매타작까지 당하면서 시도한 대 꼬챙이로 멸치를 찔러 잡는 것. 현실은 상상보다 훨씬 자극적이었다.

  나는 대 꼬챙이에 찔려 생명을 위협당한 멸치가 혼신을 다해 몸부림치는 강도를 내 온몸으로 느끼고는 두 번 다시 할 짓이 아님을 직감했다.

  맹부가 멸치를 대바구니에 담아줄 때 그냥 못이기는 척 집에 갔으면 꿈에서 마냥 그리워나 할 것을, 멸치가 대 꼬챙이에 찔려 몸부림치는 그 처절한 꼴을 보지 않았을 것을, 나의 잔인함이 적나라하게 드러나고 만 멸치의 몸부림은 진저리쳐질 만치 끔찍하였다. 나는 또 습관처럼 구역질이 치밀어 오르자 다시 현기증을 느꼈다.

  나는 걸핏하면 하늘이 노란별로 뒤덮이는 걸 봄과 동시에 쓰러지곤 했다. 아버지는 그게 다 내가 몸이 너무 허한 데다 비위가 물러서 그렇다고 했고, 어머니는 그렇기도 하지만 무엇보다도 근본적인 원인은 내 마음이 섬세한 때문이라고 했다.

　아버지가 반격을 가할까봐 어머니는 자신의 주장을 뒷받침할 충분한 증거가 있다면서, 햇구렁이가 쥐를 좇아 집안을 돌아다녀 모두 질겁하고 죽여 버리자고 할 때, 니마는 저 구렁이도 어머니랑 아버지랑 언니 동생이 있을까? 했잖아요. 있을 거라고 우리가 대답하니까, 그러면 죽이지 말고 그냥 내쫓기만 하자고 했죠 왜. 저 구렁일 죽여 버리면 가족들이 얼마나 슬퍼하겠냐고 눈물을 흘려가며 쟤가 말리던 생각나죠?라고 아버지를 상기시켰다.
　아버지는 순전히 어머니 주장을 받아들이지 않았다. 내가 구렁이 가족까지 챙겨가면서 감정을 주체하지 못하고 운 건 늘 몽상만 하고 사는 탓이 다분히 작용한 때문이라는 것이었다. 여보 수니어멍, 니마 한테 속아서 당신까지 엉뚱한 소리 좀 하지 맙서. 구렁이한테 애비 에미가 어딨어? 당신은 뱀이 뱀 알 속에서 병아리처럼 깨 나온다는 거 몰라 왜?
　원인규명이 불투명한 나의 빈혈기야 어떻든, 대 꼬챙이로 멸치를 잡는 게 얼마나 잔인한 짓인지 나는 그걸 알아 버렸다.

상대를 제압하는 기술 중 한 가지

　내가 징징 울면서 대바구니도 그대로 팽개친 채 원담을 나오자 맹부가 대신 들고 내 뒤를 따라왔다.
　"야, 니마야. 넌 어떻게 생겨먹은 애가 툭하면 울고 툭하면 나자빠질라고 하냐? 너 아무래도 병신 같다 것도 아님 지랄다리거나."
　'지랄다리' 란 제주사람들이 말하는 간질병환자란 뜻이다.
　"야! 너 맹부야. 너야말로 미쳤저 이. 내가 울건 웃건 니가 뭔 상관이니? 별소

리 다 햄져. 우리 아방신디(아버지에게) 너 이를 거여. 뭐, 나가 지랄다리?'

나는 화가 나서 이중으로 바빴다. 맹부한테 할 말 해야지, 화내야지, 어지럼증 참아야지, 걸어가야지, 그렇지 참, 토하지 않도록 위 주머니 께를 꽉 눌러야지...

맹부는 능글맞게 벙글거리며 놀리기를 멈추지 않았다.

"생각해 보라 게. 지랄다리도 아니멍 무사(왜).....?

맹부의 말이 끝나기도 전에 나는 달려들어 내 대바구니를 들고 있는 그의 팔뚝을 물었다.

처음에는 모기 문 것만큼도 아프지 않다고 약을 올리던 그도 끝내는 아픔을 참지 못하고, 항복,항 복! 니마야, 항복이다. 다신 지랄다리란 말 안 하키여 게. 하고 빌었다.

그제서야 나도 그의 팔을 꽉 물고 있던 이빨을 떼었다. 내가 물었던 맹부의 팔뚝에는 내 이빨 자국이 선명하게 패었다. 그런데도 맹부는 대바구니를 우리 집까지 갖다 주고 돌아갔다.

상어 간을 내어 구린 기름을 짜낸 '아라까와'

아버지는 멸치가 반쯤 찬 대바구니를 보더니, 올해는 멸치가 풍년 들겠지만 이렇게 장마가 오래가면 그게 다 거름으로나 밖에는 쓸모가 없을 거라면서 혀를 끌끌 찼다.

장마 비가 좀 걷히고 햇볕이 기운차게 쨍쨍 내리쬐 주면 풍년든 멸치를 소금물에 살짝 데치거나 아니면 그냥 날것으로 채반에 널어 건멸치를 만들 텐데....

아버지는 일제강점기 훨씬 이전부터 일본 건어물 상인이 건너와서 건멸치를 갈무리하고 상어 간으로 '구린지름'(생선에서 추출한 기름이 역한 구린 내를 풍긴다고 붙여진 이름. 주로 불을 밝히는 데 사용하였음)을 뽑아내는 걸 어깨너머로 보고 배웠노라고 했다.

일본 건어물 상인이 제주 섬에 들어온 연대는 정확하지는 않는 대로 대충 1898년경으로 아버지는 보고 있었다. 그런 추측을 하는 근거로는 1901년 신축년에 제주 섬에서 일어난 천주교 세력과 제주민중 사이에 벌어진 싸움을 들었다. 그 싸움으로 인해 제주 섬은 크게 피해를 입었는데 천주교 신자들이 '민꾼'(民軍)에 잡혀 죽었다면서 그 책임을 물어 제주사람들은 그 때 돈 3원 이상씩 배상을 해야 했다. 그 싸움을 두고 훗날 '신축년 성교란'이라고 부르게 되었다.

그 성교란 때 이미 일본인 건어물 상인인 아라까와[荒川가 '민꾼'의 선봉에 선 청년 장두(狀頭) 이제수에게 황천검(荒川劍)이라 이름 붙인 일본도 한 자루를 선물했다는 게 기록과 야사(野史)에 나와 그 사료의 신빙성을 더해 준다고 했다.

아라까와는 멸치어장이 있는 제주의 바닷가 마을역사마다 한결같이 등장하는 외국인이다. 이로 미뤄 봐서 그는 아마 무역상이 아닌가도 간주해보곤 했다. 그러니까 그는 제주 섬의 서쪽 어귀에서는 가장 크고 넓은 모래밭을 두고 멸치어장이 형성되던 한림읍 곽지리에서 건멸치를 제조했는가 하면, 제주바닷가 모래밭 가운데서도 독특하게 연록색 물빛을 맑히우는 섬 북쪽머리에 해당하는 함덕리에도 발을 깊숙이 뻗쳤던 모양으로 그가 건멸치를 만들던 지경의 이름에 그의 냄새가 배어 있다.

땅이름으로 아로새겨진 마른 멸치 역사

이제도 제주 바닷가마을 사람들이 말하기를, '아라까와'는 멸치가 잘 잡히는 바닷가에 막을 치고 살았다고 한다. 건멸치를 만들었다는데 그가 살았던 땅이름을 '왜막'이라고 부르면서 아직도 남아 있어 지명유래를 짐작하게 한다. 또 함덕리 모래벌에는 멸치떼가 파도처럼 밀려드는 풍부한 어장으로 마을 사람들은 얼마 전 까지도 멸치그물접을 열 개나 두기도 했다한다.

성산일출봉으로 더 잘 알려진 성산리는 금방이라도 큰 물너울이 밀려들어 끊어버릴 것 같은 잘록한 병목으로 아스라히 이어진 섬 같은 마을이다. 그런 입지 덕분으로 널따란 모래밭이 마을의 여기저기 있어 멸치어장으로는 내로라 으뜸으로 꼽는 데만도 서너 곳이나 된다. 일제강점기 시절에는 큰 배들도 쉽게 저반을 할 수 있는 자연포구 덕분에 일본과 제주 사이를 오가는 화물선이며 여객선은 물론 주로 고등어 잡이를 하던 '건착선단'(고등어 잡이 배의 무리)까지 무시로 배를 대어 드나들었다고 한다.

근거가 없는 이론일지라도

일본은 이미 1900년서부터 1902년 사이에 한라산을 정밀탐사하고 제주 섬을 측량했는가 하면 얼마나 치밀하게 조사를 했던지 각 포구의 수심까지 다 재었다고 한다.

이때를 전후하여 성산리에 일본사람들이 제집 드나들 듯 했고, 광무 2년 서기 1898년에는 동학의 한 파였다가 갈려나간 남학당 일당이 제주에 들어와 화전을 일궈먹고 살다가 난을 일으킨 적이 있단 말을 앞서 했다. 그 때 방성칠이 일본으로 망명하려고 알선을 부탁한 이가 바로 아라까와란 설이 있다. 방성칠에게 일본 망명길을 터주겠노라고 장담을 하면서 하루 이틀 '민꾼'의 발목을 잡아둔 지략가가 아라까와일 것이란 건 어디까지나 추측일 따름이다.

아버지 생각은 이랬다. 제주 섬에서 활동하던 일본인 건어물 상인 집단을 통틀어 '황천이' 라고 했는데, 그 이름인 즉은 아라까와에서 비롯했을 거다.

이에 대한 아버지 나름대로 덧붙일만한 이론은 없었다. 그저 우리가 평소 누구를 거론할 때, 아 그 사람 거 김씨 아냐 김해 김씨, 라고 하듯 일본 건어물 상인이면 그들 중의 한사람의 성씨를 마치 대명사격으로 불렀을 거란다.

멸치가 힘을 보태주면

그건 그렇고, 일본사람들이 제주 섬에 들어와 건멸치를 제조하기 이전까지는 멸치는 단순히, 멸치젓 담그고 국 끓여먹고 구이나 홰를 해 먹었다. 그보다는 보리갈이 밑거름이나 배추와 수박농사 짓는 밭 땅심 돋우는 데 이용하였다 한다.

지금도 '함덕수박이다', '함덕배추다' 하면서 제주 섬 마을 중에 부촌으로 알아주는 함덕리는 물빛이 고운 해수욕장으로도 유명하다. 그러나 일제강점기 시절만 해도 경작지가 척박하기로 제주에서 첫손꼽는 지역이었다. 밭마다 바닥에 밋밋한 암반으로 덮여 있어 농사를 짓기에는 가장 나쁜 토지였다

그런데도 함덕리 사람들은 암반 위에 살짝 덮인 푸석푸석한 화산재를 흙이라고 긁어모아 구덩이를 만들고 한 구덩이 당 땅심을 돋울 거름으로 멸치 세 마리와 해초 한 줌을 깔아 삭였다고 한다. 그런 후에 구덩이마다 수박씨나 배추 씨를 심으면 땅은 그야말로 정직한 것. 배추 포기는 한 아름을 넘고 수박이 어찌나 주렁주렁 열리던지 제주 전역에 '함덕배추'와 '함덕수박' 없는 오일장은 서지도 않을 정도였다고 한다.

깊은 어둠 속의 횃불 한 점

　보리장마에 보리가 다 밭에서 베기도 전에 싹이 터버려 안달을 했고, 한편으로는 멸치풍년이 들어 땅심을 돋우느라 밭마다 멸치며 해초를 덮어 놔 갯비린내가 진동했다.
　자욱한 장마 가운데서도 모래밭에서 벌어지는 멸치잡이는 좋은 구경거리였다.
　밤이 되어 모래밭에 밀물이 가득 밀려 바닷물이 봉봉 차오르면 멸치후리는 그물을 싣고 배 두 척이 바다길목까지 나가 대기한다. 저녁식사를 끝낸 접꾼들이 몰려나와 정해진 자리에 앉아 이야기꽃을 피우면서 그물을 다 드리운 배가 그물마다 길게 이은 동아줄을 가져 오길 간절히 기다린다.
　멸치는 유별나게도 장마를 좋아하고 칠흑 같은 어둔 밤 한 점 강렬한 불빛을 즐기는 유별난 버릇이 있다.
　장마 속에 짙은 어둠이 드리우는 그믐날 밤, 그 어둠에 묻혀 아무것도 안 보이는 그 밤에도 밀물이 저 먼 바다로부터 멸치 떼를 품에 듬뿍 안고 밀려들면 망보던 당번이 쉿, 신호를 보낸다. 그러면 입에 물었던 담배 불도 끄고 깊은 침묵 속에 잠겨야만 한다.
　멸치를 유인해 들이는 횃불이 커다란 혀를 내밀어 낼름거린다. 다른 불빛은 절대로 용납이 안 된다. 멸치가 불빛을 좇아 이리저리 흩어져 버리기 때문이다. 골초들이 가장 고통스러워하는 시간이기도 하다.

만선(滿船)의 기본 원리

　모래밭 둔덕에서 접장이 침묵 속을 뚫고 다니면서 접꾼의 자리를 확인하는 사이에 배는 그물을 한일(一)자로 드리우고 끝의 동아줄만을 잡은 체 썰물이 시작될 때까지 기다린다.

제주 섬의 모래밭은 대부분이 말굽형태를 이루고 있어서 목만 잘 막으면 만선(滿船)은 시간문제에 지나지 않았지만 백에 하나 멸치가 밀물을 따라 목안으로 들어오기 전에 그물을 일찍 드리워버리면 끌어당겨봤자 빈 그물, 헛힘을 쓰게 되는 경우도 종종 있었다. 그럼으로 그물을 드리우는 배에는 물속에서 노는 멸치 떼를 잘 보는 눈 좋고 경험 많은 사람이 당번을 서기 마련이었다.

요새는 뭐 어군탐지기가 있어 그것만 봐도 대번에 멸치 떼가 왔는지 갔는지 확연히 알아보지만 옛날 내 나이 여섯 살 적만 해도 순전히 사람의 경험과 눈썰미가 그 일을 대신했다. 그래도 뭐 적중률이 백 퍼센트에 육박했다면 믿지 못하시겠지들.

일단 멸치 떼를 포위했으면 첫 썰물에 미리 드리워 놓은 그물을 한일(一)자에서 말굽형으로 오므리며 뭍으로 달려 나와 동아줄을 접꾼들에게 넘겨야 한다. 여기까지만 배가 할 일이고 다음부터 그물을 당기는 일은 사람들 접꾼이 할 일이었다.

그물코가 천만 코라도 동아줄이 주장이더라!

접꾼들은 이미 두 패로 나누어 제자리에서 대기하고 있다가 동아줄을 넘겨받는 대로 끌어당기는 작업에 들어간다.

옛날 멸치어장이 이즈음은 다 해수욕장으로 변했다. 그러니 상상해 보시라. 해수욕장 하나를 다 에운 그물을 뭍에서 사람들 손으로 끌어당기는 일은 매우 조직적이면서도 동시에 일사불란하게 움직이는 역동성 있는 노동력 없이는 불가능하다. 그 일의 대부분을 여자들이 도맡아 해내었다.

멸치그물을 당길 때 남정네들은 횃불을 밝혀들고 이리 뛰고 저리 뛰는 일을 했다. 두 패로 나누어 여덟팔(八)자 꼴로 줄줄이 뒤이어 앉은 여성들은 선소리꾼이 매기는 소리에 맞추어 그물을 처음에는 천천히 당기기 시작한다. 엄청나게 큰 그물은 바다에 장막을 드리우고 멸치를 포획하고 있는 중이다. 그러나 그 장막을 뭍으로 올리는 데 결정적인 역할을 하는 건 다름 아닌 바로 그 장막그물코를 한 줄에 엮어 꿰고 있는 동아줄이다. 그 동아줄을 '베릿배'라고 한다. 그 '베릿배'를 당기는 힘을 노래 소리에서 얻었던 것이다.

성산일출봉 옆의 신양해수욕장이 멸치어장이었을 때, 거기서 그물장막을 드리워 멸치를 잡던 사람들은 이런 노래를 불러 신명을 돋우었다.

  여영차 소리에 닻 올라간다.
  엉어야 디야로다
  어떵 어떵 요 닻을 당길꼬
  엉어야 디야로다
  만리장성 뻗은 닻은 한 줌 두 줌 사려놓고
  엉어야 디야로다
  만리창파 뻗처논 그물 동가닥 부터 재어오라
  엉어야 디야로다
  서가닥도 같이 가자 한 줌 두 줌 들어오라
  엉어야 디야로다
  그물코가 천만 코라도 '베릿배'가 주장이더라
  엉어야 디야로다

이는 첫소리이며 발림을 시작하는 것에 불과하다. 작업에 열기가 오를수록 리듬이 붙고 점점 곡조는 빨라진다.

선소리꾼은 작업 상황을 재빠르게 파악해가면서 가사를 만들어 매겨나간다. 누구네 며느리가 혹시라도 뒤늦게 달려와 접꾼 틈을 비집고 들앉아 동아줄을 당기는 게 보이면 선소리꾼은 지체 않고, '저노무 메눌 아기 참깨를 터느라 늦었는가 꿀떡을 빚느라 늦었는가---' 하고 사설을 풀어나간다.

서서히 배부른 그물이 모습을 드러낼 무렵이면 선소리꾼은 물러나고 노래 가락은 힘찬 구령소리로 바뀐다.

이 대목쯤에 이르면 배에 탔던 장정들도 앵커를 재빨리 물속에 심어놓고 달려오고 횃불 든 남정네들은 동아줄을 따라 줄줄이 양쪽으로 늘어선다. 영차 어영차, 영치기 영차!

분배의 원칙에는 요령이 뒤따른다

이런 방식으로 멸치 잡는 걸 '멜 후린다'고 하고, '멜' 후리는 그물을 장막그물, 장막그물로 '멜' 후리는 것을 '장막후림' 혹은 '멜후림'이라고 한다.

언젠가 제주도 동김녕리 사람들이 전국민속경연대회에 나가서 대통령상을 받은 민요가 바로 장막그물로 '멜' 후릴 때에 부르는 소리였다. 그래서 그 소리를 '멜 후리는 소리'라고도 말한다.

집채만한 그물을 모래밭으로 끌어올리면 접장이 정한 '되장이'가 소나무를 파서 만든 '솔박'이나 되를 가지고 접꾼이 내미는 바구니에다 공정하게 분배를 해 나간다.

그렇게 분배하다가 남은 건 접장 몫을 떼고, '되장이' 수고 몫도 떼고, 당번으로 나갔던 배의 사공 몫으로도 떼어놓는다. 한 차례 분배를 받고 남은걸 또 덤으로 되 굽에 붙여 받는 것이다. 이렇게 덤으로 받는 것을 '찍'이라고 한다.

아버지의 멸치 바다

　불행하게도 내가 살던 바닷가마을에는 모래벌이 없었다. 포구 건너에 잇대어 한 되지기 밭 만 한 크기나 될까, 모래밭이 있는 게 전부였다.
　내가 멸치를 대 꼬챙이로 찔러 잡으러 갔던 원이 바로 그 손바닥 만 한 모래밭을 가운데 두고 한 마지기는 좋이 되고도 남을만한 넓이로 쌓은 원이다. 우리 마을 원 중에서 가장 넓고 큰 원담이었다. 우리는 그 원담이 돌다리처럼 기다랗게 돌담이 쌓인 안에 만들어졌다하여 다릿줄 원이라고 불렀다.
　아버지는 보리장마 동안 비가 내리지 않아 마른장마가 들면 우리 바로 옆 마을의 '멜후림접' 그물 한 몫을 샀다. 마른장마 때 멸치 떼가 밀려들어 멸치파시가 서는 적은 드물지만 장마가 시작할 때와 끝나갈 무렵에는 제법 파시가 선다.
　'멜후림접' 그물 한 몫을 사면 하룻밤 잡은 멸치를 다 차지할 때도 있음으로 아버지는 그걸로 건멸치를 만들어 육지로 내다팔았다.

멸치두엄과 '시메까스'의 차이

　우리 마을이나 이웃마을은 주로 조와 보리농사 등 잡곡을 많이 갈았기 때문에 멸치 떼가 밀려들어 멸치파시가 서면 먹거리로 갈무리하는 양은 아주 적고 대부분을 보리농사용 밑거름으로 만들었다.
　'듬북'이라고 하는 해초는 잎사귀마다 조그만 부레를 달고 물위에 둥둥 뜨는 바다 마름을 말한다. 사람들은 짬날 때마다 그걸 건져서 갯바위에 널어 바싹 말려서 한 켜 놓고 멸치 한 켜 놓고 하는 식으로 마치 시루떡 앉힐 때처럼 겹겹이 넣어 가리로 쌓아두었다.

그 두엄이 잘 발효되어 삭으면 다시 가리를 걷어내고 말려서 보리갈이 밭에 깔고 땅을 뒤엎어 땅심을 돋우곤 했다.

바다 마름과 멸치를 삭인 밑거름은 땅심을 엄청나게 돋워, 농사지을 땅이 부족하여 겨우 구메농사를 짓는 제주사람들이 윤재를 하지 않아도 땅이 뜨는 법이 없고 병충해가 성하지 않아 그 일을 큰 일로 여겼다.

그래서 바닷가 마을에 사는 여성들은 아침 조반 전에 바다 마름 한 지게씩을 밭에 져 나르면 하늘이 막아도 농사 그르치는 일 없단다 면서 너나없이 새벽부터 부지런을 떨며 살아왔다.

일본의 건어물 상인 아라까와는 멸치를 고아 기름을 짜내고 찌꺼기를 부숴 퇴비며 사료를 만들었다고 하는데 그 이름이 '시메까스'라고 했다.

아버지 말에 의하면 아라까와의 졸개들이 우리 이웃마을 모래밭 한 모퉁이에 가마를 걸고 '시메까스'를 만드는걸 보고 하도 궁금하여 하루는 물어봤다고 한다.

"여보쇼, 거 뭐에 쓸 거요?"

아라까와는 기상천외한 대답을 하였다.

"비료로 쓰무니다. 비단잉어노 먹이로도 쓰고 네."

아버지는 내친 김에 '구린지름'은 어디에 쓰는 지 그것도 알아보려고 했다.

"상어 간을 고아 짜내는 저 지독한 구린지름은 또 뭣에 써요?"

"그건 노, 비밀이무니다. 왜냐하머느 노, 군(軍)에 납품한다고 우리 아라까와 대장이노 말했으므니다."

일본국의 군대는 우리 바다에서 잡은 상어 간에서 뽑아 낸 그 기름을 무엇에 다 쓰려고 했을까?

일제강점기를 살아본 사람이 아니면 모르는 그 무엇에 대하여

아버지는 말끝마다 그들을 왜놈무지렁이라고 비꼬아 말하면서 낄낄 웃었다. 외할머니가 '딸깍바리' 양반이라고 했을 때, 나는 그 말이 일본사람을 일컫는 말인지를 전혀 알아듣지 못했지만 아버지가 하는 말은 대번에 알아듣고도 남았다. 왜놈들이 오죽 성깔이 못되어먹었으면, 걸핏하면 화를 벌컥벌컥 내는 인간을 보고, "저것이 또 왜쭉왜쭉 지랄하네" 어쩌고 하겠어 라고 전에 덕이아방이 살았을 적에 일본사람의 근성을 되직하게 구사하다가 말미에 덧 붙이는 걸 들은 적도 있다.

내가 이쯤 털어놨으면 대충 짐작하셨겠지만, 그러니까 아버지는 일제강점기를 살아본 사람으로서 일본에게는 일단 적대감을 품고 봤지만, 피식민지 백성이었던 사실 때문만 가지고 그렇게 열등하게 굴거나 무조건 악감정으로 대하지는 않았다.

그들이 생선 중에서 가장 빨리 부패해버리는 멸치를 신선하게 갈무리하여 다용도로 쓰는걸 보고 겉으로는 태연한 척 하면서도 속은 뜨끔하더라고 했다.

우리라고 생선을 말려먹고 절여먹고 안하는 건 아니었지만 멸치 따위는 사실 그렇게 귀한 식량으로 치지 않았음은 부인할 수 없다고 하면서, 아버지도 건멸치를 만들기 시작했다한다.

연민은 사랑이다

맹부가, 멸치가 든 대바구니를 마당에 놓고 가면서 어머니에게 내가 조금 아픈 것 같다고 말하였다.

"그래 어때? 멸치란 놈을 대 꼬챙이로 잡아보니 소원 풀렸니?"

어머니는 전에 같잖게 살갑게 굴었다. 내가 '원담'에 가는 것 때문에 작은고모한테 매 맞은걸 생각하고는 마음을 풀어주고픈 것 같았다.

작은고모는 손과 머리를 덜덜 떨면서 마루에 앉아있었다.

나는 작은고모를 흘겨봤다. 그러자 그동안 생각지도 못했던 내 안에서 이루 말할 수 없을 만치 작은고모에 대한 연민이 치올라 어귀에 받혔다.

당당하던 작은고모의 모습, 거기에다 늘 우리를 윽박지르면서도 한편으로는 대견해하던 아주 사사로운 행동이며 말투까지가 마약을 끊으려고 나름대로 악전고투하는 그 모습과 그걸 감추려고 거칠게 내뱉는 말, 그리고 술주정이며 매일 밤 벌이는 니나노 판에 얽혀들면서 겹쳐지기도 하고 따로 떼어지기도 하며 눈앞을 어지럽게 스쳤지만 너무나 선명한, 하나같이 작은고모의 모습을 그대로 반추하고 있었다.

"작은고모, 이 멜 좀 봐서."

대바구니를 가져다 작은고모 앞에 놨다. 작은고모는 다정한 눈길로 나를 내려다봤다. 한참 만에 작은고모는 눈물이 잔뜩 밴 눈길을 대바구니 속에 담은 체 나를 칭찬했다.

"어이구 니마 이 년, 정말 멜 많이도 잡아왔구나. 앗따! 저건 굉장히 크네?"

작은고모의 눈에서 구슬 같은 눈물방울이 멸치의 짙푸른 몸뚱이로 달달 떨어졌다.

아버지가 작은고모의 등을 쓰다듬었다.

"누이, 우리 오랜만에 멜로 튀김해 먹게 마씀, 안주삼아 한 잔 하고 예. 여보? 여보. 밀가루 어딨수과? 평지 기름도 찾아 내읍서. 내 마당에서 멜튀김맛있게 허쿠다. 그래 누이, 튀김할래믄 먼저 솥뚜껑 앉히고 달궈놔야제 예? 여기 앉아 계십서. 금방 튀김해서 우리 한 잔 하게 예?"

작은고모가 고개를 떨면서도 주억거렸다. 흑흑 흐느끼는 작은고모의 울음이 잦아들고 있었다.

나는 비로소 알았다. 우리들은 모두가 서로를 소중하게 여기고 있음을, 어떤 형태로든 서로 살아가는 길에 도와주고 도움 받고 있음을. 여러 가지 형태로 사랑하고 있음을.

개인의 취향

아버지가 마당가 바람막이에 솥 화덕을 앉히고 솥뚜껑 엎혀 불을 지피는 사이, 어머니는 튀김재료를 내오고 멸치를 손질했다. 그 때 잠통과 만포아저씨가 앞서거니 뒤서거니 들어왔다.

"허허 허허, 니마아방, 요 만포가 저 먼 올레에서 누굴 기다리고 있습디다. 내가 안 들어오켄 하는 걸 억지로 데려 왔수다."

잠통이 너스레를 떨었다.

"여, 잘 왔네. 니마가 금방 릿줄 원에서 멜 잡아 왔는디 우리 튀김해서 술 한 잔 하게. 이 멜덜 수니어멍이랑 손 도와서 어서 손질해 이. 날랑 튀길 테니."

술이라면 잠통은 자다가도 얼씨구나 춤을 추는 위인이니 마달 까닭이 없지만 평소에 술잔도 입에 대지 않는 만포아저씨마저 덩달아 좋아 하는 게 내 눈에는 좀 이상하게 보였다.

만포아저씨는 막걸리나 집에서 담은 농주도 마시지 않았다.

어머니가 쉰밥에 누룩을 섞어 발효시킨 '쉰다리'에 사카린을 넣어 달여서 우리들 군것질 거리로 내놓을 때 만포아저씨 몫으로도 떠놨지만 한 번도 먹는걸 보지 못했다.

어머니는 술이 아니니 누룽지 한 그릇 먹는 셈치고 맛을 보라고 해도 조용히 고개를 살래살래 저으며 사양하였다.

"난 이 세상에서 술 먹는 사람, 담배 피는 사람이 젤 싫수다. 니마아방도 술 먹고 담배 피워부난 싫어......"

왜 만포아저씨가 술과 담배를 하는 사람을 싫어하는 지는 물어보지 못했다. 문득 내가 그 이유를 알아야겠다고 생각나 만포아저씨를 찾았을 때는 그는 그의 늙은 감나무가 뒤울에 선 오두막에서 세상을 떠난 훨씬 뒤였다.

멸치를 위한 시간

나는 늦었지만 학교에 가려고 책보를 허리에 둘렀다.

이제 금방 한나절이 되어 일학년들은 학교를 파할 텐데 오늘은 그만 집에서 쉬라고 작은고모가 말렸다. 어머니는 작은고모에게 그냥 놔두라고 했다. 학생이면 학교에 가야하는 줄 아는 것처럼 학교 가는 시간도 지켜야한다는 걸 알아야한다면서 선생님 처분에 맡기자고 하는 것 같았다.

나는, "모두들 들읍서 예? 학교다녀오겠습니다" 인사를 하고는 집을 나섰다.

선생님께서 뭐라시면 무조건, 잘못했습니다 다신 지각하지 않겠습니다 하고 빌어라. 어머니가 집을 나서는 내 등 뒤에다 소리쳤다. 그거야 내가 알아서 할 일이고. 나는 달렸다.

　운동장은 텅텅 비었고 교실에서 밖으로 삐져나온 아이들 소리만이 왁자지껄 소란스러웠다. 전에도 몇 번, 나는 학교가 파하기도 전에 집에 아예 가버린 적도 있고 집에 갔다가 다시 학교로 돌아온 적도 있었다. 그럴 때마다 나는 귤껍데기 선생님한테 호되게 벌을 받곤 했다. 이번에도 틀림없이 선생님은 나를 벌 줄 것이다. 각오하고 교실을 들어서려는데,

　"니마! 그 자리에 섯!"

　귤껍데기 선생님이 벼락 치듯 천둥치듯 고함을 냅다 질렀다. 나는 미리 각오하고 있었는데도 깜짝 놀랐다.

　학교 오는 내내 선생님께 드릴 말씀을 연습했는데 그 말들이 선생님 고함소리를 듣는 순간 다 도망쳐버리고 내 입속에는 아무 말도 남지 않았다.

　"너 이리 나왓!"

　선생님 말씀을 따라 한 달음에 달려 나가고픈 맘은 간절한데도 발이 말을 듣지 않았다. 내 두 다리는 움쩍도 하지 않았다. 그런 줄도 모르고 귤껍데기 선생님은 몽둥이를 들고 귤껍질처럼 그것도 여름에 따먹는 하귤(夏橘)껍질처럼 구멍이 숭숭 얽은 얼굴 가득 화가 차고 넘쳐 씨근벌떡 거리며 내게로 다가왔다. 교실은 물을 끼얹은 듯 고요했다. 아니, 숨소리조차 들리지 않을 만치 적막했다.

　"이노옴, 선생님이 나오라는대도 선 자리에서 버텨? 너 지금이 몇 신데 이제야 학교 와? 학교가 너 하고픈 대로 하는 돗대기 시장인 줄 아나 엉?"

　선생님은 버릇처럼 응? 끝에서 때린다는 걸 알고 있었기에 매 맞을 각오를 이번에는 해야 했다. 엉?은 응?보다 더 화가 났다는 표시일 뿐이니까 말이다. 선생님은 회익, 몽둥이로 내 종아리를 갈겼다. 나는 그 자리에 주저앉고 말았다.

　"일어섯!"

종아리는 일어설 엄두도 못 내는데 무섬증이 내 몸을 발딱 일으켜 세웠다.

"니마 이노옴! 니가 대학생이냐? 아무 때나 학골 드나들어 응?"

또 몽둥이가 내 종아리를 갈겼다.

"이노옴! 니 놈이 학교 올 생각은 않고 뭐 원담에 멜 잡으러 가 응?"

또 몽둥이가 내 종아리를 갈겼다.

아, 선생님이 벌써 그걸 알고 있었구나. 그렇다면 내가 늦잠을 자거나 아니면 그저 빈둥대면서 늦게 학교에 온 게 아니란 걸 알고 계시다는 말이 된다. 조금씩 선생님이 내 종아리에 내려놓는 매에 대한 두려움이 가셨다. 무조건 잘못했다는 사과의 말 대신에 사실대로 털어놓을 필요가 있음을 느꼈다. 혹시 선생님이 내 호기심을 이해해 줄 수도 있을 거란 희망스런 생각이 나를 잔뜩 부추겼다.

"선생님. 다시는 지각하지 않겠습니닷. 나는 멸치를 대 꼬챙이로 찔러 잡아보고 싶었습니닷. 그래서 원담에 갔다 왔습니닷."

귤껍데기 선생님은 흠흠, 마른기침을 두어 번 한 후 가만히 내 변명을 들어줬다.

선생님의 웃음소리

겨우 선생님의 손아귀에서 벗어나 자리에 가 앉으니 수업 끝나는 종이 울렸. 선생님은 언제 나를 그토록 무섭게 다그쳤던가 싶게 내 머리를 쓰다듬어 주며 평소대로 집에 가서 숙제한 다음 놀라고 말하는 것으로 종례를 대신했다.

"아차, 선생님이 잊을 뻔 했닷. 한 사람이 파리 스무 마리씩 잡아오도록! 알겠지?"

선생님이 교실문 밖을 나서기도 전에 아이들은 튀어 일어나 먼지가 뽀얗게 일었다. 아이들은 누가 먼저 그랬는지는 모르지만, 니마는 대학새앵, 니마는 대학새앵- 하며 나를 놀리기 시작했다. 그 이후로 졸업할 때 까지 내 별명은 '대학생' 이 되었다.

아이들이 다 돌아간 교실에 혼자 남아 토끼집에서 토끼 똥을 치우고 풀을 뜯어다가 줄에 하나하나 널어놓았다. 그 날, 내가 늦게 학교에 가는 바람에 나와 짝꿍으로 토끼 당번을 하는 철우가 아침에 내가 할 일을 혼자 했기 때문이다.

집에 들어서다 말고 나는 흠칫 놀랐다. 부엌에서 분명히 우리 선생님, 귤껍데기 선생님의 목소리가 들려왔다. 하도 선생님의 웃음소리가 독특해서 나는 십리 밖에서도 당장 알아볼 수가 있었는데, 핫아하하핫......하고 아주 유별나고도 묘하지만 속이 확 트일 만치 시원하게 웃었다.

몽상이 지닌 매력

나는 발길을 돌려 도둑고양이처럼 재빠르고도 소리 안 나게 도망쳤다. 겁결인지라 왜 선생님께서 우리 집에 왔는지 생각해볼 겨를도 없었다.

내 비밀장소인 나의 숲속은 아직껏 계속되는 장마 비에도 천막을 드리운 듯이나 아늑했다. 띄엄띄엄 굵은 물방울이 잎새 사이로 지고, 어쩌다 바람이 지나거나 낮에 잠자는 부엉이가 몸을 추스르다가 크게 날개짓 하는 서슬에 후두둑 후두둑 소나기처럼 떨어지기도 했다.

나는 거기서 몽상에 빠져 시간가는 줄 몰랐다.

내가 커서 이담에 어른이 되면 바다 속을 걸어 다닐 것이다. 그럴려면 몸을 투명한 옷으로 감싸야지. 그렇다고 '머구리' 처럼 둥그런 통 같은 모자를 뒤집어쓰고 기다란 고무줄을 달아 공기를 배에 품어주는 따위 괴상한 그런 차림은 아예 안할 것이다.

'머구리'가 뭐냐고? 잠수부(潛水夫)지 뭐야.

나는 유리창보다도 더 투명하고 얇은 옷을 입고 얕은 바다건 깊은 바다건 맘대로 다닐 수 있도록 하는 거다. 그런 옷을 나는 발명하겠다. 나는 내가 발명한 최신식 잠수복을 입고 마치 땅에서처럼 바다 속을 쏘다닐 것이다. 나는 멸치 떼들과 헤엄 칠 것이다. 먼 바다와 가까운 바다를 넘나드는 돌고래 떼와 여행도 할 것이다. 북극에도 가보고 남극에도 갈 것이다.

나는 새가 하는 말을 모조리 배워 새와 이야기를 나눌 것이다. 지금도 나는 동박새, 휘파람새, 직박구리, 굴뚝새 같은 것의 울음소리만 듣고도 대충 뭐라는지 알 수 있다. 아기를 찾는 지저귐, 누가 왔다고 신호하는 지저귐, 위험하니 어서 숨으라는 지저귐...은 조금씩 다르다는 정도는 알고 있다. 하지만 내가 새들의 말을 배운다면 직접 이야기도 가능하겠지? 얘, 왜 청둥오리는 겨울에만 제주 섬엘 오니? 기러기야 너희들은 봄, 여름, 가을에는 어디서 사니? 너희들은 집이 없는 거니 아님 여기도 있고 저기도 있고...그런 거니? 제비야 너희가 겨울을 나는 강남은 여기서 얼마나 멀리 있니? 거기도 여기처럼 아름답니?

그래 참, 우리아버지는 강남을 가봤다더라. 바다에서 폭풍을 만나서 말야. 그만 바닷길을 잃어버리고 무지 헤매다가 닿은 곳이 강남이었다더라. 여기서 얼마나 걸리는 곳에 강남이 있는지 그래서 아버지는 잘 모른다거든?

나는 숲속에서 이 공상 저 공상 하느라 시간 가는 줄 모르고 즐거이 상상의 세계를 쏘다녔다. 하늘로 날아가 별자리들도 둘러보고 달도 타봤으며 푹신한 구름을 골라 사뿐하게 내려 앉아 보기도 했다.

왜?

"니마야 니마야! 그만 일어나라 다 어두웠져."

눈을 떠보니 아버지가 나를 흔들어 깨우고 있었다. 이미 어스름이 내리기 시작한 숲속은 괴괴한 가운데 날짐승들이 날개 치는 소리가 간간이 들렸다.

"어서 집에 가자."

금방 잠에서 깨어나 잘 걷지 못하는 나를 아버지는 냉큼 업었다. 숲 밖으로 나오면서 너 니마 내 딸년아, 혼자 말처럼 말을 시작하여 내게 물었다.

"선생님 집에 오신 거 보고 숨었지 그지?"

나는 아무 말도 하지 않았다.

갑자기, 어른들이 주장하는바 우리 아이들이 학교에서 꼭 배워야 하는 그게 무엇인가? 그게 뭘까? 란 의문이 떠올랐다.

왜 사람은 시간에 맞춰 무슨 일을 꼭 해야만 되는 걸까? 학생은 왜 멸치잡이를 갔다 와서 학교에 가면 안 되는 걸까? 멸치잡이는 썰물 때를 놓치면 안 되고 학교도 일학년은 오전수업만 한다. 그 두 가지 중에서 어느 하나를 먼저 해야 하나? 학생이니까 학교를 먼저 가야한다고? 그게 진리일까? 멸치를 잡아보는 것은 배우는 것이 아닌가?

시간은 나에게 우선순위가 무엇인지를 생각하고 선택하라고 강요하였다.

시간. 무엇을 하는 데 적절한 시간이 존재한다는 것. 그게 무엇일까? 그 시간이란 게 왜 나의 삶에서 중요하다 못해 옴쭉달싹 못 하게 나를 옭아매는 걸까? 그 시간은 왜 존재하게 되었을까?

아버지 등에 업혀 집에 까지 오는 동안 나는 많은 생각을 했다. 아니 생각에 사로잡혀 버리고 말았다.

학교에 가서 특별히 배우는 건 풍금에 맞춰 노래 부르고 크레용으로 도화지에 그림 그리고, 줄서고 선생님한테 잔소리 듣고 또 훈시 듣고, 뭐든지 아이들이 다 함께 우루루 몰려 해야 하고……이런 것들이 내가 살아가는 걸까? 그 것 말고 다른 무엇은 없을까?

내가 네 살에서 다섯 살이 되고 다섯 살에서 여섯 살이 된 것처럼 모든 일은 순서를 정하여 내가 사는 동안 개입하도록 되어 있는 걸까? 그래서 귤껍데기 선생님도 있는 것일까?

나는 심각하게, 그것도 돌발적으로 아무것도 아닌 생각을 깊이 하는 못된 버릇이 좀 있었다.

아버지는 등에 업힌 딸이 지금 심각해 있음을 어떻게 알고는 묵묵히 발길을 집으로 옮겼다.

아버지는 요리사

나의 작은 숲과 우리 집은 지척에 있어 아무리 느리게 걸어도 삼 분 이상은 걸리지 않았다.

어둠이 스며드는 저 먼 동북쪽 하늘가가 뿌연 장마안개를 조금 걷어 시야를 맑고 시원하게 트여주었다.

아버지는 말없이 나를 마당에 내려놨다. 나는 찬방에서 축축하게 젖은 옷을 벗어버리고 시커먼 고구마떡 비누로 빗물 받아둔 단물에 머리를 감았다.

갯샘물이나 우물물은 먹으면 목이 탁 트이게 시원하기는 했지만 센물이어서 머리를 감거나 빨래를 하면 때가 지지 않고 뻣뻣했다. 그래서 우리는 빗물을 큰 독에 따로 받아서 세수도 하고 머리도 감고 애벌빨래도 빨았다.

머리를 다 감고 나서 마른 옷을 입는 사이에 부엌에서는 고소한 냄새가 새어 나왔다. 멸치튀김을 데우는 냄새였다.

아버지가 튀긴 멸치튀김은 언제 먹어도 맛이 좋았다. 싱싱한 멸치는 머리를 때어 내고 내장을 빼어낸 다음 손끝으로 거꾸로 확 훑어 비늘을 벗긴다. 그 동작은 한 번에 연이어 이뤄진다. 그런 다음 마른 행주나 배추 잎으로 닦아 내고 나서 소금 간을 솔솔 한 후 튀김옷을 입혀 솥뚜껑에 질펀하게 놔 끓인 기름에 튀겨 내는 것이다.

아버지는 갈치도 살만 져며 내어 알맞은 크기로 썰어 튀김을 만들곤 했다. 무슨 음식이든 별미, 그것도 술안주로 알맞은 것은 주로 아버지가 만들었고 또 맛도 있어서 학교 운동회 같은 날 요리사로 불려가기도 했다.

한겨울 오후 쯤, 밖에 찬바람이 쌩쌩 휘몰아칠 때 부엌에 맷돌을 앉히고 불린 콩을 갈아 순두부를 끓이면 맛이 그만이었다.

우리 집 부엌에 아버지가 들어가는 날이면 승천이 할아버지와 현이장 할아버지처럼 점잖은 어른들 뿐 아니라 동네 술꾼들 그리고 이웃들이 모여들어 먹자판을 벌렸다. 그들은 잘도 먹고 잘도 웃었다.

그렇다고 마구 먹고 흥청망청 노는 꼴을 상상할 필요는 없다. 생멸치 한 됫박만 있으면 동네장치는 충분히 치르고도 남았다.

아버지는 순대도 잘 만들었다. 보리밥을 되직하게 해놓고 전지에다 메밀가루를 좀 성글게 간걸로 풀어놓은 다음 배추 삶은 것이며 채소를 적당히 썰어 넣고 또 아버지만 아는 비법을 가미하여 담은 순대는 고기를 싫어하는 나도 맛있게 먹을 정도였다.

순대를 삶아낸 걸쭉한 국물에다 무채며 햇 바다마름을 넣어 끓여 낸 순대 국은 전국의 술꾼들 사이에 그 이름을 대대로 떨친다는 서울의 청진동 원조해장국도 저리가라 할 판이었다.

왜 큰언니는 비밀이 필요했을까

밤이 되면서 장마 비가 산뜻하게 개었다. 하늘에는 오랜만에 초여름 밤이 열리고 총총히 박히기 시작한 별무리가 시간이 갈수록 도드라져 하늘을 가득 채웠다.
한참 별구경을 하고 방에 들어오니 큰언니는 마실 갈 채비를 차리고 있었다.
큰언니가 나와 슬이 한테 '버렝이사탕'을 두 개씩 나눠주었다.
"어머니가 돈 줬다 니들 사탕 사주라고."
"왜?"
나는 고분고분하게 사탕을 받지 않고 되물었다. 무슨 날도 아닌데 느닷없이 어머니가 '버렝이사탕'을 왜 우리에게 사주라고 했을까?
"왜는? 그냥 사주래 했져."
큰언니는 날마다 땔감가리에다 뭘 숨겼다가 친구 집으로 가져가곤 했다. 큰언니가 그날 밤도 우리에게 '버렝이사탕'을 주고는 얼른 어둠 속으로 고양이처럼 소리 없이 나가 땔감가리에서 보자기를 꺼내어 치마폭에 숨기고 마실을 갔다.

복수를 꿈꾸는 아이

슬이가 내 손바닥을 펴게 하더니 사탕 한 개를 쥐어주었다.
"그거 너 먹어라. 오늘 매 두 번씩이나 맞고 아프지 이? 선생님 왔다간 거 모르지? 아버지한테 니마언니 매 맞은 거 말하더라. 많이 아퍼 종아리?"

언제나 먹는 것만 밝히는 슬이가 철이 가득 들어 나를 걱정하고 있었던 것이다. 평소에는 나보다 훨씬 몸집이 커서 귀여운 데라고는 한 구석도 없어보이던 슬이가 그날 밤은 그미보다도 더 귀엽게 보였다.

"응, 조금 아퍼. 학교 다니기 시작해서 지금까지 매만 맞안 이. 이젠 매 안 맞으면 그게 이상하다."

나는 슬이가 곰살맞게 구니까 괜히 서글펐다. 제풀에 훌쩍거렸다. 그냥 눈물이 쏟아지고 코가 막히는가 싶더니 콧물이 주루루 흘러내렸다.

"슬이야 두고 봐. 이담에 내가 크면 다 복수할 거난."

슬이가 바싹 무릎걸음으로 다가앉으며 눈을 반짝였다. 어린이가 어른을 상대로 복수를 꿈꾸는 건 사실 흥분할만한 일이다.

"어떵 할 거? 작은고모한테도 할 거?"

나는 구체적으로 복수할 대상을 선정해 놓지 못하였기 때문에 슬이 물음에 명쾌하게 대답할 수가 없어 우물쭈물했다. 그렇다고 눈을 반짝이며 내가 할 말을 기다리는 슬이를 실망시킬 수도 없었다. 먹보 내 동생이 어쩌다 보인 호기심이 아닌가.

"아무튼. 그건 그 때 보면 안다 게."

나는 이미 모든 것을 계획해 둔 것처럼 말마디에 힘주어 말하였다. 그리고 슬이에게 사탕을 도로 돌려주었다. 사탕을 돌려받으면서 슬이가 내게 다짐을 하라고 했다.

"너 니마언냐, 이담에 꼭 너 때린 어른들 복수 꼭 해야다 이. 언냐 혼자 못하면 내가 도와 주크라. 짱돌이랑 같이."

"기여(그래) 고맙다. 염려 말고 이제 잠자라."

슬이는 금방 잠속으로 미끄러져 버리고 나는 올빼미처럼 눈을 홰등잔 만하게 뜬 체 밤을 응시했다. 안방에서 시계가 열두 점을 쳤다.

찬란한 어둔 밤 저 바다에서

낮에 숲속에서 한잠 자서 그랬는지 시간이 지날수록 잠은 오지 않고, 작은고모에게 매 맞은 다리도 아프고, 머리도 조금 아팠다. 옆에서 세상모르고 잠에 떨어진 슬이를 보면서 저토록 즐겁게 잠을 잘 수 있을까 생각하며 몸을 뒤채고 있었다.

"니마야, 니마야. 옷 입고 나와라."

아버지가 문밖에서 나를 불렀다.

"무사 마씀?"

나는 일부러 시큰둥하게 대답을 했지만 정말로 반갑고 또 궁금했다.

"바당에 멜 들어오는 거 구경 가게."

나는 부리나케 옷을 챙겨 입었다. 막 집 어귀를 돌아 나오는데 마실갔다 오는 큰언니와 마주쳤다.

"이 밤중에 어디 감수과?"

큰언니가 밤중에 집을 나서는 우리를 보고 어리둥절한 모양이었다.

"멜 들어오는 구경 감져. 큰년이랑 어서 잠자라 너무 늦었져."

아버지와 나는 '도릿줄 원'이 있는 바닷가로 나갔다.

어디에도 불빛 한 점 없었지만 별빛이 길을 밝혔다. 별빛만이 찬란하게 쏟아지는 밤바다는 신비하기까지 했다. 밤하늘에서는 이따금씩 길게 꼬리를 끌며 별이 지고, 또 그 중에는 어딘가로 꼬리를 끌며 사라져 갔다.

아버지는 별이 지는 하늘에 한 눈 판 내 손을 꼬옥 잡고 걸었다.

"니마야, 발밑 조심하라 넘어진다, 조심, 조심!"

바닷물이 찰랑대는 갯가로 내려갔다. 밤바다는 그 넓은 대양을 조용하게 뭍을 향해 밀어 오고 있었다. 일정한 간격으로 밀려와 갯바위에 부서지는 물결 속살이 희끗희끗 보였는데 마치 바닷물과 갯바위를 구분짓는 경계를 확인하는 듯했다.

"자네 나왔는가?"

어둠 속 어딘가 가까운 곳에서 승천이 할아버지 목소리가 들렸다.

"예, 잠도 안 오고, 멜 드는 거나 구경헐까 해서 니마랑 나왔수다."

우리는 승천이 할아버지가 미리 자리 잡고 앉은 '원담'이 바라다 보이는 갯바위로 옮겨 앉았다.

"하, 막 멜이 들어오기 시작했네. 저어길 봐 저어길, 핀직, 핀직, 빛나는 게 보이잖나."

승천이 할아버지가 손짓하는 바다를 봤다. 처음에는 검게 밀리는 바닷물만이 보였다. 그러다가 어둠에 눈이 익숙해질 즈음, 길게 줄을 그은 것처럼, 그러다가도 삽시에 둥그런 보자기를 깐 것처럼 어둠속에서 바다가 빛을 발산하고 있었다 마치 별무리 같이.

점점 더 바다에 뜬 그 찬란한 빛을 발산하는 무리는 우리 가까이 다가들면서, 와사사 와사사, 물이 끓을 때와 같은 소리가 났다.

"하이고 이거! 어지간히 많이도 들어왐수다 예."

아, 가슴이 뛸 만치 경이로운

깜깜한 어둠 속에서도 멸치 떼가 보인다는 말을 전에 들었을 때, 나는 그 말을 도무지 믿을 수 없었다. 어떻게 어둠 속에서 물속에 있는 멸치를 볼 수 있을까? 그러나 내 눈으로 직접 보니 멸치는 물밑에만 있는 게 아니었다. 멸치는 떼로 밀리면 파닥파닥 몸을 물 위로 솟구쳐 뒹굴고 뛰어오르기도 하였다. 아예 몸뚱이 절반은 물밖에 내놓고 헤엄을 치는 것 같았다. 더 정직하게 말하면 멸치는 보이지 않았다고 해야 옳다. 멸치가 내뿜는 별 같은 푸른빛만이 반짝이는 게 보일 뿐이었다. 그 빛이 멸치 떼의 웅장한 움직임을 가늠하게 했던 것이다.

나는 멸치 떼가 밀리는 걸 보고 흥분했다. 그 광경은 가슴이 떨 만치 경이로운 밤바다풍경이었다.

승천이 할아버지와 아버지가 담배를 피워 물었다. 담배 불 두 개가 번갈아 가며 볼긋볼긋 빛을 발했다.

어느 사이에 멸치 떼는 우리가 앉은 갯바위 옆까지 밀려왔다. 손을 내밀면 몇 마리쯤 간단히 잡을 것만 같은 지척이었다.

물위에 뜬 별무리를 닮은 푸른빛은 한층 명멸하고 멸치 떼가 일으킨 몸부림으로 바닷물은 더 와사사, 와사사 끓어 넘쳤다.

나는 그 광경을 넋을 잃고 봤다. 입이 다물어지지 않았다.

마치 비밀회담처럼

"소문 들었는가?"
승천이 할아버지가 아버지에게 느닷없이 물었다. 아마 두 사람만 아는 그 어떤 일이 있는 모양이었다.

"예."
나는 그들의 대화에 개의치 않았다. 그저 귀가 열려있어서 그들의 대화가 저

절로 들렸을 뿐이다. 내 마음은 온통 멸치 떼가 발산하는 푸른빛과 소리에 쏠려 있었다. 그러나,

"젊은 송이장이 왔습디다."

아버지가 비밀스레 말 했을 때 나는 귀를 쫑긋 세웠다. 젊은 송이장은 우리 마을에서 늘 말거리를 만드는 사람이었기 때문이다.

"뭐라고 하던가?"

"선거 때 술안주하게 오적어 한 도라무깡 해달랍디다."

'오적어'는 오징어이고, '도라무깡'은 드럼통이다.

"그노무 선건 언제라던가?"

"묻지 않았수다. 짐작컨대 칠월 한더위쯤에 치를 거우다."

"경허민 자넨 송이장 선거 술안주 헐 오적어 잡을라구 배 띄울 건가?"

"어르신 생각은 어떻수꽈? 멜 풍년 드는 걸로 보면 이제부터 갈치바당도 풍년이 들 듯 헌디 예."

"젊은 송이장 청을 자네가 거절할 수 있겠는가?"

"게메~ 예, 경헌댕 해영(그렇다고 해서) 갈치바당을 놓칠 수도 없는 거고...... 참, 장마 걷으면 새 배 짓는 거 시작 해얄 거 아니꽈?"

"이미 목수하곤 예왁(이야기) 다 해놨네. 웃동네 재제소에 가보니 낭(나무)도 다 켰던데 벌써. 배 짓는 일은 계획대로 진행해 보세, 걱정 말게나."

"게민(그러면) 어르신만 믿겠수다. 우리 족은누이가 이젠 양귀비도 거진(거의) 뗀 거 같구, 본인 희망도 그렇고, 서울 조카한테 보낼까 생각 중이우다."

두서없으나 아버지에게는 매우 중요한 몇 가지 해결해야만 하는 일들이 있음을 두 사람의 대화에서 어렴프시 짐작했다.

춤사위

나는 아버지가 작은고모를 서울에 사는 령언니한테 보내겠단 말에 화들짝 놀랐다.

작은고모가 간다고? 작은고모 가고나면 누가 나한테 제멋대로 짤짤거리고 쏘다닌다고 뺄대추니라고 욕을 할까? 그보다도 작은고모가, 에헤 이요옹~ 만고강사안 흐르는 물으은, 으로 시작되는 양산도 가락에 맞춰 기다랗고 하얀 명주 수건을 손가락 끝에 살짝 쥐고 춤출 때의 모습은 선녀가 따로 없고 그에 취하지 않을 사람도 없었다.

나도 언젠가는 작은고모처럼 하얀 수건을 늘려 잡고, 하늘 높이 날리기도 하고 고요히 떨어뜨려 놓고 꼼짝도 하지 않다가 휙, 등 뒤로 넘긴 후에 어깨 위로 슬그머니 올려 당기듯 조금 아주 조금씩 움직이다가 남이 미처 눈치 채지 못하는 사이에 허리께로 빙그르르 돌려 두르면서……그렇게 멋들어진 춤을 추고 싶었다.

작은고모가 오래 우리 집에 있어야만 내가 눈동냥이나마 해서 그 춤을, '살풀이' 춤을 배워 익힐 텐데…………정말로 아버지는 작은고모를 보낼 작정인가 아니면 그냥 해보는 소릴까?

'원담'에 멸치가 들었는지 확인하려고 첫닭이 울자 사람들이 하나둘 갯가로 나왔다.

승천이 할아버지와 아버지는 그 사이에도 많은 말들을 속삭이듯 나누었다. 나는 작은고모가 서울로 갈지도 모른다는 생각에 다른 말을 들을 여유가 없었다. 이미 멸치 떼에는 흥미를 잃어버렸다.

그 모습들

멸치 떼가 밀려들었다는 걸 확인한 사람들이 마을 안길로 흩어져 뛰어가며 소리치기 시작했다. 원에 멜 들엇져— 원에 멜 들엇져—
우리들은 일어섰다. 너무 오래 앉아 다리가 뻣뻣했다.
집에 오는 길에 나는 아버지 손을 잡고 흔들었다.
"작은고모 서울 령언니한티 보낼 거우꽈?"
"겨. 경(그렇게) 생각햄져. 작은고모네 집 팔안 이, 벌써 서울로 돈도 보냈져. 령언니가 그 돈으로 집도 사젠(사려고) 알아보는 중이여."
그 밤의 황홀하기 그지없던 멸치 떼 구경 끝이 알싸한 슬픔으로 가득 찼다.
장마 비 속으로 나와 슬이를 내몰며 뒷동산에 널어놓고 바래는 톳을 걷어오라고 불호령 치던 작은고모가 흐릿한 내 눈 속을 차지했다.
눈을 한 번 깜빡여 눈물을 떨궈 버리자 이번에는 어머니가 정성껏 말아서 상을 차려준 김밥을 두어 쪽 드는 둥 마는 둥 하고는 맛이 없다고 강짜 부리던 작은고모가 그 자리를 차지했다. 덕분에 우리들이 김밥 맛을 야무지게 봤지… 아, 이제야 알겠다. 작은고모가 그 때 실은 김밥이 맛없었던 게 아니다. 우리들 먹게 하려고 일부러 맛없다고 투정하며 밥상을 물리게 한 거였구나. 우린 그것도 모르고 왜 작은고모는 이 맛있는 김밥을 안 드실까하면서 앞 다투어 먹기에 바빴지. 이번에는 건이아방을 꼼짝 못하게 하던 작은고모가 밀치고 들어왔다. 아편에 중독되어 미친년과 다름없었을 때도 조금만 정신이 들면 건이아방한테 불호령을 쳤었지. 네놈이 지금 나를 얕잡아보고 있지? 그래도 절대로 네놈이 내 귀한 동생한테 함부로 하게 놔두지 않을 것이다. 이놈아, 네가 아들 많으면 너 좋았지 다른 사람도 좋냐? 아들 있다고 네놈이 함부로 위세 부리는데 그거 다 허망한 것이다. 내가 살아있는 한 네놈이 아들 있다는 그 한 가지 만으로 내 귀한 동생 내 리누를 생각 마 알았지! 아이고 고소해. 건이아방이 설설 기는 꼴도 보인다. 이이? 내 머리에 서캐가 슬었다고 달달 손을 떨면서 참빗 가지고 달려드는 작은고모는 무섭다!

　작은고모가 우리 집에 온 그날부터의 모습을 조목조목 상상해 보았다. 무섭고 귀찮다고만 생각했던 작은고모의 행동들이 사실은 우리의 삶을 풍요롭게 하는 계기로도 작용하고 있음을 알게 되었다.

　작은고모가 아니고서는 우리 집에서 아무도 내가 학교에 가지 않는다고, 학생의 도리를 다하지 않는다고 마당에 패대기쳐 놓고 때리고 욕할 사람이 없었다.

　언제부터 아버지는 작은고모를 서울로 보내려고 계획했을까? 작은고모는 언제 아버지에게 서울 가겠다고 졸랐을까?

　작은고모와 헤어질지도 모른다는 생각을 하면 할수록 아련한 슬픔이 내 몸을 휩싸 안았다.

　그 누구도 모를 아버지만이 지닌 크나큰 슬픔이 있음을 어렴프시 짐작한 나는 콧등이 시려 코를 훌쩍거렸다.

　그 멸치든 밤을 하얗게 지새우며 멸치파시를 치러 낸 원담 저 멀리, 깊고 푸른 바다를 화악 걷어 제친 햇귀가 하늘을 밝히며 위로 솟구쳐 올라 집으로 가는 우리들 종종 걸음을 등 뒤에서 뒤따르며 환하게 비췄다.

3. 오징어 코와

빛깔의 영혼

그 여름, 내 여섯 살 적의 여름날에는 오징어 냄새가 진득이 배어있다. 밤마다 나는 오징어 불빛과 도깨비 불빛에 시달려 잠을 설치곤 했다.

어린 시절에는 누구라도 그러하듯이 환상과 현실을 적당히 배분해가며 나름대로의 그럴싸한 세계를 설정해놓고는 영혼을 거기에 안주시키지 않는가. 내게 있어 그 여름의 본질은 무한한 환상의 세계와 차츰 깨닫기 시작한 현실세계와의 사이에 가로놓인 깊은 골짜기에서 '링반데룽(Ringwanderung)' [환상방황, 環狀彷徨]에 사로잡힌 나그네 그 자체였다.

엄연히 존재하는 그 골짜기 사이의 두 세계를 나는 어쩌지 못하고 안간힘을 다 썼다. 그 두 세계를 갈라놓는 경계는 밤마다 짙푸르게 빛을 발하는 약간의 공포감이었다. 그래서 쉽게 그 여름을 보내지 못하고 내내 속앓이를 했다.

작은고모의 아편을 떼어내 버리려고 벌어지던 니나노 판을 거둔 우리 집의 여름밤은 사방 천지에 가득 널린 오징어에서 일어나는 불빛이 지배했다.

  작은고모는 서울로 떠나고 남겨진 우리는 바닷가마을 고기 잡는 어부의 집으로 다시 돌아왔다. 우리의 일상은 아버지가 들여오는 바다냄새, 생선 비린내로 채워지기 시작했던 것이다.

  아버지는 오징어잡이 보다는 갈치잡이 쪽에 마음이 기울었으나 갈치잡이를 포기하지 않으면 안 되었다. 아버지 계획대로라면 멸치 떼를 따라 우리 마을 앞바다로 들어온 갈치를 잡아 간을 질렀다가 바로 부산 등지로 내보내든가 서울로 올려 보내야 한다는 것이다.

  갈치 몸 겉에 그 은빛을 발하는 거, 그게 고급 화장품 원료가 된다더라고 누군가가 아버지한테 귀띔을 했다. 갈치를 먹거리로 파는 것보다는 그런 화장품 원료로 넘기는 게 훨씬 수입이 괜찮을 거라고.

  아버지는 갈치비늘이 화장품 원료가 된다는 데 구미가 당겼을 지도 모른다. 이건 막연한 추측이 아니다. 서울로 어디로 가끔 나들이를 하고 오면 아버지는 '단성사'란 영화관에서 활동사진 그러니까 영화를 봤노라 고도 했고, '눈물의 여왕'으로 알려진 전옥 씨는 이 세상의 그 어떤 여배우보다도 멋지다고 침이 마르도록 칭찬을 하기도 했다.

  혹시 아냐? 아버지가 잡아온 갈치비늘이 든 화장품을 전옥씨가 바르고 활동사진에 나올지... 생각해 봐라, 니마야. 오적어(오징어)는 절대로 화장품 원료 안 돼. 질겅질겅 씹는 꿈(껌)은 될 수 있겠지 음. 아버지는 말이다 전옥씨가 오래오래 어여뻐지는 거 생각만 해도 기분 최고다.

역할의 차이가

나는, 글쎄...눈물의 여왕이란 배우가 있다는 그 사실이 더 기가 막혔다. 내가 잘 울면 뭐 집안에 초상났느냐고, 제발 찔찔 짜지 말라고 노발대발하는 아버지가 말이다? 여배우는 눈물의 여왕이 최고란다.

그 눈물의 여왕이 화장 곱게 하고 나온 영화가 무수한 사람들을 감동 시킬 거라니, 알다가도 모를 일이지 않는가.

나는 궁금증을 어머니에게 물어봤다. 그랬더니, 왜 학교에서 학예회 했잖니 큰언니네가, 그게 아마 '장화홍련전' 이었지? 만일에 불쌍한 홍련이가 계모 등쌀에도 울지 않아봐라 보는 사람이 무슨 재미가 있겠니. 홍련이로 변신한 큰언니가 그럴싸하게 막 울고 슬프게 대사(臺詞)를 하니까 보는 사람이 진짜 감동받아서 울고 박수치고 그랬잖아 왜 너도 봤으면서......우는 거 그 거 아무나 다 잘 할 수 있는 연기가 아니란다. 전옥씨는 곱기도 하지만 비련(悲戀)의 여주인공을 정말 잘해. 그래서 눈물의 여왕이란 '닉네임' 도 붙은 거고 말이다.

연기는 뭐고 '닉네임' 은 뭐야? 정말 갈수록 이렇게 태산이 된다면 나는 호기심을 접어두고 바보가 되고 싶었다.

"연기(演技)란 큰언니가 학예회 때 홍련이 되는 거고, 닉네임은 별명이지 말하자면."

어머니는 아는 것도 많았다. 묻기만 하면 뭐든지 척척 대답을 해줬다.

씨- 그렇구나. 나도 우리 마을에 활동사진반이 왔을 때 복남이와 똘똘이가 나오는 삼총사란 영화를 본 적이 있다. 우리 마을에서는 집집마다 돈을 몇 푼씩 염출하여 활동사진반을 불렀다고 했다. 우물 옆 공터에다 흰 포장을 치고 가설극장을 꾸몄었지. 어느 학교 운동회 날, 복남이와 똘똘이가 달리기를 하는 그림이 흰 포장에 나타나자 변사가, 복남아 잘한다. 똘똘이도 달려라! 하며 마치 그림 속에서 달리기를 하는 아이들을 응원하는 것처럼 떠들었다.

나는 그 때 본 영화를 다시 한 번 머리를 굴려 기억 속에서 재상영을 한참하고 있는데 어머니는 '닉네임'에 대해 보충설명을 해주었다.

"왜 잠통아저씨도 본 이름이 있지만 보통 사람들은 잠통이라고 부르잖아 닉네임이란 바로 그런 거란다."

어머니는 진지할 때 제주어(濟州語)보다는 서울말을 더 즐겨 썼다.

'드렁칡'이 얽이고 설키 듯이 그렇게

이를 어쩌면 좋아! 아버지는 눈물의 여왕 전옥씨가 바를 화장품을 위해 단단히 준비했던 갈치잡이를 포기해야만 했다.

젊은 송이장(宋里長)이 제 2대 면의원에 출마할거라고 했다. 본디 아버지는 정치쪽에 전혀 관심도 없었고 또 관심을 보일만한 위인도 아니었다.

그저 사람이 살다보면 우연찮게도 서로가 서로의 삶 가운데 원하든 원치않든 끼어들거나 간섭하거나 훼방을 놓는 일이 벌어지게 마련이다. 아버지는 옛날에 옛날 고려 적에 우리 마을에서 이장을 지낸 우리 마을의 벌족 송씨집안 종손이 면의원에 입후보하는 바람에 그토록 바랐던 갈치잡이를 포기하고 대신 오징어잡이를 할 수밖에 없게 되어버린 것이다. 남이야 면의원에 출마를 했건 말았건 작정한대로 갈치잡이를 하지 왜 포기를 했냐고 물을 사람도 있을 법하다.

원, 세상살이가 그렇게 간단하다면 이 세상에는 이야기가 존재하지 않을 것이다. 척척 맘대로 된다면, 만고산에 '드렁칡'이 얽히고 설켜 드는 것보다도 더 진진한 세상사는 이야기가 왜 생겨나겠는가.

우리 마을의 송씨 집안 종손을 사람들은 젊은 송이장이라고 불렀는데 그의 아버지가 이장을 지낸데서 연유한 별명이었다.

그는 우리 마을의 젊은 어른 중에서 제대로 교육을 받은 몇 안 되는 인물 중의 한 사람이었다. 우리 큰고모 아들처럼 일본 도꾜로는 유학하지 못했지만 성안에 있는 명문 고등학교를 졸업했다고 했다.

일제강점기 초기에 마을이장을 지낸 그의 아버지 덕에 그 집안은 단순한 벌족이 아니라 소문난 세력가가 되었다는 것이다. 단순히 개촌 이장 했다는 것만으로 세력가가 될 수는 없는 것이다. 그에는 그만한 사연이 있다고들 했는데 그 사연은 철저히 비밀에 부쳐져 아는 이가 별로 없다는 말들을 했다. 그렇다고 그 집안사람들이 남의 등을 쳐 먹거나 마을사람을 제 집 종처럼 부리는 일은 절대로 하지 않았다. 젊은 송이장은 일찍이 정치에 뜻을 둬, 이담에 국회의원까지도 바라본다고 했다.

소문과 진실에 저당 잡힌 목숨

아버지는 애당초 젊은 송이장한테는 미련이 없었다. 어느 늦겨울 햇살이 따사로운 오후에 '테우'를 타고 나가 바다에 빠져죽은 덕이아방만이 이 갯비린내 풀풀 나는 섬마을 사람들에게 떳떳이 살 길을 터줄 거라고 믿고 바랐다고 한다.

덕이아방이 죽고 난 이후 젊은 송이장을 어떻게 해서라도 마을을 대표할 인물로 만들자는 공론이 자자해도 아버지는 꿈쩍도 하지 않았다.

얼마 전 보리장마가 한창일 때 멸치파시가 서기 바로 전이었다. 낯선 남자 서너 명이 지프차를 타고 와 우리 집 어귀에 세워놓고 젊은 송이장을 앞세워 들이닥쳤다. 그 남자들과 아버지는 방에 들어가 방문을 꽁꽁 걸어 잠그고 무슨 말인가를 한참 동안이나 나눴다.

낯선 남자들과 젊은 송이장이 돌아가고 난 후 방밖으로 나온 아버지는 정말로 평소의 우리아버지 같잖게 새파랗게 질려 있었다.

그 이후로 우리 마을에는 묘한 소문 한 가닥이 소리 없이 나돌아 다녔다. 소문의 내용은 젊은 송이장이 우리 아버지 목숨을 구했다는 기막힌 것이었다.

'제주4·3사건' 그 난리 통에 아버지는 큰고모 내외가 총살당해 죽자 조카 둘을 아무도 몰래 자기 배로 직접 일본 땅 시모노세끼[하관, 下館]에다 밀항을 시켰다.

제주 섬에 남아 얼쩡거리다가는 다 공산주의자로 몰려 죽을 판이었다. 목숨을 부지하는 방편으로 밀항선을 타고 일본으로 도망치는 일이 부지기수이던 때의 이야기다.

그 때 아버지 배에 또 한 젊은이가 타고 있었다는 게 최근에 밝혀진 사실이라고 했다. 그 젊은이가 바로 젊은 송이장이 성안에서 학교에 다닐 때 함께 공부한 친구라고 했다

그는 '제주4·3사건' 이 일어나자 학생들 선봉에 섰고, 막바지에는 도망갈 데가 더는 없어 우리 마을로 젊은 송이장을 찾아왔다 했다.

마침 아버지는 조카들을 일본으로 밀항시키려고 좋은 물때만을 기다리고 있었다. 송이장 어른이 아버지를 불렀다.

아버지 배에는 그래서 그 젊은이도 함께 타서 일본으로 밀항을 했다는 것이다.

소문이 그러하다면 아버지한테 신세진 사람은 젊은 송이장인데 어째서 아버지가 그에게 목숨을 구걸한단 말인가. 진실은 무엇인가?

그 지프차에 타고 우리 집에 왔던 남자들은 모든 사실을 다 알고 있었다고 한다. 조카 외에 한 젊은이에게서 뱃삯을 받고 밀항을 시켰다면서 당장 감옥에 집

어넣겠다고 하는 것을 젊은 송이장이 한사코 말렸다고 했다. 자기가 아버지 신분보장을 하겠다면서...

그 지프차는 순전히 젊은 송이장 얼굴을 봐서 아버지가 세 사람씩이나 일본에다 밀항시킨 사실을 없던 일로 하겠다고 했다한다.

풀잎은 그래도 생명을 부지한다

젊은 송이장은 리승만 대통령이 당수로 있던 자유당 청년단원이었다. 그는 리승만 박사가 제주에 올거라면서 성안으로 달려가곤 했다. 그가 열렬한 자유당 청년당원이었던 덕에 아버지를 잡으러 왔던 지프차는 그대로 돌아갔다는 것이 이야기의 전말이다.

그 이후로 아버지는 젊은 송이장에게 차용증서도 받지 않고 생선 몇 마차 판돈을 고스란히 꾸어주었다. 그런 일은 그 이후로 자주 있었다. 사람들은 아버지도 자유당에 입당했다고 수군거렸다.

작은고모부가 중간에서 그 문제를 원만하게 수습하려고 무던히 애를 썼다고도 했다. 우리 집에 와 있는 작은고모를 한 번도 찾아오지 않는 작은고모부도 아버지가 감옥에 잡혀 갈 거라니까 발 벗고 나선 거라고 했다. 그토록 작은고모가 양귀비한테 홀리지 않으려고 술꾼이 다되어도 작은고모부는 설탕 한 봉지 보낸 적 없고 한 번 찾아온 적도 없었다.

아버지는 그 소문의 진의에 대해 억울해했다. 그 억울함을 아버지는 승천이 할아버지하고 현이장 할아버지한테만 이야기했다.

덕이아방이 살아있었다면 솔직하게 토파하고 속 시원한 해결책도 찾았을 것을……만일 덕이아방이 죽지 않고 살아서 고등고시(나의 여섯 살 시절에는 사법

고시라고 하지 않고 이렇게 말했다)를 패스하고 판사가 되었더라면 아버지 오명을 벗겨줬을 것이다.

아버지는 몽매에도 그렇게 되기를 간절히 바라고 또 바랐다. 광명한 세상에서 탁 터놓고 단 하루라도 떳떳이 살아보고 싶어, 바다로 배질해 나가 막힌 가슴을 파도의 힘을 빌려 뚫고도 모자라 술로 목구멍을 트고 같잖게도 시를 읊조리노라고 했다.

그래, 아버지는 모험삼아 태풍을 핑계로 바다 길을 잃어버렸다며 외국으로 무작정 표류해 가기도 했다. 나는 공산주의자니 민주주의자니 그런 거 몰라요. 나는 풀뿌리, 민초일 뿐입니다! 짐승처럼 울부짖고 또 울부짖으면서.

툭, 던진 말 한마디 값

젊은 송이장은 초대 면의원 임기가 막음하는 새해 벽두부터 이번 선거에 우리 마을이 속한 면의원후보로 출마할 것임을 동네방네 역설하고 다녔다.

설날 세배 길부터 벌써 선거운동을 시작했던 것이다.

세배 길에 맞닥뜨린 젊은 송이장이 아버지에게 말 한마디를 툭, 던져놓더란다. 선거일자가 공고되면 술상께나 봐얄 텐데 마른안주로는 오징어 이상이 어십주(없습니다). 그거야 뭐 니마아방이 어련히 알아서 책임져 줄거고 예, 그저 믿고 있있쿠다(있겠습니다).

아버지는 짐짓 젊은 송이장의 말을 못들은 체 했다. 젊은 송이장은 똑똑한 사람이었다. 그는 직접 아버지를 대놓고 덫을 놓을 뿐 아니라 여기저기 아버지가 다니는 길목마다에도 무엇이든 아버지가 걸려들 거라면 가리지 않고 올가미를 설치했다. 더구나 아버지와 땅의 일이든 바다의 일이든 동고동락(同苦同樂)을 하는 승천이 할아버지에게도 똑같이 올가미를 던져둠으로써 비로소 그의 선거 운동 술상에 오를 마른 오징어 안주를 아버지에게 책임지우는 걸 기정사실로 해 두었던 터였다.

만선을 알리는 뱃고동 소리 넘어

처음 멸치파시가 서자마자 심심찮게 갈치 떼가 멸치를 따라 가까운 바다로 들어오면서 갈치어장이 일찍 형성되었다.
아버지는 젊은 송이장의 덫을 무시하고 갈치어장으로 고깃배를 몰았다.
갈치는 꼬리에 꼬리를 물며 낚시를 던지기가 무섭게 덥석덥석 물어 매번에 만선을 했고 아버지는 포구로 들어오는 길목에서 길게 고동을 불어대었다.
아버지네 배가 갈치를 한 배 가득잡고 들어온다는 뱃고동 소리를 들은 마을사람들이 바구니를 들고 포구로 몰려들었다.
햇갈치는 바닷가 마을에서도 별미였다. 싱싱한 놈을 듬직듬직하니 토막 쳐 넣고 호박을 숭당숭당 썰어 건지로 놔 국을 끓이면 그동안 억울한 역사에 묵혔던 오장육부가 다 시원해진다고들 했다.
이에 더 먹을 것에 호강하고픈 사람들은 토막 친 갈치에다 굵은 소금을 살살 뿌려 시뻘건 관솔잉걸에 구워 먹기도 했다.
아버지는 마을사람들의 입맛을 이미 알고 있었음으로 갈치잡이 첫배는 무조건 포구에 나온 마을사람들에게 낱개로 골고루 나눠주곤 했다.
"국거리 우다 국거리!"
아버지와 석이아방은 배에서 갯바위에 선 사람들에게 갈치를 던져주면서 소리쳤다.

"한 마리만 더 줘, 입맛 없어서 구워먹게."

던져 주는 몫으로 모자란 사람은 더 달라고도 했다. 그 거 한 마리 더 못 줄게 뭐람. 아버지나 승천이 할아버지나 석이아방 그 누구든지 갈치를 손에 잡은 사람이 요구하는 쪽으로, 자아- 구워 먹을 거. 하면서 또 던졌다.

한몫에 열 마리 한 뭇 정도나 달라고 하는 사람에게는 물론 값을 받기도 했다. 그러나 갈치잡이 첫배부터 그렇게 돈을 내고 사는 사람은 드물었다. 제사가 있는 집, 아니면 사돈집에 다니러 가는 사람 등 어쩔 수 없는 사연이 있는 이가 아니면 대개는 그 날 국거리나 반찬 정도로도 만족했다.

포구에 나온 사람들은 아버지가 던져 준 갈치를 한 마리씩이라도 다 받아들었다.

힘의 실체

아버지는 눈물의 여왕 전옥씨가 얼굴에 바를 화장품을 꿈꾸며 갈치잡이에 신명을 냈다.

저녁, 마당에다 멍석을 깔고 밥상을 놓고 나서 승천이 할아버지를 상석에 모신 다음 석이아방과 잠통 그리고 그 날 함께 배에 탔던 사람 모두가 어울려 흐드러지게 저녁밥을 먹었다. 오랜만에 해적 같은 아버지 표정을 볼 수 있는 날이었다.

작은고모가 우리 집에 와서 아편을 떼는 내내 아버지는 해적 같기는커녕 연민의 냄새만 풀풀 날렸다.

아버지가 그렇게나 좋아하던 갈치잡이는 이틀을 더 가지 못했다.

언젠가 그랬듯이 지프차를 타고 젊은 송이장과 남자 두어 명이 들이닥쳤고 다시 방에 들어가 방문을 걸어 잠갔다. 그리고 이튿날, 아버지는 갈치잡이를 갔고 만선을 하였다. 그러나 마을사람을 다 포구로 불러 모을 만치 신명나는 뱃고동은 불지 않았다.

마을사람들은 멋도 모르고 니마아방네 배만 갈치를 잡지 못했다고들 수군거렸다.

아버지네 배가 포구에 닿자마자 미리 대기하고 있던 젊은 송이장네 달구지가 닻걸이 가까이로 다가들었다. 아버지는 말없이 그 날 잡은 갈치를 모조리 한 마리도 남기지 않고 젊은 송이장네 달구지에 옮겨 실었다.

그렇게 송이장네가 말없이 실어간 갈치는 포를 떠서 말렸다가 선거 때 참모들 밥반찬을 할 거라고 했다. 참! 생갈치를 포 떠서 말린 걸 '은갈치포'라고 한다.

그리고 그 이튿날부터 아버지는 갈치어장을 마다하고 본격적으로 오징어잡이만을 해야 했다.

섬의 여름날 태양 빛이

멸치와 갈치와 오징어는 한 물에 논다고들 한다. 따라서 멸치가 풍년 드는 해에는 갈치도 오징어도 풍년이란다. 정말로 오징어가 무진장 잡혔다.

어머니와 큰언니, 그리고 용진이 각시, 승천이 할망까지 다 이른 새벽부터 우리 집에 와 오징어 배를 따고 껍질을 벗긴 다음 빨래 줄처럼 줄을 마당 가득 메어 거기에 널고 그것도 모자라 집둘레를 빙 돌아가며 돌담에도 널었다.

오징어는 그냥 널어놓은 자국에서 제물에 마르면 살집이 뻣뻣하고 얇아져 맛이 없다. 때문에 오징어를 말리는 데는 손이 많이 간다. 마치 풀 먹인 명주 뉘듯 마르는 정도에 알맞게 반반하게 당겨주고 뒤집었다 폈다 하면서 골고루 마르도록 손을 쉬지 않고 봐야만 오징어 살갗이 투명하다가 뽀얗게 간이 피어나면서 살색도 하얗게 변하기 시작한다.

  그렇게 손을 봐 말리는 오징어는 밤마다 차곡차곡 쌓아 묵직한 맷돌로 눌러놓고 아침이면 또 말리고를 반복하는 동안에 하얀 가루가 몸 전체에 뽀얗게 핀다. 그렇게 말린 오징어라야 살집도 두툼하고 부드럽고 맛이 좋았다.

  바닷가 마을 어부의 집 살림살이에 여름 한 철 오징어 말리는 일만큼 잔일손이 많이 가는 일거리도 또 없을 것이다. 그럼으로 매일 배 두 척이 잡아오는 오징어에 매달려 우리 집은 또 불난 호떡집에 부채질 하는 꼴에다 뒤에서 그 불 끈다고 허겁지겁 물동이 나르는 짱이 되고 말았다.

  장마가 걷힌 섬의 여름날은 태양이 온종일 이글거려 대지는 달궈지고 바다는 들끓는다.

뭐 영 그랬다

  파리는 비릿한 생선냄새를 유독 밝힌다. 우리 집 파리들은 집안보다는 밖에 먹을 게 많았던지 오징어를 손질하는 근처로만 몰려 있곤 했다. 때문에 학교에서 매일 파리를 몇 마리씩 잡아오라고 한 과제물을 못해 가 귤껍데기 선생님한테 슬리퍼로 머리통을 맞는 게 일과처럼 되어버렸다.

  나는 파리를 잡으려고 파리통을 마루 가운데 놔두곤 했다.

  파리통은 어항처럼 생겼는데 빙 둘러 가장자리로 비눗물을 담게 되어있고 가운데는 비어 거기에 밥이나 뭐 비린내 나는 걸 놔두면 그 냄새를 맡고 들어갔다가 그만 비눗물에 빠져 익사하게 되는 유리항아리였다.

  파리통 모양은 꼭 해파리를 닮았다. 아니 요즘 미용실에 가면 머리 말릴 때 흔히 뒤집어씌우는 드라이어와 더 닮았다.

귤껍데기 선생님은 개인적인 사정을 전혀 고려하지 않고 파리 스무 마리 잡아와라, 서른 마리 잡아와라 며 과제를 내었다.

나는 오후 내내 노력했지만 선생님이 잡아오라는 숫자만큼 파리를 잡을 재간이 없었다. 말리는 오징어 가까이 파리통을 갔다 놔도 파리는 그 통에 들어갈 생각은 아예 하지 않았다.

겨우 파리 체를 휘둘러 몇 마리 잡아 봐도 선생님이 잡아오란 숫자에는 턱없이 모자랐다. 선생님은 숙제로 내 준 파리 숫자를 못 채우면 못 채운 그만큼 슬리퍼를 벗어 머리통도 후려갈기고 손바닥도 때렸다. 차라리 몽둥이로 다리에 매 맞는 게 그리워질 정도로 슬리퍼로 머리통을 맞는 기분은 되게 고약한 것이었다. 매를 맞는 기분이 영 개떡 같았다.

귤껍데기 선생님은 맨흙바닥 교실에서도 꼭 구두를 벗고 슬리퍼로 갈아 신었다. 우리교실이 생긴 초기에는 슬리퍼 두 짝을 포개어들고 다녔다. 교실바닥이 진작부터 맨흙바닥이었으니 굳이 갈아 신을 필요가 없었던 것이다.

그러던 것이 언제부턴가 슬그머니 구두를 벗고 슬리퍼로 갈아 신고 있었던 것이다. 혹시 파리를 제대로 잡아오지 않는 우리들을 후려갈길 때 다른 매타작 거리를 찾지 않아도 되게 작정하고 굳이 갈아 신었는지도 모르겠다.

학생 중에 누가, 내가 가장 많이 그랬지만, 과제로 낸 파리 잡기를 깜박 잊고 혹은 잡지 못해서 아니면 게으름을 피워 잡아올 생각조차 하지 않고 빈손으로 털레털레 학교에 왔다.

그날은 귤껍데기 선생님의 슬리퍼 두 짝이 신나게 우리들 머리위에서 춤을 추었다. 선생님은 한 손에 슬리퍼 한 짝씩 들고 꼭 머리통에만 탁구 공 삼았는지 탁구 배트 휘두르듯 휘둘러대었다.

수의 개념과 돈의 본질

 선생님은 무작위로 머리통을 때리는 듯 싶었지만 잡아오라는 파리 수 이상은 슬리퍼를 휘두르지 않았다.

 나는 비 오듯 눈 오듯 슬리퍼 짝으로 머리통을 맞으면서도 몇 번이나 때리는지 정신 바짝 차리고 수를 헤아렸다. 파리 수 보다 한 대만 더 때려도 나는 항의할 작정이었다. 선생님. 서른 마리 잡아 오랬으면서 왜 서른한 번 때렴수과? 그러나 그런 일은 절대로 일어나지 않았다. 마지막 한 대는 강한 드라이브 스매싱을 내리 꽂듯 홱 휘두르는가 싶으면 꽉 갈겨 꺾고 끝을 맺었다.

 건이는 학교 가는 길목에서 파리장사를 했다. 건이네 집 파리통에는 날마다 파리가 새카맣게 빠져 죽는다고 했다.

 그 시절은 돈이 그야말로 귀하여 돈의 본질을 잃지 않을 때였음으로 아이들에게는 돈이란 게 있을 턱이 없었다.

 건이는 아이들이 가지고 있는 것 중에서 맘에 드는 아무거나 파리와 바꿔주었다. 파리 몇 마리에 구슬 한 개, 딱지 한 개에 파리 몇 마리 하는 식으로 장사를 했다.

 나는 건이가 파리 장사 하는 걸 모르고 있었다. 그런데다 파리를 판다는 소문을 들었을 때 내 수중에는 아무것도 가진 게 없었다.

 건이가 파리장사를 하는 걸 미리 알았다면 나는 돈을 주고 파리를 샀을 것이다. 그랬더라면 귤껍데기 선생님의 슬리퍼가 내 머리통 위에서 막춤을 추지 못했을 것을...

 나는 돈이 있었다. 우리 방 벽지 틈을 살짝 갈라 나만 아는 돈주머니를 만들어 두었다. 날랜 연필깎이 칼로 쓱 단 번에 벽지를 가로 그어 손을 조금씩 조심스럽게 집어넣은 끝에 돈을 들이밀 공간을 확보했던 것이다.

나는 그 벽지 틈에 만들어 둔 돈주머니 위 옷걸이에 꼭 옷을 걸어두었다. 돈주머니를 만들 곳을 물색할 때 옷걸이 장못이 주욱 박힌 바로 아래쪽을 고른 것도 다 계산한 것이다.

그곳에 나의 돈주머니가 있는 걸 나 이외에는 아무도 몰랐다. 내가 다섯 살이 될 즈음 그 무렵에 그 돈주머니를 만들어 거기에 돈을 숨겨두곤 했지만 나의 비밀을 잘도 캐는 우리식구들도 그런 게 있으리라고는 미처 눈치 채지 못했다.

하지만 파리를 사려고 집에 되돌아가서 돈을 꺼내 올 수는 없었다. 꼭 집의 누군가에게 들킬 것만 같아 엄두가 나지 않았다.

흥정과 담력

아이들이 건이한테 파리를 다 살 때까지도 나는 그저 미적거리고만 있었다. 또 파리를 가져가지 않아서 선생님한테 슬리퍼로 탁구공처럼 맞고 싶지는 않았는데도 말이다. 파리를 사지 못하다니……

"넌, 니마! 넌 뭘 주고 살래?"

건이가 턱으로 나를 찍었다.

"난 아무것도 없어서 못 사겠어 건이 오빠."

나는 전에 쓰지 않던 오빠까지 붙여가며 부드러운 목소리로 대답을 했지만 효과가 없었다.

"경해연(그랬니)? 할 수 없지. 너 오늘도 옴두꺼비 선생님 매 직사하게 맞아 코피 터지랴 게. 히이--"

밉살맞은 소나이(사나이) 새끼, 건이 저 새끼. 나는 불같은 화가 속에서 치미는데도 꾹 누르고 다시 한 번 건이를 눙쳤다.

"옴두꺼비? 귤껍데기지 건이 오빠아-"

우리 담임선생님은 학년마다에서 부르는 별명이 다 달랐다. 건이네 학년은 옴두꺼비라고 부르는 모양이었다.

건이가 나를 옆 눈으로 힐끗 보는 걸 나는 놓치지 않았다.

"야 니마야, 너 백년초 붙였던 또꼬망 있지? 그거 보여주면 파리 달라는 대로 다 주마. 그 또꼬망만 보여준다면 앞으로도 매일 너 파리숙제는 내가 맡아 잡아주키여(줄거야)."

건이는 진지하게 제안했다. 나는 생각해볼 새도 없이 미쳤어 너 건이? 하고 눈을 흘겼는데 가만, 눈이 번쩍 트였다.

내 엉덩짝이 주사바늘 자국에 곪아터져 한 번 앉았다 일어서면 고름이 옷 밖으로 번져나갔고 그걸 보고 아이들은 주사자국이 곪아터져 그렇다는 걸 뻔히 알면서도 나를 오줌싸개라고 놀려먹기 일쑤였다. 바로 그거다! 매일 놀림 당하는 거 한 번 더 놀림 당한들 대수냐? 귤껍데기 선생님 슬리퍼에 머리통 맞기보다는 천만 배 났다 그게.

"건이 너, 그 말 정말이지?"

건이 같은 불량한 아이와 약속을 할 때는 다짐을 받아둘 필요가 충분히 있었다. 만일, 환한 대낮에 만인이 보는 가운데서 엉덩짝을 보여줬다가 건이 그 건달놈이 약속을 지키지 않으면 손해는 내가 일방적으로 보게 되어 있었다. 사람들은 다, 건이 같은 놈을 믿고 엉덩이 보여준 니마가 바보, 상바보지 하면서 오히려 약속을 지키지 않은 건이 한테 정당성을 더 부여할 것이 뻔했기 때문이다.

"얌마 너, 이 싸나이 대장부를 뭘로 보나(보는 거냐)? 약속은 지킨다!"

건이도 세게 나왔다. 불량한 아이일수록 대장부 어쩌고를 들먹이는 것도 나는 모르지 않았다. 그런 말만으로는 좀 모자랐다. 그렇다고 나도 여장부인데 쨰쨰하게 자꾸 조건을 제시하지 말고 화끈하게 처리하자 라고 마음을 다져 먹었다.

"그래? 건이야 그럼 나는 너 대장부 의리와 약속을 믿는다!"

우리의 홍정을 옆에서 지켜보던 아이들이 니마 웃긴다고 배꼽을 쥐었다. 저 쬐고만 게 어디서 의리니 뭐니 하는 건 주워들은 거야?

나는 그 아이들에게도 말대답을 해줘야 했다.

"야, 무식한 거 자랑하는 거냐 니네? 나는 우리 할망 신디(에게) 삼국지를 백 번도 더 들었고, 우리 아방 신디 해적 이야기를 수도 없이 들었다 왜? 삼국지와 해적은 다 싸나이 의리와 약속 이야기라는 거, 니들 모를 거다."

아이들 입을 꽉 틀어막은 나는 드디어 결심했다.

"잘 봐라!"

건이를 등지고 서서 나는 치마를 훌렁 머리위로 걸어 올린 다음 검은 광목 팬티를 다리까지 쓱 내려 엉덩짝을 내보였다.

그 때는 엉덩이 두 쪽 어디에도 고약이나 뭐 그런 걸 붙이진 않았지만 아직 채 마물지 않는 곪아터진 주사자국이 움푹 움푹 들어간 체 남아있었다.

그렇게 치마를 걸어 뒤집어쓰고 팬티를 내린 체 얼마나 서 있었는지 모르겠다. 아주 오랜 동안 서 있었던 것도 같고 순식간이었던 것도 같다.

"다 봤다."

건이가 내 뒤통수를 덮고 있던 치마를 손수 내려주었다. 나는 팬티를 올리고 건이 쪽으로 돌아섰다.

정공법, 주고받기

건이는 죽은 파리 서른 개도 훨씬 넘게 든 성냥 곽을 건네주었다.
"너 많이 아프키여(아프겠다). 참 하영도(많이도) 곪아서라(곪았더라)."
건이는 측은하다는 듯이 어른처럼 혀까지 끌끌 차며 살갑게 굴었다.
나는 어리벙벙했다. 건이는 물론 지켜보던 아이들이, 니마 또꼬망 봤더래요, 보뎅이도 봤더래요 하며 놀릴 줄 알았는데…… 놀림을 당할 각오를 단단히 하고 있었는데 이게 웬 일야?
"이제부턴 아무도 니마 신디 오줌싸개라고 놀리지 못한다! 놀리는 새끼덜은 이 건이 오빠가 용서하지 않는다!!! 음."
건이가 주위를 둘러보며 비장한 어조로 선언했다.
건이의 선언은 즉시 효력을 발휘하였다. 그 이후로 건이가 졸업할 때까지 그 누구도 운동장에서 나의 치마를 들추지 못했고 곪아터진 나의 엉덩짝을 보고 오줌싸개라고 놀리지 못했다 누가 그럴려고 하면 건이는 바람처럼 구름처럼 나타나 그 아이를 한방에 때려눕혔다. 그 뿐이 아니었다. 건이는 약속을 철저히 지켜서 그 여름 내내 매일 내 파리 숙제를 챙겨주었다.

변신의 귀재에 맞춤셈법

나도 건이에게 뭔가를 보답하고 싶어졌다.
아버지는 하루 빨리 마른 오징어 열 드럼통을 꽉 채우기를 안달했다. 태극기와 성조기가 악수하는 그림이 몸통에 그려진 구호물자 드럼통 한 개에는 마른 오징어 스무 쾌는 넉넉하게 들어갔다.

한 쾌는 스무 마리를 묶은 한 다발이니까 한 드럼통을 가득 채우려면 무려 마른 오징어 사백 마리가 있어야 한다. 사백 곱하기 십은? 어디 보자 사천 마리!

말이 쉬워 사천 마리지 물오징어를 말려 온전한 마른 오징어 사천 마리를 마련하려면 그것의 배, 곱절이 아니지 곱절의 두 배 이상이 더 있어야 했다. 발을 열 개나 가진 오징어는 온전하게 상품으로 만들기가 여간 까다로운 해산물이 아니었다. 몸통에 흠집이 조그만 생겨도 안 되고 발이 하나라도 잘려나가도 안 되는 것은 당연했다.

이 오징어란 놈은 배를 따놓으면 귀가 생기고 또 코가 양쪽으로 생긴다. 귀는 지느러미를 쪼갠 것이고 코는 다리가 달린 가운데 엄지손가락 크기만 한 대롱같이 생긴 관이 있다. 오징어는 이 대롱코로 적을 만나면 먹물을 내뿜어 자신을 보호한다. 이 대롱 코가 오징어를 손질하는 과정에서 두 쪽으로 갈라지면서 이쪽저쪽으로 나누어지게 되는데, 이게 바로 오징어 코이다. 이 오징어 코는 시들시들하게 마른 상태에서는 제일 부드럽고 또 쫄깃쫄깃하니 맛이 있다.

아버지가 어서 빨리 마른 오징어 열 드럼통을 채우려고 안달이니 우리라고 마냥 한가하게 지낼 수도 없었다. 나도 큰언니가 배워주는 대로 오징어 손보는 일에 방과 후에는 매달렸다.

다시 외할머니가 석양을 등에 지고 그림자를 앞세워 허위허위 달려왔다. 언제나처럼 껑충 큰 키에 베적삼 베 고쟁이 위에 베치마를 걸치고 윤노리나무 지팡이를 서너 걸음에 한 번씩 휘저으면서 할머니는 저녁노을이 사그라 드는 시각에 맞추어 달려왔다. 당연히 뒷고개에는 장죽이 세로로 꽂혀 있었다.

다 그랬다

우리 집 울타리를 중심으로 사방팔방으로 돌담이며 어디든지 즐비하게 널어 놓은 오징어를 땡볕에 일일이 손본다는 게 여간 지겨운 일거리가 아니었다. 한 번만 손을 보는 것도 아니었다. 수시로 보고 또 보고, 손볼 때마다 열 개나 되는 발을 가닥가닥 다 펴놓고 코와 귀를 반듯하니 매만지고 몸통을 자근자근 늘려 잡아놔야 했다.

아버지는 밤새 삼발이 낚시로 붙여온 오징어를 집에 실어다 놓고는 이내 잠에 떨어졌다가 내가 학교에서 돌아오는 오후 한두 시쯤에 일어났다.

아버지 몰골은 날이 갈수록 가난한데다 일에 시달려 피죽도 제대로 못 먹어 뵈는 불량한 해적을 닮아갔다.

구레나룻이 드디어 아버지 두 눈과 코만 남기고 다 덮어버렸다. 아버지는 잠자리에서 일어나는 대로 널어놓은 오징어를 휘 둘러봤다. 그리고는 오징어 코가 없어진 오징어를 발견하면 부아를 끓였다.

"또 누구 짓이냐? 오적어 코 떼어 먹으면 안 된다는 아방 말 안 들은 놈 어느 놈이냐?"

입으로는 야단을 쳐가면서 범인은 뻔하잖느냐는 눈길로 나를 쏘아봤다. 그렇다 오징어코를 얄궂이, 내 딴에는 요령껏, 떼어낸 장본인은 나였다. 하지만 나만 그랬을까? 나는 분명히 한쪽 코만 떼었는데 우연히 그 오징어를 다시 보면 다른 한쪽 코마저도 없어진 걸 본 적이 있다. 그렇다면 큰언니도 오징어 코 도둑놈? 그러나 큰언니는 시치미를 딱 잡아떼곤 딴전을 부렸다.

아버지는 왜 나만 오징어코를 떼어내는 도둑이라고 단정 짓는 걸까 정말? 아무리 아버지가 나를 쏘아봐도 나는 꿈쩍도 하지 않았다 그리고 큰언니처럼 아버지 앞에서는 시치미를 떼었다 아주 완강하게.

"그걸 가지고 뭘 그리 부알 끓이슈? 내다팔 건가요 뭐? 젊은 송이장네 술안주로 줄건데……"

매일 오징어 말리는 걸 점검하다말고 오징어코를 가지고 아이들에게 고운 눈을 뜨지 않는 아버지에게 어머니는 또 전주르는 걸 잊지 않았다.

내다파는 게 뭐 따로 있어? 내가 그노무 자식에게 갈치는 한 배 통째로 그냥 줬지만 두고 봅서 어멍! 이 오적어만은 안되지. 내다파는 몫만큼 값을 다 쳐서 받아 내고 말거난.

어머니는 아버지가 큰소리치자, 네 수니아버지 꼭 그렇게 합서 내 두고 보겠수다. 라며 꼭 약 오르기 알맞게 말대답을 하다가 심기가 불편한 아버지 맘을 위로하기도 했다.

그거 값 안 받는다고 우리가 당장 굶어죽는 것도 아니고... 니마아버지, 줄라면 그냥 곱게 주어버리고 잊어버려요. 그까짓 뭐 열 '도라무' 만 주면 될 거 아네요. 올핸 오징어도 풍년 들었겠다 젊은 송이장네 열 '도라무' 채워주고 가을까지 또 잡으면 거 벌충하고도 남잖아요. 그러니 제발 속 그만 끓이시구랴.

어머니가 위로해주면 아버지는 벌쭉 화를 내는 척했다.

그 여편네 남의 말 하듯 잘도 나불거리네. 그래 수니어멍, 당신 말대로 젊은 송이장네 '오적어' 열 '도라무' 말려 주고 언제 또 그만큼 잡아 말린단 말요? 승천이 할으바님이랑 약속한 새 배는 언제 지을 거? 석이아방이 새 배 지으면 자기 못 생길까 목을 빼고 기다리는 거 당신은 지금 몰라서 그 잡소릴 아무렇지 않게 하는 거? 경허곡(그리고 또) 참복은 잡지 말란 말이라 뭐라?

괜히 언성을 높이는 아버지를 어머니는 그저 대면대면하게 받아들였다. 저 사람이 오징어 열 드럼통 주는 것 아까운 게 아니라 마음이 아파 더 저러는 거지.

라고 어머니는 혼잣말을 하고 넘겼다.

오징어코가 찔러버린 양심

아버지 심기가 불편한 듯이 보이면 할머니는 아장아장 걸음마에 맛들인 그미 손을 잡고 슬그머니 어디론가 모습을 감춰버렸다.
오징어코가 달아난 마른 오징어는 다 말린 후 쾌를 짤 때 추려내 버렸다. 그것들은 일손을 거든 이웃들이 가져갔다.
아버지 심기를 그토록 불편하게 돋우면서 내가 악착같이 뜯어낸 오징어코는 건이한테 거의 다 주었다. 나는 남에게 은혜를 입으면 기회를 봐 갚을 줄도 알아야 한다고 가정교육을 받으며 자라난 동방예의지국의 어린이었다. 건이는 오징어코를 받은 대가인지 아니면 의리가 두터워서 그런지 이유는 모르겠지만 어쨌거나 그 여름 동안 나를 대신하여 파리를 잡아주고 또 성가시게 구는 아이들을 혼내주었다.
건이에게 주다 조금 남긴 오징어코는 아이들을 약올리기에 딱 알맞은 것이었다. 아이들이 보는 데서 오징어코를 질겅질겅 씹어대면 아이들은 부러운 눈길로 나를 하염없이 보곤 했다. 하지만 남을 약올리는 데는 한계가 있는 것이다. 침을 꿀꺽 삼키면서 부럽게 보는 아이들 앞에서 적당히 약이 오를 때까지 맛있게 한 개쯤 먹어치운 다음, 너희들도 먹을래? 하면서 선심을 쓰곤 했다. 적당한 시점에서, 그래 너도 먹어, 너도. 하며 인심을 쓰는 게 얼마나 중요한데.
내가 아이들을 약올리는 데 오래 버티지 못하고 오징어코를 골고루 나눠주는 걸 본 어른들은 멋도 모르고 나를 칭찬하기도 했다. 저 니마 쟤, 잔셈이 좋더라 이.

오징어코를 가지고 어른들이 나를 칭찬하는 소리를 들으면 마음에 뭔가 콱 찔려 심한 통증을 느끼곤 했다. 어머니한테 그런 통증을 호소하자, 그건 네 양심이 찔려서 아픈 거야. 담부턴 아이들 그만 약올려 봐. 그럼 당장 좋을걸?

선한 마음

나는 정화와 옥자한테만은 약 올리지 않고 건이 다음으로 바로 몇 개씩 나눠 주었다. 걔네들은 나와 단짝인데다 내가 아플 때 가끔씩 대신 청소당번도 해주고 토끼풀도 뜯어주곤 하는 고마운 아이들이었다.

아마 걔네들이 나에게 특별히 잘 대해주지 않아도 나는 다른 아이들과 구별하여 오징어코를 약 오르지 않게 주었을 것이다. 그것은 큰언니가, 친구한테서 고구마 꽁지 한 톨 얻어먹는 걸 보지 못했지만 우리보다 가난하게 산다고 쌀을 몰래 퍼다 주고 생선을 숨겨주는 걸 늘 봐왔기 때문이다.

한 번은 큰언니한테 물어봤다. 왜 맨날 그렇게 몰래 퍼다 주엄 시니 응? 큰언니는 주저하지 않고 대답했다. 그건 이, 갠 내 친한 친구고 또 개넨 먹을 게 우리만큼 어시난(없으니까) 게.

내 친구 정화는 어머니가 육지, 저기 울산 근처 방어진이란 데로 돈벌이 물질을 떠나버려도 큰집에 더부살이하면서도 착하게 자기 할 일 찾아하며 잘 지내고, 옥자는 자기 어머니한테 부지깽이로 매를 맞아도 아무 말 없이 집안 일이며 동생들을 보살피는 일을 게을리 하지 않았다.

내가 옥자처럼 어머니한테 그렇게 매일 맞는다면 당장 소리 내어 씨팔, 하고 욕하는 건 물론이고 창피해서 못 살겠어 이거! 라고 노골적으로 말하고는 아무것도 하지 않았을 것이다.

그러고 보면 나는 걔네들한테서 좋은 본을 받고 있었던 게 틀림없으며 그에 대해 고마운 맘을 먹고 있었던 모양이다.

비상사태

나는 학교에 처음 입학해서는 옥자와 별로 사이가 좋지 않았다. 옥자는 어머니한테 죽도록 맞으면서도 말대답 한 마디 못하는 애가 나한테는 기를 쓰고 이기려고 덤볐다. 그것도 잠시, 여름이 시작되면서 더 이상 능청맞은 애늙은이인 나와 견주어 싸우려고 하지 않았다. 대신에 땅따먹기를 할 때 나를 짝꿍으로 찍어줬다. 옥자의 땅따먹기 뻠재기는 우리 일학년 중에서 최고였고 일품이었다.

하루는 오징어코를 아이들에게 기분 좋게 나눠주는 중간에 엄청난 그림자가 나를 덮쳤다.

네 이노옴! 이 아방이 몇 번씩 말했지? 오징어코 떼어먹지 말라고 이. 안되겠다. 이노무 비바리, 오늘 아방한티 혼 좀 나봐라.

아버지 손이 어지간히 커야 말이지. 나를 한 손에 달랑 낚아채고 먹이를 단 번에 잡은 밀림의 호랑이처럼 으르렁대며 집으로 끌고 갔다.

그 비상사태 중에도 나는 손에 쥐고 있던 오징어코를 아이들한테 던져줬다. 집에 가면 그 것들 다 몰수당할 텐데 멍청이같이 왜 잔뜩 쥐고 있어, 줘버리지. 아이들은 내가 잡혀가는데도 그저 오징어코를 줍기에만 바빴다.

숨긴 삶

드디어 어느 날, 아버지는 나를 마루 한가운데다 내동댕이쳤다. 나는 꽉 나뒹굴면서 아버지가 너무한다는 생각이 갑자기 들었다. 오징어코를 떼어내는 현장에서 아버지한테 들켜 끌려오는 동안에는 내가 정말 잘못하다 들켰으니 어떤 벌도 달게 받겠다 싶었는데 말이다. 지천으로 널어진 오징어, 그게 다 우리 건데 왜 오징어코 좀 떼어먹으면 안 되지? 젊은 송이장은 나의 입장에서 봤을 때 우리와 아무 관계도 없었다. 내가 낳기도 전에 저지른 아버지의 피치 못할 어떤 과거 때문에 젊은 송이장한테 쩔쩔 매는 아버지가 못마땅했다.

나는 아버지가 그 과거로 인해 삶과 죽음의 기로에 놓일 수도 있음을 그 때는 전혀 짐작하지 못했다.

젊은 송이장이 지프차를 타고 온 이후부터 패기를 잃고 그 사람 앞에서 비실대는 아버지가 어딘지 비굴해 보이고 또 불쌍했다.

아버지는 우리에게 자신의 무용담을 곧잘 이야기 해주곤 했다. 아방은 말이다. 밤바다 낮바다 할 것 없이 바다는 해적이 우글거리고 시체도 둥둥 떠다니고 허깨비도 이리 번쩍 저리 번쩍 설치고 다니는 곳이거든. 다른 뱃사람들은 그런 거 무서워해도 아방은 끄떡도 안 한다. 말이다, 아방이 한마디 이렇게 호령하면, 사라져라! 고 말야, 유령선도 금새 없어져 버려. 그러면 아방이 또 이렇게 외치지 사자처럼 으! 으하하하 – 난 해적보다도 유령보다도 더 무시무시한 소나이 대장부다!

그토록 용맹한 아버지가 젊은 송이장과 이순경과 지프차한테는 꼼짝 못했다. 날이 갈수록 내가 몰랐던 아버지 모습이 하나둘 나타났고 나는 새롭게 나타나는 아버지를 별로 좋아할 수가 없었다.

항변

니마 이노옴! 왜 아방 말 안 듣고 오징어코 다 뜯어 낸 디? 어디 이유 있이민 냉큼 고라(말해) 보라.

이유? 그래 하늘은 스스로 돕는 자를 돕는다고 했지. 기회는 왔다. 해적 같은 아버지 말고 비굴한 아버지와 이럴 때 정면대결을 한 번 하는 거다! 정면 돌파라는 게 뭐 따로 있나? 공자나 시경을 꼬느고 있는 아버지라면 할 말도 삼가고 꼭 해야 할 말이라도 빙 둘러 하거나 문자를 써야겠지. 장기를 둘 때 완벽하게 상대방이 나갈 길을 차단하게 말[馬]을 쓰면서, 마구리 아다디! 라고 소리친다. 나는 이유를 대라는 아버지한테 마구리 아다리! 를 치기로 했다!

예, 아방. 무사(왜) 우린 저렇게 많은 오징얼 맘대로 못 먹읍니까? 저것들 다 아방이 잡아온 오징어가 아니고 젊은 송이장이 잡아온 것과? 아방은 예 우리 아방이난 아방이 잡아온 오징어는 당연히 우리 오징어 아니꽈 무사. 우리가 먹지도 못할 오징얼 무사 정(저렇게) 많이 잡아 와그네(와서) 딸자식을 도둑으로 몰암수꽈 예 아방? 오징어코 뜯어 먹는 특별한 이유 어수다(없습니다) 게. 이제 아방 모슴(마음)대로 합서(하십시오). 날 죽일 것과, 살릴 것과? 죽이켄 허민(죽이겠다고 하면) 사람들 한티 우리 아방이 얼마나 악질인지 말해동(말 하고) 죽으쿠다(죽겠습니다). 잔뜩 잡아다 논 오징어, 우리 자식들에게는 손도 대지 못하게 했댄(했다고) 다 고라(말해) 놓고 죽을 거우다. 경허난(그러니까) 날 죽일 거민(죽이려거든) 죽이기 전에 혹곰(잠깐) 시간을 줍서. 저기 동네어른들 모영(모여서) 노는 상두동산에도 강(가서) 다 말 한 후에 아방이 죽이면 죽어삽주(죽어야죠).

내가 악바르게 아버지한테 대드는 동안 아버지는 물론이고 오징어를 말리는 일을 하던 이들도 모두 다 멍하니 서서 듣고 있었다.

야아! 저 놈 저거 니마, 대담하다. 저거 제 작은고모 대리 날거라고 내 예전에 말했지? 여보게 니마아방. 저 놈 하는 말 한 마디도 틀리지 않았네.

승천이 할아버지가 껄껄 소리 내어 웃었다. 뒤따라 사람들이 모두들 배꼽잡고 웃어대었다. 니마아방, 거 꼬맹이 딸년한테 당한 기분이 어떵 허꽈?

아버지는 나를 마루 한가운데 내동댕이친 후 꿈쩍도 하지 않고 거기 그냥 서 있었다. 그리고 한참 만에, 야! 이노무 비바리야, 부모가 자식 죽이는 거 어디서 봔(봤니)? 어른 한티 대고 바락바락 대드는 거, 그거, 누구가 배워 주언? 아명해도(아무래도) 너 이노무 비바리 벌써야지 못 쓰겠다. 저기 저 바람벽 보고 손들고 있이라. 아방이 내리랄 때까지 이!

아버지는 씨근벌떡 화를 내는 게 아니라 근엄하였다.

화해의 예

사람들은 아버지를 나무랐다. 아이고 어른이 그만두지 아이와 맞성(맞서서) 어떵 허젠(어떻게 하겠다고) 경 햄서(그렇게 하지)?

승천이 할아버지도 나에게 벌쒸우는 아버지를 극구 말렸다.

그만 두게 그만 둬. 걔한테 벌 아닌 벌 할애빌 쒸운 데도 저 맘먹은 대로 할 말 다할 테니 어쩌겠는가? 헛일 그만 두고 니마아방, 자네가 스스로 마음을 풀게나.

그 날 그 누가 말려도 아버지는 막무가내로 나를 벌쒸웠다. 저녁 무렵 까지 나는 두 손을 쳐들고 벌을 섰고 중간에 오줌이 마렵다고 통사정하여 아버지가 할 수 없다며 소피보는 시간만 잠시 풀어줬다.

지독한 아버지. 팔이 아파 조금이라도 꺾으면 여지없이 호령을 쳤다. 해가 깔딱 숨고도 한참, 아버지가 이제 그만 손을 내려도 좋다고 했을 때 나는 목 놓아 울어버렸다.

아버지가 언제 딸에게 그리 모진 벌을 주었나 싶게 내 등을 토닥이면서 말을 걸었다.

"니마야, 오징어 먹고 싶음 코 아니라 몸통도 다 먹어라. 내 딸년아, 아방 하는 말 잠깐만 들어보라."

"해 봅서. 들을 만하면 들으쿠다(듣겠습니다)."

나는 훌쩍거리면서 대답했다.

젊은 송이장 몫으론 열 도라무(드럼통)만 채우면 되고 그 후부터 잡아 말린 건 우리 새 배 지을 밑천이다. 저 갯물동네 한(韓) 목수 아저씨 알지? 한 목수가 우리 새 배 지어줘야 석이아방도 우리 배에 제 찍(몫) 가질 거 아니냐. 아방이 벌써부터 새 배 지엉(지어서) 석이아방이 도맡아 고기 잡게 하고 싶어도 경 허젠 허민(그럴려면) 못도 사야지, 빠대도 사야지, 돈이 엄청 들크냐(들겠느냐) 생각해 보라. 아방은 정말 돈이 없다 게. 저번에 작은고모 서울 가실 때 노자 돈 꾸려드리고 나니 수중에 땡전 한 닢 남은 게 엇어(없어) 이. 그러한 사정 땜에 아방이 좀 야속하게 오징어 단속한 것이니 내 딸년, 너무 섭섭하게 생각 말라 이?

나는 예, 예, 대답하면서도 계속 흐느꼈다. 속으로는, 땡전 한 닢 없기는, 내가 아버지 전대에 돈 있는 거 아침에 봤는데...아버지가 열심히 타이르면 그럴수록 내 마음은 아버지에 대한 불신만 커지고 있었다. 그걸 눈치 챘는지 아버지는, 그러고 말이다 니마야, 너 보기에 이 아방이 되게 비겁해 보이지 이? 저번에 할머니한테 갈 때 이순경 만났을 때도 그렇고... 참말...그 때 생각하면 아방도 하영(많이) 부끄러와 이. 이제부턴 절대 비겁하지 않으마. 내 약속하마. 경허난(그러니까) 이제 느영 나영(너하고 나하고)화해하게 이.

아버지는 그 약속을 얼마 후 내 눈 앞에서 직접 지켜보였다.

권력 쥔 배경의 두 종류

제2대 면의원 선거일이 공고되었다. 어머니가 늦게 배달된 신문을 보다말고 아버지를 불렀다.

"여기요, 8월 8일 날 치른다고 났내요."

어머니가 건네주는 신문을 아버지가 채 보기도 전에 젊은 송이장이 사람을 데리고 오징어를 가지러 왔다.

"오늘부터 술자릴 봐야니까 된 것만이라도 가져 가겠수다."

그는 첫마디부터 매우 당당하였다.

아버지는 그에게 마루로 좀 올라오라고 권했다. 그는 지체할 시간이 없다고, 빨리 오징어를 달라고 재촉하며 마당에 선채 버텼다.

"물론 주지 주고말고. 근디 물건 값 현찰 박치기 해야 주겠네."

아버지도 당당하게 맞받았다. 젊은 송이장이 반말 비슷하게 하자 아버지는 대놓고 하대를 한 것이었다. 아버지의 갑작스런 태도에 젊은 송이장이 뜨악했다.

"뭐 현찰 박치기? 이봐! 당신 그 일 잊었어?"

저 보라지 저 젊은 송이장! 우리 아버지한테 막 반말 짓거리야. 나는 저번에 이순경을 만났을 때처럼 흥분했다.

"그 일이라니 뭔 일?"

능청떨기로는 젊은 송이장이 당치 아버지를 따라잡지 못하였다. 반격을 당한 젊은 송이장은 얼굴이 붉그락 푸르락 변색을 거듭하면서 안절부절 못했다.

자네, 나와 뭔 비밀 된 일 도모했던가? 오호! 명월관에 묻어 놓은 자네 깔치, 나 술 마시면서 옆에 앉혔네만 내 아들 낳아 달라고 안했으니 안심하게. 내 비록 아들 없어 길거리에 핀 들꽃도 넘보네만 기녀 몸까지 빌어서 아들 얻을 생각은 없네.

아버지는 한 번 당당하게 나오면 좀체 기를 죽이지 않는 습관이 몸에 배어있었다. 거침없이 내뱉는 아버지 말에 젊은 송이장은 기가 찼던지 말을 다 더듬었다.

"그게 아니고 저, 저-"

그만 두게. 이후로 내게 또 뭔 일 따지면 자네? 뭔 일 속에 묻어 놓은 자네친구 예왂(이야기, 여기서는 사연)안 헐 수 없지 이? 그리 알고, 어쩔 텐가 오징어 대금, 선불인가 후불인가? 후불할거면 종이 쪽 한 장 써서 날인해 불고. 자네 못잖게 수니어멍도 글발이 좋으니 문서 잡는 건 걱정 말게나.

아버지가 눙치니 젊은 송이장이 홱 돌아서 바람을 일으키며 가버렸다.

나는 아버지가 자랑스러워 눈물이 펑펑 쏟아졌다. 큰언니도 웃으면서 울고 있었다. 어머니는 아버지한테 달려가 옷소매를 붙잡았다.

"어쩌시려고 그 사람 건드리는 거예요? 당신 그 사람만큼 권력 쥔 배경 있어요?"

울쌍을 해서 다그치는 어머니 말에 아버지는 히죽이 웃었다.

있지 있고말고. 내 딸년들이 그 사람 배경보다는 세지. 두고 봐. 사람이 막가도 죽기 아니면 살기여. 내가 새끼 앞에서 비굴하게 굴어 얻을 목숨 뭐 있어, 그 사람이 입 벙긋하면 나도 벙긋해서 불어 버릴 거야 확! 마음 턱 놔도 별 일 없으니 걱정 놓으시쇼.

젊은 송이장을 상대로 예전처럼 호탕하게 두둑한 배짱을 부리고 난 아버지는 무척 자신만만한 모양이었다.

시대가 거느린 언어의 값

할머니도 아버지 편을 들어 덜덜 떠는 어머니를 전주르고 나섰다.

에미 너는 그래 니마아방이 빨갱이로 몰려 감옥에 들어가도, 정 죽을 운이 닥쳐 죽어도 후대에 부끄럽진 말아야단 거 모르고 그 오두방정을 떠나 원! 수니에미 너 이 대목에 니마아방 기죽이는 소리 한마디라도 옳지 못하다 거. 까닥 일이 잘못되어 홀어멍이 되어도, 거 니마아방 잘했다고, 훌륭하게 살다 갔다고, 그런 다짐할 각오 했야지, 그 웬 사색이냐?

옳아요 할머니! 할머니 박수!!! 할머니 말에 신이 난 사람은 나였다. 나는 엄지를 할머니한테도 세워 보이고 아버지 만세!!! 우리 아버지 이 세상 아버지 중에 으뜸! 하며 호들갑을 떨었다.

뭐, 으뜸! 이라니 촌스럽다고? 엄지를 세운 주먹을 앞으로 쭉 뻗으며 따봉!, 쎄시보옹-! 해야만 세련돼 보여? 아니 요즘은 걍 짱야!!! 정도는 해야 멋이다 뭐다 할 만 하다고? 웃기네.

나는 이 세상사람 가운데 가장 촌뜨기라고 해도 그 따위 얄팍한 멋은 안 부린다 절대로. 우리말 고운 말, 으뜸! 이 어때서?!!! 웬 국수주의(國粹主義)냐고, 자다가 봉창 뜯는 소리를 이 대목에서 왜 요란하게 씨부리느냐고 항의할 것에 대비해 덧붙이자면, 타고 난 제 말을 바르게 알아 쓰고 타고 난 제 땅의 소출을 잘, 그것도 고맙게 먹는 건 국수주의 이전에 뿌리 튼실하게 내린 사람의 살아가는 기본도리라고 생각하기 때문이다.

앞으로 다가올 시대에는 지금과는 다른 새로운 삶의 철학이, 삶의 논리가 적용되겠지. 그 때는 그 때고 지금은 지금이다.

임무교대

어떻든, 그 때 아버지 배짱에 우리들이 한참 취해 있자니 이번에는 송이장할으방이 왔다. 그는 아버지만큼 허우대가 큰데다 일흔을 훨씬 넘은 나이에도 아직도 뺨에는 혈색이 좋아 붉은 기가 돌았고 머리칼은 하얗게 세었어도 짧게 스포츠형으로 깎았으며 구레나룻도 뺨에 바싹 붙게 자른 것이 나이를 가늠키 어렵게 했다.

송이장할으방은 아버지를 끌고 방으로 들어가 문을 걸어 잠갔다.

어머니가 오징어 손보던 것을 마무리하자며 마당에 모여 섰던 사람들을 흩어냈다. 방안에서는 말소리도 밖으로 새지 않았다.

얼마 후 두 사람은 방문을 열었다.

송이장할으방이 손수 아버지를 도와 미리 우리 집 어귀에 대기시켜놓은 달구지에 오징어드럼통을 실었다.

"부탁일세. 앞으루 서너 도라무 통 더 들 걸세. 내 자네만 믿을 밖에…자식 이기는 부모 봤는가?"

송이장할으방의 말발은 녹직하니 눅어 있었고 아버지도 젊은 송이장을 대할 때와는 사뭇 다르게 깍듯이 예의를 갖추었다.

송이장할으방이 오징어 드럼통 여섯 개를 실은 달구지 꽁무니에 바짝 붙어 서서 가버리자 사람들이 다시 우루루 아버지한테로 몰려들었다.

아버지는 어머니 앞에 큰언니 공책 한 장을 찢어 쓴 증서를 내밀었다. 그건 마른 오징어 열 드럼을 양도하는 날 대금을 현금으로 정히 정산하겠다고 송이장할으방이 손수 쓴 문서였다. 어머니가 아버지 손에서 그걸 받으려 하자 아버지는 어머니 손을 뿌리쳤다.

"어머님 거 부싯돌 잠깐 빌려 줍서."

아버지는 할머니가 건네준 부싯돌을 쳤다. 핀직, 하면서 불씨가 종이에 떨어지고 이내 불이 붙었다.

"젊은 송이장, 거 혈기도 있고 실력도 있고 이? 우리 면 제3구 의원 될 자격 충분하게 있어. 내 그래서 오적어 열 도라무 기부하기로 결심했는데, 수니어멍? 나 잘 생각한 거 아녀!"

아버지가 그렇게 나오면 어머니는 할 말이 없을 게 뻔했다.

"그래 참 잘 했수다!"

어머니는 조금은 비꼬듯 조금은 격려하듯 판에 박은 대답을 해버렸다.

모여 섰던 사람들은 결말이 별 볼 일 없이 싱겁게 끝나자 이미 짐작했던 대로라면서 헛웃음을 주고받았다. 니마아방 저 양반, 핏대 세우는 체 해도 속은 물러 터진 물외만도 못해. 내 그럴 줄 알았어. 지가 그래 젊은 송이장 밀지 않고 배겨?

밤바다에서 친구는

나는 이튿날 아침까지 한 번도 깨지 않고 잠을 잤다. 참 이상한 밤이었다. 사실 나는 버릇처럼 밤마다 깊은 잠속에 빠지지 못하여 서너 번씩 깨어났고 그 때마다 소피가 마려운 것 같아 안절부절 못했다.

큰언니는 누가 와 업어 가도 모를 정도로 잠이 들었다하면 깊이 잤다. 곤히 자는 큰언니를 발로 차고 두드리고 오만 짓을 다하여 잠을 깨워놓고, 나 오줌 마려 같이 좀 가자. 라고 하면 그렇게 착한 사람도 짜증을 내곤 했다. 왜 그래 너? 꼭 애기같이. 혼자 오줌도 못 눠? 저기 마당에 가 싸버리면 될 거 아냐.

나는 무섭다고 우는 소리를 징징 내고 그러면 큰언니는 어쩔 수 없어 눈을 비비며 일어나 내 손을 잡고 무궁화나무 아래 통시까지 데려다 주곤 했다.

"미시거가(무엇이) 무서우니? 넌 꼭 오징어 말리는 거 시작하면 밤에 무섭다고 야단이더라 이."

정말로 그랬다. 무심코 한밤중에 일어나 마당으로 나가다가 나는 그 자리에 얼어붙고 말았다. 우리 집을 빙 에워싸고 도깨비들이 그만그만한 불을 밝히고 있었던 것이다.

도깨비불은 빛이 퍼지지 않고 또 여기저기로 휙휙 날아다닐 때마다 커지기도 하고 작아지기도 하지만 사람한테 떨어져도 그 불에는 데지 않는다고 아버지가 말해준 적이 있다.

"그래서 말이다 니마야. 아무리 도깨비와 친해봤자 담배 불 한 번 나눠보지 못 하는 거여."

아버지는 도깨비 친구도 여럿 있다고 했다. 그러나 도깨비는 늘 불을 가지고 다니면서도 그 불로 담배를 나눠 피우는 등 우정을 돈독히 하는 데는 전혀 쓸 줄 을 모르더라고 아버지는 농담을 하였다. 담배도 나눠 피우지 못하는 아쉬움이 깊어지면 아버지는 혼자서 부싯돌을 치곤했단다. 도깨비는 부싯돌을 무서워 해 혼비백산 사라져 버린다고도 했다. 도깨비란 놈은 사람이 흘리는 피[血]하고 담 배를 제일 싫어하지. 돼지고기하고 찰수수밥을 가장 좋아하고.

아버지는 고기잡이 나가면서 어쩌다 일 년에 두어 번 돼지고기를 도깨비 몫으 로도 가져간다고 했다. 도깨비들을 불러 실컷 먹게 한 다음, 자 친구들! 이제 배 불렀으면 나를 도울 차례지 이? 어서 고기떼를 몰아오게. 라고 부탁하면 한 달음 에 이리저리 날뛰어 고기를 바닷물이 들끓게 모아들인다고 했다. 이 아방은 고 만이(가만히) 있다가 그냥 잡아 올리면 금방 만선하는 거지.

아버지는 도깨비가 자신을 도와 고기잡이를 하는 대목에 이를 때마다 자기가 무슨 도깨비 두목이나 되는 것처럼 뻐기듯이 무용담을 털어놓되 그까짓 거 아 무것도 아니라는 투로 이야기하곤 했다.

어떤 때는 도깨비들이 서로 짜고 아버지를 골탕 먹이는 일도 더러 있다고 했다. 밤바다에 고기잡이를 가서 고기도 안 잡히고, 이거 어떻게 하지? 좀 걱정을 하다가 에라 모르겠다, 술 한 잔하고 있으면, 저 먼 수평선 너머에서 난데없이 어마어마하게 큰 건착선이 설랑설랑 ~ 기관소리를 울리면서 밤바다를 가로질러 곧장 아버지 배로 돌진해 온단다.

유령선과 담배 불

"내 딸년들아. 건착선은 고등어 잡는 배여. 여름에는 그 배가 바다에 나타날 턱이 없지 이. 고등어는 가을부터 겨우내 잡히는 고기니까. 그 배를 보는 순간 아방은 알지. 저 놈 분명히 유령선이다."

아버지 말에 의하면 도깨비들이 타고 바다를 휘저어 다니면서 장난치는 유령선은 척 보면 알 수 있단다. 유령선에는 모든 게 거꾸로 되어 있다고 했다.

자동차에 해드-라이트가 있고 후미등이 있듯이 배에도 고물에 켜는 등과 이물에 켜는 등이 따로 있고, 또 이 배에서 저 배로 등불로 서로 신호를 주고받는 체계가 다 정해져 있다고 했다. 그 예로, 이 쪽 배가 똔똔, 쓰돈, 쓰쓰돈, 하고 모르스부호와 같은 조건으로 불빛을 깜빡여 신호를 저 쪽 배에다 보냈다고 하자. 유령선은, 똔쓰쓰, 돈쓰, 똔똔, 으로 뒤집어 받는다는 것이다.

"아하, 저거 틀림없이 헛것이다. 저것한테 넘어가면 안 된다."

아버지가 정신을 바싹 차리고 있으면 그 놈의 유령선은 멋도 모르고 설랑설랑, 기관소리도 요란하게 달려와서는 쓰윽 옆구리로 배를 붙인다고 했다.

"아방, 잠깐만 예 잠깐만! 승천이 할으바님이랑 석이아방이랑 다른 아저씨들이랑 다 그 배가 유령선이란 거 알아 마씀?'

나는 무섬중에 머리칼이 곤두서면서도 궁금증은 풀고 넘어가야만 속이 후련

했다. 아버지도 시원시원하게 나의 호기심 반 궁금증 반을 금방 풀어주곤 했다.

아니다 다른 사람들은 고기가 안 물면 다 잠자고 아버지만 키를 잡고 배를 지키는 걸. 아방 혼자만 유령선도 만나고 도깨비친구들하고 벗하는 거여. 자 - 더 들어봐 이, 그래서 척 옆구릴 붙인 그놈들이 수작을 이 배에, 아방한티 걸어온단 말씀이거든. 거, 어디 사는 누구요? 도깨비 말은 이빨이 빠져 바람 새는 소리가 나. 아방이 점잖게 대답하지. 저 탐라국 사는 아무개요. 당신네는? 보통 유령선 선원들은 어디 산다고 지명(地名)을 못 대고 우물쭈물하든가 아니면 아주 먼데, 우리가 잘 모르는 나라 이름을 거느린단 말씀이야.

해적은 원래가 저 북유럽이란 디가 있어 이, 노르웨이나 덴마크 같은 나라에서 생겨난 바다도적놈이잖냐.

이 도깨비들이 자기들은 해적이라구 응? 막 험상궂은 체 하면서 이, 덴마크 나라에서 저 일본으로 간다든가 뭐라고 떠벌리기 일쑤거든.

아방은 다 알지 그놈 정체를 이. 그래도 시침 딱 잡아떼고, 오 그러냐고, 참 멀리서도 항해 한다고, 얼마나 망망대해에서 외로우냐? 우리 담배나 한 대씩 나눠 피자.

도깨비는 담밸 싫어하니까 아방이 한 말을 못 알아들은 척 해. 그러면 이번에는 영어로 말하지. '씨가레또' 피우자 하면서 부싯돌을 칙, 쳐버리는 거라 막무가내로.

그러면 뭐 이건 우왕좌왕 하다가 내가 담배에 불을 붙이고 푸우- 연기 한 모금 뿜으면 그만 제물에 설렁~ 하고 배가 폭삭 사라져 버리지 아방 눈앞에서 이.

그런데 말이다. 어떤 노무 유령선은 대가 참 드세서 담배 갖곤 맞수가 안 돼. 담배 연길 푸아- 뿜자마자 불빛이 수 백 수천 개로 갈라졌다가 다시 한 덩어리로 모아지고 또 흩어지고 하면서 이 아방 혼을 막 빼려고 야단법석을 떨지.

아, 이 아방이 누구냐 게! 바다의 왕 장보고 다음은 갈 거다 담 세기로 치면 말이다.

그것들은 서로 소릴 지르고 불빛을 흩어놓고 그러면서 대장이 돌격! 돌격! 고함지르면서 칼을 휘둘러댄다 너. 금방 아방 배로 넘어올 성 싶어. 이제 막판 싸움이구나 비방을 써야지 결심한 아방은, 잇몸을 꽉 깨물어 피를 내곤 화악- 유령선에다 뿜어버리는 거라 이.

사람 생피 맛을 보면 아무리 대가 센 도깨비라도 절대 못 당한다. 왜냐하면 사람은 만물의 영장이고 피는 사람 목숨과 같거든. 감히 어디라고 맞서 맞서길! 나의 신성한 피를 뒤집어쓰고도 버티는 유령선은 아직껏 어섯져(없었다). 아방은 집에 와서 방에 눠 가끔 이런 생각을 할 때가 있저. 그 도깨비들 아방한테 당한 게 억울해서 혹시 복수하러 예까지 몰려오지는 않을까?

왜 오징어를 말리는 여름 밤마다 아버지가 유령선을 물리친 그 이야기가 떠오르는 지, 정말로 나는 무서웠다.

유리창 너머 밤 풍경

나는 오밤중에 소피를 보려고 마당에 나갔다가 푸르스름하게 우리 집을 둘러싼 불빛과 맞닥뜨리고는 아버지 말이 편 듯 떠올랐다. 그래 유령선의 도깨비들이 아버지한테 복수하려고 몰려왔구나! 되게 겁이 나서 그 자리에서 선채로 오줌을 쌀 뻔 했다.

그 때 마침 어머니가 늘 하던 말씀 덕분에 용기를 겨우 내었다. 옛 어른 말씀에, 호랑이 아가리에 머리가 들어갔어도 정신만 바짝 차리면 살아난다고 했다. 사람은 매사에 침착하고 볼 일이다. 침착보다 더 좋은 무기는 없느니. 그렇다!

침착하자. 너희들 도깨비들아, 우리 아버지한테 나쁜 짓 하려고 왔니? 어림없다 어림없어! 우리 아버지는 지금 저 앞바다에서 오징어 잡고 있지만 나 그거 너희들한테 말 안 해 줄 테다 절대로!!! 너희들 도깨비 유령선 쫄자 선원들아! 덤빌 테면 덤벼라. 내 오줌 맛 보여줄 테니. 하면서 오줌을 쏼쏼 싸버렸다.

그 날 밤부터 수시로 잠이 깨곤 했다. 깨어보면 도깨비는 불 켠 눈을 부라리고 나를 노리고들 있었다. 날이 갈수록 도깨비들도 대담해져서 처마 밑 까지 와 앉아 느긋이 기다리는 것이 아닌가!

우리 집은 우리 마을에서 유리창이 달린 집으로는 첫손가락을 꼽았다. 나는 그게 늘 자랑스러웠다. 그러나 유리창 건너로 훤하게 도깨비불이 보이면서는 자랑스러운 마음은 온 데 간 데 없고 오히려 그 유리창이 한없이 원망스러웠다.

오징어가 많이 잡히기도 했지만 날마다 잡은 걸 말리다 보니 울담이 모자라 나중에는 처마에 대나무를 서너 칸 씩 가로 질러 거기에도 즐비하게 널었다.

오징어가 많이 잡히면 잡힐수록 도깨비들도 숫자가 엄청나게 많아지고 그에다 불빛은 상상을 초월할 정도로 극성스러웠다.

그 밤의 무기들

나는 지겨웠다. 도깨비불에 밤마다 시달려 밤이 지겹다 못해 두려웠다. 그런데도 그 누구에게도 밤마다 우리 집을 철통같이 에워싸 우리를 노리는 도깨비불에 관해서 입을 열지 못했다. 왜냐하면 밤마다 우리 집을 찾아와 난리를 피우는 도깨비들 문제는 나만 알아야 한다는 생각을 했던 것이다. 괜히 다른 가족까지 불안에 떨게 하고 싶지 않은 마음에서였다.

아버지는 도깨비를 부싯돌과 담배로 퇴치했다고 했지. 그래도 물러가지 않으면 잇몸에서 피를 내어 - 뿌려라. 나도 그렇게 해보자.

그래서 어느 날 밤 고이 잠든 할머니 머리맡에 놓인 담배쌈지를 더듬어 부싯돌을 꺼내고 담배도 한 대 두툼하게 창호지를 찢어 말아두었다.

드디어 소피가 마려워 눈을 뜬 한밤 중, 우리 집 둘레에는 아니나 다를까 이미 도깨비들이 잔뜩 진을 치고 있어서 하늘 가득 돋아난 별무리를 지워버리고도 남을 만 했다.

나는 댓돌에 내려 앉아 부싯돌을 핀직, 핀직, 치고 또 쳤다. 겨우 신문지 쪽에 불씨를 떨궈 담배 불을 붙이는 데 까지는 성공을 했다.

신문지 쪼가리가 타들어가는 불빛에 도깨비들은 순간 어디론가 사라졌다가 그 불이 꺼지자 금방 또 나타나 우리 집을 에워쌌다.

두 번째 무기가 있다는 걸 도깨비들은 모르는 것 같았다. 두고 보라지 누가 이기나? 나는 담배를 한 모금 빨아 연기를 후우 - 내뱉을 참이었다. 불붙인 담배를 한 입 빨아들이는 순간 나는 숨이 막혀 죽을 뻔 했다. 아무리 캑캑 거려 기침을 뱉아 내어도 목은 트이지 않고 숨은 점점 막혀왔다.

하도 기침을 해대니 눈알이 튀어나올 것만 같았다. 나는 점점 막혀 오는 목을 어떻게든 트이게 해보려고 더 세게 캑캑 기침을 토해냈다. 목은 트이지 않고 침만 질질 입 밖으로 흘러내렸다.

나는 죽을 것만 같았다. 그 때 누군가가 등을 두드리고 쓰다듬어 주었다. 어머니였다.

관점의 차이가 빚은 오해

마루에 등불이 밝혀지고 온 집안 식구가 모두 깨어나 나왔다.

잠꾸러기 슬이는 도깨비가 그토록 극성을 부려도 끄떡 없이 잠만 잤는데 그 애도 나오고, 게으르기 짝 없는 짱돌이도 나왔다.

큰언니가 떠다준 찬 물을 조금씩 마시고 몸 안에 든 담배연기가 다 사그라 들자 기침이 좀 멎고 목도 차츰 트였다. 살 것 같았다.

"니마야! 너 정말 못 말리겠구나. 자다 말고 왜 할머니 담밴 훔쳐 피우고 말썽이니 그래?"

불쑥 어머니가 역성을 냈다. 나는 어리벙벙했다. 졸지에 할머니 담배나 몰래 훔쳐 피우는 말썽꾸러기가 되고 말다니 내 팔자야! 그렇게 억울할 수가 없었다. 오해는 관점의 차이라고 했지. 오해야말로 독단에서 비롯됨을 실감했다. 그래도 나는 도깨비가 아버지한테 복수하려고 매일 밤마다 우리 집에 몰려와 진을 치고 있다는 말을 꺼내지 않았다.

밤마다 도깨비불에 시달리면서도 낮에는 다 잊어버리고 악착같이 오징어코를 뜯어냈다. 그리고 잠을 자다가 깨어나면 꼬박꼬박 큰언니를 깨웠다. 나 혼자서 도깨비를 쫓아낼 생각을 다시 하고 싶지 않았기 때문이다.

도깨비를 쫓아내는 비방으로 내가 해보지 않은 건 잇몸을 깨물어 피를 내어 뿜는 것뿐이었다. 그랬다가 이번에는 흡혈귀란 누명을 쓸 지 누가 알아?

"큰언니야, 도깨비불 무섭지 이?"

내가 조심스럽게 물었을 때, 큰언니는 몸을 부르르 떨었다.

"그건 왜 물어?"

나는 다그쳤다.

"무서워 안 무서워?"

"도깨비가 뭐 아무데나 오는 줄 알지. 저기 대장장이네 풀무간에나 아님 상여집에나 나오는 거여 게. 괜한 소리 그만하고 어서 오줌 싸고 잠이나 자라!"

큰언니도 어떤 때보면 좀 맹한 구석이 있었다. 아버지가 바다에서 만나는 유령선 이야기며 도깨비를 물리친 무용담을 같이 들었으면서도 영 딴 소릴 하고 있으니 말이다.

"큰언니도 몰람신게(모르고 있네). 바다에도 나온다 그것들!"

그제서야 큰언니는, 참! 하면서 가볍게 두 손을 마주쳤다. 아버지가 말씀해 주셨지 정말.

"그 도깨비들 혹시 우리 아방 신디 복수하겠다고 우리 집까지 올 수도 있지 이."

내 말에 신빙성이 있는지 큰언니는 고개를 갸우뚱하고 생각에 잠겼다.

"너 무사(왜) 요즘 도깨비 말만 햄나(하니)?"

골똘히 뭔가를 생각하던 큰언니가 반문을 했다. 이번에는 내가 입을 다물었다. 차마 우리 집을 지금도 도깨비불들이 에워싸고 있다는 말을 할 용기가 없었던 것이다.

밝혀진 정체

방에 들어와 누워서도 도깨비불이 사방에서 보여 눈을 감을 수가 없었다. 한참 후, 큰언니가 쿡쿡 웃어대었다. 나는 기분이 나빠 발길질을 했다. 왜 웃어 씨, 기분 나쁘게.

큰언니가 일어나 앉으며 웃으워 죽겠다고 한바탕 또 웃어제끼더니, 니마 너 왜 도깨비 어쩌고 하는지 이제 알았다!?

"뭔데?"

나도 발딱 일어나 앉았다.

내가 이 여름밤 내내 무섬증에 시달린 도깨비를 두고 큰언니는 저토록 흐드러지게 웃어넘기다니 이건 사건이다 사건.

"뭐긴? 너 오징어 널어 논 것에서 파란 불빛 같은 거 번쩍거리니까 그거 보고 무서워 벌벌 떠는 거 이, 맞지 이?"

나는 벼락을 맞은 것처럼 정신이 아뜩했다. 그거였구나 그거. 그래도 시침을 뚝 떼고 우겼다.

"아니여 게! 진짜 도깨비여. 뭣도 모르멍 경 웃지 말아 게"

큰언니 말에 뭔가 집히는 데가 있었다. 나는 그 참에 밖으로 나갔다. 이를 악물고 파랗게 빛을 발하는 그 정체를 향해 정면으로 걸어갔다. 사방에서 도깨비들이 금방이라도 달려들어 나를 포위할 것만 같았다.

만약 내가 도깨비들에게 포위당해 몰린다면 입술을 깨물어 피를 뿜어낼 것이다! 단단히 각오하면서 한 발짝 한 발짝 내디뎠다. 점점 발광체에 가까이 다가갔다. 빛을 향해 가까이 다가갈수록 오징어가 뚜렷이 보이고 몸 전체에서 파란 빛을 내뿜는 게 선명했다.

아, 그랬구나. 잠깐만! 내가 그 걸 왜 몰랐을까? 오징어가 채 마르기 전에는 그렇게 파란 인광을 발산한다는 걸 말이다. 갈치도 몸 전체가 발광체이고 생선 눈에서도 빛은 뿜어 나온다.

결론

어쩌면 나는 도깨비불을 내 마음에 만들어 밤마다 우리 집 둘레에 밝혔을 수도 있다. 아버지가 그토록 하고픈 갈치잡이를 어쩔 수 없이 단념하고 오징어를 잡는 걸 보면서 내 딴에는 마음이 아팠는지도 모르겠다.

그놈의 제 2대 면의원 선거가 아버지 뿐 아니라 나까지 애를 먹인 셈이다. 젊은 송이장이 과연 당선될까? 우리 오징어를 열 드럼통이나 술안주로 먹이고도 당선되지 못하면 너무 분해서 우리 아버지 어떻게 살아갈까?

 버럭 욕을 되알지게 한 마디 탁 뱉아 내면 속이 후련할 텐데……나는 남에게 욕을 하는 사람은 나쁜 사람이라고 교육받은 착한 아이였다.

4. 고등어 대가리와

하늘의 사다리가 내려서는 바다

드디어 장마가 걷히고 하늘 끝에서 뭉게구름이 피어오르면서 여름은 무르익었다.

대지가 펄펄 끓는 가마솥처럼 달궈지고 그것도 모자라 태양은 온종일 하늘을 맴돌며 이글거렸다. 그렇다고 여름이 오직 작열하는 태양의 몫만은 아닌 것이, 간간이 그것도 뜬금없이 쏟아지는 소나기가 제 할 일이라는 듯 달궈진 지표를 식혔고 소나기 뒤끝에는 바다와 하늘에 양다리를 걸친 선연한 무지개가 뜨곤 했다.

무지개가 바다에 내려서면 우리들은 그 일곱 가지 색깔로 곱게 단장한 하늘의 사다리를 타겠다고 무작정 달려가 바닷물에 풍덩 뛰어들었다.

항고지(무지개) 잡게. 항고지 타고 하늘로 오르게.

그러나 내 여섯 살 그 여름에 우리 마을의 어느 아이도 무지개를 타고 하늘로 올라가 보지 못했다. 우리들은 그래도 포기하지 않고 벼르고 별렀다. 꼭 무지개를 타고 하늘로 올라가자! 언젠가는 그럴 수 있는 날이 있어줄 것 같은 환상에 사로잡혀 희망을 저버리지 않았던 것이다.

하늘과 바다 사이에 걸린 무지개는 너무나 선명하여 잡기만 하면 당장 기어올라가 하늘에 닿을 것만 같았다.

소나기가 퍼붓기 시작하면 우리 조무래기들은 학교에서 공부를 하다말고 빗속에 뛰어들고파 몸살이 났고 마음은 이미 비 갠 하늘을 타고 바다로 내릴 무지개를 쫓아갈 생각에 정신을 차리지 못할 지경이었다.

물웅덩이가 아이들에게

하긴 여름에는 누구나 약간씩은 제 정신이 아닌 채로 사는 게 아닐까 하고 생각한 적이 여러 번 있었다. 학교와 우리 집 사이 중간쯤에 넓은 타작마당만한 물웅덩이가 있었다.

그 웅덩이는 가뭄이 극심하기 전에는 물 마르는 적이 거의 없어서 어른들은 거기서 주로 빨래하고 아이들은 간이 세면장으로 이용했다. 우리는 학교에 가다말고 그 웅덩이에서 발이며 목의 때를 씻어내곤 했다.

귤껍데기 선생님은 매일 손과 발 그리고 머리며 이빨을 꼭 검사했다.

우리들은 다소 정도의 차이는 있었지만 누구나 다 까마귀가 부러워할 만치 묵은 때를 목이며 손발 등에 덕지덕지 앉혔고, 머리에는 서캐가 하얗게 슬었으며, 이빨은 고구마며 푸성귀를 아귀아귀 먹어서 그 진이 달라붙어 시누렇게 물들어 있었다.

용의단정하지 못한 사람은 커서도 큰 사람이 될 수 없닷!

조금이라도 손발이 더럽거나 이를 닦지 않았으면 선생님은 여지없이 회초리를 휘두르기 예사였고 가끔씩은 제법 굵은 몽둥이로 우리들 엉덩이에 찜질하는 걸 마다하지 않았다.

그런 행사는 날마다 아침 조회시간에 이뤄졌고 선생님은 그 행사시간을 용의검사 한다고 했다.

그 용의검사에 걸려 혼나지 않으려고 아이들은 등교 길에 물웅덩이에서 아침 세수를 했고 하교 길에는 땀을 닦았다.

그 웅덩이에 들어가 여기저기 씻다보면 올챙이들 노는 모습에 아차, 정신을 앗기기 일쑤였고 그에다 맹꽁이며 개구리가 울어대는 날에는 돌멩이를 주워 풍당풍당 던지며 훼방 놓는 데 재미를 붙여 학교 가는 걸 까맣게 잊어버리기도 했다.

남자아이들은 더러 그 웅덩이에 사는 물뱀이며 돌담을 타고 기어가는 구렁이를 잡아 여자아이들에게 던지는 등 장난을 쳐 간담을 서늘케 하는 스릴 만 점인 장난이 덤으로 얹어지고…….그래서 그 물웅덩이가 선물하는 놀이감 때문에 일주일에 한 두 번은 꼭 무더기로 지각을 하곤 했다.

그 바다의 여름 날

귤껍데기 선생님한테 치도곤 당하는 걸 모두들 무서워하면서도 장난에 정신을 파는 것쯤 대수롭잖게 여겼다면 바로 그게 정신이 약간은 제 궤도를 이탈했다는 증거가 아닐까?

시간개념도, 공간에 대한 인식도 무엇엔가 홀려 가늠하지 못할 만치 취하고만 나날들. 그 시절 바닷가의 여름은 찬란한 몽상이 빚어낸 환각상태와 다를 바 없었다.

장독대에 늘어선 파초가 제철을 자랑하느라 초가 한 채를 덮고도 남을 만치 잎새를 한껏 넓힌다든지, 맨드라미가 피어나고 깨꽃이 붉게 타고 또 봉선화가 울밑마다 곱게 꽃잎을 열어 모든 여자들 손톱을 단장할 그 때를 기다린달 지 등등은 농촌 풍경이 어디나 다 같다면 같달까.

그러나 바닷가는 우선 풍경부터가 전형적인 농촌과는 좀 색다르다. 바다 물은 한껏 짙푸르러 하늘과 바다를 가르는 수평선을 아예 연푸른 색깔로 싹 지워버리고, 그래서 하늘에선 듯 바다에선 듯 불어오는 바람결은 시원시원하게 바닷가 마을길을 내달린다.

포구와 수영장의 차이

아이들은 학교가 끝나기가 무섭게 바다로 조랑말 따위는 저리가라 싶게 질주(疾走)를 하였다. 달려가면서 옷을 벗기 시작하여 포구에 이르는 순간 책보와 함께 갯바위에 던져버림과 동시에 바다 속으로 텀벙 뛰어 들고 보는 것이다.

포구는 우리들의 수영장이며 체력단련장이며 수양관이었다.

먼 바다로 고기잡이를 떠나버려 배가 한 척도 없는 여름 한낮의 포구는 호수처럼 가득 물을 채우고 우리를 맞을 채빌 끝낸 지 오래, 벌써부터 기다림에 겨워 몸살 나 뒤채고 있었다.

방파제에 무더기, 무더기로 책보와 옷을 벗어놓고 우리는 물속으로 뛰어들었다. 드디어 신이 난 포구는 우리들과 같이 어울려 물보라를 일으키며 나뒹굴었다.

큰언니네 또래는 방파제 둑 맨 위에서 다이빙 시합을 했는데 그 광경은 보기에도 아찔했다.

우리 일학년 조무래기들은 언니들이 누가 더 높은 곳에서 뛰어내리나 내기에 들어가면 고무신짝을 무수히 물속에 던져 넣는 일을 도맡았다. 우리가 던진 고무신짝이 잠시 수면을 떠돌다가 물속으로 갈아 앉으면 언니들은 뛰어내려 잠수했다.

우리는 목청을 높여 하나아- 두울 세엣 네엣...합창하기를, 다아서엇...을 헤아릴 무렵이면 하나 둘 물위로 솟구쳐 오른다. 한 숨에 가장 많이 신발을 건져 올린 언니가 박수를 받았다.

꽃고무신과 보물찾기

고무신짝을 무더기로 건져 올리는 시합은 몇 번 못해 시들해지고 다음에는 한 쌍의 고무신을 물밑의 돌 틈에 숨겨두고 찾아오는 보물찾기로 넘어간다. 선수들은 고무신을 숨기는 동안 눈을 감고 반대편으로 돌아서 있어야 했다. 큰언니 또래들은, 니마 꽃고무신으로 하자! 니마야, 네 고무신 벗어. 하고 소리쳤다. 시커먼 검정타이어 고무신보다는 속이 하얗고 분홍 꽃이 아로새겨진 내 꽃고무신이 훨씬 물 아래에서는 찾기 쉬운 까닭에서였다.

그즈음 나는 멋 부리는 재미에 매일 꽃고무신을 신고 다녔다.

물안경 혹은 고글 따위 있을 턱이 없는 그 시절, 우리들에게는 물 아래 세상마저 두 눈을 크게 부릅뜨고 보면서 삶을, 인생을 물장구치며 배워나갔다.

나는 큰언니네가 빌려달라고 소리치든 말든 나의 예쁜 꽃고무신을 호락호락하게 내주지 않았다. 그런 보물찾기에 막 내돌리다 보면 빨리 헐어 버릴 거고 그러면 결국 나는 다시 검정타이어 고무신을 신어야 하잖는가 말이다. 비록 새 검정타이어 고무신이라고 해도 헌 꽃고무신에 비길 바 못됨을 나는 알고 있었기 때문이다.

아버지 정성의 징표

우리는 잘하면 일 년에 딱 한 번, 설빔으로 꽃고무신을 선물 받았다. 매해 거르지 않고 우리는 꽃고무신 한 켤레를 설날아침에 꼭 얻어 신었다. 큰언니는 운동화와 구두도 받은 적이 있다.
아버지는 큰언니가 맏이라고 우리들과는 다르게 옷차림을 마련하길 잊지 않았기 때문이다.
그 해 여름 큰언니 신발은 구호물자에 귀하게 묻어온 생 고무창 운동화였다.
아버지는 그 운동화를 큰언니한테 얻어주려고 구호물자 배급이 끝나고서 '동카름'(東동네)에 사는 복덱이 어멍과 곤쌀 한 말을 놓고 흥정을 벌렸다. 그 광경을 본 사람들은 아버지를 되게 비웃었다.
하이고오! 저 니마아방, 썹데기 만씩 한 거 위해영 그 귀한 곤쌀 한말씩 퍼주는 거 보라 게, 미치지 않해시냐 이!
사람들 비웃음을 사면서까지 아버지가 애써 마련한 큰언니 운동화는 포구에 모여든 아이들에게는 별로 쓰잘 데가 없었다.
한 여름날 태양이 지표를 최대치로 달군 날 오후, 포구에서 먹 감을 때 최고 인기 있는 보물찾기 재료는 역시 꽃고무신이었다.

장난치기 좋은 때

나른하게 더위에 맥 빠진 포구를 깨워 몸살이 날만치 소란을 피우고 썰물이 시작되면 우리는 옷을 입었다.

그 무렵이면 점심시간이 끝날 때가 되어 큰언니네 상급학생은 다시 학교로 돌아가고 우리는 집에 갈 시간이 되었다.

아이들은 너무 바닷물에 식어버린 몸에 한기(寒氣)가 돌아 돋아나는 닭살을 어쩌지 못하고 진저리를 쳤다. 그래서 너나없이 옷을 입기 전에 여름 한낮의 작열하는 햇볕에 한껏 달궈져 불덩이 같은 새까만 갯바위를 찾아 납작 엎드리곤 했다.

그 때를 노려 장난 좋아하는 건이 같은 남자아이들은 기다란 감태줄기를 주워 들고 다니면서 언 몸을 녹이는 아이들 등짝이며 엉덩이를 툭툭 건드리는 것이었다.

달궈진 갯바위에 노곤하게, 아무 생각 없이 누웠는데 갑자기 등에 물물은 해초줄기를 갖다 대면 등줄기를 따라 차가운 기운이 온몸을 삽시에 휘감아 돌면서 화들짝 놀라게 되어있다.

사내아이들은 어나가나 그저 가만있지 못하고 무슨 장난이든 치고 봤다. 그 아이들 장난처대는 등살에 못 이겨 발딱 몸을 일으킨 여자아이들은 종주먹을 휘둘러대며 난리법석을 또 한바탕 떨었다.

얼라리 꼴라리 날라리 깔랄리
저기 보래요 저 오분자기 보래요
우와 크다! 전복만큼 크대요
터럭도 돋았대요 우린 다 봤대요 ----------

흠! 저희들은 뭐 자지며 불알을 어디 떼어놓고 잠시 알몸이 된 것처럼이나 해초줄기를 허공에 획획 휘둘러 한낮을 가르면서 목청껏 소리쳐 벗은 여자아이들을 놀렸다.

그에 질세라 여자아이들도 손바닥으로 앞을 가리고 서서 남자아이들보다 더 목청껏 맞받았다. 여자아이들 목청이 남자아이들 목소리를 지우고도 남을 만치 음이 가늘고 높잖는가.

누군 어떻고 누군 어떻고
저 소나이(남자)들 보래요 조쟁이(어린이 자지) 꼴 보래요
고추밭에 막물 고추
생겨먹기가 서리 맞은 막물 고추.
또 저거 보래요
쌀 두 섬 담은 주멩기(주머니) 보래요
가난뱅이 거렁뱅이
주멩기에 삼신할망 넣어준 쌀 두 섬
개빈년(갑인년) 숭년(흉년)에
꼴까닥 팔아 먹었대요
빈 주멩기만 오글랑 다글랑 오그라들고
아무 것도 없대요 쭈그랑 멩텡이(멱서리)-----

남자아이들은 사실 여자아이들의 입심에 당할 재간이 없었다. 얼굴마다 부끄러워 어쩔 줄 모르는 기색이 역력해지면서 앞 다투어 뒤돌아서서 고추를 감추기에 바빴다.

'애기바당'에 든 애기 잠수(해녀)

　한 번 시작하면 여자아이들 남자아이들 상급반 하급반 할 것 없이 서로 싸우듯 놀려먹는 대목을 한바탕 치르고 나선 후닥닥 옷 입기에 바빴다.
　옷을 입는 족족 뛰어가 학교와 집으로 가는 길목에서 또 두 패로 나눠 바닷가에서처럼 악을 바락바락 쓰면서 서로 또 놀려먹었다.
　남자아이들이 여자아이들을 먼저 놀려먹으면 여자아이들이 맞받아서 남자아이들을 놀려먹고 길목을 지켰다가 다시 한 번 놀려먹은 다음 흩어지는 건 여름 한낮에 매일 치르는 우리들의 정례행사였다.
　어른들은 패를 갈라서 서로 놀려먹느라 아귀다툼을 하는 우리들을 보고 갈가마귀 떼 같다고 했다.
　썰물에 맞추어 우리가 포구를 비워 주고 나면 이제 바닷가는 잠수들 휘파람 소리에 몸살 났다.
　다시 밀물이 밀려들고 그 시각을 기다렸다는 듯이 고기잡이 갔던 배들이 고동을 길게 불면서 하나 둘 저 바다를 건너 들어오기 시작하면 포구는 다시 우리들이 멱 감을 때만큼이나 소란스러워지곤 했다.
　그 해 여름 내가 여섯 살이던 그 때 여름 한 낮에, 정화와 옥자는 물질도구를 갖추어 오후에는 '애기바당' 에서 첫 물질을 시작했다. 걔네 둘이는 첫 물질을 가던 날 나에게 정말로 한껏 뻐겼다.
　"우린 오늘부터 개맡(포구)에서 헤엄 안친다!"
　요것들이 약올라 죽어라며 내 앞에서 치마 바람을 일으켰다.
　"애기바당에서 물질할 거다! 넌 거기 못 와. 물질하는 사람만 가는 거"
　'애기바당' 은 가장 수심이 얕은 바다로 새로 물질을 배우기 시작한 어린잠수들만을 위해 설정된 구역이었다.

나는 너무 약이 올라 금방 울음이 터질 것만 같았다. 그래도 꾹 참고 따졌다.

"어째서 난 못 가?"

건방진 말투로 따졌다.

"너가 무사(왜) 애기잠수냐?(너는 애기잠수가 아니잖아)"

옥자와 정화는 대놓고 나를 무시했다. 내가 그리 쉽게 물러설 이 만무했다.

"무사(왜) 난 애기잠수 아니냐?"

걔네는 이때다 하고 반격했다.

"너 태왁 있나? 너 망사리 있나? 너 속곳 있나? 너 눈(물안경) 있나? 아무 것도 없지. 경허난(그러니) 넌 애기잠수 아니네(아니지)."

나에게 그런 물질 도구가 없다는 걸 걔네들은 뻔히 아니까 마치 나의 약점을 하나, 둘 열거하듯이 그렇게 바싹 약을 올려놓는 것이었다.

문화의 비교

'태왁'은 잠수가 물속을 헤엄쳐 다니면서 작업을 하다가 물위로 솟구쳐 잠시 그것에 의지하여 숨을 고르고 잠깐 휴식을 취하는, 잠수도구 중 으뜸이랄 수 있는 장비로, 물에 뜨는 일종의 부유기구(浮遊器具)이다. '망사리'는 채취한 해산물을 담는 그물 망태이고 '속곳'은 물질할 때 입는 잠수복이다.

일본에도 제주 잠수(潛嫂)와 비슷한 '아마'라고 하는 해녀(海女)가 있다. 남자들이 물질을 전문으로 하는 지방도 있다. 일본사람들은 남자가 물질을 하면 존대하여 해사(海士)라고 부른단다.

그러나 일본의 해녀나 해사는 모두 제주 잠수가 이용하는 '태왁'이나 '망사리' 같은 실용적이면서도 과학적인 도구를 가지지 못했다. 또 그들은 작업할 때 맨몸을 드러내고 했다지만 이제는 작업복을 잘 갖춰 입는다.

잠수도구라고는 나무함지박을 띄우는 게 고작이고, 또 전복을 채취하는 '빗창' 정도가 도구의 전부라고 한다.

그러나 물안경은 그들이 먼저 썼을 거라고 추측한다. 서기 1900년 경 일본사람들이 본격적으로 제주에 들어올 당시만 해도 제주 잠수들은 물질 작업할 때 맨눈을 부릅뜨며 해산물을 찾았다고 한다.

바다의 아기

제주 섬에서는 예닐곱 살이 되어 제법 헤엄을 칠 줄 알면 물질도구를 만들어 준다. 그 때부터 비바리는 어엿한 '애기잠수' (어린 해녀) 대접을 받으면서 제주 바다의 일원이 되는 것이다.

어른 잠수들은 물질 도중에 '애기잠수'를 가르친다.

욕심 부리지 말라. 바다 속에서 욕심 부리다가는 하나 뿐인 목숨 잃기 십상이다.

서로 도와라. 옆에서 물질하는 잠수가 숨이 짧아 다 못 따낸 전복이며 소라며 문어는 옆에서 물질하는 그 누구라도 마저 잡아도 네 것이 아니라 먼저 본 그 잠수가 임자다.

서열을 지켜라. '애기잠수'가 하루아침에 어른잠수 되지 못하며 오늘 첫 물질한 잠수가 내일 상잠수 되지 못하는 법. 자중자애하고 벗을 또 하나의 자신이라고 생각하고 사랑해야 한다.

그럼으로 신의는 잠수가 일등으로 손꼽아야하는 덕목이다. 어른 잠수들은 어린 사람에게 가르칠 일은 그 때를 놓치지 말고 가르치고 시키고 시정하고 도와줘야 한다.

어린 잠수는 자신의 기량껏 작업하라. 덜 익은 땡감이 잘 익은 홍시가 될 수 없듯이 모든 건 순서가 있고 때가 있다. 아무리 다급해도 차근차근 순서를 지키면서 물질을 익혀야만 평생 직업 되고 바다는 너를, 너는 바다를 서로 받들어 좋은 친구 좋은 삶터가 될 것이니 부디 명심하라.

규정 미달 신세에

제주바닷가의 여성사회는 바로 잠수사회이다. 첫 물질을 시작하면 누구나 그 사회의 일원이 된다.

옥자와 정화는 잠수사회의 모든 것을 잘 알고 있고 나도 알고 있었다. 옥자와 정화는 이제부터 한 인간으로서 사회에 일조하는바 제몫을 인정받게 된 것이다.

그러나 나는 아직도 아무 것도 하지 못하는 그저 아이로만 남았다. 내가 그걸 옥자와 정화 앞에서 인정하고 들어가야 한단 말인가?

나는 옥자나 정화 못잖게 헤엄도 잘 쳤다. 그런데 왜 우리 집에서는 나에게 물질도구를 만들어 주지 않을까?

"우리 어멍이 고라라(말하더라). 넌 몸이 너무 약해서 물질 못할 거랜 이. 제주 비바리 되긴 다 글렀댄 말이주 게."

옥자가 잽싸게 내 맘을 넘겨짚고는 이 때다 싶었던지 내 존재의 하찮음을 지적하는 걸 서슴지 않았다. 정화도 옥자의 말을 거들고 나섰다.

"또 있져! 너 잘난 체 해봐도 이, 넌 여섯 살 꼬맹이, 우린 여덟 살이여 게"

두 아이는 번갈아 가며 나를 무시하기에 바빴다. 니마 너 같은 병 꾸러기는 영원히 잠수가 되지 못할 거란 막말도 거리낌 없이 지껄였다.

"야! 니네 정말로 그딴 소리 할 거? 우린 다 똑같은 일학년이잖아. 내가 여섯 살이라도 니네들보다 공부도 더 잘 한다 게. 무사(왜) 나 무시하는 거?"

나도 그 아이들 말을 그냥 수긍하지 않았다. 너희들보다 내가 못하는 게 하나도 없고 오히려 더 잘 하는 게 많다는 걸 납득시키려고 바둥거렸다.

이 바보 멍청이 옥자야, 정화야! 나처럼 천자문(千字文)도 모르는 것들이 까불기는 개뿔도 어신(없는) 것이. 검을 현(玄), 누를 황(黃), 해야 되는 걸 니네는 '까망 솥에 누룽지' 하는 바보천지들 아니냐. 웬 말을 그렇게 많이 햄신고(하는고) 웃기게. 니네만 물질 할 줄 알아? 어림 반 푼 어치도 없다 게. 두고 봐라 이. 나도 우리 아방이 태왁 만들어 주켄(주겠다고) 했저 이!

내 눈 앞에는 아무것도 보이는 게 없었다. 그래서 걔들의 높다랗게 치솟는 콧대를 꺾으려 악바르게 대들었다.

눈 하나 꿈쩍 않고 내 말이 끝나기만을 기다렸다가 정화가 반격을 시도했다.

"언제, 언제 태왁 매들아 주켄 하니?"

"낼 모래, 아니 글피! 아니 여름방학 하면!"

나는 될 수 있는 대로 날짜를 넉넉하게 늘려 잡았다.

이유와 명분을 품은 셈법

그 무렵 우리 집은 나에게 물질 도구를 마련해 줄 만치 한가하질 않았다. 젊은 송이장은 밑 터진 독에 물붓기도 무색하게 아버지가 잡아오고 또 잡아오는 오징어를 모조리 쓸어가도 모자라 매일 들이닥쳐 안달복달 마른오징어를 더 내어 놓으라고 발을 동동 굴렀다.

"도대체 얼마나 처 먹이는 거여 응? 면의원을 뭐 오적어 안주로 살 거여, 어쩔 것이여?"

투덜거리면서도 한 편 아버지는 채 마르지 않은 오징어일망정 깡그리 털어주고 또 주었다.

"게민(그러면) 어떵해여 게. 내가 그러마고 약속한 이상 됐다 할 때까지 댈 수밖에 딴 도리가 있어 어디?"

아버지는 젊은 송이장 선거 뒷바라지를 하느라고 그 여름에 짓기로 했던 새 배는 손댈 엄두도 못 내고 포구 둔덕의 넓은 밭에 조선(造船)할 자리에다 켜켜이 켜놓은 나무판자를 마냥 쟁여두고 있었다. 틈만 나면 그곳에 나가 나무가리를 둘러보고는 땅이 꺼져라 한숨을 푸욱- 내쉬면서 말이다.

"열 도라무만 해 줄 거랜 하지 않헙디가?"

나는 아버지가 결단을 내려 젊은 송이장이 면의원 표를 사려고 벌이는 술판에 오징어를 대주지 말기를 바랐다. 그런데 송이장할아버지가 마른 오징어를 여섯 드럼통인가 달구지에 실어간 이후부터 주욱, 말리는 족족 미리 쾌를 엮을 틈도 주지 않고 낱개로 가져갔기 때문에, 애당초에 열 드럼을 해주기로 약속한 걸 다 지켰다고 장담을 못하겠다는 것이 아버지의 한숨이 길어진 이유라고 했다.

"아방, 그게 무슨 말씀이꽈? 어멍 장부책에 오징어 거 송이장네가 가져가는 거, 꼬박꼬박 적어놨수다 게. 어멍 장부책에서 셈해 보면 열 도라무 벌써 채웠나 안 채웠나 아는 거 어렵지 않을 건디 마씀."

"설룬 내 딸년아, 네 말이 맞다. 경헌디, 아방은 이 착착 도라무에 채워넝엉 열 도라무를 넘겨 줬어야는 건디 경 못 해시네 게."

송이장네가, 오징어를 낱개로 몇 백 마리, 아니 몇 천 마리를 가져간 건 사실이되 드럼통으로 가져간 건 여섯 통밖에 안된다고 우기면 아버지 쪽에서는 할 말이 없어진다는 것이었다.

"니마야, 세상살이는 하나 더하기 하나는 둘도 되고…?"

나는 아버지 말을 중간에 막무가내로 끊고 들어가 허리를 확 가로채었다.

"예! 맞수다 게. 하나 더하기 하나는 십일(11)도 되고 열(+)도 되고 또 뭐가 있더라? 똑같다(=)도 되고… 되는 거 많아 마씀, 경헌디 예, 그건 말 장난이우다. 어멍이 저번에 예, 엉터리 숫자놀음은 말 장난이옌 분명히 했수다 게."

아버지는 난감할 때마다 하는 버릇대로 다시 긴 한숨을 땅이 꺼져라 쉬면서 이거 못살겠다고 당신의 머리를 쥐어 감싸 안았다.

"경허난 내 설룬 딸년 니마야, 어멍이 그런 셈법도 있다고 가르쳐냐?"

내 그럴 줄 알았다. 아버지는 내가 조금이라도 똑똑하게 머리를 굴리면 꼭 어머니를 들먹였다.

앎에는 한계가 없다

내가 하나 더하기 하나의 정답이 둘만이 아니란 걸 터득한 것은 사실 나름대로 노력하여 얻은 지식이나 다름이 없었다.

나는 성냥개비를 가지고 놀기를 좋아했다. 성냥개비 하나에 하나를 나란히 세로로 세우면 십일(11)자 모양이 나오고 실제로도 열 묶음짜리 하나와 낱개 하나를 더해도 그 답은 십일이 된다. 또 하나는 세로로 세우고 하나는 가로로 걸쳐 뉘어놓으면 열십(+)자 꼴이 되고, 요건 그러니까 다섯 묶음짜리 두 개일 수도 되는 거니까. 그리고 두 개를 나란히 가로로 뉘어놓으면 똑같다(=)표시가 된다.

아버지는 나처럼 아프지도 않을 뿐더러 바다에 나가 도깨비들과 전투도 하면서 즐겁게 사느라 성냥개비 따위를 가지고 놀아보지 않아서 그런 것도 누가 가르쳐줘야만 아는 걸로 생각하는 듯 했다.

그러나 누구든지 비록 다섯 살이나 여섯 살짜리 어린이라 할지라도 넉넉한 시간과 관찰력만 있으면 혼자서도 다 터득하게 되어있는 것들이다.

진리는 탐구하여 찾는 만고불변한 것이다.

어찌하여 아버지는 나에 대하여 인정할 것을 있는 그대로 인정하는데 그토록 야속하셨을까 모르겠다.

"아방, 그 셈법 예, 나 혼자 성냥개비 장난하다가 알아낸 거우다."

아버지는 눈을 동그랗게 뜨고 입을 다물지 못했다. 놀라는 건지 어이없어 하는 건지 그 표정의 진의를 가늠할 길이 없었다.

"아, 참말로! 너 어멍 뱃속에 있을 때 이. 삼승할마님(삼신할머니) 말씀 착하게 잘 들엉 고추 달고 소나이로 나왔으면 너! 틀림없는 박사 감인디, 아이고 내 팔자야. 딸년 너무 똑똑한 거 그거 어디다 장차 쓸 거냐? 아방 걱정이 태산이여. 어떤 무지막지헌 놈 한티 앵겼다간 북어 패듯 사흘 도리로 맞고 살 건디 어떵 허민 좋고?"

나는 무지무지하게 화가 났다. 아버지는 잘 나가다가 꼭 그놈의 아들병 환자 티를 내어 사람 복장을 뒤집어 놓았다.

흔들림 없는 진리 앞에서

"뭐랜 고람수과(말하십니까)?! 무사 예왁(이야기)이 아들 타령으로 갔수과? 송이장 신디(에게) 오징어 끝까지, 선거 막판까지 대주겠단 말씀 아니꽈 예?"

나야말로 있는 대로 눈을 하얗게 뒤집어 뜨고 아버지한테 따지듯 대고 물었다.

폭삭 풀이 죽은 아버지.

"그냥 해주어 불게 게(해줘 버리자꾸나). 죽은 사람 소원도 풀어주는 게 사람 도리인디 산 사람 소원 거 확 풀어줘 불게 이. 더 곧지(말하지) 말라 내 딸년아. 아방 결심 흔들지 말라 이."

나는 아버지의 그런 태도가 싫었다. 왜 남이 요구하는 대로 다 들어줘야 한담? 보아하니 아버지한테는 어림 반 푼 어치도 돌아오는 국물이 없나보던데.

그럼 석이아방은 새 배 짓기 기다리다가 머리는 파파 새어버리고 까마귀 알 아구리(아래 턱) 다 떨어지겠네.

아버지를 슬쩍 비꼬아 봤다. 그래도 아버지는 나름대로 살아온 뚝심이 있어 별로 개의치 않았다.

내 딸년아. 오늘만 날이냐? 새털같이 하고많은 게 날들인데 뭐 올 여름에 새 배 못 지으면 가을에 짓고 가을에도 못 지으면 내년 봄에 짓고...

나는 이번에도 아버지 말을 중간에 싹둑 자르고 끼어들었다.

"게메~~? 우리 아방은 늙어 죽지도 않을 거라 게. 지금 생각하시는 거 보난 예."

아니다, 이 아방도 늙어 죽을지 지금 당장 죽을지 다 짐작하고 산다. 언제든 내 염라대왕 각하께서 오라시면 갈 준비 다 하고 산다. 내 딸년아, 아방이 언제 죽든 사람은 한 번 죽는 게 만고의 진리니 부디 괘념치 말라. 아버지가 혼잣말처럼 담담하게 읊조렸다.

시간보다 더 위대한 스승은 없다

나는 머쓱했다. 역시 아이는 어른을 따를 수 없는 법. 시간보다 더 위대한 스승이 또 있으랴! 아버지는 내가 생각할 수 있는 범위를 훨씬 넘어 저 먼 피안의 세계까지도 다 넘겨다보고 있었던 것이다.

내가 앞으로 얼마를 더 살아야 아버지처럼 어머니처럼 할머니처럼 지혜로울 수 있을까? 더는 아버지한테 오징어 몇 마리 놓고 따질 엄두가 나지 않았다. 그래서 나는 나에게 당장 닥친 현안문제를 들고 나왔다.

"아방, 나 정말로 부탁이 있수다 게."

나의 간절한 말투에 아버지는 이번에도 묘한 표정을 지었다.

"야 니마야! 너 아방 새 배 지을 돈 안 벌어놓는다고 막 다그천게(다그치더니) 마는 금방 웅아 마려운 강생이(강아지)처럼 변햄져 이? 그래 부탁 한 번 들어보게 뭔 디?"

"나두 물질하게 태왁 하고 망사리 만들어 줍서."

아주 공손하게 나긋한 어조로 희망하는 바를 말했다.

"태왁 망사리?"

반문하는 아버지의 모습은 적잖이 놀란 표정이었다.

"예 게. 나도 애기잠수 되얍주 게. 옥자영 정화영 벌써 애기바당서 물질 햄수게 게."

나의 애원조의 부탁은 처절했다.

아버지는 담배를 피워 물면서 대답을 미룬 채 한참 미적거렸다.

"우리 니마가 물질을 하겠다……그것도 좋지."

혼잣말처럼 중얼거리는 아버지 말이 그리 석연치는 않았지만, 그것도 좋지,라는 대목에 나는 희망의 비중을 한껏 실었다.

확신

우와----좋다! 아방? 나 물질해영 예, 구쟁기(소라)영 생복(전복)이영 문게(문어)영 하영하영(많이많이) 잡아당 반찬, 술안주 해드리쿠다 예.

마음으로 환호하였다. 나는 자신이 있었다. 아버지가 물질도구만 만들어 준다면 일등 상잠수가 하루아침에 되어서 저 바다에 있는 전복이랑 소라랑 다 휩쓸어 잡을 자신이 만만했다.

으하하! 옥자 이노무 비바리야, 그래 너 정화도, 기다려라! 너희들보다 엄청나게 물질 잘 해서 너희들 그 기고만장하는 꼴 못 펴게 내가 꽉 꺾어 줄 테다. 그 뿐인 줄 아니? 나는 바다를 연구하는 학자도 될 테다. 이제 바다는 나, 이 니마 거란 말씀야!

아버지도 속으로 호언장담하는 나를 알아채고는 호쾌하게 웃음을 터뜨렸다.

그래 내 딸년, 맨 날 아파서 골골하는 요 비바리. 잠수도 되고 학자도 되겠다고? 근데 말이다. '애기잠수'가 짚고 물질 할 '태왁' 맹글(만들) 박이 어디 있는지 모르겠구나 이? 우리 집엔 그런 박이 없다 없어!

아버지가 나의 의중을 지레 짐작하고는 혼잣말처럼 떠든 의도가 혹시라도 박이 없다면 내가 '애기잠수' 되는 걸 포기할지도 모른다는 내막이 깔렸는지는 모르겠으나 나는 한다면 하는 비바리! 사람들은 우리들을 "저것들은 반쪽 비바리여 게. 자이네(쟤네)어멍은 순 서울 거 아니냐 무사. 라고 쑥덕거렸지만 누가 뭐래도 나는 제주 섬 비바리다!

"걱정 맙서 아방. 우리 동네 횡- 한 바퀴 돌아보면 뉘 집 부엌 시렁에 하나쯤 달아매어 놓은 거 봉글 수(주울 수) 있을 거우다."

나는 그 걸음에 '애기잠수' 용 '태왁'을 만들 작은 박을, 크기가 내 배만한 것을, 그것도 잘 여물고 잘 굳은 놈을 찾아 땀을 뻘뻘 흘리면서 집집마다 묻고 다녔다.

박 하나, 바다의 여자 목숨을 맡아준

내가 여섯 살인가 다섯 살 그즈음의 제주 섬 바닷가 마을 집마다 부엌시렁에 '태왁' 만들 박을 크기별로 몇 개씩 걸어 놓고 있었다.

부엌시렁에다 걸어 저장하는 데는 이유가 있었다. 밥을 지을 때마다 피어오르는 연기로 박은 훈증되어 습기가 제거되고 껍질이 단단하게 굳어진다. 박의 수분이 알맞게 빠져나가는 데는 그늘진 곳에서 연기에 쏘이는 것만큼 좋은 방법이 다시없다고 했다.

잠수들은 늘 '태왁'을 여벌로 몇 개씩 예비해 둬야만 했다. 파도에 밀려 갯바위에다 패대기칠 때마다 '태왁'은 여지없이 깨어져 버렸다. 깨어진 쪽박이라더니, 금이 조금이라도 간 '태왁'은 정말 아무짝에도 쓸모가 없어지기 때문에 여지없이 갈아야 했다. 만일 살짝 실금이 간 걸 무시하고 그 '태왁'에 의지하여 물질을 하다가는 목숨을 잃기 십상이었다. '태왁'이 깨어져 물먹으면 박 안으로 서서히 물이 들어차 부력을 잃고 만다.

그런 줄도 모르고 가끔씩 금 간 '태왁'에 의지하여 바다멀리까지 물질을 갔다가 변을 당하는 일이 있었다. 그 때문에 잠수는 물질 시작하기 전과 후에 꼭 '태왁'을 똑똑 두드려보고 두 손으로 흔들어 봐 깨졌는지 여부를 확인하는 걸 게을리 하지 않았다.

'태왁' 속에는 처음에 박속을 꺼낼 때 씨알 한두 개를 남겨놔 흔들면 태글태글 마른 씨 구르는 소리가 나고 또 박 씨알을 남기지 않았다 해도 흔들어보면 금 간 '태왁'은 물이 스며들어 출렁이고 온전한 건 가벼이 바람소리만 일었다.

자격 증명을 요구하는 사람들

잠수 없는 집이 없는 우리 마을에서 '애기태왁' 만들 잘 굳은 여문 박 한 개 얻기란 그리 어려운 일 같아 뵈지 않았다. 그 생각은 나의 오산에 불과했다. 어느 집에서도 내가 짚고 물질을 하기에 알맞은 작고 잘 굳은 박 하나를, 요거 있다 하고 선 듯 주지 않았다.

맨 날 '궁댕이'에 백년초 붙이고 다니는 네가 물질을 하겠단 말이냐? 아서라. 가서 너의 어멍 보내라. 그럼 내 다시 생각해 보마. 그전엔 어림없다. 우리 집에서 너 '태왁' 만들 '콕'(박) 줬단 봐라. 너의 아방이 우릴 살려 두크냐(두겠니)?

"우리 아방이 뭐 흡혈귀꽈, 귀신이꽈? 콕 안 주었댄 죽이게 마씀 게."

나는 애걸복걸하다가도 오는 말이 밉살스러워 심통 맞게 말대꾸를 하곤 했다. 마을사람들은 내가 물질을 하겠다는걸 도무지 인정하려 들지 않았다. 나는 그저 매일 앓기나 하고 '돌파리' 의사 노릇하는 아버지 주사솜씨 덕분에 엉덩이나 곪아 손바닥선인장을 싸매고 세월아 네월아~ 나의 귀한 여섯 살을 그냥 허비하라는 투였지 뭔가.

나는 그렇게나 매정하게 구는 마을사람들이 얄미워 팩, 돌아서서 그 집을 나와 또 다른 집에 들어가 박 하나를 구걸하느라 안간힘을 다 썼다.

별이 총총 솟아나 반짝이는 밤이여

내가 들르지 않는 집 없이 돌아다니다보니 어느새 하늘에는 별이 총총 솟아나 반짝였다.

마음 같아서는 길바닥에 털썩 주저앉아 엉엉 울어버렸으면 속이 후련할 것 같았다. 그러나 나는 울 수도 없었고 '태왁' 만들 박을 얻는 걸 단념할 수도 없었다.

정화와 옥자는 그 무렵 나와 놀려고도 하지 않았다. 더 정확히 말하면 걔네는 나와 놀 시간이 없었다. 학교가 끝나기 무섭게 '태왁'을 얹은 '바릇구덕'(해녀가 물질할 때 사용하는 대바구니)을 지고 '애기바당'으로 물질을 가곤 했으니까 말이다.

걔네들이 더할 나위 없이 부러우면서도 한편으로는 얄밉기 그지없었다. 어떻게 해서든 박 하나를 그 날 중으로 꼭 얻어내야만 했다.

나의 절박한 심정을 마을사람들은 그 누구도 알아주려 하지 않았다. 길에서 만나는 사람들에게도 나는 주저하지 않고 혹시 집에 '애기태왁' 만들 만한 굳은 박이 있는지 물어보곤 했다.

"야, 요 니마야. 콕(박)이사 무사(왜) 없느니? 느 줄 게 없주."

얄밉기 세상에 둘도 없는 우리 마을 사람들. 체, 우리 집에 누가 뭐 없다면서 빌려 달라, 꾸어 달라, 와 봐라 정말로. 꼭 빈손으로 돌려보내고 말 테니, 내가.

빈손

약 오르고 악이 받혀서 혼잣말을 중얼거려봤지만 무슨 소용이 있겠는가. 내 손은 빈손이었다. 발이 부르트도록, 저 하늘에 별이 솟아 반짝이도록, 돌아다녔지만 박은 고사하고 내가 물질할거란 말에 잔뜩 비웃기만 하는 사람들만 싫도록 만나야 했다.

그만 집으로 갈까 하다가 오기가 발동했다. 기어이 박을 얻어서 옥자와 정화가 차지한 '애기바당'에서 내 몫, 그 한 몫을 꼭 차지하려는 다짐을 다시 하고 나니 비웃음 당하는 것도 참아 낼만 했다.

'데꼬'는 정자이다.

　이번에도 허탕 칠 각오하고 '데꼬'네 집엘 들렀다. '데꼬'를 정자라고 우리말로 불러도 될 것을 우리 마을 그 누구도 '데꼬'라고 일본식 이름을 부르면 불렀지 정자라고는 절대로 부르지 않았다.
　'데꼬'네는 아버지가 없었다. 일제강점기 시절에 일본의 어느 탄광으로 징용 당해 떠난 후 해방이 되어도 돌아오지 않았다고 했다. 그 집 아버지가 끌려가서 돌아오지 못한 게 마치 우리나라가 일본에 먹혔던 증거라도 되는 양 그 집 아이들 이름은 한결 같이 '데꼬'를 위시해서 '다마꼬'니 '데루짱'이니 하면서 일본식 이름을 고집하여 불렀다.
　'데꼬'는 우리 큰언니보다도 다 큰 처녀였고, '다마꼬'는 우리 큰언니와 같은 육학년이었다.
　'데꼬'어머니는 정화어머니처럼 해마다 육지로 돈벌이 물질을 가곤 했다. 그 해 여름에도 육지 물질 떠난 어머니를 대신해서 '데꼬'가 그 집안의 어른노릇을 도맡아 했다.
　우리들은 '데꼬'가 열여덟인가 열일곱 살이란 걸 알면서도 구태여 반말을 했다. 그건 그녀의 동생인 '다마꼬'나 '데루짱'이 하는걸 아이들이 그대로 본받은 데 원인이 있었다.
　걔네는 다 큰 자기 언니한테 왜 "데꼬야, 데꼬야"하고 반말을 하는지... 나도 그 집에 들어서면서, "데꼬야"하고 큰소리쳐 불러댔다.
　'데꼬'가 소리 없이 부엌에서 나왔다. 부엌에서는 늦은 저녁을 짓느라고 '다마꼬'가 솥 아궁이 서너 개에 동시에 불을 지피고 있었다. 짚 타는 연기로 부엌은 짙은 안개 속 같아 모든 게 보일 동 말 동 했다. 더구나 어스름이 내려앉고 있어 더 사물을 가려버렸다.

"니마구나. 무사(왜)?"

다른 집 사람들과는 달리 다정하게 나를 맞아 주었다.

"데꼬 언니, 작은 박 있어? 있음 하나 줘. 내 태왁 만들게. 아님 꿔 주든가."

나도 살갑게 용무를 말 했다.

"이제 애기잠수 될 나이가 돼연(됐어)? 아직 너무 어린 거 닮은 디."

'데꼬'는 다른 마을 사람처럼 나를 비꼬지 않았다. 오히려 차근차근 물어보기까지 하였다. 나는 허점을 잡히지 말아야겠다고 스스로를 추스렸다.

"나 일학년인 거 몰란? 옥자하고 정하고 똑같은 일학년이여. 걔넨 물질 시작해연."

나는 애써 옥자와 정화가 나와 같은 일학년이라는 사실을 강조했다. 같은 일학년이면 되었지 또 나이를 들먹일 필요는 없다싶었기 때문이다.

"경해도(그래도) 게, 넌 여섯 살이고 걔들은 여덟 살이네. 너가 두 살이나 더 어리다 게. 니마는 아직 물질할 때 안 되었져. 조금 더 커야주 이."

'데꼬'의 말에서는 내가 좀 더 크면 박은 얼마든지 줄 수 있다는 투였다. 나는 어떻게 해서든지 '데꼬'에게 내가 물질하기에 충분히 자랐음을 주지시키는 길밖에 다른 도리가 없었다.

"데꼬 언니! 그런 소리 마 제발. 나도 걔네처럼 똑같은 일학년. 나도 물질할 수 있져 게. 박은 있어? 있음 얼른 줘봐 좀."

안달이 나 안절부절 못하는 나를 내려다보던 '데꼬'가 선뜻 부엌으로 들어갔다. 이제 희망이 '데꼬'네 부엌에서 나를 향해 그 밝은 빛을 비추려 했다!

아, 흥부도 감격할 그 박 한 덩이

나는 '데꼬'네 부엌 바깥에 서서 더는 기다릴 수가 없었다. 무작정 '데꼬'를 따라 부엌으로 들어갔다.

"니마도 물질할 거?"

'다마꼬'는 아궁이마다 짚을 한 움큼씩 집어넣고 부지깽이로 불길을 일구다 말고 연기에 눈이 매운지 잔뜩 이맛살을 구긴 채 우리들 사이에 한 질문을 냈다.

"웅. 니마도 이, 애기잠수 되켄(되겠다고 하네)."

'데꼬'의 대답에 '다마꼬'는 먼저 히히- 웃고 봤다.

"그것 참 볼만하키어(하겠다). 니마가 애기잠수 돼 봐라. 태왁이 니마를 태우고 다니면서 물질시키겠지 이."

웃음을 참지 못하여 제 풀에 까무러칠 듯이 웃어대는 '다마꼬'의 태도가 정말 거슬렸다.

"야! 이 양파 또래기야."

내가 냅다 고함을 쳤다. '다마꼬'를 우리말로 바꾸면 옥자(玉子)이다. 아무리 그 애를 향하여 화를 내는 형편이었지만 그렇게 예쁜 뜻을 지닌 이름을 부르고 싶지 않았다. 그래서 양파를 일본 사람은 '다마내기'라고 부른다는 생각이 나서 그렇게 일단 질러 준 것이다.

'다마꼬'가 부지깽이를 아궁이에 찌른 채 깜짝 놀라 엉덩방아를 찧었다.

그 통에 부지깽이 끝에 걸린 불붙은 지푸라기가 공중으로 날리면서 아궁이 곁에 몇 단 쌓아놓은 짚에 불씨가 떨어졌다.

부엌에는 삽시에 불꽃이 일어 사방천지가 환했다. '다마꼬'와 '데꼬'는 불났다고 물 항아리로 달려가는데 나는 환한 불길 속에서 시렁에 매단 박들을 찾았다. 저기 있다! 바로 저게 내가 온종일 찾아 헤맨 박이다!

어린 어른의 고운 심성 앞에

'데꼬' 네 자매가 물 한 바가지씩 끼얹기가 바쁘게 짚에 붙어 불꽃을 솟구치던 불길은 단 번에 주저앉았다.

"야! 왜 불 껌나(끄나)?"

나는 다시 소리쳤다. 그들이 불을 꺼버리자 내가 온종일 찾아 헤매다가 겨우 발견한 시렁에 매달린 박도 어둠 속에 숨어버렸지 뭔가.

한참 만에 '다마꼬'가 어스름 속에서 손을 더듬어 성냥을 찾아 아궁이에 불을 붙였다. 그때까지도 '데꼬'는 가슴을 쓸어내리고 있었다.

"니마야, 넌 우리 집이 불타도 박만 있이민 다 됐지 이?"

정신을 차린 '다마꼬'가 부지깽이로 삿대질을 해대며 악다구니를 퍼부었다.

"아녀 게. 내가 왜 니네 집 불타라고 하크니(하겠니) 게."

'데꼬'도 저의 동생에게 그만하라고 타일렀다. 니마는 '애기잠수' 되고파서 안달이 났기 때문에 '태왁' 만들 박 외에는 눈에 보이는 게 지금 없다고 해명까지 해주었다.

"니마 쟤가 있지 이, 옥자랑 정화랑 물질 시작해서 이, 혼자만 못하난 지금 돗줄레(독사) 같이 되게 약 올라시네 게. 너가 참으라 이."

그건 맞는 말이었다. 그 때처럼 '데꼬'가 고마운 적이 없었다. 어린아이 마음을 헤아려주는 어린 어른의 심성이 그지없이 마음에 와 닿았다. 나도 앞으로는 나만 생각하지 말고 주위에 마음을 써야 되겠다고 즉석에서 반성했다.

손뼉도 마주 쳐야 소리가 난다

'다마꼬'는 내가 양파 '또래기'(작은 알맹이)라고 소리친 때문에 분이 안 풀리는 모양이었다.

"그래, 이노무 꺽다리 꼬맹이 니마야. 너는 얼마나 잘났다고 남의 이름 가지고 놀렴나(놀리니)?"

금방 착한 마음먹기로 반성했어도 도전자가 있는데 비겁하게 물러설 내가 아니었다. 막 떠나보내려던 심술보를 다시 불러들여 '다마꼬'에게 밉살맞은 반격을 제깍 시도했다.

"야! 다마꼬가 옥자(玉子)고 다마내기가 옥파 아냐 왜? 다른 말로 하면 다마꼬는 양파또래기고 양파또래기에서 또래기를 빼버리면 다마꼬, 다마짱 아니냐 무사!"

그리고 말끝에 입속말로 씨팔! 하고 욕을 덧붙였다.

'데꼬'가 더 이상 우리의 말싸움이 번지지 못하게 중간을 파고들었다. '다마꼬'에게는 니마와 말싸움 해봤자 이기지 못할 테니 아예 단념하라고 동생을 달랬고, 나에게는 말싸움하러 온 게 아니니 그만 하면 되었다고 타일렀다.

'데꼬' 말이 백 번 옳았다. 그 자리에서 '다마꼬'와 말싸움하면 결과는 나에게 불리했다. 나는 그 집에서 꼭 박을 얻어야만 했기 때문이다. 또 내가 여섯 살이 될 때까지 '데꼬'네 집 식구 그 누구와도 눈 한 번 흘깃 한 적 없이 사이좋게 지냈다. 그 고운 인간관계에 내가 애써 흠집을 낼 필요도 없었다.

"다마꼬야. 나 너하고 싸움 안 해."

내가 먼저 순순히 싸움할 의사가 없음을 밝혔다. '다마꼬'도 나와 시비 붙을 생각이 없다면서 바쁘게 부지깽이로 아궁이를 들쑤셨다.

"너가 싸움 거는 줄 알아시네. 언니가 미안해."

전에 같았으면 '다마꼬'네가 어째서 내 언니냐고 따져들었겠지만 나는 얌전히 듣고만 있었다.

의미가 다른 눈물

'데꼬'가 낫걸이에서 낫을 뽑아들고 시렁에서 내가 점찍은 박을 끊어냈다.

'다마꼬'는 '데꼬'가 박을 잘 볼 수 있게 아궁이 지푸라기 불꽃을 부지깽이로 한껏 돋우어 올려주었다. 그 바람에 연기가 된통 위로 솟구쳐 오르고 애꿎게도 '데꼬'는 캑캑 기침을 토해내었다.

그러고 보니 우리들 셋은 다 눈물을 흘리고 있었다. '데꼬'는 피어오른 연기에 눈이 매워 울고, '다마꼬'는 아궁이 불길을 돋우느라 코를 박고 푸푸- 바람을 부는 통에 먼지가 눈에 들어가 눈물을 흘리고, 나는 온종일 찾아 헤맨 끝에 마침내 박을 얻었으니 감격하여 울고…….우리들은 울고 있는 우리들을 마주보며 눈으로는 눈물을 줄줄 흘리면서 마구 웃어댔다.

저 니마 좋아서 우는 거 좀 봐라 아이고 웃어 죽겠네. 저 '다마꼬' 좀 보게. 아궁이에 코 박고 바람 불다 말고 무사(왜) 울엄시니(우니) 너? 저 '데꼬'는 왜 새빨갛게 눈알이 부었니? 꼭 왕눈이 개구리 닮았져. 우헤헤 우하 하하하 헤헤 히이 히히히히----

울다가 웃다가 우리는 하마터면 배꼽을 잃어버릴 뻔했다. 다행히도 '다마꼬'와 나보다 조금 더 큰 '데꼬' 덕분에 우리 모두 배꼽 잃어버리는 건 겨우 면했던 것이다.

"그만 웃고 '버구기'도 찾앙 니마 줘야지. 야 다마꼬야 이쪽으로 불 좀 밝혀

봐라."

'다마꼬'가 '데꼬'의 말에 따라 지푸라기를 한줌 가득 움켜쥐고 그 끝에다 불을 붙여 찬장 쪽으로 들어주었다. '데꼬'는 자기가 놔둔 짐작이 있어서 금방 뭔가를 찾아내었다.

"콕(박)에 구멍 뚫엉 씨 다 후벼내 버려둥(버리고) 이, 이걸로 막아놓으면 물이 절대로 안 들어간다. 태왁이 동동 잘 뜰 거여 니마야."

'데꼬'가 박과 함께 내 손에 쥐어준 건 술병을 막았던 코르크 마개 한 개였다. 제주사람들은 코르크를 '버구기'라고 한다.

나는 '데꼬'가 건네주는 박을 받아들고 너무 좋아 나도 모르게 눈물을 줄줄 흘렸다. 딱 내 품에, 한 아름에 안기는 박. 되었다! 나도 '애기잠수'가 될 것이다 만세!!!

재를 푹 뒤집어 쓴 박을 그대로 껴안아 얼굴이며 가슴에 비벼대어 나는 재 투성이 범벅이 되었다. 재를 뒤집어 쓴 게 뭐 대수냐? '애기잠수'가 되는 지름길이나 다름없는 박을 얻었는데.

"데꼬 언니. 고마워. 다마꼬 너도 고맙고 이."

아주 점잖게 인사를 건넸다. 뒤에서 '데꼬'와 '다마꼬'가 자지러지게 웃었다. 저 니마 말하는 거 보라. 꼭 할망 말하는 거 닮다 이.

형통, 뜻이 뚫은 길

나는 인사를 하는 둥 마는 둥 박을 안고 코르크 마개를 한 손 안에 꼭 쥔 체 막 어둠이 드리운 골목길을 달렸다. 발에 잡힌 물집이 픽 터지는 게 발가락 사이로 느껴졌다. 그러나 조금도 아프지 않았다. 참 이상하기도 하지. 신이 나면 왜 아픔조차 말끔히 사라지는 걸까.

"아방, 아방! 나 박 얻어 왔수다. 어서 태왁 만들어 줍서."

우리 집 식구들은 나의 호들갑떠는 소리에 등잔을 앞세우고 툇마루에 줄줄이 나와 서서 입이 함지박만 하게 귀밑까지 찢어져라 좋아 뛰어드는 나를 보면서 넋 나간 사람들처럼 쟤가 왜 저러나 싶은 표정들이었다.

나는 아버지에게 박을 받으라고 팔을 쭉 뻗었다. 코르크 마개를 펼친 손바닥이 땀으로 질퍽했다.

잠시 뜸을 들이는 사이, 무엇에 홀렸다가 깨어난 우리 집 식구들이 나에게 모듬치기로 야단을 치기 시작했다.

"저 봐라. 땀으로 멱 감았네. 너 어딜 밤늦도록 쏘다녀 어딜?"

역시 우리 집에서 조리 있게 야단을 치는 사람은 어머니밖에 없었다.

또 어디론가 소리 없이 사라진 나 때문에 집에 난리가 났었나 보다. 나는 아버지를 쳐다봤다. 아버지는 나의 행방을 알고 있었기 때문이다. 내가 어디에 무슨 용건으로 갔는지 알면서 왜 나를 야단맞게 놔둘까 아버지는?

"니마 쟤, 태왁 맹글 콕(박) 빌러간 거 왜 내가 당신한티 말 안했어?"

아버지는 채마밭에 숨겨놓은 비밀을 마신게 틀림없었다. 얼굴이 불콰하니 술기운이 올라 벌겋게 달아있었다. 어머니가 나를 다그치자 켕기는 구석이 있는 말투였다.

"그래 당신은 하지 않는 말도 했다고 우기면 한 게 되는 거유?"

어머니는 아버지한테 샐쭉 눈을 흘겼다.

내가 알아서 어떻게든 잘 커야지 부모의 가정교육에 의지했다가는 죽도 밥도 안 될 것 같은 감을 그 때도 잡았다. 나를 야단칠 때 아버지와 어머니 손발이 제대로 맞는 걸 본 적이 없었던 것이다.

아버지는, 내가 당신한테는 말 안 했다면 그럼 통시에서 귀귀 거리는 도새기(돼지)귀에다 대고 니마가 마실 간 사연을 말했나 보다고 넉살좋게 너스레를 떨고는 내가 내민 박과 코르크 마개를 받았다.

누가 뭐라든지

큰언니가 나를 끌고 부엌 뒷켠 장독대로 가 큰 아름드리 동백나무 허리에다 고운 띠로 치마처럼 엮어 두른 후 끝을 땋아 물 항아리에 받아놓은 빗물을 퍼내어 씻겨주었다.

"넌 아직 너무 어리다 게. 여섯 살짜리가 무슨 물질을 하느니 게?"

잿더미가 폭삭 내려앉은 머리칼을 시키먼 '감자떡' 비누를 칠해 마지막으로 감기고 나서 걱정스런 소리를 늘어놨다.

여섯 살짜리 잠수가 없으면 내가 그 기록 깨겠다는 데. 큰언니 너는 남들 하는 대로만 따라 하냐? 난 내가 하고픈 대로 내 삶을 살 거다.

나는 큰언니 걱정이 당치않다고 암팡지게 말대답을 했다. 왜들 이 난리람? 주위에서 잠수가 되는 나이를 가지고 왈가왈부하는 걸 이해할 수 없었던 것이다.

걸핏하면 여섯 살, 여섯 살 해대니, 내 나이에 혹시 미운 터럭이라도 박혔나 싶었다. 내가 다섯 살 때도 사람들은 다섯 살, 다섯 살하며 나의 행동을 전주르곤 하지 않았던가 말이다. 나의 다섯 살에도 여섯 살에도 마(魔)가 낀 것만 같았다.

무너진 약속

나는 물질을 하겠다는 나의 의지를 두고 모두들 지청구를 하는 대도 화를 갈아 앉히고 뜻을 관철시키려고 안간힘을 썼다.

　아버지가 '태왁'을 만들어만 준다면 어쨌거나 그 사실만으로도 나를 '애기잠수'로 만들어 줄 것이다. 누구라도 내 나이 이제 겨우 여섯 살이라고, 너무 어리다고 입방아를 찧거나 말거나 나는 '애기바당'에서 물질만 잘하면 그만이다. 야!──신난다.

　그 날 밤 나는 선잠을 자지 않아도 되었다. 잠 맛은 꿀맛이었다. 아침 일찍 일어나 마루에서 큰소리로 아버지를 불러 깨웠다. 혼저(빨리) 일어납서 게. 해님이 버얼써 바다 밖으로 나왔수게 게.

　"니마 일어났네?"

　어머니 목소리가 찬방에서 들렸다.

　"아버지 신새벽에 오징어 잡으러 갔다."

　이럴 수가! 아냐, 통시에 갔을 거야. 아버지, 아버지. 댓돌에 서서 다시 아버지를 소리쳐 불렀다. 차마 나와 한 약속을 잊어버리고 오징어잡이 가버렸다는 게 도저히 믿어지지 않았다. 아버지는 어디서도 대답하지 않았다.

　"오늘도 오징어 하영(많이) 붙여 와얀댄(와야 한다고). 속슴해영(조용히 하여) 아방 뜻 받들라 니마야."

　새벽마다 늘 우물물을 긷는 큰언니가 그 일을 마쳤는지 댓돌에 앉아 젖은 발을 닦으면서 아버지가 집에 없음을 증언하였다.

　'태왁' 만들어준다고 그렇게 약속해 놓고는 바다로 가버렸단 말이지?

　아버지가 미웠다. 아방, 밉수다. 아버지 밉다는 말을 중얼거리자마자 기다렸다는 듯이 눈물이 쏟아지면서 맥이 한꺼번에 탁 풀려 마루에 주저앉고 말았다.

　맥이 풀린 깜냥으로 치면 울음도 제대로 나올 것 같지 않는대도 울음소리만은 내 귀가 다 의심스러울 만치 우렁차게 목 놔 쏟아졌다.

살기 위해 몇 가지 '악의 꽃'을 피워야 하는가

나는 발버둥 치면서 분한 울음을 마구 터뜨렸다. 조반상이 찬방에 차려질 때까지 울음은 도무지 그쳐지지 않았다.

"착한 내 딸년, 그만 울고 핵교(학교)가라 이? 이 핼미가 느 태와 맨들(만들)박 있지? 그거 속 파놓기로 아버지랑 약속했으니 그만 울고 핵골 댕겨 와 이."

할머니가 나를 타일렀다. 전에 같았으면 할머니의 말씀을 따랐을 것이다. 그럴 마음이 도무지 생기지 않은 아침이었다.

"할망도 알지 예? 난 오늘 꼭 애기잠수가 되얍니다 게."

엎드려서도 울고 뒤집어서도 울고 앉아서도 울고 서서도 울었다. 아무도 내 울음에 반응하지 않았다. 오직 할머니만이 나의 울음을 그치게 하려고 이 말 저 말 온갖 달래는 말들을 건넸다.

"오늘만 날이더냐 아버지 오민(오면) 이, 곧바로 태와 맨들 거난 내일은 우리 니마 틀림없이 옥자영 정화영 물질 가고말고. 이제 그만 울라 제발 이."

할머니가 밥상머리에서 나를 열심히 달래는 동안 큰언니와 슬이는 아침밥 먹느라고 바빴고 어머니는 아예 보이지 않았다.

내가 이렇게 분통이 터지는데 저들은 밥이나 먹는단 말이지? 돼지처럼, 꿀꿀 똥 먹는 도새기(돼지)처럼! 나의 자매들에게 화를 내지 않을 수 없었다. 물론 사람은 먹어야 사는 것을. 큰언니도 슬이도 다 살려고 먹는 것이다. 슬슬 울음을 그칠 준비를 하면서 나는 사람이 살려면 몇 가지 조건이 필요한 지를 가만히 헤아렸다. 그런 지식들은 다 어머니가 나를 교육한 덕분이었다.

밥을 먹고 물을 마시고 똥오줌을 싸고 잠을 자고 아이들은 사탕도 먹어야 한다… 그래! 너 큰언니하고 슬이하고 짱돌이하고 밥 하영(많이) 먹어라 이? 사람은 밥 먹어야 산다며? 그래! 그래! 그래!!!! 남이야 죽든 말든 밥 처 먹고 잘 살아!

슬이는 내가 울다말고 저들에게 악담을 퍼부으니 어리둥절한 모양이었다.

"누가 밥 못 먹고 죽언(죽었니)?"

겨우 사위어 가던 분통이 슬이 말 한마디에 다시 활활 불붙었다.

"야! 이 먹보야. 바로 너의 언니 나다 왜? 사람이 어떻게 먹고만 사니 응? 하고 픈 것도 해야 사는 거다 이 밥 버렝이(벌레)야!"

그 즈음 큰언니가 밥을 다 먹고 자리에서 일어섰다. 그러면서 내 말에 일침을 가했다.

"그건 니마 말이 맞다. 사람은 먹고 자고 싸는 것 말고도 많은 걸 해야 산다. 학생이 학교 가서 공부 잘 배우는 것도 사람 사는 데 꼭 필요한 거라!"

저 얄미운 큰언니! 어떤 때 보면 애늙은이는 내가 아니고 바로 큰언니였다.

동등한 삶 앞에

할머니는 다시 한 번 내 머리를 쓰다듬으며 내가 학교에 다녀올 동안 아버지를 대신해서 박속을 다 파놓겠노라고 다짐했다. 하긴 박속만 파놓으면 다음에 '태왁'을 만드는 공정은 쉽지.

"니마! 아침밥 안 먹을 거? 경허민 너 밥 짱돌이 줘도 되지?"

정말로 내 동생 슬이는 이 세상에서 둘째 하라면 서러워할 낙천가(樂天家)였다. 걔에게는 '애기잠수'가 되느냐 못되느냐 하는 나의 고민보다 한 숟가락이라도 식구들 밥을 거두어 자신의 단짝인 똥개 짱돌이 먹이는 일이 더 절박한 문제였으니 말이다.

"줘라 줘! 넌 내 동생 아니다. 짱돌이가 니네 언니다."

그 애는 내가 메~롱 혀를 내밀면서 비꼬자 다시 어리둥절해져서, 그럼 우린 밥 먹고 짱돌인 굶기냐? 라고 도리어 나에게 반문했다.

뭐 슬이나 할머니를 상대로 시비를 가려봤자 내 속만 더 상할 터였다.

"할무니이, 꼭 태왁 맨들게 박속 파놓읍서 예?"

할머니한테 다짐 받기는 누워 식은 죽 먹기보다 더 쉬웠다.

"그럼, 어서 밥 먹고 낯 씻고 핵교 가라."

할머니의 다짐을 듣고 보니 학교를 갔다 오는 게 가장 좋을 것 같았다. 집에서 심통이나 부리다가는 시간 가는 게 더 지겨울 것만 같았다. 아버지는 오징어를 잡고 내일 늦은 아침이나 되어야 밀물을 타고 집에 올 거고 그 동안에 정말로 할머니가 박속을 말끔하게 후벼낸다면…오늘 중으로는 아니더라도 며칠 안에 나는 '애기잠수'가 될 수 있는 확률이 높았다. 내가 '애기잠수'가 되는 날, 두고 봐라. 정말로 물질을 잘해서 정화와 옥자의 실력을 박살내고 말 것이다.

인생은 시험의 연속이다

그 날 아침밥을 먹지 않았다고 내 삶에 아무런 지장도 없었다. 사실 살아가는 데 먹는 것은 그리 중요한 게 아니었다. 적어도 나에게는 그랬다. 그래서 나는 슬이한테 내 아침밥을 모두 짱돌이에게 주라고 인심을 썼다.

후다닥 학교 갈 준비를 하고 학교로 달렸다. 막 교실에 들어설 즈음 학교 종이 땡땡때앵~ 아침 조회를 알렸다. 안도의 한숨이 저절로 나왔다. 조금만 늦었어도 또 귤껍데기 선생님께 회초리를 맞고 벌을 쓰고 말 것을.

학교에서도 마음은 '태왁'에 가 있어 공부가 제대로 되지 않았다. 때문에 귤껍데기 선생님의 회초리가 그 날도 매우 바쁜 하루를 보내지 않으면 안 되었다.

다른 날은 회초리 맛을 단 한 번만 봐도 금방 천리만리 놀러 다니던 어지러운 마음과 정신이 곧장 돌아왔는데 그날따라 나한테서 회초리 외치는 소리가 끊이질 않는대도 '태왁'에 가 박혀 버렸는지 교실로 데려오는 게 참으로 어려웠다.

참 알다가도 모를 일이었다. "태왁'에 가 있던 마음과 정신이 시험을 치른다니까 교실로 데려 오려고 그리 애쓰지 않아도 곧바로 저들이 알아서 달려왔다.

이틀 후면 여름방학을 한단다. 우리들은 일 학기 말 시험을 봐야한다는 것이었다. 까짓 시험!

나는 학생이면 무조건 시험을 잘 보고 볼 일이란 걸 큰언니를 통해서 이미 알고 있던 터였다. 큰언니가 공부를 잘하여 집에서 뿐만 아니라 온 마을 어른들한테 칭찬을 듣는 기준이 바로 시험성적에 있음을 나는 일찍이 알았던 것이다.

느닷없이 귤껍데기 선생님이 시험을 본다고 했을 때, 나는 연필을 점검했다. 그리고는 꼼꼼하게 깎았다.

총과 칼이 역할을 바꿔 연필이 되는 시간

나는 전쟁을 직접 경험한 적이 없다. 그러나 내가 '6·25한국전쟁'을 치르는 와중에 태어났다는 건 안다.

사람들은 걸핏하면 아버지까지도, 무슨 일에나 준비가 소홀한 것이 보이면 버릇처럼, "전쟁터에 나가면서 총 안가지고 가는 사람 봤어?" 라고 나무랐다. 귤껍데기 선생님도 아이들이 연필이 없다거나 책을 가져오지 않았다고 하면 곧잘, "이노옴, 이놈덜아! 전쟁터에 싸우러 가는 군인이 총 안가지고 가는 거 봤냐?" 라고 했으니 말이다. 처음 귤껍데기 선생님이 그 말을 했을 때, 나는 의아했다.

"선생님. 우리가 학교 오는 것도 전쟁터에 가는 겁니까?"

내 질문이 끝나기가 바쁘게 선생님은 나를 회초리로 한 번 갈기더니, "야, 이 놈아. 그럼 학교에 놀러왔냐?" 라고 일갈을 했다.

우리들은 아무도 대답하지 않았다. 나만 하더라도 공부도 하고 놀기도 하러 학교에 다니고 있었으니까 아마 다른 아이들도 나와 생각이 별로 다르지 않았던지 선 듯 대답을 하지 못하는 것 같았다.

명심해서 선생님 말씀 들으라 이! 학교 다니는 건 전쟁터에서 싸우는 것과 똑같다. 니덜 집에 얼마 전까지도 피난민들 살았지? 우리가 준비를 단단히 했다면 북한 공산당 빨갱이놈덜이 평화로운 남한으로 쳐들어오지 못했다. 이놈덜아! 딴 생각 하지 말고 전쟁터에서 총 들고 싸우는 거나 진배없이 열심히 공부해서 이 나라를 공산 오랑캐 도당으로부터 지켜야다 알겠나?"

라고 하시며 얼굴이 새빨갛다 못해 먹자주 빛으로 변하면서 주먹을 불끈 쥐고 허공에다 주먹질을 하다말고 우리한테 눈을 부라렸다.

그 서슬 퍼런 선생님의 기에 눌려 아무 말도 못하고 있다가 슬그머니 한 가지 의문이 떠올랐다. 선생님이나 사람들은 전쟁터에 총을 들고, 라고만 표현하는데 가설극장에서 상영하는 '대한 늬우스'를 보니까 군인들은 총 말고도 단도(短刀)도 허리에 찼고 엑스(X)반도(엑스 자 형태로 군인들이 앞가슴에 메는 총탄벨트)에 수류탄도 두어 개씩 달고 있었다.

그 다음 날, 첫 수업시간이 시작이 되자마자 나는 손을 번쩍 들었다.

"선생님. 군인들은 전쟁할 때 총 말고도 수류탄도 가지고 다니던데요?"

귤껍데기 선생님이 냉큼 내 목덜미를 잡고 들어올렸다. 나는 그 때 무서워서 죽을 뻔 했다. 이 세상에서 우리선생님 귤껍데기 선생님보다 더 무서운 사람은 없었다.

"이노옴- 니맛. 수류탄도 총이다. 그냥 다 총이라고 하는 거다. 이 바쁜 세상에

총이다 수류탄이다 따로 말할 시간이 어딧냐 응? 알겠쟈!'

아이들이 예, 예! 하고 군인들처럼 우렁차게 대답할 때까지도 귤껍데기 선생님은 나를 허공에 들고 있었다. 힘도 좋으시지.

나는 또 의문이 생겼다. 총은 총이라고 말하고 수류탄은 수류탄이라고 말하는데 얼마나 걸린다고 그걸 따로 말할 시간이 없다는 걸까? 귤껍데기 선생님은 뭐가 그리 바쁜 걸까?

"선생님. 저는 시간 많으니까 예, 수류탄이영 총이영 따로따로 말해도 되지예?"

귤껍데기 선생님이 달랑 들고 있던 나를 눈높이에 맞추고는 무시무시한 눈빛으로 나를 한참이나 노려보더니 털썩 내려놨다. 아이고! 내 엉덩이...주사 맞은 자국이 아직도 다 아물지 않았는데 씨.

"니마 이노옴! 이제부터 그만 말하기다 이."

그 이후로 나는 필통에 연필과 연필깎이칼을 넣으면서, 연필총아 어서 필통에 들어가. 너 연필깎이칼총아 너도 들어가. 너희들은 이 니마 군인님의 총이다!

함수관계를 돈독하게 하는 비법

쉬는 시간에 연필을 잘 깎고 시험 볼 때까지 얌전하게 앉아있었다. '애기잠수'가 되는 일이며 '태왁' 만드는 일은 까맣게 잊어버렸다.

시험 보는 시간이 끝나면 아이들은 서로들 점수를 보여주지 않으려고 한다. 끝내는 다 들통이 나, 누구는 몇 점 받았다는 게 백일하에 드러나고 만다. 그러니까 시험을 잘 못 치렀다가는 나 같은 아이는 이중삼중으로 '피창'을 당하게 되어있었다. 저 니마는 레기똥(어른이 된 후에도 나는 이 말의 진정한 표준어를 모른다.) 같이 똑똑한 체 해도 시험은 개똥같이 못 봤다 이. 라고, 학교에 처음 입학하여 시험점수와 내 똑똑함과의 함수관계를 몰랐을 때, 받아쓰기를 대충했다가 놀림 당한 적이 있다. 안되지 안 돼.

그 사건 이후 나도 큰언니처럼 다 백 점 받아서 공부 잘 하는 아이라고 칭찬을 들어야겠다고 결심했던 것이다.

나는 전쟁터에 나가면서 결코 총을 안가지고 가는 그런 어리석은 짓은 하지 말자고 맹세한 것도 그 때였다.

수업 시작종이 울리자 선생님은 칠판에 문제를 가득 적었다.

그 때 우리학교는 너무 가난하여 매번에 시험지를 프린트해서 시험 보게 할 수가 없었던 것이다. 시험문제를 선생님이 칠판에 적으면 우리들은 공책에 답을 적는 방법으로 시험을 보곤 했다.

나와 내 마음과 내 정신은 잘 협력하여 문제의 답을 찾는데 골몰했다. 야! 우리가 아니 내가 시험을 잘 못 치러 봐. 다들, '니만 레기똥 같이 벨라지기만(발랑까지기만)했지 사실 똑똑한 아이는 아니여' 라며 놀리느라 깨가 쏟아질 거야. 안되지 안 돼.

나는 계속하여 마음에게 정신에게 다그치며 문제를 풀어나갔다.

신통하게도 평소에는 늘 헛갈리기만 하던 뺄셈과 덧셈이 척척 눈에 들어오는가 하면 문제의 답을 얻어내기 위해 손가락 발가락한테 협조를 구할 때마다 딴전 피던 것들이 그날따라 몹시 바쁘게 움직이며 나를 도왔다.

조건반사

칠판에 가득 써진 산수(수학)시험 문제를 일사천리로 풀고 공책을 귤껍데기 선생님께 가져갔다.

선생님 표정이, 벌써 다 풀었어? 라고 말하고 있었다. 나도 표정으로 대답했다. 물론이죠. 다 풀고말고요.

잠깐 동안 나와 눈싸움을 하고 난 선생님이 드디어 산수시험문제의 답이 적힌 내 공책을 받아들었다.

빨간 색연필로 동그라미 또 동그라미를 치면서 선생님은 똥마려운 사람처럼 끄응 끙, 신음소리를 내었다. 선생님의 신음소리에 박자를 맞추어 내 공책은 동그라미 천지로 변했다.

선생님이 그 큰 손을 내 눈높이로 쓱 올렸다. 나는 움칫 몸을 움추렸다. 본능적으로 몸은 매 맞을 때의 반사작용을 보였던 것이다. 시험 잘 친 나를 뭐가 못마땅해서 또 때리려고 하시지?

귤껍데기 선생님은 그 커다란 솥뚜껑 같은 손을 내 머리에 얹으시고는 쓰다듬어 주었다. 한 손은 내 머리를 쓰다듬고 다른 한 손은 내 공책에 비스듬히 세로로 100이라고 쓰고 그 밑에 밑줄 두 개를 쳐 주는 것이었다. 빙그레 웃으면서, '니마는 공부라곤 안하는 줄 알았더니 이노옴! 말썽꾸러기가 그래도 할 건 다 하는구나' 라며 칭찬 비슷한 말씀을 덧붙였다.

산수시험 백 점에다 선생님의 칭찬 비슷한 걸 덤으로 받으니 나는 신이 났다. 나에게 너무나 부드럽게 대해주는 선생님을 보고는 하도 기뻐 그만 선생님에 대한 무섬증도 싹 가셨다.

"선생님. 난 예, 벌써 구구단도 다 외우고 또 구귀가도 다 외웠수다. 저 맨 날 말썽만 부리는 거 아니우다 게."

그토록 흐뭇한 표정을 지으시던 귤껍데기 선생님 얼굴이 순식간에 험상궂게 일그러졌다.

"스톱, 니마 그만 스톱!"

양팔을 내 저으며 내 말을 저지했다. 나는 이미 말을 다 끝냈는데 그만 스톱! 하라니, 뭘?

"니마 이노옴! 선생님은 네가 말을 척척 받아내는 데 그만 질렸다. 니마 네가 선생님 살리는 길은 너 입 다무는 거밖에 없어야."

입 다무는 거, 아주 쉬운 일이었다.

"선생님 저 입 다물쿠다. 나 먼저 집에 가도 됩니까?"

입 다물겠다고 말하기 전에 잠시 잊고 있었던 '태왁'이 섬광처럼 떠올랐던 것이다. 그래서 그만 또 실수를 하고 말았다. 당연히 귤껍데기 선생님은 내 이마에 알밤을 한 개 튕겼다. 대낮인데도 내 눈에서는 솜솜 별이 쏟아졌다.

"다른 학생 시험 다 볼 때 꼬지(까지) 저 맨 뒤 저기 있지 이? 저 토끼장 옆으로 가서 손들고 꿇어 앉아!"

정말 예상 밖의 일이었다. 백 점짜리 시험을 치러놓고도 벌을 쓰다니. 입이 방정맞았지 정말!

'애기바당'에 푸른 산호가

후회막심이었지만 별 도리 없이 나는 맨 흙바닥, 그것도 토끼 오줌이 지려서 지린내가 고약한 교실 한구석에 꿇어앉아 오래오래 손을 머리 위로 쳐들고 있어야만 했다.

아이들은 시험을 치면서도 나와 선생님 사이에 있었던 모든 일을 보고 들었다. 쿡쿡 숨을 죽여 가며 웃는 아이들. 전에 같았으면 내가 벌쓰는 걸 보고는 좋아서들 야단법석을 떨었을 텐데 조무래기들에게도 역시 시험은 시험, 무서운 시험을 무시할 수 없었던지 누구 한 사람 뒤돌아보는 아이가 없었다.

"이 바보 멍충이들아, 빨리 끝내라 좀."

내가 안달을 했지만 아이들은 내 말에 숫제 반응하지 않았다.

"정화야, 옥자야. 니네 애기바당에 물질하러 안 갈 거냐 응?"

귤껍데기 선생님이, 니마 입 벌리지 말라고 경고할 뿐 정화도 옥자도 수학문제에 골머리께나 앓는 지 묵묵부답이었다.

나는 할 수 없이 아픈 팔과 토끼 지린내를 쫓아내느라고 공상을 시작했다. 이번에는 공상 중에 실수를 하지 않으려고 육신의 눈[目]은 교실에서 벌쓰는 내 몸에 붙들어 매고 마음의 눈만 멀리 저 멀리 세상 밖으로 내보냈다. 내 마음의 눈은 하늘 끝까지 달려가 무지개를 타고 '애기바당'으로 내려 실컷 물질을 했다.

무지개를 타고 내려간 '애기바당'에는 어른 잠수들도 어쩌다 따내는 전복들이 수두룩했다.

나는 그 수많은 전복 중에서 큰 것으로 두어 개만 골라 따서 망사리에 담았다. 나머지는 남겨뒀다가 야금야금 따 갈 것이다.

있는 힘을 다하여 바다 속을 헤엄쳐 다녔다. 이 소라는 구워서 그미한테 줘야겠다. 아 참, 저 노무 아홉동가리(생선 이름)를 창으로 쏴야 아버지 회 떠 드릴 텐데... 이햐아! 이 붉은 산호, 푸른 산호, 검은 산호 보래요. 붉은 산호는 캐어다가 어머니 반지랑 브로우치 만들어 드리고, 검은 산호로는 아버지 '물쭈리'(담배 파이프) 만들어 드리고, 푸른 산호로는 할머니 담뱃대 해드릴 거다. 뭐 푸른 산호는 없다고? 내가 있다면 있는 거다! 그럼 뭐 바다 속에 사는 산호가 바다색을 닮은 푸른 빛 나는 거, 그거 있으면 안 되는 이유라도 있어? 그렇담 그냥 놔둬! 내 마음의 바다에는 푸른 산호도 살게 할 거야.

내 망사리는 나의 탁월한 물질솜씨에 힘입어 어느새 진귀한 바다 속 해산물과 보물로 그득 채워졌다. 나는 무거운 망사리를 단 '태왁'을 타고 뭍으로 헤엄쳐 나오느라 녹초가 되었다.

희망이 부추기면

바로 그 때, 수업 끝나는 종이 울렸다. 나는 공상의 세계에다 내 첫 물질로 얻은 망사리를 그대로 둔 체 현실 세계로 돌아와 교실 뒤 토끼장 옆에서 벌쓰느라 낑낑대는 육신과 온전히 함께 하지 않으면 안 되었다.

내 몸은 땀으로 멱을 감고 있었다.

선생님이 집에 가도 좋다고 하자마자 나는 자리에서 일어나 책보를 싸는 둥 마는 둥 대충 꾸리고는 한걸음에 집으로 달렸다. 뒤에서 아이들이 시험 점수를 맞춰보느라 법석을 떠는 것도 거들떠보지 않았다. 그렇잖았으면 빵 점 받은 아이 놀려주고 겨우 한두 개 정답을 쓴 아이들한테 그것도 시험 본거냐고 약 올려줬을 텐데 다 포기했다.

전에 같았으면 집에 오는 길에 내 양철필통과 요란하게 장난을 쳤을 것을, 빨리 집에 가서 '태왁' 만드는 게 어느 만치나 진행되었는지 알고 싶다는 생각은 다른 모든 것을 접어두게 했다.

마루에서 한가로이 그미 요람을 흔들며 할머니는 담배를 피우고 있었다.

"할망, 박속 다 판 마씸?"

"야, 니마야. 우선 책보 방에 가져다놓고 세수해라. 그 다음에 태왁 얘기 하자."

어머니가 마당 돌담에 널어놓은 오징어를 손질하다말고 할머니 대답을 가로막고 나섰다. 나는 어머니 말에 언제나 꼼짝 못하였다.

"너 니마, 아침밥도 안 먹고 학교에 갔다며. 배 안고파?"

아? 내가 아침밥을 먹지 않았지. 조금도 배가 고프지 않았다.

"배 안 고프우다."

"찬방에 가서 밥도 먹고 응?"

배고프지 않다는 말을 듣고도 어머니는 끝까지 밥 먹을 것을 강요하였다.

어른들은 다 자기 말만 최고라지. 난 배고픈 거고 뭐고 우선 아버지도 할머니도 만들어 주겠다고 약속한 '태왁'을 안 만들어주는 것보다 심각한 일이 없었다. 왜 어른들은 아이들과 한 약속을 저토록 헌신짝 버리듯 저버리는지 몰라. 저들은 '헌신짝도 다 쓸 데가 있는 게야'라며 시시때때로 합리화시키기에 명수지 또. 비겁한 어른들.

나는 볼이 팅팅 부어올랐다. 건성으로 세수하고 찬방으로 가는 길에 그미 '애기구덕'(요람)을 일부러 걷어찼다. 할머니는 내 볼이 부어오르는 건 아랑곳 하지 않고, 어서 밥 먹으라고 딴소리를 하는 것이었다.

또 그 천사가

찬방에 들어서기가 무섭게 어머니가 보지 못할 것임으로 발을 쾅쾅 구르며 분을 풀었다. 어멍 밉다. 할망도 밉다! 백 점짜리 산수시험 답안지도 보여주지 않을 것이다.

실컷 찬방마루를 구르면서 분풀이를 하고 있었다. 그런데 어어? 이게 무슨 소리지? 용진이 각시가 뒤울 장독대에서 뭘 하나?

파초가 짙푸르게 우거진 장독대 근처에서 계속하여 달그락 거리는 소리가 들려왔다. 앞마당 담장에 널어놓은 오징어를 손질하던 어머니가 벌써 뒤울에 올리 없었다.

나는 호기심쟁이였다. 그 소리가 나는 곳을 봐야만 직성이 풀렸다. 부엌 뒷문께로 달려갔다.

아! 나는 만포아저씨만 보면 감격할 일이 생기곤 했다. 그 때라고 예외는 아니었다. 만포아저씨가 파초 그늘 아래 맷돌 갈 때 사용하는 동그란 덕석(멍석의 일종으로 작은 것)을 깔고 앉아 내 '태와' 만들 박속을 파내고 있었다!

"어, 니마 완(왔니)? 니네 아방이 이, 오적어 붙이레 가멍(가면서) 이, 니마 태와 맨들아 도렌(달라고) 부탁해연 이."

나는 만포아저씨한테 달려들어 꽉 껴안았다. 천사 같은 아저씨.

지난 번 오월이 시작되어 감꽃이 흐드러지게 피자 내가 학교에 입학한 것을 축하하는 감꽃 목걸이를 만들어 이슬이 송알송알 맺히게 밤새 감나무 가지에 걸어 새벽이슬을 맞히고는 이른 아침부터 달려와 내 목에 걸어줬었지. 그 감꽃 목걸이는 아직도 처마 밑 약초를 메달아 말리는 곳에 걸려 있었다. 나는 꼭 그 감꽃 목걸이를 약초처럼 말려 영원히 간직하고 싶었기 때문이다. 그 높다란 처마 밑에는 아버지가 걸어주었다.

만포아저씨는 바보지만 참 우아했다. 내가 꽉 끌어안아 주자 소리 없이 함박웃음을 웃었다.

"니마야 이제 그만 안으라. 혼저(어서) 박속 파내야 느 태와 맨들지 이. 정화영 옥자영 애기바당서 심백허멍(겨루면서) 물질할 거 이. 야! 니마도 애기잠수 되는구나."

나는 감격하였다. 눈물이 쏟아졌다. 가끔씩 나의 눈물은 좋을 때도 흘러나오고 슬플 때도 흘러나와 나를 난처하게 하곤 했다. 그러나 그날은 눈물이 쏟아지는 게 부끄럽지 않았다.

꿈이 지닌 영역

만포아저씨가 하자는 대로, 천사와의 포옹을 풀고 좋아서 히히 거리면서 마루로 가 할머니 옆에 살갑게 붙어 앉았다. 할머니는 담뱃대를 재떨이에 내려놓고 한 손으로 나를 당신의 옆구리에 끌어안았다.

어느새 어머니가 보고는, 이 더운 날 저 계집애 다 큰 게 할머니한테 어리광을 부린다고 잔소리를 했다. 저 니마년이 얼마나 물질을 하겠다고 글쎄, 온 마을 사람을 다 동원하면서 '태왁'을 만드는지 모르겠다면서, 참 시끄러운 아이라고 나무라는 것이었다.

"너! 어머니가 두고 볼 거야. 우리 마을에서 제일 물질 잘하는 상잠수만 안됐어 봐라 톡톡히 혼이 날 것이다."

어머니가 내게 다짐 두는 말은 참으로 의외였다. 어떤 일에도 우격다짐을 하지 않는 어머니였다. 그런데 왜 그럴까?

"나 죽도록 물질만 해얀단 말이꽈?"

어머니의 맞받아치는 말이 단호하기 이를 데 없었다.

"그러면, 하다 말려고?"

나는 어머니의 그 서슬에 질려 말을 다 더듬었다.

"물질도 하고 또 딴 것도 할 건디 마씀."

"딴 거 뭐, 그게 뭔데?"

할머니는 마당을 사이에 두고 우리 모녀가 티격태격하는 것을 마냥 구경만 했다.

"그게 뭐냐면 눈물의 여왕 있지 예, 어멍 좋아하는 전옥 씨, 나도 그런 배우도 될 건디 에."

내 대답에 조금 아주 조금 뜸을 들이는가 싶더니 어머니가 웃음보를 터뜨렸고 점잖은 할머니까지 그 웃음잔치에 가세했다. 뿐 아니라 그 무렵 뒷동산에서 오징어 손질하다가 마당 그늘 가에 앉아 아기에게 젖을 먹이던 용진이 각시도 덩달아 웃어대었다.

순례자의 길처럼 아득한

마치 웃음이 얼마나 전염성이 강한 건 지 증명하는 시간이기라도 한 듯 그렇게들 웃어 제쳤다.
어머니와 할머니와 용진이 각시가 그렇게 웃어대는 걸 나는 전에 보지 못했다. 나는 당황했다. 나의 비련의 여주인공을 도맡는 여배우가 되겠다는 미래의 포부, 그 꿈이 왜 웃음거리가 된단 말인가.
"학교 다녀 왔습다!"
큰언니가 먼 올레에서 부터 명랑하게 인사하며 들어왔다. 나만 빼고 웃느라고 정신이 없는 사람들을 보고는 큰언니도 어리둥절한 모양이었다.
"뭣 때문에 웃음잔치 햄수과?"
어머니는 겨우 웃음을 참고는 큰언니에게 그 웃음의 근원에 대하여 설명하였다.
"얘 수니야, 니마가 있잖니. 어멍이 제일 좋아하는 영화배우 있지 눈물의 여왕 전옥 씨. 그런 배우 되겠단다."
큰언니도 아니나 다를까 웃음보를 터뜨리는 것이었다.
"무사 경(그렇게) 웃엄수꽈?"
내가 항의를 해 봤지만 그들의 웃음소리는 더 커지기만 했다.

사람들이 지나가다가 뭐가 그리 재미있느냐고 물었다.

"아, 아무것도 아니우다. 우리 딸, 요 니마가 오늘 우릴 웃겸수다(웃게 하네요)."

라고 어머니가 받았다.

다들 미쳤어. 웃고 싶으면 웃으라지. 참말로 웃기는 건 내가 아니다. 거 뭐 배우도 나 같은 사람이 하는 거지 하늘에서 배우 씨가 따로 떨어지나?

나는 그들이 웃는 곳에 있고 싶지 않아 집을 나왔다. '태왁'이 아직 만들어지지 않았음으로 정화와 옥자처럼 물질하러 갈 수는 없고 그저 동산으로 골목으로 스적스적 할 일 없이 싸돌아 다녔다.

멀구슬나무의 역사와 더불어

나는 조금씩 슬퍼지고 있었다.

우리 동네 집 어귀에는 다들 멀구슬나무 한 그루가 짙푸른 잎새로 넓게 그늘을 드리우고 한낮의 열기를 가리고 있었다.

그 멀구슬나무 그늘이 우리 집과 '데꼬' 네 집 어귀에만 없었다.

나는 걸어가면서 슬쩍 멀구슬 나무 그늘에 들어섰다가 다시 발자국을 옮기곤 했다.

멀구슬나무 꽃이 피어나면 꼭 집어귀가 꽃다발을 머리에 인 것 같았다.

멀구슬 꽃은 잘디잔 꽃무리로 가지마다 피어난다. 꽃 색이 보라색이어서 은은하면서도 황홀하다. 늦은 가을부터 한겨울까지는 꽃자리마다에 한 여름 땡볕에 진록 색으로 살찌운 열매들이 노랗게 익어 다발을 이룬 체 치렁치렁 달려 있곤 했다.

제주의 새들, 특히 직박구리나 까마귀들이 한겨울에도 살이 통통 오르는 건 멀구슬나무 열매랑 송악덩굴 열매가 지천으로 달려있는 덕분이기도 하다. 여러 모로 보기 좋은 나무였다.

뒷동산의 내가 사랑하는 숲에는 멀구슬나무가 없었다. 나는 그게 조금 아쉬웠다. 아버지는, 그 울울창창한 숲에는 예로부터 멀구슬나무가 살지 않는다고 했다.

할머니가 아버지에게 우리 집 어귀에도 멀구슬나무 한 그루 심으라고 한 적이 있었다.

"어머님 그 나무에 어쩐지 정이 안 가 마씀 게. 왜 있잖습니까 옛 어른들 곧잘 말씀하시던 거.........."

하면서 우리 집 어귀에 그 나무를 심지 않게 된 배경을 줄줄이 엮어 할머니에게 들려드리던 생각이 났다.

숨은 이야기에 꽃그늘이 지면

옛날 옛적부터 제주 섬에는 자주 약탈자들이 상륙해오곤 했다. 게 중에서도 왜구(倭寇)들, 일본해적들은 조선조 내내 우리나라와 중국 근해를 오가면서 약탈을 일삼았는데 마치 중간거점이나 되는 듯이 제주 섬을 들락거렸단다.

그들은 제주 바닷가 아무데나 배를 대고는 뭍에 올라와 닥치는 대로 물품을 훔쳤고 사람들을 죽이는가 하면 그에다 여자들 겁탈하는 건 재미삼아 했다고 한다. 그래서 바닷가 마을에는 드물잖게 왜구의 손에 겁탈 당하고 죽어간 비바리 영혼을 달래려고 세운 당(堂)이 있다.

왜구의 손에 잡혔다가 살아남은 여성들은 멀구슬나무 껍질을 벗겨 달인 물을 마셨다고 한다.

멀구슬나무 껍질을 달여 먹으면 여성들 뱃속에 든 애기씨를 지울 수 있다던가 하는 민간요법이 있다고 했다.

그토록 아름다운 멀구슬나무의 역할이, 그리고 집 어귀마다에 심어진 사연이 과연 그러한지는 확인된 바 없다. 그게 사실인지 아닌지가 뭐 그리 중요할까 싶어 나는 끈질기게 물어보지 않았다.

흔쾌하게, 덕스럽게

멀구슬나무 만큼 제주 섬과 잘 어울리는 나무도 없다 싶었다.

봄부터 여름까지 짙은 그늘과 꽃다발을 선사하고 한겨울 눈 속에도 노란 열매가 흐드러지게 달리는 나무. 새들의 보금자리.

벌레들도 그 나무의 잎을 좋아한다. 늘 그런 것은 아니지만 한 여름날 벌레들이 그 나무의 잎을 모조리 먹어버려서 앙상하니 줄기만 남는 경우가 있다. 그러면 벌레들은 비처럼 후두둑 후두둑 땅바닥으로 떨어져 다른 나무로 이사를 가버린다.

멀구슬나무는 벌레들이 다 가버린 후에 다시 새순을 돋우고 보라색 꽃을 피워 노란 열매를 맺게 한다.

멀구슬나무에서는 언제나 새소리가 들린다. 꽃이 피어난 동안은 나비 떼가 몰려들어 춤을 추고......... 제주 바닷가 마을의 집 어귀마다 그 나무가 살고 있는 내력에 그리 연연할 게 뭐 있겠는가마는 때때로 생각이 났다. 슬픈 전설처럼 그 나무의 사연이.

늘 흔쾌하게 제주 섬을 아름답게 꾸며주는 나무. 제주사람들은 그 나무를 '몰쿠지 낭' 이라고도 불렀다.

내가 여섯 살이던 그 무렵에는 그런저런 사연을 멀구슬나무가 지니고 살아야 하는 섬살이에 가슴을 앓아 본 적이 없다. 우리 아버지도 멀구슬나무를 좋아해서 우리 집 어귀에도 한 그루 심어주기만을 애타게 바랬다.

아버지는 그 나무에서 오직 서글픈 역사만을 봤지만 어머니는 조금 여유가 있었다.

껍질 달인 물을 묽게 해서 마시면 월경(月經)할 때 배도 안 아프고, 또 아기 낳은 후에 궂은 피 흐르는 것도 깨끗하게 해준단다. 익모초처럼 멀구슬나무는 순전히 우리 여자들 위하는 덕스런 나무란다.

초여름 어느 날 어스름에 어머니와 마실을 다녀오다가 맹부네 집 어귀에 막 탐스런 꽃다발을 엮고 있는 그 나무를 보면서 예쁜 나무가 참 불쌍하다고 내가 말하자 어머니가 들려준 말이다. 나는 어머니 말이 더 가슴에 와 닿았다.

자연의 시계

아버지는 우리를 예뻐하다가도 걸핏하면 아무짝에도 쓸모없는 비바리들이라고 구겨버리곤 해서 슬퍼한 적이 한두 번이 아니다. 이 세상에 여자로 태어난 것 자체가 뭐 잘못된 것이라도 되는 것처럼 우리는 알게 모르게 서러운 대접을 받아야만 했다.

그러나 아무짝에도 쓸모없다는 우리 여자를 위해 위대한 자연이 초근목피(草根木皮)를 약으로 미리 마련했다는 건 어떻게 해석해야 할까.

"만일에, 이담에 우리가 커그네(커서) 예, 잘되면 아방도 우리 덕 볼 거우다. 그 땐 어떵 하쿠과?"

나는 배알이 뒤틀리면 아버지 말끝을 잡고 늘어지기도 예사로 했다.

"야아! 그런 날이 와서 정말로 니마 덕 보면 진짜 떵호아! 좋-지."

아버지는 내 시비에 대해 예상 밖으로 내 뺨을 찌그러지게 감싸주면서 흔쾌한 기쁨으로 받아주곤 했다.

그 날, '눈물의 여왕'을 꿈꾸는 배우지망생인 나는 집 어귀마다 시원한 그늘을 드리우고 선 멀구슬나무 밑을 들락거리면서, 에이 아버지도, 우리 어귀에도 한 그루 심어 주시지. 라며 군시렁거렸다.

그날따라 멀구슬나무마다 다닥다닥 앉은 매미들이 자지러지게 울어댔다. 사람들은 그 해에 매미가 일찍 나왔다고 했다.

나는 돌멩이로 나무 등걸을 쿵- 쳤다. 찌익- 오줌을 갈기면서 날아가는 매미들의 오두방정이라니.

너무 무료하고 너무 기나긴 여름의 이른 오후였다. 생각 같아선 포구나 '원담' 밖 모래밭에 가서 헤엄치고 싶었다. 아이들이 되게 북적이겠다 싶으니 몸이 근질거렸다. 가볼까? 했다가 금방 마음을 고쳐먹었다. 아이들이 헤엄치는 건너가 바로 '애기바당'이었다.

나를 제쳐놓고 옥자와 정화만 물질하는 꼴이 보기 싫었고 또 걔네도 내가 멕이나 감으러 바다에 간걸 보면 대번에, 것 봐라. 멕이나 감는 주제에. 네가 물질을 하면 손에 장을 지지지. 라며 나를 깔보고 놀릴 게 분명했기 때문이다.

골목길을 걷고 또 걸었다.

존재론(存在論)

그 땡볕에 몸뚱아리가 뜨겁지도 않는지 돌담을 타고 능구렁이가 기어가는 게 보였다.

뱀은 구렁이든 독사든 보기만 해도 온 몸에 소름이 쫙 돋는다. 또한 동시에 그 놈을 관찰하고픈 강열한 호기심도 발동한다.

햇볕에 반짝이는 등 비늘하며 물결치는 하얀 배때기가 소리 없이 움직이는 걸 보고 있노라면 무척 신비롭게 느껴졌다.

뱀은 왜 기다랄까? 아버지는 그랬다. 그럼 왜 사람은 머리 밑에 모가지, 그 밑에 몸통, 몸통에는 팔다리가 달렸을까 라고. 사물은 다 독특한 생김새가 있는 법. 뱀이 왜 기다란 몸뚱이 뿐일까 의아해 할 필요가 없다는 것이었다. 그런대도 나는 뱀을 볼 때마다 왜 뱀은 기다랄까 라고 생각했다.

능구렁이를 한참 관찰하다말고 골목길섶을 보니 까마종이 즐비하니 익어가고 있었다. 한여름의 땡볕 아래서 흰 꽃이 피어나는 한편으로 햇 열매도 조롱조롱 달렸는가 하면 이미 까맣게 익어 반질거리는 품이 입에 군침이 돌게 했다.

동그랗고 작은 까만 구슬처럼 생긴 까마종이 열매는 여러 개를 따 한꺼번에 입에 탁 털어 넣고 깨물면 톡 터지면서 신맛과 단맛이 입 안 가득 고이면서 사람을 진저리치게 한다.

까마종이 학명(學名)이 'Solanum nigrum L.' 이다. 솔라(Sola)란 다름 아닌 태양의 라틴어이고 니그름(nigrum)은 검다는 말이다. 까마종이를 학명만 놓고 이름풀이를 해본다면 '태양에 익은 검은 열매' 쯤 된다.

우리말 이름은 왜 까마종이일까? '까마' 는 '까맣다' 의 앞머리에서 따왔다고 치고, 종이는 어디에서 차입했을까? 열매의 생김이 민둥 구슬 같아서 혹시 중의 까까머리를 본 따 붙인 건 아닐지 모르겠다. 왜냐하면 '까마종이' 다른 이름이 '까마중이' 이기 때문이다. 그러면 우리말 이름 뜻은 '까만 스님의 머리' 란 말인가? '까만 스님의 머리' 보다는 '태양에 익은 검은 열매' 가 훨씬 낫다. 제주 섬 사람들은 '말오줌풀' 이라고 부른다.

"무사(왜) 그런 이름이 붙었는지 궁금하지 이? 말이 오줌 싼 데서 잘 자라니까 경(그렇게) 이름 붙인 것 닮다."

언젠가 그런 이름이 붙은 사연이 못내 궁금한 나에게 큰언니가 해준 설명이었다.

나는 정말로 까마종이 열매를 좋아했다. 한라산 깊은 골짜기에서 사는 삼동보다도 더 좋아했다. 블루베리 파이에 얹는 블루베리보다도 더 까마종이 맛이 좋다고 나는 어른 된 지금도 생각한다.

까마종이 잎은 종기에 붙이는 약재로도 쓰였다.

나는 까마종이 열매 따먹는 데 정신이 팔려 내 장래 희망사항 목록에 껴 있는 '눈물의 여왕' 때문에 웃음거리가 된 일도 까맣게 잊어버렸다.

고등어 대가리의 맛

'데꼬' 네 먼 올레까지 까마종이를 따라 갔다. 댓돌에 걸터앉아 뭔가를 만지고 있던 '다마꼬' 가 나를 불렀다.

"야, 너 주둥이 시꺼멍 햇져(새까맣다) 야."

'다마꼬' 가 손에 들고 있는 것은 시들시들하게 마른 고등어 대가리였다.

"거 어디서 경(그렇게) 하영(많이) 난(났어)?"

'다마꼬' 가 옆에 안고 앉은 대바구니 속을 들여다보며 내가 물었다.

"이거? 저기 청산 간즈메 공장서 가져 완."

"고동(소라)으로 통조림도 만들고 하는 그디(거기)?"

"웅 그디. 데꼬가 간 이, 잘라온 거 게. 소금 간햇당 조령도 먹곡 또 구윙도 먹을 거."

'다마꼬'는 고등어 대가리의 씀씀이를 일러 주었다.

입안에 침이 삽시에 가득 고이더니 목젖을 타고 꼴깍 넘어갔다. 침 넘어 가는 소리가 얼마나 컸던지 깜짝 놀랐다. 그러고 보니 나는 아침부터 아무 것도 먹지 않아 배가 고팠던 모양이었다.

"그거, 맛 있인 거?"

나는 '다마꼬' 가까이 바싹 다가앉았다.

"정말로 맛 있다. 니네 집에선 고등어대가리 안 자르더라 이?"

"안 자르지. 왜 대가릴 자르니?"

사실 나는 왜 우리아버지가 잡아온 고등어는 이제껏 대가리를 따로 잘라 말리지 않는지 생각해 본 적도 없었다.

"데꼬 말이 이, 간즈메 만들 땐 대가린 안 쓴댄 이. 고등어가 간즈메 공장에 들어오민 막 사람들이 몰려 가그네(가서) 대가리 자르고 내장 빼주고 해여 이. 그 일 해주 값으로 대가리만 가져오는 거 게. 내장은 젓갈 담근댄 공장에서 주지 않해."

'다마꼬'는 별걸 다 알고 있었다. 내가 왜 그런 걸 몰랐을까 기가 막혔다.

"기냐(그래)? 무사 큰언니가 가지 않해신고?"

누구나 다 그 공장에서 고등어 대가리를 잘라 가져 올 수 있다면 당연히 큰언니도 갔어야 했다.

'다마꼬'는 척척 대답도 잘 했다.

"니네는 고등어 대가리 잘라오지 않아도 고기 하영(많이) 있지 안허냐 무사."

그런가? 나는 우선 그토록 맛있다는 고등어 대가리를 먹어 보고 싶었다.

"다마꼬야. 그거 하나만 나 줄래? 먹어보고 맛있음 나도 가키여(가겠다)."

'다마꼬'는 펄쩍 뛰면서 내가 억지로 빼앗아 가기라도 할까봐 얼른 대바구니를 끌어안았다.

"안 된다 게. 데꼬가 널어 놓을 때 이, 다 세어둔 거라. 잘 걷어놓지 않았다간 나 죽인다 게."

그랬다면 '다마꼬'가 못 줄만도 하겠다 싶었다.

"니네 데꼬가 경(그렇게) 쫌부(자린고비)냐? 고등어대가릴 다 세어놓게."

토박이

나는 '다마꼬' 옆에 퍼더버리고 앉았다. '데꼬' 네 자매들을 볼 때마다 늘 물어보고 싶던 것이 있었다.

"야 다마꼬야. 넌 무사 데꼬한테 언니라고 안 하나?"

그런 줄 몰랐는데 암팡진 것만 가지고 따진다면 '다마꼬'도 만만치 않다는 걸 그 때 알게 되었다.

"니마 너부터 나한테 다마꼬, 다마꼬. 하지 말앙 언니라고 해 보라 게."

나는 정말 어이없었다.

"무사 너한테 언니라고 해야 하느니? 너가 우리 언니냐?"

'다마꼬'는 엉뚱한 대답을 하는 것이었다.

"니네 집은 좀 웃기더라 이. 서울 사람들처럼 언니, 언니, 그게 뭐니? 데꼬 시집가면 나 그때부터 언니라고 부르키여. 무사 미리 언니, 언니, 아양 떨랜 햄나 징그럽게."

징그러울 것도 많기도 하다. 언니한테 언니라고 하는 게 뭐 아양 떠는 거라고, 그런 바보 같은 관점에서 우리 집의 언어 체계를 이웃이 규정할 수도 있다는 생각에 새삼 어머니가 서울내기여서 우리가 온전히 제주 섬 토박이가 될 수 없음을 느꼈다.

"다마꼬야. 사람은 예의범절을 지켜야 하는 거다 너."

'다마꼬'는 더 대거리칠 말을 잃었던지 혀만 벌름 내밀었다.

저녁노을 넘어 어둔 밤 속을 걷는 이웃

골목길이 수선스러워지면서 벌써 물질 갔던 잠수들이 돌아오고 있었다. '다마꼬'가 얼른 밖으로 내달려 돌담 위에 널어놓은 고등어 대가리 걷다 남은 것을 바구니에 마저 걷어 담았다.

'데꼬'가 흰 수건을 나비처럼 머리에 얹고 '태왁' 짐을 진체 들어왔다. '데꼬'는 나를 보고 웃으며 댓돌 옆에다 '태왁' 짐을 부렸다.

"니마 시커먼 입 좀 봐. 검은 도새기가 뽀뽀하자고 덤비키여 게."

나는 씨익 웃었다. 내가 똥돼지와 입 맞추는 장면은 상상만으로도 재밌고 동시에 느낌이 더러웠다.

"태왁은 아방이 맨들아?"

어젯밤에 '태왁' 만들 박을 나에게 준 걸 잊지 않고 물어 봐 줬다. 나는 사실대로 말하기 싫었다. 그래서 그냥 응 하고 간단하게 대답했다.

"그럼 니마도 애기잠수 되겠네 이?"

'데꼬'의 살가운 관심이 고맙기도 하고 부담스럽기도 했다.

"아니여 게, 데꼬 언니. 아직 다 맨들지 못해실 거라. 다 맨들어사 물질 헐거 아니냐 무사."

"이제 금방 다 맨들거난 쪼끔만 더 기다려 이."

'데꼬'는 고분고분하게 나 같은 아이와도 말벗이 되어주는 사람이었다. 그녀의 고운 마음에 기대어 궁금증을 풀기로 했다.

"데꼬 언니 뭐 물어봐도 돼?"

"경허라."

"청산 통조림 공장엘 밤마다 간다며?"

"응 간다. 건 무사 물엄시니?"

"궁금해연."

"맞아 너 니마는 우리 마을에서 소문난 호기심쟁이지 참."

나는 그저 소리 없이 웃기만 했다.

매일 밤 간다고 했다. '겐짝구' 배(건착선=고등어잡이 배) 불빛이 밤마다 밤바다를 밝혀서 엄청나게 고등어가 잡힌다고 했다.

밤마다 청산리 통조림 공장에서 달구지를 우리 마을로 보낸다고 했다. 큰언니만 빼고 다들 그 달구지를 타고 가 밤새 고등어 대가리를 자르고는 새벽에 돌아온다는 것이었다.

오는 길로 갯가에 가 고등어 대가리를 손질하는데, 아가미는 따로 떼어 젓갈 담그고 대가리는 두 쪽으로 쪼개어 소금 간을 한 다음 바싹 말려 둔다는 거였다.

말려서 짚에 싼 다음 항아리에 차곡차곡 담아 두면 오래 오래 밑반찬으로 먹을 수 있다고 했다.

'데꼬'는 내가 잘 알아듣게 밤나들이를 설명을 해주었다. 고마웠다.

"니네는 뭐 고등어 대가린 먹지도 않겠지 이?"

'데꼬'가 무심하게 말끝에다 한마디 덧붙였다. 그 말마디가 비수처럼 나의 마음을 찔렀다. 그렇구나. '데꼬'네는 변변한 생선반찬도 없겠구나 싶으니 더욱 가슴이 아파왔다.

그 다음날 아버지가 오징어를 많이 잡아오자 나는 어머니한테 졸라 열 마리나 '데꼬' 네 집에 가져다주었다.

간밤에 잘라온 고등어 대가리를 돌담에 널던 '데꼬' 가 그걸 받으면서 눈에 눈물이 가득 고였었지. 나도 울 것만 같아 너스레를 떨었던 기억이 지금도 새롭다. '데꼬' 언니, 우리 아버지 잡아오는 생선 있지 이, 먹고 싶으면 언제든지 가져다 줄게 많이 먹어 이?

해가 긴 그림자를 끌며 한라산 저 너머로 숨을 채빌 서두르고 있었다. 나의 그림자도 길게 꼬리를 끌며 동쪽으로 누웠다. 이제 하루해가 다 저문 모양이었다. 집에 가지 않으면 안 되는 시간이었다.

그 밤 달구지를 타고

우리 집은 저녁에도 분주한 그대로였다. 어머니는 마른 오징어를 타래 지르며 쟁이고 있었고 큰어니는 저녁을 짓는 중이었고 할머니는 그미를 업고 마당을 거닐고 슬이는 짱돌이와 놀고 있었다.

한나절을 땡볕에 타서 얼굴이며 등이며 팔이 다 쓰렸다. 뒤울로 가서 빗물 받아놓은 항아리에서 물을 몇 바가지 퍼내어 참새 세수하듯 멱을 감았다. 시원했다.

저녁상을 받고 앉으니 어머니가 나무랐다.

"너 땡볕에 싸돌아 다녀서 더위 먹고 아파도 우린 모른다."

그 날 저녁을 못 넘기고 어머니는 내가 아플 거라고 짐작했던 모양이었다. 천만에! 그날 밤 중에 아무도 몰래 살그머니 집을 빠져나와 '데꼬' 네 집 어귀로 갔다.

물론 저녁에 먹을 감은 후 아버지 연장을 뒤져 날랜 손칼 한 자루를 꺼내어 감춰 두었다. 채소바구니로 쓰는 작은 '송동바구리'에 칼과 수건 한 장을 넣고는 쥐도 새도 모르게 집을 빠져 나오는 데 성공한 나는 하늘을 나를 것만 같았다.

'데꼬' 네 집 먼 올레에서 조금 기다리러니 여기저기서 사람들이 두런거리면서 모여들었다. '데꼬'가, 사람들 말소리 나는 향에다 대고 같이 가자고 소리치면서 달려 나왔다. 그 참에 나는 '데꼬'를 붙잡았다.

"엄마야! 사람 간 떨어지키여 니마야."

"나도 데려가 줘."

정색을 하면서 내가 붙잡은 손을 뿌리쳤다.

"밤새 고등어 대가리 자르는 일이라 이. 넌 못 한다 게. 낼 아침 넌 또 학교에도 가얄 거 아니?"

"그냥 데려가 줘 데꼬 언니 응?"

'데꼬'는 한사코 뿌리치는 걸 나는 막무가내로 따라갔다. 나를 보자마자 동네 사람들이 다 뭐라고 한마디씩 해대었다. 그래도 나는 '데꼬' '몸빼' 바지자락을 거머쥐고 놓지 않았다.

우물가 길 옆에는 벌써 통조림 공장에서 온 달구지 두 대가 기다리고 있었다. 나는 다짜고짜 달구지에 올라탔다. 나를 내려놔야한다고 사람들이 뭐라고 했다. '데꼬'가, 내가 책임 지쿠다(지겠습니다)게. 라고 한마디 하자 그럼 알아서 하라면서 더 이상 나에게 내리라는 사람이 없었다.

벗은 그래서 좋다

달구지가 출발하고서였다. 나는 기절초풍할 정도로 놀랐다. 갑자기 정화가,

니마야 하고 불렀기 때문이다.

정화가 거기 있을 줄은 꿈에도 몰랐다. 얼크락 달크락 거친 돌길을 튕기듯 가는 달구지 위에서 중심을 잡으려고 그녀는 두 팔 벌려 춤을 추면서 내 옆자리로 옮겨 앉았다. 걔는 벌써 여러 번 고등어 대가리를 자르러 다녔단다.

"니마야. 걱정 말라. 내가 어떻 하는 건지 다 가르쳐 주마."

나는 정화 손을 꼬옥 잡았다. 또래 벗이 옆에 있으니 다소 안심이 되었다. 그래서 벗은 좋은 것이다.

품위를 유지하는 말투

통조림 공장은 어마어마하게 컸다. 우리학교만큼이나 커보였다. 기둥 하나 없이 쭉 터진 학교건물 같은 공장바닥은 시멘트였다.

공장 안은 바닥에 물기가 질퍽한데다 고등어 비린내가 진동했다.

우리가 도착했을 때는 이미 다른 마을에서 온 사람들이 부지런히 일손을 움직이고 있었다.

나는 정화가 하는 대로만 따라 했다.

고등어가 산더미처럼 쌓여있는 곳에서 한 바구니씩 가져다가 자기 자리에 놓고 대가리를 자른 다음 몸뚱이만 다시 그 바구니에 담아 정해진 장소로 옮기고는 다시 가져와 자르기를 반복하는 거였다.

나는 그 일을 처음하기 때문에 우선 조금만 가져다 하라고 정화가 일러주었다. 내 욕심대로라면 바구니 가득 가져오고 싶었다.

고등어대가리 자르는 일은 쉽지 않았다. 공장장인가 하는 남자가 짤막한 채찍 비슷한 물건을 손에 들고 다니면서 가끔 고등어 잘라놓은 몸뚱아리를 뒤적였다.

대가리는 한 칼에 자르되, 창자에 반드시 아가미가 붙어있도록 자르라고 했다. 어쩌다 공장장 눈에 여러 번 칼질한 게 띄면 가차 없이 손에 들고 있던 채찍 같은 막대로 손바닥을 탁탁 치며 매우 위협적으로 으름장을 놓았다.

이것들이 누구 망하는 거 볼라고 작정을 했나 씨팔 것! 이렇게 자르면 간즈메 못 만들어. 씨팔.

아버지가 한사코 '씨팔' 이란 말을 쓰지 못하게 한 이유를 그 공장장의 말투에서 확연하게 알아버렸다. 그 말은 매우 '쌍스러워' 그 공장장이 대번에 '쌍 것' 으로 보였다.

맞잡은 백지장처럼

나는 죽어라고 고등어 한 마리를 가지고 씨름을 했다. 곁눈질로 힐끔 보니 정화는 어느새 예닐곱 마리나 잘라놓고 있었다.

겨우 서너 개를 잘랐는데 아뿔싸! 그만 손가락을 베었다. 얼른 수건을 찢어 동여매긴 했어도 계속하여 피가 배어 나왔다. 더는 고등어대가리를 자를 수가 없었다.

하는 수 없이 나는 남들이 자르는 걸 구경만 했다. 그 때 정말로 울고 싶었다. 괜히 고등어 대가리를 욕심냈다가 벌을 받는 것만 같아서 마음이 편하질 못했다.

"니마야, 손가락 베었구나."

고등어를 나르다가 나를 본 '데꼬' 가 그 바쁜 가운데도 아는 체 했다.

정화는 바쁘게 손을 움직이면서도 곰살궂게 울상이 된 나를 위로했다. 마치 언니처럼. 나한테, 너는 '애기잠수' 되지 못할 거라고 약 올릴 때는 얄미워 죽겠더니 살갑게 굴어주니 벗이 더없이 곱게 보였다.

"내 꺼 다 잘라둥(자르고 나서) 너 몫도 잘라 주마 이. 내 옆에 앉앙 놀아 이."
하는 수 없이 친구 옆에 앉아 그 애가 하는 것을 구경했다.
한참 보고 있다가 정화가 고등어 몸뚱이로 바구니를 가득 채우자 나는 정화와 함께 그걸 들어다가 정해진 곳에 비웠다.
"둘이 들으난(드니까) 훨씬 가벼웡 좋다 이."
정화가 좋아했다. 나도 기뻤다. 손을 다쳤다고 아무 일도 안하고 앉아있느니 바구니 나르는 거라도 거들게 된 게 천만다행이다 싶었다.

아이가 아이로 사는 세상을 바라면서

산만큼 쌓였던 고등어도 첫닭이 홰치는 소리가 들릴 무렵에는 바닥이 드러나 손 빠른 이들 사이에 쟁탈전이 벌어졌다.
남들은 한 마리라도 더 차지하려고 야단인데도 정화와 '데꼬'는 저희들 바구니에 담아온 것까지 다 내 몫에다 쏟아 붓고 대가리를 잘라 내 바구니에 담아 주었다. 덕분에 겨우 서너 마리를 잘랐을 뿐인데도 돌아오는 달구지에 실은 내 바구니는 고등어 대가리로 넘쳐날 듯 그득 찼다.
"니만 참 좋을 거라 이? 니네 어머닌 절대 부지깽이로 너 때리지 않지?"
정화가 돌아오는 달구지에서 내 어깨에 기대어 나직히 속삭였다.
"웅, 우리 집에선 어머니도 아버지도 아이들 절대 안 때린다."
아이들이 나를 부러워한다고 했다. 우리 마을에서 우리처럼 호강 좋게 크는 아이들이 또 없다고 했다. 정화 말에서는 아련한 슬픔이 둑, 둑, 떨어졌다.
"무사 정화야, 너네 큰어멍이 너 때려?"
혹시 정화가 큰집에서 매 맞는 지도 모른다는 생각을 하니 개가 너무 불쌍했다. 착하고 일도 당차게 하는 정화. 자기보다 큰 '물구덕'으로 우물물을 길어 나르는 정화. 정화는 내 질문에 대답하지 않았다.

"정화야. 만일 큰어멍이 때리면 이, 우리 집에 와 이. 우리랑 같이 살자."

정화는 여전히 아무 대답도 하지 않았다. 그저 포옥 한숨을 내쉬고는, 내가 니마 라면 난 절대로 말썽 같은 거 안 부릴 거다. 라고 말하는 것이었다.

어머니의 훈육

우리가 마을에 도착했는데도 아직도 동녘 바다는 캄캄했다. 햇귀가 비칠 만치 아직은 날이 밝지 않았다. 그러나 저 먼 바다 끝에서 밝은 기운이 아슴프레 퍼지는 기미는 있었다.

나는 정화가 말한 의미를 알면서도 시치미 뚝딱 떼었다. 정화가 보기에 나는 아무 불만거리가 없는 대도 괜히 말썽을 부리는 것 같겠지. 그러나 내 입장에서 보면 그렇지만도 않았다.

달구지에서 내린 사람들이 모두 잘라온 고등어 대가리를 손질하려고 갯가로 가는데 나만 집으로 향했다. 내가 밤사이 고등어 대가리를 잘라온 걸 보고 어머니는 뭐라실까? 칭찬할까 아님 야단칠까? 집이 가까워 올수록 불안했다. 가슴이 너무 콩닥거려 숨을 제대로 쉬기 어려울 만치 나는 극도의 불안에 휩싸였다.

고양이처럼 살금 마당으로 들어서려니 어머니가 불쑥 나타나 바구니를 빼앗아 먼 올레로 휙 내던지는 게 아닌가! 아마 내가 없어진 걸 알고 마당에서 기다렸던 것 같았다.

"너 니마! 그거 가지고 썩 나가. 이 못된 것아! 더는 널 데리고 못살겠다. 당장 나가!"

내가 뭐라고 변명할 사이도 없이 어머니는 나를 집 어귀 바깥쪽으로 내몰았다. 할머니가 달려와 어머니와 나 사이를 가로막았다.

"에미야 진정해라. 니마가 온전히 온 것만도 고맙지. 웬 소동이냐 이 신새벽에."

할머니가 어머니를 붙잡고 통사정을 했다.

나는 너무 겁이 나 얼이 빠지고 말았다.

아무리 할머니가 사정해도 어머니의 태도는 단호했다. 절대로 집에 못 들어온다는 것이었다.

어느새 날이 훤히 밝았다. 나는 내팽개쳐진 고등어 대가리를 보면서 집 어귀에 앉아 있을 수밖에 없었다. 어디로 갔다가는 다시는 영영 집에 들어가지 못할 것만 같아 거기 마냥 앉아 있었다.

학교 갈 시간이 다가오면 나를 집안으로 불러들이겠지 하는 어림짐작에 희망을 걸어보았다. 시간은 흐르고, 해는 중천을 향해 치닫는데 집안에서는 아무도 나를 부르지 않았다.

어머니는 정말 무서운 사람이었다. 무정 눈에 잠이 든다고 했던가. 나는 앉은 채 꾸벅꾸벅 졸았다. 잠을 참으려고 안간힘을 써보았지만 생각 뿐, 눈꺼풀은 상상을 초월할 정도로 무거웠다.

무엇이 될까

"니마 너 이제 큰 일 났다. 집에도 못 들어오고 학교도 못 가고..."

큰언니 목소리에 눈을 게슴츠레하게 떠보니 큰언니는 학교에 가는 길이었다. 집 어귀에 널려있는 고등어 대가리를 밟지 않으려고 까치발로 가다말고 돌아서서 내 걱정을 하는 척 놀려먹고는 얌체처럼 사라져 버렸다.

파리 떼가 까맣게 몰려들어 고등어 대가리에 앉았다.

와르르 눈물이 쏟아졌다. 우리가 못 먹어본 반찬거리를 벌어왔는데, 어머니는 너무한다 싶었다. 정말!

나는 서러워서 흐느껴 울었다. 울음소리는 점점 커졌다.

"야, 에미야. 그만 니마 들어오라고 하랴? 핵교 갈 시간 다 지남져(지나간다)."

할머니가 그미를 업고 멀찍이서 내 주변을 맴돌았다.

"어머니 절대 안돼요. 너 너, 니마! 누가 너더러 그 잘난 노무 고등어 대가리 잘라 오랬니 누가? 그거 가지고 나가라니까 거기 앉았지 말고 썩!"

나는 조금 아주 조금 더 집 바깥 쪽으로 물러나 앉았다.

"에이, 어떻게 된 노무 바당이 — 어이! 수니어멍. 나와 봐. 오적어놈들 밤새 날 약올리더라니까. 어-"

아버지 목소리가 저만치 골목 참에서 큰소리로 어머니를 불러대었다. 털레털레 걸어오다가 아버지는 울고 있는 나를 발견하고는 눈이 휘둥그레졌다. 내 주변에 널려있는 비린내 진동하는 고등어 대가리를 보고는 무슨 일이 벌어지고 있는지 한 눈에 짐작이 가는 모양이었다. 나를 두 번 다시 거들떠 보지 않고 덥석 마당으로 발걸음을 옮겨버리고 말았다.

나쁜 아버지! 내 편을 들어 줄줄 알았는데 어머니와 꼭 같애. 나쁜 어른들 같은 이. 남의 속도 모르면서 그저 말썽만 부린다고 몰아 부치는 사람들이지 뭐야! 내가 뒤통수에다 대고 씩씩거리는 걸 아는지 모르는지 아버지는 혀를 끌끌 차며 혼잣말을 뒤에 남겼다.

"저거 저 니마. 이담에 뭐가 될라고 저 말썽인고 참말로......."

하늘이 무너져도 솟아날 구멍이 있다더니

내가 뭐가 되든? 나는 내가 되고 싶은 사람 되어서 나를 우습게 여기는 어머니 아버지 같은 어른들 놀라 뒤로 자빠져 코피 터지게 할 거지 뭐가 되긴 뭐가 돼 우씨!

조금 후, 아버지가 내 책보를 휘익- 나를 향해 던졌다.

"그디서 너 니마야, 우리 화 그만 돋구고 학교나 가라! 학교가기 싫으면 아예 집을 나가든가. 아버지 너 짐 꾸려주랴?"

저 악질들. 내가 크면 꼭 복수하고 말거야. 내가 집 나가면 당장 갈 데가 어딨어? 없는 거 번히 알면서 어머니도 아버지도 다 저러시지 좋다 좋아! 내 이담에 크면 할머니한테만 잘해 줄 거야 두고 봐.

결국 나는 집에서 영영 쫓겨나지 않으려고 아버지가 던져준 책보를 허리에 두르고 학교로 향했다.

학교 가는 길가에 있는 '혹통'이란 물웅덩이에서 대충 세수를 하고 책보로 닦았다.

그래도 내 몸에서는 고등어 비린내가 진동을 했다.

학교종이 땡땡때앵~, 시작 종소리가 났다. 나는 있는 힘을 다해 달렸다.

머리속에서는 지각하면 안 된다는 것과 고등어 대가리 조린 것은 얼마나 맛있을까가 동시에 떠올랐다가 사라졌다.

나는 귤껍데기 선생님이 보지 못하도록 개구멍을 드나드는 도둑고양이처럼 살그머니 교실로 들어섰다.

나의 계산이 철저하게 빗나갔다는 게 증명된 것이, 귤껍데기 선생님이 내 목을 여지없이 낚아챘다.

"이노옴 니마야! 니가 대학생이냐 시간 안 지키고 학교엘 다니게 응?"

인정사정 보지 않고 귤껍데기 선생님의 트레이드-마크나 다름없는 회초리가 내 머리, 대갈통을 갈겼다.

내 어린 시절 여섯 살 그 무렵에는 오나가나 어른들은 야만스럽기가 그지없었다. 어린이 말은 들어볼 생각도 하지 않다니 이런 불공평한 세상이 또 있을까! 나쁜 인간들 이노무 어른들. 도깨비는 이런 막되어 먹은 어른들 안 잡아먹고 도대체 뭘 먹고 살지? 어디 수수범벅을 해서 도깨비한테 물어 봐?

나는 귤껍데기 선생님이 내리치는 회초리를 맞으면서도 도깨비가 좋아하는 수수범벅을 만들 생각을 해냈다.

도깨비는 수수범벅 앞에서 맥을 못 춘다는 말을 언젠가 들은 기억이 났던 것이다. 그걸로 도깨비를 꼬드겨 어떻게 해서든지 내가 싫어하거나 미워하는 모든 어른들 잡아먹게 할 것이다.

도깨비한테 먹힌 사람은 언제든지 다시 살아난다고 아버지가 말해 준 적이 있었다.

그래 그러면 그렇지. 하늘이 무너져도 솟아날 구멍이 있다는 게 바로 이거야! 나는 일단 도깨비한테 저 어른들을 다 잡아먹으라고 할 것이다. 그리고는 아버지든 어머니든 누구든 간에 살릴 필요가 있을 때, 그 때만 살렸다가 다시 도깨비가 잡아먹게 할 것이다.

나는 나의 생각이 하도 기발한데 취해서 회초리 맛이 매운 줄도 모르고 그저 히히히— 웃어댔다.

5. 백중절에

1) 매 맞는 호박덩굴과

태풍이 온 섬

　나의 여섯 살인가 다섯 살이던 그 해의 백중절 음력 칠월 열나흗 날부터 열닷새까지는 오랜 비 날씨 끝에 오랜만에 햇볕이 쨍쨍 내리 쬤다.
　어른들 말씀에 백중날에는 여지없이 백중물이 하늘에서 진다더니, 그 해에는 미리 태풍을 동반한 폭우가 며칠 동안 줄기차게 내려서 백중물 몇 방울 들을 비조차 더 이상 남지 않았던지 해 뜰 녘부터 날씨는 매우 쾌청했다.
　백중절을 이글거리는 태양과 더불어 맞이 하고팠던 일기(日氣)는 며칠 전에 의도적으로 태풍을 제주 섬에 상륙시켰던 것 같았다.
　태풍은 무섭게 울부짖으며 저 아득히 먼데 바다에서부터 달려들었다. 내가 가노라는 신호를 요란하게 해대는 품이 태풍의 규모가 얼마나 대단한 지를 짐작하게 했다.

먼저 맛뵈기로 파도를 울렁울렁 일구며 바람결을 돋우는가 싶더니 비바람에 한껏 무게를 실어 섬을 단숨에 덮치고 봤다.

태풍의 발가락쯤이 섬에 당도했을까 말까였는데 본때 있게 허술한 돌담을 와르르 와르르 허물어뜨리고 키 큰 나무를 흔들어 뿌리째 뽑아버리는가 하면 애써 농사지은 밭에 들어가 난장을 쳐 삽시에 쑥대밭으로 만들었다.

다행히도 우리 집은 유리창 밖으로 덧대어 단 나무덧문이 든든하여 집안에는 별로 피해가 없었다.

아버지는 그 폭풍우를 뚫고 집 바깥을 돌며 물꼬를 치고 지붕의 처마를 단단히 눌렀다.

우리 집 처마 밑에는 언제나 기다란 대나무 장대 수십 개가 단단하게 노끈으로 묶여 있곤 했는데 그게 이번에도 요긴하게 쓰였다.

서까래를 가로질러

우리 집은 4간을 변형시킨 5간 집으로 초가로는 우리 마을에서 가장 큰 집이었다.

그 어리디 어린 시절 나에게는 우리 집 마루가 마치 운동장처럼 넓어 마루청소 당번인 나는 불만이 이만저만이 아니었다. 물걸레를 펴고 그 위에 두 손을 얹어 엎드린 다음 엉덩이를 쳐들고 송아지가 미끄럼 타는 폼으로 한참을 이 끝에서 저 끝까지 수십 번을 왔다 갔다 해야만 겨우 초벌 청소가 끝나곤 했으니 말이다.

그런 마루를 어머니는 꼭 하루에 두 번 이상 닦게 했다. 그것도 초벌 두벌 세벌씩이나!

마루만큼 넓은 게 부엌이었다. 제사가 많은 우리 집이니 마루와 부엌이 넓은 건 필수적이었을 것 같다.

그런데 마루와 부엌 천장은 끝막음을 하지 않아 상모루의 대들보며 서까래가 그대로 드러나 있었다. 그렇게 노출 시킨 서까래에다 온갖 것들을 다 올려놨다. 가을에 누렇게 익은 호박을 따서도 그 위에다 줄줄이 올려놔 겨우내 먹고, 메주를 쑤면 서까래를 가로대삼아 주렁주렁 매달아 말리고, 또 채반이며 초석(草席) 같은 것들도 올라갔다.

부엌과 마루 천장이 좋은 저장고도 되고 창고도 되어주는 것이었다.

그 대들보 위로 가끔씩 찍찍-대는 다급한 소리를 앞세워 한차례 쥐들이 달려간 뒤에는 구렁이가 뒤따라 소리 없이 스을쩍 지나가곤 했다.

구렁이가 제일 좋아하는 먹이가 쥐와 달걀이라고 했다.

대들보 위에서 쥐와 구렁이가 벌이는 경주는 그야말로 어쩌다 있는 일이었다. 그들의 달리기는 순식간에 일어나 순식간에 끝나버리기 때문에 내가 직접 눈으로 본적은 드물고 주로 큰언니나 슬이한테서 들어 알 정도였다.

나는 마루나 부엌에서보다는 방에서 지내는 시간이 많아 그 재미있고도 소름 끼치는, 생사(生死)를 가르는 달리기를 볼 기회가 상대적으로 적었다.

태풍과 맞서는 바다의 여장부들

태풍의 서곡은 지루하게도 하루 동안 계속되었다.

어른들은 이리저리 뛰며 바쁘게 움직이는데 우리들 아이들은 오갈 데 없이 집안에 갇혀 답답하기 이를 데 없었다.

이튿날, 태풍의 눈 속에 우리 마을이 통째로 갇히니 우리 집은 매우 조용하여 고요에 휩싸였다.

　그 틈을 타 아버지는 얼른 포구로 달려가 우리 배가 잘 있는지 살피고 왔다. 집안에서 부지런히 오가는 어머니를 얼핏 본 아버지가 큰소리로 말하였다.

　"이 태풍이 영(이렇게) 무섭게 부는 디, 승천이 할망네 하고 청대왓집(푸른대나무집)할망네 다들 올리미(태풍에 자연스레 뿌리 뽑힌 미역이나 감태 따위 해조류) 건진다고 야단들이더고."

　나는 그 할머니들이 정말 대단하게 생각되었다. 이순신장군보다도 더 기세등등한 장군 같아 보였다. 집채 만한 아니지 '오름' 만한 파도에 밀려오는 해조류를 건지느라 갯바위를 헤매다니! 거북선을 타고 왜적을 무찌른 이순신장군도 태풍과 맞서지는 못 했을 거다 정말.

　그 할머니들을 나는 잘 알고 있었지만 갑자기 무서운 게 뭔지도 모르는 할머니들이라는 생각이 들었다.

　"그러다가 절(파도)에 휩쓸리면 어쩌시려고……"

　어머니는 말끝을 맺지 않았다. 우리 마을 여성들은 바람이 부는 날은 더욱 극성스럽게 바다로 갔다. 그리고는 해조류를 건졌다.

성냥 한 개비

　어머니와 큰언니는 장독대를 다시 한 번 더 돌아보고는 채마밭에서 고추를 닥치는 대로 땄다. 그렇잖으면 태풍이 훑어버려 먹을 게 남아나지를 않았기 때문이었다. 나도 집에 있는 등잔마다 등피를 닦고 기름을 채웠다.

　우리 집은 태풍의 고요한 눈 속에 잠겨있는 동안 참으로 분주했다.

　비가 내리면 모든 게 다 습기를 머금어 눅눅해진다. 때문에 어머니는 비가 내리기 시작하면 성냥부터 먼저 주머니에 넣었다. 온기가 성냥의 대가리에 묻은 화약에 달라붙는 습기를 막아주어 불을 당기는 게 쉬워진다.

그러나 어머니는 비속을 뚫고 밖으로도 나다니기 때문에 그렇게 간수한 성냥이 정작 쓸모없어지는 경우가 많았다. 그럴 때는 나의 수집품목 중의 성냥이 단연 돋보이곤 했다.

샘솟는 부엌

식구들이 저마다 일을 마무리하고 점심밥상을 받을 즈음 태풍이 본격적으로 강타하기 시작했다. 맹수처럼, 아니 이 세상을 송두리째 삼키고도 남는다는 악마처럼 울부짖으며 섬을 할퀴고 들어도 우리들은 예상했던 터여서 별 동요 없이 밥을 계속하여 먹었다.

태풍 때문에 마루 끝에 임시로 집을 마련한 짱돌이도 우리와 동시에 밥을 먹었다. 평소에는 우리가 먹은 후 짱돌이에게 밥을 주곤 했다.

태풍은 더욱더 날카롭게 울부짖으며 우리 집 덧문 틈을 한사코 비집어 들어올 기세였다. 그에다 지붕마저 벗기려는지 팽팽하게 처마를 거슬러 오르는 소리가 귀를 쩰 것만 같았다.

예리한 톱날을 대어 이 세상을 두 쪽 아니 수천 쪽으로 켜버릴 것처럼 무시무시한 금속성으로 포효했다. 우리들은 바짝 긴장하면서도 아무렇지도 않은 척 계속 점심밥을 먹었다.

아버지 밥그릇이 거의 비는 걸 본 어머니가 숭늉을 가지러 부엌으로 내려가더니 자지러지게 소리쳤다.

"니마아버지! 이거 봅서. 정지(부엌)바닥에서 막 샘솟아요."

아버지가 부엌으로 달려갔다. 큰언니도 일어서면서 슬이와 그미와 나에게는 계속 밥을 먹으라고 했다. 너희들은 일어서지 말고 어서 밥 먹어!

우리들은 어른들 곁에 얼쩡거리다가 괜히 잔소리나 얻어들을까봐 큰언니 말대로 밥을 마저 먹었다.

조금 후에 부엌을 둘러보고 모두들 마루로 돌아왔다. 부엌에 샘솟는 이유도 나름으로 짐작했다. 태풍이 몰아치니 동산 밑에 자리 잡은 우리 집으로 물길이 자연히 트였다고 아버지는 결론을 내렸다. 아궁이에는 물이 가득 들어찼지만 부엌바닥에는 잘박잘박하니 발등을 적실 만치 고였다고 했다. 아궁이 한 곳에서 샘은 솟아오른다고 했다. 그 솟구치는 물의 양이 집을 떠내리게 할 정도는 아니어서 그냥 두고 보자는 쪽으로 어른들의 의견을 모은 것 같았다. 아버지는, 지금 문을 못 여는데 물을 퍼낼 수도 없다면서 그냥 두고 보자고 혼잣말처럼 중얼거리며 다시 밥상머리에 바투 앉았다.

밥상머리에 정말 벼락이 떨어졌을까

다시 밥상에는 온 식구가 다 둘러앉았다. 잠시 후, 숭늉을 한 대접 들이킨 아버지가 맨 먼저 상머리에서 일어나 앞문 쪽 마루 끝으로 가 식후 담배를 피우려고 주머니를 뒤척이고 어머니는 밥풀로 온통 얼굴을 도배질한 그미를 안고 뒷문께로 나앉았다. 큰언니는 빈 그릇을 들고 찬방으로 나가고 슬이는 짱돌이 주려고 양푼에 남은 밥 위에다 먹던 반찬찌꺼기를 부어넣어 막 일어선 참이었다. 나만 아직도 숭늉대접을 앞에 받아 앉고 밍기적 거리고 있었다.

그 때 뭔가가 천장에서 내 눈앞으로 떨어지는 걸 봤다. 마치 찰나와도 같이 삽시에 일어난 일이었다. 와당탕, 쿵탕, 와지끈, 벼락천둥 치는 큰소리가 어마어마하게 굉음을 발했다. 소리만 큰 게 아니라 밥상을 우지끈 부러뜨린 그 물체 또한 엄청나게 큰 뭉치였다. 태풍을 타고 날아다니던 천둥과 벼락이 밥상에 떨어진 줄 알았다.

나는 공포에 질려 앉은 자리에서 꼼짝도 하지 못하였다. 순간, 그 커다란 벼락 뭉치가 꿈틀 움직이는가 싶더니 내 코앞에다 번쩍 섬광을 쏘는 게 아닌가! 그런 상황에서 기절하지 않는 사람은 심장에 문제가 있는 게 분명하다. 나는 지극히 상식적인 사람이고 인간의 보통 심장을 가졌음으로 그만 기절하고 말았다. 그 다음에는 모르겠다.

도망갔던 정신이

내가 정신을 차려보니 현이장 할아버지가 내 몸 온데다 침을 꽂고 그것도 모자라 손마디마다 동침으로 바수어대고 있었다. 그 태풍을 뚫고 어떻게 오셨을까? 내가 기절하고 자빠진 걸 어떻게 알았음가?

"니마 이제 정신이 돌아왔구나. 무사(왜) 놀래연(놀랐니)?"

현이장 할아버지 표정이 보통 때와 마찬가지로 무척 평온해 보였다. 괜히 놀라 혼절하고만 내가 덧없이 부끄러웠다.

"할으바님, 벼락 천둥인가? 갑자기 밥상에 쾅! 떨어젼 마씀 게. 저기 저 대들보에서 예, 저 예..."

나는 아직도 겁에 질려 말을 더듬거렸다.

"으이구, 우리 니마. 되게 넋 났구나. 수니어멍, 찬물 한 사발 이리 가져오심."

어머니가 떠 온 물 사발을 받아들고 한 모금을 입에 머금은 현이장 할아버지는 내 머리 정수리 께에 푸확- 뿜었다. 물보라가 닿은 자국마다 시원했다.

"니마야. 이 할으방 말 잘 들으라 이. 느 베락 치는 것에 놀래연 넋이 저만이 (저만치) 돌아난걸(도망친걸) 내 심어와시메(잡아왔으니) 이젠 걱정 안 해도 된다. 아마 우리 니마가 막 강해전 베락 천둥 아니라 하늘이 무너져도 앞으론 벨루 놀래지 않을 거라. 이 할으방이 장담하주."

현이장 할아버지 치료와 덕담 덕에 나는 금방 튼튼해졌다.

나쁜 사람의 정의

그렇더라도 나는 호기심을 잠재울 수 없었다. 밥상에 벼락이 떨어진 것 까지는 충분히 이해가 되는데 그 벼락이 왜 빛을 번쩍 내 코앞에다 쏘았을까? 벼락은 살아있는 존재일까? 내 호기심에 대하여 아무도 대답하지 않았다. 내가 다그쳐 물어도 그저 벼락은 빛으로 이뤄졌기 때문에 마지막으로 빛을 발했을 거라고 얼버무렸다.

밥 먹다가 벼락 맞는 사람은 되게 나쁜 짓을 많이 한 사람이라고 언젠가 말하던 작은고모가 생각났다.

"아방, 작은고모 말이 밥 먹다가 벼락 맞는 사람은 나쁜 사람이엔 합디다."

나는 내가 그다지 나쁜 사람이라고 생각하지 않았는데 혹시 남들은 다 나를 나쁜 아이라고 알고 있는 걸 나만 모르는 게 아닐까? 생각이 거기에 닿으니 두려웠지만 그래도 확인하고 싶었다.

이 세상에 그래 오죽 될 사람이 없어서 나쁜 사람이 되어 밥상머리에서 벼락을 맞는담. 생각하면 할수록 기가 막혔다. 아버지가 내 물음에 체 대답도 하기 전에 나는 내가 벼락을 맞을 만치 나쁜 사람일지도 모른다는 생각에 겨워 쿨적쿨적 울기 시작했다.

울음을 시작하니 연이어 내 자신이 한없이 불쌍해져서 서럽디 서럽게 울었다. 바깥에 태풍이 그토록 무섭게 몰아치는데도 내 울음소리가 오죽 구슬펐으면 온 집안에 내 울음소리만이 가득 찼을까.

 "니마야, 너 나쁜 아이 아니여 게 아니라! 너 앞이 떨어진 것도 베락 아니라 이. 경허난 그만 울라 게."

 아버지가 황급히 내 슬픔을 차단시키려고 손을 가로 저었다.

감춘다고 진실이 숨을까?

 음? 벼락이 아니라... 그럼 혹시?

 내가 벌떡 일어나 눈물을 훔치면서 얼핏 보니까 어머니가 아버지 허벅지를 꼬집고 있었다. 그러고 보니 으흠, 그 벼락이란 것의 정체를 나에게 숨겨야 될 뭐 그런 사연이 있는 모양이지?

 "벼락 아니면 아방? 거 뭐꽈 예?"

 "으...음...저, 뭐 그런 거 있저 게."

 아버지는 될 수 있으면 얼렁뚱땅 넘겨버리려고 안간힘을 썼다. 그럴수록 나의 호기심은 비례하여 증폭되어 갔다.

 저녁 무렵이 다 되도록 졸랐지만 벼락이 아닌 그 벼락을 닮은 것의 정체에 대하여 누구 하나 속 시원히 대답하는 이가 없었다.

 뭐 시간의 약이라고 했던가. 정말로 시간이 벼락 아닌 벼락의 정체를 확 밝혀줬다.

 저녁 지을 쌀을 내러 고방을 드나드는 건 어머니와 큰언니였다. 그런데 그 날은 아버지가 등을 켜들고 들어가 저녁거리 쌀을 내왔다.

나는 그 때를 놓치지 않고 아버지에게 질문을 퍼부었다.

"아방, 그 벼락이 고방에 지금도 있수과?"

아버지는 역시 당황하고 있었다. 왜 당황할까? 내가 정곡을 찔렀기 때문이다.

그럼 내가 고방에 들어가 그 벼락의 정체를 확인하자. 이 쯤 되니 어렴프시 그 벼락 정체가 짐작이 갔다. 내 추측이 맞는다면 말이다. 그 건 틀림없이… 아버지가 금방 들고 고방에 다녀온 등을 찬방 문설주에서 내렸다.

"니마야, 뭐 하젠(뭐하려고)?"

역시나 아버지는 내 행동을 주시하며 허둥대었다. 현이장 할아버지는 짱돌이 옆에 앉아 느긋하게 담배를 피우면서 우리들 사이에 벌어지는 일을 구경하고 있었다.

"자네, 니마 못 속이네. 어서 토파해 버리게나."

씨이- 현이장 할아버지도 다 아는걸 나만 모르란 이유가 뭔데? 그 벼락 자식, 지금도 고방에 있는 게 분명했다.

나는 아버지가 말리거나 말거나 고방 문을 밀쳤다. 아니나 다를까 아버지 몸이 고방 문을 가로막았다.

"니마야, 나 다 고라주크메(말해줄테니) 저디 앉으라."

결국은 아버지가 두 손 들었다.

아버지는 황급히 고방 문을 닫았다. 그리고는 전에 안하던 통쇠 까지 걸어 잠 갔다.

능구렁이 한 마리가 가족을 그리워하다가

아버지가 밝혀준 벼락의 정체는 내가 짐작한 그대로였다.

나는 혹시 대들보를 기어가던 구렁이가 떨어진 걸 내가 벼락으로 착각한 게 아닐까 짐작은 했었다. 차마 그게 사실일 줄이야!

우리 고방에 벼락으로 오인된 구렁이가 숨기까지의 사연을 아버지가 재구성한 바는 이렇다.

갑자기 부엌에 물이 들어찼다. 쥐를 쫓아 부엌에 들어와 여기저기 헤집고 다니던 구렁이는 물이 차오를 때, 그 때, 하필이면 아궁이에 들어가 있었을 것이다. 그러자 구렁이는 어디든 마른 데를 찾아 간다는 게 그만 부엌 바람벽을 타고 마루 천장의 대들보로 나와 버리고 말았을 것이다.

그 때는 우리가족이 점심식사를 하는 중이었다. 밑에서 두런두런 다정한 일가족이 밥을 먹으면서 재밌게 이야기하는 걸 본 구렁이는 아마 부러웠을 것이다.

뱀들은 알에서 깨어나면 다들 제각각 뿔뿔이 흩어져 살아간다. 어쩌다 겨울잠을 잘 때나 한 곳에 모여들까.

그렇게 모였다 해도 이미 한 가족은 아니다. 나도 저렇게 같이 밥 먹을 가족이 있었으면...... 공상에 빠진 사이 구렁이는 그만 균형을 잃고 밥상으로 추락한 것일 게다.

니마가 너무 놀라는걸 보고 구렁이 딴에도 미안했을 거고 그래서 뭐 인사라도 하려고 눈을 뜬 것 뿐인데 그 눈살에 마주친 계집아이가 기절해버리니 이 일을 어쩌면 좋아?

쿵쾅! 벼락 치는 소리에 막 담배를 피우려던 아버지가 뒤돌아보니 내가 뒤로 자빠지더란다. 이게 뭔 일인가 싶어 가보니 나는 정신을 잃었고 구렁이는 머리를 쳐들고는 이리저리 흔들더란다. 구렁이도 어떻게 해야 할 지, 어디로 가야할 지 갈피를 잡지 못하는 것 같더란다.

아버지는 나를 구렁이 앞에서 끌어내어 멀찍이 눕혔다. 그리고는 담배연기를 한 모금 구렁이 얼굴에 대고 뱉았다.

 아버지는 담배연기로 구렁이가 고방으로 들어가게 했다한다. 뱀은 담배를 가장 무서워한다. 그러니까 아버지가 담배연기를 뱉는 반대방향으로 기어가게 되어 있었던 것이다.

 부엌은 물이 들어찼고 그렇다고 태풍이 몰아치는 바깥으로는 그 놈이 나가려 들지 않고 어쩔 수 없이 고방으로 몰아들였다고 했다.

 그런 후에도 내가 깨어나지 않자 아버지는 어쩔 수 없이 태풍을 헤집고 현이장 할아버지를 모시러 다녀왔다는 것이다.

 참말로! 어른들은 힘도 세지. 나무도 뿌리부터 **뽑아** 제치는 태풍을 이기고 길을 다닐 수 있다니 말이다.

 그 이후에 구렁이가 고방 밖으로 나가는 걸 나는 보지 못했다. 그런데도 우리 집 식구는 물론이고 승천이 할아버지 석이아버지 만포아저씨 잠통아저씨 그리고 말을 못하는 용진이 각시조차 손짓발짓 다하면서 그 구렁이는 태풍이 멈추자마자 우리고방을 떠나 저 담장을 기어 다니고 있더라고 증언했다. 그래도 나는 믿지 않았고 구렁이와 마주치고 싶지 않아 고방근처에는 얼씬도 하지 않았다.

 나는 내가 어릴 때 자랐던 그 집 고방을 태풍이 몰아치던 그 날 이후 그 집을 떠나오던 열두 살까지 단 한 번도 들어가지 않았다.

태풍이 휩쓴 뒤

 그 난리를 치게 한 태풍도 시간이 지나자 지나갔고 길마다 홍수를 이루게 내리던 비도 멎었다.

 태풍으로 우리 집은 뒷담이 무너져 무궁화나무 가지가 조금 부러졌고 채마밭의 고추는 줄기만 앙상했어도 참 희한한 것이, 뒤울을 다 덮고 있던 호박잎과 담장 가에 즐비하게 늘어선 토란잎은 조금씩 찢어지긴 했어도 그런대로 온전했다.

지붕이 날아간 집, 울타리 돌담이 전부 무너져버린 집, 포구에 매어놓은 배들도 더러 부서졌다고들 했다. 통나무를 줄줄이 엮어 만든 떼배인 '태우'도 여러 척 망가졌단다.

온 마을이 엉망진창이었다. 그런데도 어른들은 예전의 다른 태풍에 비해 피해가 적다고들 했다.

며칠 후, 백가지 곡식이 백가지로 번성하는 백중절이 다가왔다. 태풍 뒤에 떠오른 태양은 찬란하게 대지를 비추면서 작열하여 우리 마을이 온통 끓어 오르는 지열로 뒤덮여 어른거리는 흔들림 속에서 뽀얗게 어른거렸다.

어린이의 몫

백중절은 여름농사를 밭에다 부치고 허거룹게 쉬는 농한기에 다가오는 절기이다.

그 때, 내가 여섯 살인가 다섯 살이던 그 해의 백중절 맞이할 채빌 차리던 사람들은 태풍이 멎자마자 너나없이 앞 다투어 마늘을 심고 무와 배추를 파종하였다.

백중절 전에 마늘을 심으면 마늘 갑이 백 갑으로 새끼치고 무는 실하게 땅속으로 박히고 배추는 포기가 튼실하게 안는다고 했다.

우리들도 백중날만은 마음대로 바닷가에 가서 헤엄도 치고 게 낚시도 하면서 한나절을 실컷 놀 수 있었다.

뭐니뭐니 해도 백중날 우리들 어린이 몫의 일은 따로 있었다.

어머니의 팔자소관

채마밭에는 태풍 다음날 고추를 말끔히 뽑고 배추씨며 무씨를 뿌렸다.

여름내 푸성귀를 제공하던 거의 모든 채소를 정리하고 그 자리에 그루뒤어 겨울에 먹을 채소를 심었다. 그런데도 뒤울의 호박덩굴과 토란만은 그대로 두었다.

어머니가 호박 모종을 심으면 그 호박덩굴에는 좀체 호박이 열리지 않았다. 사람들은 어머니가 심은 호박덩굴에 호박이 열리지 않는 걸 두고 말들이 많았다.

아마 어머니 팔자에 아들이 없나보다고 좀 점잖이 말하는 사람이 있는가하면, 작은고모 같은 이는 어머니 면전에 대놓고, 보면 몰라? 애초에 타고나기를 남의 집 대 끊어놓게 팔자를 타고 난 여편네야. 어쩔 것이여? 정 우리 집 대를 끊어놓을 참인가? 라며 면박주기 일쑤였.

그래서 어머니는 호박 심을 철이 돌아오면 아들 잘 낳은 이력이 있는 맹부어멍이나 용진이 각시를 빌어 호박씨를 구덩이에 심게 했다.

그래도 뭐 별로 소용이 없었다. 그들이 심은 호박덩굴에도 호박은 열리지 않았다.

매 맞는 호박덩굴

우리 아이들은 백중날 어스름이 밀려오면 열일을 제쳐두고 아버지가 미리 만들어둔 회초리를 저마다 하나씩 챙겨들고는 뒤울로 가서 호박덩굴을 때려야 했다.

백중날 밤이슬이 내리기 전에 순박한 어린이가 열매 맺지 않는 호박덩굴을 때리면 호박이 열린다고 했다.

우리들은 걸음마를 시작하자마자 매해마다 백중절이 돌아오면 호박덩굴에 회초리를 휘둘렀다.

이 호박 저 호박 덩굴아
손만 벌리고 팔만 뻗고
네 구실을 다했냐?
이 호박 저 호박 덩굴아
네 구실이 무어냐?
고래착(맷돌짝) 닮은 호박이
줄줄이 줄줄이 열려라.
가매착(가마솥뚜껑) 닮은 호박이
줄줄이 줄줄이 열려라.

진짜 여성이 된 큰언니

내가 여섯 살인가 다섯 살의 백중절부터는 큰언니가 호박덩굴에 매타작하는 일을 하지 않았다.
"큰언니 너도 호박 때리러 가자 어서."
내가 재촉하자 큰언니 대신 어머니가 대답했었다.
"이젠 큰언닌 어른이야. 너희들만 가서 때려라."
무슨 벌써 어른? 어머니 대답에 내가 토를 달고 나서자 그 이유를 덧붙였다.
수니는 이제 진짜 여자가 되었거든. 그 증거가 뭐냐면 말이다 니마야, 큰언니 수니가 며칠 전에 첫 월경(月經)을 했어. 너도 며칠 전에 곤밥(하얀쌀밥)먹었잖아 왜. 그거, 수니 어른된 거 축하 한 거야. 이제 알겠니?

나는 월경을 하는 게 무엇인지 몰랐다.

"난 모르쿠다 원."

너도 좀 더 크면 알게 될 거다. 그러니 어서 가서 호박이나 두드려. 니마야, 막물 호박이라도 여나믄 개 달리지 않으면 정말 혼난다고 공갈도 팍 한 대 쳐 이?

내가 깡패야?

어머니는 가끔씩 참으로 웃기는 말을 하곤 했다. 내가 깡패도 아니고... 공갈은 자유당 정치깡패 임화수라나 뭐 그런 작자가 서울 종로에서 놀다가 수틀어지면 치는 거라며? 누가 그런 소리 하더냐고? 아버지가. 그까짓 호박 열리면 열리고 말면 마는 거지 내가 왜 공갈을 쳐야 돼? 난 호박한테 공갈은 안 친다. 정말로.

나는 큰언니한테 입을 삐죽였다.

누군 좋겠다. 진짜 어른 되어서. 이제 연애해야겠네?

큰언니는 정말로 마음이 고운 사람이었다. 내가 그토록 심술을 부리는 대도 마냥 빙긋이 미소만 지었다.

호박밭에 구획정리

나는 스스로 호박을 매타작하는 조무래기들의 대장이 되었다.

슬이는 꼭 요오기 까지만 매 때려. 그미야, 넌 이쪽만이다. 알았지?

내가 호박덩굴에 매타작할 구역을 구획정리한 데는 다 이유가 있었다. 누가 매타작한 덩굴에 호박이 달리는지 나는 그걸 알고 싶었던 것이다. 별 효과도 없는 짓을 계속할 필요는 없잖는가. 그래서 소득을 점검할 작정이었다.

이 호박 저 호박 덩굴아 네 구실이 무어냐..

우리는 호박덩굴에게 골고루 매타작을 했다. 그렇다고 호박잎이 찢어지거나 덩굴이 잘리게 때리는 건 아니었다. 적당히, 손아귀에 힘을 주되 우악스럽지 않게, 그러나 호박잎이며 덩굴이 매맛을 알만치 때리면 되었다.

푸른 구슬 위에 얹은 꽃

어둠이 짙어지는 늦여름 밤의 하늘에는 별무리가 하나둘 솟아나기 시작했다. 호박꽃들도 활짝 피어 어둠속에서 노랗게 별무리를 맞이했다. 그러나 그 때 피어난 우리 집 뒤울의 호박꽃은 거의가 수꽃이었다.

호박꽃은 암수가 따로 있다. 수꽃은 꽃대 위에 꽃잎이 피어나지만 암꽃은 꽃대에 처음부터 둥그스름한 푸른 구슬을 달고 피어난다. 꽃이 진 후 그 푸른 구슬은 점점 커져 가을 녘이 되면 커다랗게 누런빛을 띄고 익는 것이다.

우리들이 호박덩굴에 거의 매를 다 때리고 마무리할 무렵 반딧불이가 하나둘 날아다니기 시작했다.

제주사람들은 반딧불이를 '불란디' 라고 불렀다.

반딧불이가 호박밭에 가득 날아들었다. 반딧불이 무리가 발하는 그 아름다운 불빛은 별보다도 신비로웠다.

나는 어제 피었다가 막 시들기 시작한 호박수꽃을 세 개 땄다.

슬이 이건 네 꺼, 이건 그미 꺼. 여기다 반딧불 잡아넣으면 예쁜 꽃 초롱이 된다. 자 우리 반딧불이 잡자.

뜨겁지 않은 불

그미가 물었다.

"저 불 앗 뜨거?"

그미는 너무 어려서 불이면 다 뜨거운 줄 아는 것 같았다. 아직 세상을 덜 배워서 불에도 뜨거운 게 있고 뜨겁지 않는 게 있다는 걸 걔는 미처 모르고 있었기 때문이다. 모르는 아이한테는 잘 가르쳐줘야 한다.

"아니, 그미야. 불란디는 안 뜨거."

그미가 방긋 웃었다. 아장아장 걸어 반딧불이가 앉은 데로 갔다. 그 사이에 그 반딧불이는 다른 데로 날아가 버리고……이걸 어쩌나! 아마 그미는 반딧불이를 한 마리도 잡지 못할지도 모른다.

'불란디'는 무사(왜) 뜨겁지 않 해여? 니마 너 몰라?

슬이도 그 무렵에는 뭘 슬슬 물어보기 시작했다.

나도 그 때는 형광물질(螢光物質)이 무엇인지 몰라 왜 반딧불이 빛이 뜨겁지 않는 지 슬이한테 잘 설명해주지 못해 아쉬웠다.

그 때는 대답이라고 한 게 고작해야, 야 이 멍청아! 그 빛이 뜨거우면 '불란디'가 그걸 달고 다닐 수 있냐? 그 불에 데어서 죽고말지. 그러니까 뜨겁지 않는 거야.

날개 단 곤충 2백만 종 가운데 유독

이 세상에는 무려 2백만 종에 달하는 곤충류가 있단다. 나비만 해도 몇 만 종이 된다지 아마. 타이완의 타이베이에 있는 곤충과학박물관에는 나비표본이 약 3만

종이나 있다고 했다. 그 많은 곤충 중에 *반딧불이처럼 제 몸에 직접 불을 달고 다니는 것은 없단다. 물론 눈 같은 데 발광체가 있어 빛을 발하는 것들은 많다.

* 반딧불이는

딱정벌레목(目)에 속하는 곤충. 세계적으로 약 2천여 종이 분포되어 있다.

우리나라에서 볼 수 있는 것은 여섯 종류 정도.

이 중에 제주 섬에서 흔히 볼 수 있는 것은 애반딧불이, 늦반딧불이 두 종류이다.

6월 하순부터 9월까지 여름밤 하늘에 그 아름다운 빛을 수놓는다.

반딧불이가 내는 푸른빛은 사랑하는 짝을 찾는 사랑의 신호로 쓰이는 것이다. 빛은 일정한 간격으로 깜빡거린다.

빛은 배 끝의 둘째와 셋째 마디의 발광세포에서 발산되는데, 그 에너지 효율은 무려 98%에 달한다고 한다.

암컷은 짝을 짓고 나서 4~5일이 지나면 수초나 물가 바위에 약 5백 개 정도의 알을 낳는다. 알에서도 빛을 발하지만 깜빡거리지는 않는다

알은 약 한달 후 애벌레로 부화하고 이듬해 봄까지 물속에서 살면서 다슬기를 잡아 먹는다.

봄이 되면 애벌레는 땅속 깊이 약 3~7cm 파고 들어가 번데기가 되어 5월 하순부터 8월 사이에 성충이 되어 나온다.

반딧불이는 약 스무날 가량 아름다운 빛을 발하면서 여름밤 하늘을 수놓다가 수명을 다한다.

애반딧불이와 늦반딧불이 그리고 파발리반딧불이가 우리나라에는 가장 흔하다.

옛 어른들은 형설지공(螢雪之功)이라 하여 반딧불이를 모아 호롱을 만들고 눈(雪) 빛에다 책을 비춰 읽으며 공부를 했다한다.

학자들에 의하면 반딧불이의 빛이 내는 에너지는 인간이 만든 어떠한 조명기구보다도 그 효율이 가장 뛰어나다고 한다.

나는 중학생이 되어서 곤충도감에서 이와 같은 반딧불이에 대한 지식을 얻었다.

황홀하다 못해 진저리 쳐지는

그 어린 시절, 그 때는 나는 이리 뛰고 저리 뛰어 반딧불이 몇 마리를 잡아 내 호박꽃 호롱을 먼저 만들고 그 다음에 그미 것을 만들어주었다.

슬이는 정말로 굼뜬 아이였지만 그래도 어떻게 잡았는지 몇 마리 잡아 저대로 호롱을 만들어 내었다.

우리들이 호박꽃 호롱을 들고 호박밭을 돌면서, 이 호박 저 호박 덩굴아…하면서 춤추는 동안 반딧불이 무리도 덩달아 백중절 밤하늘을 화려하게 유영했다.

별이 솜솜 박힌 하늘에는 열나흘 달도 두둥실 떠 노랗게 어두운 누리를 밝혔다.

이에 더하여 반딧불이가 반짝반짝 불을 켰다 밝혔다 하면서 수 백, 수 천, 아니 수 만 마리가 나는 한 여름 밤은 황홀하다 못해 아름다움에 취하여 몸살이 나 진저리쳐질 정도였다.

그 황홀한 밤풍경 속에 호박덩굴 사이를 깡충깡충 뛰어 다니는 나 니마와 슬이와 그미와 우리똥개 짱돌이도 있었다.

우리들은 반딧불이처럼 호박꽃 반딧불이 호롱을 치마 자락에 살짝살짝 숨겼다 내놨다 하였다. 이 호박 저 호박 덩굴아………………

호박덩굴도 반딧불이도 깔깔대고 웃는 여름밤

니마야아- 슬이야아- 그미야아-

아버지가 앞마당에서 우리들을 부르고 있었다. 백중절에 마소떼를 놔먹이는 들판에서 지내는 백중제이면서 마소제[馬牛祭]인 '테우리 코사'에 갈 준비가 벌써 다된 모양이었다.

우리들은 예에-하면서 입을 모아 대답을 하고는 폴짝폴짝 뛰었다.

나는 동생들을 앞장세우고 뒤에서 뛰었다.

짱돌이가 반딧불이를 잡으려고 껑충 뛰어올라 보는 품이 어설프기 그지없었다.

내가 마지막 호박덩굴을 폴짝 뛰어넘으려는데 그만, 앞발이 덩굴에 걸려 넘어지고 말았다. 너무 호박덩굴을 아프게 때렸나? 매 맞은 호박덩굴이 앙갚음을 하느라 내 발을 걸고 넘어뜨리는 것 같았다.

반딧불이들도 내가 엎어진 머리위에서 춤을 추며 푸르디푸른 빛을 깜박거리면서 나를 약 올리는 것 같았다. 반딧불이, 너희들까지 나를 약 올려? 으이- 두고 보자 씨이. 호박만 주렁주렁 열지 않아봐 내 이번엔 확 덩굴을 걷어 버릴 거야!

화가 나서 씨근벌떡 거리는 나를 보면서 호박덩굴도 반딧불이도 깔깔대고 웃어대는 것만 같아 뒤통수가 더욱 뜨거웠다.

2) 불도장 맞는 마소와

관운장을 업고 달리던 절따말

아버지는 자신을 '불보재기'(배냇어부=타고난 어부)라고 자부하고 살았기 때문에 밭도 마소도 결코 탐내는 일이 없었다. 덕분에 우리 집에는 소는 한 마리도 없고 승마용 말[馬]만 한 마리 있었다.

아버지는 말 타기를 좋아해서 오래전부터 내가 낳기도 전에 잘 달리는 파발마 한 마리를 기르고 있었다. 그 말[馬]은 소위 제주에서 일등마로 쳐주는 '가라몰'은 아니더라도 그에 맞먹을 만치 털빛깔이 붉어 절따말이라고도 불리는 적다마, 그러니까 적토마였다.

이 말은 삼국지에도 등장한다. 적토마를 타고 천리를 한 달음에 치달은 게 누구더라? 관운장이던가?

아버지가 그 말을 타고 힘껏 달리면 한 덩이 불꽃이 바람에 날리는 것처럼 경쾌하고 쏜살같았다고 한다.

아버지는 그 말을 무척 아꼈다. 어떤 때 아버지가 그 말과 같이 있는걸 보면 마치 사랑하는 사람끼리 노닥거리는 것과 다름없을 정도였다.

'테우리' 명절 날

큰언니와 나와 슬이는 그 밤에 아버지를 따라 백중제에 가기로 되어 있었다.

나 같은 호기심쟁이는 이미 걸음마를 시작하던 해부터 악착같이 아버지를 따라다녔지만 슬이는 처음 가보는 백중제였다.

제주 섬에서는 백중제를 칠월 열나흘 날 이 밤과 저 밤 사이 열닷새 날이 막 새려는 중간에 지낸다. 물론 열닷새 날 대낮에 지내는 마을도 더러 있긴 있었다.

백중절을 '테우리' 명절이라고도 불렀다. '테우리'란 목동을 일컫는 제주도 지역어이다.

우리 마을에서는 열나흘 날 밤이 깊어지면 마을사람들은 마소를 놔먹이는 들판으로 모여들어 제사를 지내고 먹고 노느라 밤을 지새웠다

제사를 지내는 곳이 들판의 지정된 장소에 있어 그곳을 '테우리' 동산이라고도 하고 '제석(祭席)동산'이라고도 했다.

사람들은 그 동산에다 가장 먼저 향을 살라 정화한 다음 제물을 진설한다.

'불미대장'(대장장이)의 신념

들판 여기저기에는 화력 좋은 관솔로 화톳불을 피워 훨훨 타오르는 불꽃이 하늘의 별을 쓸어 먹어버릴 듯 벌름거렸다.

그 화톳불에는 여지없이 낙인을 만들 쇠를 달구고 이미 만들어둔 낙인들도 묻어놓았다.

백중제가 열리는 들판에 임시로 차린 화톳불 가의 대장간에 나타난 대장장이 강씨 할아버지는 좀체 낙인(烙印)을 만들려고 하지 않았다. 낙인은 연장이 아니기 때문이란다.

마소의 생살을 지지는 몹쓸 것을 만들지 않겠노라고 버티는 그를 어르고 달래어 겨우 집게와 망치를 들게 했다.

왜 저토록 대장장이 강씨 할아버지한테 손이야 발이야 빌어야 하느냐고, 그가 할 당연한 일이 아니냐고 그의 행실에 대해 내가 군시렁 거리자, 대장장이는 오

직 생활에 도움이 되는 연장만을 만든다는 신조가 있어서 그렇다고 아버지는 설명해 주었다.

그렇게 튕기던 대장장이 강씨 할아버지도 쇠가 익어 벌겋게 달아오르자 더는 버티지 못하고 일어서 웃통을 벗어제쳤다. 불뚝한 알통이 마치 근육을 잘 달연한 청년 팔뚝 같았다.

훔친 떡 한 조각이

그는 한 숨에 달궈진 쇠를 모루쇠에다 두들기며 담금질을 시작했다.
새로 낙인을 만드는 마소 주인들이 그의 뒤에서 잔심부름을 도맡았다. 쇠를 담글 물을 '생이물'에서 길어오는 이들도 그들이었다.
낙인은 다른 뭐 칼이나 낫같이 날을 내는 물건이 아님으로 금새 만들어졌다.
한쪽에서는 낙인을 만드느라 야단법석인데 한쪽에서는 고사 상 차리느라 눈코 뜰 새 없었다.
나는 상차림하는 주변을 맴돌다가 채롱에 남은 '상외떡' 한 자루를 슬쩍 훔치고는 낙인 만드는 쪽으로 내빼었다.
그 훔친 '상외떡'은 단연 인기를 끌었다. 나는 달라고 내민 손바닥마다에 떡 조각을 한 움큼씩 뜯어 올려놨다. 다들 좋아서 한입에 넣고는 히히히--웃음을 날렸다.

수 백 수 천 가지의 논리 중에서 그것은

슬이와 나는 호박꽃으로 만든 반딧불이 꽃초롱을 들고 '태우리' 동산까지 갔다. 우리들이 들고 있는 반딧불이 꽃초롱이 예뻤던지 아이들은 너도나도 자기들도 만들어 올 걸 미처 그 생각을 못했다고 후회했다.

"내일 밤은 당장 저 불란디 수백 마리 잡앙(잡아서) 호박꽃 호롱 백 개 만들어야지 씨팔 것."

건이는 역시 불량한 아이였다. 어른들이 가득한 '테우리' 동산에서도 거침없이 나쁜 말을 마구 뱉어 내는 것이었다.

"니마야! 그거 잠깐만 빌려줘 봐."

제 마음대로 마구 달려들어 내 손에서 반딧불이 꽃초롱을 빼앗으려고 했다. 나는 건이를 이기는 방법을 수 백 수 천 가지나 알고 있었다. 그 중에서도 그 애는 천하가 다 인정하는 깡패이기 때문에 의리를 들먹이면 꼼짝 못하였다.

"기여(그래) 건이야. 나 너와의 의리를 생각해서 잠깐 보게 빌려 주키여 이. 이 자리에서 보고 곧 돌려 주라 이!"

내가 건이에게 점잖이 하는 말을 듣고는 어른들도 다 킥킥 거리며 웃어대었다.

다시 말하지만 건이는 깡패여서 의리도 있고 또 때에 따라서는 거들먹거릴 줄도 알았다.

나는 건이 체면을 세워주었고 건이는 나에게 신사인양 거들먹거릴 기회를 가졌던 것이다.

앎은 모든 문제를 해결 한다

건이는 내가 건네준 반딧불이 꽃초롱을 받아서는 살짝 꽃잎을 열고 그 속에 반딧불이를 몇 마리나 넣었나 세어보았다.

"건이야. 호롱 하나에 다섯 마리면 충분하다."

내가 건이의 호기심을 단번에 눈치 채고 한 마디로 설명하였다.

"햐아! 그 참 희한하게 훤하다 이. 좋다! 난 호롱 하나에 열 마리 넣어야 키여. 경허민 너 니마 것보단 훨씬 더 훤하겠지?"

나는 잠시 생각해봤다. 반딧불이가 그 좁은 데 열 마리씩 들어가 살아남을까? 우리도 좁은 데 꽉 차게 들어가면 숨도 제대로 쉬지 못하는데 반딧불이라고 괜찮을까 몰라?

우리 마을에 이동영화관이 들어와 천막을 치면 우리들은 앞 다투어 줄을 섰다. 앞에서는 아직 들어가지 않았는데 뒤에서 밀어 부치면 중간에 서 있다가는 양 틈새에 찡겨 그야말로 숨도 못 쉴 정도로 답답했다.

"야, 건이야. 너 호박꽃이 무슨 천 평짜리 호박밭인줄 알암시냐? 열 마리씩 담아놓게. 겨(그래) 경 해 봐라. 당장 반딧불이가 다 숨 못 쉬엉 죽어불걸 이 바보야."

건이가 고개를 갸우뚱했다. 다시 한 번 내 꽃초롱을 살짝 열어봤다.

"맞다 니마야! 너 똑똑해 이. 이 대갈통님은 미처 그걸 생각하지 못했단 말씀야."

건이는 제 머리통을 한 대 제 주먹으로 쥐어박았다. 이외로 순순히 내 이론을 받아들이는 건이가 대견스럽기까지 했다.

"그 대신에 넌 튼튼하잖냐. 똑똑한 머리 필요하면 건이야 언제든지 나한테 와 이. 그럼 내 똑똑한 머리 빌려 주크라 이."

그 때 건이아방이 나타나 건이 정강이를 걷어차며 야단쳤다.

"이놈아야. 저런 쭈시 비바리(병치레 쟁이 계집아이)대가릴 빌 생각 말고 너 대갈통 똑똑하게 닦으라 새꺄."

저 건이아방, 참으로 우악스럽기가. 그렇게 윽박지르니 건이가 멍청해질 밖에. 좀 멍청한 머릴 망정 똑똑해지게 부추겨주면 어디가 덧나?

고삐 한 타래와 짚신 한 켤레와 '상외떡'

하아! 그 들판에 그 날 우리들의 반딧불이 꽃초롱 뿐 아니라 얼마나 수많은 무리가 휘황찬란하게 무리 지어 날아다녔던지! 안 본 사람은 내가 아무리 말해도 모를 것이다. 그밤의 신비롭고 아름다웠던 풍경을.......

한참 후 제사를 지낸다고 다 조용하라는 전갈이 들판에 전해졌다.

우리들은 아버지 옆에 바싹 붙어 섰다.

제사상에는 음식들 말고도 소를 몰 때 쓰는 지팡이 한 자루와 '쇠앗베'라고 하는 소의 고삐 한 타래와 짚신 한 켤레도 놓여 있었다.

그 제물은 마소를 잃어버렸을 때 잘 찾게 해달라는 뜻으로 올린다고 했다.

지루한 '테우리' 고사가 다 끝나고 보니 슬이와 큰언니가 내 옆에 없어 두리번거리고 찾았다.

슬이는 화톳불 옆의 초석을 깔아놓은 곳에 짱돌이를 껴안고 잠들어 있고 큰언니가 옆에서 지키고 있었다. 저 잠 귀신 먹보. 큰언니가 깨우지 말라면서 입에다 손가락을 갖다 대었다. 쉬이- 금방 잠들었져.

"야 큰 언냐. 이제 떡도 먹고 곤밥도 먹.........." 내가 채 말을 이어가기도 전에 슬이가 부시시 일어나면서, "야! 난 '상외떡' 먹을 거"라고 소리쳤다.

그러면 그렇지. 천하에 먹보 우리 슬이가 먹을 걸 두고 그냥 잠을 자? 큰언니도 슬이 먹성에 배시시 웃었다.

'놔 먹인다'는 방목(放牧)

어른들은 제각기 흩어져 자기 마소 머리맡에서 가볍게 다시 한 번 '테우리' 고사를 지내었다. 그리고는 곧바로 다시 모여 권 커니 자 커니 해가며 음복을 했다.

한참동안 음복하느라 배 두드리는 소리가 요란했다. 그런 후에 드디어 마소 엉덩이에 낙인을 찍을 거라고 왁자지껄했다.

낙인을 받는 마소는 그 해에 생산된 것들 맏배에 한한다. 낙인은 마소 엉덩이 아무 데나 찍는 게 아니라고 했다. 오른쪽 엉덩이 상단에 찍는 게 정석이라고 했다.

낙인을 찍는 이유는 자신의 소유를 확실히 하고 마소의 혈통도 다소 보호하려는 목적에 있다고 했다.

제주 섬에서의 전통적인 마소 관리법은 '그냥 들판에 놔 먹인다' 는 방목이었다. 어떤 이들은 농사철과 겨울철에는 외양간에 메어놓기도 한다. 그러나 대부분은 사시사철 놔먹이다가 가끔 한가한 틈을 타 찾아보는 게 고작이었다.

그렇게 놔서 길러도 때맞추어 짝지어 새끼치고 송아지가 어른 소가 되고 망아지가 천리를 달리는 어른 말이 된다는 것이었다.

한 여름 밤 들판의 대장간

우리들은 낙인찍을 맏배가 없으니 화톳불가에 대장장이 강씨 할아버지와 앉아 불장난을 하고 놀았다.

"불미간(대장간) 할으바님!"

내가 대장장이 강씨 할아버지한테 벌써부터 꼭 부탁할 게 있었는데 마침 잘 되었다싶어 입을 열었다.

"무사(왜)? 불렴시니(부르니)?"

대장장이 강씨 할아버지는 우리 외할머니처럼 기다란 담뱃대를 입에 물고 뻑

뻑 빨아대다 말고 내가 부르는 말에 맞대답을 했다.

"나 예, 이제 물질을 해얄 건디(해야할 텐데)예, 골개기(잠수 전용 호미)영 빗창(전복 따는 칼)이영 안 베려 주쿠과(벼려주겠습니까)?"

"으잉?'

강씨 할아버지가 마치 내 말을 알아듣지 못하는 것처럼 어리둥절한 표정으로 우리아버지를 돌아봤다. 아버지는 말없이 그저 빙긋 웃기만 했다.

니마가 물질을 헌다...... 어험 험, 이거 대 소견인디(사건인데)? 기여(그래), 이 할으방이 맨들아(만들어)주구말구. 누게(누구) 말이라고 거역을 허느니? 천하에 철학자며 논쟁(論爭)자이자 우리 마을 역사 이래 최고 똑똑한 비바리 니마가 최고 좀수(잠수)되겠다는 디, 이 할으방이 어떵(어떻게) 물질 연장을 맨들앙 바치지 않는단 말가? 경(그렇게) 안 허민 이 모슬(마을) 불미대장(대장장이) 될 자격이 없지 게. 니마야, 경 안 허냐?

강씨 할아버지가 홍타령을 부르듯 말꼭지에 가락을 넣었다. 나는 저의가 의심스러웠다.

"할으바님이 나 잠수되는 거 예, 경 감격해주시니 송구스럽수다마는 약간, 약간 비꼬는 거 닮수다 예."

대장장이 강씨 할아버지가 숨도 안 쉬고 내리 사설을 풀어나가는 걸 가만히 듣고 있자니 나는 아무래도 좀 찔리는 데가 있었던 것이다. 혹시라도 내가 너무 잘난 체 하거나 거만하여 평소에, '이노무 비바리 마주치면 좀 비꼬아 줘야 되겠다'고 맘먹었던 것은 아닐까? 의구심이 일었다.

아버지는 우리 둘 사이의 오고가는 말을 다 들으면서도 불잉걸을 헤집으며 허허 웃기만 하였다.

강씨 할아버지가 그토록 말씀이 좋은 어른이란 걸 나는 미처 알지 못했던 터였다.

아니여 아니. 난 늘(너를) 보민 이, 저년이 일제강점 때만 태어났어도 독립운동 한 자린 똑 부러지게 했을 걸 허는 생각을 했져.

무사 그런 생각을 했느냐, 사실 말이지 우리백성이 순박하긴 해도 똑똑하게 대가리에 담은 건 없었거든 게. '무자년 사태'(제주4.3사건)만 해도 그렇지. 세상 돌아가는 거 바로 볼 줄 아는 사름(사람) 열 만 이 제주에 있어도 이 섬이 경 피로 물들지 안 했져. 이보게 니마아방. 내 말이 틀려서?

강씨 할아버지는 나에게 말하지 않고 있었던 것이다. 그는 제주의 역사에 대하여 푸념하고 있었고 그 삶의 흔적들에 대하여 하소연하고 있었던 것이다.

"걱정 말라. 이 할으방이 니마 바당 머정(재수)좋게 좋은 빗창하고 골개기 베려주마 이?"

아버지가 내 귀에 대고 귀엣말을 속삭였다.

"니마야 강 할으바님 따님이 이, 똑똑했는디 그만 '사태' 때 죽고 말아시네."

아아! 나는 갑자기 목이 메어 대장장이 강씨 할아버지를 볼 수 없었다.

내가 더욱 똑똑해져서 꼬옥 대장장이 강씨 할아버지 딸 몫도 좀 해야 되겠다고 결심하니 눈물이 비 오듯 쏟아졌다. 나는 정말 잘 우는 비바리였다.

낙인(烙印)이 찍혔다

백중날밤이 이제 저 동녘에서부터 희끄무레하게 밝아오고 있었다.

들판에는 불도장 찍힌 마소들 울부짖음이 새벽을 가르고, 아.....반딧불이의 불빛도 차츰 사위어, '어? 반딧불이' 감격하던 마음이 좀 진정되어 '어! 개똥벌레다' 하고 다소 느긋했는데 나는 울음 끝이라 흐느낌을 참느라고 무진 애를 썼다.

나도 몸 어딘 가에 낙인이 찍힌 듯 했다. 제주 비바리. 제주 섬 것.

3) 물 맞는 사람들과

당원 한 알

칠월 열닷새 백중절 한낮에 아버지와 어머니는 가벼운 실랑이를 벌였다. 어머니는 백중 물맞이를 가지 않겠다느니 아버지는 제발 어머니도 가서 물을 맞고 오라느니 밀고 당기는 중이었다.

벌써 큰언니는 물맞이를 가고 없었다. 이른 아침부터 '보리개역'(보리미숫가루)을 싼다, 채롱에 점심을 챙긴다, 혼자 분주하게 움직이더니 마지막으로 오징어를 댓 마리를 불잉걸에 구워 대바구니에 주섬주섬 넣고는, '아부지 어무니 나 물 맞으레 감수다' 하면서 미리 올레에서 기다리던 친구들이랑 가버렸다.

참, 당원을 푼 단물을 링거 유리병 두 개에 담아 그것도 가져갔다.

당원은 비타민정제와 거의 비슷한 모양의 단물을 만드는 원료였다.

설탕은 귀한 것이어서 감히 단물을 만들어먹을 만치 흔하지 않았다. 대신 사카린이 있었지만 물에 타면 좀 쓴맛이 났다.

당원의 단맛은 쉰밥에 섞어 단술 비슷한 '쉰다리'를 만들면 참으로 맛이 좋았다. 설탕도 아니고 사카린도 아닌 꼭 알약처럼 생긴 그 신제품 당원은 내가 여섯 살인가 다섯 살이던 그 여름에 되게 인기가 있었다.

기나긴 한 여름 날 땡볕 아래서 밭의 김매는 일은 정말로 고된 노동이었다. '벌레기 두른다'고 하여 금방 농사를 부친 밭에 연이어 애벌 김매고 나서 곧바로 초벌 매고 뒤이어 두벌을 더 맨다. 마지막으로 세벌 맨 뒤 호미를 씻어 처마에 꽂으면 어느새 백중.

그 무더위 속에서 지루한 김매기 작업에 타는 목을 적셔주는 건 당원을 탄 달콤한 물 한 모금이었다.

노래 한 자락이 불러오는 시원한 바람

사뭇 뜨거운 햇살에 데워져 미지근해진 당원 탄 물을 잠깐 쉬는 시간에 마시면서 건들어지게 소리도 한 자락씩 뽑곤 했는데, 소리 잘 하기론 우리 큰언니 수니도 마을에서 다섯 손가락 안에 꼽혔다.

앞 멍에야 들어나 오라.
뒷 멍에야 나고나 가라.
아아야하항-에에헹야 에헤야---

긴 사대소리(김매는 노래)한 자락이면 저 소나무밭에서 잠시 낮잠에 빠졌던 시원한 바람결을 불러오기에 넉넉했다.

전에도 언젠가 이야기했지만 우리 마을에 단 하나 있는 우물 가까이 우리 집이 있었다.

지금도 그 우물과 그 어린 시절의 우리 집은 그 자리에 그대로 있다.

우물물 한 두레박과 특권

밥상을 차리는 사이에 큰언니나 내가 우물로 달려가 차가운 물 한 두레박을 떠가지고 달려 올 수 있었다.

그렇게 떠온 시원한 우물물로 어른들은 오이를 채 썰어 양념된장에 버무린 건지에다 시원하게 찬물을 부어 냉국을 만들어 먹었고, 우리 아이들은 큰 양푼에 당원 몇 알을 풀어 만든 단물로 국을 대신했다.

여름마다 매일 차가운 단물을 먹는 건 우리 집만의 특권이었다.

아이들은 그것을 무척 부러워했다. 그걸 아는 어머니는 아이들이 우리 집에 놀러오면 "당원 칸(탄)물 먹고 싶으민 어서 강(가서) 시원한 물 한 탕구(두레박) 길어오라."

그 말이 떨어지기가 무섭게 아이들은 엎어지고 갈라지면서 달려가 우물물을 떠오곤 했다.

백중 물맞이 터

제주사람들은 여름농사를 모두 끝낸 백중날 폭포수나 샘물에서 물맞이를 하는 것으로 농사짓느라 골병든 노독을 잠시 풀곤 했다.

백중날 아침으로 마을사람들이 몇 명씩 무리를 지어 한라산 절물*로, 돈내코* 로 물맞이 여행을 며칠 씩 떠나는가 하면, 서귀포 소정방폭포, 중문 천제연폭포는 벼르고 별러서 어쩌다 몇 년에 한 번 찾아가는 유명한 물맞이터였다.(*표는 한라산 깊숙이 자리 잡은 천연림이 울울창창한 계곡과 오름 기슭의 약수터 이름이다)

콸콸 떨어지는 차가운 물을 온몸으로 맞는 것도 보통 힘든 일이 아니라고 했다. 서너 줄기 폭포수만 맞아도 금방 허기져 배가 등에 가 붙는다고 했다. 그래서 물맞이 나들이를 가는 사람들이 필수적으로 챙기는 게 겉보리를 볶아서 맷돌에 간 '보리개역'이었다.

우리 집처럼 바다가 잔잔하면 언제라도 일거리가 밀어닥치는 집 사람들은 멀리 백중 물맞이 여행을 떠날 처지가 못 되었다.

물맞이를 가지 않는 마을사람들은 간밤에 '테우리' 고사를 지내고 남은 음식을 싸들고 바닷가 갯샘으로 나갔다.

우리 마을에는 '몰성개', '황날', '황성개' 등지에 발을 담그기도 겁날 만치 찬 갯샘이 수많아 사람들은 다 그리로 몰려갔다.

육지 거

아마도 그 날 물맞이를 가지 않는 사람은 아버지와 어머니뿐이었을 것이다. 어머니는 본디 제주여자가 아니어서 그런지 몰라도 바닷가에 가는 걸 그리 즐기는 편이 아니었다.

다른 여자들이 푸성귀 따위를 씻으러 갯샘에 가서들 덤으로 시원하게 멱을 감는데도 어머니는 뒤울에 앉힌 커다란 물항아리에 받아놓은 빗물을 퍼내어 몸을 씻었다.

아버지가 그미를 봐준다고, 나랑 슬이랑 데려서 백중 물맞이를 다녀오라고 하는데도 어머니는 한사코 버틴 이면에는 태생이 제주여자가 아니라 '육지 거'(육지사람)인 데도 있었을 것만 같다.

보리미숫가루에 풀어놓은 사연

나는 늦으막이 포구로 나갔다.

갯샘에는 먼데로 물맞이를 가지 못한 노인어른들로 붐비고 아이들은 포구너머 바다에서 신나게들 물장구를 치고 있었다.

굴껍데기선생님도 거기 있었다.

"야, 니마. 너 이리와."

선생님이 호루라기를 휙휙 불어대며 갯바위를 더듬고 있는 나를 불렀다.

"무사 마씀(왜요)? 선생님."

"너 니마 헤엄 잘 친다며? 어서 와라."

굴껍데기 선생님은 그 날 포구너머 야트막한 바다에서 수영하는 아이들을 다 불러 모아 백중절 수영대회를 열고 있는 중이라고 했다.

멀리 '몰성개' 쯤에 물맞이를 갔을 거라고 생각한 큰언니도 거기 있었다.

중학생들도 더러 눈에 띄었다. 걔네야 뭐 거기 있는 게 조금도 이상하지 않았지만 맹부까지 있을 줄은 몰랐다.

며칠 전 태풍이 몰아치기 전부터 맹부는 백중 물맞이를 한라산 '돈내코'로 가겠다면서 '보리개역' 한 말 어치 해내라고 졸라댄다는 말을 듣고 난 또 우리 마을 사람 중에 가장 먼저 물맞이 여행을 떠난 이가 맹부일거라고 짐작했는데, 그래 고작 여기서 조무래기들이랑 노닥거린단 말이지?

맹부를 보고 갑자기 괘씸한 생각이 들었다.

저의 집 살림살이가 가난한 줄도 모르고 보리개역을 한 말씩 해내라고 성화를 부리는 노오옴!

"야! 맹부야. 너 물 맞으러 돈내코 간다며?"

내가 좀 비아냥거리는 말투로 이죽거렸다. 맹부는 눈을 모로 뜨고 나를 째렸다.

"보리개역도 안 해주는 디 어떵 가냐?"

말투는 상스러웠지만 그의 표정이 돌연 불쌍하게 일그러졌다.

나는 무슨 말을 하려다 꿀꺽 삼켰다. 맹부어멍이 우리 집에 와서 분명히 맹부 물맞이 갈 채빌 차려줘야겠다면서 겉보리 한 말을 꾸어갔다.

그노무 새끼가, 나 '개역' 해주지 않 했다간 '모감자리' (멱살)잡을 것같이 성화난 이 노릇을 어떵 해여 아시(동생). 하며 애처롭게 어머니에게 하소연하던 맹부어멍 얼굴이 떠올랐다.

그 사실을 맹부에게 해서는 안 될 것만 같았다.

어쨌거나

맹부를 위로해주고 싶었다. 사정도 모르면서 비꼰 게 미안했다.

"맹부야. 내년에랑 이, 내가 보리개역 준비할게. 우리 같이 돈내코에 가자!"

그는 히이- 웃었다. 나는, 웃지 말고 야! 한 번 믿어봐. 하고 큰소리쳤다.

귤껍데기 선생님은 건이 패거리들의 도움을 받아가며 우리들을 다섯 명씩 무리짓게 했다. 그리고는 출발선에 세웠다. 저어-기 저, 코지(곶)까지 죽을 힘을 다해서 헤엄쳐 가는 거다.

아이들은 그 '코지' 까지 헤엄처가서는 갯바위에 올라가 모두들 두 팔을 흔들었다. 그러면 다음 조가 출발하였다.

조금씩 물이 썰고 있었다. 백중사리에 썰물이 밀려갈 때 보면 비온 뒤 계곡물이 넘쳐 우렁차게 강물이 흐르는 것처럼 물 흐름이 거세다.

귤껍데기 선생님은 썰물이 본격적으로 시작되기 전에 마저 수영대회를 끝내려고 서둘렀다.

나는 맨 나중에 수영대회에 참여했기 때문에 가장 늦게 출발하는 조무래기 팀에 속해 있었다.

"너네는 저 코지까지 간 다음에는 이리로 헤엄쳐 오지 말고 갯가로 와야 된다. 왕복하기에는 너무 멀언 이."

귤껍데기 선생님이 우리를 출발선에 세우고 말하였다.

나는 그 말을 듣는 둥 마는 둥했다.

자아, 출발 준비이- 선생님이 여기까지 하자 거기 모여 있던 아이들이 한 입으로 소리쳤다. 하나아- 두우울- 땅!

나는 땅! 소리가 나자마자 있는 힘을 다하여 헤엄쳤다.

강아지 헤엄, 송아지 헤엄, 병아리 헤엄, 다 동원하여 헤엄을 치고 또 쳤다. 가벼운 파도가 덮칠 때마다 짠 바닷물을 한 모금씩 삼켰다. 그만큼 맹렬하게 헤엄을 쳤다. 너무 열심히 치다보니 숨이 차올라 입을 다물 수가 없었기 때문이다.

내가 제일 먼저 그 코지에 가 닿았다.

거기에 대기 중이던 큰언니네가, '야아! 니마 일등 했져' 하며 만세를 불러주었다.

우쭐했다. 모르긴 몰라도 옥자와 정화가 나와 한 조에서 헤엄쳤다면 나는 겨우 삼등을 면하기 어려웠을 것이다. 걔네들은 이미 물질을 하는 잠수들이 아닌가. 걔네는 그 때 부모를 따라 멀리 백중 물맞이를 가서 보이지 않았다. 어쨌거나 나는 일등이었다.

거꾸로 흐르는 바다

그 사이에 바다는 완연하게 썰물로 돌아서서 물살이 다 대양을 향해 줄달음치느라 무척 바빠 보였다. 먼데 보이는 울돌목에는 물이 콸콸 흐르다가 소용돌이를 일으키기도 했다.

그러나 우리가 조금 전에 헤엄쳐 왔던 얕은 바닷물은 별로 변한 게 없었다. 적어도 내 눈에는 그렇게 보였다.

나는 출발 전에 귤껍데기 선생님이 일러주던 말을 새까맣게 잊어버렸다. 그래서 출발점까지 헤엄쳐 돌아가기로 마음먹었다.

나는 실력이 있었던 것이다. 충분히 헤엄쳐 돌아가고도 남을만한 내 수영실력을 다들 봐서 알다시피.

물속에 당당하게 뛰어들어 왔던 물길을 거슬러 헤엄을 치기 시작했다.

아주 잘 물살을 가르며 출렁출렁 물 구비를 타고 나아갔다.

나는 앞으로 나아가는 줄 알았다. 어어, 어어? 내가 가야할 갯바위가, 귤껍데기 선생님이, 우리 마을 아이들이 점점 가까워 져야할 텐데 반대로 멀어져 가고 있었다. 웬일이지? 이게 왜 이래?

나는 바깥으로 흐르는 백중사리 썰물의 해류에 얹혀 지고 말았던 것이다! 순식간에, 눈 깜짝할 사이에 거친 해류를 타고 어디론가 흘러가고 있었다.

어리석은 용맹의 결과

나는 잘못되고 있음을 안 그 순간부터 내 빼어난 수영실력을 발휘하여 물살을 거슬러 헤엄을 치려고 안간힘을 다하였다.

저기 저어기, 큰언니가 있는 '코지', 아니지, 귤껍데기 선생님이 계신 저기로 헤엄쳐 가야해. 어서 더 힘차게 헤엄쳐 봐!

나는 나에게 내가 가야할 목적지를 새삼 일깨우며 헤엄치고 또 쳤다.

정말로 나는 죽을힘을 다하여 헤엄쳤다.

커다란 물 구비가 순식간에 나를 덮쳤다. 그리고는 나를 물속으로 내동댕이쳤다. 겨우 물위로 올라오면 다시 물속으로 밀어버리는 것이었다.

거친 물 구비와 몇 차례 실랑이를 하는 사이 점점 힘이 빠졌다.

물 구비와 물 흐름은 나를 가지고 놀았다. 힘껏 내동댕이쳤다가 저만치 끌어가고 또 동댕이치고 끌어가고…….

나는 헤엄을 잘 친다. 나는 일등이다. 어서 힘내라 니마! 아무리 응원하고 부추겨 주어도 나의 몸은 점점 헤엄칠 능력을 잃어가고 있었다. 시간이 가면 갈수록 나의 수영실력은 형편이 없었다.

끝내는 물 구비가 내리치는 대로 물살이 끌어가는 대로 꼼짝없이 잡혀버렸다.

내 힘으로는 어쩔 수가 없었다. 어쩌다 안간힘을 써 물위로 솟구쳐봤자 덮친 물 구비에 한 굴레 짠물을 억지로 머금고는 꽐락꽐락 삼킬 수 밖에 없었다. 너무 많이 짠물을 삼켜 배가 부르다 못해 터질 것만 같아 더는 한모금도 삼킬 것 같지 않는데도 다시 물 구비가 내 입에다 먹이면 나는 또 삼키고 말았다.

바닷물을 배 가득 삼킨 몸뚱이가 돌덩이처럼 무거워졌다. 정말로 몸이 너무 무거워 물위로 솟구칠 기력이 조금도 없었다.

그 무한한 미래와 더불어

나는 물밑으로 갈아 앉고 있었다. 숨이 막혔다. 이미 숨을 쉴 수 없었다.

그 때였다. 누가 내 머리채를 낚아채어 물위로 끌어올렸다.
물 구비가 이번에는 정반대로 나를 물위로 밀어 올리는 줄 알았다.
큰언니가 얼핏 보였다! 그리고 귤껍데기 선생님, 맹부도 보였다.
큰언니는 나를 갯바위로 끌어올리고는 숨을 몰아쉬며 털썩 내 옆에 주저앉았다.
누군가 내 배를 눌렀다. 나는 그 누르는 힘에 그만 토할 것만 같았다. 왜 이러는 거야? 그렇잖아도 죽겠는데.
아이들이 손뼉 치는 소리가 들렸다. 저 봐라 저, 니마 입에서 분수 뿜는다아!
"영허라 보게(어디 보자)! 우리 니마 어떵 해연?"
아버지와 어머니가 아이들을 헤집고 달려들었다.
누군가가 그 와중에 우리 집에 달려갔던 모양이다. 그 자식 누군지 알기만 해봐라 죽일 테다! '피창' 하게 내가 물에 빠졌다고 했겠지?
나는 토하다 말고 너무나 창피하여 죽을 것만 같았다. 이렇게 부끄러울 줄 알았으면 아예 썰물을 타고 저 태평양까지 가고 말 것을. 가다가 죽었으면 부끄럽지는 않았을 거 아냐. 너무 부끄러운 나머지 나는 졸도할 것만 같았다.
아버지가 나를 반쯤 일으켜 등을 탁탁 쳤다. 그러자 눈앞이 캄캄해지더니 어젯밤 호박덩굴에게 매 때릴 때 무수히 날아다니던 반딧불이 불빛이 반짝반짝 수도 없이 깜빡거리며 나타나 화려한 유영을 시작했다.
온 세상이 다 반딧불이 천지였다. 아슴아슴 저만치 사라졌다가 다시 무리 져 나타나는 반딧불이............ 나는 반딧불이 무리와 함께 별 무리 지는 밤하늘로 날아오르고 있었다. 한없이 저 먼 우주로 나의 여섯 살 그 무한한 미래와 더불어.

제4장 가을 이야기

1. 우리 개 짱돌이
2. 꼴찌를 위한 나팔수
3. 마치 저 들판에 피었던 찔레꽃처럼
4. 가을바다 무지개에 걸린 풀잎

1. 우리 개 짱돌이

가을마당은 새벽빛 속에서 이슬이 영롱하고

　우리 집을 뒤쪽으로 빙 감돌아 한길까지 이어지는 골목 길 끝, 저 텃밭 한 뙈기 건너 우리 마을에 하나 밖에 없는 우물에서 그날 첫 두레박 소리가 탕그랑 탕 탕그랑, 탕그랑 탕 탕그랑, 울려 퍼지는 그 시각쯤에 고요한 새벽이 살포시 어둠을 걷어내고 밤새 채비 차린 여명을 펼치기 시작했다.
　우리 마을에서는 두레박으로 통조림 깡통을 가장 많이 사용하였다. 두레박용 통조림 깡통은 주로 구호물자에서 확보되었다. 때문에 우리 마을은 구호물자를 배급 받으면 우선 통조림 깡통이 몇 갠지부터 헤아렸고 순번에 따라 그 깡통을 나눠 가졌다. 수니 언니는 언제나 우리 집에도 새 통조림 깡통 하나 배정 받나 목이 빠져라 기다렸다. 우리 두레박은 너무 낡아 물새는 데를 이리 저리 땜질했어도 물을 길어 올리다 보면 참 가관이었다. 두레박에 간신히 남아 물허벅에다 긷는 양은 국사발 하나나 될까말까. 그래서 큰 언니는 우물물을 길러 갈 때마다 큰 양은 밥 양푼을 두레박과 함께 가지고 다녔다. 부지런히 길어 올린 물이 허투루 세지 못하도록 잽싸게 양푼에 쏟아 부으면 그나마 부리 좁은 물허벅에 부을 때보다 그 양이 조금은 보존되었다. 그렇게 양푼에 물을 모아놓고 물허벅으로 옮겨 담았다. 어쨌거나 우리 마을 새벽은 우물물을 긷는 두레박의 경쾌한 첫 소리에 맞추어 열린 것만큼은 틀림없다.

영롱한 이슬방울을 꿰는 아침햇살

여름부터 가을에 이르는 신 새벽 동틀 무렵에 새벽잠을 뿌리치고 일어나 마당에 나가보면 이슬방울이 온 사방 천지에 방울방울 달려있는 게 마치 진주가 열린 듯 영롱하였다. 햇귀가 살짝 동녘 하늘자락을 들추고 하루의 첫 빛줄기를 땅에다 내리 쏘면 가장 먼저 그 햇살을 받아 오만가지 색깔로 단장하고는 아름다운 아침을 장식하는 몫은 이슬방울이었다. 내 경험으로는 첫 가을 새벽이슬이 그 중 으뜸이었다.

인기척을 듣고 짱돌이가 슬그머니 다가들어 내 종아리에다 얼굴을 비벼댔다.

짱돌이와 친하기로 치면 우리 집 식구 중에 슬이가 단연 첫손가락을 꼽았다. 그런데도 나하고 둘도 없는 친구 먹은 것처럼 살갑게 굴 때가 종종 있어 그럴 때마다 참으로 어색하고 어쩔 줄 몰랐다. 짱돌이가 하는 대로 아주 친하게 굴려니 슬이 자리를 꿰차는 것 같고 좀 멀리하자니 매몰찬 것 같아서 이러지도 저러지도 못해 더욱 그랬다.

마당 한 모퉁이를 차지한 텃밭에는 막물걷이도 끝나 바싹 마른 고추 그루만 빼곡하게 들어찼는데도 이슬방울은 찬란하게 열렸다.

짱돌이와 내가 이슬 구경에 한참 정신을 팔면서 마당 텃밭으로 다가들 때였다. 고추 그루 사이로 사람 형체가 마치 오뚝이처럼 우뚝, 일어섰다. 그 서슬에 확 소름이 돋았다.

"어, 잠푸대! 니마영 짱돌이영 이 새벽에 일찍 일어 났져 이?"

'푸대'와 포대의 질량

아버지 목소리는 나직하고 부드러웠다. 그러나 아버지 특유의 남을 놀려 댈 때 풍기게 마련인 그런 아리송한 분위기가 그 첫 아침 인사에서도 짙게 풍겼다. 어? '잠푸대'라면 제주말[濟州語]로 잠꾸러기를 일컫는다. '푸대'는 포대이다. 내가 '잠을 담은 포대'라는 말이니 영락없는 잠꾸러기지 뭔가! 아하, 서울말은 제주 말에 비기면 아무것도 아니다. 고작해야 꾸러기니 그 질량에 비교할 바 엄청나지 않는가? 꾸러미에서 파생된 꾸러기와 포대는 단위부터가 다르다.

기가 막혔다. 제주사람이 말하기로는, 매일 술을 마셔 술기운에 절어 사는 사람을 '술푸대'라고 한다. 나를 그런 사람들에 비기다니, 잠푸대라………

아버지는 정말로 새벽부터 나한테 너무했다. 다시 강조해 두지만 나는 잠꾸러기가 아니었다.

확실하다

그 증거로 몇 가지 예를 들겠다.

거의 매일 새벽부터 일어나 여명의 시각을 지키던 금성이 하늘로 숨는 걸 지켜봤고, 동해 바다를 붉게 물들이며 태양이 솟아오르려고 채비 차리는 걸 응원했으며, 바다안개가 이따금씩 바다에서 장막을 거머쥐고 청산(성산일출봉)을 휘덮으려 달려드는 기세에 눌려 얼른 방으로 도망치기도 했고, 느닷없이 빗방울이 지기 시작하는데 아직도 집을 에두른 돌담 가득 널어 말리는 생선이며 옷들이 있으면 목청껏 소리 질러 집식구들을 깨워 젖지 않도록 조치했으며, 생각지도 못한 철 이른 눈발이라도 풋들풋들 나부끼면 건너 옴탕밭에 잰 달음으로 달려가 아버지가 타고 다니는 말[馬]을 돌담에 바싹 붙어 서게 하여 눈보라를 피하도록 했다.

그 몫이 다 내 일인 양 그렇게 열심히 살았는데 아버지는 나를 고작 잠푸대로만 보고 있는 게 아닌가.

아버지는 신 새벽부터 또 그 손바닥만도 못한 텃밭에 묻어놓은 아버지만의 비밀인 탁주 항아리의 안녕을 살폈을 것이 분명했다. 아버지 말 그대로 옮기면 탁주 항아리의 안녕을 살핀다고 하지 않고,

"텃밭이 안녕한 지 살핀다."

고 하였다.

왜 아버지는 탁주 항아리의 안녕을 살필 때마다 나와 마주치면 그렇게 놀려대고 약 올리고 그럴까, 그 때는 참으로 궁금했다.

내가 그런 아버지를 이해하지 못하여 전전긍긍할 때마다 어머니는 고민할 것 없다면서 명쾌하게,

"아버지가 술 힘을 빌어서 너 니마 약 올려먹는 거 아니니, 그러니까 괘념치 말아."

라고 했지만 그걸로 납득이 되기는커녕 점점 부아만 끓었다.

막물 고추 하나 달린 것 없이 말라버린 고춧대에 이슬만 한 가득 맺힌 손바닥만 한 텃밭에 아버지가 새벽부터 들어설 일은 딱 그거 하나 밖에 없는 걸 나는 잘 알고 있었다.

아버지 텃밭의 안녕

 아버지는 누가, 거기서 뭐하느냐고 묻기라도 하면 곧잘 텃밭의 안녕을 살피는 중이라고 대답하곤 오로지 텃밭에 묻어놓은 술항아리의 안녕을 살피다니, 참으로 말을 얼버무리기로는 대장 감이었다.
 그 텃밭에는 겉으로 보면 눈에 얼른 보이지 않도록 위장해 놨지만 사실 술항아리 세 개가 종종 일렬로 묻혀 있었다.
 그러고 보니 항아리마다 안녕해야할 몫은 다 달랐다.
 첫째 항아리에는 아버지 혼자서 혹은 승천이 할아버지라든지 함께 배를 타는 동서들끼리 은밀하게 마셔대는 탁배기가 들어 있고, 둘째 항아리에는 아무도 보지 않은 이 밤과 저 밤새에 어머니와 아버지가 서로 도와 가며 가는채로 받혀 걸러내든지 용수(대오리로 깊고 길게 만든 원통형 대바구니로 잘 익은 탁주 항아리에 박아 안에 맑은술이 고이면 걸러내는 도구이다.)를 박아 맑은 술을 퍼내면 금방 마실 수 있을 만치 숙성 과정에 있는 술국이 가득 차 있고, 셋째 항아리에는 오메기떡을 빚어 술밥을 대신하되 누룩과 버무려 뚜껑을 덮은 지 오래지 않아 술맛이 아직은 들지 않았지만 조만간 입맛에 착착 붙는 탁주 값을 하기 위하여 부글부글 효소가 들끓고 있는 햇 술밥이 5분의 4쯤 들어 있었다.

폭로와 협박

 아버지가 '나의 비밀'이라고 했던, '우영밭의 안녕'이라고 했던, 나는 그 정체를 훤하게 꿰뚫고 있었다. 그럼으로 정 참지 못할 만치 놀려대면 그에 맞서는 무기로 그걸 폭로하겠다고 대들기도 하였다. 술을 담그는 건 일제강점 이래로 불법이었기 때문이다.

그 새벽에도 나는 그랬다.

"아부지 경 해 봅서. 나 그 비밀이영 안녕이영 다 말해 불쿠다."

그 날, 아버지는 내가 아무리 눙쳐도 내 으름장 따위는 괘념치 않았다.

"뭘?"

내 말 한 마디에 넘어갈 정도로 아버지는 만만하지 않다는 것도 알고 있었다. 씨도 먹히지 않을 내 엄포로는 아버지를 어떻게 할 수 없음을 그 간의 경험으로 잘 알고 있었다. 그래서 더 이상 아버지를 상대로 아무 말도 하지 않은 전략을 쓰기로 했다. 그렇게 결정한 또 다른 나의 의도는 그 아름답기 이를 데 없는 이슬이 영롱한 가을 새벽부터 부아를 끓이느라 망치지 말자는 결정을 마음으로 했기 때문이었다.

내가 아버지를 등지고 휙 돌아서자 짱돌이가 컹-하고 짖었다. 얼마나 그 소리가 크던지 고즈넉한 고요함 속에서 아침을 준비하고 있던 온 동네에 메아리 졌다.

"야, 니마야. 어서 짱돌이 고팡(광)에 담으라 게."

등 너머에서 건네 온 아버지 언성에는 혼비백산할 만치 겁을 잔뜩 먹어 다급했다.

아차, 이를 어째!

광속의 짱돌이

그 즈음 짱돌이는 남의 눈에 띄면 절대로 안 되었다. 아니 우리 동네 사람들이야 짱돌이 모르는 이 없어서 있어도 없는 것처럼 눈 감아 주고 있지만, 단 한 사람, 그 누군가에게 들키면 큰 일 날 일이었다.

우리 집에서는 낮에 짱돌이를 광에 집어넣고 슬이와 내가 번갈아가며 같이 놀아 주고, 같이 잠 자 주고, 같이 밥 먹어 주면서 절대로 짖지 못하게 했다. 단 깊은 밤이 되면 바깥에 내어 놔 용변도 보게 하고 운동도 하게 하였다.
　나와 짱돌이는 서둘러 마루를 건너 광으로 들어갔다.
　언젠가 폭풍우가 몰아치던 그 어느 여름날에, 지붕 천정마루를 기어가던 구렁이가 마루바닥으로 떨어져서는 허겁지겁 광으로 기어들어가는 걸 본 이후로 나는 그 쪽에 얼씬도 하지 않았다. 더구나 나는 어른 된 후에도 공식적으로는 그 정든 집을 떠나던 열두 살 무렵까지도 구렁이가 기어든 광에는 얼씬도 하지 않았다고 말하곤 했다. 아니다. 그 때 짱돌이 때문에 며칠 동안은 그까짓 구렁이 징그럽고 무서운 거 다 잊어버리고 광을 들락거렸다. 광에 짱돌이 혼자 들여보내면 낑낑 대다말고 목청껏 짖어대는 통에 슬이가 없을 때는 내가 함께 들앉아 주곤 하였던 것이다. 만일 구렁이가 그 때까지도 거기 살고 있다가 나를 덮친다 해도 짱돌이가 한 아귀에 물어버릴 테니까, 하는 큰 믿음과 구렁이는 독이 없다는 어른들 설명에 안도한 나머지 큰 용기를 내었다.

이미지와 실체

　어머니와 큰 언니가 광문을 열고 들여다보았다. 오도카니 앉아있는 나와 짱돌이를 보고는 어서 이불을 폭, 뒤집어쓰라고 채근해대면서 지청구를 하는 것이었다.
　"저노무 니마 저 비바리, 왜 새벽부터 짱돌이영 나서서 이 소란을 떠는지 모르겠다."
　나를 나무라는 어머니 등 뒤에서 아버지가 변명을 해 주었다.

아버지는 내가 눈에 띄기만 하면 내 동생 슬이보다도 훨씬 작은 나를 두고 쥐방울 같다느니, 작은 고추처럼 매워서 딸년이지만 무서워 말도 함부로 못하겠다느니, 저 '비바리'가 진짜로 고추 달린 사내 녀석이었으면 세상을 다 주어도 부러울 게 없다느니 온갖 부정적인 이미지만 긁어모아 펼쳐대면서 놀리지만 정작 내 편을 들 때는 확실하게 들어주었다.

"뭐 니마가 일부러 그런 것도 아니고.......당신은 기죽은 아이한티 경 너무 하지 마시오."

나는 뒤집어 쓴 이불 속에서 짱돌이 목을 끌어안고 있으면서 콩닥콩닥 콩 볶는 솥뚜껑 위에서 날뛰는 콩알처럼 놀라서 진정하지 못하여 가슴이 뛰는데도 아버지 말에 웃음을 터트렸다.

"울 아부지 만세! 역시 아부지는 내 편이야. 그 지 짱돌아?"

그 때 다시 어머니의 으름장이 내 웃음을 덮치며 오지게 달려들었다.

"너 니마! 또 이런 사단 벌려 봐라. 뭔 일이 벌어질지 너 알지?"

안다. 알고 있다. 그 게 나 때문도 아니고 짱돌이 때문도 아니란 것도 알고 있었다.

이실직고 한다면 누구 때문에 온 동네 사방천지를 휘둘러 다녀도 기운이 넘치는 짱돌이를 좁은 광에 가둬두고 우리들이 그토록 벌벌 떨면서 낮에는 숨고 밤에만 제 세상 만난 듯 웃고 짓까불면서도 두려움에 사로잡혀 생쥐마냥 숨 죽여 행동해야 하는지, 왜 그래야만 하는지 나는 생판 모르고 있었다.

회상과 무섬증의 관계

세상에 무서울 것이 없노라고 노상 큰소리치는 아버지마저 벌벌 떨게 하고도 남는 그 무서운 일은, 아버지 말을 그대로 옮기자면 '무자년 사태' 때만큼이나 오금이 다 절인다고 하였다.

"영 보면 사삼사태가 끝난 게 아녀. 그 때는 사람하고 말[馬]하고 쇠만 잡더니 이제는 개도 ...."

아버지가 말을 더 이상 잇지 못하게 어머니는 아버지 말허리를 중간에 매몰찬 어조로 잘라버리고 말았다.

"참말로 당신도.........애들 듣는 데서 별소리를 다 햄수다 예. 제발 입조심 합서. 우리 다 죽어도 좋수과?"

어머니 말 뒤로는 아무도 말이 없었다. 나도 더 까불다가는 안 되겠다는 생각이 들어 조용히 있었다. 그렇잖아도 어둔 광속에서 이불을 뒤집어쓰고 있으니 세상천지가 암흑이었다.

개나 소나 다 말 못하는 미물이라고 사람들은 보통 말들을 하지만 짱돌이는 돌아가는 상황을 다 파악한 듯 영특하게도 조용히 숨을 고르고 있었다.

괜히 콧잔등이 시렸다. 짱돌이를 있는 힘껏 껴안았다. 그래두 시린 콧잔등은 점점 더 시려올 뿐이었다.

마침내 울음보가 터졌다. 터진 울음소리가 밖으로 새나가지 말라고 나는 더욱 더 짱돌이를 껴안고 부드러운 털 속에 얼굴을 묻었다.

흐르는 시간에 얹어

얼마나 지났을까, 누가 마구 나를 흔들었다.

"야, 어서 나가. 아침밥 먹어."

슬이였다. 슬이는 세상에 태어나서 단 한 끼도 끼니를 굶지 않았음직이 밥을 마다하지 않은 내 동생이다. 다른 것에는 느려 터지고 별 관심도 없다가도 끼니 때만 되면 찬방으로 고개를 디밀어서 밥상을 차리나 마나 확인하기를 잊지 않았다. 그런 슬이였으니 그 때는 아마도 먼저 아침밥을 먹고 나와 교대해 주려던 것 같았다.

슬이가 짱돌이 목에 두른 내 팔을 풀어내면서 옴팡지게 나무랐다.

"너는 잠자라는 밤에는 안자고 왜 짱돌이 목에 코 박고 그렇게 자는데? 그러면 짱돌이가 힘들잖아."

아이고 슬이 계집애. 기껏 제 단짝인 짱돌이를 돌봐줬더니 욕이 다 뭐야? 감정이 격해지는 품새로 치면 한판 붙어야 마땅한대도 어른들 걱정이 떠올라 콧방귀 한 방 날리고는 그냥 광을 나왔다.

그 때였다.

"좀 들어가쿠다."

낯선 사람이 일방적이고도 고압적인 태도로 인사를 하는 둥 마는 둥 신발을 신은 채 마루로 달려들었다.

나는 광에서 막 나온 참이라 엉거주춤 광의 문고리를 잡은 채였다. 아버지가 찬방에서 달려 나와 그와 마주섰다.

그 사람

그 낯선 사람은 키가 땅딸막하고 비쩍 말라 언 듯 보면 다 늙은 할아버지 같았다. 그러나 딱 버티고 선 자세로 치면 이 순경을 훨씬 능가하는 젊은 군인처럼 보였다.

그 사람의 차림새도 정말로 낯이 설었다. 우선 벙거지부터 예사롭지 않았다.

우리 마을 사람들은 우리 아버지를 비롯하여 밀짚모자를 쓰거나 대패랭이를 쓰는데 그 사람이 쓴 것은 군인들이 쓰는 전투모도 아니고……어떻든 처음 보는 것이었다. 훗날 아주 먼 훗날, 그 낯선 사람이 썼던 그 모자가 서양에서 사냥할 때 쓰는 '사파리 모자'라는 걸 알았지만 그 때는 몰랐으니 기이하고 신기하였다.

모자뿐이 아니라 모든 차림새가 다 처음 봐 이상하기는 마찬가지였다. 허리에는 운동화 끈 꿰는 자리처럼 촘촘히 구멍이 뚫린 허리띠를 바투 메고 있었으며, 가슴팍을 엑스(x)자 꼴로 가르며 양 어깨 너머로 허리띠와 닮은 띠를 두르고 있었다.

허리띠며 가슴에 찬 띠 구멍 몇 개 건너씩 뭔가를 주렁주렁 매달고 있어 신기하기까지 했다. 그에다 군화를 신고 각판을 둘렀는데, 한 손에는 밧줄 꾸러미를, 다른 손에는 그 사람 키를 훌쩍 넘기는 손잡이가 달린 굵고 길면서도 끝이 낚시 바늘처럼 구부러져 예리하게 날이 선 쇠갈고리를 들고 있었다. 아버지가 허겁지겁 달려 나와 그 사람과 마주 설 즈음에는 그 서슬 퍼런 미늘이 번득이는 갈고리를 어깨에 척 둘러매었다.

그 모습이 우리 마을 남자들의 차림새와는 영판 달랐다. 너무 무시무시하였다. 내가 태어난 이래로 그토록 무서운 차림을 한 사람을 본 적이 없었다.

온 집안이 요즘 아이들 표현대로 얼음이 되어 그 자리에 얼어붙은 듯 했다.

"아, 누구시꽈?"

아버지가 꽁꽁 얼어붙은 침묵을 깨고 입을 열었다. 손을 다소곳이 앞으로 모아 포개어 쥐고 허리를 구부정하게 숙인 모습이 이순경을 대할 때처럼 비굴해 보였다. 그런 아버지의 품새로 봐서는 그 사람이 누구인지 아는 것 같았다. 아닌가?

아버지의 비굴해 빠진 태도에 비하여 그 사람의 표정은 비교적 담담했다. 아니, 당당한 표정이었다. 그 사람 앞에서는 모르긴 몰라도 그 누구도 당당해질 수 없을 만치 그렇게 내 눈에는 보였다.

 아직도 그 때를 생각하면 선연히 떠오르는 그 작고 마른 사람, 무척 낯선 그 사람, 그 표정이며 옷차림이 사진을 보는 듯 생생하다.

'니마네 집' 사람들은

 그 낯선 사람 앞에 조아린다는 게 그만 굽어보는 꼴이 되고 말 정도로 큰 키에 시커먼 구레나룻이 얼굴을 더욱 두드러지게 하는 아버지가 그리도 초라해 보일 정도로 그는 당당하였다.
 "이 집이 니마네 집 맞수과?"
 그가 아버지 물음에 대답 아닌 질문을 마주하였다.
 아버지, 어머니, 수니언니, 나는 놀라 자빠질 뻔 했다.
 아직 아기구덕에서 일어나지 않은 우리 막내 그미와 광속에 짱돌이와 숨어있는 슬이는 어떤지 모르지만 마루에 있던 우리들은 그 낯선 사람이 우리 집이라는 걸 알고 들어왔다는 것이 분명하니 뭔지 모를 공포 분위기가 확 집안을 휩싸 우리를 떨게 했다.
 우리 동네사람들은 우리 집을 일컬을 때는 '니마네 집'이라고 하였다. 어머니는 언니 이름을 붙여 수니어머니, 아버지는 내 이름을 앞에 놔 니마아버지라고 불렀다. 왜 그렇게 불렀는지는 모른다.
 "그렇수다마는 무슨 일로........."
 아버지가 말 뒤 끝을 끌면서 다시 대답과 질문을 함께 하였다.
 오직 눈으로 우리 집을 훑고 또 훑던 그는 대답 대신에 혼잣말을 하였다.
 "쌍, 없네!"

쌍,

　나는 쌍, 소리가 그리도 싫었다. 그렇게 말하는 사람은 정말 예의라고는 눈꼽만큼도 없는 상스런 인간일 뿐 아니라 독한 사람이란 말을 아버지한테서 많이 들었다. 무자년 사태에도 그렇게 고약한 말을 해대는 사람들 손에 제주사람들이 무더기로 죽어나갔다고 했다.
　그 사람은 분명히 예의도 없고 독한 사람일 것만 같아 서 우리 집에서 나갔으면, 하고 간절히 바랐다.
　그는 한참 서 있다가 느닷없이 마룻바닥에다 쾅- 소스라치게 발길질을 하고 나서 어느새 마루를 나가 마당에 서서 침을 땅에다 치익- 뱉고는 그 서슬에 이어 아버지 비밀이 묻혀있는 텃밭으로 고개를 돌렸다.
　누가 뭐랄 새도 없이 나도 그 사람 뒤를 따라 부리나케 마당으로 나갔다. 역시 나보다 한 발 앞서 그 사람 뒤를 좇아 잽싸게 달려 나간 아버지가 그의 눈길이 가서 꽂힌 텃밭 어귀를 가리고 섰다.
　그쯤 되니 나도 그 사람에게 쌍, 그런 말 하지 말라고 따질 상황이 아니라는 것쯤은 파악이 되었다. 아버지가 커다란 허우대로 텃밭 어귀를 가리고 서서 그 사람에게 연신 머리를 조아리는 심정도 알 것 같았다.
　그 낯선 사람의 눈길이 닿는 것조차도 벌벌 무서워 떨 정도로 무엇이든 들키면 되지 않을 그런 게 우리 집에 있기 때문이 아닐까? 텃밭의 아버지 비밀인 술항아리의 안녕도 그 낯선 사람에 의하여 좌지우지 될 것임에 틀림없어 보였다.

'산물'은 토종 귤이다

내 걱정은 하늘이 무너질까 걱정되어 두 팔을 들어 허공을 받히고 선 기우에 지나지 않았다. 그 사람은 텃밭으로 단 한 발자국도 떼어 놓지 않았다. 입에 고인 침을 모아 꼴각 삼킬 정도의 시간만큼 마당에 붙박아 섰다가 집 뒤쪽으로 발걸음을 옮겼으니 말이다.

뒤울에는 파초 두어 포기가 가을 들어 잎사귀들이 누렇게 뜨도록 내버려둔 체 바람결에 나부끼고, 제사 때마다 티 없이 깨끗한 잎 석장을 따서 모새접시에 놓고 제사상에 올리는 산물* 나무 한 그루가 타부룩하게 가지를 뻗어 활짝 펼친 우산 꼴을 하고 있었는데 짙푸른 잎새 사이로 잘 익은 노란 귤들이 탐스러운 게 보기에 좋았다. 그 옆 부엌 뒷문 바른 곳에 장독대가 있을 뿐 우리 집 뒤울은 단출하였다.

그 사람은 마치 자기 집인 듯이 휘휘 둘러보면서 그 사람 키보다도 더 큰 항아리 뚜껑도 열어보고, 산물나무에서 귤도 두어 개 한 손아귀에 쥐고 비틀어 따 또 껍질도 벗기지 않고 한 입에 다 먹는 것이었다.

그 사람이 귤을 딸 때 아버지 얼굴에는 낭패한 기색이 뚜렷했다. 아직 제수로 쓸 귤을 웃물로 따 두지 못했는데, 이를 어째! 그 사람이 눈치도 없이 함부로 손을 댔으니..........아버지에게 그보다 더 큰 일도 아마 없을 듯싶었다.

* 산물

제주섬에 자생하는 토종 귤의 하나로 진귤이라고도 한다. 열매는 동그란 원형으로 탁구공만 하다 열매 하나의 무게는 50~80g 정도로 현재 재배되고 있는 온주 밀감보다는 약간 적다. 열매 껍질은 다소 거칠고, 향기와 신맛이 강한 편이다.

한약재로 쓰는 진피는 이 산물의 껍질을 말린 것을 일컫는다.
제주산 토종 귤로는 청귤, 산물, 금감자, 하귤, 병귤 등 십여 종에 이른다.

아버지는 아무 말도 하지 못했다. 항의 한 마디 못하는 아버지가 정말로 못마땅했다.

대양을 훨훨 날아다닌 어부 무지렁이

그 동안에 내가 파악한 바, 아버지는 누구와 대 놓고 맞걸이를 할 만치 완력을 부릴 힘이 없는 사람이었다. 그저 허장성세를 부리는 '불보제기(타고난 어부)' 어부 무지렁이에 지나지 않았다.

우리한테나 바다에 나가면 대양을 훨훨 날고 어쩌고 허풍을 치지 저렇게 힘없는 아버지. 저런 비쩍 마른 사람한테도 길고 무시무시한 갈고리 하나 들었다고 무서워 떠는 아버지.

아니나 다를까, 역시나 그 낯선 사람이 안하무인격으로 제 집 드나들 듯 마당으로 뒤울로 훑고 다니는데도 아버지는 왜 그러느냐고 막아서기는커녕 그 사연을 똑 부러지게 물어보지도 못하였다.

"예, 예, 요 어르신 마씀. 우리 집에서 뭐 찾암수꽈?"

참다못한 내가, 어머니 표현을 그대로 빌려 쓰자면 쫏짝, 그 낯선 사람 앞으로 나섰다.

힐끗 곁눈질로 보니 아버지 얼굴은 별다를 바 없는데 어머니는 사색이 다되어 내게 말없이 종주먹을 들이대고 있었다. 아마 어머니 마음 같아서는, "저 니마, 저 비바리! 어떡하면 좋아?" 하면서 확 나서서 나를 끌고 뒤춤 께에다 숨기면서 야단께나 치고 싶었을 것이다. 그걸 모르지 않으면서도 그만 내가 나서고 말았다.

"느네 아방한티 물어보라."

그 낯선 사람은 쉰 목소리였지만 쨍한 기운이 감도는 말투로 무뚝뚝하게 툭 대답하고는 집에 들이닥칠 때처럼 '올래'로 핑-하니 나가버리는 것이었다.

그 낯선 사람이 우리 집 담을 바구니 굽도리처럼 한 바퀴 돌아 한길에 다다르도록 우리들은 아무도 선 자리에서 움직이지 못 했다.

한참 만에 어머니 으름장이 내 귓가로 달려들었다.

"너, 이노무 비바리, 누가 너한테 나서라고 했니?"

나는 어머니 손아귀에 잡히지 않으려고 후닥닥 광속으로 뛰어 들어갔다.

짱돌이가 컴컴한 어둠 속에서 컹-하고 짖었다. 그 소리는 속삭이듯 나직하여 광속을 벗어나지 않았다.

꼬부랑 쇠막대와 트럭 엔진

그 낯선 사람이 바람처럼 다녀 간지 이틀 쯤 지나자 우리 집에 서렸던 공포 분위기도 걷혔다. 물론 짱돌이는 여전히 낮에 광속에 갇혀 지냈지만 별 일이 없었다. 왜 짱돌이를 가둬야 하는 지 깜빡 잊곤 했다. 참 신기했던 것은 우리가 잊어버려도 짱돌이가 스스로 알아서 광속에 들어가 숨어 있는 것이었다.

아버지는 예전처럼 다시 바쁘게 마을 안팎을 다녔다. 새벽을 도와 트럭에 시동을 건다고 온 동네가 시끄러워 다 깰 정도로 소란스러운 것도 여전했다.

아버지의 트럭은 정말 차체가 높기도 하여 하늘을 가리고 바퀴가 내 키만큼 컸다. 그래서일까 시동을 걸려면 아버지처럼 거인이 매달려도 좀체 발동하기가 그리도 힘들었다. 꼬부랑 쇠막대를 엔진에 끼워 힘껏 백 번쯤 돌려야 시동이 걸리는 그 트럭은 그래도 말이 끄는 마차에 비기면 빠르고 힘도 좋아 짐 나르기에는 안성맞춤이라고 어른들은 말하였다.

아버지가 잡아온 물고기들도 그 트럭을 산 이후로는 재빨리 성안에 실어다 팔곤 하였다.

재방어나 참치처럼 살이 깊고 큰 고기는 아예 소금가마니 째 간을 질렀는데 마차로 나르면 한 번 고기잡이 나갔던 것도 다 싣기가 버거운데 트럭에는 아무리 많이 실어도 거뜬히 감당할 만치 그리 힘이 좋았다.

악수하는 드럼통

아버지가 예전에도 띄엄띄엄 실어다가 현 이장 할아버지네 마당에 내려놓던 종이 드럼통을 그 날도 실으러 간다고 새벽부터 움직였다. 그리고는 해가
한라산 저 너머로 뉘엿뉘엿 질 무렵에 큰 종이 드럼통 네 개를 현 이장 할아버지네 마당에 부려놓고 왔노라면서 늦은 저녁상을 받았다.

"그 도라무깡덜도 악수햄십디까?"

밥상 옆에 바투 앉아 내가 질문하자 아버지는 함박웃음을 웃느라고 입에 문 밥알을 잇새로 몇 톨을 주루루 흘렸다. 그 때문에 어머니한테서 어른이 밥상머리 예절이 있다느니 없다느니 지청구를 한참 들어야 했지만 아버지의 대답은 간결하고 명료했다.

"응, 것들도 악수 햄서라."

역시 그 드럼통들이라고 짐작은 했다. 우리나라 태극기와 미국 성조기가 반듯하게 그려진 옷소매 자락에서 삐져나온 두 손이 굳게 맞잡고 악수를 하고 있는

그 드럼통은 요술방망이나 진배없었다.

우유 수제비

그 어린 시절 내가 살던 고향에서는 해가 청산을 살짝 비껴선 저 바다 밑 깊은 수심을 뚫고 벙긋이 떠올라 하늘을 가로질러 한라산 봉우리 저 편으로 스러지곤 하였다. 날이 저물고도 모자라 어둠의 끝자락을 끌고 와 마을을 덮어버린 시간이 야속했다.

아버지도 좀 일찍 오시지 않고 참, 어서 밤이 지나고 새 아침이 왔으면..........나는 그 드럼통들 생각에 마음이 들떠서 어쩔 줄 몰랐다. 아버지 우스갯소리도 귀에 들어오지 않았다. 온 집안을 들락날락 해보아도 시간은 가는 성 싶지 않았다.

아직 늦은 저녁 식사 중인 아버지한테 얼굴을 들이대고 내일 언제쯤 그 드럼통을 열 것인지 부터 시작하여 온갖 궁금한 것을 다 풀어놓으며 답을 구하였다.

"내 설운 딸년아, 아버지 밥 먹게 이....."

하도 소란을 떠니 아버지가 팔을 뻗어 나를 밥상에서 멀찍이 밀었다.

찬방에서 뭔가를 부지런히 하던 어머니가 일을 다 마쳤던지 마루로 건너온 그 때, 바로 아버지의 쭉 뻗은 팔 끝에 밀려 나던 찰나와 일치하였다.

"너, 니마. 또 시작이지? 혼난다 정말로! 가서 자라."

나는 좀체 타협을 해주지 않은 어머니를 두려워한 편이었지만 할 것을 하지 못할 정도로 겁내지는 않았다. 그래서 어머니가 야단을 쳐도 한 쪽 귀로 듣는 둥 마는 둥 좀 버텨보다가 답답한 김에 뒷동산에 나가 현 이장 할아버지네 마당을 살폈다. 그러나 이미 어둠에 묻혀버려 보이지 않았다.

우리 집 어귀에 반쯤 걸쳐 소 한 마리가 느긋하게 드러누운 꼴로 봉긋하니 부푼 돌무지를 우리들은 뒷동산이라고 불렀다. 거기 나앉아 앞을 보면 우리 마을 반쯤이 눈에 안겼다.

태극기와 성조기 옷소매자락이 악수하는 종이 드럼통은 그 즈음 심심찮게 마을로 배달이 되었다. 어떤 때는 드럼통 가득 분유와 밀가루가 들어 있었다. 그럴 때 드럼통의 종착지는 초등학교 창고였다.

그 때 초등학교를 일컬을 때는 '국민학교' 라고 했다.

나는 그 때 여섯 살이었지만 엄연한 초등학교 1학년 생도였다. 그래서 그 분유와 밀가루가 우리들 1학년에서 6학년에 이르는 전교생이 다 먹고도 남을 정도의 수제비로 변한다는 걸 잘 알고 있었다.

먹보들은 수제비 먹는 걸 분명히 좋아했을 것이다. 나는 아니었다. 분유를 섞어서 그런지 느끼한 맛이 입안에서 감도는 그게 정말로 싫었다. 우리 담임 선생님인 '귤껍데기 선생님' (내가 붙인 별명이다)이 땀을 뻘뻘 흘리면서 가마솥에 끓여준 수제비를 먹지 않은 학생은 나 혼자 뿐이었다.

'귤껍데기 선생님' 은 어떻게 해서라도 나에게 수제비를 먹이려고 달래고 어르고 부추기기를 그 배급이 시작되어 끝날 때까지 계속하였다. 이제와 생각하니 얼마나 미안한지 할 말이 없다.

"이번에도 밀가루랑 가루우유랑 들었어 봐라. 내가 발로 차고 만다."

아버지가 실어다 현 이장 할아버지네 마당에 두었다는 종이 드럼통 속에 무엇이 들었는지 모르는 그 시간은 무척도 길고 지루하고 조바심 났다. 그런 내 마음도 모르고 밤은 더욱 어둠 속으로 숨어들고 있었다.

싸움의 기술

아, 그 날 밤까지는 그 사실을 눈치 채지 못하고 있었다. 어스름이 스멀스멀 마을 길가로 내려 골목골목을 스쳐 지날 무렵이면 개들이 밤하늘에다 대고 몇 번씩 짖기 마련이었는데 개 짖는 소리가 전혀 들리지 않는다는 사실 말이다.

그러고 보니 우리 짱돌이도 마찬가지였다. 문득 그 생각이 나를 지배해 버렸다. 왜 개들이 짖지 않을까? 한참 동안 그 생각에 빠져 있다가 짱돌이를 가서 봐야겠다고 자리를 털고 일어서려는데 담배냄새가 풍겼다.

"아버지?"

아닐 것이라는 걸 알면서도 내 주변에 담배를 피우는 사람은 아버지와 외할머니밖에 없었으니 아버지라고 짐작을 했던 것이다. 외할머니는 저 건너 마을에 멀리 떨어져 살아 우리 집에 오지 않았으니 아버지일 거라고 지레 짐작했다.

담뱃불 빛이 코앞에 다가들었다. 우리 집 어귀로 들어서는 사람의 그림자는 아버지가 아니었다. 몸에 주렁주렁 뭔가를 매달고 기다란 쇠갈고리를 둘러맨 그 낯선 깡마른 사람이었다.

나는 구르듯 집안으로 뛰어 들어가면서 소리쳤다.

"그 사람, 그 무서운 사람 또시(다시) 왐서!"

숨이 턱에 닿았다. '아마도' 유리 문 한쪽을 붙들고 더는 말을 잇지 못하였다. 그만치 급히 달려오느라고 심장이 터질 것 같았다.

뒷문 턱에 머리를 괴고 앉아 슬이와 장난치는 짱돌이를 옆에 있던 수니언니가 광으로 밀어 넣었다. 동시에 그 낯선 사람이 어수선한 분위기에 싸늘한 두려움을 끼얹으면서 며칠 전에 그랬던 것처럼, 군화발 그대로 마루에 들어섰다.

그 낯선 사람이 한 마디 양해도 없이 이번에는 방문마다 벌컥, 문을 열어

제쳤다. 그리고는 기역자처럼 생긴 '미국후라시'를 비춰 안을 들여다봤다. 나는 제발 광문만은 열지 말기를 간절히 바랐다.

"수니야, 그 디 고팡에 강 담뱃잎 좀 이래 가져오라."

어서 광속에 가서 짱돌이 위에 이불을 뒤집어씌우라는 신호란 것을 우리 집 식구들은 다 알았다. 수니언니도 아버지 뜻을 재빨리 눈치 채고 광 속으로 들어갔다.

그 때, 그 낯선 사람이 광 쪽으로 다가갔다. 아버지가 아직 물리지 못한 저녁 밥상을 훌쩍 뛰어넘어 그 사람의 뒤 꼭뒤를 잡아 마룻바닥에 내팽개쳤다. 대번에 그 낯선 사람은 앞으로 푹 꼬꾸라졌다. 어머니가 아버지한테서 눈을 떼지 못하면서 그 낯선 사람에게 다가가 일으켜 세우려고 어깨를 잡으려는 순간이었다. 벌떡 제자리에 일어선 그 낯선 사람이 갈고리를 높이 치켜들었다.

"에이, 쌍-!"

그의 고함소리가 쩌렁하니 온 집안을 울렸다.

그대로 뒀으면 어머니를 그 갈고리로 찍을 것만 같은 아찔한 순간이었다. 그 순간도 잠시, 다시 아버지가 그 사람한테 달려들어 높이 치켜든 갈고리를 빼앗으려고 하였다.

완력

그 낯선 사람의 완력은 역시나 만만하지 않았다.

아주 덩치가 큰 아버지가 단박에 그 갈고리를 빼앗았다면 모든 이야기는 깨끗하게 끝나버려 속이 시원하게 마무리 되었을 것을, 실상은 그렇지 않았다. 그토록 깡마르고 몸집이 작은 그 낯선 사람의 강단은 실로 대단하였다. 돛대를 두 개씩이나 세우는 고깃배를 타고 물굽이가 하늘을 덮는 저 먼 이어도까지 넘나들다가도 모자라 걸핏하면 제주바다를 감돌아 흐르는 흑조류를 타고 베트남의 호이안으로, 타이완의 까오슝으로, 가까이는 마카오며 홍콩까지 다 섭렵한, 말 그대로 기골이 장대한 아버지와 맞붙어 실로 튼튼하기로 이름난 굴묵이(느티나무) 마룻바닥이 내려앉을까 걱정이 될 만치 막상막하 팽팽한 힘겨루기를 하는 그 낯선 사람의 힘은 또 뭐란 말인가!

아버지는 그 싸움이 끝나고 그 때 왜 단번에 그만한 사람을 제압하지 못했느냐는 나의 다그침에 이렇게 답하였다.

"아이구, 내 설운 애기야! 그건 이, 그 사름 싸움기술이 아버지보단 훨씬 위에 있언 이, 아버진 싸움은 해보지 못했져. 경해연 기술 부족으로 못 이긴 거여."

정말로, 힘세기로 치면 아버지는 대단했는데도 누구와 싸웠다는 말을 나는 평생 들어보지 못하였다. 아마도 이 세상을 떠나던 마흔두 살 그때까지 그 낯선 사람과의 결투를 빼고는 아버지는 누구와 단 한 번도 싸움을 하지 않았을 것이다.

대결의 끝

아버지 말대로 싸움의 기술이 그 사람보다 못했는지 어땠는지는 모르지만 서로 몸이 엉켜 엎치락뒤치락하던 어느 순간, 갑자기, 묵직하고도 단말마에 가까운 아버지 비명소리가 들렸다.

잠시 후 먼저 일어선 그 낯선 사람 손에는 갈고리가 없었다.

일어나려고 안간힘을 쓰는 아버지 어깨 죽지에 그 갈고리가 꽂혀 있는 걸 발견한 사람은 어머니였다.

어머니가 몹시도 절박한 목소리로 니마아버지, 니마아버지, 하며 아버지를 불러낼 때야 비로소 우리들도 아버지가 쉽게 일어나지 못하고 한쪽으로 비스듬히 누워있는 상황을 파악하게 되었다.

그 무렵, 현 이장 할아버지와 아버지 뱃사공인 기석이 아버지, 뒷동산 집 맹부, 감나무집 만포아저씨가 한꺼번에 약속이나 한 듯이 우루루 들어섰다.

현 이장 할아버지는 이장님답게 순식간에 우리 집에서 벌어진 사태를 알아차린 것 같았다.

마루기둥에 걸었던 '호야불'을 내려 아버지 가까이 비췄다.

"수니 어멍, 이 사름 마시는 불란디, 그 독한 술, 없는가?"

지체 하지 않고 어머니가 독한 양주병을 들고 나오자 현 이장 할아버지가 그 술을 아버지의 어깨 죽지에 들이부었다.

성냥을 켜 술 부은 자리에 불을 붙이는가 싶더니 얼핏 새파란 불꽃이 잠시 이는 듯 했다. 그 때를 놓치지 않고 현 이장 할아버지가 갈고리를 뽑으라고 멩부에게 소리쳤다.

그 일은 순식간에 그러나 순차적으로 이뤄졌다. 누구는 어머니가 내온 약통에서 '다이아쩡' 가루를 찾고, 누구는 쇠망치를 달구고, 누구는 부엌에서 뜨거운 물을 오지 장태에 떠오고, 누구는 잘 개어놓은 금이 기저귀를 활활 일군 불에다 그을리고, 누구는 어머니 바느질 가위를 불잉걸에 묻어 구워 현 이장 할아버지 한테 건네고............... 일사불란하게 움직였다.

갈고리를 뽑은 상처 자리에 벌겋게 달군 망치를 가져다대자 살이 타는 냄새가 고약하게 퍼졌다.

현 이장 할아버지는 능숙한 솜씨로 담배봉지에서 입초를 꺼내어 갈고리를 뽑은 자리에 덮듯 펼치고는 금이 기저귀를 찢어 싸매었다.

"에에, 상처가 경 깊지 않허다."

침착하게 아버지 상처를 다 수습한 현 이장 할아버지가 물러나며 한 마디 하였다.

그 때까지도 그 낯선 사람은 마룻바닥 한 끝에 아무렇게나 구겨져 앉아서 가랑이 새에 머리를 쳐 박고 꼼짝도 하지 않았다.

갈고리의 운명

마침내 아버지가 갈고리를 꽉 잡고 일어나 앉았다.
"저 사람, 이 갈퀴로 사람 걸리는 거라?"
아버지가 쩌렁쩌렁한 목소리로 일갈하였다. 아! 아버지 만세, 만만세!!! 그러면 그렇지, 저까짓 깡마르고 쬐고만 사람한테 기죽어 있을 아버지가 아니란 걸 나는 진작 알고 있었다. 언제 그 사람을 꼼짝 하지 못하게 제압할지 그게 궁금했을 뿐이다.

정말이다. 뭐, 아버지가 비굴하게 굴 때는 밉기도 했다. 다 그럴만한 이유가 있으려니 하고 느긋하게 제 소신을 발휘할 때까지 기다리지 못한 건 미안하다. 육십년이 지난 지금 되돌아봐도 그 점은 아버지한테 사과해야 마땅하다.

그 낯선 사람은 아무 말 하지 않았다. 아버지도 더 뭐라고 하지 않았다.
"이보시게, 저 사람, 영(이렇게)해 불민 국민이 따르질 않 해어. 명심허게 이."
현 이장 할아버지가 조용히 그 낯선 사람의 어깨를 다독거렸다.

잠시 침묵 속에 잠겼던 그 낯선 사람은 아버지에게 갈고리를 달라고 했다. 아버지는 그걸 주지 못하겠다고 했다. 그런 아버지의 태도는 의외였다. 그걸 주지 않고 도대체 뭘 하려고? 빨리 줘서 가게 하지 않고......

"저 사람이 우리 집에 왕 별 짓거리를 다 해도 촘았는디(참았는데) 이 지경이 되난, 나 이 갈퀴, 사람 잡으카부덴(잡을까봐) 절대로 못 주크라."

담배를 두툼하게 말아 벅석벅석 피워가며 아버지가 완강하게 갈고리를 돌려주려하지 않았다.

기석이 아버지도 맹부도 갈고리를 돌려주지 말라고 아버지 편을 들고 나섰다. 다만 만포아저씨만이, "니마 아방, 그거 줘 붑서. 그거 모수왕(무서워서) 죽어지쿠다." 하며 몸서리를 쳤다.

어질디 어진 만포아저씨 말끝에 현 이장 할아버지가 다짜고짜 아버지 손에서 갈고리를 빼앗아 그 낯선 사람 앞으로 턱, 던졌다. 아버지도 더 이상 우기지 않았다.

그 낯선 사람은 갈고리를 어깨에 둘러매더니 우리 집에 들어올 때처럼 또 그렇게 획- 나가버렸다. 말 한 마디 없이, 아무 일도 없었다는 듯이................참으로 이상한 사람이었다.

열리지 않은 드럼통

아버지는 어깨 채 끝에 갈고리가 꽂혔던 만큼 몹시 힘들었을 텐데도 하루하고도 반나절쯤 앓더니 일어났다. 앓는 동안 옆 마을 김의사가 왕진을 두 번씩이나 다녀갔다. 곪지 않도록 사후조치를 잘 해서 큰 후유증은 없을 듯 하다는 김의사의 말에 아버지는 걱정을 놨노라고 너털웃음을 웃었다.

여전히 짱돌이는 낮이면 광속으로, 밤에는 바깥에 내어 놔 주었지만 마당에도 못나가고 고작 뒤울에서 똥오줌이나 가렸다. 그 덩치에, 몸살 날만도 한데 모든 사태를 읽고 있는 듯 순응하며 잘 지내고 있었다.

나는 갈고리 맞은 쪽 팔을 커다란 보자기로 삼각대 삼아 둘러매고도 이른 아침이며 늦은 저녁으로 텃밭에 묻어놓은 술항아리의 안녕을 살피는 아버지한테 대고 불만을 터트렸다.

"아방, 봅서 예? 무사(왜) 현 이장 할으바님네 집이 강 도라무깡 열지 않햄수과 예?"

내가 조를 때마다 아버지는 빙긋이 웃으면서, 확답을 주지 않았다. 그러구러 아버지가 다친 지 닷새쯤 지난 아침이었다. 그 날도 어김없이 아버지한테 드럼통을 왜 열러 현 이장 할아버지 댁에 가지 않느냐고 떼를 썼다.

"벌써 현 이장 할으바님이 다른 사름 시켠 열었을 거여."

아, 하늘이 내려앉을 일이었다. 아버지가 다쳐서 미적거리는 사이에 그 드럼통이 열렸을 수도 있다는 말인가? 나는 무조건 달려갔다. 현 이장 할아버지네 집으로 달려가 마당부터 살폈다.

"니마 느(너) 무사 영 일찍이 완?"

툇마루에 걸터앉아 아침이 열리는 걸 저 먼 바다에서부터 찬찬이 살피던 현 이장 할아버지가 나를 발견하고는 살갑게 말을 붙여줬다.

"이장 할으바님. 우리나라 태극기하고 예, 미국나라 국기하고 예, 악수하는 도라무깡 있지 예, 우리 아부지가 실어온 거 마씀 게, 그거 열었수과?"

현 이장 할아버지는 얼굴 가득히 웃음을 머금고는 검지 끝으로 마당 한 귀퉁이를 가리켰다. 그 손가락 끝을 내 눈길이 따라가 보니 가리를 둘러 비바람을 막는 띠로 엮어 치마처럼 잎새가 나풀거리는 '노람지'로 가려놓은 드럼통이 보였다.

가슴은 더 가쁘게, 조바심 나서 콩콩 뛰었다. 열었을까, 말았을까......... 피가 말랐다.

"열언 마씀?"

나는 다시 다그쳐 물었다.

"느네 아방이 이 할으방을 도왕(도와서) 왕(와서) 열어사주, 아직 열지 않했져. 경허곡 또 아이덜 혹계(학교) 안가는 공일날 열아사 허주 이? 경해사 다 같이 볼 거 아니? "

나는 현 이장 할아버지 대답을 듣는 순간 힘이 다 빠지고 말았다.

사람이 정말로 행복하면

사람이 정말로 행복해도 그 행복에 겨워 죽을 수도 있다는 걸 나는 그 때 여섯 살 무렵에 몸소 반쯤은 체험하였다. 끝내 다리에서 힘이 쑤욱 빠져 나가는 것 같더니 그 자리에 스르르 주저앉고 말았다.

현 이장 할아버지가 달려와 나를 품에 안고는 니마야, 니마야, 정신 차리라고 다급하게 외치더니, 누구 안에 있는 사람은 찬물 한 사발 어서 빨리 가지고 나오라고 호령하였다. 그러저러한 소리를 나는 가물거리는 의식너머로 꿈결인 듯 들었다.

정신을 차려보니 우리 집이었다. 그리 오래 정신을 잃지는 않은 것 같은 게, 현 이장 할아버지와 아버지가 마루에서 그 드럼통을 빨리 열자고 의논하는 목소리가 방에 까지 들렸기 때문이다. 오는 공일날 열게.

현 이장 할아버지가 기절한 나를 안고 집에 왔을까? 참 궁금하였다.

아? 그 공일이 내일인데……………

그 내일은 참으로 더디게 그러나 눈 깜짝할 사이에 왔다.

제주도 섬사람들 표현대로라면 나는 뼈가 '뽀사서' (쑤셔서) 자리에 더는 누워 있지 못하고 밖으로 나왔다. 해는 이미 중천에 이르러 한 낮인데 가을 바람결이 추운 기를 가득 머금은 채 거칠게 우리 집 '아마도 문' 들을 왈캉달캉 흔들어댔다.

조금 전까지도 아버지며 어머니며 수니언니며 집안 살림을 도와주는 용진이 각시며 그미의 옹알거리는 소리가 들렸는데 아무도 눈에 띄지 않았다.

내가 마루로 찬방으로 문마다 여닫으며 요란스레 드나들자 광속에서 슬이가 목소리를 한껏 낮춰 나를 불렀다.

"니마야, 니마야, 와 봐."

슬이는 똥이 마려웠던 것이다. 나는 슬이와 교대하여 짱돌이를 품고 광속에 앉았다. 어둠 속에서도 짱돌이의 하얀 털은 부드럽기 이를 데 없었고 눈은 별처럼 반짝였다.

짱돌아. 짱돌아.

시간은 원하는 그만큼씩 간다

짱돌이는 내가 사물을 인지할 즈음 이미 우리 집 식구로 살고 있었다. 그래서일까, 우리에게는 개라기보다는 또 한 명의 식구나 마찬가지였다.

아버지가 가는 곳이면 거기가 한라산 깊은 고지일지라도 따라나서 길동무가 되어 주었고 우리 어린 식구들이 밤마다 통시(측간)에 가기가 무서워 망설일 때마다 기꺼이 앞장 서줘 마음 놓고 볼일을 보게 해 주었다.

"짱돌이가 사람으루 치면 할으바님은 아니라도 아방 나이는 될 거여."

언젠가 아버지는 개의 나이와 사람의 나이가 다르다는 걸 우리들을 앉혀놓고 역설한 적이 있다. 내가 여섯 살이던 그 때 짱돌이는 열 살이라고 했던가, 그랬다.

나를 따라 학교에 갔던 짱돌이가 우리들이 키우는 토기를 물어버리는 사건을 일으킨 적이 있었다. 그 때, 나는 반 친구들한테 혹독하게 따돌림을 당하고 집에

와 짱돌이를 상대로 매우 분개하여, '이노무 똥개새끼' 어쩌고 상스럽게 욕을 해대면서 머리도 쥐어박고 때리기도 하였다.

내 짓거리를 본 아버지가 사건의 전말을 다 듣고 나서, 짱돌이의 행동은 나를 지키려고 그랬다는 결론을 내렸다. 잘 생각해보면 알게 될 거라고 하면서 생각할 말미를 주었다.

정말로 학교에서 있었던 모든 일을 영화필름을 돌리듯 찬찬히 머리 속에서 펼쳐 놓고 보니 짱돌이 입장에서는 내가 위험한 상황에 빠졌다고 판단하고 토끼를 물었을 수도 있었겠다 싶었다.

토끼에게 풀을 주다말고 나는 움찔 몸을 움츠렸다. 토끼 입이 손에 닿는 게 싫었기 때문이다. 그런 나의 행동이 짱돌이 눈에는 내가 토끼한테 손을 물리는 것으로 비쳤을 수 있었던 것이다.

아버지 말대로 내 순간적인 행동에 짱돌이가 오해하여 토끼를 물어버렸음을 알고 나자 무척 미안했다.

아버지는 토끼를 몇 마리 더 사다가 우리 학교의 우리에 넣어주는 것으로 그 사건은 끝이 났다.

그 일 이후로 나는 짱돌이에게, 만포아저씨한테 하는 것처럼, '짱돌이 아저씨' 라고는 하지 않았지만 아저씨를 대하듯 다정하고 깍듯하게 대하였다.

단짝 친구

그런저런 사연이 있었더라도 짱돌이는 나 니마가 아니라 내 동생 슬이와 단짝임에는 틀림없었다.

통시에 다녀온 슬이가 말하였다.

"나도 도라무깡 여는 거 보고 싶다야."

그러고 보니 지난 번 드럼통을 열 때도 슬이는 보지 못하였다.

슬이는 나처럼 호기심에 겨워 몸살 나는 아이가 아니었다. 그런 아이였으니 드럼통을 여는 것에는 관심도 없을 줄 알았다.

먹보 슬이. 덩치가 짱돌이처럼 산만큼 큰 슬이. 먹는 것 말고 슬이가 관심을 기울이는 건 짱돌이 밖에는 없었다. 먹을 것을 챙겨주고, 털도 빗어 주고, 벼룩 같은 벌레가 슬지 말라고 아버지한테 디디티(DDT)를 뿌려달라고 조르는 것도 슬이 몫이었다.

그러고 보니 슬이가 먹보만은 아니었네.

"우리 같이 보러 가자."

슬이한테도 드럼통을 여는 순간, 그 안에 가득 든 것들, 우리한테는 없는 그것들, 그 신기한 것들을 보게 해주고 싶었다.

"안된다야, 짱돌이 어떵 해동(해두고) 가나?"

맞다. 짱돌이를 홀로 어둠이 가득 찬 광속에 놔두고 우리끼리 바깥에 갈수 없는 노릇이었다. 나는 드럼통 생각에 빠져 짱돌이를 순간 잊어버렸던 것이다.

제 몫의 할 일

그 때, 밖이 소란스러웠다. 바래기 바퀴가 구르는 소리도 났다.

"슬이야 짱돌이랑 있어 이. 나가 보고 올게 이"

광속에서 나와 가장 먼저 마주친 사람은 어머니였다.

그럴 줄 미리 짐작은 하고 있었다. 어머니는 이른 아침부터 싸돌아다니면서 기절이나 하는 계집애, 아팠으면 좀 가만히 방에 누워 있지 않고 또 일어나 돌아

다닌다고 지청구를 해대었다.

　어머니 잔소리에 겹쳐 한꺼번에 쏟아지듯 동네 사람들이 밀려들어 마당을 가득 채우는가 싶더니 현 이장 할아버지와 아버지의 배를 아버지보다도 오래 탄 뱃사공 중의 베테랑인 승천이 할아버지와 뒷집 맹부 할아버지는 마루에 들어와 자리를 잡았다.

　맹부와 또 누구였지? 젊은 남자 몇 명은 부엌 바람벽에 매달아 놓은 멍석을 날라다가 마당 넓이만큼 펼쳐놓고, 또 아버지를 앞세운 한 무리가 집 어귀 올레에 매어놓은 바래기에서 드럼통을 내려 마당의 멍석 위로 굴려 왔다.

　아버지의 외침에 따라 드럼통을 열 쐐기며 망치를 찾아 부산하게 움직이는 어머니의 옷자락을 잡고 어떻게 된 일이냐고 들뜬 목소리로 물어봐도, 아이구 니 마야, 이따가 말해주마 이, 하고는 제 할 일만 하였다.

　수니언니는 용진이 각시와 함께 솥 아궁이 마다 불길을 놓느라 연기 속에서 쩔쩔 매고 있어 내 질문에 답할 상황이 아니었다.

　옳다구나. 현 이장 할아버지가 계셨지. 뽀로로 달려가 두 손으로 답삭 그 어른의 무릎을 짚고는 물었다. 어쩌다 우리 집에서 저 '도라무깡'을 열게 되었수과?

　마루에 앉아 바쁘게 사람들이 움직이는 마당을 저 너머로 지켜보던 서너 명의 어르신들이 동시에 너털웃음을 웃었다.

함께 있어줘야 하는 운명 앞에

그 웃음 끝에 현 이장 할아버지가 나와 눈을 맞추었다.

"어제 아침 일찍 무사(왜) 저거 열지 안 햄신고 걱정되어서 우리 집엘 왔었지이. 가만히 생각해 보난 느네 집에서 열아사(열어야) 젤 좋을 거 닮안 영 결정했

져. 경허난 니마야, 도라무깡 열민 느가 젤 먼저 보곡 이, 제발 기절허지 말곡 아프지 말라 이?'

나는 저절로 입을 열고 밖으로 쏟아지는 웃음을 웃었다.

고마운 현 이장 할아버지. 어제 아침에는 기절한 나를 집까지 데려다 주고, 드럼통도 내가 제일 먼저 보라고 우리 집에서 열고……….고맙다고 머리를 조아리는 둥 마는 둥하고는 광속으로 들어가 짱돌이와 슬이가 숨어 있는 이불을 들추었다.

"슬이야, 이제 곧 이, 우리 집 마당에서 이, 도라무깡 열 거. 짱돌이 잘 숨겨놓고 나와 같이 보자."

짱돌이를 광속에 숨겨놓으면서 아버지와 어머니는 우리들에게 단단히 일렀다. 집에 누가 올 때는 절대로 짱돌이만 광에 두고 나오지 말라. 짱돌이가 혼자 있지 못하고 짖거나 광 밖으로 나와서는 큰 일이 벌어지니 누구라도 집에 있으면 반드시 같이 있어줘야 한다고 다짐을 두었다.

슬이는 부모의 그 당부를 어기지 못하겠다고, 나오지 못하겠다고 모기 소리처럼 작은 목소리로 속삭였다.

고민을 수반하는 약속

슬이의 목소리에서 매우 슬픈 기분이 풍겼다.

이러지도 저러지도 못하는 슬이의 고민은 나의 고민이기도 하였다. 내가 슬이 대신 짱돌이와 있어주려니 드럼통이 열리는 순간을 봐야하는 가슴 뛰는 찰라에 대한 호기심을 주체하지 못하겠고, 그냥 밖으로 나가려니 슬이와 짱돌이의 눈길을 외면할 수 없었다.

마루에서 이야기를 나누는 어르신들의 말소리가 얼핏얼핏 들렸다. 마당의 신명나는 분위기와는 다르게 묵직한 게 돌덩이처럼 무겁게 귀에 닿았다.

"경허난, 광견병에 걸린 개가 우리 면엔 없는 디도 그 놈이 경 집요허게 우리 마을 감시를 헌단 말이우꽈."

"없구 말구. 요새 개덜 짖구는(짖는) 소리 들어봤어 덜? 그 놈이 경 감시를 허난 이디 니마네 짱돌이 말고는 다 덜 몸보신이나 허겠다고 잡아 먹엄주게."

"그 놈은 개덜 걸려당 뭘 햄신고?"

"그 놈 잘못이 아니라. 나라에서 광견병 핑계 삼앙 세상 개덜 다 걸려불라, 영을 내렸는디 어떵헐거라? 개 걸려가는 게 그 놈 일인디······."

나는 어른들의 말을 잘 이해할 수 없었다. 그들이 무엇에 대하여 그토록 심각하게 토론을 하는 지 마음을 쓸 여유도 없었다. 오직 드럼통 여는 것을, 그것도 첫 번째 것을 열 때 내 눈으로 그 내용물을 보는 것, 그것만이 중요하였고 온 마음도 그것에 가 있었다.

탁월한 선택

궁하면 통한다고 했다. 나는 좀 똑똑한 생각을 해냈다. 광문을 열어놓고, 첫 번째 드럼통을 열 때는 내가 마당에 가고, 두 번째 것을 열 때는 슬이가 보면 된다. 당연히 나와 슬이가 번갈아가며 짱돌이와 같이 있어줄 수도 있으니 정말 탁월한 선택이지 않는가!

얼마나 드럼통 여는 일이 진척이 되었나 싶어 마당을 내다보려고 광문을 막 열었는데, 때맞추어 현 이장 할아버지가, 니마야 니마야, 하고 나를 불렀다. 어서 나와야지 드럼통 여는 걸 볼 수 있다고 재촉하였다.

"슬이야, 경(그렇게) 하자 이?"

나는 화닥닥 광을 나가 마루 끝 댓돌로 달려갔다.

우리 집 마당이 학교 운동장처럼 그렇게 넓지는 않았지만 그렇다고 사람 몇 명 들어서면 미어터질 듯이 좁지도 않았다. 그런데도 수저통에 숟가락을 빼곡하게 꼽은 것처럼이나 사람으로 꽉 차 있었다.

사람들은 나를 마당 한가운데에 놓인 드럼통을 열려고 쐐기를 들고 그 옆에 서 있는 아버지한테까지 머리 위로 릴레이 하듯이 넘겨주었다.

"우리 니마. 잘 보라 이, 느 좋아 하는 드롭프스 있인 지 이?"

나는 기쁜 나머지 가슴이 벅차서 제대로 대답할 정도로 마음을 가다듬지 못해 고개만 간신히 주억거리는 것으로 아버지의 배려에 답하였다.

드디어 열리다

첫 번째 드럼통 뚜껑이 쐐기질 한 번에 활짝 열렸다.

청년들 서너 명이 달려들어 옆으로 자빠뜨렸다. 안에 든 것들이 밖으로 쏟아져 나왔다. 수많은 물건들 틈에서 어른 손가락만한 것들도 몇 개, 굴러 떨어졌다.

있다! 있다, 내가 좋아하는 과일 드롭프스!

지난 번 드럼통은 한 가득 드롭프스만 들어있어서 마을 사람들을 실망시켰다. 그까짓 쪼그맣고 시큼달콤한 사탕은 배가 부르지 않아서 인기가 없었던 것이다. 덕분에 배급받은 드롭프스를 아버지의 쌀바가지와 맞바꾸는 사람이 대부분이었다.

물론 아버지가 드롭프스와 쌀을 바꿔주겠다고 한 게 아니었다. 동네사람들이 면사무소에 가서 별 쓰잘 데 없는 드롭프스 따위를 배급 받아온 아버지의 책임이 크기 때문에 그 책임을 물은 것이었다.

속을 볼 수 없는데다 주는 대로 받은 것이니 아버지에게 책임을 묻는 것 자체가 순 억지다 싶었다.

사실 아버지는 마을 일을 보는 사람도 아니었다. 다만 바퀴 큰 바래기가 있고 또 얼마 전에는 트럭을 샀기 때문에 물건을 쉽게 나를 적임자가 아버지라는 이유로 걸핏하면 그렇게 차출된 나머지 책임도 져야 했던 것이다.

그러고 보면 참으로 현 이장 할아버지는 현명한 어르신이었던 것 같다. 아버지는 생선을 팔면 돈으로 축적하는 게 아니라 쌀이며 심지어 밀기울이며 먹을 것을 잔뜩 사 비축하는 버릇이 있었다. 그러한 아버지의 버릇을 잘 이용하였으니 말이다.

? 에 대하여 ! 로

나는 슬이와 교대를 해줘야 했다.

또 사람들의 머리 위로 들려져 마루로 건너왔다.

기쁨으로 함박 꽃 만큼이나 활짝 얼굴이 편 나를 보자 마루에 앉았던 어르신들이 합창하듯, "있어냐?" 라고 물었다. 나는 고개를 끄덕이는 것으로 답을 대신하면서 동시에 광으로 달려갔다.

"슬이야, 가! 강 봐!"

내가 들떠서 슬이를 부추겼다. 짱돌이도 나처럼 혀를 빼물고 할딱거리며 어쩔 줄 몰라 안절부절못하였다.

슬이가 꿈 뜨게 움직였다. 그게 영 못마땅하였다.

"혼저(빨리) 안 가민 도라무깡 여는 거 못 본다 이."

내 재촉에 간신히 슬이는 광 밖으로 나갔다.

짱돌이가 슬이 뒤를 따라 은근슬쩍 나가려고 하였다.

내가 아무리 드롭프스에 들떴을지라도 환한 대낮에 짱돌이를 밖으로 내보낼 리 만무한 일, 그 놈의 꼬리를 잡아챘다.

그래봤자 나는 '근수가 차지 않는다'고 어른들이 말할 정도로 하도 몸이 부실하여 덩치가 조랑말만큼이나 큰 짱돌이는 조금만 비틀어도 붙잡고 있지 못하였을 것이다.

이별

짱돌이가 조금 아주 조금 슬이가 간 쪽에 시선을 붙박더니 순순하게 다시 돌아 들어와 내 품에 안겼다. 짱돌이가 나를 품어 주는 거나 진배없었다.

짱돌이를 안고 막 이불을 뒤집어쓰려는 참이었다. 마루가 갑자기 소란스럽더니 환한 불빛 한 줄기가 내 눈을 쐈다. 시야가 하얗게 변하면서 아무것도 보이지 않았다.

나는 겁에 질려 짱돌이 목을 꽉 그러쥐었다. 짱돌이가 컹, 무시무시하게 큰 소리로 그 빛을 향하여 짖었다.

바로 그 순간이었다. 퍽, 하는 소리와 동시에 짱돌이는 심하게 경련을 일으켰다. 그리고는 내 몸 위로 쓰러졌다. 나는 짱돌이 밑에 깔렸다.

뭔가 뜨뜻한 액체가 내 몸을 적셨다. 짱돌이나 내가 오줌을 싸지 않은 담에야 순식간에 그런 뜨거운 액체로 나의 몸이 젖어들 만한 물기는 그 광속에 없었다.

"이 개피쟁이 새끼!"

아버지의 비명소리가 아뜩하게 들렸다. 그 뿐, 나는 스멀스멀 정신을 잃어갔다. 아무리 발버둥 처도 정신을 바싹 가다듬을 수가 없었다. 아, 내가 기절하는구나.

"저거 보라 게. 갈퀴가 짱돌이 정수릴 정통으루 찔렀져 게."
"아, 짱돌이 들어내라. 니마 숨막형 죽으 키여."
"저 피 보라 저 피! 니마가 짱돌이 피 홈빡 뒤집어 썼져."

절박한 목소리가 가물가물 스러지는 내 의식 저 너머에서 선명하게 들렸다. 내 귀만이 살아있어 그 상황을 짐작하게 하였다. 그토록 절박한 상황임에도 나는 정신을 차릴 수 없었다.

한 참 후, 정신을 도로 찾은 한 참 후에 짱돌이는 그 낯선 남자, 개피쟁이 갈고리에 찍혀 우리와 영원히 이별하였음을 눈치 챘다.

그 때는 이미 짱돌이는 흔적도 없이 우리 곁에서 사라지고 이따금 푸근하기 이를 데 없었던 짱돌이 하얀 털 한 올씩 가을바람에 나부꼈다.

2. 꼴찌를 위한 나팔수

또 다시 그 구린 기름

나는 그 가을이 더없이 재미없었다.

우리 집은 식구 예닐곱에 아버지와 배를 같이 타는 배 동서들과 일을 도와주는 용진이 각시네 까지 여남은 사람이 온종일 북적거렸지만 짱돌이가 없어서였을까, 조금은 스산하게 때로는 을씨년스럽게 바람살이 스친다고 느낄 뿐 고즈넉이 나의 가을은 깊어만 갔다.

조 이삭은 노란색으로 익는 '강돌아리' 든 익어갈수록 짙은 쑥색을 띠는 '쉬나시리' 든 모두 다 여물이 무르익어 새우등처럼 꼬부라지고, 고구마 잎새도 누렇게 바래는 품새로 보면 가을걷이도 코앞에 닥친 듯하였다.

그렇게 그 가을이 시간대별로 깊어 가는데, 아버지는 때 아닌 오징어 떼를 바로 마을 코앞의 바다에서 우연히 만나 매일 밤마다 배 두 척을 쉬지 않고 띄웠다.

하루해가 다할 무렵 할 일이 없어 동산에 나앉았다가 마을 앞바다가 굼실굼실

어둠 속에 스러지는 저녁놀 끝에 퍼덕이는 용트림자국처럼 부글거리는 걸 본 아버지가 승천이 할아버지를 재촉하여 배를 띄운 것이 그 오징어파시의 전조였다.

마을 사람들은 밤이 깊어지면 다들 포구로 몰려나와 둔덕에 나란히 줄지어 앉아서 오징어잡이 나선 배들을 구경하였다. 그 배들은 바로 코앞에서 오징어잡이를 했으니 사공들이 불러대는 '일소리'가 구성지게 갯가로 달려들어 구경꾼을 더욱 들뜨게 했다.

갑자기 마을 앞바다에 오징어 풍년이 드니, 평소 죽을 각오를 하지 않으면 가을바다에는 배질 엄두를 내지 않던 '테우'(떼배)들까지 몽땅 배를 띄워 집어등을 훤하게 밝히니 가을이 깊어가는 밤바다 풍경이 멸치잡이 철 못잖게 장관이었다.

그 시절에는 지금처럼 발동기로 전기를 공급하여 촉수 높은 전구 수십 수백 개로 불 밝히는 대낮같이 밝은 집어등이 없었다. 헌옷이나 아니면 억새꽃을 팽팽하게 칡 줄로 감아 굵다란 막대기처럼 만들어 석유찌꺼기나 그것도 없으면 유채기름 찌꺼기를 듬뿍 적신 다음 기름을 머금으면 불을 밝혀 고물이며 이물이며 배에 띠를 두르듯 줄줄이 불 막대를 세워놓는 게 집어등이었다.

"일제강점 때는 *아라까와[荒川]네가 고래명 상어명 막 잡아 들연 저 디 개맡(포구 머리)에 불턱(화덕)을 놓안 큰 가마솥에다 도라무통을 앉혀놓고 삶아서 구린 지름을 뽑앙 일본으루 막 실어 날랐지 저 *수메밑에 배 대여 놓고 이, 그 사람덜이 지름 가져 가당 바닥에 냉긴(남긴) 그 구린 지름 찌끄레기를 퍼 왕 화심[불씨막대] 불을 붙영 쓰기도 했주마는 아버지는 그 구린 지름 그 거 쓴 적 없다. 무사(왜) 경 냄새가 더러운지 지독했져. 나 잡은 멜이영 오징어에선 경허난(그러니까) 나쁜 내(냄새)가 절대루 안 났져."

* 수메밑

　제주도 서귀포시 성산포 성산일출봉 남쪽에 펼쳐진 말발굽형 연안바다로 자연포구이다.

　　* 아라까와[荒天]

　조선 말기에 일본에서 제주도에 건너와 건어물과 어유를 가공하던 상인 중에 '이재수의 난' 때 장두 이재수에게 검을 준 아라까와란 인물이 있었다. 그 이후로 그 시대에 활동했던 건어물 및 어유 가공을 하던 일본인을 통틀어 제주사람들은 최근까지도 '아라까와네' 라고 통칭하였다.

　아버지는 비가 내리거나 바람이 심하게 불어 바다에 나가지 못할 때, 잔뜩 뽑아다 처마 밑에 매달아 놨던 억새꽃으로 불씨막대를 만들면서 우리들에게 들려준 말이다.

고래 뱃속에 '불직'이 빠지지 않으려면

　억새꽃 불씨막대는 성냥이 귀하던 그 시절, 비바람이 퍼부어도, 눈보라가 휘몰아쳐도 전천후로 불씨를 간직할 수 있었다. 그러니 불씨를 휴대하는 용도로 주로 썼다. 뱃사람들에게는 불씨막대 겸 집어등 노릇을 톡톡히 해내었다.

　어떻든 배에 탄 누구 한 사람은 집어등을 전담해야만 하였다. 불이 꺼지면 밝혀야 하고 너무 타버린 것은 새것으로 바꿔야 하고, 무척이나 순발력이 필요한 직책이었다. 그 책임 때문이었을까, 누구도 선 듯 '불직'을 맡으려 하지 않았다.

　그 문제는 매우 쉽게 해결되었다고 한다. 배 동서들이 의무적으로 잡은 고기에서 몇 마리씩 '불직' 몫으로 우선 떼어놓도록 했던 것이다. 누구라도 '불직'을 맡으면 직접 고기를 잡는 이 못지않게 그 몫은 짭짤하였다.

그토록 중요한 자리임에도 '불직'을 맡은 이는 고기잡이에 서툰 애송이 배꾼이거나 너무 나이가 들어 순발력이 떨어진 퇴물 사공에게 돌아갔다.

'불직'은 전적으로 집어등을 책임져야 했다. 집어등을 얼마나 환하게 켜느냐, 그 불빛을 잘 관리하느냐에 따라 오징어 떼가 몰려들기 때문이다.

그 가을, 갑작스런 오징어잡이에는 '불직' 자원자가 많아 아버지는 솔로몬처럼 지혜를 발휘해야만 하였다.

"누게라도 그 자리에 먼저 앉는 사름이 그 날 불직인디, 경해도 딱 번, 룻밤만 앉을 수 있이난 알앙덜 헙서."

그렇게 해서 그 오징어잡이가 끝날 때까지 아버지 오징어 배의 '불직'은 누구를 막론하고 하루씩만 배정이 되었다. 의도하지 않았는데도 암묵적으로 돌아가면서 '불직'이 되니 저절로 순번제 운영이 되어 별 불평이 없었다.

모든 바닷고기는 낚시로 '낚는다'. 다 오징어만은 낚시로 낚으면서도 '붙인다'고 한다. 그건 아마도 오징어를 낚는 낚시 모양 때문인 것 같다. 낚시 바늘과 비슷한 갈고리를 세 개나 다섯 개를 둥그렇게 모아 붙인 후 거기에 위장하여 얄따랗고 하얀 비닐이나 플라스틱 조각을 오려 낚시를 에워 두르면 물속에서 너울거려 오징어를 유혹한다고 한다.

매우 엄한 금법(禁法)이

아버지 배 두 척에는 늘 함께 배를 타는 배 동서들 말고도 오징어잡이 맛을 직접 체험하고픈 마을 청년들이 철사며 바늘을 급조하여 만든 '오징어바리' (오징어낚시)를 서너 개씩 매단 '오징어술' 하나씩 챙겨들고 배 주인이 허락하든 말든 아무 배에나 올라 따라 나섰다. 술에 심하게 취한 이가 아닌 다음에야 배에 일단 올라탄 사람을 막무가내로 내리게 하는 일은 없었다.

단 여성은 절대로 고깃배에 탈 수 없었던 게 불문율이었다. 여름에 '듬북'이며 모자반을 채취하여 보리밭에 밑거름으로 쓰는 물질을 마을에서는 공동으로 하였다.

그 물질에 아버지 배는 쓸모가 없었다. 뱃전이 너무 높아 채취한 해조류를 실어 나르는 데 너무 힘이 들기 때문이었다.

'테우'는 뱃전이 따로 없는데다 물높이로 떠 있으니 해조류 물질에 쓰기로는 정말로 이상적이었다.

그 '테우'에 조차 잠수들은 올라타지 못하였다.

여성이 배에 타지 못하는 것은 매우 엄한 금법(禁法)이었다.

그래서 아버지는 여름 한 철에 몇 번, '테우'에 우리들을 태워 뱃놀이 비슷한 걸 했다. 동네 사람들은 그런 아버지를 심하게 비웃었다.

"아이구, 저 니마아방 해댕기는(하고 다니는) 꼴 보라! 비바리덜을 저리 해영 어디 시집이나 제라헌(좋은) 집이 보내크냐? 어멍은 서울방에 딸년덜은 물질도 헐 줄 몰르니............"

아버지는 그냥 허허허..........웃고 말았다.

빈집

늘 그렇듯이 오월 장마와 함께 들이닥치는 멸치 철과 한여름 밤의 오징어 철이 되면 그 날 그 날 배를 타고 '당일바리' 어부가 되는 마을사람들이 있어왔다.

맹부도 그 중 한 사람이었다.

맹부는 우리 집 동산 건너 뒤쪽에 집이 있어 우리들이 뒷집이라고 부르던 그 집의 열여덟 살 먹은 아들로 사람들은 건달이라고 입을 삐죽거렸지만 나한테는 의리 있고 살가운 동네 오빠였다.

두어 해 전, 세상 떠날 때까지 그토록 어린 시절 추억이 깃든 우리 집을 지켜준 사람도 맹부였다.

나의 부모가 남긴 유산 중에 내가 물려받은 그 집은 나에게는 지금도 무척 애물단지이다.

어머니가 일흔 살을 눈앞에 두고 쓰러져 나와 함께 살면서부터 그 집은 남에게 그저 집이나 잘 봐달라고 빌려줬다.

우리 집에 드살이를 하던 한 나그네는 자기 집도 아니면서 그의 친지들에게 번번이 그 집을 담보로 잡혀 돈을 빌려 쓰는 통에 어쩔 수 없이 내가 그 빚마저 갚아주고는 그를 내쫓고(몇 번이나 그러니 내가 참다못해 정말로 강제로 쫓아내었다) 빈집으로 두었다.

집은 사람이 살지 않으면 금방 낡아버린다. 참 알 수 없는 것이, 사람이 살지 않은 집은 존재할 가치가 없다는 듯 그렇게 하루가 다르게 낡아가는 품이 폐가 신세가 따로 없었다.

그 사연 많은 집을 군소리 한 번 하지 않고 알뜰살뜰 보살펴 준 이가 바로 맹부였다.

그는 틈틈이 나에게 전화를 걸어 그 집 안부를 전했다.

"니마 누이, 나 오늘 이, 너 집 문 하나도 빠짐없이 다 열어제천 보름(바람) 통하게 했져. 나 잘 했지 이?"

"아무도 살지 않은 집 돌보느라 수고햄수다 맹부 오빠."

하도 그의 헌신이 고마워 내 목소리는 언제나 눈물을 잔뜩 먹은 코맹맹이 소리가 되곤 하였다.

"무신(무슨) 말이니, 나가 영광이여 영광..."

뜻 모를 대답으로 내 미안한 마음을 달래주던 그였지만 내 여섯 살 무렵에 본 그는 말 그대로 말썽장이였다.

그 해의 가을바다에는

아버지가 배 두 척을 띄워 하룻밤에 잡아 올리는 오징어 양이 정말로 어마어마하였다. 오징어를 뱃장마다 가득가득 채우고도 모자라 임시변통을 한 것이, 자리돔 뜨는 그물 가득 채워 담아 이물에 달고는 물속으로 끌어오는 것이었다.

그 덕에 전에 없이 정말로 우연히도 팔딱팔딱 살아서 날뛰는 오징어로 즉석회를 떠서 잔치판을 벌이니 밤마다 포구에는 이웃 *중산간 마을 사람들도 몰려들었다.

> *중산간 마을
>
> 제주의 자연 마을은 한라산을 중심에 두고 타원형을 이루면서 형성되었다. 한라산 깊숙이 발치께에 들앉은 마을을 '산간마을' 혹은 산촌, 그보다 조금 아래로 바닷가와 산 정상의 중간쯤에 있는 마을을 '중산간 마을' 혹은 중산촌, 바닷가의 마을을 대놓고 '개촌' 이라고 부른다.

가을바다는 어느새 한류(寒流)가 저 멀리 알류산열도에서 내려달려 우리 마을 앞바다로 거침없이 다가들기 시작했다고 한다. 난류에 잘 노는 그 습성으로 봐서는 오징어잡이도 끝물이라고, 시린 물 한류가 닥치면 오징어는 자취를 감출 테니 앞으로 이틀이나 삼일 간 배를 띄우면 다행이라고 할 무렵이었다.

맹부가 아버지 배 두 척 중에서 큰 배에 '불직'으로 탔다.

그 날 갯머리에 나온 구경꾼들에게 '불직'이 된 맹부가 최대 화제였다.

어떤 사람은 맹부 성질이 화끈하니 그 직을 잘 해낼 거라고 했고, 어떤 사람은 천방지축으로 말썽꾼이니 당최 그 임무인들 잘 해낼 이 만무하다고 매우 상반된 의견들을 개진하고는 치거니 받거니 돋우거니 내리긋거니 풍성한 말잔치를 벌였다.

움직이지 않는 배

끝내 맹부는 뭍에서 구경하는 이들의 호기심을 저버리지 않았다.

칠흑같이 어둔 바다에 오징어 배 불빛만이 현란하더니 슬그머니 동녘에 해맑은 기운이 아스라하게 돋아날 즈음이 되면 앞서거니 뒤서거니 배들이 포구로 들어와 닻을 매었다.

혼자 꼬닥꼬닥 '둘름노'*를 젓는 아홉 개 통나무를 맨 꼬마 '테우' 마저 다 들어왔는데도 아버지 큰 배는 느림보처럼 오는 듯 마는 듯 제자리걸음으로 배질을 해대어 뭍에서 구경하는 마을 사람들 애간장을 태웠다.

* 둘름노

제주의 떼배인 '테우'의 노는 허리 아래로 젓는 게 아니라 노를 쥔 두 손을 머리 위로 치켜 올려 양옆으로 반원을 그리며 젓는다. 그럼으로 휘둘러 젓는다는 의미의 '둘름노'라고 한다.

제주 '테우'의 규모는 구상나무로 열두 개를 꿰어 만드는 게 일반적이었다.

목청 큰 사람들은 손나발을 하고 아버지 배 쪽으로 소리를 질러대었다.
"무사(왜) 경 늘짝거렴서(느리게 움직이지)?"
몇 번이나 뭍에서 목청을 돋우니 아버지 배에서 대답이 건너왔다.
"아이고, 속슴헙서(아무 말 마세요)."
너무 멀리서 메아리지니 겨우 알아들을 정도로 맥 빠진 대답이었다.
사람들은 술렁이기 시작했다. 분명히 무슨 일이 있다.
무슨 일이 일어났는지 몰라 애가 타는 뭍의 구경꾼들은 아랑곳하지 않고 아버지 큰 배의 너무 느린 배질은 제자리에서 맴도는 듯 하였다.
그래도 한참 보다보니 많이 포구 가까이 다가들었다.
청년들이 우루루 포구를 따라 갯바위를 밟으면서 아버지 큰 배 가까이 달려갔다. 그리고는 배를 향해 소리쳤다.
"무사, 배에 무슨 일 있수꽈?"
배에서도 소리쳐 대답하였다.
"큰 일이 벌어젼-"
무슨 일인가, 누가 다친 건 아닐까, 삽시에 불안한 기운이 구경꾼들을 휩싸버렸다.

닻걸이를 찾지 못한 닻줄

그 사이에 굼벵이가 기어가는 것보다도 더 배질이 느린 아버지 큰 배가 포구의 목까지 다가들었다.

구경꾼들 모두 자리를 털고 일어나 포구의 아버지 큰 배 닻을 매는 닻걸이께로 달음질쳐 내려섰다.

배는 움직이는지 마는지 모를 정도로 꿈 뜨기 짝 없었다. 어찌어찌 시간을 축내어 겨우 아버지 큰 배가 포구로 들어섰다.

구경하던 사람들은 아버지 배의 하는 짓거리가, 가기 싫은 시집 간 새댁이 친정 나들이를 했다가 돌아오는 걸음걸이와 닮았다고 하면서, 배에서 일어난 일이 궁금해 죽겠는데 뭔 배질이 그 따위냐고 혀를 찼다.

거기 포구에 모인 사람이 다들, 배에 무슨 일이 있느냐고 다그치느라 야단법석을 떨었다.

가까스로 포구 안에 들어와 옆구리를 댄 배에서 닻을 뭍으로 던졌다.

정작 누구 한 사람 그 닻을 닻걸이에 걸 생각을 못할 만치 흥분해 난리였다.

"어이- 그 닻 혼저(빨리) 닻걸이에 걸어 게."

승천이 할아버지가 짜증이 잔뜩 벤 목청을 돋웠다. 좀체 언성을 높이지 않은 어르신이 목청에 성깔이 묻어나오는 걸로 봐서는 배에서 일이 벌어져도 크게 벌어진 게 분명해 보였다.

닻을 걸자 배는 더욱 조여들어 포구 둔덕에 바싹 붙여 대었다. 뱃전에 두른 멍석과 둔덕이 딱 마주 친 순간, 사공들이 뭍으로 앞서거니 뒤서거니 뛰어 내렸다.

"그 디, 맹부 어멍이나 누게(누구) 식솔 왔는가?"

사실 구경꾼들은 왜 아버지 큰 배가 그토록 굼벵이 기듯이 뒤늦어도 한참이나 늦게 들어왔는지, 그 난리 법석을 떤 건 어느새 까맣게 잊고 오징어가 얼마나 잡혔는지 배에서 내리는 사공마다 붙잡고 그들의 바구니에만 관심을 쏟았다.

그러느라고 승천이 할아버지가 두 번이나 같은 말을 해야만 겨우 사람들은 다시 아버지의 큰 배에 집중하였다.

맹부 어머니도 할아버지도 거기 있었다.

"우리 이 디 있져."

맹부 어머니가 사람들을 헤치며 맨 앞줄로 바투 나섰다.

맹부 할아버지는 워낙에 위인이어서 그 북새통에도 느긋하게 기다란 담뱃대만 뻑뻑 빨면서 무리들과는 한 발짝 뒤로 물러선 자리에 그냥 그대로 있었다.

영등포의 이웃

맹부 아버지는 일제강점기 때 남양군도로 차출되는 징용을 피하여 함흥 제철소로 가서 제련공이 되었다고 한다.

새옹지마(塞翁之馬)라고 하지 않던가, 그 때 배운 기술은 광복 이후에 서울 영등포에 있는 '아주신철소'에 기능공으로 취직하는 데 일순위로 뽑히도록 했다면서, 우리 마을 사람들의 부러움을 샀다.

나는 맹부 아버지를 한 번도 본 적이 없지만 매일 얼굴을 맞대고 살아가는 이웃 아저씨로 내 마음에 있었다.

서울 외가에 갈 때마다 영등포 '아주신철소'에 가서 맹부 아버지를 실제로 만나보고 싶었지만 아무도 나를 영등포까지 데려다 주는 사람이 없었다.

내 외가는 원서동에 있었다. 창덕궁과 담 하나를 사이에 두고 이웃해 있었.

봄이 열리기가 무섭게 창덕궁을 화려하게 뒤덮은 벚나무들이 피워낸 꽃구름이 외가를 넘나들었고, 무더위로 다들 혀를 빼물고 헐떡대는 여름에는 그 나무들 짙게 푸른 잎새들 사이에서 인 시원한 바람이 외가마당을 감돌아들면서 더운 열기를 식혀 주었고, 스산한 바람이 갓 창호지를 발라붙인 문풍지 틈을 기웃거리는 가을이면 천만 가지로 곱게 물든 낙엽이 지면서 마당 가득 내려앉았다.

아, 겨울의 창덕궁 나무들은 정말로 희망스러웠다. 가지마다 소복소복 눈송이를 앉혔다가 우리들이 지날 때마다 머리 위며 어깨로 슬쩍 내려놓기도 했는데, 친구에게 손짓하듯 나직이 흔들어대는 그 나뭇가지마다 꽃눈이 봉곳봉곳 부풀어 오른 것이 그리도 보기에 좋았다. 머잖아 봄이 올거라는 확신을 꽁꽁 언 한겨울에 심어준 그 꽃눈들, 지금도 눈 감으면 선연히 떠오른다.

그러고 보니 뒤에서 남 끌어내리기를 취미삼아 하는 아무개 씨의 오래전에 내 면전에서 샐긋이 입 한쪽 꼬리를 끌어 올리고 했던 말이 생각난다.

"거긴 궁에서 일하는 비천한 사람들이 모여 살던 동네라던데. 다 쌍것들 아니니."

게메(글쎄)-, 내 외가가 비천한 집안이었는지 아닌지는 어른 된 지금까지도 나는 모른다. 외할아버지의 신분이 어떠했는지 꼭 알아야 될 일이 내 삶에는 없었기 때문이다.

돌아온 이웃의 아버지

또 이야기가 엉뚱한 데로 빠졌다.

결국은 맹부 아버지 실물을 보지 못하였다.

후에 들은 이야기로는, 그가 고향에 돌아왔다고 했다. 정말 얼굴이 새까맣고 몸은 깡말라 단박에 병이 깊이 들었음을 알아볼 정도로 망가져 귀향했다고 했다. 금방 죽을 것 같았던 사람이, 하루 이틀... 얼굴색이 밝아지는가 싶더니 다리에 힘이 붙어 집밖으로 한 걸음 두 걸음 나서서 마을을 이리 저리 걸을 즈음 그의 말문도 트였다고 했다.

참, 고향은 그토록 좋은 곳인가. 그는 귀향하고 채 일 년이 되지 않았는데 온전히 건강을 회복하고는 한라산 고지[깊은 숲]에 놔먹이는 마소를 돌보는 목자, '테우리'가 되어 온 마을에서도 첫 손가락 꼽게 되었다고 한다.

여기저기 다니면서 보고들은 게 많은 그인지라 건강을 회복한 그는 마을에서 가장 소문난 이야기꾼으로 모두를 즐겁게 해줬다고 했다.

불문율을 깬 아버지

하지만 내 나이 다섯 살인가 여섯 살이던 그 때 가을 어느 날, 오징어가 마을 앞 바다에 몰려들어 배만 띄웠다하면 어느 배라도 만선하던 그 때, 아버지 배에 '불직' 자리를 하룻밤 맡아 임시 선원으로 탄 그 때의 맹부는 할아버지와 어머니를 도와 줄줄이 셋인가 넷인 동생들을 돌봐야했던 그러나 천방지축 혈기만 앞세우던 가장 아닌 가장으로 살아가던 청소년이었다.

승천이 할아버지는 닻걸이에 커다란 대바구니를 얹으며 앞으로 나선 맹부어머니를 말없이 손짓으로 불렀다.

"무사(왜), 무슨 일이 있수과? 우리 맹부 어디 있수과?"

맹부에게 필히 무슨 일이 있음을 그제야 눈치 챈 그의 어머니가 숨도 쉬지 않고 아들을 찾았다.

"그 구덕 그 디 놔 이래, 이 배드레(배로) 올라 옵서."

아버지가 맹부 어머니한테 손을 내밀었다.

구경꾼들 웅성거림이 더 세어졌다.

그 때는 여성들을 고기잡이배에 태우지 않는 것이 불문율이었다. 여성이 배를 탈 때는 보리갈이에 밑거름으로 쓸 '듬북' 등 마미조인 해조류를 채취할 때, 잠수바다가 멀리 있어서 배를 타야만 물질을 할 수 있는 마을들이 더러 있는데 그런 마을 잠수들이 '뱃물질'을 할 때, 그리고 육지로 출가물질을 갈 때였다.

아버지는 이따금씩 우리들에게도 배를 태워주곤 했으니 맹부 어머니라고 못 태울 바 없었다.

그런데 '불직'으로 탄 맹부는 보이지도 않는데 그 어머니더러 배에 타라니, 구경하던 마을 사람들은 정말로 큰 일이 있나보다고 다들 한 마디씩 하느라고 시골 바닷가 마을 작은 포구가 시끌벅적했던 것이다.

정말로 고래 배속에 빠지다

배에 탄 맹부 어머니를 아버지가 고물께로 데려가는 게 다 보였다.
"아이고 게!"
맹부 어머니의 놀라 소스라치는 목소리가 구경꾼들 사이로 날아와 날카롭게 귀에 박혔다.
거기 그 누구도 마음 졸이지 않은 사람이 없었을 것이다.
숨죽여 지켜보는 사이에 맹부가 아버지 등에 업혀 뭍으로 내려졌다.
여름이면 배의 평상에 깔아 조업 하는 중에 거기서 밥도 먹고 쉬기도 하는 그 거적을 둘러쓰고 맹부는 혼자 걷지도 못할 만큼 몸이 시려 있어 이 부딪치는 소리가 닥닥닥닥...요란하였다.
누군가가 언성을 높여 아버지에게 질문했다.
"야이(이 아이), 무사 영 실련(얼었어)?"
아버지가 능청스럽게 대답했다.
"고래 뱃속에 빠젼."
사람들은 맹부가 얼음이 꽁꽁 언 바다에 빠진 꼴을 한 사연이 몹시도 궁금했다.

배에서 뒤따라 내린 맹부 어머니가 배에 오를 때 두고 내린 대바구니를 찾아 옆구리에 끼면서 소리쳤다.

"아버지, 맹부 옆에서 혹금(조금만) 봅서!"

맹부 어머니가 소리침과 동시에 배에 다시 올라간 후에야 그의 할아버지가 가까이 다가들었다.

"할으바님. 나 예, 불직으루 오징어 자리그물로 가득 하나 받았수게. 잘했지 예?"

추위로 이가 부딪혀 잘 알아듣기 힘들었지만 맹부의 말을 추려보면 대충 이러했다.

그날따라 정말로 오징어가 무시로 잡혔다. 뱃장에 가득 채우고도 남아 가져간 바구니까지 담았다. 그러고도 남는 것은 자리돔 뜰 때 쓰는 그물을 커다란 망태로 만들어 바닷물 속에 집어넣고 오징어를 잡는 족족 거기에 넣었다.

조업을 끝내고 나자 맹부는 '불직'을 받겠다고 나섰다.

"야, 맹부야. 뭐 경 오징어 하나 두 개 받을 게 아니다. 저 자리그물에 든 오징어 다 너 불직으로 받으라."

옷 앞섶을 벌리고 거기에 '불직'을 넣으라고 바지런히 배안을 설치고 다니는 맹부에게 아버지가 했던 말이라고 했다. 그 말이 사단을 일게 했던 것이다.

"니마 아바지, 정말이지 예?"

맹부는 아버지에게 다짐을 받고는 다짜고짜 물속으로 뛰어들어 자리그물을 끌어안았다는 것이다. 아버지가 아무리 말려도 오징어가 한 가득 든 자리그물에 마냥 붙어 있었다.

배질이 늦어진 건 행여나 맹부가 손을 놓칠까 걱정되어 살살 노를 저었기 때문이었다는 것이다.

혹시라도 손을 그물에서 놔 버리면 깜깜한 밤바다에서 창창 흐르는 조류(潮

流)를 타버리면 마냥 태평양으로 흘러갈 판이니 조심할 수밖에 없었다는 말에 구경하던 마을 사람들은 다 어이가 없어 웃지도 울지도 못하였다.

아무리 가을바다라고는 하지만 밤에 그것도 족히 세 시간쯤은 물속에 있었으니 하마터면 맹부는 저체온증으로 죽었을지도 모른다.

배에서 오징어 내리는 걸 도울 수 없었던 어린아이들이 포구주변을 돌아다니면서 바싹 마른 해조류며 나뭇가지들을 주워서 모닥불을 피우고 맹부를 불가로 옮겨 앉혔다.

아버지를 위하여

불에 쬐어 언 몸을 조금 녹여 입이 풀리자 맹부는 맹렬하게 무용담을 쏟아내었다.

자기가 '불직'을 잘 수행한 덕분에 모두 오징어를 많이 잡았다는 것이다. 그건 그랬을지도 모른다.

'불직'의 대가로 받은 오징어를 사수하기 위하여 미련하게도 물속에서 버틴 건, 그 건, '아주신철소'의 용광로 앞에서 땀 흘리고 있을 아버지를 생각해서 그랬다고 했다.

"저추룩(저토록) 한(많은) 오징어 이, 나가 불직 해연 받은 거 아니냐 무사! 우리 어멍이영 할으바님이영 잘 말령(말려서) 우리 아방한티 보내민 고생허는 거 혹금(조금) 잊어불거 아니? 나 그 생각해연 이, 오징어 하나라도 빠져나가지 못허게 경(그렇게) 자리그물 탄 온 거."

맹부는 만족한 웃음을 얼굴 가득 머금었다. 딴에는 아버지와 멀리 떨어져 살아야 하는 아들이 자식 노릇하려고 그랬던 것이다.

산다는 건 바로 그런 것이다. 서로가 서로를 기억하고 뭔가를 배려하고 마음을 표현하려고 애쓰는 것...사랑 안에서 그렇게.

맹부의 그 오징어 사수 방법이 남의 눈에는 무모해 보일지 몰라도 스스로에게는 그럴 수 밖에 없는 당위성이 있었던 것이다. 아버지를 생각하는 아들.

사람들이 바쁘게 아버지 큰 배에서 오징어를 내리는 거며, 맹부 주위에 빙 에워싼 마을의 어린이들이 그의 무용담을 듣는 거며 멀찍이 앉아서 지켜보던 맹부 할아버지 눈에서 어느 순간, 새벽 별빛을 닮은 빛이 크게 발산하였다.

막 동녘에서 살 펴던 애 해오름 빛 한 줄기가 맹부 할아버지 눈물에 가 닿아 별을 낳은 것이다.

가을 운동회를 꿈꿀 때쯤

아, 정말! 왜 요즘 오징어 값은 천정부지로 치솟아 뭐 추석을 앞두고 중치 한 마리에 1만원에 접어들었단다. 나는 도저히 장바구니에 오징어를 담을 수 없었다.

내 어릴 적 그 시절에는 아버지 배 두 척을 앉힌 아담하고 포근하면서도 태평양을 향해 나들문을 열어 제친 포구에는 애가을 까지 오징어파시가 섰다.

누가 오징어 따위를 돈 주고 사 먹어? 말릴 오징어 한 축 배만 따 주어도 그만치 물오징어가 일손을 도운 이에게 건네졌다.

아, 올해 추석에는 오징어 산적이며 튀김을 장만할 수 없을 것 같다.

오징어 튀김을 유달리 좋아하는 남편이 한 소리 할 테니 들을 각오 단단히 하고, 자, 내 어린 시절 이야기로 돌아가자.

그 가을, 우리 집은 오징어 말리는 손길로 북새통이고 학교는 가을 운동회를 준비하느라 운동장이 온종일 아이들로 차고 넘쳤다.

어떤 학년이 운동장 가장자리에 백묵 분을 뿌려 만든 임시 트랙을 따라 달리기 연습을 하는가 하면 또 다른 학년은 실전을 방불케 하는 기마전(騎馬戰) 연습을 하는 등 일학년부터 육학년까지 다 몰려 있어 시끌벅적 소란스럽기 그지없었다.

그즈음 우리 일학년을 담임한 귤껍데기 선생님은 나와 마주칠 때마다 몇 번이고 다짐을 받았다.

"니마야, 이번 가을 운동회 때는 절대로 아프면 안 된다 이. 너도 할 일이 참 많거든. 꼭두각시 무용도 있고, 달리기도 있고……네가 하겠다고 하면 선생님이 청백군 대항 달리기 일학년 선수로 뽑아줄게. 또 줄다리기, 큰 공굴리기, 달리기 하면서 줄에 매단 사탕 따먹기, 보물찾기……..봐라. 너 아프면 절대 안 되겠지?"

나는 그냥 입을 꾹 다물고 땅만 보면서 짝짝이 고무신 신은 발부리로 낙서만 해댔다.

"무사(왜), 니마는 운동회가 싫으냐?"

귤껍데기 선생님도 나의 침묵하는 행동이 답답했던지 한숨을 섞어 질문하듯 한 마디 하고는 고개를 살래살래 저었다.

그런 선생님 표정이 매우 절망적이어서 내 마음이 아려왔다.

천국의 행사 이전에

내 어린 시절 그 가을운동회는 우리 학교에 내려온 '천국의 행사'였다. 싫다니? 그럴 리 전혀 없었다. 다만 걱정거리가 있었다.

내가 뭔가 고민스럽다면 우리 가족을 비롯하여 마을 어른들은 세상에서 가장 작은 꼬마가 뭘 그렇게 고민거리가 많으냐고, 생각 그만하라면서 나를 우스워

하였다.

우리 마을 욕은 혼자서 다 독차지하고 해대는 욕쟁이 아지망(아주머니)은 나만 보면 지청구를 해댔다.

"야, 이노무 비바리 니마야, 우리 동네서 너희처럼 삼시 세끼 따뜻한 밥 먹고 또 고운 옷 입는 아이들이 어디 있이니? 아방 어멍 부모님께 고마와 해야지. 너는 뭐가 그리 슬퍼서 설운 그늘이 잔뜩 낯에 써 진 거니 이? 무시것이(무엇이) 널 고민하게 햄시니? 야! 나가 너의 어멍이었으면 너는 살아남지 못 헌다. 어느 부모가 그리 인내만 할까. 네 그 꼴을 다 봐주기 어림없지. 매를 벌어도 단단히 벌고 있네 이, 이노무 비바리."

의 일에 오지랖도 넓어서 그 아주머니가 따지고 드는 게 얄밉기 그지없었다.

어서 어른이 되어야 저 '아지망' 입도 벙긋하지 못하게 논리적으로 대들 텐데.........그 때는 나의 고민의 근원에 대하여 명쾌하게 말로 표현하고 설득할 자신이 없어서 속수무책으로 당하기만 하였다.

나만을 위한 준비

나는 그 운동회에서 정말로 멋지고 싶었다. 달리기도 잘하고 보물찾기도 잘하는 어린이가 되고 싶은 마음이 굴뚝같았다.

그 운동회를 잘 치러내려면 내 부실한 몸 말고도 준비해야 할 것들이 많았다.

아무도 내 운동회를 위한 준비를 하는 내색이 집에서 보이지 않아 내 고민은 깊어만 갔는데 그걸 몰라주는 어른들이 야속하였다.

집에는 온통 오징어 말리는 것들로 꽉 차, 정말 그 냄새, 어? 아니다. 오징어는 물기가 어느 정도 가시고 마르기 시작하면 독특하고 감칠맛 당기는 향기가 나

제법 맡을 만하다. 오해 없기 바란다.

　전교생이 다 신이 나서 운동회 연습을 하는 운동장 한 모퉁이에서 고민에 고민을 거듭하고 있는데 수니 언니가 쉬는 시간을 틈 타 나에게로 달려왔다.

　"니마야, 또 아파?"

　내가 가만히 있으면 우리 식구들은 무조건 아픈 걸로 단정해버렸다. 정말 나를 바라보는 그런 습관적인 예단이 불만이었다.

　언니가 뭐라거나 말거나 선생님에게 했던 것처럼 눈을 내리 깔고 그저 발로 운동장만 헤집었다.

　"아까, 너의 담임선생님이 그러더라. 너 꼭두각시 무용도 할 거라고, 그 때 봄 소풍 때 입었던 꼬까옷 준비해주라고 그러시더라. 아프지 말고 열심히 운동회 연습해 이."

　저만치 달려가는 수니 언니 등 뒤에다 대고 악을 썼다.

　"야, 난 연습 안 해도 그 무용 다 할 줄 안다. 꼭 연습해야만 잘 하는 아인 바보들이다!"

　바람처럼 달려가던 언니가 되돌아왔다.

　"그렇게 자신 있어도 니마야, 연습하면 더 잘 출 거 아니냐. 꼭두각시 춤은 짝꿍이랑 잘 맞춰야 잘 추는 춤이난 말이주 게. 꼭 다른 아이들이랑 연습해여 이?"

　언니는 귀도 밝았다! 조랑말 저리 가 있어라 할 만치 달려가면서 어떻게 뒤에서 내가 좀 군시렁댄 걸 들었을까. 나를 품에 꼭 안아 달래주었다. 그리고는 내가 고민을 말하려는데 틈을 주지 않고 언니네 학년이 기다리는 곳으로 달려가 버렸다.

아무도 들어주지 않는 고민

아무도 내 고민을 들어줄 틈이 없었다.

다들 나한테 이래라 저래라 하면 기적처럼 모든 게 될 줄 아는 사람들, 그러나 정말로 무심한 사람들.

나는 내 처지가 너무나 불쌍하다고 생각하였다. 그 순간, '더럭비' 내린 후에 폭포 물 지듯이 그렇게 눈물이 쏟아졌다. 아무리 울음을 멈추려고 해도 그칠 수 없었다. 내가 아무리 이성으로 눈물을 멈추려고 해도 내 눈이, 내 가슴이 울만큼 울어야 될 그 분량을 아는 것처럼 도저히 멈출 수 없었다.

운동회 연습하던 아이들이 전부 몰려들어 나를 빙 에워쌌다.

저마다 다들 앵무새처럼, 니마 무사(왜)? 니마 무사(왜)? 라고 조잘댔다.

수니 언니가 나를 가슴에 감싸 안았다. 그리고는 다른 애들처럼, 니마 무사(왜)? 라고 물었다.

나는 수니 언니를 힘껏 밀쳐버리고는 달렸다. 무작정 집으로 달렸다. 바보 같은 수니 언니. 다른 애들처럼 그렇게 앵무새가 되어야 해? 동생이 무엇 때문에 고민하는 줄도 모르고…………

집 어귀 저만치에 다다랐을 때 널어 말리는 오징어를 손질하는 어머니와 동네 사람들이 보였다.

저 인간들도 나를 보면 분명히 한 마디씩 하겠지. 아이, 정말 짜증나고 답답했지만 우선 책보는 집에 두어야 했기에 내친걸음이니 속도도 줄이지 않았으며 울고 있는 그대로 집으로 달려 들어갔다.

아, 또 니마 아픈가 보다. 이웃들은 늘 하던 버릇처럼 걱정을 했지만 어머니는 태연했다. 내가 정말로 아플 때는 울지 않는다는 걸 알고 있었기 때문이다.

"저노무 비바리, 또 뭐가 맘에 안 들었구나."

그저 딸 버릇 잘 안다고 내 뒤통수에다 대고 일갈할 뿐 별로 관심이 없는 것 같았다.

어쩔 수 없었다. 짱돌이라도 있었으면 끌어안고 울 것을, 내 편을 곧잘 들어주는 아버지라도 있었으면 그나마 어떻게 해 볼걸, 나는 정말로 절망하였다. 그래도 그냥 울고 있을 수만은 없었다.

흰 광목 수건

온 집안을 뒤져서 흰 광목 수건을 찾았다. 그 흔하디흔한 흰 광목 수건들이 내가 찾는다니까 다 어디론가 도망을 가버렸나, 단 한 장이 눈에 들어오지 않았다. 옷장의 옷에서부터 찬방 행주며 수니 언니 물질도구까지 다 뒤져서 겨우 물수건* 두 장을 찾아내었다.

> *물수건
> 해녀들이 물질할 때 쓰는 수건으로 꼭 흰 광목이나 옥양목을 썼다. 길이는 1.2m 정도이다. 평상시에도 성인 여성들은 이 수건을 썼는데, 제주도에는 바람이 많이 불기 때문에 머리칼이 흩날리는 것을 방지하고 바람으로부터 머리를 보호하기 위해서였다.

얼마나 기뻤는지 모른다. 이제 내 고민의 반은 해결된 셈이었.

부엌에서 양은냄비 중에서 가장 큰 걸 골라 거기 흰 광목수건 두 개를 담고 마당으로 나서니 세상을 다 가진 것처럼 신이 났다.

내 계획대로만 잘 되면 나는 운동회에 폼 나게 참석할 수 있을 것이다.

발걸음도 가벼웠다. 학교와 언덕 하나를 사이에 두고 우리 집이 있었는데도 학교 운동장에서 운동 연습하는 소리가 쟁쟁하게 우리 마당까지 밀려들었다.

"저 니마 봐라. 조금 전에는 그렇게 울어대더니 지금은 싱글벙글 꽃이 따로 없네."

오징어 손질하던 어른들이 놀려대었다. 참 이상한 것이, 조금도 화가 나지 않았다.

나는 우리 마을 어른들의 놀림감 제1호 어린이였다. 내가 엉뚱하다고 무턱대고 놀려대는 어른들이었다. 그랬기에 놀림을 당하면 속으로 화가 부글부글 끓기 일쑤였는데 그 때는 놀리거나 말거나 조금도 괘념치 않았다.

"어멍, 아방 어디 간?"

나는 매우 건방지게 어머니에게 아버지의 행방을 물었다. 내 기쁜 계획에는 아버지의 강력한 손아귀의 힘이 필요했기 때문이다.

"이노무 비바리, 아버지가 네 동무냐? 그 말버릇이 뭐냐? 아버지 어디 갔수과? 하고 공손하게 여쭈어야지. 너 니마 정말!"

어머니가 내 건방지고 예의에 어긋나는 말버릇을 지적하자 이번에는 나를 놀려대던 어른들이 내 편에 서줬다.

"수니 어멍은 무사(왜) 니마 말에 시비라? 이 디 아이들 말버릇이 다 경허주(그렇지). 수니 어멍이 이상한 거라. 서울 예조(여자) 티를 꼭 내여."

아아! 기분이 만 점이었다. 나는 속으로 만세! 만만세! 만세를 천 번도 넘게 불렀다. 아버지를 찾지 못하면 뭐 그런대로 일을 진행할 밖에.

아이와 어른의 시각 차이

포구가 내려다보이는 '갯물'(갯샘) 어귀에 이르렀다.

저녁에 오징어잡이 나갈 채비 차리느라고 어부들 손길이 분주했다. 역시나, 아버지도 거기 있었다.

"니마야, 벌써 학교 끝난? 운동회 연습도 햄실 건디(하고 있을 텐데) 너 무사(왜)?"

오징어 낚시에 정술 줄을 매달다 말고 목청껏 말을 건네 왔다.

하도 반가워서 갯바위를 달려 내려가는데, 아버지는, 니마야 조심, 조심! 그렇게 달리다가는 넘어진다고 걱정이 이만저만이 아니었다.

아버지 걱정을 물리치고 갯바위를 바람처럼 내달려 포구의 닻걸이에 까지 무사히 다다랐다.

"아방, 언제 그 낚시 줄 매는 거 다 할 것과?"

"아마, 저녁에 배 띄우기 전까지……. 무사(왜)?"

분명히 아버지는 알고 있었을 것이다. 내가 애타게 그 손길이 필요하다는 것을 말이다.

너무나 태연자약하게 내 의도를 모른척하는 아버지와 더 말을 나누다가는 내가 또 복통이 날지도 모른다는 생각을 한 건 정말 스스로도 대견했다.

"아무 것도 아니우다. 아방 일만 잘 합서."

함초롬하니 얌전하게 돌아섰다. 등 뒤에서 아버지가 승천이 할아버지한테 하는 말소리가 내 귓가를 뒤따라 왔다.

"저게, 냄비까지 들고 온 걸로 봐서는 무슨 일을 벌이려는 게 분명한 디 예."

승천이 할아버지 대답이 더 나를 속상하게 했다.

"내 눈에도 저 니마가 분명 뭘 저지를 걸로 보염서."

저지르긴 뭘? 나는 항상 뭘 저지르는 아이인가? 어른들이 아이의 절박한 고민도 해결해 주지 않아 스스로 해보려는 그 무엇을 저렇게 씹어버리다니! 그냥 고분고분하게 내 갈 길을 갈 수 없었다.

"아방도 승천이 할으방도 다 나쁜 사람! 메롱, 메롱메롱."

아주 불량한 말투로 몇 번이나 혀를 내밀고 눈을 까뒤집어서 시위를 하고는 아무 일도 없었다는 듯이 또 내 갈 길을 갔다.

그 어떤 일도 쉬운 것은 없다

내 생각대로 그것들은 지천으로 널려 있었다.

아침나절에 꺼낸 것들을 금방 알아볼 수 있었는데 비린내는 나지만 썩는 냄새는 나지 않았다.

우선 냄비에 그것들을 모았다.

손이 더러워졌다.

그보다 내 계획대로 되어야 할 텐데 만일 잘 안 되면 다시 내 고민은 깊어지기만 할 것이기 때문이다.

가을 햇살이 제법 따갑게 새까만 갯바위를 달궈 내 몸을 온통 땀으로 먹 감게 하였다.

제주바닷가 사람들이 '누께통'이라고 부르는 작은 석호께로 냄비를 들고 가서 작업을 시작하였다.

생각보다 일은 힘들었다.

그것들을 손으로 일일이 까서 속에 물을 꺼내는 그 일이 그렇게 어려울 줄을 처음 그걸 생각해냈을 때는 정말로 몰랐다.

"아이구, 설룬 내 딸년아! 고운 우리 니마는 어딜 가고 시꺼먼 도깨비 한 놈 이디 있이니?"

어느 새 왔는지 아버지가 질겁을 하고 내게 달려들었다.

"아버지, 나대로 물 들이젠……."

나는 이미 여러 군데 거멓게 얼룩이 진 흰 광목 수건을 아버지 눈앞에 펼쳐 보였다.

"야야, 뭘 허젠? 이 오징어 먹통으로."

하도 어이없으면 어른들은 그런 표정이 된다. 웃는 것도 아니고 우는 것도 아닌 그 중간쯤의 묘한 표정, 아버지도 그랬다.

"아방, 저렇게 학교에선 운동회 연습 하는 디, 담임선생님은 나만 보면 운동회 하라고 난린 디, 무사(왜) 우리 집에선 나 운동회 때 입을 검은 빤스 만들어줄 생각도 안 햄수꽈?"

내 긴 항변을 듣고서야 아버지 얼굴에 미소가 번지면서 그 묘하기 이를 데 없는 이상한 표정을 거두었다.

그러니까 아버지는 비로소 내가 내손으로 흰 광목수건에 검은 물을 들일 심산임을 알아챘다.

그 때쯤 승천이 할아버지도 이 세상에서 가장 이해하기 어려운 사람으로 치부되는 아버지와 딸이 무슨 별난 짓거리를 하나 싶어 우리한테로 건너왔다.

아버지와 내가 오징어 먹통을 따서 까만 먹물을 냄비에 받는 사연을 듣고는 한 마디 거들었다.

"니마가 어떵(어떻게) 오징어 먹통으루 물들이는 걸 알아신고 이?"

승천이 할아버지의 말씀에 아버지는 내가 똑똑하기가 가끔은 천재가 아닐까 생각할 때도 있노라고 흐뭇한 미소와 함께 은근슬쩍 자랑을 하였다.

아버지와 딸과 어릿광대

두 어른은 어느 새 나를 대견한 눈길로 보고 있었다. 나는 내 자신이 자랑스러웠다.
흰 광목 수건은 첫물에 검게 물들지 않았다. 그러나 풀밭에 널어 한 번 바짝 마른 후에 다시 바닷물에 듬뿍 적신 후 또 물들이고 널고를 서너 번 반복하는 사이에 윤기가 흐르도록 새까맣게 물먹은 검은 천으로 변하였다.
내가 아버지를 앞세워 검게 물들인 수니언니 흰 광목 물수건 두 개를 들고 집으로 돌아 간 시각은 해가 저만치 한라산 너머로 기울고 있을 무렵이었다. 파김치가 다 되어 아버지 팔에 안겨 집으로 돌아오는 내 뒤를 쫓아 지는 해는 막 저녁노을을 화려하게 펼치며 나의 하루를 예쁘게 장식해 주었다.
모든 사연을 아버지한테서 들은 어머니는 하도 어이가 없어 저 비바리한테는 눈 한 번 흘길 수 없노라고 장탄식을 늘어놓았다.
내가 물들일 천 쪼가리를 찾느라고 온 집안을 헤집어 옷이며 이불호청이며 다 벌려놔 그걸 그 때까지 수니언니와 둘이서 정리하느라 오징어 말리는 거 손질한 후로 조금도 쉬지 못했다고 어머니는 고개를 절레절레 흔들었다.
그러다보니 아기 그미에게 누구 밥 한 숟갈 먹일 일손이 없어 쩔쩔 매는데 그래, 말썽장이 딸과 허우대만 멀쩡했지 하는 짓은 광대나 진배없는 아버지가 밖에서 해가지고 들어오는 꼬락서니라니! 땅이 꺼져라, 한숨만 나온다던가 뭐 그랬다.

오징어 먹물이 이룬 기적

"니마야, 어머니가 벌써 저 동산너머 왜 진도서 온 빵집네 아지망 있지, 삯바느질하는 그 아지망한테 내꺼랑 네꺼랑 맡겨놨어. 청군백군 띠도 다."

수니언니 말을 듣는 순간 그렇잖아도 너무 물들이는 게 힘들어 죽을 지경이었는데 탁 맥이 풀리면서 나는 쓰러지고 말았다.

한참 후 깨어났을 때는 '호야등' 마다 불을 밝혀 벽에 걸렸다. 그런데 마당께가 훤하였다. 사람들 웅성거리는 소리도 났다.

아, 오징어잡이 갔을 아버지가 마당에 버티어 앉아 오징어 먹물에다 커다란 천을 담그고 물을 들이느라고 낑낑대고 있었다.

"아바지 뭐 햄수과?"

내가 놀라 소리치자 아버지는 헤벌쭉 웃었다.

늘 시커멓게 얼굴을 덮고 있는 아버지의 구레나룻이 오징어 먹물이 덧발라져서 더욱 더 까맣기 이를 데 없었다.

"오, 그 먹물 남은 걸로 다른 아이들 입을 빤스 만들 거 물 들이고 있져."

내가 오징어 먹물로 운동회 날 입을 '빤스'를 만들 천에 검은 물을 들였다는 소문이 확 마을에 퍼져 미리 운동복을 준비하지 못한 아이들이 하나 둘 우리 집으로 몰려왔다고 했다.

마침 갑자기 마을 앞바다에 회오리바람이 일어 용오름을 하니 물줄기가 하늘에 가 닿았다고 했다. 결국 아버지네는 그날 밤 오징어잡이 배를 띄우지 못했다. 그 대신에 집에는 아버지 일거리가 기다리고 있었다고 했다.

아버지는 천을 가져오지 못한 아이들 몫으로 이불호청을 가져다 물을 들이는 중인데 그 일로 어머니한테 또 한 소리 들었다고 했다.

그래도 어머니는 아버지 하는 일이 마음에 들지 않아도 못하게 하지는 않았다. 그 날 저녁도 그랬다.

"저노무 비바리 잘난 딸 니마 덕분에 너희 아버지가 물들이는 장수 다 되었져."

어머니 한 숨이 휘파람 소리처럼 곱고 아름답게 들렸다.

내가 어머니에게 그렇게 내 감상을 말했다면 한 대 얻어 터졌을까 하는 상상은 하지 않아도 된다. 어머니는 내가 다 클 동안 단 한 번도 때려 채벌한 적이 없었다.

뒤늦게 자기가 아끼는 물수건을 까맣게 물 들여 작살낸 걸 안 수니언니가 어머니에게 입을 삐죽이면서 울먹였다.

"어머니, 니마가 예, 빨리 커서 어른이 되어야지, 나 정말 힘들어서 저 비바리 언니노릇 못 해먹쿠다.

죄가 있는 깃발도 있다

운동회 날이 밝았다. 찬란하고 청명한 가을날이었다.

수니 언니와 나는 언제나 자식 생각을 먼저 알뜰하게 하는 부모를 둔 덕에 등 뒤로 어깨걸이를 엑스(x)자, 앞으로는 세로로 선 두이(二)자로 메고, '빤스'는 옆에다 세로 줄로 흰 바이어스를 두 줄씩이나 선명하게 박아 넣어 새까만 색깔이 도드라졌다. 그 속에 하얀 블라우스를 받쳐 입고 나서 머리띠를 두르고 운동화를 신고는 의기양양하게 학교로 갔다.

운동장에 들어설 때부터 선생님들이랑 상급학년 언니와 오빠들이, 니마가 참 예쁘고 똘똘해 보인다고 칭찬을 아끼지 않았다.

운동장 하늘에는 만국기가 펄럭이고...그 깃발들을 헤아리면서, 저건 미국국기, 저건 영국국기, 저건? 아니, 일본국기도 달아야 하는 거야? 우리나라를 강제로 병합했던 나쁜 나라인데 말이지. 씩씩거리며 담임선생님의 옷자락을 끌어당겼다.

"선생님, 무사(왜) 일본국기도 달았수과?"

다소 나의 신경질적이고 시비조의 질문에도 귤껍데기 선생님은 환하게 웃었다.

"니마는 참 영특해여 이. 이 중에 몇 나라 국기나 알아지크니(알겠니)?"

일단 나를 좀 칭찬해주고 나서 담임선생님은 그 때 나로서는 알아듣기 버거운, 알쏭달쏭한 설명을 하였다.

"이 국기들은 다 자유민주주의 국가들 국기다 니마야. 이 지구상에는 이 나라들 국기 말고도 공산주의 국가들도 있고, 사회주의 국가들도 많이 있지. 그 나라들은 우리 편이 아니어서 이렇게 국기를 많이 매다는 운동회 때도 빼버리는 거야. 또 어떤 나라 국기는 함부로 달았다가 순경이 잡아간다!"

선생님의 마지막 말에 간이 콩알만 해졌다.

그 어린 시절 나의 다섯 살인가 여섯 살 무렵에 내가 가장 두려워하는 사람이 순경이었다. 우리 마을에 사는 이 순경은 저만치 보이기만 해도 겁이 나 슬슬 피하곤 하였다. 더 이상 선생님께 일본 국기 단 것 때문에 묻지 않기로 했다. 아니, 선생님이 대답을 해주지 않아도 그냥 넘어가기로 했다. 아아, 거 깃발에도 죄가 있구나....

그 우렁찬 응원소리에도

드디어 운동회가 시작되었다.

수니 언니는 백군이고 나는 청군이었다.

우리 두 자매는 그 운동회 날만은 적이나 마찬가지였다. 그런데도 수니 언니는 시간이 날 때마다 나한테 달려와서 물도 먹여주고 소품도 챙겨주고 옷도 갈아입혀 주었다.

  아침에 맞이했던 그토록 찬란하고 환한 나의 가을 운동회 날은 오래 내 곁에 머물지 않았다.

  운동회가 시작되고 프로그램이 진행될수록 나는 정말로 창피하였다. 달리기를 해도 중간에 넘어져서 꼴등, 무용을 할 때는 짝꿍이 자꾸만 틀려서 나도 덩달아 틀리게 춘 건데 그게 또 웃음거리가 되었다.

  아버지는 그 날, 선생님과 동네 어른들을 대접하는 음식을 준비하는 총주방장이었다. 그 바쁜 와중에도 내가 운동장으로 나갈 때마다 세상이 떠나가라 응원을 해대었다.

  무엇이든 했다하면 일등을 하는 수니 언니에 비하여 나는 맨 날 꼴찌에다 웃음거리가 되는데도 아버지는, "우리 니마 최고여! 우리 니마 최고!" 하며 고함을 질러대었다.

  아버지 목소리는 기차 화통을 삶아 잡수셨는지 운동장에는 오직 그 우렁찬 응원소리만이 우렁우렁 가득 찼다.

부끄러운 자랑거리

  나는 맡아놓은 꼴찌의 행진에 의기소침하여 아버지가 있는 음식 천막으로 느릿느릿 찾아들었다.

  마을 부녀회원들을 거느리고(?) 음식 장만에 여념이 없던 아버지는 기가 팍 죽은 나의 상태는 아랑곳 하지 않고 또 내 자랑을 늘어놨다.

"저, 저 니마가 입은 저 운동 빤스, 지대로 물들였십주. 참말로 기똥차기가…. 우리 니만 뭐가 달라도 다른 아이라."

부녀회원들이 한 편으로는 웃고 한 편으로는 입을 삐쭉거렸다. 니마 아방 자식자랑은 알아 줘야주. 제 각시 자랑, 제 새끼 자랑하는 소나이(남자)는 팔불출이라고, 그렇지 니마 아방이 딱 그 사람이라.

서로 대거리 처가면서 아버지를 놀려도 그에 끄떡 하지 않고 얼굴 가득 함박웃음을 머금던 그 아버지, 나의 아버지. 그러나 그 때는 내 자신도 창피하고 아버지도 창피하니 겹으로 부끄러워 그 자리에도 더 이상 붙어 있을 수 없어 일어섰다.

"니마야, 어디 감서(가니)? 여기 있으면 아방이 맛있는 거 줄 건디."

아버지의 달콤한 말솜씨가 천막을 벗어나려는 내 뒤통수를 붙잡았다.

"난 아방 주는 거 안 먹쿠다. 막 부끄러운게-"

한 마디 주저리고는 운동장의 내 자리로 돌아오니 금방 점심시간을 알리는 사이렌이 울렸다.

운동회 날 벌인 전투

그 점심이 입으로 들어갔는지 코로 들어갔는지 이제 와 딱히 기억나는 게 하나도 없다.

아버지가 특별히 맛있는 걸 점심으로 우리들에게 주었는지도 생각이 나지 않는다.

오후의 운동회가 정말로 재미있고 인상적이었기 때문에 그날 점심에 대한 기억은 다 지워져 버린 것 같다.

그 중에서도 4, 5, 6학년 전원이 단체로 벌인 기마전은 지금 떠올려도 흥미진진하고 흥분된다.

우선 청군과 백군 대표가 가위 바위 보를 하여 운동장 한 끝씩 차지했다. 오후의 지는 해를 받아 눈이 부실까봐 동서쪽이 아닌 남북 끝에 한 무리씩 자리를 잡게 했다. 그 다음에는 고학년 학생들이 전부 서로 비슷한 키를 맞춰 남학생도 여학생도 다 세 사람이 한 조가 되고 그 다음에 두 사람은 기마, 한 사람은 깃발을 빼앗는 병사로 변신했다. 둘이 어깨동무를 하면 나머지 한 사람이 그 무등을 타고 상대 편 깃발을 빼앗는 경기는 박력과 절도가 있어서 좋았다.

깃발을 뺏긴 조는 제자리에 무릎을 꿇고 경기가 끝날 때 까지 앉아있어야 했다. 경기가 끝나도록 깃발을 뺏기지 않은 단 한 조만이 승리의 깃발을 맘껏 흔들었다. 그것으로 경기는 끝이었다.

그 기마전에서 얌전하기로 치면 우리학교 전교생 중에서 첫 손가락을 꼽는 수니, 큰언니가 속한 조가 승리하였다. 아버지의 기쁨에 들뜬 괴성이 운동장을 압도하였다.

달리고 싶었다

마지막 운동회 프로그램은 전교생이 마라톤을 하는 것이었다.

기마전 덕분에 전교생의 컨디션은 매우 고조된 분위기로 최상이었고 잔뜩 먹은 점심도 적당히 소화되었으니 달리기를 하기에 이상적인 시간이었던 것이다.

학생들이 교문을 향하여 겹겹이 서서 출발신호를 기다렸다.

학교 운동장에서 출발하여 마을 포구까지 가서 이미 대기하고 있는 운동회경기운영위원으로 부터 이마에 두른 띠에다 도장을 받고 다시 출발 지점으로 돌아오는 코스인데 아마도 왕복 3km는 덜되고 2.5km는 좀 남는 거리라고 했다.
　일학년 아이들과 얼버무려 서 있었는데 귤껍데기 선생님이 내 손을 확 잡아끌어 옆구리에 세웠다.
　"니마는 선생님이랑 자전거 타고 가면서 심판하자."
　"무사 마씀(왜요)?"
　눈을 치뜨고 마라톤에 참가하지 못하게 하는 선생님을 원망스럽게 흘겼다.
　"아, 선생님이 니마를 오늘 작은 심판으로 임명한 거지, 왜는 무슨, 이유 없다."
　그러기로 했다.
　내가 마라톤에 참가하면 그렇다, 걱정할 사람 많았다. 귤껍데기 선생님, 아버지, 어머니, 수니 언니 그리고 나를 아는 학생들과 마을 사람들이 다 걱정할 게 틀림없었다. 하지만 몹시 서운했다.
　내가 태어날 때부터 심장이 별로 튼튼하지 못하여 늘 헐떡거리기는 했어도 달리기는 잘했다.
　아버지가 자랑스럽게 일등을 했어야 하는데 매번에 놓쳐서 서운하게 했어도 친구들과 달리기를 해서 뒤진 적은 별로 없었다.

다시 한 번 기회를 줘야 하는 '룰'

　귤껍데기 선생님이 사이렌을 울렸다. 폭포처럼 교문 밖으로 학생들이 쏟아져 나가는데 나만 사이렌을 울리는 담임선생님 곁에 우두커니 서 있으니 멋쩍어 죽는 줄 알았다. (담임선생님이 귤껍데기 선생님과 동일 인물임을 밝혀둔다. 헷갈리지 마시기를)
　자전거 한 대가 텅 빈 운동장을 한 바퀴 돈 후 우리 앞에 와 섰다. 아버지였다.

그러고 보니 담임선생님과 아버지가 미리 짜고 나를 마라톤에 내보내지 않은 듯 했다.

"나 마라톤 못하게 두 어른이 짰수과?"

귤껍데기 선생님과 아버지가 동시에 대답했다.

"우리 짜지 않았져."

아버지가 덧붙였다.

"심판이 최고라 니마야!"

홍, 어쨌거나 그래서 귤껍데기 선생님보다 먼저 자전거 짐칸에 올라탔다. 작은 심판, 거 해보자. 뭘 어떻게 하는 건지는 선생님께 배우면 된다.

마라톤 심판을 보는 거, 그거 별거 아니었다. 선생님은 자전거를 타고 달리면서, 우리 선수 최고여, 달려라, 달려라! 응원을 해대는 게 전부였다. 어쩌다 걸어가는 학생이 보이면, 마라톤은 뛰는 거여, 달려라 어서. 재촉을 하였다.

내가 선생님의 자전거를 탄 걸 보고 학생들은 웃어대었다. 니마는 정말 괴짜 학생이다.

"아니다. 나도 선생님처럼 심판이다. 너희들 꾀부리지 말고 잘 달려!"

선생님 자전거 꽁무니에 타고 큰 소리 치는 나를 보고는 배꼽잡고 웃느라 달리는 보폭이 엉켜버려 제 자리에 주저앉은 학생도 생겨났다. 야, 그만 웃고 일어나서 달려, 내가 소리를 질러대자 선생님이 속삭였다. 니마야, 당장 일어나서 달리지 않으면 규칙 위반이니 '아웃' 시켜버린다고 해라.

"아웃이 뭐꽈?"

내가 물었다.

"제쳐 버린다는 뜻이다."

오! 그 거 좋지. 심판은 이 순경처럼 무서운 권위를 억지로라도 세워야 한다.

내가 다부지게 나오자 선생님은 단호했다. 규칙을 위반한 학생에게도 한 번은 더 기회를 주어야 한다고 했다.

아무 것도 하지 않아도 되는 감투

그 사이에 학생들은 마을 안길을 통과하고 있었다.
청년들이 그 마을 안길 바로 옆에 자리 잡은 우리 마을에 하나 뿐인 우물에서 시원한 물을 퍼 올려 양동이며 오지그릇에 부으면서 한 바가지씩 학생들에게 내밀었다. 너도나도 물 한 모금 받아 마시겠다고 몰리는 통에 또 북새통이 되었다.
선생님이 심판으로써 나설 차례였다.
그런데 물을 얻어 마신 학생들이 하나 둘 다시 달리기 시작했다. 선생님의 심판은 그 마라톤 코스에서 영 쓸 기회가 오지 않을 듯 했다.
다들 잘 달리고 있었다.
포구의 반환점에서는 선두 주자들이 도장을 받고는 잘 달려 나가고 있었다. 귤껍데기 선생님은 정말로 흐뭇하여 입이 찢어질 것처럼 너털웃음을 웃었다.
"자, 니마야 우리 그러면 학교로 슬슬 가볼까? 누가 일등하나 보자."
돌아오는 길에 보니 지쳐서 금방 쓰러질 것처럼 달리는 학생들도 많았다. 바람처럼 달린 학생들은 반환점을 돌아 학교로 달려가면서, 너네들 굼벵이냐 뭐냐? 힘 좀 내라. 하면서 뒤처지는 친구들에게 용기를 북돋웠다.
"선생님. 나도 달렸으면 좋았을 걸. 이게 뭐꽈? 심판도 못해보고……."
시무룩해서 항의하는 나를 선생님이 또 크게 웃는 걸로 무마를 해버렸다.
"니마 너 지금 심판하고 있는 거야. 심판은 아무것도 하지 않아도 심판이거든."
어른들은 말장난이 심해. 그래도 기분은 나쁘지 않았다.

결승점에서

선생님의 자전거는 조금 빠르게 걷는 속도로 슬슬 굴러가면서 달리는 모든 학생들의 뛰는 상태를 보고 있었으니 맞다, 심판으로써 할 일을 다 하고 있었던 것이다.

학교 운동장이 코앞에 다가왔다.

교장선생님이랑 모든 선생님들 그리고 마을 어른들도 나 교문 앞에 집결해 있는 게 보였다. 박수 소리가 울려 퍼졌다.

내가 선생님의 등 뒤에서 목을 길게 옆으로 빼고 교문 주변을 살피는 사이에 학생들이 결승점 테이프를 끊고 들어가기 시작하였다.

내 자랑스러운 큰언니, 수니는 맨 선두에서 바람처럼 결승점에 도착하여 테이프를 끊은 두 학생 중의 한 명이어서 아버지가 몹시도 신이 났다.

"저 보라 저, 우리 수니가 남학생도 다 제치고 일등 했져."

선생님의 자전거는 교문 바로 밖에서 엇비슷이 세워져 나는 짐칸에 그대로 타 있었고 선생님은 핸들을 잡고 한 발은 페달을, 다른 발은 땅을 밟고 균형을 잡고 있었다.

바람처럼 가뿐하게 결승점에 도착한 선두 그룹 뒤로 조금 지쳐 보이는 그룹이 들어왔다. 그 뒤로 죽을상을 한 매우 지친 학생들이 꼬꾸라질 듯 도착하기 시작하였다. 그런 학생들이 도착할수록 박수 소리는 하늘에 메아리졌다.

"선생님, 저, 정화가 예. 다리에 쥐나서 예, 저 물통 옆에 있수다 게."

죽을상을 하고 들어온 학생 중의 한 명이 결승점을 짚고는 되돌아 나와 숨을 헐떡이면서 알려주었다.

정화의 마라톤

선생님의 자전거는 나를 태우고도 정화가 있다는 마을 안길 우물가로 씽씽 달려갔다.

정화는 아버지가 '6.25한국전쟁'에 참전하고 돌아오지 않은데다 어머니는 육지로 출가물질을 하러 가버린 통에 큰 집에 얹혀사는 날이 많았다. 그래도 야무지게 크고 있어 칭찬이 자자했다.

정화는 마라톤 코스에서 봉사활동을 하고 있던 마을 청년들이 쥐 난 다리의 근육을 칼로 조금 째서 피를 뽑는 등 응급 구호를 한 덕분에 절뚝거리며 천천히 걷고 있었다.

내가 자전거에서 내렸다.

"정화야, 선생님 뒤에 타."

정화는 고개를 저었다.

"걸어서라도 내 발로 갈 거."

아무리 자전거를 타라고 졸라도 정화는 거절하였다.

귤껍데기 선생님이 정화의 다리를 이리저리 살펴보더니, 그래, 혼자서 걸을만 하면 그렇게 하라고, 그게 뭐 진정한 스포츠의 정신이라고 하면서 나를 자전거 짐칸에 태우고는 정화 옆을 지켰다.

아주 천천히 그러나 단호하게 한 발짝 한 발짝 내딛는 정화는 대단한 아이였다.

나보다 두 살인가 세 살이 많아 따지고 들면 내 언니뻘이지만 나와 같은 일학년이어서 우리는 친구 먹은 지 오래 되었다.

마라톤을 끝낸 학생들이며 마을 어른들이 정화를 응원하려 몰려나와 학교로 통하는 마을 안길을 가득 메웠다.

어른 아이 할 것 없이 정화가 한 발짝을 내디딜 때마다 하나, 두울 하며 목소리를 합쳐 합창을 하였다.

잠통이 정화를 응원한답시고, '어이도꼬 다이' 뭐 어쩌고 하며 소리를 질렀다가 그놈의 일제강점 시절 우리 민족을 부려먹던 구호를 한다고 되게 혼이 났다.

꼴찌를 위한 나팔소리

사람들의 함성을 듣다말고 나는 한 생각을 해냈다. 순간 머리를 스친 그 생각은 좀 무서움을 감수해야 했지만………선생님 귀에 손으로 나팔을 만들어 소리쳤다.

"선생님. 학교 옆이 지서로 가게 예."

"무사(왜)?"

선생님이 고개를 돌려 내 얼굴을 보면서 정화를 응원하는 함성을 뚫고 대답을 했다.

"가보면 알거우다."

선선히 선생님이 자전거를 학교 쪽으로 돌려 힘껏 페달을 밟았다.

순식간에 지서 앞에 도착하였다.

선생님이 자전거를 세우기가 무섭게 나는 뛰어 내려 지서 안으로 들어갔다. 평생 이 순경에 대한 무서움을 간직하고 산 나였지만 그 순간만큼은 그에 대한 두려움이 없었다.

이 순경이 역시나 무섭게 눈을 부라리고 나를 내려다 봤다.

"이 순경님. 나팔을 빌려 주쿠과, 직접 불쿠과(불겠습니까)?"

이 순경에게는 소리가 우렁찬 나팔이 있었다.

그는 마을 사람들을 모아놓고 연설을 할 때면 먼저 나팔을 뿌앙-하고 한 차례 불곤 했다.

나의 느닷없는 제안에 이순경은 무슨 말을 하는지 모르겠다고, 이 꼬맹이 간나가 뭣에 쓸려고 그러냐고 퉁명스레 되물었다.

"내 친구 정화가, 마라톤 하다가 쥐가 났는데도 지금 달리기를 햄서 마씀(하고 있어요). 이 순경님이 멋들어지게 나팔을 불어주민 결승점까지 꼭 들어올 거 같안 예, 부탁 햄수다."

이 순경은 한참이나 머뭇거렸다. 마을 사람들은 그 앞에서는 그를 두려워했다. 하지만 뒤에서는 입을 삐죽이면서 경멸도 했다.

"이 순경님이 나파륜처럼 위대하다는 걸 이 기회에 보여주면 정화도 힘나고 마을 사람들도 좋아할 건디 예."

'그 간나 되게 조잘댄다' 고 혼잣소리를 하더니 벽에 걸어뒀던 나팔을 내렸다. 어느새 담임선생님도 지서 안에 들어와 그 모습을 보고 있었다.

선생님은 이 순경 등 뒤에 애매미처럼 찰싹 달라붙은 나까지 태우고 자전거를 달렸다.

정화는 학교 쪽으로 계속 걷고 있었다.

선생님이 자전거를 세우고는 사람 무리를 헤집고 이 순경을 정화 곁으로 가게 해줬다.

"정화야, 이 순경님이 널 응원해서 이, 나팔을 불어 줄 거여. 놀라지 마 이."

선생님이 정화에게 설명하자마자 이순경이 나팔을 불었다.

그가 불어제치는 나팔소리는 예전과는 사뭇 달랐다. 위압적이고도 위엄이 잔뜩 서린데다 너무 짧게 끊어 불어서 듣는 사람들이 깜짝 놀라게 했던 그 나팔소리가 아니었다.

그런 아름답고 웅장한 나팔소리는 내 생애에서 그 때 처음이자 마지막으로 들었다. 매우 청초하여 가을 하늘에 어울리는데다가 신나고도 고와서 오금에 신명이 이는 나팔소리였다.

그토록 마을 사람들을 두려움에 떨게 하던 존재인 이 순경은 어디론가 사라지고 세상에서 가장 힘을 돋우는 나팔수만이 거기 있었다.

일그러졌던 정화 얼굴에 살포시 미소가 피기 시작했다. 여름 이른 아침에 나팔꽃이 열리듯이 그렇게 곱게, 깊어가는 가을인데도 그리고 환하게.

3. 마치 저 들판에 피었던 찔레꽃처럼

꽃향기가 가 닿을 거리만큼의 인연

 살다보면 정말로 만나지 말았으면 좋았을 사람과도 어쩔 수 없이 맞닥뜨려 이런저런 어려움 또는 고난을 당한다. 그와 마찬가지로 꼭 만나게 되어 있고 만나지 않고는 안 될 사람과도 인연이 닿지 않으면 만나지 못하는 게 인생이다.
 만나야 될 운명이었는지 아니면 그저 우연인지 모르지만 나도 어린 시절에 한 아이와 잠깐 한두 번 마주친 적이 있다.
 그게 인연이었다고 알기 까지 오랜 세월이 흘렀다.
 의식의 저 편에 묻어 있다 느닷없이 가슴을 휘젓는 조그만 추억 속의 아이. 의식은 잊은 지 오래 되었으나 굳이 무의식이 기억해내는 그런 아이 하나가 내 삶의 역사 속에 인연으로 살아 있다.
 내 어린 시절 다섯 살인가 여섯 살 무렵, 이웃 마을에는 가톨릭 공소가 있었다. 네모지게 잘 다듬은 제주 현무암 돌덩이로 견고하게 지어진 창고 같은 분위기를 풍기는 그 공소는 내 아버지보다 조금 어려보이는 외국 신부님이 일주일에 한 번 정기적으로 찾아와 미사를 드리는 장소였다.

때에 따라서는 누구나 다 이용이 가능한 임시 의료진료소도 되고 외국에서 보내왔다는 물자를 나눠주는 배급소도 되었다. 그에다 건물 한 켠은 공소를 관리하는 회장네 살림집이기도 하였다.

안데르센 동화책이 있는 시골 책방

거기 살면서 공소 일을 도맡아 하는 회장은 서울에서 대학을 졸업했다고 하였다.

'제주4·3사건' 때도, '6.25한국전쟁' 때도 용케 피하여 살아남아 그가 고향에서 살 수 있었던 건 폐병에 걸려서 골골하는 부실한 그의 건강 덕분이라고 하였다.

그는 공소 옆 큰길가에 조그만 책방을 열고 있어서 아버지는 내 읽을거리를 그 회장에게 부탁하여 사다주곤 하였다.

가을과 겨울이 제주 섬에서, 이 세상을 차지하려고 힘겨루기가 시작되었다.

이른 아침에 일어나 보면 땅에 상강이 앙상하게 내려꽂힌 품새가 날카롭고도 아름다웠다. 마치 유리를 가늘게 잘라 세로로 촘촘하게 세워놓고 살포시 흙을 덮은 듯 투명한 성에 사이로 이른 아침햇살이 비춰 눈부시게 반짝였다. 그러나 순간 녹아내려 진창이 되곤 하였다.

가을과 겨울이 자리다툼할 때

일찍 일어나 소피를 본 후 마당을 둘러보던 나는 호기심에 혼잣말을 중얼거렸다. 가을과 겨울 중 어느 쪽이 이길까?

"겨울이 이긴다. 내기하자 아버지랑"

아버지는 버릇처럼 새벽 여명에 맞추어 일어나 우리 집 어귀 동산에 서서 바다와 하늘을 번갈아 보면서 그날의 천기를 가늠하였다.

그 날은 어쩌다 이른 아침부터 우리는 마주쳤다. 얼굴 가득 머금은 미소 사이로 장난기가 잔득 서린 게 아차 했다가는 아침부터 아버지 놀림감이 될 게 뻔했다. 정신 바짝 차리고 아버지한테 당하지 말자. 아버지는 딸들을 놀릴 기회를 잡으면 결코 놓치지 않았다.

해 뜨는 광경이 지구촌 제일로 장관에다 주변경치가 정말로 아름다운 것 빼고는 아버지가 자랑할 게 없어 보이는 깡촌 바닷가 마을에 살면서도 늘 흔쾌하기 짝 없었던 내 아버지,.......... 그 때는 한 없이 미웠다. 병약한 딸이 잘 모르는 자연의 원리를 놓고 내기라니!

"정말이지 예? 아방은 겨울이 이기고 난 가을이 이깁니다. 뭐 걸고 내기 하쿠과(하겠습니까)? 난 제일 아끼는 소라고둥 껍질 있지 예, 큰언니가 여름에 고둥 껍질 까러 갔다가 얻어다 준거, 항고지(무지개)색깔이 반짝이는 거 걸쿠다."

나는 당돌하게 아버지의 내기 제안을 받아들였다. 아버지를 '아방'으로 부를 때 내 호전성을 충분히 드러내려고 노력했다. 매우 호전적으로 눈을 내리 떴다 치 떴다 하면서 아버지를 제압하려고 안간힘을 썼다.

그 때 나는 생각했다. 아버지와 내기하여 이기는 방법은 단 하나 밖에 없다. 시나브로 바람이 매섭게 휘감아 돌며 추위를 키우고 눈보라가 휘몰아쳐 세상이 온통 하얗게 묻혀도 아직도 가을이네! 하고 우기면 된다.

결국은 겨뤄보지도 못 했다

내 작전은 내가 생각해도 기발하였다. 반드시 아버지를 이기고 말 것이다!
"좋다! 아버지는 아버지 큰 주낚배를 걸마."
야, 역시나 아버지는 통이 컸다! 내가 내기에 이기면 아버지 큰 고깃배를 타고 대양을 건너 세계일주 여행을 해야지.
공소 회장이 가진 지도에서 봤던 나라들을 다 찾아다니는 거야. 아! 그 많은 데를 찾아다니는 동안 나도 서울서 학교 다니는 령 언니처럼 멋진 아가씨가 되겠지……아냐, 더 나이가 들어서 어머니처럼 어른이 될 거야. 아마도 결혼은 하지 않을걸. 나는 여자만 죽도록 고생하는 제사가 싫으니까. 생각하면 할수록 신이 났다.
"근디 내 설룬 딸년 니마야, 우기는 건 절대루 안된다 이?"
앗불싸…내 작전을 그토록 정확하게 파악하다니……….내기를 하겠다고 계속 우기다가는 나의 아무것도 남아나지 않을 것 같았다.
내 세계일주 계획은 눈 깜빡할 새에 그만 사라지고 말았다.
나는 슬퍼서 울고 또 울었다. 그 누가 달래도 나는 울음을 멈출 수 없었다. 내 눈물의 근원인 슬픔, 그 슬픔의 원천인 세계일주에 대한 열망, 터무니없는 열망을 낳게 한 아버지와의 내기에서 겨뤄보지도 못하고 져버리고 만 내 어리석음……….이렇게 풀어야 할 근본 원인이 있는데 무턱대고 울지 말라니, 사람들은 의외로 잔인하다는 걸, 가족이라도 마찬가지라는 걸 새삼스럽게 느끼면서 울고 또 울었다.

하필이면 그렇게 고운 날에

　다른 식구들이 아침밥을 먹고 나서는 걸 힐끗 곁눈질로 보고는 학교에 가야할 시간이 되었다고 짐작하면서 주섬주섬 채빌 차리면서도 울었다.
　간신히 신발을 찾아 신고 마당으로 내려서자 등 뒤에서 수니언니가 불렀다.
　"니마야, 너 어디 감나(가니)?"
　책보를 옆구리에 낀걸 보면 내가 어디 가는 지 뻔히 알면서, 저도 학교에 갈 거면서, 정말로 어디 가는지 몰라서 묻는 게 아니었다. 큰 언니가 순간 되게 얄미웠다.
　"멍청이 큰언니야, 정말 몰라? 언닌 이 시간에 어디 가?"
　수니 언니가 배꼽을 잡고 웃어대기 시작하자 온 식구가 다 그 웃음병에 전염되어 웃고 또 웃었다.
　"아이고야, 우리 니마는 일요일에도 혹계(학교) 가는 구나 이?"
　아차, 나의 실수! 저 능구렁이 같은 아버지와 신경전을 펼치느라 그만 일요일인 걸 깜빡 잊어버렸던 것이다. 피창(전에도 몇 번 이야기했지만 아버지와 우리들은 이 혐오스러운 낱말을 뒤집어 사용하자고 약속했다)했다.
　왜 상강이 유리처럼 투명하게 대지에 박힌 날 그처럼 많은 실수를 했는지 모르겠다. 아마도 그 아름다운 자연 현상에 마음을 앗겨 아버지와의 내기를 성사시키지 못한 충격에 휩싸이다 보니 정신 집중을 못한 결과였을 것이다.
　아버지는 그 누구보다도 더욱 신이 나서 하하하, 하하하, 웃어대었다. 몹시 통쾌한 듯 했다. 그럴 때 어머니는 명쾌하게 그 상황을 정리하였다.
　"니마 아버진 어서 점심거리할 생선 좀 꺼내서. 수니야, 넌 찬방에 돌레멍석(원형으로 짠 멍석) 깔고 정고래(맷돌)앉히곡 불려 논 장콩도 그 옆으로 가져다

놓라. 오, 니마는 막 뛰어가서 동산에 맹부네 삼촌 있지? 빨리 와주십센 해라. 어서들 움직이세요, 시간 없다!'

다시 말하지만 어머니는 태생이 서울 사람이어서 서울말과 제주말을 뒤섞어서 말하는 습관이 있어서 마을사람들이 어머니에 대한 뒷담화를 할 때면 그 말투를 트집 잡았다.

상차림의 근본

나는 영문을 몰랐다. 어머니의 지시한 바를 놓고 짐작해보면 누구 손님이 오거나 아니면 제삿날이 분명했다. 그렇다면 꾸물거리지 말아야 했다.

손님이 오면 식사대접을 해야 하니 평소와는 다른 밥상을 마련해야 하고 이것저것 반찬도 풍성하게 준비해야 한다.

뒤울 병귤나무 곁 서늘한 음지에 앉힌 아버지 키보다 더 큰 항아리에 소금에 절여 차곡차곡 넣어 둔 생선도 꺼내야 했다. 그 일은 아버지만이 할 수 있었다.

제사상 차림도 그렇다. 늘 먹는 밥상과는 다른 음식들을 장만하여 조상 영혼이며 그 뒤를 따라온 이름 없는 넋들에게도 한 상 뻐근하게 차려주려면 바쁘게 움직여야 했다.

그러나 손님상 차리는 것과는 달리 제사상 차림 음식은 어느 정도 정해져 있어서 일손만 넉넉하면 금방 제수 음식이 만들어 졌다. 고방에 앉힌 겉보리 항아리에 잘 말려서 묻은 마른 '솔레기'(옥돔)며, 반질반질하게 윤이 나는 쌀독에 담아두고 제삿밥 할 때만 꺼내는 흰쌀이며, 부엌 횃대에 걸어 훈제한 쇠고기며, 찬방 어두운 구석에 일 년 열두 달 삼백육십오 일 내내 검은 기와시루를 앉혀 애지중지 기르는 콩나물이며, 장독대 빈 항아리 속에 잘 갈무리해둔 마른 고사리나

물이며, 그리고 또 어딘가에 저장해둔 제수용 음식거리를 꺼내는 데서 일은 시작되었다.

제사 음식과는 차리는 순서가 좀 어지럽고 다른 것이 손님상 차리기였다. 오는 손님이 누구냐에 따라 음식 장만할 거리가 정해지기 때문이었다.

이웃 삼촌네

나는 아버지와 큰언니 수니에게 눈을 있는 대로 다 흘기고는 동산 집 맹부네로 달려갔다.

언제나처럼 맹부 할아버지는 넓적하면서도 둥근 흑요석 먹돌 위에 '미삐'(억새어린 순의 안 껍질) 다발을 얹고 '덩드렁마께'(둥근 나무 방망이)로 두드리고 있었고, 그렇게 잘 두드려야 노를 꼬기에 좋은 부드러운 재료가 된다. 맹부는 툇마루에 걸터앉았다 나를 보자 반갑게 인사했다.

"니마 너 오늘 아침은 참 곱다. 건 그렇고, 무사 완?"

나는 예쁘다는 인사말에 기분이 좋아져 배시시 웃었다.

"삼춘 계서? 우리 어멍이 모셔오랜 하더라."

말이 끝나기도 전에 맹부어멍이 부엌문을 왈칵 열고 나왔다.

"무사(왜), 느네 어멍이 무신 급헌 일이 있언 아침참이 날 오랜(오라고) 해니?"

맹부어멍은 무척 부지런한 여성이었다. 그 차림만 봐도 척 알 수 있을 정도였다. 일바지(몸뻬바지)를 허리께 깊숙이 추슬러 입고는 그 위에 '미삐'로 꼰 노끈을 질끈 동여맨 게 여간 다부져 뵈는 게 아니었다.

서울에서 철공소에 다니는 남편을 대신하여 어떤 일도 거뜬히 해내었다.

우리 어머니와는 위 아랫집에 살면서 자매처럼 지냈다.

맹부어멍은 우리한테 이모나 다름없었다.

"빨리 오십센 헙다."

맹부어멍은 내 말이 끝나기도 전에 벌써 올레(집 입구의 좁다란 길)로 내달리고 있었다.

"맹부 오빠, 오늘 아침에 이, 우리 아방하고 내기 했는 디 이, 내가 이겼다면 오빠는 우리 큰 배 화장으루 써주젠 했는 디 이, 져부런."

맹부 할아버지가 너털웃음을 터트렸다.

"니마 너가 무슨 내기를 아방하고 걸었는지 몰르키여 마는 너 아방 못 당헌다."

정말로, 그게 아닌데……. 맹부 할아버지까지 아버지 편이었단 말이지. 나는 획 돌아섰다.

"할으바님도 밉수다 게."

입이 함박주둥이가 되어 중얼거리는 등 뒤에서 맹부의 살가운 위로가 건너왔다.

"난 느 편이난 힘내라 이!"

그의 위로가 마음을 가라앉힐 여유를 어디선가 불러다 주었다.

그 숲속의 서곡

나는 어머니의 심부름 끝에 뒷동산의 나의 숲으로 들어갔다.

숲속은 언제나처럼 고요하고 나름대로 분주하였다. 늦은 가을 열매들이 아직도 충분히 남아있는 숲속으로 새들이 수많이 날아들고 날아갔다. 숲속의 고요를 깰 정도는 아니나 새들의 들고나는 날개 짓에서 그들의 분주한 삶이 저절로 느껴졌다.

그 작은 숲속에서 나는 곧잘 기분 좋게 낮잠도 잤다. 저녁때가 되어도 내가 집에 들어가지 않으면 집안 식구들은 나를 찾아 숲으로 오곤 했다.

그날은 아버지가 보기 싫어 오래 숲에 있을 작정으로 들어갔다.

새들이 드나드는 것에 정신이 팔려 아버지에 대한 원망은 금방 사라졌다.

그 숲은 나에게 한결같았다. 그 날도 내가 그 숲으로 숨어든 이유를 다 알고 있었을 것이다. 그런데도 그 날, 나의 그 숲은 낯선 이방인을 두말없이 받아 들여 나를 화들짝 놀라게 했다.

알싸한 추위가 낙엽에 몸을 파묻은 나를 졸음 속으로 빠뜨리는 듯 했다. 잠이 들락 말락, 새들의 날개 짓이 보일락 말락, 눈꺼풀이 한껏 무거워질 무렵이었다. 숲속으로 다가드는 발소리가 들렸다.

아버지가 찾으러 온 줄 알았다. 나처럼, 정말로 조심스럽게 발자국을 디디는 소리가 들렸다.

나를 찾아 숲속으로 들어오는 사람 가운데 아버지만이 살금살금 발을 디뎠다. 거기 원래 주인인 나무도 새도 벌레도 뱀도 다 놀라지 않게, 조신하게 걸어야 한다는 내 말에 귀를 기울인 유일한 나의 식구는 아버지뿐이었다.

숲속의 도망자

느긋하게 기다렸다. 낙엽에 파묻혀 눈을 지그시 감고 누워, '아이구, 니마가 잠들었구나.' 너스레를 떨면서 덥석 품에 나를 안아 품을 아버지를 기다리고 있었다.

아무리 기다려도 아버지는 내가 누워 기다리는 발치께까지 왔으면서도 무척 조용했다.

처음에는 이번에도 아버지가 나를 발견하지 못한 척, 장난치는 줄 알았다. 그러나 그리 오래 시치미를 떼고 장난을 칠만치 아버지는 나를 기다리게 하지 않았다. 그러기에 정말로 이상했다. 또 발자국 소리를 앞세워 살짝 풍기기 시작한 낯선 냄새................뭘까? 나의 인내심이 바닥을 드러내었다.

나는 벌떡 일어나면서 소리쳤다.

"아방!"

내 눈이 의심스러웠다. 너무 놀라 비명소리가 목구멍을 치올라 막 입 밖으로 나오려는 그 순간적인 찰라, 바로 그 때였다. 무시무시한 비명소리가 크고도 날카롭게, 숲 속이 다 놀라자빠질 만치 메아리 졌다.

비명을 내지른 장본인은 비명소리가 숲을 다 흔들기도 전에 도망쳤다.

얼핏 봤는데도 비명소리의 장본인은 아이였다. 순식간에 잠깐, 그것도 숲 속이 좀 어둑하여 자세히는 보지 못했다. 그러나 우리 동네 아이는 아니었다.

나는 재빨리 숲을 뛰쳐나와 그 아이가 도망가는 뒤를 쫓았다. 아?

가을날에는 모든 열매가 익는다

나는 그 아이를 뒤쫓아 뛰면서 생각해 내려고 애썼다. 첫 대면하는 것처럼 낯설었으나 분명히 어디선가 본 듯한 아이의 뒷모습이었다.

앞서서 저만치 도망치듯 달리던 아이가 우리 집 올레로 뛰어 들어갔다.

그래, 바로 그 때 생각났다. 저 아이는 그 안데르센 동화책이 있는 책방 옆 공소에서 봤던 그 때 그 아이다.

그 해 봄이 슬며시 제주 섬으로 첫발을 디딘 그 무렵이었을 것이다.

큰 언니 손에 이끌려 공소에 간적이 있다. 신부님이 그의 고향인 미국의 의사들을 불러 주변에 아픈 사람들을 진료한다는 공소 회장의 기별을 받은 아버지가 나와 언니를 공소로 보냈다.

아버지는 고기잡이 가야했고 어머니는 너무 바빠 큰언니밖에 나를 데리고 공소에 갈 사람이 없었다. 사실 우리 집에서 아이들을 돌보는 사람은 순전히 큰 언니였다. 그러니까 아버지와 어머니가 바쁘지 않더라도 나를 공소에 데려가는 몫은 큰 언니가 감당했을 것이다.

공소에는 많은 사람들이 이미 들어차 있었다.

큰언니와 나는 차례를 기다려 길게 늘어선 줄 맨 끝에 가 섰다.

의사가 한 사람 밖에 오지 않아서 진찰을 받으려면 아마도 해가 저만치 서쪽으로 기울어야 될 것 같다고 사람들이 나직이 말들을 주고받았다.

한참을 줄 서 있었지만 앞에서는 사람 줄어드는 기미가 보이지 않았다.

나는 큰언니 손을 잡아끌며 집에 가자고 졸랐다. 저 사람들 봐라. 내 차례 되려면 밤 된다. 그렇게 오래 기다리면 나는 아마 죽을지도 모른다 언니야. 왜 죽느냐는 큰 언니의 반문에 지루해서, 다리 아파서, 배고파서, 온갖 핑계를 다 대었다.

낯선 대면

사실 내가 집에 가자고 조른 이유는 따로 있었다. 나는 서양 사람인 의사에게 진찰 받는 그 자체가 무서웠던 것이다. 그것도 모르고 큰 언니는 혼자서 줄 설테니 근처에서 놀라고 나를 그 기다란 줄밖으로 나가게 하였다.

그 길로 나는 집으로 도망치기 시작했다. 하지만 공소 올레로 달음질치다가 돌부리에 걸려 넘어졌다.

되게 아팠다. 자갈투성이 땅바닥에 밀려 쓸린 한쪽 뺨도 아프고 접질린 무릎도 아팠다.

어서 일어나야지, 누가 넘어져서 너부죽이 엎드린 꼴 보기 전에……내 쓰러져 땅바닥에 패대기쳐진 꼴은 아마도 장마철에 잘못 나다니다가 소 발굽에 밟혀 널브러진 개구리를 닮았을 것 같았다. '피창'(창피)하게 씨.

이를 옹다물고 일어나려고 안간힘을 쓴 바로 그 순간이었다. 뒤에서 내가 일어나는 걸 도와주는 손길이 있었다.

"아파?"

말소리와 동시에 옆으로 고개 숙인 얼굴이 내 옆 눈 속으로 쏙 들어왔다. 어? 딱 마주친 그 눈은 사람 눈이 아니었다. 파란 유리구슬처럼 투명하기가, 눈 알 그 뒤편까지도 다 보일 것만 같았다.

그 때도 나는 어김없이 기절하고 말아 그 뒤 사정은 명쾌하게 기억되는 바가 없다.

불가사의한 추측

그 아이였다. 틀림없었다. 사람 같지 않은 사람 아이, 서양 아이, 그 아이가 틀림없는데 왜 우리 집에…………?

뒤를 쫓아 집으로 들어가다 말고 나는 그 아이의 느닷없는 출연의 이유를 일순간 다 알아챘다. 마치 선승이 화두에 목매달고 수행하다가 순간에 깨달음을 얻는 '돈오돈수' 던가 '돈수돈오' 던가 처럼 그렇게 말이다.

그렇지, 오늘 우리 집에 점심 먹으러 오는 손님이 바로 신부님이었구나.

참 이상했다. 우리 집 식구 중에 가톨릭 신자는 아무도 없었다. 그런데도 우리 부모와 공소의 회장과 신부님이 서로 친하게 지냈다.

신부님이 밥 한 끼 같이 먹으러 우리 집에 온 것도 뭐 이상할 건 없었다. 다만 그 아이가 왔다는 게 무척 궁금증을 불러 일으켰다.

어쨌거나, 신부는 혼인하지 않고 평생 홀로 사는 사람이라고 공소 회장이 아버지한테 하던 말을 들은 적이 있다. 신부는 결혼하지 않고도 자신을 닮은 자식을 둘 수도 있는 걸까? 그런 걸까?

생각하느라 내 걸음은 어느 사이 느림보 거북이를 닮았다. 늘적늘적 세월아 네월아 발 한 자국 내딛는데 나무늘보 뺨칠 만치 느러터지게 옮기면서 마당에 들어섰다. 좁디좁은 우리 집 마당이 미터지게 아는 사람 모르는 사람들이 어울려 가득 찼다.

희미한 것에서 선명함을 볼 때

아버지가 나를 발견하고는 팔을 벌리고 달려들어 품었다.

가만히 돌이켜보면 아버지는 우리 딸들을 품에 품을 때 마치 어미닭이 병아리를 품듯이 그렇게 온전히 품었던 것 같다. 그 때는 그런 아버지의 행동이 못마땅했다.

막걸리 냄새와 생선 비린내에 찌든 아버지는 더부룩한 구레나룻이 얼굴을 반쯤 가려 정말로 만화에 등장하는 해적을 닮았다.

딸이 싫다고 몸부림을 치거나 말거나 아버지는 나를 품에 안고 질문을 해대었다.

"야, 니마야, 너 마침 왔구나. 혹시 저 디 뒷동산이, '나의 숲 속'에 가난(갔었니)? "

아버지의 질문 속에 그 아이가 허겁지겁 달려 들어온 사연이 숨어 있음을 단박에 눈치 챈 나는 잠시 머뭇거렸다. 고분고분 대답할까 말까?

그 아이는 보이지 않았다.

아리송하게 대답하여 아버지와 어른들을 헛갈리게 하려고 머리를 굴렸지만 마땅한 변명거리가 떠오르질 않았다. 그냥 얼버무리기로 했다.

"무사 마씀?(왜요?) 나의 숲속에 내가 가는 건 당연한 건 디 무사 오늘따라 이 야단이꽈?"

바로 그거였다. 내가 애매하게 대답했더니 단번에 말려드는 어른들. 그럴 때면 나는 통쾌했다.

"게난(그러니까) 거기 갔나 안 갔나?"

아버지가 살짝 조바심을 내었다.

"게난 무사 마씀? '나의 숲속' 이 무슨 나쁜 일 했수과?"

"했지 게."

어른들이 약속이나 한 듯 이구동성으로 대답하는 것이었다.

제주어(濟州語)를 말할 때 끝에 '게'를 덧붙이는 건 아주 그럴싸한 의미가 있다. 상대방에 짜증 낼 때, 무엇을 강조할 때, 이미 벌어진 일에 대한 확신을 심어 줄 때, 그리고 책임을 전가하려 할 때, 인증을 받아 내려할 때에 희미한 것을 선명하게 밝힐 때 등등 수없이 많다.

이 중에 그 때 어른들이 합창하듯 한 그 말꼬리 '게'에는 어떤 의미가 숨어 있었을까?

부모를 욕보이지 않으려면

그 아이가 숲 속에서 귀신 아니 서양식으로 유령을 봤다는 증언을 한 건 아주 한참 후에 알게 되었다. 그러니까 그 아이한테 낙엽 속에 묻혔다가 갑자기 일어선 나는 유령이었던 것이다.

내가 숲속에 갔었다는 자백을 시원스럽게 하지 않자 어른들은 흐지부지 점심상을 차리는 마루로 들어가 버렸다. 아버지도 나를 데리고 그들 뒤를 따랐다.

"니마가 요즘은 좀 건강하진 거 같수다."

아버지의 뱃사공인 기석이 아방이 아버지에게 말을 건네자 아버지는 내가 듣지 못하도록 낮은 소리로 대답했다.

"막 좋아진 것 같진 않은 디 비밀이 나날이 늘엄서."

내가 못 들을 줄 알고? 아버지 비겁하다. 아예 큰 소리로 나발을 불지. 비밀은 무슨 비밀? 내 흉 보는 재미에 맛들인 아버지.

같이 앉아서 밥을 먹을 기분이 아니었다. 나는 아이들이 앉은 찬방께 상 아래로 가서 앉으라는 큰 언니 말을 따르지 않고 선 자리에서 버텼다.

"니마 밥 먹여얀다. 아침밥도 안 먹었지 너."

나 들으라고 마루의 뒷문 쪽에 앉아 찬방에서 내는 음식을 받아 그릇에 나누어 담아 밥상으로 보내던 어머니의 걱정스런 소리가 어디 내 귀에만 들릴 이 만무했다. 널따란 마루에 줄줄이 놓인 교자상 머리에 앉았던 동네 어른들도 다 같이 들었다.

여기저기서 헛기침 소리가 났다. 쿰, 쿰, 쿰.......... 헛 거, 밥 먹기 싫다는 비바리(여자 아이)는 며칠을 굶겨야 마땅하지. 꽁보리밥인들 배부르게 먹는 아이가 이 마을에 몇이나 있다고 감히 밥 먹겠느니 못 먹겠느니 부모를 상대로 실랑이를 벌려? 누군지 모르지만 어른 한 분이 혼잣말처럼, 그러나 꼭 나 들으라는 듯이 중얼거렸다.

"진짜- 다 밉수다. 어른덜은 다 밉수다."

뽀로통하니 화가 나서 막 퍼붓고 싶었지만 부모가 자식 가정교육 잘 시키지 못했다고 욕 먹을까봐, 그 와중에도 어머니 아버지에게 누가 될 행동은 하지 말아야 한다는 생각도 하면서 속으로만 푸념을 하고는 다시 숲 속에나 들어갈까 하고 마루를 나올 참이었다. 어머니가 신부님 드실 밥상이 다 차려졌다고 했다. 혼자서는 상을 들 수 없으니 누구 도와서 아버지와 함께 안방으로 나르라고 하는데 신부님이 안방 문을 열었다.

"수니 어머님. 마루에서 같이 먹겠수다."

신부님은 미국 사람인데도 제주어를 잘 했다.

희미한 기억 속에서 확실해진 현실

신부님의 바짓가랑이 사이에서 얼핏 아이가 보였다.

그 때까지도 그 아이는 잔뜩 겁에 질려 있었다.

숲 속에서 나와 눈이 딱 마주쳤던 그 아이가 분명했다.

지난봄엔가 그 때 공소 올레에서 나를 기절하게 했던 사람 아이 같지 않은 그 아이가 그 아이인 게 확실했다.

마루로 나오기가 두려운지 이리저리 우리들을 조심스럽게 둘러보던 그 아이는 멀찍이 떨어진 나한테 눈길이 닿자, 아- 하고 단말마의 비명을 질렀다. 숲속을 뛰쳐나올 때 질렀던 그 비명이었다. 나도 모르게 나도 기겁하여 소릴 질렀다. 아-

거기 있던 사람들도 우리 두 아이가 질러대는 비명소리에 놀라 눈이 휘둥그레졌다. 저 두 아이는 왜 마주 보고 저리 비명을 질러대지?

찔레 열매와 장미 열매는 다 똑같이 새빨갛다

열한 살이 열두 살에게 나의 삶을 인계할 즈음 나는 고향집을 떠났다.
큰언니 손에 이끌려 봄이 화사하게 피어나던 날 아버지의 트럭을 타고 집을 나섰다.
트럭이 사람 걸음걸이보다 아주 조금 더 빠르게 한 나절을 달리는 동안 길가에서 보이는 들판마다 하얗게 찔레가 피어나고 있었다. 그 향기가 어찌나 상큼했던지 나의 고향 봄은 찔레향기로 내 원풍경의 인지기호로 인박혔다.
제주시에서 여객선을 타고 제주해협으로 나설 그 때쯤에 드디어 제주 섬에서 나는 분리되었다.
새로운 여성은 새롭게 삶을 살아야 한다면서 딸들을 집에서 내쫓다시피 공부하도록 타지로 내보낸 나의 부모의 소망대로 나는 살았을까, 늘 자책한다.
그렇게 제주 섬을 떠나온 이후 고향집 살림이 버거웠던지 어머니가 몇 번씩이나 편지를 보내오더니 큰 언니는 두말 하지 않고 다시 집으로 돌아갔다. 그리고 두어 해 후에는 내 바로 밑의 동생 슬이가 집을 떠나와 나와 같이 살았다.
슬이는 내 동생이면서도 언니 노릇을 톡톡히 해주었다. 하얀 칼라를 빨래하여 풀을 먹인 후에는 빳빳하게 다림질을 해주어 나는 언제나 교복을 단정하게 입을 수 있었다.
밥을 잘 먹지 않는 나를 위하여 집에서 보내준 쌀을 빵집에 가져가서 식빵과 바꿔다 프랜치 토스트를 만들어 준 것도 슬이였다.

소녀시대의 자매는

어린 나는 야심이 만만했다. 열심히 공부하여 큰 학문을 이룰 꿈에 부풀었다.
밤새워 공부할 때마다 슬이는 내 건강을 걱정하였다. 이틀에 한 번씩 쓰러지는 나를 제발 고향집으로 다시 가게 하라고 주변 사람들이 걱정할 때마다 슬이는 손을 내저었다.
"내가 니마 언니를 잘 돌볼 거예요."
슬이는 정말로 낙천적이었다. 우리가 매우 어렸을 적에 슬이와 친했던 짱돌이가 '개피쟁이'(백정) 갈고리에 찍혀 죽었을 때에도 그 상실감으로 며칠씩 앓아 끙끙댄 건 나였다.
같이 훌쩍거리며 울어주고 위로해주던 슬이는 어느 날 나한테 선언했다.
"나는 앞으로 절대로 개 안 키운다."
그리고는 나에게도 그만 자리를 털고 일어나라고 했다.
"니마 너, 그렇게 이, 슬퍼서 죽을 것 같아도 짱돌이는 살아 돌아오지 못한다. 그럼 죽은 짱돌이 때문에 이러는 거, 진짜 바보짓 아니냐?"
그렇게 일순간에 짱돌이를 잃은 슬픔을 털어내 버리던 슬이다. 그러나 나는 그 후에도 개를 여러 마리 키웠다. 무늬, 달이, 꿈이..........그 개들에게서 짱돌이 그림자를 찾고 위로 받으며 살았다.

마침표를 찍는 시간 위에서

중학교에 입학할 때 빨간 '골덴' 천으로 만들어진 어린이옷을 벗어버리고 교복으로 갈아입으며 다짐했던 크게 학문의 자취를 남기겠다는 꿈은 이제 와 돌이켜 보면 보잘것없는 몇 편의 논문으로만 초라하게 남았다.

정말로 제주 섬 무지렁이였던 아버지는 마흔 즈음에 어느 날 갑자기 세상을 떠났다.

나는 학교에서 단체로 극장에 영화구경을 가는 길에 아버지 부음을 받았다. 그 때 무슨 영화를 보러 가던 길이었는지 생각이 나지 않은 이유는 길에서 받은 아버지 부음에 충격을 받았기 때문이라고 나름대로 정리해 본다.

언제 죽을지 모른다는 불안감을 안고 병약한 딸을 살려보려는 나의 부모님을 도와 내가 어렸을 때 약을 구해주고 용한 의사에게 진찰을 받게 앞장 서 수소문해주고, 나의 성장기에 맞춰서는 내 앞길에 놓인 장애물을 어머니와 함께 힘을 모아 치워주던 신부님도 외국의 선교지에서 살기에는 너무 연로하여 고향으로 돌아간 지 얼마 되지 않아 조용히 눈을 감고 영면하였다.

그나마 어머니는 내가 어른이 되어 세상을 떠돌다가 절망하였을 때 제주 섬으로 귀향하도록 마지막 보루처럼 버티고 있어주었다.

"여기 와서 제주 섬 연구해도 된다. 오라."

그토록 간절히 길 잃은 서글픈 딸 하나가 고향에 돌아오는 명분을 세워주려 애쓴 어머니는 이미 깊이 병들고 늙어 있었다.

그런 가운데도 딸이 무엇을 하든 보람차게 하기를 소망하며 온갖 긍정적인 말과 보살핌으로 힘이 되어주곤 했다. 그 어머니도 이제는 이 세상 사람이 아니다.

몇 해 전에 나는 어머니와 어린 시절 나를 오롯이 품어주던 '나의 숲'을 한 해에 다 잃었다.

기억 위에 얹은 가을날의 인디언 섬머(Indian Summer)

동산 집 맹부 오빠가 전화를 했다.

"니마야, 그 너 잘 가던 뒷동산 수월(숲)이, 그거 이제 엇어져 불거라(없어져 버릴 거란다)."

맹부 오빠의 전화를 받은 초가을 햇살이 힘차던 그 날, 여름 같은 무더위가 다시 되돌아 온 그 날은 인디언 섬머(Indian Summer)가 마지막 기승을 부리던 날이었다.

한 숨에 달려간 고향 집에는 뒷동산 숲 쪽에서 들려오는 불도저 소리로 요란했다.

"저 뒷동산에 나무들 다 밀어버리고 집 짓는다고 저 야단이다. 저럴 줄 알았으면 돈 있을 때 저 동산 숲을 사놓는 건데, 니마야 미안하다."

어머니 말끝에는 아무것도 이 세상에서는 해낼 수 없는 무력한 노인의 자괴감이 짙게 풍겼다.

도저히 가만히 두고 볼 수 없어 나는 숲으로 달려갔다.

"왜 그 숲을 파괴해요?"

눈을 하얗게 뜨고 항의하는 나에게 불도저 운전수는 단 한 마디로 비웃고 말았다.

"숲 좋아하네. 여기 있는 나무 다 세어도 열 그루도 안되는구만 뭐."

그 숲 자리에는 곧바로 주택 서너 채가 들어섰다.

그렇게 어린 시절의 나를 온전히 키워 준 그 숲을 잃고 말았다.

더 잃을 것이 없겠다 싶은 바로 그 때 내 어머니도 세상을 떠났다. 이 세상에서 잘 살았으니 이제는 그만 가야겠다는 듯 당연히 떠날 날이 정해진 양 인사 한

마디 하지 않고 가버리고 말았다.

어린이가 늙으면 어른이 된다

순식간에 닥친 이별과 상실은 내 삶의 방향타를 잃고 어쩔 줄 모르게 했다.
그 매정한 시간의 흐름 속에서도 돌파구는 있게 마련이다.
갈까 말까 오래 망설이던 학회에 가기로 맘먹고 짐을 꾸려 집을 나섰다.
돈을 좀 아끼느라 비행기를 다섯 번씩 바꿔 타기를, 무려 스물네 시간 만에 학회가 열리는 낯선 이국의 도시, 캐나다의 동부 프린스에드워드(Prince Edward) 섬에 자리 잡은 '샬럿타운'의 프린스에드워드 대학교에 도착했을 때는 긴장한 탓이었는지 슬픔이 좀 사위었다.
하루가 가고 이틀 째 날이었다. 나의 발표는 오후 늦게 있었다.
제주해녀는 세계에도 매우 드문 독보적인 존재여서 나의 발표에 맞추어 발표장은 만원이었다.
덕분에 그 날 저녁식사 시간에는 외톨이 신세를 면할 수 있었다.
만찬장에 들어서서는 아는 이도 없어 첫날과 마찬가지로 한쪽 구석진 테이블에 앉았는데 이 사람 저 사람 함께 앉자면서 자리를 채웠다.
한 순배 테이블 와인으로 건배를 하고 서로들 자기소개를 하면서 친분을 쌓아갔다.
두어 자리 건너에 앉았던 남성이 바로 내 옆자리로 와 이미 그 자리 임자였던 남아프리카 공화국 인류학자와 자리를 바꿔 앉았다.
꼭 할 말이 있는 사람 같았다. 나와 만날 수 있는 시간이 언제나 생길까 몹시 기다렸다고 했다.

자신은 대학교 교수이면서 해양문화 학자라고 그 남자는 자신을 소개하였다.

중년에 접어든 누구나가 다 그러하듯이 그의 외모도 예외는 아니어서 머리칼은 많이 빠져 대머리 일보 직전이었고 얼굴에는 검버섯이 막 돋아나고 있었으며 푸르스름한 드레스셔츠로 가려진 아랫배도 슬쩍 불거진 게, 키만 멀쑥하니 컸지 영락없는 중늙은이 티가 역력했다.

나도 역시 그랬다. 빼빼 말라 실바람만 불어도 휩쓸릴 것 같이 가냘팠던 몸에는 나잇살이 붙었고 쌍꺼풀이 아니어도 크고 맑았던 내 눈은 꺼풀이 늘어질 대로 늘어져 눈동자를 반쯤 가린 꼴이, 속일 수 없이 쭉 한 일자로 찢어진데다 가늘고 눈빛도 흐려져 총기마저 찾아볼 수 없게 된 전형적인 동양인의 눈이며, 그에다 젊은 시절, 반달처럼 입 꼬리가 상큼하게 올라갔던 웃는 입을 돋보이게 해 주던 갸름한 볼은 늘어져 탄력을 잃은 지 오래, 축 처진 꼴이 볼썽 그르기는 매한가지였다.

어려서나 그 때나 겨우 나다웠던 외모는 허리께에 이르는 긴 머리 칼 뿐이었다.

"한국 제주도 해녀를 연구하신다고 했죠?"

그는 나에게서 답을 구해야만 할 절박한 이유가 있어 질문하는 대학의 학부학생처럼 그런 말투로 물었다. 그렇다고 나는 짧게 대답하였다.

내 대답이 끝나기가 무섭게 그는 이야기를 혼자서 늘어놨다.

누군가의 자서전

그의 말을 내가 들어주기로 미리 예약이라도 해둔 것처럼 그는 그 테이블의 다른 사람들은 안중에도 두지 않고 오직 나를 향하여 이야기 하였다.

아주 어렸을 적에, 외삼촌을 따라 제주 섬에서 한 해를 꼬박 살았다고 했다.

본래 자신의 부모는 스페인 바스크 출신이어서 스페인으로부터 고향의 독립 운동을 하다가 한 날 한 시에 살해당하였다. 눈 깜작할 새에 잘 알지도 못하는 부모의 고향에서 고아 신세가 되었다. 다행히 곧바로 부모의 친구였던 미국인 여의사에게 입양되었다고 했다. 그런 비극적인 유년을 살아야 했지만 입양된 후로는 매우 행복했다고 했다.

아버지가 없는 '싱글맘(single mom)'인 양어머니는 아프리카로 아시아로 의료 봉사활동을 많이 다녀서 어려서부터 여러 낯선 이국의 문물을 경험했다고 했다.

"내가 아마 다섯 살 때였을 거예요. 아니 여섯 살인가?........그 때 한국은 6.25 한국 전쟁 끝이라 어느 언론인이 말했어요. 한국에서도 민주주의란 장미꽃이 피어날까? 만일 그런다면 그건 쓰레기통에서 장미가 피어나는 것과 비교할만한 대이변이라고요."

나는 속으로 계산하였다. 서양 나이로 다섯 살이면 우리 나이로는 여섯 살이나 일곱 살이었겠네.

그런데, 뭐야, 한국을 비하하는 거야? 내 나라를 감히? 하지만 그의 표정이나 억양에서는 전혀 한국이나 나를 비하하는 것 같지는 않았다.

........가톨릭 신부였던 외삼촌이 한국 제주도에 있어서 아프리카로 의료봉사를 가면서, 어머니가 가는 그 아프리카에 풍토병이 심하게 돈다는 소리에, 나를 거기 데려다 놨거든요, 거기 제주 섬에........ 외삼촌 신부님이 한 어부가족과 친했어요. 그 딸부자 집에 쬐고만 비바리가 있었어요. 제주도에서 왔다니까 비바리가 소녀를 말하는 사투리라는 건 아실 테죠. 몸이 몹시 약한 아이였어요. 바다를 연구하는 학자가 되겠다, 세상의 온갖 언어를 다 알고 말테다 하면서, 꿈은 야무졌지만 현실적이지 않았어요.

그 애 아버지가 이루기 힘든 그 애 꿈을 부추겼죠.

나는 나도 모르게 그 때 제주 섬에서 받은 영향으로 해양학자가 되었는지도 모르겠어요. 내 친구였던 그 괴짜 소녀는 아마 죽었을지도 모르고요..............

단 한 번도 말을 끊지 않을 정도로 혼자 심취하여 주절대던 그가 흘깃 곁눈질로 나를 보는 것이었다.

익숙한 대면 그리고 재회

나도 그냥 그가 하는 것처럼 그를 바라 봤다.

눈이 마주쳤다. 눈싸움을 하는 사람들처럼 그렇게 똑 바로 일직선상에서.

나는 단박에 저 눈, 유리알처럼 투명한 저 푸른 눈............그 눈동자에 내 어린시절, 다섯 살인가 여섯 살 적 내 모습이 고스란히 투영되고 있는 것을 봤다. 나의 숲도 그 눈동자 속에는 온전히 그대로 있었다........... 그래, 그 아이다!

그와 나는 아- 하고 동시에 그 만찬장이 들썩일 만치 크게 소리쳤다. 하나, 둘, 셋에서 우리 다 같이 놀라 자빠지자고 약속이나 한 듯 요란스럽고도 길게. 그리고 우리 둘은 동시에 자리를 박차고 일어서기까지 하였다.

북미 동부해안의 특미인 풍성한 바다가재(lobster) 요리에 취해 즐겁게 저녁식사를 하던 모든 이들이 다들 일어서서 우리를 주시하였다.

무슨 일이야? 저 두 사람에게 무슨 일이 있는 거야?

깊은 가을날 아름다운 기억은

한참 후에 그가 입을 열어 우리 두 사람 사이에는 소리를 지르게 된 사연이 있다고 하였다. 그리고는 세미나의 만찬을 연 의장의 손에 이끌려 단상으로 나갔다.

그는 자신이 흥분했으며 감정을 진정시키지 못하겠다고 첫 운을 떼었다.

그와 나의 다섯 살인가 여섯 살 때 우리가 만났던 작은 가톨릭 공소며, '나의 숲' 이야기를 길게 털어놨다. 마치 어제 겪었던 일처럼 아주 소상하게 말마디마다 감정을 한껏 넣어서 말이다.

그와 나 두 사람의 어린 시절 인연을 들은 만찬장은 박수 소리로 출렁였다. 아, 당신들의 재회를 축하합니다.

모든 이가 그에게 축하 인사를 먼저 건네고는 나에게로 다가와 악수하며 한 마디씩 하였다.

그가 나를 보며 웃고 있었다. 마치 어려서 잃어버린 누이동생을 드디어 찾은 오빠처럼, 소식 모르던 첫사랑을 만난 남성처럼, 상실했던 기억을 회복하고 옆에 있는 여성이 아내임을 알아본 남편처럼, 아니 아니다. 그저 어린 시절의 옛 친구를 오랜만에 만난 친구처럼 그렇게 선한 웃음을 그는 웃고 있었다.

그렇다. 세상 참으로 좁다는 사실에 놀랐다. 인연의 끈이 매우 견고하다는 데 한 번 더 놀랐다.

그의 외삼촌인 신부님이 '제주4.3사건' 뒤끝으로 처참해진 제주 섬에 들어와 우리에게 내민 손길이 엮은 인연의 한 자락이었다.

우리는 어린 시절 그 때, 다섯 살인가 여섯 살 적에 아주 잠시 친하게 놀던 사이에 불과했지만 그 인연의 끈이 무척이나 검질기다는 걸 둘 다 몰랐다. 그리고는 몇 십 년 후 지구를 반 바퀴나 돌아 전혀 낯선 미지의 땅에서 미리 약속해 둔 것처럼 해후하였다.

장미나 찔레나 다 봄에는 꽃 피고 향을 퍼트리고 가을이 깊어지면 맺은 열매가 붉게 익는 건 우리 두 사람에게 똑 같이, 시간이 공평하게 작용하였다는 진리에 의한 평행이론 덕분이다.

　제주 섬을 나설 때 제주 평원의 찔레 열매는 붉게 익고 있었다. 캐나다 거기 프린스에드워드 섬에 닿으니 장미 열매가 집집마다 정원 너머로 그 붉은 열매를 내밀어 가을이 깊었음을 노래하고 있었다.

4. 가을바다 무지개에 걸린 풀잎

소식 없는 사람들

그렇구나. 내 기억 속에 아직도 생생하게 살아있는 많은 이들을 나는 삶의 여정에서 하나 둘 잃어버렸다. 별다른 교류도 없이 멀리 떨어져 살면서 안부를 나누지 않으면 다 그렇게 잃어버린다. 정말로. 주머니에 넣어둔 지갑을 잃듯이, 장롱 깊숙이 간직해둔 보석반지를 잃듯이 그렇게 잃어버린다.

다들 어디서 무엇을 하며 살아갈까.

우리의 삶은 토란잎에 맺힌 이슬 한 방울이라더니 온전히 그렇다. 그 잎새에서 또르르 구르기만 해도 어디론가 떨어져 존재가 소멸되는 이슬 한 방울.

다들 떠난 자리마다 오로지 기억으로만 남아 아직도 영롱하게 시간의 흐름을 맑힐 따름이다.

가을바다 무지개에 걸린 풀잎

가을 무지개가 떴다. 그것도 쌍무지개가 바다와 하늘에 다리를 놔 누군가의 길을 인도하려는 듯 그토록 곱게 드리웠다.

"저 항고지(무지개)는 이, 하늘에 사는 영혼이영 땅에 사는 영혼이영 만나는 다리라."

그 때, 내가 여섯 살인가 다섯 살이던 그 어린 시절에 아버지가 무지개 뜬 날이면 해주던 말이다.

"게민(그러면) 이 담에 예, 만일 나나 아방이나 우리 가족 누게(누구) 죽어도 무지개만 하늘광(과) 바당을 이어 주민 우리 영혼이 만나지큰게(만나겠네) 예."

"경허고말고(그렇고말고) 게!"

말마디에 힘주어 확신을 심어주던 아버지. 그 영혼이 무지개를 타고 이승과 저승을 오가는지 어떤지 확신은 없다. 오로지 가을 무지개가 뜨면, 쌍으로 뜨면, 더구나 그 무지개가 하늘과 바다에 걸쳐 뜨면, 내 영혼은 아버지 영혼을 만날 수 있다는 일념에 들뜬다.

기억의 끝에서

내 아버지가 이 세상과 하직하던 날, 초가을 날씨 좋은 석양에 무지개를 좇아 배를 타고 바다 길을 떠난 아버지는 한 닢 풀잎이었다고 현장을 목격한 마을 사람들이 들려주었다.

너의 아방이 탄 배가 바로 '바당'에 닻을 내린 '항고지' 끝에 딱 걸렸지. 그 '항고지' 말이다, 정말로 색깔이 선명하고 고왔어. 우리가 다 바닷가에서 봤으니 그건 사실이다.

내가 시인도 아니면서 비 내리는 사월 어느 날 시인을 흉내 내어 그 무자년 난리, '제주4·3사건'에 무지개를 좇을 겨를도 없이 스러져간 이들을 위해 시 한 편을 썼다. 어서 그 역사가 우리나라 현대사에 정사로 읽히기를 소원하며 쓴 시였다.

그게 '제주4·3평화공원' 돌담 바람벽에 다른 시인의 작품과 함께 전시된 적이 있다.

4월 그 때, 빗길을 가셨다죠.

그러대요, 무지 비가 내려 이 비는 정녕 4월 비 아니라

여름 장마에나 올 법한 장대비 날이면 날마다 내리꽂고
땡볕 무더운 폭염에나 지날 법한 소낙비 시도 때도 없이 퍼붓고
홍수 터질 운에나 쏟아질 법한 더럭비 하늘 땅 경계 없이 장막 짓고

가시는 길 걸음마다 천둥소리 요란했네요.
걷는 길 놓이는 발자국마다 벼락치기 전쟁터 화살 지듯 했네요.
떠민 길 폭풍우에 정처 없이 휘몰렸네요.

우리 설운 님네

가신 길 멀고 험해

오실 길 더딘 사연

아, 알면서도 알면서도 이리 길 닦기 험난했음은

이슬비 살살 뿌려 잎새 돋워 놓을 게요
안개비 슬슬 펼쳐 산천초목 푸르게 입힐 게요
보슬비 솔솔 널어 온갖 꽃 피울게요
가랑비 세세 젖어 천만 단풍 물들일 게요
여우비 살짝 그은 저 하늘 햇살너머 무지개 걸어놓을게요

이제 4월이면 꽃비만 지겠지요.

   이 시를 본 나를 아는 그 때 그 마을 사람들이 그랬다. 제주 섬사람 뿐 아니라 그 누구도 그 사월을 잊지 않는다. 온 세상이 못 잊는다. 그 사월이 잊지 않을 것이다. 그들은 힘주어 말하였다. 두고 보라. 세상은 잊지 않을 것을 잊은 적이 없다 하면서 그게 바로 역사라고 했다.
   야, 니마야. 다음에는 그 영혼들 부디 가을 '항고지'가 제주 섬에 다리를 놓을 때마다 다들 저승으로 곱게 가시라고 해라. 가서 이어도 방축 너머에 연꽃 피듯 그렇게 곱게, 꽃으로 '항고지'로 피어나라. 그런 걸 써라. 이제는 그런 해원으로 영혼의 심성을 어루만져 줄 때가 되었다 라고.〈끝〉